Flucht in die Berge

Jan Karon

Flucht in die Berge

Ein Mitford-Roman

Deutsch von Michaela Link

Weltbild

Originaltitel: *In This Mountain*
Originalverlag: Viking/Penguin Putnam Inc., New York

This edition published by arrangement with Viking Penguin,
a member of Penguin Group (USA) Inc.

Die Autorin

Jan Karon wurde 1937 in North Carolina geboren. Sie war in leitenden Positionen in der Werbebranche tätig, bevor sie sich dem Schreiben zuwandte. Neben ihren insgesamt neun Mitford-Romanen, die in den Vereinigten Staaten allesamt zu Bestsellern wurden, schrieb Jan Karon mehrere Kinderbücher. Sie lebt in Blowing Rock, North Carolina. Im Weltbild Buchverlag erschien zuletzt der Mitford-Roman *Ein neues Lied.*

Weltbild Taschenbuch

Soli deo Gloria
Ehre sei Gott allein

Der Herr der Heere wird auf diesem Berg
für alle Völker ein Festmahl geben
mit den feinsten Speisen,
ein Gelage mit erlesenen Weinen,
mit den besten und feinsten Speisen,
mit besten, erlesenen Weinen.
Jesaja 25,6

Mein herzlicher Dank geht an:
Bischof Andrew Fairfield; Reverend Frank Clark; Reverend John Yates; *The Anglican Digest*, eine gute Quelle und immer gut zu lesen; Langford bei Farmers Hardware; Murray Whisnant; Dr. Peter Haibach; Barbara Conrad Pinnix; Kenny Isaacs; Betty Newman; Jeff Harris; Bischof Keith Ackerman; Reverend Edward Pippin; Rick Carter, Esq.; Ted Carter; Don Mertz; Dr. Chuck Colson; Kent Watson; Ron Humphrey; Wayne Erbsen; Graham Children's Health Center, Asheville, NC; Janet Miller; Ivy Nursery; Reverend Gale Cooper; Cheryl Lewis; Reverend Christopher Henderson; D. Karen DiGeorgis; Dr. Chris Grover; Alice Boggs Lentz; Richard A. Propst; Dharma Benincasa; Reverend Harry N. Hill; Reverend Jeffrey Palmer Fishwick; Joni Roseman; Nancy Briggs; Dr. David Ludwig; Janet Cherchuck; Stephen Shifflett; Jeffrey Garrison; Sharon Vandyke; R. David Craig; und Jerry Burns, Mann der Stunde.

Mein besonderer Dank gilt:
Dr. Paul Thomas Klas; Reverend James Harris; Dr. Sue Frye; Nancy Lou Beard, die immer zu einem Scherz aufgelegt ist; Michael Thacker, meiner rechten Hand, und meinen geschätzten Lesern und Buchhändlern für ihre grenzenlose Begeisterung und den Mut, den sie mir machen.

In memoriam:
Sonya Massi, Schwester in Christo, 1934–2001; die Opfer der Anschläge vom 11. September.

1

Geht und sagt es allen Leuten

Schon wieder Maulwürfe! Father Tim Kavanagh stand auf der Treppe des gelben Hauses und blickte voller Unbehagen auf seinen Garten.

Der Rasen war mit Löchern übersät und ähnelte einer Mondlandschaft; flache Erdwälle liefen kreuz und quer durch den Garten, wie die niedrigen Mauern durch die irische Landschaft.

Er sah zu der Einfahrt des Pfarrhauses hinüber, das einst sein Heim gewesen und jetzt sein vermietetes Eigentum war. Dort schienen die verflixten *Talpidae* sich genauso wohl zu fühlen. Tatsächlich hatten sie Hélène Pringles bescheidenes Schild *Klavierunterricht, Informationen im Haus* beinahe entwurzelt, sodass es jetzt Schlagseite hatte wie ein Betrunkener.

Jahr um Jahr hatte er sich an den unterschiedlichsten Gegenmitteln versucht, aber die Halunken hatten ihm wiederholt ein Schnippchen geschlagen; in Wahrheit gefielen sie sich darin, zurückzukommen – und das in immer größeren Zahlen.

Er ging in den Garten hinaus und versetzte dem nächstgelegenen Hügel einen schnellen Tritt. Zum Mond sollte man sie schießen, diese Maulwürfe. Aber seine liebe Frau fand, dass sie in Fallen gefangen und aufs Land verfrachtet werden sollten, wo sie es sich auf einer Wiese zwischen Butterblumen und Blauglöckchen gut gehen lassen könnten.

Und wer sollte das Fangen und Verfrachten übernehmen? Der liebe Tim.

Er ging in sein Arbeitszimmer und rief die Eisenwarenhandlung in Wesley an, denn er war seit Kindheitstagen fest davon überzeugt, dass solche Läden die Lösung aller lästigeren Probleme des Lebens bereithielten.

»*Wühlmäuse!«,* rief der Geschäftsinhaber. »Was die meisten Leute haben, sind Wühlmäuse – sie glauben nur, es wären Maulwürfe!«

»Aha.«

»Wühlmäuse fressen Wurzeln und zernagen Pflanzenzwiebeln und alles. Haben Ihre Zwiebelpflanzen in den letzten Jahren geblüht?«

»Hm, ja. Ja, sie haben geblüht.«

Der Eisenwarenhändler seufzte. »Dann sind es vielleicht doch Maulwürfe. Tja, die sind hinter Würmern her und hinter anderem Getier in der Erde. Was Sie tun müssen, ist also ganz einfach: Sie müssen die Würmer ausrotten.«

»Ich hatte eher daran gedacht ... äh, die Maulwürfe zu entfernen.«

»Das dürfen wir nicht mehr. Gesetzlich verboten.« Selbst die Regierung hatte sich also auf die Seite der Maulwürfe geschlagen und damit einmal mehr demonstriert, wie weit es mit der Politik in diesem Land gekommen war. »Aha. Und wie wird man die Würmer los?«

»Gift.«

»Verstehe.«

»Allerdings meinen manche Leute, man solle es besser nicht benutzen, wenn man Hunde und Katzen hat. Haben Sie Hunde und Katzen?«

»Haben wir.«

Er rief Dora Pugh vom Haushaltswarenladen in der Main Street an.

»Windräder«, sagte Dora. »Sie wissen schon, diese kleinen Holzdinger auf einem Stock, die aussehen wie Propeller. Der alte Mueller hat doch immer welche gemacht. Sie werden bunt bemalt, so dass sie aussehen wie Enten und Gänse und was weiß ich alles. Wenn der Wind weht, flattern ihre Flügel – das sind die Propeller –, und die Vibrationen sind überall im Boden zu spüren und vertreiben sie. Aber dazu müssten Sie ziemlich viele Windräder haben.«

Er glaubte nicht, dass es seiner Frau gefallen würde, ihren Rasen mit Windrädern zu spicken.

»Außerdem gibt es noch etwas, das mit Batterien funktioniert und das man in den Boden steckt. Die Sache ist nur, ich müsste es eigens bestellen, das dauert dann sechs Wochen, und bis dahin ...«

»... sind sie wahrscheinlich sowieso weg.«

»Genau«, sagte Dora und klemmte sich das Telefon zwischen ihr linkes Ohr und die Schulter, während sie Saatkörner abfüllte.

Er befragte auch Percy Mosley, den langjährigen Besitzer des Main Street Grills. »Was kann man tun, um Maulwürfe loszuwerden?«

Eine dumme Frage, befand Percy. »Fangen Sie sie, dann halten Sie sie am Schwanz fest und beißen ihnen den Kopf ab. So mache ich es jedenfalls.«

Auf dem Weg zur Post begegnete er Gene Bolick, der gerade vom alljährlich stattfindenden Ausverkauf von Walkware im Irischen Wollladen kam.

Gene litt an einem Gehirntumor, der aufgrund seiner Lage in der Nähe des Hirnstamms nicht operiert werden konnte, sodass er jetzt beim Gehen deutlich schwankte.

Es gefiel Father Tim ganz und gar nicht, seinen alten Freund so zu sehen.

»Sehen Sie nur!« Gene hielt ein Päckchen in die Höhe. »Eine Strickjacke mit Lederknöpfen, um fünfzig Prozent reduziert. Und heute gibt es noch einmal zwanzig Prozent obendrauf. Sie sollten zuschlagen, solange die Auswahl noch groß ist.«

»Nein danke, mir haben die fleißigen Finger in Whitecap eine Strickjacke gemacht, die selbst die Sphinx überleben wird. Aber etwas ganz anderes, lieber Freund – haben Sie eine Ahnung, wie man Maulwürfe los wird?«

»Maulwürfe? Mein Daddy hat immer etwas in ihre Löcher gebrüllt, und dann sind sie in alle Richtungen auf und davon.«

»Was hat er denn gebrüllt?«

Gene räusperte sich, beugte sich dicht an Father Tims rechtes Ohr und wiederholte die kurze, aber inbrünstige Litanei.

»Meine Güte!«, sagte der beflissene Gärtner und errötete bis zu den Wurzeln der wenigen ihm noch verbliebenen Haare.

Er hörte, wie die Sekretärin des Bischofs den Hörer an ihren üppigen Busen presste, dann folgte ein gedämpftes Gespräch. Er fand es unbedingt entzückend, nicht in eine Warteschleife gelegt und mit Musik attackiert zu werden, die er überhaupt nicht hören wollte.

»Timothy! Gesegnete Ostern!«

»Danke gleichfalls, Stuart!«

»Ich habe erst heute Morgen an dich gedacht.«

»Weshalb denn? Eine Pfarrstellenvertretung in der Äußeren Mongolei?«

»Nein, ich habe lediglich daran gedacht, dass wir keinen ordentlichen Schwatz mehr miteinander gehalten haben, seit – gütiger Himmel – seit du in Whitecap warst.«

»Seit einer Ewigkeit nicht mehr, um präzise zu sein.«

»Nun ja, jedenfalls seit einigen Jahren nicht mehr.«

»Komm doch mal zum Mittagessen rüber«, schlug der Bischof vor. Er klang … ja, wie denn? Nachdenklich? Sehnsüchtig?

»Abgemacht!«, sagte Father Tim. Nach dem letzten Ostersonntagsgottesdienst war ihm nach Abwechslung zumute. »Ich wollte dich schon lange einmal besuchen, denn es gibt da etwas, über das ich gern mit dir reden würde. Vielleicht habe ich dann auch eine ganze Kiste Maulwürfe, die aufs

Land hinausverfrachtet werden müssen. Ich kann sie auf dem Weg zu dir freilassen.«

»Eine Kiste … Maulwürfe?«

»Ja.« Er wollte die Angelegenheit nicht näher erörtern.

Er bekam die verwünschten Viecher einfach nicht zu fassen. Er stocherte, einen Jutesack neben sich, mit Stöcken in ihren Schächten und Gängen herum; er rief in ihre Löcher, was ihm Gene empfohlen hatte, allerdings mit gedämpfter Stimme; er blies mit seiner Ehrentrainerpfeife der Mitford Reds; er stampfte auf dem Rasen herum, dass es wie Donner klang.

»Ich geb's auf«, erklärte er seiner Frau mit vor Kälte klappernden Zähnen.

Dann bemerkte er den Tupfer blauer Wasserfarbe auf ihrem Kinn, ein sicheres Zeichen dafür, dass sie an ihrem Kinderbuch arbeitete, dessen Hauptrolle Violet spielte, die Katze aus Fleisch und Blut, die normalerweise auf ihrem Kühlschrank residierte.

»Aber du hast doch gerade erst angefangen!«

»Angefangen! Ich bin schon seit einer geschlagenen halben Stunde zugange.«

»Höchstens zehn Minuten«, widersprach Cynthia. »Ich habe dich beobachtet, und ich muss sagen, ich habe noch nie davon gehört, dass man Maulwürfe los wird, indem man mit ihnen spricht.«

Er streifte die Handschuhe von den kältestarren Fingern und setzte sich enttäuscht auf einen Küchenhocker. Sein Hund legte sich zu seinen Füßen nieder und gähnte.

»Was hast du ihnen denn gesagt?«

Er hatte nicht die geringste Absicht, es ihr zu verraten. »Wenn du immer noch willst, dass sie eingefangen und in eine Kiste gesteckt werden sollen, dann wirst du das Fangen und Einsperren selbst übernehmen müssen, und ich schaffe die Viecher dann aufs Land. Eine faire Arbeitsteilung.« Er hatte die ganze Angelegenheit gründlich satt.

Cynthia funkelte ihn an, als sei sie seine Grundschullehrerin und er ein kleiner Dummkopf auf seinem Hocker. »Warum hörst du nicht einfach auf, dich damit verrückt zu machen, Timothy? Lass ihnen doch ihre Freude!«

Ihnen ihre Freude lassen! Das war mal wieder typisch Künstlerseele. »Aber sie ruinieren den Rasen, für den ich jahrelang geschuftet habe, den Rasen, den du dir erträumt und ersehnt hast, damit du barfuß darauf herumspazieren kannst – ich zitiere – ›wie auf frisch ausgerolltem Samt‹.«

»Um Himmels willen, habe ich tatsächlich etwas so Dummes von mir gegeben?«

Er verdrehte die Augen.

»Timothy, du weißt, dass du lediglich für eine Weile den Kopf abwenden musst, dann werden die Haufen verschwinden, die Löcher werden sich wieder schließen, und im Mai oder Juni wird der Rasen genauso sein, wie du ihn haben willst.«

Sie hatte natürlich recht, aber darum ging es nicht.

»Ich liebe euch«, fügte sie wohlgelaunt hinzu und machte sich auf den Weg in ihr Atelier.

Mit dem Eifer eines Kindes, das am Tag einer Prüfung, für die es nicht gelernt hat, sein warmes Bett verlassen soll, zog er sich seinen Jogginganzug an.

Bewegung war eine gute Medizin bei Diabetes, aber deshalb brauchte er sich noch lange nicht dafür zu begeistern. In Wahrheit fragte er sich, warum ihm das Laufen keinen Spaß mehr machte. Früher hatte er es ungeheuer genossen.

»Gipfel und Talsohlen«, murmelte er. Seine halbjährliche Kontrolluntersuchung stand unmittelbar bevor, und er hatte die Absicht, einen guten Eindruck zu machen, wenn er Hoppy Harper unter die Augen trat.

Als die Glocken der Lord's Chapel den Mittag einläuteten, flitzte er zum Main Street Grill, wo am hinteren Tisch ein Geburtstagslunch für J. C. Hogan stattfinden sollte. Pfeilschnell kam er aus der Tür der Mitforder Buchhandlung, Happy Endings, geflogen, bog scharf nach links und prallte mit voller Wucht mit jemandem zusammen.

Edith Mallory taumelte rückwärts, fand das Gleichgewicht wieder und warf ihm einen Blick zu, bei dem ihm das Blut in den Adern gefror.

»Edith! Es tut mir furchtbar leid.«

»Warum passen Sie nicht auf, wo Sie hinrennen?« Sie zog den breiten Kragen ihres Nerzmantels fester um sich.

»Geistliche«, sagte sie mit unverkennbarem Widerwillen.

»Sie sind ständig mit irgendwelchen hehren Gedanken beschäftigt, nicht wahr?«

Ohne auf eine Antwort zu warten, rauschte sie an ihm vorbei in die Buchhandlung, wo die Glocke über der Tür ein wildes Geklimper anstimmte.

»Vor einer Minute sind Ihro Gnaden hier vorbeigekommen«, bemerkte Percy Mosley, während er den Tisch in der hinteren Sitznische abwischte.

Father Tim bemerkte, dass ein Hauch von ihrem Parfüm auf seiner Kleidung zurückgeblieben war. »Ich bin gerade mit ihr zusammengestoßen.«

»Mit der würde ich auch gern mal zusammenstoßen«, sagte der Besitzer der Grillstube, »und zwar am Steuer eines Dreißigtonners.«

Wenn es irgendjemanden in der Stadt gab, der Edith Mallory noch weniger mochte als er selbst, dann war es Percy Mosley, der vor einigen Jahren mit seinem Geschäft um ein Haar ihrer hinterhältigen Strategie als Vermieterin zum Opfer gefallen wäre.

Nur dank der Hilfe der Geistlichkeit, namentlich ihm selbst, waren ihre schändlichen Pläne restlos durchkreuzt worden.

Wenn Edith Mallory also irgendjemanden in der Stadt

gründlicher verabscheuen sollte als Tim Kavanagh, so hatte er keinen Schimmer, wer das sein mochte.

»Immer wenn ich denke, ich hätte diese alte Hexe zum letzten Mal von hinten gesehen, kommt sie wieder zurück, wie ein Hund zu seinem Erbrochenen.«

»Immer mit der Ruhe, Percy, denken Sie an Ihren Blutdruck ...«

»Und Ed Coffey chauffiert sie immer noch in diesem Lincoln herum wie die Königin von England. Er sollte sich schämen, dieser jämmerliche Tropf, er hat Schande über die ganze Familie Coffey gebracht.«

J.C. Hogan, Herausgeber der *Muse* und Stammgast der Grillstube, ließ seine überquellende Aktentasche auf die Sitzbank knallen und schob sich hinter den Tisch. »Ihr werdet nie erraten, was gerade auf der Main Street los ist.«

Percy blickte grimmig drein. »Wagen Sie es nicht, in meinem Lokal auch nur ihren Namen zu erwähnen.«

»Joe Ivey und Fancy Skinner führen einen erbitterten Preiskrieg.« J.C. nahm ein großes Taschentuch aus seiner Hüfttasche und wischte sich das Gesicht ab.

»Ein Preiskrieg?«, fragte Father Tim.

»Kopf an Kopf, könnte man sagen. Fancy hat sich ein großes Schild malen lassen und es in ihrem Fenster im oberen Stock aufgestellt. Darauf steht: *Jeder Haarschnitt zwölf Dollar – alle sind willkommen.* Und was glauben Sie, was als Nächstes passiert? Joe hängt unten ein Schild auf, mit der Aufschrift: *Haare schneiden elf Dollar.*

Joe Iveys nur aus einem einzigen Stuhl bestehender Friseursalon befand sich in einem ehemaligen Lagerraum hinter der Küche der Bäckerei seiner Schwester, der Leckerbäckerei. Joes einzige Konkurrenz in der Stadt war Fancy Skinners Unisex-Friseursalon *Ein Schnitt höher,* dessen gemietete Räume in dem Stockwerk über der Bäckerei lagen. »Poetische Ironie«, hatte ein Gast der Grillstube das Arrangement einmal genannt.

»Also geht Fancy mit ihrem Preis auf zehn Dollar runter und lässt sich ein neues Schild malen. Dann senkt Joe seinerseits den Preis, wechselt sein Schild aus und gibt mir eine Annonce mit dem Text: ›Haare schneiden neun fünfzig. Kostenloser Schokoladenkeks für jeden Kunden.‹«

»Preisdumping«, bemerkte Percy.

»Ich habe keine Ahnung, wo das enden wird«, sagte J. C., »aber wenn Sie einen Haarschnitt brauchen, ist dies genau der richtige Zeitpunkt dafür.«

»Herzlichen Glückwunsch zum Geburtstag!« Father Tim fand, dass sie langsam zur Sache kommen sollten.

»Klar. Alles Gute zum Geburtstag«, sagte Percy. »Sie sind der Erste, der etwas von meiner neuen Speisekarte bestellt.«

J. C. blickte finster drein. »Ich hatte mich so an die alte Speisekarte gewöhnt.«

»Das ist für meine Velma das letzte Jahr in dieser Bruchbude, und ich wollte mit Pauken und Trompeten hier weggehen.« Percy trat vor die Theke, griff stolz nach drei Speisekarten, auf denen die Tinte kaum getrocknet war, und verteilte sie. Er fand, dass die Druckerei in Wesley ein großartiges Konzept für diese neuen Karten entwickelt hatte – auf dem Einband stand in grünen Lettern, die sich wie Dampf über einem Kaffeebecher erhoben, das Motto der Grillstube zu lesen: *Einmal Main Street Grill, immer Main Street Grill!*

»Wo steckt eigentlich Mule?«, fragte Percy.

»Keine Ahnung«, antwortete Father Tim. »Lässt sich wahrscheinlich die Haare schneiden.«

»Also, wie alt sind Sie jetzt?«, wollte Percy wissen.

J. C. grinste. »Wenn Sie Adele fragen, ich gehe auf die Fünfzehn zu.«

»Kitzel mich doch mal jemand, damit ich mitlachen kann«, bemerkte Mule, der gerade an den Tisch trat. »Er ist keinen Tag jünger als sechsundfünfzig, das weiß ich, weil ich seinen Führerschein gesehen habe, als er bei Shoe Barn einen Scheck ausgestellt hat.«

»Also, geben Sie Ihre Bestellung auf, und fackeln sie nicht lange. Velma ist zu Fancy rüber und lässt sich eine Dauerwelle machen, und ich habe zu wenig Personal. Der Kaffee an diesem Tisch geht aufs Haus, aber nur heute.«

»Ich will keinen Kaffee«, erwiderte Mule. »Ich hatte eher an gesüßten Eistee gedacht.«

»Kaffee geht aufs Haus, Tee ist was anderes.«

J.C. schlug mit grimmiger Miene seine Speisekarte auf. »Sie haben *Kartoffel* falsch geschrieben!«, erklärte er.

»Wo?«, fragte Percy.

»Hier unten, wo es heißt ›Thunfisch-Croissant mit Kartofelchips.‹ *Kartoffel* schreibt man mit zwei F.«

»Seit wann?«

»Seit eh und je.«

Das sagt der Richtige, dachte Father Tim.

»Verflixt und zugenäht«, bemerkte Mule. »Taco-Salat! Werden Sie in dieser Stadt Taco-Salat los?«

»Taco-Salat«, murmelte Percy und machte sich eine Notiz auf seinem Bestellblock.

»Moment mal, ich habe nicht gesagt, dass ich Taco-Salat nehme, ich wollte bloß drüber diskutieren.«

»Ich hab keine Zeit für Diskussionen«, sagte Percy. »Ich muss mich um meine Mittagskundschaft kümmern.«

Father Tim bemerkte, dass Percys Gesicht dunkelrot anlief. Hoher Blutdruck, der Stress mit der neuen Speisekarte …

»Was ist Taco-Salat überhaupt?«, erkundigte sich Mule.

Der Redakteur der *Muse* blickte erstaunt auf. »Haben Sie die letzten Jahre in einem Bunker verbracht? Um Himmels willen, Taco-Salat ist Salat in einem Taco.«

»Nein, ist er nicht«, widersprach Percy. »Es ist Salat in einer Schüssel mit Taco-Chips obendrauf.«

Mule ließ sich mit resigniertem Blick auf einen Stuhl sinken. »Ich nehme, was ich immer genommen habe: einen gegrillten Pimientokäse auf Weißbrot ohne Majo.«

»Sehen Sie auf dieser Speisekarte irgendetwas mit Pimientokäse? Auf dieser Speisekarte führen wir keinen Pimientokäse, und wir werden auch keinen Pimientokäse mehr führen, und damit *basta.*« Der Besitzer der Grillstube stürmte mit angewiderter Miene zum Tresen.

»Sie haben ihn verärgert«, bemerkte J.C., der sich das Gesicht mit dem Taschentuch abtupfte.

»Wovon lebt der Mann, wenn er keinen Pimientokäse auf seiner Speisekarte hat?«, wollte Mule wissen.

»Wenn Sie nicht runter in die Teestube laufen und sich zu den Frauen setzen wollen, gibt es in dieser Stadt kein anderes Restaurant, in dem man zu Mittag essen kann ...« J.C. tippte mit dem Zeigefinger auf die Speisekarte. »Also nehmen Sie besser irgendetwas, das hier angeboten wird. Wie wär's mit einem Fishburger! Sehen Sie mal, ›Vier Unzen paniertes und frittiertes Schellfischfilet, serviert auf einem gegrillten Brötchen mit Salat, Tomate und Remoulade‹.«

»Ich mag keine Remoulade.«

Father Tim hätte am liebsten laut geschrien. »Ich nehme den Chefsalat«, erklärte er und hoffte, damit ein Beispiel zu geben.

Mule wirkte erleichtert. »Schön, den nehme ich auch.« Er trommelte mit den Fingern auf den Tisch. »Andererseits, man kann nie wissen, was in einen Chefsalat alles hineinkommt, wenn man es mit diesem Chef zu tun hat.«

»Ich nehme ein überbackenes Thunfischbrötchen«, sagte J.C., »und dazu den Fishburger und gefüllte Ofenkartoffeln!«

»Nur zu«, erklärte Mule. »Nehmen Sie, so viel Sie wollen, wir laden Sie ein.« Dann unterzog er die Speisekarte noch einmal einer gründlichen Musterung. »›Chili mit Tortilla-Chips und Käse‹, das könnte genießbar sein.«

»Da kommt er, entscheidet euch«, warnte J.C.

»Ich nehme das Chilizeugs«, sagte Mule und vermied dabei jeden Blickkontakt mit Percy. »Aber nur, wenn keine Bohnen drin sind.«

Percy warf ihm einen eisigen Blick zu. »Wo gibt es Chili ohne Bohnen? Das ist wie ein Cheeseburger ohne Käse.«

»Klar«, meinte J. C. »Oder ein Schinkenbrot ohne Schinken.«

Father Tim schloss die Augen wie zum Gebet, während er spürte, dass ihm der Blutzucker bis in die Slipper rutschte.

Also, was treiben Sie denn jetzt so?

Es war eine beiläufige und ganz und gar harmlose Frage, die Art Frage, die jeder einem Pensionär stellen konnte. Aber er hasste sie. Und jetzt, nachdem erst gestern ein ehemaliges Gemeindemitglied eben dieselbe Frage gestellt hatte …

»Also, was zum Kuckuck tun Sie denn jetzt so den ganzen Tag lang?«

Mule war bereits gegangen, um einem Kunden ein Haus zu zeigen, J. C. war ins obere Stockwerk hinaufgetrottet, um an der Montagsausgabe zu arbeiten, und Percy stand an ihrem angestammten Tisch und sah Father Tim an wie einen aufgespießten Käfer.

Warum hatte er in den fast vier Jahren seit seiner Pensionierung noch immer keine Standardantwort auf diese Frage gefunden? Normalerweise erzählte er, dass er in verschiedenen Kirchen hie und da aushalf, was natürlich der Wahrheit entsprach, aber das klang furchtbar antriebslos. Tatsächlich hatte er einmal, ohne viel nachzudenken, gesagt: »Oh, nichts Besonderes.« Nachdem er eine solche Narretei aus seinem eigenen Mund gehört hatte, hatte er sich in Grund und Boden geschämt.

Seiner Meinung nach hatte Gott niemanden auf die Erde geschickt, um ›nichts Besonderes‹ zu tun. Daher hatte er im ersten Jahr nach seiner Vertretungszeit in Whitecap im Kinderkrankenhaus von Wesley, seiner zweitliebsten Wohltätigkeitsorganisation nach der Kirche, ungezählte Unterrichtsstunden gegeben. Er hatte sich sogar bereitgefunden, etwas zu tun, das er von Herzen verabscheute: Spendengelder auftreiben. Zu seinem Erstaunen hatte er auch eine gewisse Summe zusammenbekommen.

Außerdem hatte er im Garten des Pfarrhauses und des direkt benachbarten gelben Hauses gearbeitet, bis es schließlich so weit gekommen war, dass manche Leute im Vorbeifahren das Tempo ihrer Autos drosselten, um ihn anzustarren. Gelegentlich hatten sogar wildfremde Menschen angehalten und gefragt, ob sie ihn fotografieren dürften.

Während des zweiten Jahres hatte er Andrew Gregory, dem neuen Bürgermeister, ausgeholfen und außerdem kurze Vertretungen in Wesley, Holding, Charlotte, Asheville, Morganton, Johnson City und eine von mehreren Monaten in Hickory gemacht. Irgendwie war das genug gewesen. Fast. Ihm war zu jeder Zeit bewusst, dass etwas an ihm nagte, auch wenn er nicht sagen konnte, was.

Vielleicht brauchte einfach nur sein männliches Ego irgendeine Selbstbestätigung; in jedem Falle verspürte er eine gewisse Rastlosigkeit des Geistes, ein Gefühl, unwürdig und den Dingen nicht mehr ganz gewachsen zu sein.

Seine Frau schlug eine Reise in die Dordogne oder sogar nach Afrika vor, und er hatte versucht, ein wenig Begeisterung für das Reisen an ferne Orte aufzubringen, doch vergeblich.

Kurzum, wozu lange um den heißen Brei herumreden? Eine Kirche! Das war es, was er brauchte. Er hatte Sehnsucht nach einer eigenen Herde, die geweidet und geleitet werden musste.

Gelegentlich vermisste er sogar die einfache Tätigkeit, das Pfarrblättchen tippen zu müssen, obwohl er eine derartige Absonderlichkeit niemals einer anderen Menschenseele anvertraut hätte.

Warum war er überhaupt in Pension gegangen? Er hätte bis in alle Ewigkeit Pfarrer in der Gemeinde der Lord's Chapel bleiben können. Als er zu guter Letzt dieses behagliche Band durchtrennt hatte, hatte ihm der Sinn ganz und gar nach Freiheit und Abenteuer gestanden, aber jetzt fragte er sich, was er sich dabei nur gedacht haben mochte.

Irgendwann im Winter war ihm ein überaus reizvoller Gedanke gekommen, etwas, für das er und Cynthia seither Gottes Rat und Weisheit gesucht hatten. Da er nicht genau wusste, wie er die Sache angehen sollte, beschloss er, mit Stuart darüber zu sprechen. Das würde ihm helfen, eine Lösung zu finden.

In der Zwischenzeit hatte er mit dem begonnen, was jeder pensionierte Geistliche mit einem Funken Selbstachtung im Leib tun sollte: Er schrieb ein Buch. Es sollte eine lockere Sammlung von Essays werden, von Betrachtungen, und am ersten Tag des neuen Jahres hatte er damit angefangen.

Das Problem war nur, dass er niemandem davon erzählen konnte.

Percy beugte sich über den Tisch und blinzelte mit gerunzelten Brauen auf ihn hinab. Father Tim konnte seinen heißen Atem förmlich spüren. »Dann bleiben Sie morgens einfach im Bett liegen – oder *was?*«

Percy hätte ohnehin nicht gewusst, was ein Essay war; daher ratterte er jetzt eine Liste von Aktivitäten herunter, die so lang war, dass Percy ihm unverhohlen ins Gesicht gähnte. Später wünschte er, er hätte die Entfernung von Stockflecken aus seinen alten Schuhen und das Sortieren seiner Socken nach Farben weggelassen. Außerdem hatte er das Gefühl, dass ein Geständnis, er koche *und* spüle fast jeden Abend, ein wenig übertrieben war – und außerdem unter Garantie dem Klatsch und Tratsch im Städtchen ungeahnten Auftrieb geben würde.

Etwas anderes, das an ihm nagte, war der Verdacht, dass es zügellos und egozentrisch sei, Essays zu verfassen. Aus diesem Grund beschloss er, im Galopp die Pferde zu wechseln und seine Memoiren zu schreiben.

Genoss das Schreiben von Memoiren heutzutage nicht ein gewisses Ansehen? In manchen Kreisen waren sie geradezu der letzte Schrei. Er konnte sich jedoch nicht vorstellen, irgendjemandem zu sagen: *Ich schreibe meine Memoiren.* Wenn man von seinem Leben erzählte, setzte das voraus, dass man ein Leben geführt hatte, über das zu schreiben sich lohnte. Das traf natürlich auf ihn zu, aber erst, seit er mit zweiundsechzig Jahren seine Nachbarin geheiratet hatte. *Das* war tatsächlich ein denkwürdiges Ereignis gewesen.

Aber nein, er war nicht der Typ für Memoiren; wenn es hart auf hart kam, war er wohl eher der Typ für Essays. Er hatte schon lange den ziemlich kindischen Wunsch verspürt, irgendjemandem sein Geheimnis zu offenbaren; schließlich hatte er schon mehr als neunzig Seiten geschafft und war zunehmend in Schwung gekommen, was ihm sehr gefiel.

Als Mule am nächsten Morgen wegen einer Routineuntersuchung im Krankenhaus nicht zum gemeinsamen Frühstück erschien, beschloss Father Tim kurzerhand, seinen persönlichen Leckerbissen J.C. Hogan anzuvertrauen, der einem Literaten näher kam als alles andere, was Mitford wohl jemals hervorbringen würde.

»Sagen Sie das noch mal«, sagte J.C. und legte eine Hand ans Ohr, als hätte er nicht richtig gehört.

»Essays!«, wiederholte er und kam sich plötzlich wie ein kompletter Idiot vor. »Ich … ah, schreibe eine Essaysammlung.«

Der Reporter der *Muse* spießte mit verständnislosem Gesichtsausdruck ein Stück Wurst auf. »Ich habe mal ein paar Essays gelesen«, sagte er, schob sich die Wurst in den Mund und ließ ihr eine halbe Scheibe gebuttertes Toastbrot folgen. »Zu kleinkariert für mich. Zu weitschweifig.«

Father Tim seufzte. »So kann man das auch sehen.«

»Also«, sagte J.C., »was glauben Sie, was für einen Laden Edith Mallory hier unterbringen wird, wenn Percy in den Ruhestand geht?«

»Das weiß nur der Himmel. Da kann man nur raten.«

»Ich könnte mich für einen Schuster erwärmen«, meinte

J.C., während er den letzten Rest Traubenmarmelade überlistete, aus ihrem Glas zu kommen. »Oder eine Reinigung. Ich muss bis nach Wesley fahren, um meine Hosen bügeln zu lassen.«

»Sie müssten Sie nicht bügeln lassen, wenn Sie sie nicht einfach auf den Boden werfen würden«, meinte Percy. Percy hatte die Junggesellenbude des Redakteurs vor seiner Heirat mit Adele besucht und war wie vom Donner gerührt gewesen.

Wie sehr er sich auch bemühte, Father Tim konnte es sich nicht vorstellen, sich in der Teestube mit J.C. und Mule zu treffen. Es wäre nicht mehr dasselbe. Außerdem hatte Percy erklärt, dass man ihn nur mit den Füßen voran in das mit lavendelfarbenen Vergissmeinnicht tapezierte Lokal bekommen würde.

»Percy«, schrie J.C. zum Grill hinüber, »was glaubst du, wen Godzilla hier reinnehmen wird, wenn du in Ruhestand gehst?«

Percy machte ein angewidertes Gesicht. »Ron Malcolm meinte, hier käme eine Tierhandlung rein.« Allein der Gedanke an diesen Gestank, der dann auf die Main Street hinauswehte, genügte, um das Bedürfnis zu entwickeln, sein Frühstück wieder auszuspucken.

»Auf keinen Fall!«, sagte J.C. »Die Leute in Mitford kaufen ihre Haustiere nicht in einer Tierhandlung. Sie warten, bis irgendetwas an ihrer Gartentür auftaucht. Habe ich nicht recht?«, fragte er Father Tim, der es schließlich wissen sollte.

»›Du, Herr, gibst mir das Erbe und reichst mir den Becher …‹«

Er sprach die Verse zusammen mit Cynthia und der Gemeinde von St. Paul's in Wesley aus dem Gedächtnis.

»›Du hältst mein Los in deinen Händen. Auf schönem Land fiel mir mein Anteil zu. Ja, mein Erbe gefällt mir gut. Ich preise den Herrn, der mich beraten hat. Auch mahnt mich mein Herz in der Nacht. Ich habe den Herrn beständig vor Augen. Er steht mir zur Rechten, ich wanke nicht.‹«

Cynthia legte ihren Arm um ihn, während sie den Psalm sprachen. »›Darum freut sich mein Herz und frohlockt meine Seele; auch mein Leib wird wohnen in Sicherheit. Denn du gibst mich nicht der Unterwelt preis; du lässt deinen Frommen das Grab nicht schauen. Du zeigst mir den Pfad zum Leben. Vor deinem Angesicht herrscht Freude in Fülle, zu deiner Rechten Wonne für alle Zeit.‹«

Die vertrauten Worte wärmten ihm das Herz, Worte, die er – vor wie langer Zeit? – auswendig gelernt hatte. War er zehn Jahre alt gewesen oder zwölf? Er sah seine Frau an und wurde von einem Gefühl großer Zärtlichkeit überschwemmt. Der Junge, der diese Worte in Holly Springs in Mississippi vor einer verstummten Sonntagsschulklasse aufgesagt hatte – was für ein Wunder, dass er jetzt, mehr als ein halbes Jahrhundert später, in dieser Kirche in Wesley in North Carolina stand, den Arm seiner Frau um seine Taille spürte und erfüllt war von einem Glück, das zu erleben er niemals geglaubt hatte.

Stuart Cullen machte ganz und gar nicht den Eindruck eines würdigen, allseits hochgeschätzten Bischofs. Tatsächlich sah er mit seinen einundsiebzig Jahren aus wie ein Mann, der gerade von einem Fußballspiel auf einem Parkplatz zurückkam.

Father Tim war seltsam stolz darauf, dass sein Bischof und bester Freund aus Seminartagen jung und kräftig wirkte und nicht die geringsten Allüren hatte, und so trat er mit stolzgeschwellter Brust und eingezogenem Bauch in das bischöfliche Arbeitszimmer. Stuart blickte bei seinem Eintritt lächelnd von seinem antiken Nussbaumschreibtisch auf, erhob sich und kam ihm entgegen.

»Mein Freund!«

Sie umarmten einander. Der Bischof hegte große Zuneigung zu seinem langjährigen Lieblingspfarrer, und der Pfarrer war dankbar dafür, dass er nie den Ehrgeiz gehabt hatte, es bis an die Spitze zu bringen. In Wahrheit war er froh darüber, dass jemand anderer bereit war, die niederdrückende Last des höheren Kirchenlebens zu schultern und ihn in Frieden zu lassen.

»Du siehst großartig aus«, sagte Father Tim aufrichtig.

»Und alt«, erwiderte Stuart.

»Alt? Was ist Alter? Alter ist eine Frage von …«

Stuart kicherte. »Bitte, Timothy, halt mir keine Predigt. Setz dich lieber.«

Er nahm Platz und stellte zu seiner Erheiterung fest, dass er und Stuart beinahe gleich gekleidet waren; beide trugen sie Khakihosen, Sporthemd und Priesterkragen. »Wie Zwillinge im Partnerlook.«

»Nur dass du nicht alt bist, Timothy.«

»Was soll dieses Gerede über das Alter? Meine Gelenke knirschen wie die Achsen eines Heuwagens.«

»Mir haben deine Metaphern aus dem Leben der Landbevölkerung schon immer gefallen«, sagte Stuart.

»Zu viel Wordsworth in jungen Jahren«, erwiderte Father Tim.

»Wo wir gerade vom Landleben sprechen – hast du deine Maulwürfe irgendwo auf dem Land abgesetzt?«

»Eine gescheiterte Mission«, gestand er. »Wir konnten keinen fangen, den wir hätten aussetzen können.«

»Ich verabscheue Maulwürfe. Oder waren es Wühlmäuse? Und wo liegt da eigentlich der Unterschied?«

»Das willst du gar nicht wissen«, sagte Father Tim. »Jetzt erzähl mir, was eigentlich los ist. Du wirkst so neugierig. Oder vielleicht eher philosophisch.«

Stuart setzte sich in einen ledernen Armsessel seinem pensionierten Pfarrer gegenüber und blickte durch das Fenster in den Garten hinaus, den seine Frau pflegte und in dem er selbst gern herumwerkelte. Ein rosafarbener Hartriegel in früher Blüte bog sich im Wind. Schließlich drehte der Bischof sich wieder zu seinem Besucher um.

»Ich möchte eine Kathedrale bauen.«

»Ahhh.« Father Tim dachte einen Moment lang über diese verblüffende Ankündigung nach. »Der Bau von Kathedralen ist keine passende Aufgabe für die ältere Generation.«

»Der Gedanke ist mir auch gekommen; mir ist klar, dass ich vielleicht nicht lange genug leben werde, um den fertigen Bau noch zu sehen. Bei der Summe an Spendengeldern, die wir werden aufbringen müssen, und angesichts der Zeit, die allein so etwas dauert, werde ich vielleicht nicht einmal die Grundsteinlegung erleben. Wir werden uns nämlich keinen Cent für dieses Projekt leihen.«

»Hm, dann werden wir vielleicht beide tot und begraben sein.«

»Ich werde in elf Monaten zweiundsiebzig, und wie du weißt, wird man mich dann in Pension schicken. Die starren Grenzen für unsere Pensionierung haben mir noch nie gefallen. Ich habe mich nämlich noch nie im Leben besser gefühlt als jetzt. Warum sollte ich gezwungen werden, mit zweiundsiebzig in den Ruhestand zu treten?«

»Keine Ahnung«, sagte Father Tim.

»Wie dem auch sei, ich fange sehr spät damit an, eine Kathedrale zu bauen!«

»Wenn du mir die Plattitüde verzeihst: Es ist niemals zu spät.«

»Außerdem frage ich mich, ob die ganze Idee nicht vielleicht auf dem eigensüchtigen Wunsch nach Unsterblichkeit beruht.«

Schweigend dachten sie eine Weile darüber nach. Die Uhr auf dem Kaminsims tickte. »Meinst du«, fragte Father Tim, »dass das Streben nach Unsterblichkeit die treibende Kraft hinter Michelangelos *David* oder da Vincis *Mona Lisa* war?«

Der Bischof schlug die Beine übereinander und richtete seinen Blick auf die Zehenspitze seines Schuhs.

»Oder hinter, sagen wir, Händels *Messias?*« – »Ich behaupte nicht, zu wissen, was hinter irgendetwas steht, das wir Menschen tun. An manchen Tagen scheint es so, als geschehe alles, was wir tun, aus unaussprechlich egoistischen Gründen, dann wieder kommen die Tage auf dem Berggipfel, an denen wir die elektrisierende Wahrheit noch einmal ganz neu erfahren können, die Wahrheit, dass wir ernsthaft danach trachten, alles zum Ruhme Gottes zu tun.«

»Was hat Gott dir denn zu deinem Plan gesagt?«

»Eine ganze Menge. Genau genommen glaube ich, dass es eigentlich seine Idee war. Ich bin wahrscheinlich recht klug, aber nicht klug genug, um die ... Einzelheiten für diese Idee zu ersinnen. Ich muss gestehen, als mir diese Dinge plötzlich zufielen, habe ich geweint.«

»Dann geht es dir also nicht darum, deinen Namen über die Tür gemeißelt zu sehen? *St. Stuart on the Hill?*«

Stuart lachte. Ah, wie gern Father Tim seinen Bischof lachen hörte!

Stuarts Sekretärin öffnete die Tür und schob den Kopf in den Raum. »Ich gehe mittagessen. Sie beide werden wohl nichts benötigen?«

»Nur ein wenig Demut, gewürzt mit Geduld und Glück«, erwiderte der Bischof.

»Auf Vollkornweizen oder auf Roggen?«, fragte seine Sekretärin und schloss die Tür.

»Einige von uns«, sagte Stuart, »interessieren sich nur dafür, solche Dinge in Gang zu setzen, deren Erfüllung sie eines Tages miterleben werden, aber ich habe immer über die Gegenwart, über den Tag hinausgeblickt, eine Neigung, die gleichzeitig ein Segen und ein Fluch ist.«

»Das hat Niebuhr gesagt«, warf Father Tim ein.

»Allerdings. Er hat gesagt: ›Nichts, das es wert ist, getan zu werden, lässt sich in einem Menschenleben erreichen; daher kann uns nur die Hoffnung retten. Nichts, das wahr, schön oder gut ist, kommt in seinem eigenen historischen

Kontext voll zur Geltung; daher kann uns nur der Glaube retten.‹«

»›Und nichts, das wir tun, wie tüchtig wir auch sein mögen‹«, vollendete Father Tim das Zitat, »›können wir allein vollenden; deshalb kann uns nur die Liebe retten.‹«

Stuart beugte sich auf dem Sessel vor. »Ich habe Feinde, musst du wissen.«

Father Tim sprach es nicht aus, aber natürlich wusste er davon.

»Wie dir bewusst ist, ist unsere Diözese die ärmste im ganzen Südosten. Bisher hat man die Idee einer Kathedrale im Allgemeinen als protzig und selbstsüchtig abgetan, als eine Zurschaustellung spirituellen Stolzes und eine schamlose Verschwendung von Geldern, die für höhere Zwecke genutzt werden könnten.«

»Und ich bin davon überzeugt, dass das lediglich der Anfang ist.«

»Die Diözese ist umgeben von einer Kultur, in der eine Kathedrale nach europäischer Dekadenz stinkt, obwohl die Baptisten unten an der Straße gerade eben eine Kirche gebaut haben, in der zweitausend Menschen Platz haben, und dabei hat sich niemand etwas gedacht, nicht das Geringste.«

»Wo wird die Kathedrale erbaut werden?«, fragte Father Tim, der beschlossen hatte, die Dinge von der positiven Seite zu betrachten.

Stuart erhob sich aus dem Sessel, grinste und knöpfte sich das Jackett zu. »Komm mit. Ich werde es dir auf dem Weg zum Mittagessen zeigen.«

»Das ist eine Kuhweide, Stuart!« Er wusste mit Sicherheit, dass er soeben in etwas hineingetreten war.

»Ah, Timothy, mach die Augen auf! Eine Kuhweide, ja, aber eine, von der aus man einen prachtvollen Blick auf die Stadt hat! Sieh dir nur an, wo wir stehen, um Himmels willen! Das ist ein Platz für Engel!«

Der Wind riss ihnen die Worte aus dem Mund; ihre Mäntel blähten sich auf und flatterten wie Segel.

»... Querschiff«, brüllte Stuart und zeigte auf die Kuppe des Hügels. »... kreuzförmig!«, rief er und fuchtelte mit ausgestreckten Armen herum. Obwohl es fast unmöglich war, zu verstehen, was Stuart sagte, sprach der Gesichtsausdruck seines Bischofs Bände; er war so lebendig und strahlend wie der des jungen Mannes, den Father Tim vor all den Jahren im Predigerseminar kennengelernt hatte.

Sie eilten zum Wagen zurück, vorangetrieben von dem kühlen Wind in ihrem Rücken.

»Jetzt zu den Einzelheiten«, sagte Stuart, der darüber vergaß, den Schlüssel in das Zündschloss des Wagens zu stecken. »Wir werden unsere Kathedrale aus Baumstämmen bauen.«

»Aus Baumstämmen.«

»Ja! Ein ehrliches Baumaterial direkt aus unseren Bergwäldern, mit Scherenbindern aus gelber Sumpfkiefer als Dachstuhl, Holzschindeln, von unseren einzigartigen Handwerkern geschreinerte Kirchenbänke aus Eiche ... Ich kann dir gar nicht sagen, wie sehr mich das begeistert, Timothy! Und außerdem ...«

In den Augen seines Bischofs stand ein regelrechtes Funkeln. »... außerdem sind diese Materialien extrem kostengünstig!«

»Aha.«

»Wir denken, dass wir es für sechs Millionen schaffen können«, sagte Stuart. »Alles in allem spottbillig. Endlich werden wir das haben, was wir schon seit so vielen Jahren brauchen – einen Treffpunkt für unsere zerstreute Diözese, ein Zentrum der Gelehrsamkeit, und eines Tages, dessen bin ich gewiss, eine großartige Chorschule.«

Der Bischof ließ den Wagen an, und sie rollten langsam über die von Bäumen gesäumte Straße den Hügel hinunter. »Bete für mich«, sagte er leise.

»Ich bete seit mehr als vierzig Jahren für dich, mein Freund.«

»Dann hör jetzt nicht damit auf. Du weißt natürlich, dass auch du getreulich in meinen Gebeten bist und es immer sein wirst.«

»Ja«, antwortete Father Tim. »Und ich bin sehr dankbar dafür.«

»Aber ich habe viel zu viel von meinen eigenen Interessen geredet. Verzeih mir, Timothy. Erzähl mir, was dich heute hierhergeführt hat, was du auf dem Herzen hast.«

Nach der Diskussion über eine große Kathedrale war es nicht leicht, ein neues Thema anzuschneiden, aber zwischen der Frage und seiner Antwort lag kaum mehr als ein Herzschlag.

»Die Mission.«

Stuart zuckte sichtlich zusammen. »Du hast nicht genug zu tun; die Pensionierung verschafft den Menschen im Allgemeinen zu viel Zeit zum Nachdenken.«

»Komm mir nicht so von oben herab, Stuart.« Er hatte Stuarts Traum nicht auf die leichte Schulter genommen, und er sah es nicht gern, dass sein eigener Traum so achtlos abgetan wurde.

»Natürlich, du hast recht.«

»Das ist sehr wichtig für mich und für Cynthia. Außerdem lautet der Auftrag, in die Welt hinauszugehen und die frohe Botschaft weiterzutragen, nicht zu Hause zu sitzen und zum Fossil zu werden.«

»Ich habe deshalb so reagiert, weil du Diabetes hast. Es wäre nicht gut, wenn du ohne medizinische Hilfe auf irgendeinem trostlosen Außenposten festsitzen würdest.«

»Ich spritze mir zweimal am Tag Insulin, überwache meinen Zucker mit großer Genauigkeit, esse in regelmäßigen Abständen, mache zweimal die Woche Sport – keine große Sache. Genau genommen würde mein Arzt mir allerdings einen trostlosen Außenposten verbieten; wir werden nicht weit von zu Hause fortgehen.«

»Hast du schon eine Ahnung, wohin?« – »An irgendeinen Ort in den Appalachen«, antwortete er. »Dahin, wo die Dooley Barlowes und Lace Harpers herkommen.«

»Wer ist Lace Harper?«

»Eine außerordentliche junge Frau, Adoptivtochter meines Arztes und seiner Frau, die in diesem Herbst ihr erstes Jahr am College beginnen wird. Vor nicht allzu langer Zeit hat sie noch im Schmutz unter ihrem Haus gelebt.«

»Weshalb denn das?«

»Um vor einem trunksüchtigen Vater zu fliehen, der sie besinnungslos zu schlagen pflegte.«

»Lieber Gott.«

»Bevor die Harpers sie aufgenommen haben, hat sie sich ihr Wissen mithilfe des Bücherbusses fast zur Gänze allein angeeignet. Jetzt ist sie einer der hellsten Sterne, die ihre Privatschule je gesehen hat. Wir haben Lace ungeheuer gern, und wir hegen die Hoffnung, dass sie und Dooley eines Tages ... nun ja, du verstehst.«

»Aha. Und dein Junge, Dooley, er macht sich gut, ja?«

»Beginnt gerade an der University of Georgia sein Studium der Tiermedizin. Wie du dich vielleicht erinnerst, ist Dooley der Sohn eines gewalttätigen Vaters, den er kaum kannte, und einer ehemals alkoholkranken Mutter, die ihre Kinder weggegeben hat. Mittlerweile hat Pauline Christus kennengelernt und einen gläubigen Christen geheiratet; die Verwandlung ist ein wahres Wunder. Mit alledem will ich lediglich sagen, dass ich erlebt habe, welchen Unterschied es für Kinder wie Dooley und Lace machen kann, wenn man sie aus diesen Verhältnissen herausholt, wenn man ihnen Liebe schenkt. In Wahrheit macht es den alles entscheidenden Unterschied!«

Stuart bremste, weil er links abbiegen wollte, und sah seinen alten Freund an.

»Ein englischer Missionar hat einmal gesagt: ›Manche Menschen wollen in Hörweite der Kirchenglocken leben; ich möchte im Vorhof der Hölle eine Rettungsstation bemannen.‹ Du hast meinen Segen.« Von all seinen Geistlichen war Timothy Kavanagh immer derjenige gewesen, auf den er sich vollkommen verlassen konnte, derjenige, dessen theologische Ansichten niemals ins Wanken geraten waren und dessen Freundschaft wirklich zählte.

»Ich werde deine Hilfe brauchen, Stuart, deine Meinung, welches Kirchenamt dafür in Frage käme.«

Der Bischof fuhr auf den Parkplatz des Restaurants und schaltete die Zündung aus. Er sah Father Tim an und nickte zustimmend. »Auch die wirst du bekommen«, versprach er.

2

Zweifelhafte Vergnügen

KEINE GEGENLIEBE FÜR JUNGFER FRÜHLINGS ZARTEN FLIRT

Von Hessie Mayhew

Mitte Februar lockte Jungfer Frühling unsere winterlichen Geister drei Tage lang mit Winden, so lau, dass wir der Täuschung restlos erlagen, weil wir Jahr um Jahr vergessen, dass diese frivole und unbußfertige Dame uns regelmäßig zu verraten pflegt.

Im März wurde unser Stromnetz von Eisstürmen lahmgelegt! Im April waren unsere Dächer beladen mit Schnee! Am 1. Mai peitschten bitterkalte Winde durch unsere Fliederbüsche! Nur mit Schaudern mag man daran denken, was der Juni bringen wird, der gute Juni, der uns einst Rosen und Klematis schenkte!

An den Südhängen des Gebirges, wo die japanischen Kirschen schon lange ihre purpurroten Blütenblätter haben fallen lassen, müssen wir Stiefkinder des Glücks unsere karge Freude darin finden, unsere Häuser mit Zweigen voller welker Beeren zu schmücken!

Doch wie sehr sich das Herz nach dem jugendlichen Hauch Jungfer Frühlings verzehren mag, so hört diese meine inständige Bitte, auf den einen Rat, der euch, was euch in diesem irdischen Leben auch widerfahren mag, niemals im Stich lassen wird:

PFLANZT NICHT VOR DEM 15. MAI!

Hessie Mayhews alljährliche Frühlingsfurcht ... Er seufzte und warf die Zeitung auf den Boden.

Früher hatte er die *Mitford Muse* in zwanzig, höchstens dreißig Minuten durchgeblättert. Als er jetzt auf seine Armbanduhr sah, stellte er zu seinem Unwillen fest, dass er anderthalb Stunden auf das verflixte Ding verwandt hatte, so gefesselt von der Lektüre, als handle es sich um die *Chicago Tribune*.

Er hatte sogar die Annoncen studiert, etwas, das er nur selten in seinem Leben getan hatte, und sich ernsthaft für eine Kommode aus Walnussholz interessiert, die auf einem Flohmarkt in Wesley feilgeboten werden sollte.

Die Pensionierung. Das war der Bösewicht.

Er griff sich die jüngste Ausgabe des *Anglican Digest* von dem Tisch neben seinem Sessel und machte sich mit gesenktem Kopf darüber her.

»Die Post!«, gurrte seine Frau, die niemals glücklicher war als in dem Moment, in dem die Post durch den Schlitz in der Haustür geworfen wurde.

Und wer wäre an ihrer Stelle nicht aus dem Häuschen gewesen vor Begeisterung?, fragte er sich. Kaum ein Tag verstrich, an dem ihre treuen Leser nicht von ihrem Talent, ihrer Schönheit, ihrem Scharfsinn, ihrer Intelligenz und ihrem allgemeinen Beitrag zum Wohl der Menschheit schwärmten.

Sie setzte sich neben ihn auf das Sofa im Arbeitszimmer und machte sich an das Sortieren.

»Fanpost, Fanpost, Fanpost, Rechnung ... Rechnung, Rechnung, Fanpost, Müll, Rechnung ...« – sie stapelte, wie er bemerkte, die Rechnungen auf seinem Schoß, nicht auf ihrem – »Müll, Müll, Fanpost, Rechnung ...«

»Ta-dam, ta-dam.«

Sie hörte auf zu sortieren und riss einen Umschlag auf.

»Oh, wie schön, das ist keine Fanpost, der Brief kommt von Marion!« Marion war ihre liebe, treue Freundin aus ihrer Vertretungszeit auf Whitecap Island; Marions lange, von Neuigkeiten nur so strotzende Briefe waren stets ein Genuss für ihn.

»Ach, du meine Güte!« Sie brach in Gelächter aus.

»Was?«, fragte er.

»Ellas Bridgewaters Vogel, Louise … erinnerst du dich an den Kanarienvogel, der dir immer ein Ständchen gehalten hat? Nun, es ist am Ende doch keine Louise, es ist ein Louis! Marion hat nicht den blassesten Schimmer, wie Ella diese überraschende Tatsache entdeckt hat, aber es ist das Gesprächsthema Nummer eins in St. John's.«

»Aha.«

»Marion geht jetzt online und möchte unsere E-Mail-Adresse haben.«

»Da kann sie lange warten.«

»Und sie und Sam lassen dich grüßen.«

»Das ist alles? Louise ist Louis, und sie lassen grüßen?«

»Das ist alles, mein Liebster, es ist diesmal nur ein sehr kurzer Brief.«

»Oh«, sagte er enttäuscht. Seine Frau nahm sich eilends anderer Dinge an und schlitzte mit ihrem Brieföffner die Lasche eines weißen Umschlags auf.

»Ach, du meine Güte«, murmelte sie, während sie las. »Hm, na ja …« Einen Moment lang wirkte sie ein wenig traurig, dann sah sie ihn an und lächelte.

»Was ist los?«

»Man fragt mich, ob ich zusammen mit vier anderen Kinderbuchautoren und Illustratoren eine Lesereise durchs Land machen möchte.«

»Eine Lesereise durch das Land?« Bei dem Gedanken gefror ihm das Blut. Er erinnerte sich noch gut an ihre Reise nach Lansing vor einigen Jahren, wo sie in einer Schule gelesen hatte. Sie war sehr spät nach Hause gekommen, gerade als er die Polizei anrief, um eine landesweite Suche zu veranlassen.

»Innerhalb eines Programms namens READ«, sagte sie und warf noch einen Blick auf den Brief, »ein Akronym für *Readers Earn Author's Day*. Mal sehen ... hm ... was für eine großartige Idee. Mehrere Schulen veranstalten einen Wettbewerb, bei dem es darum geht, viele Bücher zu lesen, und diejenigen, die das Ziel erreichen oder übertreffen, werden zu einer Lesung von Davant-Preisträgern eingeladen. Die Einnahmen daraus sollen einem Alphabetisierungsprojekt vor Ort zugute kommen, und sieh nur ... die anderen Autoren sind meine Lieblingsautoren!«

Ihr Strahlen machte ihm Angst.

»Aber ...«

»Aber ich kann natürlich nicht mitfahren«, sagte sie.

»Und warum nicht?«

»Weil die Reise am 1. August beginnt und wir zu diesem Zeitpunkt in Tennessee sein werden.«

»Richtig!« Eine Woge der Erleichterung durchflutete ihn. »Natürlich!« In weniger als zwei Monaten würden sie nach Tennessee fahren, um zu der Gruppe *Our Own Backyard* – Im eigenen Hinterhof – zu stoßen, dem Missionsprojekt, um das sie lange gebetet hatten. Dooley wollte dann nach dem ersten Jahr am College einige Tage bei ihnen in Mitford verbringen, bevor er für den Rest des Sommers nach Meadowgate fuhr, um in Hal Owens Tierarztpraxis zu arbeiten.

Anschließend würden Father Tim und Cynthia ihren einjährigen Dienst bei OOB antreten. Die Idee zu diesem Projekt, das von Stuart Cullen herzlich unterstützt wurde, war von Pfarrer Roland entwickelt worden, dessen Nachforschungen verblüffende Wahrheiten über das Ausmaß von Armut und Not in dem Gebiet um Jessop in Tennessee aufgedeckt hatten. Dort würden sie Alkohol- und Drogenmissbrauch vorfinden, Gewalttätigkeit, schwerwiegende medizinische und zahnmedizinische Probleme, nichtmotorisierte Familien, ungepflasterte Straßen und eine hohe Rate von vorzeitigen Schulabgängern – kurzum, es war ein Gebiet, das starke Ähnlichkeit mit Mitfords Creek-Siedlung vor der Umwandlung zu einem Einkaufszentrum aufwies.

Es würde ein einfacher Dienst sein, und was ihn betraf, gehörte das zu den wesentlichen Anreizen dort. Zusammen mit Pfarrer Roland und einem jungen Priester aus Kentucky sowie dessen Frau würden sie in der abgelegenen Gemeinde unter ganz ähnlichen Bedingungen leben wie die anderen Bergfamilien; nur dass sie jeden Nachmittag die Türen ihrer Häuser allen jungen Leuten öffnen würden, die kommen wollten. Es würde Kunst und Gesangskurse geben, biblische Geschichten und Bücher, Essen und Spiele – ein sicherer Ort, ein guter Ort; und sonntags würden er und zwei andere Pfarrer in verschiedene, weit auseinanderliegende Missionskirchen gehen, die während des letzten Jahrhunderts von engagierten anglikanischen Bischöfen gegründet worden waren. Und dort würden sie dann die Messe lesen und predigen.

Der Umzug selbst sollte der Inbegriff der Schlichtheit werden: Sie würden Küchengeräte, eine Rolle Moskitonetze, fünf Koffer, vier Kissen und einen Haufen Decken in den Mustang laden. Sechsunddreißig Pfund Künstlerutensilien und zweihundert Bücher wollten sie sich von einer Spedition bringen lassen. Bei ihrer Ankunft würden sie es sich in einer spärlich möblierten Blechhütte mit betoniertem Boden gemütlich machen.

Seine Frau war erbleicht, als er ihr von der Blechbaracke erzählt hatte, und als die Rede auf die Betonfußböden kam, hätte sie das Ganze um ein Haar abgeblasen.

»Aber«, hatte sie gesagt, »es geht nicht um Betonböden.«

Er tätschelte ihre Hand, in der sie den Brief hielt. *Es tut mir leid,* hätte er gern gesagt, sagte es jedoch nicht. Und es tat ihm wirklich leid, denn es gab für ihn nichts Schöneres, als mit anzusehen, wie seine Frau auf ihre eigene Art dem Leben etwas zurückgab, eine Art, die nichts damit zu tun hatte, dass sie die Frau eines Pfarrers war.

Er blickte in ihr ernstes Gesicht und schämte sich seiner

Gefühle. Er war unaussprechlich eigensüchtig; tief in seinem Innern wusste er es, und nein, er würde ihr das niemals gestehen können, nicht in tausend Jahren.

Im Blumenladen von Mitford bat er Jena Ivey um ein Dutzend Rosen; langstielig, ohne Drähte, Farn oder Schleierkraut, in einer mit grünem Papier ausgelegten Schachtel und mit einem rosafarbenen Seidenband drum herum.

»Oh, ich erinnere mich, wie sie ihre Rosen am liebsten mag!« Jena sah ihm lächelnd in die Augen. »Und es ist eine Ewigkeit her, seit Sie es das letzte Mal getan haben.«

Er errötete. Er litt noch immer an der dunklen Erkenntnis, dass er eine verzweifelte Angst davor hatte, von seiner Frau getrennt zu sein. Diese Angst machte ihn plötzlich schwach und zerbrechlich wie ein Kind. All die Jahre allein, ein Junggeselle, der sich nur selten nach der wärmenden Liebe einer Frau gesehnt hatte, und jetzt ... er war ein Mann, besessen von einer furchtbaren Mischung aus Angst und Demütigung angesichts des Ausmaßes seiner Zuneigung.

»Machen Sie ...« Er hatte einen großen Frosch im Hals. »Machen Sie zwei Dutzend draus!«

Jena blinzelte ungläubig. Nur ein einziger Mann in Mitford hatte je zwei Dutzend Rosen auf einen Schlag gekauft, und das war Andrew Gregory, der Bürgermeister. Wann immer er und seine Frau Hochzeitstag hatten, eilte Mr Gregory in den Blumenladen und legte das Geld auf den Tisch, ganz gleich, wie hoch der Tagespreis war.

»Aber Reverend! Cynthia wird denken ... sie wird denken, Sie wären übergeschnappt!«

Er zwang sich zu einem Grinsen. »Und sie hätte recht damit«, sagte er.

»Tim?«

Es war John Brewster, der Direktor des Kinderkrankenhauses in Wesley.

»Am Apparat. Wie geht es Ihnen denn so?« – »Es könnte mir überhaupt nicht besser gehen. Ich habe nämlich ganz großartige Neuigkeiten.«

»Ich kann gar nicht genug bekommen von großartigen Neuigkeiten!«

»Wir haben endlich die Mittel aufgetrieben, um jemanden einstellen zu können, jemanden, der stark und clever ist und der sich außerdem darauf versteht, unsere Spender zum Spenden zu ermuntern – die Art Person, die hier in der Gegend wirklich etwas ausrichten kann.«

»Wunderbar! Das ist schon lange fällig.«

»Sehr lange, und ich möchte Sie bitten, die Position in Erwägung zu ziehen.«

Ein kurzes Schweigen folgte.

»Die Einzelheiten können wir später besprechen. Sie sind genau der Richtige für den Job. Tim – Sie sind ein Geschenk des Himmels, wenn Sie mich fragen. Ich hoffe, Sie werden ja sagen.«

»Äh.« Er war seltsam erschüttert. Ja, das war etwas, das er gern getan hätte und das zu tun sehr lohnend gewesen wäre. Aber ...

»Es ist zu spät«, antwortete er dem Direktor. »Ich bin kürzlich eine Verpflichtung eingegangen; Cynthia und ich werden nach Tennessee fahren, um dort an einem Kinderhilfsprogramm mitzuarbeiten. An den Wochenenden werden wir zwar meistens nach Mitford zurückkommen, aber ...«

»Es ist mir grässlich, das zu hören.«

Er fand, dass John so klang, als würde er gleich in Tränen ausbrechen.

»Ich bin furchtbar enttäuscht. Wir waren uns alle einig, dass ich Sie sofort anrufen soll. Besteht auch nur die geringste Chance, dass diese andere Geschichte ... dass sie sich zerschlagen könnte?«

»Ich glaube nicht. Es tut mir auch sehr leid, ich hätte gern ...«

John seufzte. »Hm, dann müssen wir eben noch einmal ganz von vorn anfangen und überlegen, wer sonst noch für die Position geeignet sein könnte. Ah, nun ja. Verflixt.«

Der Direktor wirkte ehrlich erschüttert.

Das ist doch kein Weltuntergang, hätte er gern gesagt.

»Es war sehr freundlich von Ihnen, mir das Angebot zu machen, John, ich fühle mich wirklich geschmeichelt.«

Und das war die Wahrheit. Als er den Flur hinunter zu Cynthias Atelier ging, federte sein Schritt wie nur selten. Dann setzte er sich auf ihr kleines Sofa und erzählte ihr, was sie soeben abgelehnt hatten.

Sie setzte sich auf seinen Schoß, küsste ihn auf den Kopf und umarmte ihn wortlos.

Lieber Stuart,

mir ist soeben etwas eingefallen, das Mahatma Gandhi einmal gesagt hat: »Zuerst lachen sie dich aus, dann kämpfen sie gegen dich, dann siegst du.«

Mit brüderlichem Gruß,

Timothy

»Reverend!«

Hélène Pringle kam über die Einfahrt in den Garten des gelben Hauses geflitzt. Er bemerkte mit einiger Zuneigung, dass sie auf und ab hüpfte, wenn sie flitzte, ähnlich einem jungen Hasen auf offenem Feld.

Sie hielt ein Päckchen in Händen, das sie ihm nunmehr in die Hände legte. »Brot!«, rief sie, ein wenig außer Atem. »Frisch gebacken. Ich hoffe, es wird Ihnen und Cynthia schmecken.«

»Vielen Dank, Hélène!«

Die verlockende Wärme des Brotlaibs drang durch die braune Tüte.

»Ich hätte gute Lust, es auf der Stelle aufzuessen!«

Seine Nachbarin lachte mit kindlicher Erheiterung. Was

für eine Verwandlung diese zierliche, einst so zaghafte Französin durchgemacht hatte, die vor zwei oder drei Jahren von Boston hergekommen und in das Haus nebenan gezogen war. Er dachte inzwischen kaum noch daran, aber ihre Bekanntschaft hatte einen ausgesprochen ungünstigen Anfang genommen – Hélène hatte nicht nur eine wertvolle Bronzestatue von seinem Kaminsims gestohlen, sondern ihn auch auf eine große Summe Geldes verklagt –, und das alles, während sie in seinem Haus gewohnt hatte. Gott sei Dank hatte er seine Anklagen fallen lassen, auch sie hatte von einem Prozess abgesehen, und jetzt hatten er und Cynthia die beste Nachbarin auf Gottes grüner Erde. Ja, Hélène Pringle hatte ihre Flügel gespreizt und sich zu einer anmutigen Frau gemausert.

»Es wird langsam wärmer!«, bemerkte er im Hinblick auf das Wetter und war dankbar, solche Worte aus seinem Mund zu hören.

»*Oui! J'adore le printemps!* Oh, entschuldigen Sie bitte, Reverend. Wenn ich aufgeregt bin, spreche ich immer französisch!«

»Ich habe gestern Françoise besucht, sie wirkt stark und glücklich.« Es war Hélène gelungen, ihre Mutter aus Boston herzuholen und im Haus der Hoffnung unterzubringen, wo sie, obwohl es wegen ihrer Herzkrankheit verschiedentlich Komplikationen gegeben hatte, langsam aufblühte.

»Mutter freut sich immer so über Ihre Besuche, Reverend, und ich kann Ihnen gar nicht genug danken für all das, was Sie und Cynthia für uns tun. Eines Tages, das verspreche ich, werde ich es Ihnen mit irgendetwas wiedergutmachen, das mehr ist als nur eine Kleinigkeit. *Absolument!*«

»Verschwenden Sie keinen Gedanken daran! Uns ist es mehr als genug Lohn, Ihr Glück beobachten zu dürfen.«

»Drei neue Schüler, Reverend! Das macht jetzt fünfzehn, und ich glaube, mehr darf ich nicht annehmen. Ich hätte nie gedacht, dass ich einmal so etwas sagen würde.« Hélène warf einen Blick auf ihre Armbanduhr. »*Ça, par exemple!* Es ist fast schon Zeit für Sophie Horthornes Klavierstunde, die um elf beginnt.«

Hélènes Klavierunterricht hatte Mitford eine angenehme neue Dimension geschenkt. Er war persönlich stolz auf ihren Erfolg, obwohl er nicht das Geringste damit zu tun gehabt hatte.

»Bitte, holen Sie sich Ihre Rosen, wenn sie blühen, Reverend. Ich muss Ihnen noch einmal sagen, wie dankbar ich dafür bin, im Haus eines Gärtners leben zu dürfen! Nun, *à bientôt!*«

»*Au revoir,* Hélène! Oh, und *merci!*« Er schätzte, dass sein französischer Wortschatz jetzt sagenhafte zehn oder zwölf Vokabeln umfasste.

Sie winkte ihm noch einmal fröhlich zu, dann flitzte sie zurück über die Einfahrt, den Rasen des Pfarrhauses und dann ihre Treppe hinauf.

Er lächelte. Wirklich wie ein Hase!

Als er durch die Haustür in den Flur trat, bemerkte er, dass seine Frau am Wohnzimmerfenster stand.

»Ich habe dich mit Hélène reden sehen. Es sah aus, als wollte sie dich am liebsten an Ort und Stelle mit Haut und Haaren auffressen!«

»Du hast mir nachspioniert!«, rief er.

»Stimmt, Liebling, aber nur, weil ich gerade einen Fleck von der Fensterscheibe gewischt hatte. Ich glaube, sie ist verrückt nach dir, aber das bewegt sich natürlich alles innerhalb der Grenzen des Anstands.«

Er fand, dass Cynthias Augen genau die Farbe der Wegwarte hatten, die jetzt bald überall um Mitford herum blühen würden. Er legte das Brot auf einen Stuhl, lief auf sie zu und nahm sie in die Arme. »Warum um Himmels willen solltest du eifersüchtig sein?«

Er lachte, als er das sagte, aber er wollte es wirklich wissen, musste es wissen; plötzlich wünschte er sich nichts sehnlicher, als dass sie etwas sagte, was ihn aus den Socken hauen würde. Sie verstand sich sehr gut auf dergleichen …

»Aber ich bin doch überhaupt nicht eifersüchtig!«

»Ach nein?«

»Natürlich nicht. Hélène ist eine zauberhafte Frau, die kaum je einen anständigen Mann kennengelernt hat, bevor sie ihrem Nachbarn begegnete. Genauso habe ich empfunden, als ich anfing, durch die Hecke zu huschen.«

Ah. Durch die Hecke huschen. Das war der modus operandi in der Zeit ihrer Werbung gewesen; allein bei der Erwähnung der Hecke stiegen ausgesprochen wehmütige Erinnerungen in ihm auf.

»Außerdem, Timothy, weiß ich ja, dass du mich lieben wirst, bis dass der Tod uns scheidet – und danach bis in alle Ewigkeit.«

Sie schlang ihm die Arme um den Hals, und er küsste sie zärtlich und sog ihren warmen Duft ein.

Aber seit sie das Thema aufgebracht hatte, wünschte er sich doch, sie wäre eifersüchtig – wenn auch nur ein ganz klein wenig.

Er rückte mit seinen Neuigkeiten heraus, als sie am Küchentisch saßen.

»Nicht schon wieder!«, jammerte Puny. »Sie sind doch gerade erst weg gewesen, ich mag nicht einmal darüber nachdenken, dass Sie schon wieder weggehen!«

»Es ist doch nur für ein Jahr«, sagte er und kam sich vor wie ein Verräter.

»Ja, Sir, mir kommt's so vor, als hätten wir uns grad erst wieder berappelt, seit Sie das letzte Mal auf und davon sind«, sagte Harley. Harley Welch war sein Freund, sein Faktotum, sein Bruder im Herrn und sein Nachbar, der in Hélènes Kellerwohnung lebte.

»Wir werden mit Kindern arbeiten, die durch ihre Lebensumstände furchtbar verletzt wurden«, erklärte Cynthia. »Es ist ein wunderbares Programm, das Familien helfen wird, Heilung zu finden.«

»Aber Sie haben doch auch hier in Mitford Kinder«, sagte Puny, die sichtlich Mühe hatte, sie zu verstehen. »Ich meine, sie sind natürlich nicht wirklich verletzt oder irgendetwas, selbst wenn ich Sassy neulich furchtbar verhauen habe, weil sie mit Streichhölzern gespielt hat.«

Punys rothaarige Zwillinge, Sissy und Sassy, waren seit ihrer Geburt ein Teil des Kavanaghschen Haushalts gewesen. Jetzt kamen sie für gewöhnlich jeden Tag auf dem Heimweg von der zweiten Klasse der Mitforder Schule in das gelbe Haus zurück.

Father Tim sah zu Cynthia hinüber, die die niedergeschlagene Reaktion auf ihre Neuigkeiten offenkundig ernüchtert hatte. Hatten sie nicht jedes Recht, zu tun, was immer sie wollten? Hatten sie nicht die Freiheit verdient, Gottes Plan für ihr Leben zu verfolgen? Und hier hingen nun zwei Unterlippen förmlich bis zum Fußboden hinunter.

Harley schüttelte den Kopf und seufzte.

»Also, hört zu!«, sagte Father Tim mit seiner Kanzelstimme.

Aha! Das war der richtige Ansatz, damit zog er ihre Aufmerksamkeit auf sich. Jetzt hieß es verkünden, nicht bitten oder verhandeln.

»Wir werden nach Tennessee gehen, aber ohne eure Hilfe können wir das nicht tun. Nein, wirklich, wir würden ganz schön in der Klemme sitzen. In Wahrheit sieht es so aus: Wenn der Herr uns nicht euch beide geschickt hätte, die sich hier um alles kümmern, bezweifle ich, dass wir seinem Ruf hätten folgen können.

Harley, Sie werden dafür sorgen, dass die beiden Gärten gemäht, gepflegt und gedüngt werden.

Puny, Sie werden die großartige Arbeit leisten, die Sie schon übernommen haben, als wir in Whitecap waren! Wir werden am Wochenende regelmäßig nach Mitford zurückkommen, ausgehungert wie Bären nach dem Winterschlaf, also füllen Sie unseren Kühlschrank, und sparen Sie nicht an der Tomatensülze!«

»Ja, Sir.« Harley hatte angebissen.

»Seien Sie so lieb und bringen Sie Dooleys Opa sein Leberbrot, da Dooley diesen Sommer bei den Owens in Maedowgate sein wird. Außerdem möchte ich, dass Sie ab und zu zur Farm hinausfahren und sich von Marge Owen etwas Hühnerpastete zu essen geben lassen. Sie meinte, darauf freue sie sich jetzt schon.«

Harley sprang von seinem Stuhl auf und stand nun mit durchgedrücktem Rücken da. »Ja, Sir, Reverend!« Er glaubte, Harley würde womöglich salutieren.

»Puny! Meinen Sie, dass Sie das alles schaffen?«

»Oh, ja, Sir, das kann ich, und ich werde es mit Freuden tun!« Die Farbe war in ihre Wangen zurückgekehrt, und das Adrenalin strömte durch ihre Adern; mit einem Mal war wieder Leben in das Haus eingekehrt, als sei die Elektrizität nach einem Stromausfall wieder angesprungen.

»Hm, dann wäre das also abgemacht, und Gott sei gedankt für euch beide!«

Seine Frau drehte sich um und sah ihn lächelnd an.

»Liebling«, murmelte sie mit offenkundiger Bewunderung, »du hättest auch Sergeant bei der Marine werden können!«

»Für dich«, sagte Cynthia, die wie jeden Tag die Post durchsah. Der Umschlag trug den Poststempel eines Bundesgefängnisses, und er schlitzte ihn voller Eifer auf.

Reverend!

Vielen Dank für Ihren Brief vom letzten Monat. Ich habe nicht so schnell geantwortet wie üblich, da hier eine Menge los war. Gott wirkt auf sehr unerwarteten Wegen.

Um es kurz zu machen:

Nach acht Jahren werde ich jetzt wegen guter Führung entlassen. Meine Hand zittert, während ich dies schreibe, da ich nicht wusste, ob ich jemals in der Lage sein würde, solch wunderbare, gute Neuigkeiten mit jemandem zu teilen.

Ich habe die Hoffnung, dass ich in Mitford vielleicht willkommen sein werde. Wenn Sie mir helfen könnten, dort einen Platz zu finden, werde ich Ihnen immer dankbar sein, und ich werde hart arbeiten, um mir Ihr Vertrauen zu verdienen, Ihr Vertrauen und das Vertrauen aller in Mitford. Wie ich schon so viele Male gesagt habe, habe ich mich nirgendwo sonst je zu Hause gefühlt. Ich werde eine Anstellung benötigen, und ich wäre Ihnen dankbar, wenn Sie die Augen offenhalten würden, obwohl ich weiß, dass verurteilte Straftäter auf dem Arbeitsmarkt keine allzu großen Chancen haben.

Beten Sie für mich, Reverend, während ich diese nächsten Wochen hinter mich bringe. Wenn Sie damit einverstanden sind, müsste ich Mitte Juni in Mitford sein.

Ich weiß nicht, was ich Ihnen von meinen beruflichen Fähigkeiten erzählen soll, da man mich an der Universität nie wieder akzeptieren wird.

Mein Hauptinteresse liegt darin, dieses großartige neue Leben im Dienste Christi zu leben. Ich kann ein wenig Softball spielen, und ich verstehe mich auf die Restaurierung alter Autos, was mir, während ich noch einmal auf diese Zeilen blicke, ziemlich wenig erscheint.

Ich wäre nur allzu gern bereit, ein Handwerk zu erlernen, und mir wäre so ziemlich alles recht, wenn ich nicht gerade wilde Pferde zureiten muss … Hm, genau betrachtet würde ich selbst das tun.

Beiliegend finden Sie den monatlichen Scheck für das Kinderkrankenhaus. Fast den ganzen Rest meines Einkommens aus der Arbeit in der Gefängniswäscherei habe ich gespart, sodass ich für den Anfang über gewisse, wenn auch begrenzte Mittel verfügen werde.

Bitte notieren Sie sich die neue Adresse, die man mir bis zu meiner Entlassung zugewiesen hat. Ich sehe Ihrem Brief mit großer Hoffnung entgegen.

Im Namen dessen, der unser treuer Schutz und Schild ist
Ihr George Gaynor

»Du strahlst ja«, sagte sie.

»George Gaynor wird aus dem Gefängnis entlassen.«

»Gott sei gedankt!«

»Er will nach Mitford ziehen. Wir müssen eine Arbeit für ihn suchen.«

»Ja! Wunderbar! Und eine Wohnung«, sagte sie, während ihre Gedanken sich bereits überschlugen.

Er klickte den Karabinerhaken der roten Leine an Barnabas' Halsband ein und ging pfeifend auf die Straße hinaus. Tim hatte sich schon seit sehr langer Zeit nicht mehr beim Pfeifen ertappt, wahrscheinlich seit seinen Streifzügen am Strand von Whitecap nicht mehr.

Er war in Besuchslaune. Wäre der heimatlose Hobbes nicht aufs Land gezogen, nachdem die Siedlung am Creek durch das Einkaufszentrum verdrängt worden war, wäre er jetzt hinübergetrottet, um ein Schwätzchen mit ihm zu halten.

Er vermisste die unbefangene Kameradschaft und die hart errungene Weisheit des Heimatlosen sehr oft. In Wahrheit waren seine Besuche in der Hütte am Bach früher eine wunderbare Fluchtmöglichkeit für ihn gewesen …

Er grüßte Avis Packard, der vor dem Laden stand und eine Zigarette rauchte; er schob den Kopf durch die Tür des Herrenausstatters und sprach mit dem Ladenbesitzer, der gerade Inventur machte und mürrisch dreinblickte; er machte einen Abstecher in die Leckerbäckerei und sagte Winnie Kendall Hallo, wobei er den Blick bewusst von den Backwaren abgewandt hielt und versuchte, nicht allzu tief einzuatmen, während ihr Mann, Thomas, ein Blech mit Schokoladenkeksen aus dem Ofen holte.

Er spazierte weiter, legte schließlich die Leine um eins der eisernen Beine der Bank vor der Grillstube und ging hinein, um sich eine große Portion Pommes frites mit Hähnchenfilet sowie ein Stückchen Kuchen von Little Debbie geben zu lassen. Dann trottete er, die Tüte fest an sich gedrückt, zum alten Porter House hinüber, auch bekannt als Stadtmuseum, um Onkel Billy und Miss Rose einen kleinen Besuch abzustatten.

Onkel Billy hievte sich mit seinem Gehstock aus dem Sessel hoch, schlurfte zur Hintertür und blickte grinsend hinaus. »Himmel, wenn das nicht der Reverend ist! Rose, komm mal her, es ist der Reverend!«

Er rief nach seiner schizophrenen Frau, mit der er seit mehr als fünfzig Jahren verheiratet war und die fast stocktaub war, sich jedoch weigerte, ein Hörgerät zu tragen. »Es gibt schon genug Geräte auf der Welt!«, lautete ihre Standardantwort.

Miss Rose tauchte hinter ihrem Mann auf, bekleidet mit einem Chenillemorgenrock und einem Turban, auf dem ein undefinierbares Etwas prangte ... vielleicht eine Tigerlilie aus platt gedrückter Seide ... oder war es eine Gladiole?

»Aber der Hund bleibt draußen«, rief sie. Die Gladiole wippte auf ihrem Kopf hin und her, wenn sie sprach.

»Ja, Madam«, sagte er, »das hatte ich sowieso vor.«

»Und binden Sie ihn nicht an meine Gartenstühle, die würde er bloß hinter sich herzerren.«

»Ja, Ma'am.«

Er band seinen geduldigen Hund an einen Pfosten der Veranda und ging mit der Tüte aus der Grillstube ins Haus. »Eine Kleinigkeit für Ihr Abendessen«, sagte er. Er genoss es, Onkel Billy Pommes frites mitzubringen, obwohl er Miss Rose mit Argusaugen bewachen musste, damit sie nicht die ganze Portion allein aß und ihrem Mann nur die Papiertüte übrig ließ.

»Was ist es denn?«, fragte die alte Frau, die heute besonders grimmig wirkte.

»Hühnchen, Pommes frites ...«

»Bill Watson isst keine Hühnerschenkel!« Sie entriss Father Tim die Tüte und stürmte den Flur hinunter. »Er mag nur weißes Fleisch!«

»Da laust mich doch der Affe«, sagte ihr Mann kläglich. »Rose! Komm sofort zurück!«

Sie hörten die Schlafzimmertür zukrachen, dann wurde der Schlüssel im Schloss gedreht.

»Oh, Himmel«, seufzte Onkel Billy.

»Hm«, sagte Father Tim, weil er nicht wusste, was er sonst hätte sagen sollen.

»Manche Tage sind schlimmer als andere, verstehen Sie?«

Father Tim dachte, dass Onkel Billy sich sehr zerbrechlich ausnahm – wie ein trockenes, vom Wind verwehtes Blatt.

»Hätten Sie Lust, mit runter in die Grillstube zu kommen, bevor sie schließt? Wir werden uns in Frieden hinsetzen, und Sie können essen, was Sie wollen. Ich gebe einen Schokoladenmilchshake aus.«

Onkel Billys trübe Augen schienen plötzlich zu blitzen. »Ich wäre Ihnen sehr verbunden, ja, Sir, mit Freuden.«

»Und ich wäre Ihnen nicht minder verbunden«, erwiderte Father Tim, der sich darauf freute, ein wenig die Gesellschaft seines alten Freundes genießen zu dürfen.

Man kam nur langsam voran, wenn man mit Bill Watson die Straße hinunterging, aber das störte ihn nicht. Schließlich hatte er es nicht eilig, und auch Barnabas wirkte vollkommen zufrieden.

»Wir beide werden ein ganzes Ende älter sein, wenn wir ankommen«, meinte Onkel Billy.

Er half Onkel Billy gerade über die Bordsteinkante, als er aufblickte und sie einige Häuser weiter aus ihrem Lincoln steigen sah. Es geschah unweigerlich; wie oft er sie auch im

Laufe der Jahre gesehen haben mochte, es war immer dasselbe: sein Herz hämmerte, sein Mund wurde trocken, und er wäre am liebsten um sein Leben gelaufen.

Sie sah in seine Richtung, und einen Augenblick lang schien es, als starre sie ihn an. Er wandte einmal kurz den Kopf ab, und als er wieder hinsah, war Edith Mallory in der Leckerbäckerei verschwunden.

Auf dem Rückweg von Onkel Billys Haus, in dem Miss Rose noch immer in der Abgeschiedenheit des Schlafzimmers hockte, stattete er Happy Endings noch einen kurzen Besuch ab.

Margaret Ann, die orangefarbene Katze, lag neben der Kasse auf der Theke; Hope Winchester saß auf einem Hocker und las ... Er konnte nicht erkennen, was.

»Was gibt's Neues?«, fragte er und fand, dass Hope heute ungewöhnlich attraktiv aussah, ein wenig wie eine jugendliche Figur aus einem klassischen Jane-Austen-Roman, aber in Jeans.

»Etwas Altes«, antwortete sie und hielt ihm das Buch hin. »Angela Thirkell!«

»Steht auf dem Regal mit den seltenen Büchern irgendetwas, das ich noch nicht gesehen habe?«

»Ich erwarte nächste Woche etwas, das Sie ungewöhnlich aufregend finden werden.«

»Geben Sie mir einen kleinen Hinweis.«

»Oh, ich möchte, dass es eine ...« – sie dachte kurz nach – »eine Art Wendepunkt wird.«

»Aha«, sagte er. »Rufen Sie mich an, wenn das Buch kommt. Ach, übrigens, ein Freund von Ihnen wird im Juni herziehen, und er wird eine Arbeit benötigen. Wenn Ihnen irgendetwas zu Ohren kommt ...«

»Welche beruflichen Qualifikationen hat er denn?« Hope rückte ihre Schildpattbrille zurecht.

Die Wahrheit über George Gaynor würde ohnehin bekannt werden, sobald er in der Stadt eintraf, daher konnte Father Tim den Stein ebenso gut gleich ins Rollen bringen.

»Erinnern Sie sich an den ›Mann auf dem Speicher‹?«

»Aber ja! Wer könnte ihn vergessen? Und er will nach *Mitford* ziehen?« Ihre Augen leuchteten förmlich.

Wenn sie ein verurteilter Juwelendieb, der in ihrer Mitte leben würde, schon derart aus dem Häuschen brachte, dachte er, würden die übrigen Bewohner des Dorfes vielleicht genauso empfinden.

In Wahrheit hatte die ganze Stadt George Gaynor ins Herz geschlossen, und der Grund dafür war die Art, wie er sich während eines Sonntagsgottesdienst in der Lord's Chapel den Behörden gestellt hatte. Father Tim erinnerte sich daran, dass die erste Klasse der Mitford-School George selbstgemachte Bilder ins Gefängnis geschickt hatte, und das ungewöhnliche Geständnis seines Unrechts war in mehreren Predigten am Ort gewürdigt worden.

Er betrachtete Hopes strahlendes Gesicht als ein gutes Zeichen.

Warum sollte er jetzt eine Kontrolluntersuchung über sich ergehen lassen? Warum nicht erst ein oder zwei Tage vor ihrem Aufbruch nach Tennessee? Auf diese Weise wären seine Ergebnisse dann auf dem neuesten Stand. Er trottete ins Badezimmer im unteren Stockwerk, wo er sein Blutzucker-Messgerät aufbewahrte, öffnete den kleinen Koffer, piekste sich in die Spitze seines linken Zeigefingers und ließ den Blutstropfen auf einen Teststreifen fallen.

Barnabas kam herein und setzte sich neugierig zu seinen Füßen.

»Hallo, Kamerad.«

Er schob den Streifen in das Messgerät und wartete auf das Ergebnis: hundertachtzig.

Nicht gut. Aber auch nicht furchtbar schlecht. Er würde das schon hinbekommen.

Er ging ins Arbeitszimmer, rief in Hoppys Praxis an und ließ sich einen neuen Termin geben.

»Die Post! Die Post!«

Cynthia kam, dicht gefolgt von Violet, ins Arbeitszimmer und ließ den ganzen Stapel auf das Sofa fallen. Tim nahm den Brieföffner, der dauerhaft neben der Topfgardenie auf dem Couchtisch residierte, und hielt ihn in Bereitschaft.

»Los geht's, Liebling. Rechnung, Rechnung, Fanpost, Fanpost, Müll, Müll, Müll, igitt, Müll, Fanpost, *Southern Living*, Fanpost ... oje.«

»Oje was?«, fragte er und nippte an seinem Tee.

»Der kommt von der Kommission.« Violet sprang auf das Sofa und ließ sich auf Cynthias Schoß nieder.

»Kommission?«

»Ja, von der Kommission zur Verleihung des Davant-Preises. In New York hat mir niemand ein Wort davon gesagt. Sie hätten doch sicher etwas gesagt, wenn ...«

Langsam öffnete sie den Brief und begann zu lesen.

Liebe Mrs Coppersmith,

wir freuen uns sehr, Sie davon in Kenntnis setzen zu dürfen, dass Ihr jüngstes Buch, Violet am Strand, *mit dem angesehenen Davant-Preis ausgezeichnet wird. Die Übergabe des Preises wird am 14. Juli im Plaza Hotel in New York stattfinden. Herzlichen Glückwunsch!*

Wir sind hocherfreut darüber, dass dies Ihr zweiter Davant-Preis sein wird, und obwohl diese Anerkennung Ihres herausragenden Werks für eine angesehene Jury aus den Kreisen Ihrer Berufskollegen nicht die geringste Überraschung darstellt, hoffen wir doch, dass es für Sie eine ausgesprochen angenehme Überraschung sein wird.

Seine Frau sah ihn kraftlos an.

»Oh, Timothy ...«

Er wollte sie gerade in die Arme nehmen, da brach sie auch schon in Tränen aus.

MITFORDER PFARRFRAU ERHÄLT GROSSE AUSZEICHNUNG – Er rollte die jüngste Ausgabe der *Muse* zusammen, setzte seine Mütze auf, trat aus dem Haus, ohne seinen Hund zu beachten, ging im Eilschritt die Wisteria Lane hinunter und bog nach rechts auf die Main Street ein.

Er fegte an der Bäckerei vorbei, dass die vorderen Fenster in dem zweistöckigen Bürogebäude nur so klapperten, und stürmte in die Grillstube, wo er schnurstracks auf den hinteren Tisch zumarschierte, die Tür zum Treppenhaus öffnete und, immer zwei Stufen auf einmal, nach oben stürzte.

»J. C.«, sagte er mit zusammengebissenen Zähnen.

Der Redakteur blickte von seinem Layout-Tisch auf. »Was denn?«

Er schüttelte die zusammengerollte Zeitung. »Meine Frau ist keine Pfarrfrau …«

Er bedauerte, dass er atemlos keuchte.

»Hm, um ein Haar hätten Sie mich getäuscht«, antwortete J. C. mit verwirrter Miene.

»Sie ist eine eigene Persönlichkeit, sie hat einen Namen, und ich würde es in Zukunft sehr begrüßen, wenn Sie diesen Namen benutzen würden. Sie hat soeben einen der angesehensten Kinderbuchpreise gewonnen, und Sie haben diese große Ehre geschmälert, indem Sie ihren Namen aus der Überschrift herausgenommen und sie als meine *Frau* präsentiert haben!«

»Haben Sie getrunken? Sie *ist* Ihre Frau!«

Father Tim senkte die Stimme. »Diesen Preis hat keine Pfarrfrau gewonnen, es war eine hart arbeitende Schriftstellerin und Illustratorin, die ihn gewonnen hat, eine Frau, die sich seit mehr als zwanzig Jahren über einem Zeichenbrett abrackert und sich das Recht verdient hat, bei *ihrem eigenen Namen* genannt zu werden.«

»Ich habe sie beim Namen genannt, verflixt und zugenäht.«

»In der *Überschrift.*«

J.C. funkelte ihn an. »Sie werden noch einen Schlaganfall kriegen, wenn Sie nicht aufpassen.«

Er sah, dass seine Hände zitterten, schob sie hinter den Rücken und holte tief Luft.

»Ich wollte Sie das lediglich wissen lassen«, erklärte er, machte auf dem Absatz kehrt und ging die Treppe hinunter, durch die Grillstube und hinaus auf die Straße, wo er stehen blieb, sich über die Stirn wischte und sich fragte, was genau ihm soeben widerfahren war.

»He, Opa!«

»He, Opa!«

Zwillingsmädchen, Zwillingsfrisuren, Zwillingsumarmungen – und doch zwei durch und durch individuelle Herzen, Seelen und Köpfe.

»Selber he!«, rief er. »Kommt her, und erzählt mir alles.«

Ah, wie sehr er die Enkelkinder liebte, die zu adoptieren Puny ihm gestattet hatte. Es gab jedoch keine Oma in dem Haushalt; Cynthia fand nicht im mindesten Gefallen an dieser volkstümlichen Bezeichnung, für alle Besucher, ungeachtet deren Alter oder gesellschaftlicher Stellung, war sie schlicht und einfach Cynthia.

»Das ist für dich!«, sagte Sassy und nahm etwas aus ihrer Büchertasche. »Unten drunter steht mein Name.«

Er sah sich das mit Wasserfarben gemalte Bild an – ein Mann, der in einem Armsessel schlief, zu seinen Füßen ein riesiger schwarzer Hund. Der Mann hatte eine große Nase und trug keine Schuhe.

»Das bist du!«, erklärte sie selbstzufrieden.

»Hm. Bist du dir sicher, dass meine Nase so groß ist?«

»Miss Cynthy sagt, der Mann sieht genauso aus wie du!«

»Und sieh mal, Opa, das ist von mir!« Sissy hielt ihr eigenes Bild hoch – ein Mann, der auf einem Sofa lag, einen riesigen schwarzen Hund neben sich auf dem Boden. »Das bist du und Barnabas, und Violet hab ich unters Sofa gemalt, das ist ihr Schwanz, gefällt es dir?«

Da war sie wieder, diese rübengroße Nase. Er hob die Hand und tastete nach dem Ding, das aus seinem Gesicht hervorragte. »Es könnte mir gar nicht besser gefallen. Warum um alles in der Welt habt ihr mich heute gemalt?«

»Miss Hellman hat gesagt, wir sollen jemanden malen, *nicht* unsere Mama oder unseren Daddy, aber jemanden, den wir furchtbar gern haben.«

»Nun, in diesem Falle habt ihr vielleicht nichts dagegen, euch mit mir in der Stadt blicken zu lassen.« Die Zwillinge begannen, auf den Fußballen zu wippen, das erste Stadium eines Spiels, das sie nach der Schule oft mit ihm spielten.

Father Tim kratzte sich mit gespielter Verwirrung am Kopf und fragte ernsthaft: »Aber wo um alles in der Welt können wir hingehen?«

»In die Leckerbäckerei!«, riefen die beiden einstimmig.

»Ich wusste gar nicht, dass Sie Enkelkinder haben!« Ada Rupert, die soeben für einen Besuch ihrer eigenen Enkelkinder ein Dutzend Haferkekse kaufte, sah ihn argwöhnisch an.

»Hab ich auch nicht«, erwiderte er. »Nun, nicht direkt. Man könnte sagen, ich borge mir meine Enkelkinder aus.«

»Hm«, brummte Ada. »Ich schätze, wenn man den lieben langen Tag über nichts zu tun hat, hilft es einem, die Zeit zu vertreiben, wenn man sich Enkelkinder borgt. Was mich betrifft, hätte ich alles, was man sich nur wünschen kann, auch ohne dass meine Enkelkinder heute Nachmittag für zwei Tage zu mir kommen!«

Er bemerkte, dass Ada schnaufte, als sei sie den ganzen Weg vom Gipfel des Hügels zur Bäckerei gerannt.

»Schokosplitterkuchen!«, sagte Sassy, die sich auf die Zehenspitzen gestellt hatte, um bei Winnie ihre Bestellung aufzugeben.

»Sahnehörnchen!«, verkündete Sissy und deutete auf die Köstlichkeit ihrer Wahl, indem sie die Glasscheibe berührte und einen Fingertapser zurückließ.

»Nun!«, sagte Ada, die ihre Einkäufe jetzt zusammenpackte und sich zum Gehen wandte. »Sie können sich meine jederzeit auch einmal ausborgen! Bedienen Sie sich nur!«

Beschämt stellte er fest, dass er Ada Ruperts notorisch scharfer Zunge zum Opfer gefallen war. Er hatte den lieben langen Tag nichts zu tun? Wahrhaftig!

Als die Türglocke bimmelte, war sein Gesicht flammend rot, und er zog seine Brieftasche hervor. »Ein Sahnehörnchen, ein Schokosplitterkuchen und …« Er starrte erschüttert in die Vitrine.

»Und?«, fragte Winnie, die ihn mit zusammengekniffenen Augen musterte.

Sein Herz hämmerte. »Und eine *Blätterteigtasche!«*, antwortete er, überrascht zu hören, dass er die verbotene Bestellung mit seiner Kanzelstimme aufgegeben hatte.

Nach dem Abendessen im gelben Haus klopfte er an die Kellertür des Pfarrhauses.

Harley öffnete ihm mit leicht törichter Miene. »Himmel, Reverend, Sie haben mich beim Zwiebelbraten erwischt! Kommen Sie doch rein, ich hoffe, der Geruch stört Sie nicht.«

»Es riecht gut! Ich will auch nicht lange bleiben. Ich wollte Ihnen lediglich erzählen, dass ein Freund in die Stadt kommt. Er wird Arbeit und eine Wohnung brauchen, und er sagt, er könne alte Autos restaurieren, und er ist bereit, ein Handwerk zu erlernen. Wenn da bei Ihnen irgendwelche Glocken läuten, oder wenn Sie von irgendetwas hören …«

»Ich werde die Augen offen halten. Haben Sie Zeit, sich ein wenig zu mir zu setzen?«

»Heute Abend leider nicht, vielen Dank, wir wollen einen kleinen Spaziergang durch den Baxter Park machen. Sein Name ist übrigens George Gaynor. Er ist … ein verurteilter

Straftäter, wird jetzt aber nach acht Jahren im Gefängnis auf Bewährung freigelassen.«

Harley wirkte entsetzt, senkte dann aber den Blick zu Boden.

»Was ist denn los, Harley?«

»Nun ja, Reverend, da ist etwas, das ich Ihnen nie erzählt hab. Ich wollt's eigentlich tun, aber ... Der Grund, warum ich's Ihnen nie erzählt hab, ist der, dass Sie nie gefragt haben.« Harley hob den Kopf und sah seinem Vermieter in die Augen. »Ich hab auch mal gesessen.«

»Aha.«

»Damals, als ich noch Schwarzgebrannten gefahren hab, bin ich in eine Kontrolle geraten und geflohen. Ich wollte nicht fliehen, nein, Sir, aber ich hatte solche Angst, ich wusste einfach nicht, ob ich weiterfahren und zusehen sollte, ob ich sie nicht abhängen kann, oder stehen bleiben und die Suppe auslöffeln.«

Harley seufzte. »Ich bin weitergefahren. Die Polizisten haben mich den ganzen Weg bis zum Bezirk Cumberland verfolgt, und ich hatte fünfzig Gallonen in meinem versteckten Tank, und je länger sie mich verfolgt haben, desto wütender sind sie geworden, weil ich einen zweiundsechziger Chevy V-8 fuhr, der lospreschte wie ein verbrühter Hund.«

Harley seufzte noch einmal.

»Hab drei Jahre gekriegt. Das hat mich sozusagen ernüchtert.«

Father Tim nickte.

»Es ist mir schrecklich, Ihnen das zu erzählen.«

»Was geschehen ist, ist geschehen.«

»Als sie mich rausgelassen haben, hab ich nie wieder einen Tropfen transportiert. Und nicht lange danach hab ich aufgehört, das elende Zeug zu trinken – ich hab einfach ganz aufgehört, irgendwie damit rumzumachen.«

Er legte Harley eine Hand auf die Schulter. Was hätte er nur ohne diesen braven Mann angefangen, den der Herr ihm in den Schoß hatte fallen lassen? »Dann hatte das Unglück also eine positive Seite.«

Harley nickte, dann grinste er vor Erleichterung, und die rosafarbenen Kiefer in dem gänzlich zahnlosen Mund wurden sichtbar.

»Hören Sie sich für George mal um, wenn Sie so lieb sein wollen. Er wird irgendwann im Juni nach Mitford kommen. Sie werden ihn mögen, er ist ein sehr gläubiger Christ.«

»Werd ich machen. Und noch was, Reverend ...«

»Ja?«

»Es wär mir lieber, wenn der Junge nichts davon erfährt, es wär nicht gut für den Jungen, zu wissen, was ich Ihnen erzählt hab.«

»Von mir wird er es nicht hören.« Er wandte sich zum Gehen.

»Reverend?« Harley schluckte hörbar. »Ich danke Ihnen, dass ... dass Sie mir erlaubt haben, Ihnen das zu erzählen.«

»Und ich danke Ihnen, dass Sie es mir erzählt haben«, antwortete er.

Er hatte alles getan, was ihm möglich war, um Dooleys verschwundene Geschwister aufzuspüren. Sammy und Kenny waren bereits seit neun Jahren verschwunden, und was er auch tat, er fand einfach keine hilfreichen Spuren. Dooleys Stiefvater, Buck Leeper, tat ebenfalls das Seinige: Er hatte ein volles Jahr lang an einer falschen Spur zu Kenny gearbeitet, die sich am Ende als Sackgasse erwiesen hatte.

Dagegen war es auf geradezu wundersame Weise einfach gewesen, die beiden ersten Barlowe-Kinder zu finden. Father Tim und Lace Turner hatten Poo aus der Siedlung am Creek geholt und Hinweise darauf entdeckt, dass sich die damals fünf Jahre alte Jessie in Florida befand. Aus einer wilden Ahnung heraus hatten er und Cynthia zusammen mit Pauline, der Mutter der Geschwister, die lange Reise nach Lakeland unternommen, und jetzt waren, Gott sei es gedankt, drei der fünf Geschwister in guter Obhut. Mehr als alles andere, ja, wahrhaftig, mehr als alles andere wünschte er sich, die ganze Familie mit ihrer durch und durch verwandelten Mutter wieder vereint zu sehen, mit Pauline, die ihr Leben Christus geweiht und einen Gläubigen geheiratet hatte, der ihre Kinder liebte.

Er versuchte, angesichts der wachsenden Entmutigung nicht zu verzweifeln, und leugnete entschieden den Gedanken, der ihn bisweilen befiel, den Gedanken, dass er tief im Innersten die Hoffnung aufgegeben hatte.

»Bleib sitzen«, sagte er zu seiner Frau. »Ich gehe.«

Er hatte schon immer große Freude an einer läutenden Türklingel gehabt. Man konnte nie wissen, welche Überraschung vielleicht draußen wartete. In dieser Hinsicht hatte eine Türglocke große Ähnlichkeit mit der Post.

Er konnte Jena Ivey kaum sehen, was an dem riesigen Korb mit Blumen lag, den sie auslieferte. Jena schob den Kopf um den Efeu herum, der in üppiger Fülle aus dem Korb hervorlugte.

»Herzlichen Glückwunsch!«, schmetterte sie, während sie ihm das gewaltige Ding in die Arme drückte. Der Korb war so schwer, dass er rückwärts taumelte.

»Glückwunsch? Was habe ich getan?«

»Nichts, soweit ich weiß, die Blumen sind für Cynthia!« Die hart arbeitende Besitzerin von Mitford Blossoms strahlte förmlich.

»Natürlich! Ja, wirklich. Meine Güte …«

»So viel Geld hat noch niemand bei mir für eine Bestellung ausgegeben«, rief sie ihm nach. »Ich habe alles eingearbeitet außer der Küchenspüle!«

Er trottete den Flur hinunter und musste dabei konzentriert durch ein Dickicht aus Frauenhaarfarn spähen, um nicht gegen eine Wand zu laufen. Schließlich lieferte er den Korb im Arbeitszimmer ab.

»Bitte!« Er stellte ihn auf die Kaminplatte und bekam dabei fast eine der vielen Weinranken ins Auge, die in üppiger Fülle aus dem Moos sprossen. »Ich weiß nicht, was es ist; wahrscheinlich eine komplette Grafschaft aus dem Westen Englands!«

»Wie wunderschön!« Seine Frau sprang vom Sofa, stolzierte auf das Ding zu und begrub mit einem glückseligen Lächeln das Gesicht darin. »Himmlisch! Ach, du meine Güte! Was für eine Freude!«

Er beobachtete, wie sie auf allen vieren um den Korb herumkroch, der die Größe des Bezirks Johnson hatte und so ziemlich mit jeder erdenklichen Blume bestückt war, angefangen von gelben Tulpen und lavendelfarbenem Fingerhut bis hin zu rosafarbenen Rosen und purpurner Verbene.

»Hm! Meine Güte! Sieh mal, Liebster, könnte das Heliotrop sein? Und dort! Siehst du die winzigen Pilze, die im Moos wachsen?«

»Von wem ist es denn?«, fragte er und hockte sich hin, um besser zusehen zu können.

Sie nahm die Karte aus dem breiten, bunten Band. »Mal sehen ... ach! Hättest du das je für möglich gehalten?«

Nein, hätte er nicht. Niemals. »Von wem?«, fragte er.

»Von dem lieben James!«

»Der liebe James?«

»Du weißt schon, Liebling, mein Lektor.«

»Aha.«

»›Meine liebe Cynthia‹«, las sie laut vor. »›Bitte, nimm dieses winzige Zeichen meiner Anerkennung für all das Glück, das du so vielen Menschen gebracht hast. Meinen herzlichen Glückwunsch!‹«

»*Lieber* James, *liebe* Cynthia?« Diese Frage, in der ein für ihn ganz und gar untypischer Sarkasmus gelegen hatte, war ihm über die Lippen gekommen, bevor er noch recht wusste, wie ihm geschah. Sein Gesicht wurde flammend rot.

Geradeso, wie es nur sehr, sehr weniger Dinge bedurfte,

um seine Frau glücklich zu machen, gehörte nur sehr wenig dazu, sie tief zu verletzen. Sie sah aus, als hätte ihr jemand einen Kübel Eiswasser über den Kopf gegossen.

»Es tut mir leid«, sagte er, sprachlos angesichts seiner Gefühle. Woher war diese plötzliche, bittere Eifersucht nur gekommen?

Er streckte die Hand nach ihr aus, aber sie wich zurück. »Ich habe dich noch nie in diesem ... in diesem Tonfall sprechen hören«, flüsterte sie.

Tränen schossen ihm in die Augen. »Ich verstehe es selbst nicht, es tut mir leid, bitte, verzeih mir.« Er fühlte sich seltsam verloren und verzweifelt, als hätte sich mit einem Mal eine tiefe Kluft zwischen ihnen aufgetan.

Sie legte den Kopf auf die Seite und sah ihn lange an. Dann lächelte sie. »Schon gut, Liebster«, sagte sie und griff nach seiner Hand.

3

Der Zukunft dienen

Er ließ sich auf dem Stuhl im Arbeitszimmer nieder, drehte ihn zum Schreibtisch und riss mehrere Kalenderseiten ab.

Der 21. Mai, verschwunden!

Der 22. Mai, erloschen!

Der 23. Mai, hinweg!

Wo war die Zeit nur geblieben? Er hatte seit fast einem Monat kein Wort mehr geschrieben. Aber ein schlechtes Gewissen war auch nicht aufgekommen; er hatte sich geschworen, den Prozess des Schreibens zu genießen und nicht mit sich zu hadern, wenn es ihm nicht gelang, ein vorher festgelegtes Arbeitsvolumen zu erreichen. Das Buch würde fertig werden, wenn es fertig war.

Er richtete seine Aufmerksamkeit auf das Blatt Papier vor sich.

»›Genug, wenn etwas nur von unseren Händen‹«, sagte er sich laut vor, »›Kraft hat zu leben, handeln, dienen in der Zukunft Stunde …‹«

Sein Essay würde sich mit diesem Verspaar von Wordsworth beschäftigen und ein Thema behandeln, das Father Tim in seinem Herzen oft erforscht hatte: Ob er während seiner fast vierzig Jahre als Pfarrer wirklich irgendetwas getan hatte, das der Zukunft wahrhaft dienen würde. Er musste die Antwort erfahren, die ehrliche Antwort.

Das Schreiben hatte ihm bei der Seelenerforschung oft geholfen; mehr als einmal hatte es ihn in die Lage versetzt, zu einem besseren Verständnis für eine persönliche Angelegenheit zu kommen. Außerdem dachte er, dass das Thema auch für andere interessant sein könnte – wünschte sich nicht jeder Mensch inbrünstig, eine Spur zu hinterlassen, etwas bewirkt zu haben? In Wahrheit war die Sterblichkeit eine der verzehrendsten Enttäuschungen der Menschheit – da einem nur kurze Zeit blieb, um etwas zu bewirken, stand man ständig unter Druck, endlich anzufangen.

Er nahm den schwarzen Füllfederhalter und erfreute sich an dem soliden Griff; jahrelang hatte er sich einen schönen Füllfederhalter gewünscht, etwas Besseres als den alljährlichen Weihnachtskuli vom Laden oder die jämmerlichen Exemplare in seinem Stiftebecher, die sich wie Bügel in einem Kleiderschrank vermehrten. Und jetzt hatte seine liebe Frau ihm zu Ehren seiner Essaysammlung einen schwarzen Füllfederhalter mit einem weißen Emblem auf der Kappe geschenkt; er mochte sich nicht vorstellen, was er gekostet hatte – es standen praktisch Dollarzeichen auf dem ganzen Stift.

Vielleicht würde er heute den Füllfederhalter statt seiner Schreibmaschine benutzen; denn hatten Montaigne, Proust oder Emerson eine Schreibmaschine benutzt?

Er warf einen Blick auf die klapprige *Royal*, die ihm länger gedient hatte, als er sich erinnern konnte. Sie hatte ihn durch seine sechzehnjährige Dienstzeit in der Lord's Chapel begleitet und funktionierte immer noch wie ein Uhrwerk, bis auf das kleine *i*, das häufig ein *ii* produzierte; er hatte immer vorgehabt, das reparieren zu lassen, aber inzwischen reparierte niemand mehr Schreibmaschinen.

Dooley kam den Flur hinunter in die Küche getrottet, die direkt zum Arbeitszimmer führte, und untersuchte den Inhalt des Kühlschranks. Er zog die Lasche einer Coladose auf und sah Father Tim an. »He.«

»Selbst he.« Father Tim spürte das Grinsen auf seinem Gesicht.

»Was gibt's denn so«, fragte Dooley.

Er öffnete den Mund, um zu antworten, aber Dooley erwartete keine Antwort; die Frage war nur eine Floskel gewesen. Er verschwand wieder im Flur, und die Sohlen seiner Tennisschuhe quietschten auf dem Kiefernboden.

Dooley. *Natürlich!* Es war Dooley, der der Zukunft dienen würde, und zwar durch den Einfluss – und sei dieser auch noch so gering –, den er auf das Leben des Jungen gehabt hatte. Ja!

Plötzlich brannten ihm Tränen in den Augen, und er stand auf, durchquerte das Arbeitszimmer, ging in die Küche und spähte in den Flur hinaus, in der Hoffnung, Dooley zu sehen, bevor er die Haustür erreichte. Er würde ihm irgendetwas sagen, was genau, wusste er nicht. Aber Dooley war bereits fort.

Auch seine Frau war fort, er hatte vergessen, wohin sie eigentlich wollte, und sein Arbeitszimmer war so still wie ein Grab. Über dem ganzen Haus schien eine Art von Ruhe zu liegen, die er hätte genießen sollen, aber nicht genießen konnte.

Er lauschte auf das Schnarchen seines Hundes in der Ecke und beobachtete die auf dem Sofa schlafende Violet. Violet, die kein junges Ding mehr war, hatte in letzter Zeit ebenfalls zu schnarchen begonnen.

Einen Augenblick lang stand er da und lauschte auf die seltsame Kakophonie, das zarte Schnaufen vom Sofa, das Bassgerassel aus der Zimmerecke, wo sein Schreibtisch stand. Wenn er nicht aufpasste, würde er einige Augenblicke später das Seine zu dieser Geräuschkulisse beitragen. In Wahrheit stand die Welt still, bis Cynthia durch die Tür kam; es war, als fehlte eine Hälfte von ihm – seine bessere Hälfte.

Bessere Hälfte! Früher einmal hatte er diesen Ausdruck geradeso drollig gefunden wie *Missus*. Aber jetzt war er klüger, und war sie nicht tatsächlich seine bessere Hälfte? Die Hälfte, die leichter zum Lachen zu bringen war? Die Hälfte, die das Leben nicht so ernst nahm? Die Hälfte, die impulsiv und frei war, empfänglicher für Gottes Segnungen und bisweilen *seiner Liebe sicherer?*

Von der Lord's Chapel, nur einen Häuserblock entfernt, läuteten die Glocken, und er sah auf seine Armbanduhr. Drei Uhr. Er hatte Durst, großen Durst, aber er kehrte an seinen Schreibtisch zurück und saß da, als schliefe er, bis er sie in die Küche kommen und etwas auf die Theke stellen hörte. Es war ein glückliches Geräusch; er wollte zu ihr laufen, wollte ihr Gesicht sehen, aber gerade dieses Bedürfnis war es, das ihn auf dem Stuhl festnagelte, auf dem er saß.

»Was *machst* du, Liebster?«

»Nachdenken!«, sagte er.

»Nachdenken? Aber du denkst schon seit Stunden nach. Du hast schon nachgedacht, als ich weggegangen bin!«

Er griff nach einem Bogen Papier und versuchte, gelehrtenhafte Versunkenheit vorzutäuschen. In Wahrheit war nichts Besonderes an dem Papier; es war nur ein leeres Blatt. Er legte es wieder weg und kramte in seiner Schreibtischschublade.

»Es ist ein herrlicher Tag, Timothy!« Ein Rascheln von Tüten in der Küche, einige Dinge aus dem Laden, vermutete er. Heute war sie an der Reihe, das Abendessen zu kochen.

»Einfach herrlich!«, rief sie vergnügt.

Seine Frau wünschte sich jemanden zum Spielen, das spürte er – ein Spaziergang um den Mitford Lake vielleicht oder eine Ausfahrt mit heruntergeklapptem Verdeck über den Parkway. Sah sie denn nicht, dass er mit etwas Wichtigem beschäftigt war?

Er griff sich ein Buch von dem Stapel neben seinem Schreibtisch und schlug es auf. Früher einmal hatte er sich überlegen gefühlt, als sei er weise und beschlagen, sie dagegen ein Kind ohne jedes Ziel.

Sie trat neben seinen Stuhl und sah ihn voller Zuneigung an. »Timothy, du denkst zu viel nach!«

Er konnte es nicht fassen, dass er diese Worte von seiner

Frau hörte, Worte, die er von Kindheit an gehört hatte – von seiner Mutter, seinen Lehrern, seinem ersten Bischof, sogar von Stuart Cullen. Was hieß zu viel? Wer wollte sagen, bis zu welchem Kreidestrich man nachdenken sollte, bevor man eine Vollbremsung machte? Was, wenn Wordsworth niemals zu viel nachgedacht hätte, oder Shakespeare oder Milton oder Cranmer oder Sokrates? Und was war mit Beethoven oder Edison oder Madame Curie? Warum war nachdenken ein solches Verbrechen?

»Warum ist nachdenken ein solches Verbrechen?«, fragte er seltsam verärgert.

»Oh, puh, Liebling!« Sie warf die Hände hoch und kehrte zurück in die Küche.

Er wollte nicht, dass sie den Raum verließ, er wollte, dass sie blieb, er wollte, dass sie ... sich auf seinen Schoß setzte und ihm das wenige verbliebene Haar zerzauste. Plötzlich fühlte er sich sehr klein und verloren. Einen flüchtigen Augenblick lang war sie weise und beschlagen gewesen und er das Kind ohne Ziel.

Lieber George,

wie Sie wissen, werden wir nicht hier sein, wenn Sie am 15. Juni nach Mitford kommen, da wiir bereits am 1. Juni nach Tennessee aufbrechen werden. Für Ihre Ankunft ist bereits alles auf gutem Weg.

Unsere Mieterin, die den oberen Teil des Pfarrhauses bewohnt, ist damit einverstanden, dass Sie zu Harley Welch in die Kellerwohnung ziehen, und ich glaube, Sie beiide werden sich bestens verstehen.

Harley ist eiin ziemlich guter Koch, und seine Brownies sind unschlagbar. Er wird siich über die Gesellschaft freuen. Miiss Pringle wird für alles dankbar sein, was Sie iim Garten ausrichten können.

Harley wird Sie zu einer Karosseriiewerkstatt in Wesley bringen, wo, wie er glaubt, eine Stelle freii sein könnte. Er könnte Sie jeden Morgen hinfahren, bevor er seine Arbeit iin Mitford beginnt. Außerdem halten einige meiner Freunde für Sie nach einer Stellung Ausschau, und iich habe Ihren Fall Aviis Packard im Laden gegenüber erwähnt, der Ende Juni einen neuen Fahrer für seinen Lieferwagen benötigen wird.

Rodney Underwood ist nach wie vor unser Poliizeichef, und er weiß, dass Sie kommen. Er lädt Sie herzlich ein, mal aufs Revier zu kommen und den Männern hallo zu sagen, die Ihrer Taufe beiigewohnt haben. Sie sind alle noch da, bis auf den braven Burschen, der Ihnen die Socken geschenkt hat.

Diie Kellerwohnung im Pfarrhaus ist nicht das Ritz, aber wir glauben, dass Sie es dort bequem haben werden. Die Matratze auf dem Couchbett ist ein wenig buckelig, aber nur auf der linken Seiite. Erinnern Sie sich noch an den Orangenmarmeladenkuchen, von dem Sie sagten, er sei »der beste Kuchen, den Sie je im Leben gegessen hätten«? Die liebe Dame, die seinerzeiit den Kuchen gebacken hat, hat sich erboten, zu Ihrer Ankunft einen Kuchen in den Kühlschrank im Keller zu stellen.

Möge Gott Sie segnen, George, wenn Sie sich an die beträchtliche Aufgabe machen, sich ein neues Leben aufzubauen. Cynthia und ich bedauern zutiefst, dass wir niicht hier sein können, um Sie willkommen zu heißen, aber wir werden im September für eiin langes Wochenende nach Hause kommen und im Juni nächsten Jahres endgültig nach Mitford zurückkehren.

Hal und Marge Owen laden Sie und Harley für irgendeinen Sonntag iim Juli zu selbstgemachter Hühnerpastete auf die Meadowgate Farm ein. Auf mein Wort, diesen wunderbaren Leckerbiissen sollten Sie sich nicht entgehen lassen.

Am Ende des Briefes denke iich an den Teil von Psalm hundertsechsundzwanzig zurück, den iich bei unserem Abschied vor acht Jahren zitiert habe. Sie gehen hin unter Tränen und tragen den Samen zur Aussaat. Sie kommen wieder mit Jubel und bringen ihre Garben ein.

Wie schön es ist, dass Gott Sie wieder nach Mitford schickt, mein Freund … diesmal miit Jubel.
in der Liebe dessen, der uns als Erster liiebte.

Auf dem Weg zur Grillstube geschah etwas Merkwürdiges. Aus blauem Himmel kam ihm eine Idee, die so perfekt war, so richtig, dass er sich nicht vorstellen konnte, warum ihm diese Idee nicht schon früher gekommen war. Natürlich. *Natürlich!* Das einzige Problem war: Wie sollte er es Dooley beibringen?

»Ich muss irgendetwas unternehmen, um das Geschäft anzukurbeln.«

Percy schob sich hinter den Tisch und sah aus wie … Father Tim grübelte darüber nach, wie Percy aussah … Percy sah alt aus, das war es; so ziemlich wie alle anderen an ihrem Stammtisch.

Er zog sein Doppelkinn hoch.

»Vielleicht sollte ich mit der Speisekarte herumexperimentieren«, fuhr Percy fort, »und mir ein spezielles Tagesgericht für jeden Wochentag einfallen lassen.«

»Hühnermagen!«, sagte Mule.

»Was ist mit Hühnermagen?«

»Ich predige dir schon seit Jahren, dass Hühnermagen *die* Lösung wäre, um dir die Taschen zu füllen.«

»Komm mir nicht mit Hühnermagen, verflixt und zugenäht! Das gehört zu den Dingen, mit denen man mich jagen kann. Du wirst nie erleben, dass ich Hühnermagen auf den Tisch bringe.«

»Um es in der Gastronomie zu etwas zu bringen«, beharrte Mule, »muss man seine persönlichen Vorlieben hintanstellen. Hühnermagen ist der Renner.«

»Er hat recht«, sagte J.C. »Man kann in dieser Stadt ohne weiteres Hühnermagen verkaufen. Das ist eine typische Hühnermagenstadt.«

Mule kippte seinen Kaffee herunter. »Sie brauchen lediglich ein Schild aufzustellen und abzuwarten, was passiert.«

Percy blickte skeptisch drein. »Was für eine Art Schild denn?«

»Einfach ein ganz gewöhnliches Schild. Schreiben Sie es selbst, und stellen Sie es ins Fenster, keine große Sache.«

»Wenn ich und Velma Ende des Jahres aufhören, wollen wir schwarze Zahlen schreiben, und sie vielleicht mal nach Washington schicken, damit sie sich dort die Kirschblüten ansehen kann. Sie hat die Kirschblüten noch nie gesehen.«

»Genau darum geht es ja bei Hühnermagen«, sagte Mule.

»Wie meinen Sie das?«

»Hühnermagen wird Ihnen reichlich Geld einbringen.«

»Ich glaube ja, Hühnerleber würden mehr Leute anlocken«, meinte Percy.

»Leber bindet zu viel Kapital.« J.C. machte sich gerade über Bauernschinken, Eier und einem Joghurt her. »Mit Leber sind einfach zu viele Kosten verbunden. Sie sollten etwas nehmen, das geringe Investitionen erfordert und hohen Gewinn abwirft.«

Mule sah J.C. mit einiger Bewunderung an. »Sie haben wieder das *Wall Street Journal* gelesen.«

»Was soll ich denn draufschreiben auf das Schild?«, fragte Percy.

»Ich weiß, was ich draufschreiben würde«, antwortete Mule. *»Heute Hühnermagen.«*

»Das ist alles? *Heute Hühnermagen?«*

»Das sagt alles. Wie Sie schon sagten, bieten Sie Ihr Hühnermagengericht an einem speziellen Wochentag an, vielleicht am ...« Mule trommelte mit den Fingern auf den Tisch und dachte nach. »Mal überlegen ...«

»Dienstag!«, erklärte J.C. »Dienstag wäre der richtige Tag für Hühnermagen. Am Montag sollten Sie nicht gleich damit beginnen, das wäre zu früh in der Woche. Und am Mittwoch wollen die Leute etwas ...«

»Etwas Vornehmeres«, ergänzte Mule. Father Tim butterte den letzten Bissen seiner Scheibe Toastbrot. »Stimmt!«

»Der Mittwoch könnte Ihr Lasagnetag werden«, meinte J. C. »Ich würde gutes Geld für eine Portion Lasagne in dieser Stadt zahlen.«

Es folgte ein langes, versonnenes Schweigen, unterbrochen nur von einem Rülpsen.

Alle sahen Mule an.

»Entschuldigung«, sagte er.

»Essen Sie alle Hühnermagen?«, fragte Percy in die Runde.

»Nur über meine Leiche«, antwortete J. C.

»Auf keinen Fall«, sagte Mule.

»Ich passe«, sagte Father Tim. »Ich habe einmal in der ersten Klasse Hühnermagen gegessen, das hat mir gereicht.«

Percy runzelte die Stirn. »Ich kapier's nicht. Ihr gehört zu meinen besten Stammgästen – warum sollte ich etwas anbieten, das ihr alle nicht mögt?«

»Wir repräsentieren nicht den demographischen Durchschnitt«, meinte J. C.

»Oh«, sagte Percy. »Also, was meinen Sie, wie viele Hühnermägen würde ich für eine Portion brauchen?«

»Wie viele Happen Hähnchenfilet brauchen Sie für eine Portion?«

»Sechs«, antwortete Percy. »Einen zu viel für den Preis.«

»Also schön, da Mägen weit weniger Fleisch haben als Filet, würde ich mindestens fünfzehn, sechzehn Mägen anbieten.«

J. C. tunkte sein Eigelb mit einem Toast auf. »Aber sehen Sie zu, dass Sie sie ordentlich klopfen, kross braten und einen Dip dazu servieren.«

Percy wirkte einen Moment lang deutlich ernüchtert, dann hellte seine Miene sich plötzlich auf. »Fünfzehn Mägen, zwei Dollar. Was halten Sie davon?«

»Ich denke, dass Velma nach Washington fahren wird«, sagte Father Tim.

Das kurze Schweigen, das seinen Worten folgte, war erfüllt von dem Brummen der Spülmaschine, die hinter dem Stammtisch auf Hochtouren lief. Seit Jahren vertraut mit der gleichförmigen Abfolge ihrer Gänge, bemerkten die Gäste am Stammtisch nicht mehr, dass sie die Bodendielen in einem rhythmischen Beben erzittern ließ.

»Also, was glauben Sie, wie Ihr Juwelendieb sich machen wird?«, fragte J.C.

»Er ist nicht *mein* Juwelendieb«, fuhr Father Tim abrupt auf.

»Es war Ihr Kirchendachboden, auf dem er sich versteckt hat«, wandte Percy ein.

»Ich denke, er wird sich einfach prima machen. Er hat seine Schulden der Gesellschaft gegenüber zur Gänze bezahlt, aber was noch besser ist, er ist ein Erlöster mit einem starken Glauben.«

Stille.

Kauen.

Schlürfen.

»Ich hoffe«, fügte Father Tim hinzu, »dass Sie alle ihm die Hand reichen werden.« So. Mehr hatte er zu dem Thema nicht zu sagen.

Mule nickte. »Kein Problem. Alles andere wäre nicht recht.«

Weiteres Kauen.

»Also, wie kommt's, dass Sie nicht nach Ruanda oder an einen ähnlichen Ort gehen?«, erkundigte sich Percy.

»Hoppy würde es nicht erlauben.« Hoppy hätte sich mit dergleichen niemals einverstanden erklärt. Father Tim kannte seine Grenzen, und sie waren zahlreich.

»Wie wäre es denn mit den Kindern in unserem eigenen Hinterhof? Haben Sie jemals daran gedacht, was für sie zu tun?«

Die Tatsache, dass er seit zwanzig Jahren das Kinderkrankenhaus in Wesley unterstützte, war seine eigene Angelegenheit; er sprach niemals darüber. »Tennessee liegt in unserem Hinterhof.« Wie er sich jemals zu diesem Haufen Ignoranten hatte verirren können, überstieg sein Verständnis.

»Wir werden Sie vermissen«, sagte Mule und schlug ihm auf die Schulter. »Ich werde kaum mehr wissen, was ich hier bestellen soll.«

Father Tim lachte, und plötzlich war alles verziehen. Er dachte, dass er sie vielleicht ebenfalls vermissen würde, obwohl ihm die Möglichkeit eher eine Spur unwahrscheinlich zu sein schien.

»Da kommt Hamp Floyd«, sagte J.C. »Bringt eure Brieftaschen in Sicherheit.«

»Weshalb?«

»Die Stadt braucht einen neuen Feuerwehrwagen.«

»Scheint mir eine gute Sache zu sein«, bemerkte Tim. Er griff nach seinem Portemonnaie und nahm einen Zehner heraus.

»Die Stadt hat genug Geld für das Standardmodell, aber Hamp will einen mit Glocken und Pfeifen.«

»Aha.«

»Außerdem will er auf keinen Fall einen roten Wagen«, sagte J.C.

»Man möchte doch meinen, dass ein Feuerwehrchef rote Wagen mag. Außerdem, welche andere Farbe gibt es denn noch?«

»Gelb. Er steht auf Gelb.«

Ein *gelber* Feuerwehrwagen? Father Tim schob den Zehner in seine Brieftasche zurück und nahm einen Fünfer heraus.

Die sonst so redselige Puny lief in der Küche herum, ohne seine Anwesenheit auch nur zur Kenntnis zu nehmen. Ebenso gut hätte er eine Ausbuchtung auf einem Feuerscheit sein können, während er an der Küchentheke saß und Tee trank.

Er spähte über seine Zeitung.

Er kannte diese zusammengekniffenen Brauen und den seelenvollen Ausdruck in ihren Augen; Puny Guthrie trug ihr Herz auf dem Gesicht, sie konnte nichts vor ihm verbergen. Er hätte sie auf den Kopf zu fragen sollen, was los war, aber andererseits ... vielleicht wollte er es gar nicht wissen.

Er senkte den Blick auf den Artikel über die Gräber der Unionssoldaten, die sich angeblich auf Edith Mallorys weitläufigem Hügelgrundstück oberhalb von Mitford befinden sollten. Coot Hendrick, vorübergehend ihr inoffizieller Bürgermeister und Urenkel Hezekiah Hendricks, des Gründers von Mitford, wollte, dass die Gräber identifiziert und der Öffentlichkeit zugänglich gemacht wurden, eine Auffassung, der sich mehrere Naturschützer aus der Gegend angeschlossen hatten.

Edith Mallory, die sicher hinter einer Kombination aus Elektrozäunen und elektronischen Toren hockte, verweigerte weiterhin jedem den Zugang zu dem Grundstück, insbesondere denen, die sie in einem Brief an den Redakteur als »morbide und profan« bezeichnet hatte.

Obwohl sich die Kontroverse zwischen der Stadt und Edith Mallory nun schon seit zwei oder drei Jahren dahinschleppte, interessierte der Ausgang die meisten Leute herzlich wenig. Wer wollte schon Gräber sehen? Und erst recht Yankeegräber?

Die Legende, nach der der Gründer der Stadt die Soldaten kaltblütig erschossen hatte, wäre vor über hundert Jahren vielleicht ein Knüller gewesen, aber in der heutigen Welt, so stand es in einem anderen Brief an den Redakteur, war es Mord, schlicht und einfach, und »nichts, worauf man stolz sein könnte«.

Wie gewöhnlich druckte die *Muse* in einer Nebenspalte alle Strophen eines Liedes, das angeblich von Hezekiah Hendrick verfasst worden war. Coot Hendrick und seine betagte Mutter glaubten, dies seien handfeste Beweise dafür, dass sich die Gräber auf dem Grundstück der Mallorys befänden.

Hab fünf Yankees totgeschossen,
die flohen vor dem Krieg.
Fand sie auf einem Acker
an einem Feuer schlafen.
Jetzt fliehen sie nicht mehr, oh oh.
Jetzt fliehen sie nimmermehr.

Hab fünf Gräber ausgehoben
mit einer Hacke und Schaufel.
Hab sie in der Erde begraben
noch vor dem ersten Schnee.
Jetzt fliehen sie nicht mehr, oh, oh.
Jetzt fliehen sie nimmermehr.

Anmerkung des Redakteurs: Mrs Hendrick, die das Lied, das über Generationen hinweg in ihrer Familie weitergegeben wurde, mit großer Freude zu singen pflegt, glaubt, der zweite Vers habe ursprünglich gelautet: »... fand sie auf *meinem* Acker.« Das untermauere die Theorie, dass die fünf Soldaten tatsächlich auf dem Besitz der Mallorys begraben liegen.

»Brouhaha!«, rief Father Tim aus.

Dieser Kommentar entlockte seiner langjährigen Haushaltshilfe, die schweigend wie ein Grab Äpfel für einen Kuchen schälte, keine Reaktion.

»Puny, was geht in Ihrem Kopf vor?«

Sie wandte sich von der Spüle ab, warf ihm einen seltsamen Blick zu und brach dann in Tränen aus.

Hatte er es nicht gewusst? Er hätte seinen großen Mund halten sollen.

Puny zog ihre Schürze hoch und verbarg ihr Gesicht dahinter. »Ich hatte einen ganz schrecklichen Traum!«

»Erzählen Sie mir alles«, sagte er. »Kommen Sie, setzen Sie sich hierher.« Er klopfte auf den Hocker neben sich.

»Ich kann nicht reden, wenn ich sitze«, antwortete sie und

tupfte sich die Augen ab. »Der Traum war so lebensecht, ich dachte, es wäre Wirklichkeit. Er hat mich den ganzen Tag zu Tode geängstigt.«

»Was haben Sie denn geträumt?«

»Es ging um Sie. Ich wusste nicht, ob ich es Ihnen erzählen soll. Ich meine, ich *will* es Ihnen erzählen, aber ich weiß nicht, ob ich es tun sollte, denn wenn ich's Ihnen erzähle, dann kommt es mir so vor, als würde es vielleicht wirklich passieren.« Wieder zog sie sich die Schürze übers Gesicht. »Sie waren so *krank.*«

»Puny, Puny, es war nur ein Traum, weinen Sie nicht, alles ist gut! Ich bin so gesund wie ein Pferd!« Er rutschte vom Hocker, ging zu ihr hinüber und legte die Arme um ihre kräftigen Schultern.

»Ich könnte es einfach nicht ertragen, wenn Ihnen was passieren würde, Sie sind der einzige Opa, den die Mädchen jemals haben werden ...« Sie putzte sich mit dem Taschentuch, das er ihr reichte, die Nase.

»Worum ging es denn in dem Traum?«

»In dem Traum habe ich Sie angebettelt, zum Arzt zu gehen, und Cynthia hat es auch getan, und Sie wollten einfach nicht hingehen, und dann ging es Ihnen so furchtbar schlecht, und ...«

»Und was?«

»Und vielleicht sind Sie gestorben, ich erinnere mich nicht an das Ende, aber es scheint, als wären Sie wirklich gestorben, Joe Joe hat mich geweckt, weil ich geweint habe.«

»Verbannen Sie diese Geschichte aus Ihren Gedanken, es war nur ein Traum. Wahrscheinlich haben Sie auf dem Rücken geschlafen. Ich habe immer schlimme Träume, wenn ich auf dem Rücken schlafe.«

»Ich hab auf der Seite geschlafen, ich schlafe immer auf der Seite«, beteuerte sie.

»Dann haben Sie wahrscheinlich zu spät gegessen ...«

»Nein!«, sagte sie kopfschüttelnd. »Ich hab bloß Obstsalat gegessen, von Obstsalat kann man keine schlimmen Träume kriegen.«

Er seufzte.

»Ich hab das Gefühl, als hätte dieser Traum etwas zu bedeuten. Ich finde, Sie sollten zu Dr. Hopper gehen und feststellen lassen, ob alles in Ordnung ist.«

»Nun ...«, sagte er, denn er wollte kein großes Aufhebens um einen Traum machen.

»*Nun* reicht nicht«, erklärte sie energisch. »Sie müssen das für Cynthia tun. Und für Sissy und Sassy!«

»In Ordnung«, sagte er. »Ich gehe hin.«

»Sie könnten von hier aus telefonieren und sich gleich einen Termin geben lassen.«

Eine neue Emma Newland, nur mit Sommersprossen. »Genau genommen habe ich schon einen Termin ... hm, mal sehen, in drei Tagen! Wie klingt das?«

Sie sah ihn aufmerksam und mit rot geränderten Augen an. »Reverend ...«

»Ja?«

»Ich glaube, der liebe Gott will, dass Sie das tun.«

»Nun, dann ist die Angelegenheit ja geregelt«, antwortete er ernsthaft.

»Liebster, du musst dir die Haare schneiden lassen.«

Lass dir die Haare schneiden. Geh zum Arzt. Hörte das denn nie auf? »Das kann noch ein Weilchen warten.«

»Du siehst wie ein Filmregisseur aus Los Angeles aus.«

»Was weißt du über Filmregisseure aus Los Angeles?«

»Fernsehen, Liebling. Du erinnerst dich ans Fernsehen? Filmregisseure erscheinen gelegentlich bei der Oscar-Verleihung. Die letzte haben wir beide vor Kurzem geschlagene neun Minuten lang gesehen, bevor du einschliefst.«

»Ah.«

»Also, wann lässt du es machen?«

»Keine Ahnung.«

»Ja, aber du kennst die Alternative. Wenn du es nicht von einem Profi machen lässt, bedeutet das, dass ich es machen muss oder Dooley.« Seine Frau zog eine Augenbraue in die Höhe und grinste wie ein Haifisch.

Bei dem bloßen Gedanken daran wurde ihm ganz schwach in den Knien. Beide hatten ihn schon ein- oder zweimal verstümmelt, und Puny hätte sein Haar nicht mit der Mistgabel angefasst. Aber er wollte auf keinen Fall in dem Krieg zwischen Joe Ivey und Fancy Skinner zwischen die Fronten geraten. Nie und nimmer würde er sich durch die Hintertür der Leckerbäckerei schleichen und eine Begegnung mit Fancy Skinner riskieren; Fancy würde ihm an Ort und Stelle eine Dauerwelle verpassen. In Wahrheit ging das Gerücht, dass sie häufig aus ihrem Ausguck im oberen Stockwerk spähte, um zu sehen, wer bei Joe Ivey ein und aus ging, und sich die Namen notierte. Emma und Fancy hatten beobachtet, dass Marcie Guthrie, um nur einen Namen zu nennen, die Seiten gewechselt hatte. Für zwei schäbige Dollar Preisnachlass war Marcie zu Joe gegangen, und es hieß, als sie den Friseursalon verlassen habe, habe sie ausgesehen wie J.C. Hogan. »Sollen sie doch ruhig nach unten *gehen!«*, hatte Fancy gefaucht und Emma dabei um ein Haar mit dem Brenneisen das Ohr versengt. »Jeder kann zwei Dollar sparen und es die nächsten zwei Monate bereuen!«

»Ich werde demnächst mal nach Wesley rüberfahren«, sagte er und gab sich alle Mühe, es ernst zu meinen.

Er saß gerade auf dem Sofa im Arbeitszimmer, als er Puny und seine Frau hörte, wie sie über ihre Nachbarin sprachen.

»Ich glaube nicht, dass sie der Typ Frau ist, der heiratet«, meinte Cynthia, während sie einen Kopfsalat wusch.

»Aber sie ist eine hübsche Frau, und ich denke, es wäre gut für sie, einen Mann zu haben.«

»Vielleicht. Aber wer sollte das sein? Ich meine, wir sind hier in *Mitford!«*

»Pass auf, was du sagst!«, rief er in die Küche. »Mitford ist schließlich der Ort, an dem du meine Wenigkeit gefunden hast.«

Puny kicherte. »Ich glaube, sie hat eine Schwäche für den Reverend.«

»Ja, hm«, sagte seine Frau, »das kann sie sich aus dem Kopf schlagen!«

Da! Er war begeistert, das zu hören.

Mit ungemeinem Wohlbehagen streifte er seine Slipper von den Füßen.

»Was ist mit dem Herrenausstatter?«, fragte Puny, während sie die Essteller auf die Küchentheke stellte.

»Ich glaube nicht, dass *er* der Typ ist, der heiratet.«

»Mr Omer«, schlug Puny vor. »Er hat so ein nettes, breites Lächeln.«

»Omer Cunningham ist ein Teddybär, aber er ist nicht ihr Typ. Liebes, welche Junggesellen haben wir denn noch in Mitford?«

»Hm. Mal sehen. Avis Packard!«

»Zu seltsam!«, erklärte seine Frau und verdrehte die Augen.

»Scott Murphy!«, rief er aus dem Arbeitszimmer.

»Timothy! Scott und Miss Pringle würden nicht im Mindesten zusammenpassen. Wo hast du nur deine Gedanken?«

»Ich bin nicht derjenige, der versucht, jemanden zu verkuppeln. Du hast mich gefragt, wer die Junggesellen hier sind. Ich würde mich allerdings freuen, wenn Scott jemanden fände, falls du da ein weibliches Wesen im Auge haben solltest.«

»Und «, sagte Cynthia, die seine Pläne für Scott Murphy gleichgültig abtat, »dann wäre da natürlich noch Andrew Gregorys Schwager, Tony, ein gut aussehender Bursche und obendrein Katholik wie Miss Pringle, aber der ist ganz offensichtlich …«

»Zu jung!«, beendete Puny ihren Satz.

»Das ist wirklich schwierig.« Er kratzte sich am Kopf. »Vielleicht der alte Mueller?«

»Timothy, um Himmels willen!«

»Vergiss bitte nicht, dass ich keine Vorschläge mache, ich sollte dir lediglich die Junggesellen in Mitford nennen, und das habe ich getan. Lew Boyd!« Lew war schon seit etlichen Jahren verwitwet.

Seine Frau nahm seinen letzten Beitrag nicht zur Kenntnis.

Er warf die Hände hoch und nannte den einzigen verbliebenen Junggesellen, der ihm noch einfiel. »Coot Hendrick!«

»Sehen Sie?«, sagte Cynthia zu Puny. »Für eine nette Französin, die Klavierunterricht gibt, hat Mitford einfach keinen Mann zu bieten.«

Er und Cynthia machten sich über den Garten des gelben Hauses her. Bürgermeister Gregory hatte für Mitfords alljährlichen Rosentag ordentlich Stimmung gemacht und das Ereignis in den Zeitungen bis nach Charlotte, Asheville, Winston-Salem und Raleigh angekündigt. Jetzt rackerte sich in Mitford alles ab, um die Grundstücke für die Touristen herzurichten, die schon in wenigen Tagen auftauchen würden. Während die ehemalige Bürgermeisterin Esther Cunningham schon das bloße Wort *Tourist* verabscheut hatte, dachte Andrew Gregory anders und argumentierte, dass kontrollierter Tourismus ein Wirtschaftszweig sei, der weder große Abfallmengen noch Wasserverschmutzung verursache. Die Kaufleute, denen sonst die Herrschaft Esther Cunninghams gut gefallen hatte, bevorzugten in diesem Punkt offensichtlich Gregorys Auffassung.

Obwohl Father Tim fünf Projekte von seiner Liste als erledigt hatte streichen können, waren folgende Punkte übrig geblieben:

Blauregen an Garage schneiden, Geißblatt/Efeu an Stufen ausgraben, Rosen lockern/mulchen/spritzen, Schubkarre von H. Pringle, neuer Schlauch/Spritzkopf

Konnte er es rechtzeitig schaffen? War seine Liste zu ehrgeizig gewesen? Und dann war da noch die viel längere Liste Cynthias. Er stützte sich auf seinen Spaten und wischte sich mit einem abgenutzten Taschentuch die schweißnasse Stirn ab. »Keine Ruhe den Frevlern«, sagte er.

»Und die Gerechten brauchen keine«, trällerte seine Frau und vollendete damit Onkel Billy Watsons Lieblingssprichwort. Sie hockte im Staudenbeet, das an die Wisteria Lane grenzte, und stach Unkraut aus.

Plötzlich hörte er, wie ein Wagen vorm Haus bremste und mit quietschenden Reifen hielt. »Da ist sie!«, erklang eine Stimme.

Als er aufblickte, sprangen gerade Fahrerin und Beifahrerin aus einem Buick, dessen Motor noch immer lief, und eilten über den Gehsteig auf ihr Staudenbeet zu. Beide Besucherinnen trugen Muumuus, wenn auch in verschiedenen Farben, und beide wirkten erhitzt und überdreht.

»Sie sind Cynthia Coppersmith!«, rief die Frau, die einen Fotoapparat um den Hals hängen hatte.

»Der nette Mann aus der Drogerie hat uns verraten, wo Sie wohnen«, sagte die andere, »aber erzählen Sie ihm bitte nicht, dass wir Ihnen erzählt haben, dass er es uns erzählt hat!«

»Wir sind Ihre größten Fans auf der ganzen Welt; wir sind den ganzen Weg von Albany in Georgia hergefahren, nur um zu sehen, wo Sie Ihre kleinen Katzenbücher schreiben!«

»Wir hatten gehofft, Ihnen zu begegnen, aber wir hätten nicht im Traum daran gedacht, dass wir Sie in Ihrem Garten antreffen würden!«

»Oh, puh, ich bin oft in meinem Garten«, erwiderte Cynthia.

»Geh du rüber und stell dich hinter sie, Sue Lynn, dann mache ich ein Foto!«

Er bemerkte, dass Sue Lynn mit erstaunlicher Beweglichkeit hinter seine Frau sprang.

Klick. »Sue Lynn, Schätzchen, du hast geblinzelt, ich fotografiere euch gleich noch einmal.« *Klick.* »Oh, ähm, könnten Sie wohl aus dem Bild gehen, auf dem letzten Foto war Ihr Arm drauf.« Er trat aus dem Bild. *Klick.*

»Würden Sie jetzt wohl ein Foto von Sue Lynn und mir hinter Cynthia machen?« Eine Kamera wurde ihm in die Hand gedrückt.

»Sue Lynn, Schätzchen, nimm die Sonnenbrille ab, wir können dein Gesicht ja gar nicht sehen!«

»Oh, Himmel«, sagte seine Frau, offenkundig bekümmert. »Ich bin so schmutzig, wir sollten das wirklich nicht tun.«

Der Ausdruck sprachloser Verzweiflung in ihren Gesichtern erschütterte ihn. »Meine Damen!«, rief er mit seiner Kanzelstimme. »Vielleicht könnten wir ...«

»Sehen Sie einfach durch dieses kleine Feld in der Mitte, und drücken Sie auf den rechten Knopf«, sagte die Kamerabesitzerin. Sie schlenderte zu Cynthia hinüber, die in der Hocke erstarrt zu sein schien.

»Wir lieben Ihre kleinen Büchlein mehr als alles andere, das ist so aufregend, dass ich es kaum aushalten kann, wir werden Ihnen eine Kopie der Bilder schicken, wir bestellen immer Hochglanzbilder zehn mal fünfzehn. Sue Lynn, Schätzchen, geh auf die andere Seite! Ich meine diesen kleinen Knopf ganz rechts! Rechts! Los geht's!«

Er bemerkte, dass Dooley hastig seine Lasagne in sich hineinschlang und es offensichtlich kaum erwarten konnte, Tony abzuholen und mit ihm nach Wesley ins Kino zu fahren. Der Vorsatz, mindestens eine Mahlzeit am Tag gemeinsam einzunehmen, war nicht leicht einzuhalten, erst recht nicht mit einem Teenager im Haus, aber bis zu Dooleys Umzug in das Haus seiner Mutter morgen Abend würden sie noch ihr Bestes geben. Danach trennten sich ihre Wege ohnehin; Dooley half den Sommer über in Hal Owens Tierarztpraxis in Meadowgate aus, und sie würden nach Tennessee aufbrechen.

»Ruhm ...«, murmelte er, während er etwas Olivenöl auf eine Scheibe Brot tropfen ließ.

»Was ist damit?«, hakte Cynthia nach.

»... ist kein Bettgenosse der Ruhe«, sagte er in lockerer Anlehnung an Montaigne.

»Und das alles wegen kleiner Bücher über eine Katze. Wer hätte das geahnt?« Seine Frau wirkte seltsam erfreut.

Diese Preisverleihung in New York und die Einladung zu einer Lesereise durch das Land waren eine Sache gewesen, aber die Angelegenheit heute war eine ganz andere. Die Frauen in den Muumuus hatten ihn auf eigenartige Weise aus dem Gleichgewicht gebracht.

»Also, wer geht mit dir ins Kino?«, fragte er Dooley. Er fand, dass der Junge ungewöhnlich gut aussah; er wuchs sich wirklich zu einem prachtvollen Kerl aus.

»Tommy.«

»Dass Tommy mitkommt, weiß ich. Sonst noch jemand?«

»Jenny. Und Tommys Freundin.«

»Aha.«

»Jenny«, murmelte seine Frau und zog eine Augenbraue in die Höhe. Ihre junge Nachbarin in dem Haus mit dem roten Dach war im Laufe der Jahre mit schöner Regelmäßigkeit in Dooleys Leben ein und aus gegangen.

»Ist Lace noch nicht zu Hause?«, fragte Father Tim. Er hatte gehört, dass Lace auf dem Weg von der Schule nach Mitford eine Zimmergefährtin besuchen wollte.

Dooley zuckte die Achseln.

»Wir rufen schnell bei den Harpers an und fragen mal nach«, sagte Cynthia und war auch schon aufgesprungen. »Entschuldigt mich bitte!«

»Warte!«, rief Dooley mit bestürzter Miene. »Ruf nicht an. Ich möchte gar nicht wissen, ob sie zu Hause ist.«

»Du möchtest es nicht wissen?«, fragte Cynthia, die Dooleys Streben nach Ahnungslosigkeit offensichtlich nicht allzu sehr beunruhigte. »Was könnte es schaden, es zu wissen?«

Der Junge faltete mit einiger Hast seine Serviette zusammen – eine Geste der Höflichkeit, die man ihm in der Schule eingebläut hatte – und stand auf. »Ich muss los. Danke für das Essen.«

»Gern geschehen«, sagte Father Tim, der die Spannung spürte, die in der Luft lag. »Dann sehen wir uns morgen zum Mittagessen, in Ordnung?«

Dooley verließ die Küche, ohne sich noch einmal umzudrehen. »Ich werde pünktlich sein!«, rief er über die Schulter zurück und war im nächsten Moment auch schon im Flur verschwunden.

Father Tim spähte zu Cynthia hinüber, in deren Augen ein geradezu boshaftes Glitzern stand. »Siehst du?«, sagte sie.

»Was soll ich sehen?«

»Er brennt darauf, zu erfahren, ob Lace zu Hause ist!«

Er seufzte, ohne es eigentlich zu wollen. »Wenn er es hätte herausfinden wollen, hätte er in der Stadt fragen können. Vielleicht will er wirklich nicht wissen, ob sie zu Hause ist.«

»Es ist ja nicht so, als würden wir versuchen, ihm irgendetwas aufzuzwingen«, sagte seine Frau.

»Natürlich nicht«, erwiderte er. »Bestimmt nicht!«

Er würde Dooley nicht mit in die Grillstube nehmen, auf keinen Fall. J. C., Mule und Percy würden ihn restlos ausquetschen, was die Schule betraf, Mädchen, Autos, Zensuren, es war einfach zu viel. Außerdem schätzte Dooley die Grillstube nicht allzu sehr, da auf der Speisekarte noch immer Leberbrot und Frittiertes stand, das ihm entschieden zu langweilig war.

Er hatte irgendwo gelesen, dass ein Restaurant in Wesley jetzt Wraps auf der Karte hatte. Er wusste nicht genau, was ein *Wrap* war, aber es klang modern. Er ließ sich von der Auskunft die Nummer geben, rief dort an, um die Adresse in Erfahrung zu bringen, und Dooley kutschierte sie mit heruntergeklapptem Verdeck in dem Mustang hin.

»Also, was hältst du davon?«, fragte er, während sie sich in dem Wrap-Lokal umsahen. Unter den Gästen fand sich eine beträchtliche Anzahl junger Leute mit Nasenringen und Tätowierungen, und es wurde Musik gespielt, die klang wie ... er war sich nicht ganz sicher, wie sie klang, vielleicht etwas, das schwer in eine leere Kokosnussschale schnaufte.

»Cool«, sagte Dooley.

»Und wie war der Film?«, fragte er, während sie ihre Wraps auswickelten.

»Sauber.«

Was war nur mit dem Wortschatz des Jungen passiert? Für den atemberaubenden Preis von zweiundzwanzigtausend Dollar im Jahr war sein Vokabular auf das eines Papageien reduziert worden. Natürlich waren Dooleys Zensuren stets erstklassig gewesen, daher konnten sie in dieser Hinsicht nicht klagen.

»Wie geht es Jenny?«

Dooley nahm einen großen Bissen von seinem Wrap. Father Tim nahm einen großen Bissen; klebrige Masse aus dem anderen Ende des Wraps tropfte ihm auf den Schoß.

»Super«, sagte Dooley.

Im Alter von elf Jahren und praktisch ohne jedwede Schulbildung war Dooley Barlowe imstande gewesen, in vollständigen Sätzen zu sprechen.

Father Tim konnte diesen drastischen Verfall nicht verstehen – er konnte die Verantwortung dafür unmöglich einem einzigen langen Jahr an der Universität von Georgia aufbürden; die Wurzel des Übels musste bereits in dieser schnieken Schule in Virginia gelegen haben.

»Hättest du nicht, ah, vielleicht Lust, Lace wenigstens Hallo zu sagen, bevor du nach Meadowgate fährst?«

»Hallo sagen? Sie will mir nicht Hallo sagen. Als ich sie das letzte Mal von der Schule aus angerufen habe, war sie zu beschäftigt, um Hallo zu sagen, sie hat mich nicht zurückgerufen, ich wünschte, du würdest aufhören, ständig ihren

Namen zu erwähnen, Lace, Lace, Lace, sie ist mir schnuppe.« Das Gesicht des Jungen wurde flammend rot.

»Tut mir leid«, sagte Father Tim aufrichtig.

»Dir ist gerade Salat auf den Schoß gefallen«, bemerkte Dooley.

»Das ist der coolste Wagen in der ganzen Stadt«, erklärte Dooley ihm auf dem Heimweg. »In Mitford gibt es keine wirklich coolen Autos.«

»Ich bitte dich! Da wäre zum Beispiel Miss Sadies fünfundachtziger Plymouth, der immer noch in der Garage von Fernbank steht. Manche Leute würden alles darum geben, einen solchen Wagen in die Hand zu bekommen.«

Als Dooley rechts um das Denkmal herumfuhr, hob Father Tim die Hand, um Bill Sprouse zu grüßen, der mit seinem Hund Sparky spazieren ging. Father Tim fand, dass Sparky genauso aussah wie ein Küchenmop an einer Hundeleine.

»Es gibt auch keine coolen Mädchen in Mitford.«

Cynthia und Puny zufolge gab es keine Männer; Dooley zufolge gab es keine Mädchen.

Father Tim hatte einen jähen Geistesblitz. »Lass uns noch nicht nach Hause fahren! Fahren wir lieber nach Farmer.« Die Straße nach Farmer war die Straße, auf der Dooley Auto fahren geübt hatte, die Straße, auf der Dooley Harleys alten Laster zerlegt hatte ... Es war eine Straße der Erinnerungen, und er wollte an diesem sommerlichen Tag jede einzelne Minute mit dem Jungen auskosten, der so schnell erwachsen wurde, zu schnell.

Dooley warf einen Blick auf seinen Beifahrer und grinste. »Cool«, sagte er.

Sie hatten an einem Kiosk gehalten und sich die dort erstandenen kalten Drinks mit hinausgenommen an einen Tisch mit einigen Holzbänken, der im Schatten eines Ahorns stand.

Father Tim kostete die mentholgeschwängerte Kühle unter dem Baum aus. Es ging sogar ein leichter Wind.

»Ich wollte etwas mit dir bereden«, eröffnete er Dooley. Er wartete einen Moment ab und sprach ein stummes Gebet. »Es geht um Sammy und Kenny.«

»Ich möchte nicht mehr über die beiden reden.«

»Aber wir müssen es einfach schaffen, wir müssen deine Brüder finden. Es ist mir ständig im Kopf herumgegangen, und endlich habe ich eine gute Idee.«

»Es wird nicht funktionieren. Es hat keinen Sinn, nach den beiden zu suchen, wir werden sie niemals finden, es ist zu lange her. Buck hat gesucht, du hast gesucht, und ...«

»Und was?«

»Und du hast gebetet.«

»Immer.«

»Außerdem hat Cynthia gebetet, Mama hat gebetet, und ich habe gebetet. Sogar Jessie und Poo haben gebetet. Es hat nicht funktioniert.«

»Stimmt. Noch nicht.«

Dooley blickte auf seine Trinkflasche hinab. »Was für eine Art Idee ist es denn?«

»Wenn wir deine Brüder finden wollen, insbesondere Sammy, denke ich, dass wir zuerst jemand anderen finden müssen.«

»Wen?«

Das war der Teil, vor dem er sich gefürchtet hatte. »Deinen Vater.«

»Nein«, sagte Dooley und stand von der Bank auf. »Nein.«

Alle Farbe wich aus seinem Gesicht; er machte mehrere Schritte rückwärts.

»Er ist derjenige, der uns die entscheidenden Hinweise geben kann. Sammy war bei ihm, als er das letzte Mal gesehen wurde. Es ist eine Chance, die wir ergreifen müssen, mein Sohn.«

»Ich dachte, du wolltest mein Vater sein.« Dooley hatte sich bis zu dem Ahorn zurückgezogen und stand jetzt mit trotzig verschränkten Armen da.

»Ich möchte dir alles geben, was ein Vater zu geben hat, aber ich kann dir keine Hinweise auf Sammy geben, wie es, so glaube ich, dein leiblicher Vater tun könnte. Hilf mir bei dieser Sache, Dooley.«

»Ich hasse ihn«, schrie Dooley. Tränen rollten ihm über das sommersprossige Gesicht. »Ich will ihn nicht sehen, ich will ihn nicht hier haben, wenn er betrunken ist und alle verprügelt und mich beschimpft.«

»Ja, aber ...«

»Er könnte Mama finden und ihr wehtun, oder er könnte versuchen, Jessie und Poo mitzunehmen.«

»Ich werde in Tennessee sein, aber es wird mir irgendwie gelingen, ihn aufzusuchen, wo auch immer er sein mag. Oder Buck – Buck wird hinfahren. Aber du musst uns helfen herauszufinden, wo er sein könnte. Du musst uns erzählen, welche Gewohnheiten er hatte.«

Dooley würde weniger als zwei Tage bei ihnen sein, und jetzt kam mitten in ihrer geringen, kostbaren gemeinsamen Zeit dieses Thema auf den Tisch ...

Aber er konnte nicht bis in alle Ewigkeit warten, bevor er dieses Thema anging.

Dooley wischte sich mit dem Handrücken über die Augen. »Ich erinnere mich nicht«, sagte er. »Außerdem könnte er tot sein. Ich hoffe, er ist tot.«

»Bitte, Dooley. Setz dich. Versuch dich zu erinnern. Kenny ist jetzt siebzehn, Sammy ist fünfzehn, nur vier Jahre älter, als du es warst, als ich dir zum ersten Mal begegnet bin.« So deutlich, als sei es erst gestern gewesen, sah Father Tim das Bild des elfjährigen Dooley Barlowe vor sich, barfuß und in einem schmutzigen Overall, wie er durch seine Bürotür spähte. »Lass uns unser Bestes tun, lass es uns noch einmal probieren«, sagte er. »Das Leben ist schließlich kurz.«

Er hatte einen furchtbaren Kloß in der Kehle – um Sammys und Kennys willen, um Dooleys willen, um der Brutalitäten des Lebens im Allgemeinen willen.

War er neidisch auf den Ruhm seiner Frau? Er riss einen Löwenzahn aus der feuchten Erde und warf ihn auf den Haufen. Andererseits – konnte man zwei Frauen in Muumuus als zuverlässigen Hinweis auf Ruhm bezeichnen? Sein Gesicht brannte, als er daran dachte, dass man ihn angesprochen hatte, als sei er der Gärtner.

Er begann, bewusst zu beten – er betete um Demut und um Hilfe bei dem Unterfangen, seinen Stolz herunterzuschlucken. Zumindest schien es ihm, oberflächlich betrachtet, Stolz zu sein.

Oder lag hinter dem Stolz noch ein tieferes Problem verborgen?

Er konnte doch gewiss nicht eifersüchtig auf irgendeine Art von Anerkennung sein, die seine Frau sich mit langen Jahren harter Arbeit und Hingabe erworben hatte?

Was immer es war, es saß tiefer als bloßer Neid. Er ließ sich in der Nähe des Zauns ins Gras fallen, zog seine Arbeitshandschuhe aus und lehnte sich an die Kiefer. Also, was war es wirklich, das ihm die Eingeweide zusammenpresste?

Furcht.

So einfach war es.

Er hatte Angst davor, dass sie ihm auf irgendeine Weise genommen werden könnte, fortgespült von einer Flut, die sie weder vorhersehen noch beherrschen konnten.

»Wie kommst du mit dem neuen Buch voran?«, fragte er, als sie im Bett lagen. Er massierte ihr den Nacken, wie er es oft tat, wenn sie sich über einem Zeichenbrett abrackerte. Er hatte schon vor langer Zeit die Hoffnung aufgegeben, dass sie sich das nicht länger antun würde; nein, sie liebte ihre Arbeit viel zu sehr. Das, was für ihn das Predigen gewesen war,

war für sie das Schreiben und Illustrieren von Büchern; es war ihre Art zu leben.

»Hm. Gut, Liebster. Mehr nach rechts, rechts bin ich furchtbar verspannt.«

»Ich muss den Stuhl an deinem Zeichentisch noch einmal nachjustieren.«

»Würdest du das tun, Timothy?«

»Natürlich. Morgen früh gleich als Erstes. Erzähl mir von dem Buch.«

»Ich bin vollkommen frustriert, ich kriege es einfach nicht richtig hin. Ich hätte auf mich selbst hören sollen, als ich gesagt habe, ich würde keine Violet-Bücher mehr machen. Ich denke, ich werde es vielleicht beiseite legen, bis wir aus Tennessee zurückkommen.«

»Kein Wunder, dass du Probleme damit hast. Diese Katze hat bereits alles getan, was es zu tun gibt – sie hat die Queen besucht, Klavierspielen gelernt, sie ist an den Strand gegangen, in einem Hotel in New York abgestiegen und hat Französisch als zweite Fremdsprache begonnen ...«

»Genau da! Uh, tut das weh. Worüber hast du dich beim Mittagessen eigentlich mit Dooley unterhalten?«

»Darüber, dass wir seinen Vater suchen müssen, um festzustellen, ob wir irgendetwas über die beiden Jungen in Erfahrung bringen können. Natürlich macht ihm jede mögliche Kontaktaufnahme zu seinem Vater Angst. Es wäre so, als stochere man in einem Hornissennest herum.«

»Ich verstehe. Aber es ist eine gute Idee, Timothy.«

»Er erinnert sich daran, dass sein Vater einen besten Freund hatte, einen Trinkkumpan, mit dem er herumgehangen und sich in Schwierigkeiten gebracht hat. Der Name war Dooley sofort präsent – Shorty Justice. Er hat in Holding gelebt. Ich werde Emma darauf ansetzen.«

Seine ehemalige Sekretärin, die geholfen hatte, Jessie Barlowe zu finden, genoss nichts mehr als eine Großfahndung im Cyberspace.

»Ich werde dir helfen, wo ich nur kann«, sagte Cynthia. »Ich werde alles tun, was du willst.«

Er beugte sich vor, küsste sie auf die Schultern und kostete die Berührung ihrer warmen Haut aus. Sie war Balsam für ihn, sie war alles für ihn, was er sich jemals wünschen oder erträumen konnte, sie war seine beste Freundin, seine Weggefährtin, die ihm immer wieder Mut machte. Wie hatte er es nur jemals ertragen können, in diesem eigenartigen Traumzustand des Junggesellendaseins durchs Leben zu stolpern und glauben zu können, er sei geistig und psychisch gesund?

»Ich liebe dich«, sagte er.

»Ich liebe dich auch, mein Herzallerliebster.« Sie gähnte, rollte sich auf die Seite und schlang ihm die Arme um den Hals. »Du bist doch noch mein Herzallerliebster?«

Er grinste. »Bis in den Himmel und dann für immer!«, zitierte er die Worte, die in seinen Ehering graviert waren.

4

www.suchen@finden.com

Emma Newland ließ sich in seinen Ledersessel im Arbeitszimmer fallen, schob das bestickte Kissen in ihrem Rücken zurecht und öffnete ihren Laptop.

Sie hatte die Gewohnheit, jeden Dienstagmorgen um halb neun im gelben Haus mit der erklärten Absicht zu erscheinen, zu tippen, was er in der Woche zuvor für seine Essay-Sammlung geschrieben hatte, im Namen ihres ehemaligen Arbeitgebers verschiedene E-Mails zu verschicken, Tortillachips zu knabbern, um ihren Blutzucker auf einer angemessenen Höhe zu halten, und seinen Schreibtisch aufzuräumen, ob er ihn nun aufgeräumt haben wollte oder nicht.

Sie betrachtete diese Arbeitszeit, die im Allgemeinen vier Stunden dauerte, als ihre »Pflicht und Schuldigkeit«, da sie einen Pakt mit Gott geschlossen habe. Sie habe sich verpflichtet, ihrem hilflosen ehemaligen Pfarrer zu dienen, bis der Tod sie voneinander schied, wenn Gott ihr nur die Qualen und das Ärgernis der Arthritis ersparte – an der, wie es die Familienchronik verzeichnete, bisher jedes weibliche Mitglied ihrer Familie erkrankt war. Bisher hatte sie nur ein winziges Zucken in ihrem rechten Daumen erdulden müssen, was sie auf die exzessive Benutzung der Maus zurückführte.

Tim lag es fern, etwas Derartiges zu erwähnen, aber er fand, dass ihre Augenbrauen an diesem Morgen versengt zu sein schienen oder gar überhaupt nicht mehr existierten, nachdem sie es versäumt hatte, sich rechtzeitig in Sicherheit zu bringen, als sie einen Grill in ihrem Garten anzündete. Er hatte stets gedacht, dass ihre Augenbrauen bemerkenswerte

Ähnlichkeit mit Seidenraupen hatten, die sich für den Winter ein extradickes Fell hatten wachsen lassen. Tatsächlich wirkte das Gesicht seiner Sekretärin jetzt so seltsam nackt, dass es ihm schon peinlich war.

»Was sehen Sie sich da eigentlich so genau an?«, fragte sie, ohne den Blick vom Bildschirm zu lösen.

Er fühlte sich wie ein Schuljunge, der dabei ertappt wurde, wie er auf der Mädchentoilette eine Kröte aussetzte. »Nichts!«

Sie machte sich an dem Ding auf ihrem Schoß zu schaffen. »Dann haben Sie also Ihre Frühjahrsgrippe noch nicht gehabt?«

»Ich rechne nicht damit, eine Frühjahrsgrippe zu bekommen«, sagte er.

»Wie um aller Welt Sie der Grippe entgehen, weiß ich wirklich nicht ... Wo Sie doch bei Hinz und Kunz Tee trinken und beim Friedensgruß Hunderte von Händen schütteln müssen.«

Er gab keinen Kommentar dazu ab.

»Also, jetzt, da Sie nicht mehr jeden Sonntag aus dem Kelch trinken müssen, sollten Sie damit anfangen, Ihre Hostie einzutunken, das habe ich nämlich getan, bevor ich wieder Baptistin geworden bin.«

Er biss sich auf die Zunge.

»Sie haben wahrscheinlich schon gehört, dass die Methodisten eine Predigerin bekommen.«

Es gefiel ihm gar nicht, wenn Emma Neuigkeiten vor ihm erfuhr, vor allem nicht, wenn es welche aus dem kirchlichen Bereich waren. Schäbig von ihm, aber ... »Nun, nun.«

»Ich werde mal nachsehen, ob Sie eine E-Mail haben«, sagte sie, »dann machen wir uns auf die Suche nach Dooleys Daddy.«

Er drehte den Stuhl zu seinem Schreibtisch um und begann mit den letzten Korrekturen an seinem Essay über Wordsworths Postulate, wobei er sich fragte, ob er Emma Newlands Gesellschaft wohl auch im Himmel noch würde ertragen müssen. Nein, gewiss nicht, denn das würde doch zu sehr nach jenem anderen Ort riechen …

Er versuchte, seine Erregung darüber zu zügeln, dass sie vielleicht wirklich imstande sein würde, Clyde Barlowe aufzuspüren – genau hier in diesem Raum, genau heute. Er wollte sich wegen eines Schusses ins Blaue nicht allzu sehr aufregen, obwohl sein Bischof in Alabama ihn einst für genau dieses Verhalten getadelt hatte. Paul Jared Sotheby hatte ihm mit dem Finger – wie eine alte Lehrerin – gedroht. »Timothy, lassen Sie diesen Unfug, und hören Sie auf, sich auf das Schlimmste gefasst zu machen. Verbringen Sie Ihre Zeit lieber damit, sich auf das Beste gefasst zu machen!« Diesen Rat hatte er nie vergessen, obwohl er nur selten imstande war, ihn zu befolgen.

Emma starrte auf den Bildschirm und produzierte dabei leise, pfeifende Geräusche zwischen den Zähnen. Popmusik war nicht seine starke Seite, aber es klang wie die beiden ersten Zeilen aus »Delta Dawn« die endlos wiederholt wurden.

»Sehen Sie«, sagte sie, »Sie haben Post!«

»Wirklich?« Er sprang auf und beugte sich dicht über ihre Schulter. »Aha!«

Marion Fieldwalker, ein ehemaliges Gemeindemitglied und eine gute Freundin von der Insel Whitecap.

»Ich habe ihr meine E-Mail-Adresse gegeben, damit sie mit uns in Verbindung bleiben kann.«

Lieber Pfr., ich werde dies hier abschicken, so schnell ich kann, es ist mein erster Versuch im Cyberspace.

Pfr. Conklin hat uns nicht allzu sehr aus dem Gleichgewicht gebracht. Er hat eine Schwäche für Gemeindefeste (mit Abendessen) und die alten Lieder, und er organisiert eine Reise ins Heilige Land. Sam denkt, dass es sich mit ihm ganz gut anlässt.

Morris Love spielt jeden Sonntag Orgel. Ein solch heiliges Getöse haben wir noch nie vernommen! Die Leute kommen von nah und fern, um die Musik zu genießen & hören durch dieses hübsche Arrangement auch gleich noch Gottes Wort.

Ella Bridgewater bringt an den meisten Sonntagen den lieben Captain Larkin mit in die Kirche und springt jeden fünften Sonntag für Morris ein. Jeffrey Tolson arbeitet drei Tage die Woche im College und zwei Tage oben in Dorchester an dem großen Dock. Er kommt jeden Sonntag mit Janette und den Kindern in die Kirche. Manche Leute glauben, dass er wohl in seinen alten Trott zurückfallen wird, aber Sam glaubt, dass er es schaffen wird.

Wir vermissen Sie sehr. Otis und Marlene haben hinter der Kirche einen Spielplatz bauen lassen, und Jean Ballenger schreibt an einer Geschichte von St. John's, und sie fügt auch eine Liste aller Grabsteininschriften hinzu, einschließlich Maude Boatwrights »Endlich Ruhe«, ein Wort, das Sie, wenn ich mich recht erinnere, besonders geschätzt haben. Ich werde Ihnen eine Kopie schicken, sobald die Tinte trocken ist.

Sam hat eine Niereninfektion, und wir wären Ihnen sehr dankbar für Ihre Gebete. Sie sind immer in unseren Gebeten.

Ganz liebe Grüße an Sie und die liebe Cynthia. Als Sie fortgegangen sind, war es so, als sei eine Kerzenflamme ausgeblasen worden, aber wir kämpfen unermüdlich weiter.

Er richtete sich auf und rieb sich den Rücken.

»Warten Sie!«, sagte sie. »Da ist noch mehr.«

»Mein Rücken …«, sagte er, denn er spürte jetzt ein Knirschen in jedem Gelenk.

»Wenn Sie nicht zu geizig wären, um sich einen Drucker zu kaufen, müssten Sie nicht immer über meiner Schulter hängen, um Ihre Mails zu lesen!«

Zum Kuckuck mit der heutigen Technik. Er hatte ihr jahrelang energisch getrotzt, bis zu dem Tag, an dem er schließlich kapituliert und sich von Puny hatte zeigen lassen, wie die

Mikrowelle funktionierte. Es war ein Wendepunkt in seinem Leben gewesen, etwas, worauf er nicht stolz war, aber binnen weniger Herzschläge hatte sein lauwarmer Tee zu dampfen begonnen. Vielleicht musste er sich ja tatsächlich einen Drucker anschaffen.

»Schauen Sie«, sagte sie, »das ist von Ihrem Brieffreund in Mitford, England.«

»Drehen Sie ihn etwas in diese Richtung, so kann ich nichts vom Bildschirm lesen, wegen der Spiegelung.« Er beugte sich tiefer über ihren Laptop und kämpfte gegen den schweren Geruch von *My Sin*, der von seiner Sekretärin aufstieg wie eine Wolke über dem Mount St. Helens. »Die Schrift ist zu klein!«

»Sie haben Rückenschmerzen, der Bildschirm reflektiert zu stark, die Schrift ist zu klein. Die Lösung für all diese Probleme besteht darin, sich einen eigenen Laptop zu kaufen wie jeder normale Mensch!« Sie schnaubte. »Setzen Sie sich. Ich lese sie Ihnen vor. ›Lieber Reverend …‹«

Sie blinzelte und blickte auf. »Sie wissen, dass ich Sie im Nu online bringen kann!«

»Ich *will* aber nicht online sein!«

»Jederzeit! Sie brauchen mir nur Bescheid zu geben.«

»Auf keinen Fall«, sagte er aus vollem Herzen.

»Wer den Kopf in den Sand steckt, lässt das Leben an sich vorbeiziehen«, murmelte sie. »›Lieber Reverend …‹«

Ein plötzlicher Schauer trommelte gegen die Fenster. Er hörte das Radio seiner Frau in ihrem Arbeitszimmer spielen.

»›Was für eine umwerfend gute Idee von Ihnen, Ihr Mitford und unseres zu Schwesterdörfern zu machen. Ich finde, die ganze Angelegenheit schreit nach ein wenig Trara, um sie offiziell zu machen. Ich habe keine Ahnung, welche Art von Trara angebracht wäre, aber ich bin davon überzeugt, dass meine Frau, Judy, die Sache glänzend über die Bühne bringen würde. Sie ist dafür bekannt, dass sie die besten Flohmärkte im ganzen Königreich veranstaltet, und auch unser

Pfarrer hat bei dergleichen Dingen ein gutes Händchen. Wir werden alle die Köpfe zusammenstecken und uns etwas Wunderbares ausdenken. Meine besten Wünsche für Ihre Missionsarbeit in Tennessee; ich glaube, das ist der Staat, aus dem eine beträchtliche Menge Ihres Whiskeys kommt. Wir werden über Ihre brave Sekretärin miteinander in Kontakt bleiben. Herzliche Grüße, Ihr Cederic Hart.‹«

»Großartig«, sagte er. »Ist sonst noch etwas gekommen?«

»Das war alles. Wollen Sie etwas verschicken, bevor ich nach Clyde Barlowe suche?«

»Das hier«, sagte er und reichte ihr einen Bogen Papier, auf den er eine Notiz für Stuart Cullen gekritzelt hatte.

»Sie könnten es selbst tun«, meinte sie.

»Verwünscht, Emma …«

Kirchenarchitektur, tippte sie, *sollte eine irdische und vorübergehende Erfüllung der Prophezeiung unseres Erlösers sein, dass, wenn die Stimmen der Menschen schweigen, die Felsen und Steine selbst zum Lob und Preis des Königs der Könige und des Herrn der Herren singen werden. Michele di Giovanni, mittelalterlicher Architekt und Baumeister.*

»An wen?«, fragte sie.

»An den Bischof.«

Er beobachtete, wie sie die Maus hin und her schob. »Erledigt! So. Ich bin soweit, wenn Sie es auch sind.«

»Wunderbar!« Er saß auf der Kante seines Stuhls.

»Aber machen Sie sich nicht allzu große Hoffnungen«, sagte sie und spähte über ihre Lesebrille.

»Oh nein«, antwortete er.

»Das wird ein wenig dauern.«

»Klar.«

Sie wedelte mit der Hand. »Also beschäftigen Sie sich mit der Arbeit an Ihrem Essay, damit ich etwas zu tippen habe, bevor ich gehe.«

In dem Bemühen, die Suche nach Clyde Barlowe aus seinen Gedanken zu verbannen, machte er aus einem Absatz zwei und strich eine Zeile, die er irgendwann einmal umwerfend gefunden hatte. Die verblasste Schrift auf den Papierbögen sagte ihm, dass das Farbband seiner Schreibmaschine langsam dünn wurde, ein Umstand, der Emma nicht im Mindesten gefallen würde, wenn sie den Text in den Computer übertrug.

Die Uhr tickte, der Regen prasselte, das Radio spielte Brahms.

Konnte sie nicht einfach zu *B* gehen und ihn finden? Warum dauerte das so lange?

Er strich einen Absatz, tauschte zwei Zeilen gegeneinander aus und entschied sich dafür, Blake in Großbuchstaben zu schreiben. Eine halbe Stunde, um einen ganz alltäglichen Namen zu finden?

»Sehen Sie nur!«, rief sie aus.

»Was denn?«

»Da laust mich doch der Affe.«

»*Was?*«

»Nun, nun«, sagte sie, ohne ihm die geringste Beachtung zu schenken.

Es blieb ihm nichts anderes übrig, als aufzustehen und ihr über die Schulter zu blicken.

»Sehen Sie, da?« Sie deutete mit dem Finger auf eine Namensliste.

»Wo?«

»Genau hier. Cate Turner. Ist das nicht der Name von Lace Turners Daddy?«

»Hm, ja.«

»Es gibt nur einen einzigen Cate Turner auf der Liste, und der wohnt in Hope Creek, dieser kleinen Stadt in der Nähe von Holding.«

»Lace ist nicht allzu erpicht darauf, zu erfahren, wo ihr Vater sich aufhält. Ganz im Gegenteil. Suchen Sie weiter.« Tatsächlich war Lace legal von den Harpers adoptiert worden und hatte deren Familiennamen angenommen, obwohl die meisten Mitforder aus Gewohnheit immer noch von ihr als Lace Turner sprachen.

»Warum sind Sie überhaupt bei *T?*«, fragte er verärgert. »Barlowe werden Sie nicht unter *T* finden.«

»Ich habe nach Caldecott Turner gesucht, meinem Highschool-Schwarm, wir haben ihn Cal genannt.«

»Emma, Emma ...«

»Bei den Barlowes habe ich schon gesucht.«

»Und?«

»Und es ist mir grässlich, Ihnen das zu sagen, aber es gibt keinen Clyde Barlowe.«

»Es muss einen Clyde Barlowe geben. Beide Namen sind in dieser Gegend weit verbreitet.«

»Ich habe in sämtlichen fünfzig Staaten nachgesehen und überall in Kanada, einschließlich Nova Scotia und dem Yukon, außerdem ...«

»Aber es ist so ein einfacher Name. Es muss doch ...«

»Sehen Sie selbst.«

Sie stand auf und schob dabei den Laptop in seine Richtung.

»Setzen Sie sich hierhin, und spielen Sie eine Weile damit herum, während ich mal für kleine Mädchen muss.«

Er prallte zurück und musste ganz gegen seinen Willen grinsen. »Oh nein, das werden Sie nicht tun! Ich werde nicht auf Ihren durchsichtigen Trick hereinfallen, mir einen Köder zuzuwerfen, damit ich dieses abscheuliche Gerät benutze.«

Emma kicherte. Ein wahrhaft seltenes Erlebnis. »Sie werden den Köder früher oder später schon schlucken. Warum nicht gleich früher?«

»Wenn Sie zurückkommen«, erwiderte er, ohne ihre Prophezeiung eines weiteren Wortes zu würdigen, »möchte ich, dass Sie nach einem Burschen namens Shorty Justice suchen.«

Aber einen Shorty Justice gab es auch nicht.

Als er Emma zur Haustür begleitete, wusste er, dass er fragen würde, und er wusste, dass er es bedauern würde.

»Hm. Ihre Augenbrauen ...«

»Was ist mit meinen Augenbrauen?«, fuhr sie auf.

»Sie sehen einfach ...« Er zuckte die Achseln. »Sie sehen anders aus als sonst!« Wusste er denn nicht, dass Neugier die Katze getötet hat?

»Frage ich Sie nach *Ihren* Augenbrauen?«

»Hm, nein, aber an meinen hat sich auch nichts verändert.«

»Ach, wirklich? Haben Sie in letzter Zeit mal in den Spiegel gesehen?«

Sie rauschte zur Tür hinaus und wehte ihn beinahe in den Graben.

Er ging sofort ins Badezimmer im unteren Stockwerk. Nach einem Blick in den Spiegel fand er, dass seine Augenbrauen nicht anders aussahen als sonst.

»Sehen meine Augenbrauen komisch aus?«, fragte er Cynthia.

Sie musterte ihn ernst. »Nein. Warum?«

»Emma meinte, ich solle mir einmal meine Augenbrauen im Spiegel ansehen.«

»Warum sagt sie denn so etwas?«

»Keine Ahnung. Ich schätze, dass ich sie nach ihren Augenbrauen gefragt habe, sie kamen mir irgendwie ... anders vor.«

»Ach, das! Natürlich, sie *sind* anders! Was heißen soll, dass sie keine mehr *hat!* Fancy Skinner hat Emma dazu überredet, sich die Augenbrauen ausdünnen zu lassen, und statt sie auszuzupfen, hat Fancy so ein Wachsding benutzt, das sie mit Stumpf und Stiel ausgerissen hat.«

»Oh Mann.«

»Wenn ich mal den Löffel abgebe, Timothy, erinnere dich bitte an meine Verfügung. Du erinnerst dich doch?«

Er erinnerte sich. Die Verfügung war von Hand geschrieben und mit einer Büroklammer an dem Testament seiner Frau befestigt, das ausdrücklich eine Beerdigung verlangte, statt der zunehmend beliebten Einäscherung. *TIMOTHY, lass Fancy Skinner auf keinen Fall an mein Haar!!! Deine dich im Diesseits wie im Jenseits liebende C.*

Dooleys Wrangler stand in Lew Boyds Reparaturwerkstatt. Harley reparierte irgendetwas an der Schaltung.

»Ich fahre dich rüber zu deiner Mom«, sagte Father Tim. Er wollte Dooley nicht ziehen lassen, ganz und gar nicht, aber das würde er natürlich nicht erwähnen …

»Kann ich heute Abend deinen Wagen nehmen. Meiner wird erst morgen fertig.«

»Kannst du?«

»Darf ich?«

Father Tim lächelte und wartete.

»Bitte!«

»Ja, du darfst ihn nehmen«, sagte Father Tim und warf ihm die Schlüssel zu.

»Danke, Dad!«

»Gern geschehen.«

Es rührte ihn, dass der Junge ihm einen freundschaftlichen Knuff in den Arm versetzte.

Endlich befanden sich alle Bücher, die zu lesen oder als Nachschlagewerke zu benutzen sie sich in Tennessee nur wünschen konnten, in Kisten. Er bemerkte, dass es buchstäblich dieselben Exemplare waren, die sie nach Whitecap mitgeschleppt hatten, nur dass diesmal noch ein Karton mit Kinderbüchern hinzukam.

Er trat zurück und kratzte sich am Kopf. Was sonst noch? Ah! Er würde den Towser und die kompletten Werke von George Macdonald gern dabeihaben, die Bücher standen oben, und er hatte sie ganz vergessen; dann war da natürlich noch die Sache mit dem Galsworthy …

Er erinnerte sich daran, dass seine Frau ihm eine ernste Predigt zu einem gewissen Thema gehalten hatte: Er sollte die Buchhandlung, Happy Endings, nur aufsuchen, um sich von Hope und Chester zu verabschieden. Dahinter steckte die klare Feststellung, dass weder er noch Cynthia ihr gegenwärtiges Transportvolumen auch nur um eine einzige Unze erhöhen durften.

Er hatte ihr nicht versprochen, kein weiteres Buch mehr zu kaufen, obwohl er eingeräumt hatte, dass er ihren Rat für klug halte. Das war natürlich gewesen, bevor ihm klar geworden war, wie dringend er den Galsworthy-Band benötigte. Ein einziges kleines Buch! Noch dazu ein Taschenbuch! Wie viel konnte das schon wiegen? Er würde es ohnehin nicht in die Bücherkisten legen, er würde es in seine Reisetasche zwischen seine zusammengerollten Pyjamas stecken. Manche Männer waren hinter Frauen her, andere waren fasziniert von schnellen Autos. Na schön, er mochte Bücher.

Bevor er zu seiner Mission aufbrach, öffnete er die Kühlschranktür und musterte den Vorrat an Coladosen, die sie für Dooleys Besuche vorrätig hielten. Ihm wurde klar, dass er seinen heftigen Durst ignoriert hatte, und obwohl er das nicht hätte tun sollen, war die Dose bereits geöffnet … wahrscheinlich war der Inhalt schal, aber zum Kuckuck, was konnte ein einziger Schluck schon schaden? Er leerte den Inhalt, spülte die Dose aus, drückte sie platt und warf sie in die Recyclingtonne in der Garage.

Tim spuckte dreizehn Dollar und ein paar Zerquetschte aus.

»Ich wäre Ihnen sehr verbunden, wenn Sie, ah, dies hier nicht erwähnen würden«, sagte er in dem festen Vertrauen darauf, dass Hope verstehen würde, was er meinte.

»Na*türlich* nicht!«, erwiderte Hope gekränkt. »Ich werde ständig gebeten, alle möglichen Dinge vertraulich zu behandeln!«

»Wirklich? Wie zum Beispiel?«

Sie beäugte ihn durch ihre Schildpattbrille und lächelte. »Wenn ich es Ihnen erzählte, Reverend, dann wäre es nicht mehr …«

»Vertraulich!«, beendete er ihren Satz. »Natürlich.«

Sie ließ das Buch in eine Tüte fallen und reichte es ihm. »Sie wissen wahrscheinlich, dass einige Leute ausgesprochen kritisch über den Mann auf dem Speicher sprechen.«

»Das überrascht mich nicht.«

»Sie sagen, dass sein schändliches Treiben fast mit Sicherheit wieder durchschlagen wird.«

Darauf konnte er nichts erwidern, und er kam auch nicht umhin, zu bemerken, dass Hope seltsam beunruhigt und ein wenig blass wirkte. »Ich bete dafür, dass alles gut wird, sehr gut«, sagte er. »Vielleicht sollten Sie auch dafür beten.«

»Ich bete nicht.«

»Aha.« Er klemmte sich die Tüte unter den Arm.

»Aber ich glaube an Gott«, sagte sie.

»Gut! Gott glaubt auch an Sie.«

»Also, ich hoffe, dass Sie eine wirklich großartige Reise haben werden. Ich bewundere Sie dafür, dass Sie dort hingehen und in der Wildnis leben wollen. Ich hoffe nur, dass Sie etwas gegen Schlangenbisse mitnehmen.«

»Ähm, ich glaube nicht. Nun! Ich werde Sie wahrscheinlich erst im September wiedersehen, und ich hoffe, dass alles …«

»Reverend?«

»Ja?«

»Hätten Sie wohl noch einen Moment Zeit?«

»Natürlich.«

Sie senkte den Blick. »Ich glaube, ich … ich muss Ihnen etwas erzählen.«

Während all der Jahre, die er Hope Winchester nun kannte, hatte sie sich ihm noch nie anvertraut.

»Ich habe dem Mann auf dem Speicher einen Brief geschrieben«, flüsterte sie. »Ich habe ihm mitgeteilt, dass es bei

Happy Endings einen Job für ihn geben würde, wenn er herkommt.«

»Aber das ist ja wunderbar!«

»Nun ja, die Leute hier in Mitford haben Mr Gaynor am Ende sehr gern gemocht. Es hat ihnen gefallen, wie er mit seiner Tat umgegangen ist und dass er vor Ihrer Gemeinde ein Geständnis abgelegt und Sie dann gebeten hat, die Polizei zu rufen. Ich erinnere mich daran, dass die Schulkinder ihm Bilder ins Gefängnis geschickt haben. Und dann waren da noch die vielen Schuhe, die die Leute aufs Polizeirevier gebracht haben. Jemand hat mir erzählt, dass Sie eine Predigt über ihn gehalten und gesagt haben, er sei ein ähnlicher Typ wie der heilige Paulus. Jetzt bin ich mir nicht mehr sicher; einige Leute meinen, er würde sicher wieder in Versuchung geraten, zu stehlen. Jetzt fühle ich mich sehr unwohl mit meiner überstürzten Geste. Was ist, wenn die Kunden ausbleiben, was ist, wenn seine Anwesenheit den Absatz drückt?«

»Haben Sie Helen erzählt, was Sie getan haben?«

Obwohl sie neun Monate im Jahr nicht hier war, hatte die Besitzerin bekanntermaßen ein ernsthaftes Interesse an den Einzelheiten ihres Geschäfts.

»Sie hat mir vor einigen Wochen aufgetragen, eine Teilzeitaushilfe einzustellen, die sich um unsere Versandbestellungen für seltene Bücher kümmert. Ich weiß, dass sie mir vollkommen vertraut, ich habe sie noch nie enttäuscht.«

»Davon bin ich überzeugt.«

»Jetzt weiß ich nicht, was ich tun soll.«

»Wo wir gerade vom heiligen Paulus sprechen – er hat uns aufgetragen, im Beten keinen Verzug zuzulassen. Erschrecken Sie nicht, aber ich werde gleich jetzt ein Gebet wegen dieser Sache sprechen.«

»Gleich jetzt?«, fragte Hope.

Er senkte den Kopf.

»Vater«, sagte er, »wir sitzen hier ein wenig in der Klemme. Danke, dass Du Hope die Weisheit geschenkt hast, zu erkennen, was zu tun ist, und dass Du ihr Deine Antwort ins Herz gelegt hast. In Jesu Namen, Amen.«

Hope sah ihn fragend an. »Ist das alles?«

»Das genügt!«, sagte er. »Befragen Sie einfach Ihr Herz, dann werden Sie wissen, was zu tun ist.«

»Oh«, sagte sie, seltsam erleichtert.

»Und übrigens, ich denke, dass die Menschen hier George Gaynor abermals in ihr Herz schließen werden.«

»Danke, Reverend, danke!«

»Ich werde Ihnen eine Postkarte mit unserer neuen Adresse schicken«, sagte er. »Halten Sie mich auf dem Laufenden, wie die Dinge sich entwickeln.«

Er machte an der Drogerie halt und marschierte schnurstracks auf die Süßigkeitenabteilung zu, wo er die zahlrecihen durchsichtigen Päckchen mit Geleebohnen in Augenschein nahm.

»Suchen Sie nach Geleebohnen für Ihren Doc?«, fragte Tate Smith.

»Genau.«

»Ich glaube, er hat hier neulich alles ziemlich gründlich durchforstet.«

Father Tim unterzog eins der Päckchen einer zweiten Musterung. »Das hier sieht so aus, als wären eine Menge Grüne drin. Das nehme ich.«

Hoppy Harper hatte bekanntermaßen eine ausnehmende Vorliebe für grüne Geleebohnen; er sortierte die Süßigkeiten mit großer Sorgfalt nach den verschiedenen Geschmacksrichtungen, und wenn er seine Lieblingsbonbons aus der Tüte geräubert hatte, überließ er die restlichen seinen Krankenschwestern.

»Mir will doch scheinen, dass ein Arzt, der mengenweise Geleebohnen verschlingt, kein gutes Beispiel für seine Patienten ist«, bemerkte Tate. »Mein Arzt hat mir Zucker rundheraus verboten, aber er lässt mich nicht sehen, was *er* isst. Doc

Harper schert sich keinen Deut darum, wer alles erfährt, dass er einen süßen Zahn hat.«

Tate tippte den Verkaufspreis – einen Dollar und neunundsiebzig Cent – in die Kasse ein. »Wahrscheinlich isst er auch Schinken und was weiß ich noch alles.«

»Würstchen!«, sagte Father Tim.

»Spielen Sie dieses Jahr für die Reds?«, fragte Tate.

Father Tim schob die Geleebohnen in die Tüte zu seinem Buch. »Dieses Jahr nicht. Wir wollen für eine Weile nach Tennessee rauf. Vielleicht nächstes Jahr.«

Er stellte fest, dass er ungemein erleichtert war, nicht im Starteam der Sofballmannschaft von Mitford mitspielen zu müssen. Allein der Gedanke daran, von einer Base zur nächsten rennen, den Ball treffen, auch nur einen Schläger in die Hand nehmen zu müssen …

Er war müde, irgendwo tief in seinem Innern, an einem Ort, an dem er noch nie wirklich nachgesehen hatte. Aber das ergab keinen Sinn. Er arbeitete nicht länger als Vollzeitpfarrer; er brauchte keine Kirchenvorstandssitzungen mehr zu ertragen, keine Bauprojekte, keine launischen Gemeindemitglieder; hie und da hielt er Trauungen, Taufen oder Beerdigungen, und Konfirmationsunterricht gab er auch nicht mehr. Er brauchte nicht einmal zu den Toiletten zu flitzen, wie er es in Whitecap getan hatte, und an der Spülung zu rütteln, wenn jemand die Toilette hatte laufen lassen.

Laufen! Genau das war die Lösung. Er musste wieder anfangen zu laufen. Sobald er von Joe Iveys Friseurstuhl aufgestanden war, würde er nach Hause gehen, Barnabas an die Leine nehmen und es wieder einmal mit seiner alten Strecke versuchen – die Main Street hinauf, dann in die Lilac Road, den Kirchhügel hinunter und von da aus über die Old Church Lane zum Baxter Park und wieder nach Hause.

Auf dem Weg zu Joe sah er kurz im Dorfladen bei Avis vorbei. Der war gerade dabei, eine Lammkeule zu zerlegen.

»Scheint ein sehr gutes Stück zu sein«, bemerkte Father Tim. »Wie braten Sie Ihr Lamm?«

»Mal so, mal so.«

»Ich sag Ihnen, wie es gemacht werden muss. Heizen Sie Ihren Ofen auf zweihundertdreißig Grad vor, okay?«

»Okay.«

»Reiben Sie Ihr Fleisch mit Knoblauch und Zitrone ein, stecken Sie etwas frischen Rosmarin unter die Haut, und legen Sie das Ganze dann unbedeckt auf einen Rost, okay?«

»Okay.«

»Schalten Sie Ihren Ofen auf einhundertsechzig Grad herunter und lassen Sie das Lamm garen, bis es innen eine Temperatur von achtzig Grad erreicht. Köstlich! Herausragend! Wunderbar! Okay?«

»Verstanden.«

»Und wenn Sie schon dabei sind, können Sie gleich auch einige Kartoffeln vierteln und braten und einen Salat mit meinem Balsamicoessig aus der grünen Flasche machen, dritte Reihe, zweites Regal. Wollen Sie mein Rezept für Minzgelee?«

»Ich habe schon eins, vielen Dank.« Er trat erst auf den einen Fuß, dann auf den anderen. »Avis! Haben Sie noch einmal darüber nachgedacht, einen neuen Fahrer einzustellen?«

»Schon passiert! Er fängt am Mittwoch an.«

»Aha.«

Avis wischte sich an seiner Schürze die Hände ab. »Wenn Sie mich fragen, ich würde das Ganze noch mit einem schönen Merlot abrunden.«

Mit anderen Worten, dachte Father Tim, die freie Stelle war definitiv besetzt.

Joe Ivey schüttelte einen zusammengefalteten Umhang auf, drapierte ihn über Father Tims Vorderseite und verknotete ihn in seinem Nacken.

»Ich hab gehört, Sie erwarten einen Sträfling.«

»Er wird kein Sträfling mehr sein, wenn er zu uns kommt; er wird ein freier Mann sein, bußfertig und voller Eifer, in die Gesellschaft zurückzukehren.«

»Das funktioniert aber nicht immer.«

»Was funktioniert nicht?«

»Die Sache mit der Bußfertigkeit.«

»Bei Ihnen hat es funktioniert. Wie lange sind Sie jetzt schon trocken?«

»Vier Jahre, bald fünf.«

»Sehen Sie?«

Father Tim war felsenfest davon überzeugt, dass er Fancy Skinners hochhackige Schuhe auf dem Boden über ihren Köpfen klappern hörte, aber dieses heikle Thema hätte er um nichts in der Welt freiwillig angesprochen.

Joe griff nach Schere und Kamm.

»Nehmen Sie nur ein klein wenig an den Seiten runter«, sagte Father Tim.

»Es fällt Ihnen schon über den Kragen. Ich werd mir zuerst mal dieses Gestrüpp an Ihrem Hals vornehmen.«

»Cynthia sagt, Sie sollten mich nicht skalpieren.«

»Wenn ich einen Nickel für jedes Mal bekäme, wenn eine Frau mir diese Botschaft ausrichten lässt, wäre ich so reich wie Krösus und würde in Los Angeles leben.«

»Warum um alles in der Welt würden Sie dort leben wollen?«

»Würd ich ja gar nicht, es war bloß die erste große Stadt, die mir eingefallen ist.«

»Aha.« Father Tim sah ein ordentliches Büschel Haare zu Boden fallen.

»Wo wird er denn nun arbeiten?«

»Das weiß ich noch nicht. Wir haben einige Möglichkeiten.«

»Sie wollen doch sicher nicht, dass er arbeitslos bleibt.«

»Natürlich nicht.«

»Das wäre eine zu große Versuchung.«

»Sie werden diesen Mann mögen. Vergessen Sie nicht, er hat ein öffentliches Geständnis abgelegt und sich der Polizei gestellt; er war bereit, seinen Fehler einzugestehen und acht Jahre darauf zu verwenden, für diesen Fehler zu zahlen. Geben Sie ihm eine Chance.«

»Ich weiß nicht …«

»Unser Gott ist der Gott der zweiten Chancen, Joe.«

Joe trat zurück und betrachtete mit zusammengekniffenen Augen sein Werk, dann reichte er Father Tim einen Spiegel. »Hm, da sind sie.«

»Da ist was?«

»Ihre Ohren. Wie lange ist es her, seit Sie sie das letzte Mal gesehen haben?«

Er verließ den Friseursalon und ging mit gesenktem Kopf Richtung Old Church Lane. Er hätte es niemandem je gestanden, nicht einmal Cynthia, aber eine Bemerkung, die Hope geäußert hatte, hatte bereits seit einiger Zeit an ihm genagt. Wahrhaftig, was war, wenn die Sache mit George nicht gut ging? Dann würde seine Wenigkeit derjenige sein, der die Verantwortung dafür trug. Und schlimmer noch, er würde nicht einmal hier sein, er würde in Tennessee sein und keine Möglichkeit haben zu erspüren, wie sich die Dinge zu Hause entwickelten. Irgendwie konnte er die Tatsache ihres Umzugs nach Tennessee noch immer nicht begreifen; es ging einfach nicht in seinen Kopf herein. Die Kisten waren gepackt, die Kleider brauchten nur noch in Kleidersäcke gehängt zu werden, aber …

Er gestand sich seine Erleichterung darüber ein, dass es ihnen nicht gelungen war, Clyde Barlowe ausfindig zu machen. Tatsächlich hatte Dooley nicht Unrecht; wenn sich die schlimmsten Befürchtungen des Jungen bewahrheiten sollten und sie den Mann fanden, konnte die Familie in Gefahr sein. Es war wie ein Spiel mit dem Feuer. Warum mischte er sich überhaupt in das Leben anderer Menschen ein, warum verschaffte er George Gaynor einen mühelosen Eintritt in die Mitforder Gemeinschaft und suchte nach jemandem, der niemals etwas anderes als Ärger gemacht hatte?

Als er das vier Häuserblocks entfernte Krankenhaus erreichte, war er zu der Meinung gelangt, dass er sich ebenso gut gleich ein Zimmer reservieren lassen und die Sache hinter sich bringen konnte. Seine Füße und seine Beine waren so schwer wie Schlackensteine; er hatte sich buchstäblich den Hügel hinaufgeschleppt. Er erinnerte sich daran, dass Onkel Billy ihn gebeten hatte, an diesem Nachmittag vorbeizukommen – vielleicht morgen …

»Und, wie gefällt es Ihnen bei der Marineinfanterie?«

»Marineinfanterie?«

»Ja. Wegen Ihres Haarschnitts. Oder dem, was davon übrig ist.« Sein stets abgehetzter Arzt grinste und fuhr sich mit den Fingern durch sein eigenes drahtiges, zerzaustes Haar, das in üppiger Fülle spross. »Ihr Blutzuckerwert ist völlig indiskutabel. Zweihundertfünfzig!.«

Father Tim ließ mutlos die Schultern sinken.

»Sie wissen, dass er deutlich unter zweihundert liegen sollte. Hundertvierzig wäre der Wert, der mir vorschwebt.«

Er sagte nichts; er verabscheute diese Krankheit, er hatte sie gründlich satt …

»Ich werde Ihnen von Schwester Kennedy Blut fürs Labor abnehmen lassen. Was ist eigentlich aus Ihrem Sportprogramm geworden?«

»Mal nachdenken …« Sein Kopf war buchstäblich umnebelt.

»Vom Winde verweht, vermute ich mal.« Hoppy warf eine grüne Geleebohne ein.

Der Mann hat Nerven, dachte Father Tim.

»Ich stehe kurz davor, Ihre Reise abzublasen.«

»*Was?*«

»Entweder das, oder ich lasse Sie auf guten Glauben ziehen, nachdem Sie mir hoch und heilig versprochen haben, auf sich aufzupassen.«

»Will sagen …?«

»Will sagen, dass Sie zu einem strengen Sportprogramm zurückkehren und auf Ihre Diät achten müssen. Außerdem werde ich Ihre Insulindosis verdoppeln.«

Father Tim starrte auf seine Schuhe.

»Sie wissen, was das bedeutet: Je höher wir Ihr Insulin einstellen, desto mehr Hunger werden Sie haben, und wenn Sie sich nicht bewegen, werden Sie zunehmen, Sie werden sich hundsmiserabel fühlen … es ist ein Teufelskreis. Deshalb ist es unerlässlich, dass Sie sich an die Vorgaben halten, Reverend. Ich werde Ihnen zehn weitere Einheiten verschreiben … jeden Tag. Jeden Morgen, jeden Abend, keine Hintertürchen, keine Ausrutscher, keine faulen Ausreden. Haben Sie das verstanden?«

Er nickte benommen.

»Ich mache mir Sorgen um Sie, mein Freund. Es gibt keine Heilung für Diabetes.«

»Klar.«

»Wer wird in Tennessee Ihr Arzt sein?«

»Ich weiß nicht, ich habe noch nicht darüber nachgedacht.«

»Glücklicherweise war das auch nicht nötig. Ich habe einen alten Studienkollegen in Nashville. Rufen Sie ihn an. Das ist ein absolutes Muss.«

Hoppy kritzelte einen Namen auf seinen Notizblock, riss die Seite ab und reichte sie ihm. »Ich glaube nicht, dass Ihnen jemals wirklich klar geworden ist, wie ernst diese Krankheit sein kann, nicht einmal nach dem Absturz, den Sie vor einigen Jahren erlebt haben.«

»Vielleicht haben Sie recht. Ich habe versucht, mich weiter regelmäßig zu bewegen, aber in letzter Zeit habe ich mich dem einfach nicht mehr gewachsen gefühlt.«

»Und das ist natürlich genau der Punkt, an dem Sie sich zum Weitermachen zwingen müssen.«

»Natürlich.« Vielleicht war er so müde, weil er alt war. Das Alter sollte bei dieser ganzen Angelegenheit immerhin auch in die Waagschale geworfen werden.

»Es ist schon eine verflixte Sache, der Sport«, sagte sein Arzt. »Gott sei Dank habe ich in meinem Genpool keine Diabetes. Unsere Familie hat andere Probleme.«

»Zum Beispiel?«

»Prostatakrebs. Mein Vater, zwei Onkel, ein Vetter.«

Father Tim schüttelte den Kopf. »Tut mir leid«, sagte er aufrichtig. Wer hatte nicht sein Kreuz zu tragen? »Erzählen Sie mir von Lace. Ist sie wieder zu Hause?«

»Sie ist gestern gekommen und schnurstracks zu Harley gegangen. Außerdem hat sie gesagt, sie wollte Sie und Cynthia gern noch besuchen, bevor Sie abreisen. Sie werden nicht glauben, wie zauberhaft sie ist, Timothy. Umwerfend.«

»Das überrascht mich nicht.«

»Und obendrein steht sie auch noch auf der Bestenliste. Olivia und ich können Ihnen niemals genug dafür danken, dass Sie uns als Familie zusammengebracht haben. Es war nicht leicht, aber jetzt ist sie das Licht unseres Lebens.«

Father Tim lächelte. »Ich bin natürlich nicht derjenige, der Sie zusammengeführt hat, aber ich werde Ihre Bemerkungen heute Abend in meinem Gebet weiterleiten. Was hat sie denn nächstes Jahr vor?«

»Sie will an die Universität von Virginia.«

»Gut. Wunderbar.«

»Wie geht es Dooley?«

»Er ist ein hübscher Bursche. Blitzgescheit. Das Licht unseres Lebens.«

Sie lachten miteinander, die beiden Männer, die dafür gebetet hatten, dass Olivia Davenport ein Herztransplantat finden würde. Und auf der Suche nach einem Herzen hatte sein lieber Doktor eine Frau gefunden.

Am Abend zog er seinen Jogginganzug an, nahm seinen braven Hund an die Leine und lief los.

Es funktionierte nicht. Auf dem Gipfel des Church Hill angekommen, wünschte er sich nichts sehnlicher, als sich hinzusetzen und auf das Dorf hinabzublicken. Einfach nur dazusitzen; nicht zu laufen, nicht nach Tennessee zu reisen, nicht einmal zum Abendessen nach Hause zu gehen.

Am Abend nahm er sein Messgerät aus dem Karton, um festzustellen, wie viele Teststreifen er noch hatte. Er fummelte mit dem Ding herum, und irgendwie fiel es auf den Boden. Als er in dem unbeleuchteten Badezimmer danach suchte, hörte er es schließlich unter seinem Absatz knirschen.

»Auf Nimmerwiedersehen!«, sagte er und schaltete das Licht ein, um die Scherben aufzufegen.

5

Jähe Dunkelheit

Er saß an der Küchentheke und erstellte eine Liste mit den notwendigen Winterarbeiten für Harley.

Sollten die Blätter auf dem Rasen liegen bleiben oder zusammengeharkt und in den Kompost eingearbeitet werden? Es gab da offenkundig zwei Denkschulen zu dem Thema; er hatte in der Vergangenheit die Neigung gehabt, zwischen beiden Polen hin- und herzupendeln. Aber warum sollte er sich im Juni den Kopf darüber zerbrechen, wo Harley es doch vor Ende Oktober nicht zu wissen brauchte?

Cynthia kam herein und setzte sich auf den Hocker neben seinem.

»Lace Harper hat angerufen. Sie wird um vier Uhr hier sein!«

»Aha! Gute Neuigkeiten.«

»Ich habe Limonade und Sandwiches mit Pimientokäse gemacht. Wir werden den Nachmittagstee zusammen einnehmen.«

»Geschabter Pimiento?«

»Timothy! Ist der Papst katholisch?«

Kichernd küsste er seine Frau und sah auf seine Armbanduhr. Vielleicht konnte er Dooley noch erwischen. Er eilte zum Telefon neben dem Sofa im Arbeitszimmer.

»Jessie!«, sagte er, als Dooleys zehn Jahre alte Schwester an den Apparat ging.

»Hey, Father Tim.«

»Wie geht es dir?«

»Mir geht's gut. Dooley hat mir eine ganze Schachtel Süßigkeiten aus der Drogerie mitgebracht, es sind Nüsse drin. Mögen Sie Nüsse?«

»Ich bin ganz verrückt nach Nüssen, aber vor allem bin ich wohl verrückt«, antwortete er grinsend.

»Warum?«

»Weil ich an einen Ort gehen werde, an den … ich eigentlich gar nicht gehen will.« Er konnte nicht glauben, dass er das gesagt hatte.

»Ich muss auch Sachen machen, die ich nicht machen will.«

»Zum Beispiel, wenn ich das fragen darf?«

»Geschirrspülen und Hausaufgaben.«

»Beides sehr beliebt in der Kategorie der Dinge, die die Menschen nicht gern tun. Ist Dooley da?«

»Yeah.«

Er hörte Dooley im Hintergrund sprechen. »Sag: ja, Sir!«

»Ja, Sir, möchten Sie mit ihm sprechen?«

»Das möchte ich, vielen Dank. Und noch etwas, Jessie …«

»Yeah? Ich meine, ja, Sir?«

»Das wollte ich dir schon seit einer Ewigkeit sagen. Du bist wirklich ein großartiges Mädchen. Wir sind alle sehr stolz auf dich.«

Sie holte tief Luft, dachte über seine Bemerkung nach und kicherte dann. »Danke.«

»Gern geschehen. Ich seh dich dann, wenn wir wieder da sind.«

»Hi«, sagte Dooley.

»Selber hi! Lace Harper kommt um vier Uhr vorbei. Cynthia hat Limonade und Sandwiches mit Pimientokäse gemacht. Willst du auch kommen?«

Schweigen. Vielleicht sollte er noch einen Teller Brownies obendrauf legen. Er konnte noch schnell zur Leckerbäckerei gehen …

»Dooley?«

»Ich weiß nicht, ich glaube nicht.«

»Sie wird eine halbe Stunde hier sein, vielleicht eine Stunde. Es wird kein langer Besuch werden.«

»Ich glaube nicht.«

Er beobachtete sein eigenes Schweigen. »Na schön. Ich fahre dann am Dienstagmorgen mit dir raus nach Meadowgate, in Ordnung?«

»In Ordnung.«

»Wir lieben dich, Kamerad.«

»Ich lieb euch zurück.«

Klick.

»Er kommt nicht«, sagte Father Tim und empfand einen eigenartigen Verlust.

Seine barfüßige Frau ließ sich neben ihm auf das Sofa fallen. »Wollen wir wetten?«

Vielleicht würde er noch einen Essay schreiben – über das Mysterium der weiblichen Fähigkeit, Dinge zu wissen und zu erahnen, die sich einem Mann entzogen. Um fünf vor vier wurde die Haustür geöffnet, und Dooley stürmte den Flur entlang.

»Hi.«

Er und Cynthia antworteten einstimmig mit ihrem vertrauten Gruß. »Selber hi!«

»Ich hab was vergessen.«

»Was?«, fragte Cynthia.

»Meine, ähm, Tennisschuhe.«

»Du hast sie an.«

Dooley errötete. »Oh, klar. Ich meine, nein, nicht diese. Meine alten.«

»Aus denen bist du rausgewachsen.«

Father Tim legte seiner Frau einen Arm um die Schultern und hoffte, sie ablenken zu können. Sie konnte eine regelrechte CIA-Agentin sein, ein Feldwebel. »Cynthia …«

»Ich brauche sie für … für Poo!«, sagte Dooley.

»Für Poo! Was für eine wunderbare Idee. Natürlich!«

»Natürlich!«, sagte Father Tim. Sehr schlagfertig! Ein Punkt für Dooley.

Dooley grinste und stellte dabei zahnärztliche Kunst im Wert von sechzehnhundert Dollar zur Schau, die aus Miss Sadies Erbschaft finanziert worden war.

Ein gut aussehender Bursche! dachte Father Tim. Blitzgescheit! Das Licht unseres Lebens!

Sein Arzt hatte recht. Lace Harper war … wie hatte Hoppy sich noch ausgedrückt! Zauberhaft. Als er ihr das erste Mal begegnet war, damals, als sie Miss Sadies Farn stahl, hatte sie leicht vorstehende Zähne gehabt; aber inzwischen hatte Lace sich offensichtlich ebenfalls in die Hände eines Zahnarztes begeben. Es waren jedoch ihre Augen, die ihn faszinierten. Er hatte sie als braun in Erinnerung, aber in Wirklichkeit waren sie von einem verblüffend klaren Bernsteinton, der dieser jungen Frau eine enorme Ausstrahlung verlieh.

Dooley versuchte, sich auf dem Sofa im Arbeitszimmer zu lümmeln, aber da es ihm unmöglich war, sich auf diese Weise lässig zu geben, warf er sich wieder in die Pose einer Eisskulptur.

»Was wirst du den Sommer über tun?«, fragte seine Frau ihren Gast.

»Meine Freundin Alicia hat mich eingeladen, ihre Tante in Martha's Vineyard zu besuchen, aber wir wollen einen Familienurlaub im Westen machen.«

»Ich liebe den Westen!«, rief Cynthia. »Wo genau wollt ihr denn hin?«

»Hoppys Urgroßvater hatte eine Ranch in Montana, daher werden wir dort hinfahren, und danach wollen wir den Oregon Trail erkunden.« Lace lächelte plötzlich.

Für Father Tim war ihr Lächeln ein Wunder der Heilung; in ihren frühen Jahren hatte ihr Gesicht nur Zorn widergespiegelt und die Last eines furchtbaren Kummers. Außerdem dachte er, dass man ihre Gelassenheit nicht auf die leichte

Schulter nehmen sollte. Obwohl sie ein Jahr jünger war als Dooley, wirkte sie klüger, reifer und gefestigter.

»Scheint mir eine gute Medizin für meinen Arzt zu sein«, bemerkte Father Tim. In all den Jahren, die er sein ernsthaftes Gemeindemitglied nun kannte, hatte Hoppy nur zweimal Urlaub gemacht, und einer dieser Urlaube waren seine Flitterwochen gewesen.

»Olivia hat ihm Cowboystiefel gekauft.«

»Aha!«

»Aber verraten Sie es nicht«, sagte Lace. »Es ist ein Geheimnis.«

»Kein Sterbenswörtchen!«

Obwohl das Gespräch mühelos floss, war die Anspannung im Raum fast mit Händen zu greifen; er selbst spürte sie irgendwo in seinem Kiefer, als hätte er seit der Ankunft ihres Gastes die Zähne zusammengebissen. Lace's kühle Gleichgültigkeit Dooley gegenüber war ebenso unverkennbar wie Dooleys Mauer der Abwehr, die er gegen sie hochgezogen hatte.

Father Tim erinnerte sich noch gut an den Tag, an dem Dooley Lace's alten Hut gestohlen und sie darauf reagiert hatte, indem sie ihm so fest in die Rippen geboxt hatte, dass Dooley geglaubt hatte, ein paar davon müssten gebrochen sein. Na, das war auch eine Art von Kommunikation!

Cynthia reichte die kleinen Sandwiches ein zweites Mal herum. Father Tim nahm eins, Lace lehnte ab. Dooley nahm zwei, eins in jede Hand. Als er dann seinen Schnitzer erkannte, versuchte er, eins auf den Teller zurückzulegen, aber Cynthia hatte den Teller bereits weitergereicht. Dooley schob sich ein ganzes Sandwich in den Mund und saß hochrot im Gesicht und kauend da, während er das andere mit spitzen Fingern festhielt, als sei es eine heiße Kartoffel.

Irgendetwas musste geschehen! dachte Father Tim. Er sprang von seinem Stuhl auf und richtete das Wort an die kleine Versammlung.

»Wie wär's, wenn wir alle einen Ausflug mit meinem Wagen unternehmen? Dooley, du darfst fahren!« So! Das sollte genügen. Dooley am Lenkrad des roten Mustangs, das Verdeck heruntergelassen, sie alle vier unbeschwert auf dem Weg ins Blaue ...

»Ein Ausflug?«, fragte seine Frau, während sie ihre Gläser wieder auffüllte. »Weshalb das denn?«

Er setzte sich ebenso schnell wieder hin, wie er aufgestanden war.

»Das ist nicht besonders gut gelaufen, wie?«, fragte Cynthia.

Sie lagen im Bett und hielten sich an den Händen.

»Kommt darauf an, was wir erwartet haben.«

»Wir haben natürlich erwartet, dass sie Freunde sein würden, genau wie früher.«

»Er hat mir erzählt, dass er sie von der Schule aus angerufen habe. Sie hat ihn am Telefon wohl ziemlich kurz abgefertigt.«

»Ja«, sagte sie, »aber da steckt noch mehr dahinter. Die beiden haben aufgrund ihrer Vergangenheit schreckliche Angst vor ihren Gefühlen. Dooley kann mit Jenny ins Kino gehen, und es bedeutet ihm nicht allzu viel, aber in seinen Gefühlen Lace gegenüber liegt etwas so ... Intensives, dass er einfach versucht, gefühlsmäßig dicht zu machen.«

»Tiefschürfende Gedanken.«

»Einige der Gedanken, mit denen du ebenfalls zu tun hattest, als du mir den Hof gemacht hast.«

»Wirklich?«

»Absolut!«

»Und was ist passiert?«, fragte er und lächelte in der Dunkelheit. »Wie sind wir am Ende dann im selben Bett gelandet?«

Sie tätschelte seine Hand. »Steter Tropfen höhlt den Stein.«

Er gähnte herzzerreißend. »Was immer das bedeutet«, sagte er.

Er saß auf einem einfachen Holzstuhl in einem kleinen, leeren Raum mit Lehmboden. Es war derselbe kühle, festgestampfte Boden wie im Kartoffelkeller seiner Großmutter, aber hier gab es Fenster, durch die Licht fiel und Muster auf den Boden zeichnete.

Er hörte, wie hinter ihm eine Tür geöffnet wurde; zu beiden Seiten seines Stuhls kamen Kinder in den Raum marschiert. Sie näherten sich schweigend, beinahe ehrerbietig, und ließen sich zu seinen Füßen nieder, als warteten sie darauf, dass er zu sprechen begann, dass er ihnen eine Geschichte erzählte oder irgendein großes Rätsel löste; es waren Dutzende von Kindern, viel mehr, als in einem kleinen Raum überhaupt Platz finden konnten, aber durch ihr Schweigen kam es ihm vor, als sei ihre Zahl geringer. Das Licht von der offenen Tür fiel auf ihr Haar und beleuchtete ihre Gesichter, während sie ihn ansahen und nach etwas suchten, das zu benennen oder ihnen zu geben er außerstande war. Er versuchte zu sprechen, konnte den Mund jedoch nicht öffnen; er versuchte es abermals, wiederum vergeblich …

»Was ist denn, Liebster?«

Ihre Hand auf seiner Schulter war die tröstlichste Berührung, die er je gekannt hatte, mit Ausnahme der Berührung seiner Mutter.

»Ich schlafe dauernd ein und wache wieder auf. Habe ich dich gestört?«

»Du hast geträumt«, sagte sie. »Ich habe auch wach gelegen. Es ist die Veränderung, die uns bevorsteht.«

Die Veränderung ist bereits da, dachte er. Wir haben etwas Kostbares, etwas Zerbrechliches durcheinandergebracht. Trotzdem taten sie etwas, wovon sie glaubten, es sei Gottes Wille …

»Komm«, sagte er und nahm sie in die Arme. Eine Weile lagen sie einfach nur da, ohne zu reden, und er streichelte ihre Wange.

»Ich werde dich nach New York begleiten«, sagte er schließlich.

»Das ist nicht nötig, es ist schon in Ordnung.«

»Nein, wir werden zusammen hingehen.« Es schien ihm nicht gerade günstig, Anfang Juni in Tennessee anzukommen und Mitte Juni gleich wieder fortzugehen, aber er würde seine Frau begleiten und damit basta. Was seine lebenslange Angst vor dem Fliegen betraf, würde er einfach den Kopf zwischen die Schultern nehmen und es tun, er würde sich seiner Furcht stellen.

Sie küsste ihn zärtlich. »Es wird mich sehr stolz machen, mit meinem Mann angeben zu können.«

Er drehte den Kopf auf dem Kissen und sah aus dem Fenster hinaus zu den Blättern des Ahorns, die im Mondlicht funkelten.

»Whitecap kam mir nicht so hart vor.«

»Als wir nach Whitecap gegangen sind, war uns leicht ums Herz«, murmelte sie. »Die Freiheit einer Insel ...«

»Der Wind in unserem Haar ...«

»Möwen, die über uns am Himmel kreisen ...«

»Der Geruch salziger Luft!«, vollendete er ihre alte Litanei. Whitecap war ihnen einladend und offen erschienen; was jetzt vor ihnen lag, wirkte eng und geschlossen, obwohl er nicht wusste, warum.

»Das wird unser letztes derartiges Unternehmen sein«, sagte er.

»Vielen Dank, Timothy. Wir sind keine jungen Hüpfer mehr.«

Ah, ja. Er wurde in weniger als einem Monat neunundsechzig und blickte dann geradewegs in den tiefen Schlund der nächsten großen Null. Aber das Alter hatte nichts, ja, weniger als nichts mit dem Dienst an Gott zu tun. Es gab ungezählte ältere Heilige, die, getreu bis zum Ende, in der Mission umgekommen waren. Und es gab durchaus Missionsfelder daheim, direkt vor der eigenen Haustür – war er nicht immer ein Befürworter der inneren Mission gewesen? Nach Tennessee würde er sich dieser Aufgabe annehmen. Er würde seine Nische finden und daheim in Mitford das Werk Gottes tun. Wenn er zwei Tage im Kinderkrankenhaus in Wesley arbeitete, zwei Tag mit Scott Murphy im Haus der Hoffnung und mittwochs dem Heimatlosen Hopps in der Suppenküche aushalf und hier und da eine Kanzelvertretung übernahm, würde er mehr als genug zu tun haben.

»Lass mich für uns beten«, sagte er und strich ihr das Haar aus der Stirn. Von ihrer Haut stieg ein schwacher Duft nach Blauregen auf, ganz zart nur, aber nichtsdestoweniger tröstlich. Er hätte seine Frau überall finden können, selbst mit verbundenen Augen in einem überfüllten Flugplatzterminal; ihr Geruch war für ihn der Geruch von Heimat, von Frieden und Gewissheit geworden.

»Oh Herr«, sagte er, »Dir öffnen sich alle Herzen, Du kennst all unsere Wünsche und Dir bleibt kein Geheimnis verborgen. Vor Dir können wir nichts verbergen, aber uns bleibt manches verborgen. Sprich noch einmal zu uns, Vater, hilf uns zu entdecken, was *Dein* Plan für unser Leben ist. Sind wir auf dem Weg, auf den Du uns gestellt hast? Haben wir einen Wegweiser übersehen?«

Danach lagen sie ganz still da und lauschten auf das Ticken der Uhr und auf Barnabas' Schnarchen im Flur.

Am nächsten Morgen kam Buck Leeper auf seinem Weg zur Baustelle in Holding bei ihnen vorbei. Er stand an der Haustür, einen Styroporbecher mit Kaffee in der Hand, und wirkte erschöpft und verlegen.

»Ich dachte mir, dass Sie schon auf sein würden.«

»Seit halb sechs«, sagte Father Tim. »Was gibt es denn, mein Freund?«

»Könnten wir uns hier draußen hinsetzen und reden?«

Sie ließen sich auf die oberste Treppenstufe der Veranda sinken.

»Ich bin gestern schwer hereingefallen. Ich hatte schon gedacht, ich hätte Kenny gefunden.

Jemand von der Baustelle meinte, er hätte in der Nähe von Elizabethtown eine Reihe von Bildern auf Samt gesehen, an einem Lieferwagen auf einem Parkplatz zum Verkauf ausgestellt – und signiert mit ›Kenny Barlowe‹.«

Obwohl die Mission offenkundig gescheitert war, spürte Father Tim, wie ihm das Adrenalin ins Blut schoss.

Buck nahm einen weiteren kräftigen Schluck von seinem Kaffee.

»Ich wollte Sie eigentlich anrufen, aber die Zeit war knapp, deshalb bin ich einfach in den Lastwagen gesprungen und losgefahren. Oben in Elizabethtown habe ich den Wagen dann tatsächlich gefunden – mein Herz hat gehämmert wie ein Presslufthammer, und dann kam dieser Junge heraus, wahrscheinlich ungefähr Sammys Alter. Ich hatte Mühe, nicht in Tränen auszubrechen.«

»Aber?«

»Aber der Junge hieß Wayne. Kenny Barlow war der Name seines Daddys. Ich hab seinen Daddy kennengelernt, einen anständigen Kerl, der Pech hatte. Ich hab ihm das Portrait eines Hirschs abgekauft, das liegt jetzt zusammengerollt hinter dem Sitz im Laster.«

»Gut gemacht.«

»Ich weiß nicht, wie es Ihnen geht, aber ich bin so weit, dass ich am liebsten aufgeben möchte.«

Father Tim holte tief Luft. Aufgeben. Genau danach stand ihm selbst der Sinn. Aber aufgeben würde nichts nutzen, rein gar nichts.

»Lassen Sie uns nicht aufgeben«, sagte er. »Lassen Sie uns weitermachen.«

Buck stellte den Becher auf die Treppe zwischen seinen Füßen.

»Vor ein paar Tagen habe ich Pauline gebeten, mir alles von dem Jungen zu erzählen, woran sie sich erinnern konnte, zum Beispiel an irgendwelche Muttermale und die Augenfarbe.«

»Kluge Idee.«

»Sie konnte sich nicht an die Augenfarbe erinnern.«

Ein langes Schweigen folgte.

»Als ihr klar wurde, dass sie sich nicht an die Farbe erinnern konnte …« Buck beugte sich vor, den Kopf in die Hände gestützt. »Es war natürlich der Alkohol. All diese Jahre …«

»Diese Jahre liegen hinter euch.«

»Ja, Gott sei Dank.« Buck sah ihn an. »Aber man trägt die Konsequenzen.«

»Stimmt. Doch jetzt trägt Gott die Konsequenzen mit euch. Sonst wärt ihr allein damit, furchtbar allein.«

Buck stand auf. »Verzeihen Sie mir, dass ich Ihnen den Tag verdorben habe, Reverend. Die Suche nach der Nadel im Heuhaufen war noch nie mein Ding.«

Die beiden Männer gingen zusammen zum Laster hinüber.

»Ich habe gestern Abend etwas im Fernsehen gesehen«, sagte Father Tim. »Es ist direkt nach dem Zweiten Weltkrieg geschehen, als niemand Geld hatte. Eine Nähmaschinenfabrik veranstaltete einen Wettbewerb … Wer immer die in einem Heuhaufen versteckte Nadel fand, würde eine brandneue Nähmaschine gewinnen. Ein ganzer Schwarm von Leuten ist über diesen Hauhaufen hergefallen, und das Heu flog in alle Richtungen. Und raten Sie mal, was geschehen ist?«

»Was?«

»Die Chancen standen eins zu einer Million, aber irgendjemand hat die Nadel tatsächlich gefunden.«

Buck lachte sein Lachen, das so klang, als käme es aus einem Kessel mit kochendem Wasser. »Ach ja?«

»Ja!«, erwiderte Father Tim strahlend.

Lieber Timothy,

es macht uns überglücklich, dass Sie und Cynthia schon in wenigen Tagen hier sein werden. Ich habe getan, worum Sie mich gebeten hatten, und einen Teppich aufgetrieben. An einer Ecke hat anscheinend ein Hund geknabbert, aber diese Ecke könnten Sie unter ein Möbelstück schieben. Und sei sie noch so bescheiden, ich bin davon überzeugt, dass Ihre Nissenhütte (meine Blockhütte in der kanadischen Wildnis war nicht halb so geräumig) Ihnen gefallen wird. Ich hoffe, Sie haben nichts dagegen, dass ich meinen Elchkopf in Ihr Wohnzimmer gehängt habe, da in meinem eigenen Quartier (das noch bescheidener ist) kein Platz dafür war. Ich lebe vier Meilen entfernt und baue darauf, dass Sie mir erlauben werden, das alte Ding zu besuchen, wenn mir danach zumute ist. Jack Ferrier von den Primitive Baptists, der diese Gegend kennt wie seine Westentasche, wird Sie am nächsten Montag herumführen und Ihnen Ihre neue Gemeinde zeigen. In manchen Vierteln gibt es keine Brücken, da werden Sie durch Flussbetten fahren müssen, also bringen Sie Ihre Regensachen mit! Am Abend Ihrer Ankunft wird es Spaghetti geben, zubereitet von meiner Wenigkeit. Seien Sie versichert, Timothy, dass Gott in Jessop, Tennessee, Seine Werke tut!

In Seinem Dienst, Pfr. Harry.

P.S.: Könnten Sie vielleicht Moskitonetze für zwei Kavanaghs und einen Roland mitbringen? Richard und Trudy brigen ihre eigenen Netze mit.

Er beschloss, seine Frau mit dieser jüngsten Mitteilung aus der Mission nicht zu behelligen.

Tim öffnete den Kühlschrank und entdeckte seinen Lunch, bestehend aus frisch zubereitetem Hühnchen mit hartgekochten Eiern und Sellerie, seiner Lieblingskombination – auf Nüsse und Weintrauben konnte er gut verzichten. Er zog die Folie darüber wieder fest, knabberte an einer Möhre und schloss den Kühlschrank – der Lunch konnte warten, bis er aus Meadowgate zurückkam –, seit er vor einigen Tagen seine Insulindosis heruntergefahren hatte, war er nicht mehr so ausgehungert wie früher. Wenn sein Zucker Mätzchen machte, würde er die zehn zusätzlichen Einheiten wieder hinzufügen. Was ihn an etwas erinnerte – er musste noch zur Drogerie fahren und ein Messgerät kaufen; es stand schon seit Tagen auf seiner Liste. Und sein Laufprogramm ... Er musste unbedingt wieder damit anfangen.

In fünf Minuten sollte er bei Dooley sein und dem Wrangler zur Meadowgate-Farm folgen. Der Junge hätte allein hinfahren können, er war fast zwanzig Jahre alt, um Himmels willen, aber er wollte ihn begleiten, wie er es vor all jenen Jahren getan hatte, als er Dooley in Meadowgate abgesetzt hatte und nach Irland weitergefahren war, um Walter und Katherine zu besuchen.

Sie trafen Hal und dessen Partner, Blake Eddistoe, bei der Notoperation eines Border Collies an. Nach einem kurzen Besuch bei Marge und der siebenjährigen Rebecca-Jane auf der Veranda gingen er und Dooley zum Bach, an dem sie sich schon einmal verabschiedet hatten. Dooley war damals elf gewesen, er erinnerte sich daran, dass er mit ihm am Ufer des Bachs gesessen und schweren Herzens mit ihm geredet hatte. War es heute so viel anders?

»Nun, mein Sohn ...«, sagte er.

»Ich werd dir vielleicht schreiben oder so.«

»Würdest du das tun? Wir werden dir auch schreiben. Und wir werden natürlich anrufen. Ich glaube, es wird für uns beide ein guter Sommer werden.«

Sie saßen auf einem großen, glatten Stein, der am Ufer des Bachs lag. Dooley griff nach einem Stock und schlug damit aufs Wasser, genau wie er es vor Jahren getan hatte.

»Wie wirst du mit Blake zurechtkommen?« Es hatte schon mehr als einen Zusammenstoß mit Hals Partner gegeben; während Dooley zu einer natürlicheren Variante der Tiermedizin neigte, war Blake ein strikter Befürworter traditioneller Behandlungsmethoden.

»Ich werd mein Ding machen und er seins.« – »Scheint mir eine vernünftige Regelung zu sein.«

»Er soll seine Nase einfach nicht in meine Angelegenheiten stecken, das ist alles.«

»Immer noch vernünftig. Aber es könnte vielleicht gut sein, gelegentlich mal Ideen mit ihm auszutauschen.«

Hal würde die beiden schon in Schach halten; er war sich der Reibungspunkte zwischen ihnen vollauf bewusst. Hals eigene Theorien fußten auf der traditionellen Medizin, daher stand er häufig auf Blakes Seite, aber Dooleys frische Perspektiven faszinierten den erfahrenen Tierarzt, und er ließ dem Jungen reichlich Leine.

Dooley schlug mit dem Stock aufs Wasser. »Wie denkst du über Sammy und Kenny?«

Er wollte und konnte Dooley nicht sagen, was er wirklich dachte.

Er dachte, dass die Suche nach den beiden vielleicht ein abgeschlossenes Kapitel war. »Ich weiß nicht. Buck und ich werden alles tun, was wir können. Nur weil ich weggehe, heißt das nicht, dass ich nicht länger darüber nachdenken, dafür beten und weiterhin versuchen werde, eine Lösung zu finden.«

Dooley blickte auf das Wasser. »Was kann ich denn tun?«

Father Tim seufzte.

»Das weiß ich nicht«, sagte er. »Ich weiß es nicht.« Sammy und Kenny waren vielleicht zwei Sandkörner an einem Strand, der sich bis zum Horizont erstreckte.

Dooley hob den Kopf und sah Father Tim an. »Ich werde versuchen, eine Lösung zu finden«, sagte er mit abschließendem Tonfall.

»Tim!«

Hal Owen winkte aus der Tür der Praxis. »Tim! Bevor Sie fahren …«

»Ja?«

Hal ging mit schnellen Schritten auf Father Tim zu. »Tut mir leid, dass wir keine Zeit für einen Besuch hatten.«

»Wie geht es dem Collie?«

»Er wird durchkommen. Einige Hunde von der anderen Seite des Bachs haben ihn ziemlich übel zugerichtet, aber er kommt wieder in Ordnung. Hören Sie ... Da wäre etwas, über das Sie vielleicht nachdenken könnten ...«

Er brauchte nicht noch etwas, worüber er nachdenken musste.

»Marge und ich würden nächstes Jahr gern nach Frankreich reisen und Rebecca-Jane mitnehmen. Wir werden irgendwann nach Weihnachten aufbrechen.« Hal nahm seine Brille ab und schob sie in die Tasche seines blutbefleckten Chirurgenkittels. »Ein Studienkollege hat uns eingeladen, für ein Jahr die Praxis zu leiten, während er in Italien einen ähnlichen Posten annehmen wird. Wir haben gestern Abend darüber gesprochen – und uns gefragt, ob Sie und Cynthia vielleicht Lust hätten, auf die Farm aufzupassen?«

Auf die Farm aufpassen. Er hatte noch nie auf eine Farm aufgepasst.

»Mit Ihrem Mustang würden Sie fünfzehn Minuten hierher brauchen und fünfundzwanzig, wenn Sie den Pick-up nehmen. Könnte interessant sein. Ich weiß, wie gern Cynthia hier draußen zeichnet. Jeden Montag und Freitag kommt Joyce Havner her, um das Haus zu putzen, und weiter unten an der Straße sind zwei Kirchen ...«

»Aha.«

»Dooley würde natürlich den Sommer über hier sein, und Blake würde in diesem Jahr als Vollzeitkraft in der Praxis arbeiten. Auf der Farm selbst müssten Sie natürlich nichts tun. Das würde Louis übernehmen, Sam Rayner würde die Kühe melken, und Bo Davis würde sich um alle anderen anfallenden Arbeiten kümmern ... Es würde alles so laufen wie immer. Wenn Sie Lust haben, könnten Sie sich jeden Morgen ein paar Eier aus den Nestern holen.«

»Aha!«, sagte er noch einmal; sein Gehirn fühlte sich an wie Wackelpeter.

»Außerdem wäre Meadowgate wie geschaffen, um hier an den Essays zu arbeiten, von denen Sie gesprochen haben!«

»Ich weiß nicht, ich müsste zuerst …«

»Alles in allem ein ziemlich lauer Job.«

»Klar. Nun …«

»Sie brauchen sich nicht sofort zu entscheiden. Es ist nur etwas … worüber Sie einmal nachdenken sollten.« Hal schlug ihm herzlich auf die Schulter und umarmte ihn. »Geben Sie auf sich acht, alter Freund. Gott sei mit Ihnen.«

»Und mit Ihnen«, sagte Father Tim und erwiderte die Umarmung.

Obwohl die Zeit knapp war, wählte er den langen Weg nach Hause.

Er wollte nachdenken. Während der vergangenen Tage hatte er in einem Zustand ständiger Beunruhigung gelebt; in seinem Kopf schien ein grauer Nebel zu hängen.

Ihm wurde bewusst, dass er furchtbaren Durst hatte, als sei etwas in seiner Seele über eine zu lange Zeit zu kurz gekommen …

Warum machte er nicht eine Kreuzfahrt mit seiner Frau, statt sie nach Tennesee zu schleppen? Er stellte sich Schiffspassagiere vor, die dicht an dicht in Liegestühlen saßen und vor sich hin brutzelten wie Koteletts.

Nein. Auf keinen Fall. So etwas könnte er niemals tun.

Er und Cynthia unternahmen nur deshalb so wenig zu ihrer Unterhaltung, weil es so viele Dinge gab, die er nicht mochte – er flog nicht gern, der Gedanke, in Liegestühlen herumzuhängen, missfiel ihm, und Cynthias gelegentliche Schwärmerei für eine Reise nach Spanien oder Frankreich behagte ihm ebenso wenig wie die Vorstellung, nach Maine zurückzukehren, dem Schauplatz ihrer Flitterwochen. Was war nur in sie gefahren? Eine gefeierte Autorin, gebunden an einen Mann, der so aufregend war wie Spülwasser und überdies durch und durch egoistisch.

In Wahrheit war er nicht mal zum Golfspielen zu gebrauchen. Hatten pensionierte Geistliche nicht eigentlich eine Schwäche für Golf? Er meinte sich zu erinnern, dass er bei Diözesankonferenzen eine Menge über Golf gehört hatte, wie großartig es sei, um den Geist wach und den Körper stark zu halten. Man brauchte sich nur Stuart Cullen anzusehen. Ein Golfspieler und so fit wie ein junger Bursche. Aber trotzdem …

»Alles, nur kein Golf!«

Er tupfte sich mit dem Taschentuch die Stirn ab und stellte die Klimaanlage eine Stufe höher.

Es war derselbe unerträglich ermüdende Unsinn, mit dem er sich schon seit Jahren herumschlug. Wenn es darum ging, sich mit irgendeiner angenehm nutzlosen Beschäftigung die Zeit zu vertreiben, wusste er einfach nichts mit sich anzufangen, er hatte nicht den blassesten Schimmer, wie man so etwas anstellte. Es war Cynthia, die ihn wie einen Kartoffelsack zu dergleichen Aktivitäten schleppte; hatte sie nicht die berühmten Einkehrhäuser für Geistliche aufgetan, kleine Inseln der Erholung, wo man lachen, sich entspannen und neue Kräfte sammeln konnte? Hatte er jemals eine solche Insel für *sie* aufgetan? Nicht dass er sich erinnern konnte. Man hätte sich die Frage stellen können, ob er wirklich ein Gehirn im Kopf hatte.

Aber Moment mal. Sie war ebenso ein Teil dieser Reise nach Tennessee wie er. Sie hatten beide für eine Aufgabe mit Kindern gebetet, etwas, das sie als Paar tun konnten, und Cynthia war mit Feuereifer bei der Sache gewesen. Es war jedoch er, dessen Adrenalinpegel bei Pfarrer Rolands Angebot in die Höhe geschnellt war, einem Angebot, das, wie er jetzt erfuhr, auch ein Elchgeweih im Wohnzimmer einschloss, Flüsse ohne Brücken, einen von Hunden angenagten Teppich und Mückenplagen.

Kurzum, vielleicht lohnte es sich tatsächlich, über Hals Idee nachzudenken. Meadowgate hatte stets einen besonderen Platz in Cynthias Herzen gehabt, und in seinem erst recht. Auf diese Weise würden sie in Tennesee etwas haben, worauf sie sich freuen konnten.

Er sann einen Moment lang über Picknicke auf den Owenschen Wiesen nach, über lange Spaziergänge im Wald, über die sanfte Hintergrundmusik muhender Kühe und krähender Hähne. Vor allem aber würden sie im Sommer mit Dooley zusammen sein, sie würden keine herzzerreißende Trennung ertragen müssen …

Der Durst war gewaltig und brachte eine seltsame Furcht mit sich, der er keinen Namen geben konnte. Aber gleich oben an der Straße war der kleine Laden, an dem er und Dooley neulich haltgemacht hatten. Er bog auf den Parkplatz ein, hievte sich aus dem Wagen und ging hinein.

»Wasser«, sagte er.

»Zweiunddreißig, dreiunddreißig … hinterm Haus.« Ganz versunken ins Geldzählen, deutete der Mann an der Kasse mit dem Daumen auf die Rückseite des Gebäudes.

»Hinterm Haus?«

»Wasserhahn. Vierzig, fünfundvierzig … die Getränkebox ist da drüben.«

Getränkebox. Mit schweren Beinen ging er darauf zu, als wate er durch Wasser.

Cola – Pepsi – Sprite – Dr. Pepper.

Dieses Zeug konnte er nicht trinken.

Aber ihm war auch nicht danach zumute, ums Haus herumzugehen.

Er warf das Kleingeld in den Schlitz, drückte auf die Taste seiner Wahl und zog an dem Griff. Die Dose rumpelte in das Entnahmefach des Automaten. Mit zitternden Händen riss er die Lasche ab und trank. Die eiskalte Flüssigkeit rann ihm wie ein Fluss des Lebens, ein wunderbarer Segen, die Kehle hinab.

Er setzte sich auf einen Stapel Getränkekisten und sah auf seine Armbanduhr.

Es waren keine zwei Meilen bis zu Lottie Greer, Absalom Greers betagter Schwester, die noch immer im hinteren Teil des ländlichen Ladens lebte, den ihre Eltern vor mehr als fünfundachtzig Jahren gebaut hatten. Er sollte vorbeifahren und sie besuchen. Es war lange her.

Die Abzweigung kam näher. Er hatte dreißig Sekunden Zeit, um sich zu entscheiden.

Er sah den Wegweiser: *Mitford sieben Meilen, Farmer zwei Meilen,* und bemerkte, dass das Unkraut auf der säuberlich gemähten Verkehrsinsel stehen geblieben war und um den Wegweiser herum in üppiger Fülle spross. Sein Vater hatte es immer missbilligt, wenn jemand das Unkraut um einen Pfosten herum einfach wachsen ließ …

Er bog nach links ab; er würde nicht zu Lottie Greer hinüberfahren. Alles folgte jetzt einem strikten Zeitplan, und er konnte sich keine Extratouren leisten, wenn er nicht den Zeitplan für ihren Aufbruch morgen früh gefährden wollte. So Gott wollte, würde er Lottie besuchen, wenn er im September zurück war. Er nahm sich fest vor, es zu tun; Absalom hätte es so gewollt.

Er vermisste den alten Prediger, der Miss Sadie geliebt hatte, bis der Tod sie schied, den Prediger, der an etwas festgehalten hatte, das irgendjemand einmal »altmodischen Glauben« genannt hatte. Tatsächlich war an der Wahrheit des Evangeliums nichts »altmodisches«, es war eine Wahrheit, die für alle Zeiten galt – für gestern, heute und morgen. Absalom Greer hatte niemals nach der Mode der Zeit gepredigt, ebenso wenig wie er irgendeins der heute so beliebten Dinge getan hatte, um seine Kirchenbänke zu füllen; er hatte das Wort Gottes gepredigt und die Samen hinfallen lassen, wo immer sie hinfallen mochten. Aus diesem Grund allein würde er Absaloms Schwester einen Besuch abstatten.

Wo er gerade beim Thema Besuche war … verflixt! Er war noch nicht ins Hochhaus gefahren, um nach Louella zu sehen. Das ging nicht, das ging *überhaupt* nicht. Er trat auf das Gaspedal und hoffte, dass die Jungs des Sheriffs nicht in irgendeinem Busch auf der Lauer lagen.

Louella saß an ihrem Fenster und blickte auf die Dächer von Mitford.

»Klopf, klopf!«, sagte er, als er in der offenen Tür von Zimmer Nummer eins stand.

»Uh – oh! Sehen Sie mich nur an! Ich sollte mich etwas schämen, dass ich immer noch in diesem alten Hausmantel hier sitze!«

»Das ist schon in Ordnung, Louella, diese Farbe steht Ihnen ausnehmend gut.«

»Gott weiß, dass ich mich jeden Tag anziehe; heute habe ich mir gesagt, Louella, es kommt sowieso niemand, den du beeindrucken musst!«

»Und Sie hatten recht! Sie brauchen mich nicht zu beeindrucken, ich bin bereits beeindruckt.«

»Ich weiß nicht, wovon!«

Er beugte sich vor und küsste sie auf die Wange. »Von Ihrer Energie, Ihrer positiven Einstellung, Ihrer schönen Singstimme. Wollen wir ein paar Verse anstimmen?« Er setzte sich auf den Hocker neben ihrem Sessel. Unverzüglich war er wieder acht, vielleicht zehn Jahre alt. Diese Wirkung hatten Miss Sadie und Louella immer auf ihn gehabt: Die Jahre fielen einfach von ihm ab.

»Ich kann den Herrn unmöglich in diesem alten Hausmantel preisen, das Ding besteht nur noch aus Lumpen. Miss Sadie hat ihn mir geschenkt.«

»Dann werden wir eben einfach nur ein wenig plaudern«, sagte er.

Schwester Carter schob den Kopf in den Raum und grinste. »Werden Sie heute zusammen singen?«

»Nein«, sagte er. »Wir können nicht. Louella hat ihren Hausmantel an.«

»Ach«, sagte Schwester Carter.

»Cynthia und ich werden morgen abreisen«, erklärte er. »Im September werden wir für eine Woche wieder hier sein.« Aus irgendeinem Grund fiel es ihm schwer, diese beiden Sätze nebeneinander zu stellen.

Er stand auf dem Parkplatz und versuchte, sich daran zu erinnern, wo er war und wo er hinwollte. Er blickte zum Dach des Vordereingangs hinauf und sah die Wetterfahne in Gestalt eines Engels. Natürlich! Er war im Haus der Hoffnung, und er war auf dem Heimweg.

Er entdeckte den roten Mustang neben einem Bronco, stieg ein und fuhr die lange Einfahrt zur Lilac Road hinunter, dann bog er nach links auf die Church Hill Road ein und hatte den Little Mitford Creek rechter Hand. Als er sich dem Stoppschild näherte, bemerkte er, dass Unkraut um den Pfosten spross, und dort …

… *dort war sein Vater.* Tiefes Glück ließ sein Herz hämmern.

Als ihm das Bild Matthew Kavanaghs erschien, erschütterte eine schwere Explosion seinen Kopf, und er spürte, wie sein Körper gewaltsam in eine Art Vergessenheit stürzte, in eine jähe Dunkelheit.

6

Das Tal

»Vater?«

Bekleidet mit dunklen Hosen und einem vertrauten, karierten Hemd, stand der Mann vor ihm neben einem Straßenschild am Rand eines Kliffs. Der Mann hatte den rechten Arm gehoben, als beschirme er die Augen gegen die grelle Sonne, obwohl die Sonne gar nicht schien.

Das Herz hämmerte ihm in der Brust – zu denken, dass dies sein Vater sein könnte, der all die Jahre über tot gewesen war und jetzt lebendig vor ihm stand, angetan mit einem Hemd, an das er sich gut erinnern konnte, denn er hatte es ihm zu Weinachten geschenkt. Der Braunton des karierten Stoffs war ausnehmend schön; er hätte nie geahnt, dass ein Braun von einem solch strahlenden, üppigen Leben erfüllt sein könnte.

Der Mann blinzelte in seine Richtung, als missbillige er die Störung, während er über wichtige Dinge nachdachte.

Ja! Er konnte ihn jetzt ganz deutlich erkennen: Es war sein Vater, sein guter, jung aussehender Vater, das Abbild des Fotos, das immer in einem silbernen Rahmen auf dem Ankleidetisch seiner Mutter gestanden hatte. Tränen brannten ihm in den Augen. Wie erstaunlich, dass er nicht tot war, dass es eine zweite Chance für sie gab. Er stand wie angewurzelt da und weinte ohne Scham.

»Wer ist da?«, fragte sein Vater.

»Ich bin es …« Wer war er? Er betrachtete seine Arme, seine Beine, seine Füße. Er trug Slipper, die er am Morgen angezogen hatte, und eine Hose, die er aus der Reinigung in

Wesley abgeholt hatte. Er spürte seinen Kopf und das Haar, das seinen Schädel einhüllte wie ein Vorhang.

»Ich bin es, *Timothy!*«

Sein Vater zog die Brauen zusammen und runzelte die Stirn. »Ich kenne Sie nicht!«, sagte er, dann wandte er sich ab und schlenderte am Rand des Kliffs entlang, als sei er zu einem abendlichen Spaziergang unterwegs.

An seinem rechten Ohr murmelte eine Stimme; er spürte einen warmen Atem, der sein Gehör liebkoste und schärfte.

»O Gott, Licht der Lichter, bewahre uns vor innerer Dunkelheit. Gewähre uns einen friedlichen Schlaf, auf dass wir aufstehen mögen, um nach Deinem Willen zu wirken.«

Die Stimme brach ab, und er wartete darauf, sie wieder zu hören, wünschte sich verzweifelt, sie wieder zu hören. *Ist das alles?* Er nahm eine Art Sirren in seinem Kopf wahr, wie von Planeten, die sich drehten, dann wärmte ihm die Stimme abermals das Ohr. »Gute Nacht, Liebster. Ich liebe dich mehr als das Leben selbst …«

Er konnte den Mund nicht öffnen, es war, als hätte er gar keinen Mund, nur Ohren, um dieses wunderschöne Geräusch aufzufangen, diesen Atem, der so warm war wie die tropischen Inseln, die er niemals besuchen würde. Auch hatte er keine Augen, um zu sehen; dies bemerkte er, als er versuchte, sie zu öffnen. Keinen Mund, um zu sprechen, keine Augen, um zu sehen; alles, was er wahrnehmen konnte, war sein rechtes, wartendes Ohr.

Er versuchte, sich daran zu erinnern, was die Stimme soeben zu ihm gesagt hatte, konnte es aber nicht. Sprich noch einmal zu mir!, rief er in seinem Herzen. *Bitte!* Aber er hörte nichts mehr.

Das Wasser strömte ihm so laut wie ein Wasserfall durch die Schädeldecke in den Kopf und von da aus weiter in seinen Hals, seine Arme, seine Hände, seinen Bauch und seine Beine bis in die Füße hinunter. Unmittelbar darauf schwappte die nächste Welle in seinen Kopf und floss abermals durch ihn hindurch.

Die Reise des Wassers war warm und tröstend, vertraut; es war, als hätte er sein Leben lang auf diesen Augenblick gewartet, und jetzt, da er gekommen war, hatte er Frieden gefunden.

Dann trieb er schwerelos an einem unbekannten Ort, befreit von allen Zweifeln und Ängsten, aber nicht befreit von Sehnsucht. Mehr als alles andere ersehnte er den Klang der Stimme an seinem Ohr und den warmen Windhauch, der damit einherging.

Das Vogelgezwitscher war klar und durchdringend, der Himmel wolkenlos. Er ging einen Waldweg entlang und trug etwas auf dem Rücken. Es konnte ein Rucksack sein, aber er machte sich nicht die Mühe, es festzustellen. Er versuchte, das Ding zwischen seinen schmerzenden Schulterblättern zu balancieren, und spürte, wie das Gewicht wild hin- und herrutschte, bis er das Gleichgewicht verlor. Er stolperte; der Waldweg unter seinem rechten Fuß rutschte weg, und er fiel hart auf die Knie und wachte schließlich schreiend auf.

Gott!

Wo bist du?

Er wusste, dass er geschrien hatte, doch er hatte seine Stimme nicht gehört.

Der Raum – war es ein Raum? – war schwarz, nicht einmal eine Straßenlaterne leuchtete, und der Traum – war es ein Traum? – war so mächtig gewesen, so überzeugend, dass er es nicht wagte, ihn loszulassen. Wo bist Du?, wiederholte er flüsternd und eindringlich.

»Hier bin ich, Timothy.«

Er hob den Kopf und streckte sich Jesus entgegen, den er nicht sehen konnte, dessen Nähe er jedoch deutlich spürte.

Die Tränen rannen ihm heiß übers Gesicht. Er hatte Gott gefunden, den er verloren zu haben geglaubt hatte, und jetzt ließ er sich keuchend niedersinken, als sei er über eine lange Strecke des Appalachian Trail gewandert.

»Danke!«, sagte er in die Stille hinein. Hatte er gesprochen?

»›Muss ich auch wandern in finsterer Schlucht …‹«

Da war die Stimme an seinem Ohr, der sanfte, warme Atem. *Bleib bei mir! Geh nicht fort, verlass mich nicht.*

»›Ich fürchte kein Unheil; denn du bist bei mir, dein Stock und dein Stab geben mir Zuversicht …‹«

Er lauschte, konnte die Worte jedoch nicht festhalten; er vergaß sie, sobald sie gesprochen waren.

»Ich liebe dich, mein Liebster, mein Geliebter, mein Timothy.«

Ein wunderbarer Duft durchtränkte die Luft um sein Kissen, und er trat in diesen Duft hinein wie in einen Garten. Zu dem Duft gehörte ein lebendes und zutiefst vertrautes Wesen, und es war wie …

… zu Hause. Aber was war zu Hause? Er konnte sich nicht daran erinnern. Sein Herz wiederholte das Wort, *zu Hause, zu Hause*, aber sein Kopf konnte die Bedeutung nicht ergründen.

»Ich … gekommen … bewegen … ja … es ist … bald.«

Stimmen. Stimmen, durchbrochen von Rauschen, Stimmen, die so klangen wie das Radio, das in der Ecke des Wohnzimmers in Holly Springs stand. Das Radio verschlang häufig ganze Worte der kritischen Kriegsnachricht und ersetzte sie durch Rauschen und Knistern.

»Haben Sie … Kennedy?«

»… in Ordnung … etwas mehr.«

»… zweimal … tot.«

»Ich … Arzt … ebenfalls.«

» … Hals umdrehen.«

Er war es müde, ein Puzzle zusammenzufügen, dem offensichtlich die interessantesten Teile fehlten.

Er sehnte sich nach etwas, das so zart in das Gewebe seines Seins eingeflochten war, dass es sich nicht identifizieren ließ; ebenso gut hätte man sich bemühen können, dem Dunst Form und Gesicht zu geben. Sehnen, nichts als Sehnen, es zerriss seinen Geist ...

Dann eine Ahnung. Es war ein allmähliches Verstehen, das sich in ihm entfaltete wie Blätter, die sich nach dem Regen öffneten. Er hielt den Atem an und wartete auf die Offenbarung, von der er gewiss war, dass sie kommen würde. Als er der Sehnsucht endlich einen Namen geben konnte, schwoll ihm das Herz an von einer jähen, wilden Freude.

Er sehnte sich nach ... seiner Frau.

Aber er konnte dem Wort keinen Sinn geben; sein Herz schien die Bedeutung des Wortes genau zu kennen, aber sein Verstand weigerte sich zu folgen. Was war »Frau«? *Denk nach, Timothy! Denk nach!* Sein Kopf fühlte sich an, als sei ein Netzwerk sinnreicher Verknüpfungen zur Gänze lahmgelegt und durch merkwürdige neue Verbindungen ersetzt worden.

Frau. Sein Herz sagte ihm, dass es so etwas wie Wohlbehagen oder Trost bedeutete. Ja! Frau war Trost. Schokolade war Süßigkeit. Süßigkeit war Schokolade. Trost war Frau.

Frau war außerdem ... er wartete darauf, dass die Bedeutung in seinem Herzen wuchs, dann konnte er mit einem Mal in seinem Herzen lesen, wie man in einem Buch lesen mochte. Frau war außerdem Wunder, schien sein Herz ihm zu sagen. Ja! Wunder und Freude und ... *Entzücken!*

Ihm gefiel dieses Spiel, er hatte Spiele immer gemocht und war ziemlich gut in Scrabble und praktisch unschlagbar in etwas, das mit ... mit welchem Buchstaben fing es gleich an? Mit einem *M?* Aber er trudelte wieder in den Nebel davon. Jetzt, da er wusste, dass er sein Herz lesen konnte, würde er sich nicht mehr so allein fühlen. Was gab es noch?

Frau war ...

… *Lachen!* Er erinnerte sich, wenn auch nur schwach, an Lachen. Lachen ist die beste Medizin!, versuchte er zu sagen.

Er versank in eine Art von Schlaf, in dem sein Körper dahintrieb wie auf Wellen von Musik. Er dachte, dass es vielleicht Beethovens *Pastorale* war und dass das Krachen des Gewitters über den Wiesen bald zu hören sein müsse, doch der Sturm kam nicht. Als er erwachte, stellte er fest, dass er eine weitere Definition gelernt hatte:

Frau war Frieden.

Er spürte, dass jemand seine Hand streichelte, konnte aber die Augen nicht öffnen, um zu sehen, oder den Mund, um zu fragen, wer es sein mochte. Die Berührung war unaussprechlich zart; er hätte die Liebkosung gern festgehalten, als Schutz gegen alles, was vielleicht noch kommen würde.

Frau, sagte er und versuchte, die Lippen zu bewegen. Frau, so hatte er im Schlaf entdeckt, war ein Ort, an den man ging, wenn man Angst hatte oder allein war, an den man sogar dann ging, wenn man besinnungslos glücklich war. Es war ein Ort, an dem man sein wollte, ein Ort, der ungeheuer kostbar war … Es war etwas wie zu Hause.

»Zu Hause«, sagte er und hörte sich sprechen.

»Aber es ist das, was er will. Es ist das einzige Wort, das er seit Tagen gesprochen hat.«

»Er kann noch nicht nach Hause gehen, es ist zu früh, er wird möglicherweise Wochen hier zubringen müssen, wir wissen nicht, wie diese Sache sich entwickeln wird …«

»Wir könnten eine Pflegerin kommen lassen; Sie könnten doch sicher jemanden für uns finden. Vielleicht Schwester Kennedy, wenn sie frei hat.« Er dachte, dass die Frau den Tränen sehr nahe zu sein schien, und er wollte aufstehen und sie vor der anderen Stimme beschützen.

Er entleerte seine Blase, wo er gerade lag, und konnte absolut nichts dagegen unternehmen. Er spürte, wie der Urin aus ihm hinausströmte, und war anschließend ungeheuer erleichtert. Er fragte sich, warum das Bett unter ihm nicht nass geworden war. Aber er lag natürlich nicht in einem Bett, er lag in einer Hängematte, die seine Mutter sanft in Bewegung hielt, und er trug kurze Hosen, war barfuß, und er lachte, während sie sang.

Baby klein, ein Käferlein!
Schaun wir, was er tut da fein.
Läuft so rasch den Pfahl hinauf,
stürzet nie in seinem Lauf.

Hätten wir doch auch sechs Beine,
wir liefen auf gespannter Leine.
Hat rote Pünktchen auf dem Kopf
und Regenbögen auf dem Schopf.

»Ich bin kein Baby!«, rief er für den Fall, dass sie es vergessen hatte.

Sie lachte.

»Ach nein? Ist das wahr? Einen Augenblick lang hatte ich das ganz vergessen, muss ich zugeben, aber wirklich nur einen ganz winzigen Augenblick lang!«

Er fand, dass seine Mutter die schönste Frau auf der Welt war. Viel schöner als die Damen im *Ladies' Home Journal*, und neunhunderttausend Mal schöner als die anderen Damen in der Kirche.

»Ich bin fünf!«, rief er abermals, während er durch die Luft flog.

»Du hast noch einen ganzen Tag Zeit, bevor du fünf wirst! Ich möchte, dass dieser Tag immer weiter und weiter und weiter geht …«

»Für immer?«, brüllte er.

»Für immer!«, jubilierte seine Mutter.

Insgeheim freute er sich darüber, dass sie sich wünschte, er möge immer vier bleiben, statt fünf zu werden, obwohl es ihm grässlich gewesen wäre, für immer vier zu sein.

Du Herr, gibst mir das Erbe und reichst mir den Becher; du hältst mein Los in deinen Händen. Auf schönem Land fiel mir mein Anteil zu. Ja, mein Erbe gefällt mir gut. Ich preise den Herrn, der mich beraten hat. Auch mahnt mich mein Herz in der Nacht …

Er stand in der Sonntagsschule der Baptistenkirche seiner Mutter vor seiner Klasse und sagte den ganzen sechzehnten Psalm auf, wofür man ihm einen der begehrten goldenen Sterne geben würde, den er dann am Revers tragen konnte.

Ich habe den Herrn beständig vor Augen. Er steht mir zur Rechten, ich wanke nicht. Darum freut sich mein Herz und frohlockt meine Seele; auch mein Leib wird wohnen in Sicherheit …

Du zeigst mir den Pfad zum Leben. Vor deinem Angesicht herrscht Freude in Fülle, zu deiner Rechten Wonne für alle Zeit.

Für immer … Dieser Ausdruck bewegte ihn tief und weckte in ihm Fragen nach der Ewigkeit und den Seelen anderer Menschen. Ms Wright lächelte und nickte. Während ein Teil von ihm zwölf Jahre alt war und sich nach erfüllter Aufgabe wieder hinsetzte, blieb ein anderer Teil von ihm, ein verschwommener, nebelhafter Teil, einfach stehen, voller Glück und Erleichterung darüber, dass Ms Wright, die er und alle anderen Menschen aus dem Ort sehr liebten, nicht am Heiligen Abend mit ihrem Mann bei einem Autounfall ums Leben gekommen war.

Gut gemacht, Timothy.

Vielen Dank, Ma'am.

Sein Herz hämmerte wie ein Vorschlaghammer, sein Gesicht brannte. Plötzlich wusste er, dass er heute Abend, wahrscheinlich noch früher, beten würde: *Lieber Gott, zeige mir den Pfad meines Lebens …*

Warum können wir nicht reden?, wollte er seinen Vater fragen, der ihm am Küchentisch gegenübersaß. Aber seine Frage setzte voraus, dass sie zu reden versucht hatten und gescheitert waren. Sie hatten niemals wirklich zu reden versucht. Dann würde er also etwas anderes probieren, etwas Direkteres, das schneller auf den Punkt kam. Denn was war, wenn sein Vater starb, bevor sie ihre Chance nutzten?

Er räusperte sich und verspürte wieder die furchtbare Angst eines Mannes, der zwar auf einem Sprungbrett stand, aber nicht schwimmen konnte. »Lass uns reden … Sir«, sagte er.

»Worüber?«

Sein Vater war viel älter als der gut aussehende Mann in dem Silberrahmen, der immer auf der Kommode seiner Mutter stand.

»Ich … ich weiß nicht«, antwortete er beschämt darüber, dass er es nicht wusste. Jetzt, da er die Aufmerksamkeit seines Vaters hatte, fiel ihm wieder ein, dass er sich kein Thema überlegt hatte. »Vielleicht könnten wir darüber reden, wie wir … wie wir besser miteinander kommunizieren können.«

»Kommunizieren.«

Sein Vater wiederholte das Wort und sah dabei so aus, wie er oft aussah – unendlich gelangweilt.

»Warum hasst du mich?« Da, er hatte es ausgesprochen. Ihm stockte der Atem.

»Dich hassen?«

Er sog verzweifelt Luft in seine Lungen. »Ja. Ich glaube, dass du es tust. Ich weiß nicht, warum.« Es erschütterte ihn, was er da tat, aber vor allem wollte er unbedingt die Antwort auf seine Frage erfahren.

Sein Vater spielte auf Zeit, ließ ihn leiden.

»Sprich mit mir, Vater. Sag mir, warum.«

Alle Farbe war aus dem Gesicht seines Vaters gewichen. »Du bist unverschämt, Timothy.«

»Nein, Vater, ich bin dein Sohn, und ich muss die Antwort

wissen.« Zorn flammte in ihm auf, aber er widersetzte sich dem Gefühl. Er war jetzt ein Mann, er hatte die Highschool mit Auszeichnung hinter sich gebracht, er war an einem angesehenen, wählerischen College angenommen worden – er würde auf die Antwort warten, ohne noch einmal zu fragen, ohne zu betteln oder zu jammern. Er spürte das schwere Stampfen seines Herzens.

»Ich habe keine Ahnung, wovon du redest, Timothy. Das geht mir übrigens oft so.«

Sein Vater erhob sich vom Tisch und verließ mit steifen Bewegungen die Küche. Er zog die Tür hinter sich zu, die normalerweise offen blieb.

Er saß wie erstarrt da, denn er fürchtete, irgendetwas in ihm könnte bei der leisesten Bewegung zerspringen.

Dann war da das Wispern des Kleides seiner Mutter, die graue Faille, die so klang wie trockene Maishülsen, wenn ein Windzug hineinfuhr.

Sie setzte sich auf den Stuhl seines Vaters und griff über den Tisch hinweg nach seiner Hand. »Liebe deinen Vater, Timothy«, sagte sie leise. »Bete für ihn.«

»Ich kann nicht. Ich habe es immer wieder versucht, aber es geht nicht.« Er wollte, dass es ging, und sei es auch nur ihr zuliebe.

»Es wird Zeit, dass ich dir etwas erzähle.«

Ihre Augen waren braun und dunkel. Er spürte, dass er eine Art von Ewigkeit in diesen Augen sehen konnte.

»Dein Vater trägt viele Wunden.«

»Aber es ist nicht recht, sie anderen zuzufügen; schon gar nicht dir.«

»Nein. Es ist nicht recht. Aber in vieler Hinsicht ist es keine Überraschung. Sein Vater hat ihn ungeheuer brutal behandelt. Du kennst den Vers aus dem fünften Buch Mose.«

»Viele Menschen sind brutal behandelt worden. Der heilige Paulus …«

»Aber der heilige Paulus war Christus begegnet, und dein

Vater versperrt sich selbst gegen die entlegenste Möglichkeit, dass Christus an ihn herantreten könnte.«

Durch das Fenster sah er seinen Vater davonfahren.

»Timothy, dein Großvater hat deinen Vater einmal ausgepeitscht – vor einer großen Anzahl von Leuten. Es war eine bösartige Attacke, die Matthew auf mannigfaltige Weise furchtbar beschädigt hat. Nach jenem Zwischenfall, der nicht der erste seiner Art war, hat Matthew sich verschlossen wie ein Grab. Auf diese Weise hat er dafür gesorgt, dass sein Vater ihn nie wieder würde erreichen können.«

Er beobachtete, wie der schwarze Packard an der Myrtenhecke nach rechts abbog und aus seinem Blickfeld verschwand. Das Gefühl des Verlusts, das in ihm aufstieg, kam abrupt und war unauslotbar, anders als jeder Verlust, den er je zuvor erfahren hatte.

»Es tut mir leid«, sagte er schließlich. »Aber das ist zu einfach. Als er seinen Vater ausschloss, hat er auch jeden anderen ausgeschlossen. Er benutzt eine furchtbare persönliche Erfahrung als Vorwand, um andere zu verletzen.«

»Vergib ihm, Timothy.«

»Wie könnte ich? Ich weiß nicht, wie ich das tun soll.«

»Ich werde für dich beten, dafür, dass du eine Möglichkeit findest, ihm zu vergeben«, sagte sie schlicht.

»Liebst du ihn?«, fragte er. Es war eine zutiefst persönliche Frage. In seiner Familie wurden keine zutiefst persönlichen Fragen gestellt, und heute hatte er von beiden Eltern ein intimes Geständnis verlangt.

Sie blickte aus dem Fenster, während sie ihm antwortete. »Ich dachte, ich könnte sein Herz erweichen, könnte ihm Glück schenken. Ich habe geglaubt, die Liebe würde alles besiegen.«

»Glaubst du das immer noch?«

»Ja«, sagte sie und drehte sich zu ihm um. »Ich glaube es immer noch. Bitte, glaub es ebenfalls.«

Er hatte zwei Jahre lang das College besucht und war dann

aufs Predigerseminar gegangen, nachdem er begriffen hatte, dass seine Berufung zum Pfarrer Gottes Weg war, den eigenen Vater mit seiner, Tims Hilfe zu Jesus Christus zu führen. Aber sein Vater war mit einer Verhärtung des Herzens gestorben, die kein sterblicher Sohn tilgen konnte.

Er hatte sich große Mühe gegeben, wie seine Mutter zu glauben, die Liebe würde alles besiegen. Aber die Liebe hatte nicht gesiegt.

Er spürte einen kühlen Luftzug auf dem Gesicht und hörte das Lachen von Kindern. Die Kinder schienen auf einem Ast über seinem Kopf zu sitzen, denn er sah ihre Füße zwischen den Blättern baumeln. Ein kleines Paar Füße steckte in weißen Socken und Lacklederschuhen, das andere Paar war braun und nackt.

»Reverend, sind Sie das?«

»Miss Sadie! Sind Sie das?«

»*Wir* sind es!« Noch mehr Gelächter. Der Ast bewegte sich; die Blätter zitterten.

»Was macht ihr da oben?«

»Spielen!«

»Ist Louella auch dabei?«

»Wir essen Maisbrot mit Milch!« rief Louella.

»Wahrhaftig«, sagte er kopfschüttelnd.

»Kommen Sie rauf!«, sagte Miss Sadie vergnügt. »Ich muss etwas mit Ihnen bereden.«

»Ich komme auf keinen Fall da rauf.«

»Reverend, wenn Sie meinen Rat wollen, dann sollten Geistliche unbedingt ab und zu auf einen Baum klettern.«

»Sonst werden sie steif!«

»Sie müssen schon mit mir reden, wo ich gerade stehe«, erklärte er energisch. Was für ein Unsinn!

»Na schön, Reverend. Ich möchte, dass Sie auf Dooley und Lace Turner aufpassen.«

»Wie meinen Sie das, ich soll auf sie aufpassen?«

»Lassen Sie nicht zu, dass die beiden voreinander weglaufen.«

»Was kann ich bei solchen Angelegenheiten schon ausrichten?« Langsam wurde er ärgerlich. »Das ist Gottes Sache!«

»Ich dachte, Gottes Sache sei Ihr Job!«, erwiderte Miss Sadie.

»Es ist nicht mein Job, mich in die Romanzen von Leuten einzumischen, die noch kaum aufs College gehen!«

»Oh, papperlapapp! Was meinst du, dass ich ihm sagen soll, Louella?«

»Sagen Sie ihm, er soll das Beste tun, was er tun kann.«

»Tun Sie das Beste, was Sie tun können, Reverend, das wird genug sein.«

»Verflixt!«, murmelte er und stapfe davon. Es gefiel ihm gar nicht, wenn Leute in Bäumen über seinem Kopf herumhingen. Wie lächerlich.

Er war ein Ballon, der die Form eines Mannes hatte; sein rechter Arm, seine Brust, seine Lenden und seine Beine waren gefüllt mit einer vertrauten Substanz, obwohl er nicht hätte sagen können, was es war.

Außerdem verspürte er eine furchtbare Müdigkeit in sich, als hätte er sich auf Berge hinaufgequält, Berge, die zu erklimmen er nicht den leisesten Wunsch gehabt hatte.

Abba, Vater …

Er mühte sich zu beten, aber ein lautes Piepen irgendwo über seinem Kopf störte seine Konzentration. Er öffnete die Augen und stellte fest, dass er sehen konnte.

Er befand sich an einem dunklen Ort.

Es roch nach Folie oder vielleicht nach Mundwasser.

Ein schmaler Lichtstreifen fiel durch eine Tür, die einen Spalt breit offen stand.

Wo in Gottes Namen war er? Ihre Tür befand sich nicht auf dieser Seite des Schlafzimmers.

Cynthia!

Er stellte fest, dass er die linke Hand nicht bewegen konnte, daher untersuchte er das Bett mit der rechten. Das Bett war schmal, und er war allein.

Er versuchte, sich auf die Seite zu drehen, bemerkte jedoch, dass er festgebunden war.

»Cynthia? Cynthia!«

Das Piepen wurde lauter und der Lichtstrahl breiter, als die Tür sich öffnete.

»Reverend!«

»Wer ist da?«

Jemand trat lautlos und ohne Licht anzumachen in den Raum.

»Schwester Kennedy.« Sie griff nach seinem Handgelenk und legte die Finger auf seinen Puls. »Gott sei gedankt«, sagte sie leise.

»Wo bin ich?«, fragte er.

Sie tat irgendetwas, das das Piepen verstummen ließ. »Sie sind im Krankenhaus von Mitford. Willkommen daheim.«

7

Die Gnade Gottes

»Liebster …«

Er schlug die Augen auf und sah Cynthia an seinem Bett stehen. Tränen strömten ihr über die Wangen, und ihr Lächeln hatte etwas Strahlendes.

Er stellte fest, dass er nicht in der Lage war, die Hand zu heben, um sie zu berühren, obwohl ihr Anblick das Wunderbarste war, das er je gesehen hatte.

Er berührte sie mit seinem Blick, dann musterte er stumm ihr Gesicht. Zu Hause. Er war zu Hause. Was immer er getan hatte, er würde es nie wieder tun. Er fühlte sich wie ein Mensch, der in einem grauenvollen Krieg gewesen und endlich zurückgekommen war, um den heimatlichen Boden unter seinen Füßen zu küssen.

»Timothy …«, flüsterte sie und beugte sich vor, um ihre Wange auf seine zu legen.

»Komm«, sagte er. Sie legte sich neben ihn in das schmale Bett und hielt ihn umfangen und weinte.

»Lieber Gott, was für eine verdammte Dummheit! Wie oft wollen Sie uns diesen Streich noch spielen?«

»Welchen Streich?«, fragte Father Tim. Die Mühe des Sprechens schien ihm gewaltig zu sein.

»Dafür sorgen, dass Sie ins Koma fallen. Sie haben es beim ersten Mal so gut hingekriegt, dass Sie wohl dachten, Sie könnten es noch einmal tun?« Hoppy hob die Stimme, als sei sein Patient klinisch taub geworden.

»Koma?«

»Für fast achtundvierzig Stunden. Ich nehme an, begonnen hat das Ganze mit einem Delirium aufgrund ernsthaft erhöhten Blutzuckers, kompliziert durch eine Gehirnerschütterung, nachdem Sie sich den Kopf angeschlagen hatten. Und in der Folge haben Sie Ihrer Frau furchtbaren Kummer gemacht und das halbe Land in Aufruhr gebracht ...« Hoppy brach ab und sah Father Tim mit zusammengekniffenen Augen an. »Was um alles in der Welt haben Sie eigentlich mit sich angestellt?«

Verziehen Sie sich, hätte er gern gesagt; er hatte das Gefühl, als würde er durch den flammenden Blick seines Arztes an sein Kissen genagelt werden.

»Ich erinnere mich nicht.«

Er hatte nur eine vage Erinnerung daran, dass er mit Dooley aufs Land gefahren war, aber nicht viel mehr. »Wie hoch war mein Zucker?«

»Das wollen Sie gar nicht wissen«, fuhr sein Arzt ihn an.

»Wie bin ich denn an eine Gehirnerschütterung gekommen?«

»Sie waren nicht angeschnallt.«

»Wann kann ich nach Hause?«

Hoppy trat stirnrunzelnd ans Fenster, die Hände tief in den Taschen seines Kittels vergraben. »Wir können Sie morgen aus der Intensivstation verlegen, danach werden Sie drei oder vier Tage auf der Station bleiben. Am Sonntag werden Sie nach Hause entlassen, anschließend steht Ihnen dann noch ein ganzer Monat bevor, bis Sie wieder genesen sind. Um die Wahrheit zu sagen, Sie werden sich sechs Wochen lang hundeelend fühlen.«

Hoppys Gesicht war von jener gräulichen Blässe, die Father Tim im Laufe der Jahre häufig bei ihm gesehen hatte. Er kannte sie gut – sie rührte schlicht und einfach von Erschöpfung her; er vermutete, dass er der Grund dafür war ...

»Sie sind ziemlich fertig.«

»Ja!« Hoppy wandte sich vom Fenster ab. »Weil Sie einfach nicht hören wollen. Ich rede, ich predige, ich warne, aber Sie ignorieren mich, als sei ich ein unwissender Vater.«

Er beschloss, auf diese Anschuldigung nicht weiter einzugehen. »Was ist passiert?«

»Sie sind am Steuer ohnmächtig geworden und gegen ein Hindernis geprallt, gegen ...«

»Gegen was?«

Hoppy fuhr sich mit der Hand durch sein graues Haar. »Gegen ein Stoppschild am Little Mitford Creek. Also, was war los, Reverend? Wieder dieser infernalische Kuchen, den Sie beim letzten Mal gegessen hatten? Oder haben Sie auf eigene Faust Ihr Insulin heruntergefahren?«

Er hatte sein Insulin heruntergefahren, ja, aber nur geringfügig. Was den Kuchen betraf, den hatte er nicht gegessen. Cola vielleicht. Oder war es doch Kuchen gewesen? Nein, es war Cola gewesen, wie ihm eine vage Erinnerung sagte. »Cola«, antwortete er. »Ich habe auf dem Heimweg von Meadowgate eine Cola getrunken.« Sein Verstand war zurück. »Ich dachte, ich hätte auf den Knopf für Cola light gedrückt, aber stattdessen habe ich wohl richtige Cola bekommen ... Ich hatte das Mittagessen ausgelassen, und dann hatte ich plötzlich Durst und ...«

»Ich versteh es nicht«, sagte Hoppy kopfschüttelnd. »Ich versteh es einfach nicht.« Er ließ sich auf den grünen Vinylstuhl am Bett fallen und sah auf seine Armbanduhr. »Sie sind eine Nervensäge.«

Tim grinste seinen Arzt an, dessen gewohnte Milde seinem Patienten gegenüber drastisch ins Wanken geraten war. »Danke gleichfalls.«

Hoppy versuchte zu lächeln. »Wir werden das schon schaffen«, sagte er.

Nach Hoppys Besuch schlief er sofort ein und wachte dann jäh wieder auf.

Tennessee! Was war mit Tennessee?

Er tastete nach der Schwesternglocke neben seinem Kissen, aber die Bewegung strengte ihn an, und er ließ sich, keuchend von der Anstrengung, wieder zurücksinken. Das Telefon. Er konnte Cynthia anrufen und sie fragen; als sie um zwei Uhr morgens ins Krankenhaus geeilt war, hatten sie nicht darüber gesprochen. Jetzt war es – wie spät war es eigentlich? Keine Armbanduhr. Keine Uhr an der Wand. Wie sollte er hier irgendetwas erfahren?

Zum ersten Mal bemerkte er, dass über seinem Bett ein Fernseher hing, und zwar so bedenklich schräg, als könne er ihm jederzeit auf den Kopf fallen. Vielleicht lag irgendwo eine Fernbedienung; auf CNN könnte er die Uhrzeit in Erfahrung bringen. Er reckte den Hals und spähte auf den Nachttisch, entdeckte dort aber lediglich einen Karton mit Papiertüchern und ein Glas Wasser.

Nach kurzem Nachdenken entschied er, dass es nicht infrage kam, nach einer Schwester zu rufen – das würde mehr Energie kosten, als er besaß, und schlimmer noch, es würde die anderen Patienten stören.

Also würde er einfach daliegen, bis jemand kam, würde das Stampfen in seinem Kopf ertragen und das scharfe Brennen der Beule an seiner Schläfe, die er sich bei dem Zusammenprall mit dem Stoppschild zugezogen haben musste.

Er hörte Regen gegen die Fensterscheiben platschen und fühlte sich seltsam einsam und verloren. Er hätte dankbar für das Geräusch sein sollen, dankbar für das, was ein Frühlingsregen für das Gras und den Garten bedeutete, für seine Rosen. Aber er verspürte keine Dankbarkeit. In Wahrheit spürte er fast gar nichts.

War das das Gefühl, das ihn während der langen vor ihm liegenden Wochen begleiten würde? Und waren seine Halsstarrigkeit und Dummheit wirklich der Grund, warum seine Frau solchen Kummer leiden musste, warum sein Arzt Überstunden machte und das Missionsamt in Tennessee jetzt wieder vakant war?

Das Päckchen von Emma kam mit seinem Mittagessen, das aus einem Glas Milch, einer Schale Joghurt und etwas bestand, das er nicht identifizieren konnte – war es festgewordene Tomatensuppe oder Sülze oder ... Schlimmeres? Er machte sich über das salzige Etwas her und las seine E-Mails.

Von: ourbackyard@aol.com

Das ist ja eine schöne Geschichte, Timothy! Ich nehme an, es war der Elchkopf, der Sie vergrault hat.

Wenn Sie wieder auf den Beinen sind und sich so weit erholt haben, dass Sie zu uns stoßen können, werde ich den Elch aus Ihrem Wohnzimmer holen und ihn in Ihrem Holzschuppen aufhängen.

Ich habe vergessen zu erwähnen, dass Sie mit einem Holzherd heizen werden, wie wir anderen in Bear Creek Cove auch.

Gott sei gedankt für Richard und Trudy, die gestern angekommen sind und heute bereits die Arbeit von kräftigen Männern getan haben. Die Jugend! Genau das brauchen wir!

Wir haben festgestellt, dass Ihr Dach geflickt werden muss; es hat eine undichte Stelle, durch die eine reichliche Portion unserer Frühlingsregenfälle in Ihr Schlafzimmer geflossen ist. Aber man kann das Ganze auch von der positiven Seite sehen, denn auf diese Weise sind ziemlich viele der Mäuse ertrunken.

Richard wird neue Bleche für das Dach holen, sobald der Schlamm auf der Straße getrocknet ist und wir durchkommen können, ohne bis zu den Kotflügeln im Morast stecken zu bleiben.

Wir gehen alle davon aus, dass Sie und Cynthia Vierradantrieb haben.

Nun, alter Freund, halten Sie den Nacken steif, und seien Sie der festen Wahrheit gewiss, dass Gott in Jessup, Tennessee seine Werke tut!

Herzliche Grüße, Pfr. Harry.

PS: Ein Junge aus der Nachbarschaft namens Abner – wie in dem uralten Comic – ist bei mir aufgetaucht und hat nach Arbeit gefragt; der Himmel weiß, dass wir ein zusätzliches Paar Hände gebrauchen können. Es erfreut mein Herz, seinen geduldigen Fleiß zu sehen. Er muss ungefähr vierzehn, fünfzehn Jahre alt sein und kann kein Wort lesen oder schreiben.

Beten Sie für Abner. Halten Sie mich auf dem Laufenden. Schicken Sie Geld.

Der stete Überschwang von Harry Roland war mehr, als ein Mensch auf nüchternen Magen ertragen konnte. Er öffnete das zweite Päckchen Cracker, trank seine fettarme Milch und hielt Ausschau nach seiner Frau. Vierradantrieb. Verwünscht! Warum hatten sie daran nicht gedacht? Cynthias Mazda hatte einen Vierradantrieb. Würde das nicht genügen? Was hatte er sich nur während der letzten Monate gedacht? In was für einem Nebel war er eigentlich herumspaziert?

Von: hisbp@aol.com

Mein alter Freund,

ich schreibe an Dich, wie der heilige Paulus an die Thessalonicher geschrieben hat.

»Wie können wir Gott euretwegen genug danken für all die Freude, die uns um euretwillen vor unserem Gott erfüllt?

Bei Tag und Nacht bitten wir inständig darum, euch wiederzusehen und an eurem Glauben zu ergänzen, was ihm noch fehlt. (Falls denn etwas fehlen sollte, lieber Bruder.)

Gott, unser Vater, und Jesus, unser Herr, mögen unsere Schritte zu euch lenken. Euch aber lasse der Herr wachsen und reich werden in der Liebe zueinander und zu allen, wie auch wir (Martha und ich) euch lieben.«

Ich habe die Absicht, am achtundzwanzigsten auf dem Weg zu einer Konferenz in Charlotte nach Mitford zu kommen. Sofern Dein Arzt nicht davon abrät, werden wir uns dann sehen. Fühle Dich ermutigt. Stuart

Ihm taten alle Gliedmaßen und Gelenke weh; seine Augen schmerzten, als habe man sie ihm veilchenblau geprügelt, und sein Kopf – er hatte das Gefühl, als galoppierten Pferde hindurch. Seine linke Schläfe war verbunden, und er vermutete, dass das das Resultat seines Zusammenstoßes mit dem Stoppschild war …

Er ließ die Mail erschöpft auf seine Decke fallen.

Vielleicht würde der Joghurt ihm ein wenig Kraft geben, aber er hatte nicht einmal genug Interesse, um den Löffel zum Mund zu führen. Schließlich klingelte er nach der Schwester, damit sie sein Tablett holte und Cynthia Platz hatte, sich neben ihn aufs Bett zu setzen. Bei dem Gedanken an seine Frau flackerte eine Flamme auf und wärmte ihn, und er lehnte sich in die Kissen, schloss die Augen und versuchte zu vergessen, was er getan hatte und wo er war und warum.

Seine Frau lag, die Hand in seiner, neben ihm. Sie hatten eine Weile geschwiegen, zufrieden damit, einfach nur nebeneinander zu liegen und sich zu berühren.

»Wir sind ein schönes Paar«, murmelte er schließlich. »Woran hast du gedacht?«

»Ich habe Gott für dich gedankt.«

»Für das, was von mir übrig ist«, sagte er, überrascht über die Ironie in seiner Stimme. »Ich habe an Tennessee gedacht und daran, dass sie dort hart arbeiten müssen, bis wir ankommen. Es wird die Dinge nicht gerade besser machen, wenn sie gleich zu Anfang mit zu wenig Personal dastehen.«

»Darüber werden wir später nachdenken.«

»Was ist mit dem Wagen? Habe ich …?«

»Lass uns später darüber reden, Liebster. Wir werden … über alles später reden.«

Hoppy kam mit einer Energie in den Raum gestürmt, dass die E-Mails zu Boden segelten.

»Habe ich jetzt zwei Patienten?«

»Sie vervielfachen sich wie Bügel in einem Kleiderschrank!«, rief Cynthia, dann richtete sie sich auf und zupfte an ihrem Rock.

Hoppy legte Cynthia eine Hand auf die Schulter. »Haben Sie geschlafen?«

»Endlich«, antwortete sie. »Aber ich bin immer noch ein wenig tranig.«

Father Tim hob den Kopf vom Kissen. »Wir haben gerade von Tennessee gesprochen und davon, wann wir vielleicht ...«

»Tennessee werden Sie vergessen müssen«, sagte sein Arzt und verschränkte die Arme vor der Brust. »Mit Ihrem außer Kontrolle geratenen Diabetes ist ein Jahr in der Wildnis das Letzte, was Sie gebrauchen können.«

»Ja, aber Sie ...«

»Was wäre, wenn das in Jessop passiert wäre, Reverend? Vierzehn Meilen vom nächsten Krankenhaus entfernt?«

Da er keine Antwort hatte, schwieg er.

»Da haben Sie Ihre Antwort«, sagte Hoppy.

Hoppy hatte verfügt, dass auch nach seiner Verlegung auf die Station niemand außer Cynthia ihn besuchen durfte. Das war ihm nur recht. Er hatte nicht viel zu sagen und noch weniger Energie, mit der er es hätte sagen können. Das Personal schmiedete allerhand Ränke, um ihn zu füttern, wo es nur ging. Er kam sich wie eine Gans vor, die gemästet werden sollte, um Pastete daraus zu machen. Wenn das Telefon klingelte, nahm er den Hörer nicht ab. Einmal ging eine Krankenschwester an den Apparat und erklärte, dass J.C. Hogan am Apparat sei. Als sie ihm den Hörer hinhielt, winkte er nur erschöpft ab.

Ein wahrer Strom von Blumen ergoss sich in sein Krankenzimmer. Rosen, Tulpen, sogar einige Zweige Efeu, die ein ehemaliges Gemeindemitglied aus dem Garten gepflückt und in einen Krug gesteckt hatte. *Lassen Sie den Efeu Wurzeln schlagen,* hatte auf dem Begleitbrief gestanden.

Sissy schickte ihm eine halbe Kartoffel, die in einem Papierbecher spross. Sassy schickte ihm einen Avocadospross, der, an drei Zahnstochern befestigt, in einem Marmeladenglas hing und dessen Blätter schon bessere Tage gesehen hatten.

Hessie Mayhew hatte sich offenkundig selbst übertroffen mit einem Korb, der eine ganze Ecke des Zimmers einnahm. Er hätte gern jeden Stängel und jedes Staubgefäß betrachtet, die Farben studiert und über die Düfte nachgesonnen, aber er war nicht dazu in der Lage. Wenn sein Blick gelegentlich auf den Korb fiel, hatte er ein schlechtes Gewissen, weil ihn die Blumen nicht im Mindesten interessierten, daher hörte er schließlich auf, in diese Ecke zu schauen.

Er gab ihn Schwester Kennedy, die offenkundig skeptisch war. »Ich hatte schon Gärten, die kleiner waren als das hier«, meinte sie, während sie den Korb aus dem Raum schleppte.

Er stellte fest, dass ihn das Gelächter der Besucher anderer Patienten im Flur erfreute. Es war eine Art Bestätigung, dass das Leben anderer Menschen weiterging, auch wenn seines zu einem bitteren Stillstand gekommen war.

Einmal ging er ohne Erlaubnis den Flur hinunter, steif wie ein Brett und schlurfend wie ein alter Mann. Er *war* natürlich alt; er war fast siebzig. Als er jung gewesen war, war siebzig ihm sehr alt vorgekommen. Einer seiner Großväter war im Alter von siebzig Jahren gestorben, und gewiss hatte niemand gesagt: *Der arme Yancey, er war noch so jung*.

Während er sich mühsam in seinen Pantoffeln über den Gang schleppte, bemerkte er, dass einige Leute ihn anstarrten, als klebe unter einer seiner Sohlen Toilettenpapier. Mindestens zwei Personen, die er flüchtig kennengelernt hatte, senkten den Blick und taten so, als hätten sie ihn nicht erkannt. Er kannte natürlich einige der Patienten und die meisten der Krankenschwestern; als Pfarrer in der Gemeinde der Lord's Chapel war er sechzehn Jahre lang fast jeden Wochentag ins Krankenhaus gekommen – doch heute erschien ihm nichts vertraut. Ebenso gut hätte er ein Fremder an diesem Ort sein können, an dem er früher einmal etliche Stunden verbracht hatte, an dem er mit Patienten und Angestellten gebetet und an ungezählten Betten das Wort Gottes gelesen hatte.

Er schaffte es kaum bis zu dem Gummibaum am Aufzug, als Schwester Kennedy ihn entdeckte und ihn in sein Zimmer zurückschleifte, als sei er ein Sträfling, der über die Mauer geklettert war.

»Kein Wunder, dass Leute in Krankenhäusern sterben«, murmelte er in Richtung der langjährigen Oberschwester. »Sie erlauben ihnen auch nicht das kleinste bisschen Spaß.«

Ich bin nach Hause gekommen.

Er schrieb diese Worte auf eine leere Seite ganz hinten in seinem Tagebuch und hatte eigentlich vor, noch mehr zu sagen, stellte aber fest, dass es nichts anderes zu sagen gab. Es war alles, absolut alles, was er sich gewünscht hatte: einfach nach Hause zu kommen.

Da er fand, dass er den Eintrag datieren sollte, griff er nach dem Füller und hielt ihn einen Moment lang fest, dann legte er ihn wieder beiseite und blickte zum Fenster hinaus, auf den Baxter Park, der eine Postkarte hätte zieren können.

Sie sollten die alte Garage abreißen, damit sie einen besseren Blick hatten. Er hatte keine Ahnung, warum sie noch nie auf diesen Gedanken gekommen waren.

Selbst die wild wuchernde Hecke dahinter, die der Stadt gehörte, ließe sich bis zu einem gewissen Grad stutzen und von totem Holz befreien. Er und Harley konnten das problemlos innerhalb weniger Tage erledigen.

Wenn nötig würden sie die Kettensäge benutzen. Den Schnitt konnten sie zusammenlegen und zum Häckseln der Gemeinde überlassen.

»Woran denkst du gerade, alter Knabe?« Barnabas sprang von dem unter einem Schonbezug steckenden Sessel neben dem Sofa auf, kam zu ihm herübergetrottet und blickte ihm seelenvoll in die Augen.

Er machte Anstalten, sich aus dem Sessel zu erheben, stellte aber fest, dass er weder die Kraft noch den Willen dazu hatte. Der Gedanke daran, die Garage einzureißen und die Hecke zu lichten, hatte ihm beinahe den Rest gegeben.

»Keine E-Mails mehr, und schon gar nicht von Reverend Roland«, hörte er Cynthia Emma an der Haustür erklären. »Er braucht Ruhe.«

Emmas Worte klangen gedämpft, aber die Stimme seiner Frau war scharf und klar, auch wenn sie sich bemühte, leise zu sprechen. »*Überhaupt* nichts mehr für eine Weile.«

Wieder Emmas gedämpfte Stimme, offensichtlich gereizt.

»Ich bin auch davon überzeugt, dass er Sie sehen will, aber eine ärztliche Anweisung ist nun mal eine ärztliche Anweisung. Rufen Sie mich am Montag an, dann werde ich Ihnen Bericht erstatten ...«

Die Haustür wurde geschlossen, und seine Frau kam, dicht gefolgt von seinem Hund, den Flur hinunter.

Warum durfte er nicht mit Emma sprechen? Außerdem fing er langsam an, E-Mails zu mögen. Er persönlich wollte zwar nicht online gehen, um Himmels willen, aber der kleine Stapel Ausdrucke, den Emma jede Woche mitbrachte, gefiel ihm recht gut – in Wahrheit erschienen sie ihm wie ein kleines Wunder. Was war mit Reverend Soundso in England? Was trieb er gerade so? Und Reverend Harry – hatte er den Scheck bekommen, oder hatte das Postauto nach den Überschwemmungen am vergangenen Donnerstag es nicht aus dem Cove geschafft? Wie sollte er jemals irgendetwas in Erfahrung bringen, da niemand mehr regelmäßig Briefe zu schreiben schien? Und dann war da natürlich noch Marion Fieldwalker ... Obwohl sie gerade erst mit dieser E-Mail-Geschichte angefangen hatte, hatte sie versprochen, in Zukunft eine sprudelnde Nachrichtenquelle aus Whitecap zu sein.

»Rate mal, wer heute zu Besuch kommen wird, Liebster.« Cynthia trat hinter seinen Sessel und küsste ihn auf den Kopf.

»Hm.« Er wollte irgendetwas Kluges, Positives sagen, aber ihm fiel einfach nichts ein.

»Dooley!« Barnabas quittierte ihre Eröffnung mit Gebell. »Er wird um drei Uhr hier sein. Er hat sich schreckliche Sorgen um dich gemacht, und er wollte dich schon im Krankenhaus besuchen, aber Hoppy ...«

»Zum Kuckuck mit Hoppy«, murmelte er.

»Hoppy kommt übrigens nach dem Mittagessen vorbei.«

»Warum?«

»Um zu reden.«

»Mir scheint, er hatte schon im Krankenhaus eine Menge zu sagen.«

»Er bricht bald zu seiner Reise nach Westen auf und wollte vorher noch ... einige Dinge mit dir durchgehen.«

»Wo ist Puny?«

»Ich habe ihr ein paar Tage freigegeben.«

Irgendetwas stimmte nicht mit seiner Frau, aber er wusste nicht, was. Sie wirkte angespannt, geistesabwesend und erschöpft. Vielleicht lag es an all dem, was sie durchgemacht hatte; andererseits konnte sehr wohl mehr dahinterstecken.

»U-o«, sagte sie und warf einen Blick auf die Uhr auf seinem Schreibtisch. »Ich muss noch schnell einkaufen. Dooley kommt; du weißt, was das bedeutet.«

Sie küsste ihn auf die Wange und stürzte aus dem Raum, wobei sie im Laufen noch schnell die Autoschlüssel von der Kücheninsel nahm. »Ich werde dir eine Überraschung mitbringen!«, rief sie ihm über die Schulter zu.

Keine Überraschungen bitte, dachte er. Alles, nur nicht noch eine Überraschung.

»Reverend ...«

Hoppy saß in ihrem Arbeitszimmer und wirkte nervös und erschöpft. Alle Anzeichen neu erwachter Kraft, die Father

Tim vor zwei Tagen bei seinem Arzt gesehen hatte, waren offenkundig verschwunden. Es gab keinen Smalltalk, keine Bemerkungen über das Wetter, das derzeit grau und regnerisch war, ebenso wenig wie irgendeine Äußerung zu dem neuen Arbeitszimmer, das Hoppy bis zum heutigen Tag noch nicht gesehen hatte.

»Sie haben eine gefährliche Geschichte hinter sich. Es wird schon ganze eine Weile dauern, bis Sie wieder zu Kräften kommen.«

»Ja«, sagte er. Er hatte das sichere Gefühl, dass gleich eine Axt fallen würde. Seine Frau saß neben ihm auf dem Sofa und hielt seine Hand. Er fand, dass sie krank aussah. Diese ganze Geschichte war einfach zu viel gewesen ...

»Aber jetzt sind Sie wieder in vertrauter Umgebung, mit der besten Krankenschwester im Bezirk, von Schwester Kennedy einmal abgesehen. Und ich glaube, Sie sind stark genug, um zu hören, was wir Ihnen zu sagen haben.«

Aber er wollte nichts mehr hören ...

»Als Sie am Lenkrad Ihres Wagens ohnmächtig wurden, haben Sie tatsächlich das Stoppschild am Little Mitford Creek erwischt.«

»Falls irgendein Schaden entstanden sein sollte, weiß Rodney, dass ich mich darum kümmern werde.«

»Sie haben außerdem Bill Sprouse erwischt.«

Er blickte ungläubig zu seiner Frau hinüber und sah, dass alle Farbe aus ihrem Gesicht gewichen war. Sie drückte seine Hand ein wenig fester.

»Und Sparky, seinen Hund«, flüsterte sie.

Etwas wie Eis bildete sich in seinen Adern.

»Bill liegt mit mehreren Knochenbrüchen und einer leichten Gehirnerschütterung im Krankenhaus. Sein Zimmer war auf demselben Gang wie Ihres. Es tut mir leid, Reverend.«

Jeder kannte und liebte den leutseligen Pfarrer der First Baptists, der hingebungsvoll an seinem Hund hing und regelmäßig mit Sparky durch Mitford spazierte.

»Was noch?« Das Hämmern seines Herzens wurde fast unerträglich.

»Man hat Sparky unter dem Hinterrad Ihres Wagens gefunden; wir glauben, dass er sofort tot war.«

Gott, steh uns bei, Christus, steh uns bei. Er bettete den Kopf in die Hände. »Warum habt ihr mir das nicht schon früher gesagt?«

»Wir wollten warten, bis Sie wieder ein wenig stärker sind. Nicht jeder hätte es so gehandhabt, aber uns schien es das Beste zu sein.«

Father Tim kam der flüchtige Gedanke, dass dies nur ein schrecklicher Traum sei …

»Jetzt kommen die guten Nachrichten. Bill wird keinen dauerhaften Schaden davontragen, obwohl er einige Wochen Ruhe brauchen wird, um wieder zu genesen. Derzeit hält seine Gemeinde Ausschau nach einer Vertretung für ihn.«

… nein, es war ein leibhaftiger Albtraum.

Dooley saß schweigend neben ihm auf dem Sofa. Barnabas ließ sich von dem von einem Schonbezug verhüllten Sessel gleiten, trottete auf seinen Herrn zu und legte sich zu seinen Füßen auf den Boden.

Die Uhr tickte. Der Zeiger bewegte sich von drei Uhr zehn auf drei Uhr elf.

»Es tut mir leid«, sagte Dooley schließlich.

»Ich weiß«, antwortete er.

»Wenn ich etwas tun könnte, würde ich es tun.«

»Ich weiß«, sagte er noch einmal.

»Ich habe für dich gebetet.«

»Hör nicht auf damit.«

»Nein, das werde ich nicht.«

»Bill wird wieder in Ordnung kommen. Aber sein Hund …«

»Ja.«

Der Zeiger sprang von drei Uhr dreizehn auf drei Uhr vierzehn. Ein milder Juniwind strich durch die offenen Fenster und brachte den Geruch von Regen und vermoderten Blättern mit.

»Ich gehe dann mal besser«, sagte Dooley.

»Ich weiß.«

Der Junge stand auf; Father Tim sah ihn erschüttert an.

»Ich liebe dich«, sagte Dooley beherzt. Seine Stimme zitterte.

Ich liebe dich auch, dachte er, aber er konnte nicht sprechen.

Er saß im Arbeitszimmer, als Cynthia mit trostloser Miene nach oben ins Bett ging. Er wusste, dass er etwas hätte tun sollen, um sie zu trösten, sie, die ihn wieder und wieder getröstet hatte. Aber er konnte es nicht.

Er nahm seine Bibel vom Schreibtisch und schlug den zweiten Korintherbrief auf. Dann schloss er die Augen und betete für Bill Sprouse und dessen Frau. Anschließend saß er, die Bibel auf dem Schoß, noch lange Zeit da und betete abermals.

Dann hob er das Buch in den warmen Lichtkreis der Lampe. Obwohl er die Zeilen auswendig kannte, wollte er sie gedruckt sehen.

»›Meine Gnade genügt dir‹«, las er, und seine Worte waren kaum mehr als ein Flüstern, »›denn sie erweist ihre Kraft in der Schwachheit …‹«

8
Geschenktes Erbarmen

Im Gegensatz zur Ankunft des Frühlings, der es in Mitford nie besonders eilig zu haben schien, kam der Sommer in diesem Jahr absolut pünktlich.

Am Tag der Sonnenwende änderte sich das Wetter, als sei es dem Kalenderdatum etwas schuldig, und die Temperaturen schnellten von einem Tag auf den anderen von gut zwanzig auf dreißig Grad Celsius hinauf.

Hessie Mayhews Terrasse, die sich bekanntermaßen kühler Lüftchen aus dem Westen erfreute, verwandelte sich bis zum Mittag in einen richtiggehenden Backofen und Hessie selbst in einen widerwilligen Kapaun, während sie Blumen für eine Hochzeit in der Kapelle der Methodisten arrangierte. Nachdem sie Eimer voller Rosen, wildem Rittersporn, gelber Heliopsis und Madonnenlilien vor der gefährlichen Hitze gerettet hatte, machte sie in ihrer Küche weiter und bedauerte von Herzen, dass ihre abgeschirmte Veranda derzeit ein Lagerraum war, der nicht einmal Platz geboten hätte, um ein Kaninchen zu häuten.

Es war ihr absolut zuwider, in einer Küche von der Größe einer Cocktailserviette Blumenarrangements für eine Hochzeit machen zu müssen, aber vor allem hasste sie das, was in ihren Pflanzen umherkroch – Raupen, Spinnen, Käfer, Mücken, Schnaken, Blattläuse, Bienen, Ohrenkneifer, Marienkäfer, Kreaturen, die zu absonderlich und zu ekelhaft waren, um sie zu identifizieren.

Als sie feststellte, dass ihr der Schweiß den Rücken hinabrann, öffnete sie die Kühlschranktür, um ihre Kehrseite ein wenig abzukühlen. Sie erklärte dem Kenmore-Herd laut, dass jetzt endgültig Schluss sei, dass dies endgültig das letzte Jahr sei, in dem sie für Hinz und Kunz auf Kommando Blumenarrangements mache – komme, was da wolle, sie würde ein für alle Mal aus dem Geschäft aussteigen und war bereit, die Sozialversicherung beweisen zu lassen, was sie wert war.

Und noch etwas. Diese lächerliche »Lady Spring«-Kolumne, an der sie sich zehn Jahre lang jedes Jahr abgeschuftet hatte, war Geschichte. Die erste Kolumne hatte sie seinerzeit über eine Lärche geschrieben, nachdem sie sich gezwungen hatte, Wordsworth und Cowper und all die anderen alten Dichter zu lesen, die in der Landschaft herumgehangen, nach Veilchen gesucht und sich die Taschen mit Nüssen vollgestopft hatten. Als sie sah, wie begeistert Father Tim von ihrer Kolumne war, schrieb sie sie noch ein Jahr lang und dann noch eins und noch eins, bis zur Bewusstlosigkeit, und das alles für schäbige fünfzehn Dollar das Stück, die J. C. Hogan als eine glatte Million vor Abzug der Steuer anzusehen schien.

Hessie riss ihr Kleid hoch und stopfte sich den Saum in die Beine der Unterhose, sodass sie endgültig so aussah wie ein auf seinem Stängel umgedrehter Pilz.

All die Jahre hatte sie sich abgestrampelt, um ihren Lebensunterhalt zu verdienen, war wie ein Huhn kopflos herumgelaufen, und noch immer hatte sie keine Klimaanlage, nicht einmal so ein kleines Ding, das in ein Fenster eingebaut wurde. Und jetzt wurde es mit jedem gesegneten Sommer immer heißer und heißer in den Bergen – vorüber waren die Tage, da die Menschen selbst im August ab und an einen Pullover getragen hatten!

Hessie stieß den Gummistopfen in den Abfluss ihrer Küchenspüle und drehte den Hahn auf. Manche Leute meinten, dieses ganze Durcheinander mit dem Wetter sei der Treibhauseffekt. Schon bald würden die Eisberge im Norden schmelzen, und die schrecklichen Fluten würden sich in ihre

Richtung ergießen, was einmal mehr bedeutete, dass der Süden das Schlimmste von allem abbekam.

Erzürnt über den unheilvollen und unfairen Ausgang der Verhandlungen zum CO_2-Austoß, tauchte sie die Stängel von siebenundvierzig Lilien in das lauwarme Wasser. »Trinken!«, befahl sie.

In diesem Augenblick wurde ihr klar, dass sie von Father Tim kein einziges zivilisiertes Wort über den Gartenkorb gehört hatte, den sie ihm vor fast drei Wochen in sein Krankenhauszimmer geschickt hatte. Rachel Sprouse hatte sich jedenfalls schon lange für die hübsche Vase mit gelben Rosen bedankt.

Sie schnappte sich einen Kaffeebecher und zerquetschte einen Wurm auf der Theke. Was war heutzutage nur los mit den Leuten? Hatte sich schlichte Höflichkeit denn vollends in Luft aufgelöst? Die Leute nörgelten über ihr Sexleben, bis sie blau im Gesicht waren, aber es gab kaum noch eine Menschenseele, die sich die Mühe machte, ein einfaches *Bitte* oder *Danke* von sich zu geben.

Andererseits ...

Der Gedanke raubte ihr den Atem – hatte sie dem Reverend wirklich einen Korb geschickt, oder hatte sie es nur geträumt? Hatte sie ihn so sorgfältig und in allen Einzelheiten geplant, dass sie nur glaubte, sie habe ihn geschickt? Um die Wahrheit zu sagen, sie konnte sich nicht daran erinnern, ihn ausgeliefert zu haben. Und kein Wunder – seit Mitte Mai hatte sie so viele Gartenkörbe und so viele Blumenarrangements für Hochzeiten gemacht, und sie war so viele Male zum Krankenhaus hinübergetrottet, dass all diese Dinge zu einem einzigen Nebel verschmolzen waren ...

Eine stumpfe Schwere machte sich in ihrem Herzen breit. Der arme Tim Kavanagh, nach alldem, was ihm zugestoßen war, und kein einziges Wort von ihr.

Sie fühlte sich wie der Wurm, den sie gerade zu seinem Schöpfer befördert hatte.

Einige Straßen weiter südlich trug Onkel Billy Watson ein Päckchen Samen und eine verrostete Spitzhacke in den Garten des Stadtmuseums.

Es gefiel ihm, wie die Samen in ihren bunten Päckchen raschelten. Das Geräusch machte ihm Mut, das zu tun, was er vorhatte. Die verflixten Dinger hatten in Dora Pughs Eisenwarenhandlung einen ganzen Dollar gekostet, und er hatte ein solches Theater wegen des Preises gemacht, dass sie ihm ein altes Päckchen aus den Beständen des vergangenen Jahres geschenkt und ihn gewarnt hatte, dass die Samen vielleicht nicht keimen würden und dass er dann, bitteschön, nicht bei ihr ankommen und ihr etwas vorjammern sollte.

Was ihm vorschwebte, war ein Verschönerungsprogramm für das Stadtmuseum, da die Stadt zu geizig war, um sich selbst darum zu kümmern. Er würde ihnen zeigen, was ein Mann mit ein wenig Eigeninitiative ausrichten konnte, und das sollte dann wohl genügen, um die ganze Gemeindeverwaltung zu beschämen. Nicht lange, und die Leute würden vorbeigefahren kommen und die Veränderung bemerken. Genauso ging es nämlich jeden Sommer unten bei Prediger Kavanagh, wo die Leute die rosafarbenen Rosen bestaunten, die sich an der Wand des gelben Hauses seiner Frau emporwanden … also, das war wirklich ein Augenschmaus.

Er legte die Tüte auf den Sitz eines verrosteten Metallstuhls, der seit einigen Jahren unter dem Baum stand, und betrachtete die weit ausladenden Wurzeln des Baums. Er sollte besser nicht zwischen Baumwurzeln graben, Gott allein wusste, welche Probleme das geben konnte; wenn er sich an diesem Baum zu schaffen machte, würde er am Ende noch auf das Haus stürzen, und zwar genau dorthin, wo ihr Schlafzimmer lag.

Er kehrte dem Baum den Rücken und ging weiter in den Garten hinein, wo das hohe Gras auf die städtischen Gärtner wartete, die in zwei Tagen mit ihren Mähmaschinen anrücken würden. Wie er in diesem hohen Gras auch nur eine

Handbreit umgraben sollte, wusste er wirklich und wahrhaftig nicht, aber er würde es tun, und damit basta.

Er hob die Spitzhacke und verpasste dem Boden einen ordentlichen Hieb, aber die Hacke sprang ihm aus der Hand und flog einen guten halben Meter weit. Onkel Billy sagte ein Wort, das er schon seit einiger Zeit nicht mehr gesagt hatte, dann schlurfte er hinüber und bückte sich steif, um das Ding aufzuheben. »Herr, hab Erbarmen«, sagte er und wischte sich den Schweiß aus den Augen.

Wo er nun stand, führte er einen weiteren ordentlichen Schlag gegen die Erde, und diesmal blieb eine Kerbe zurück. An der Spitze der Hacke blieb etwas Erde kleben, das so rot war wie Ziegelstein und fast genauso hart. Der Anblick der Erde gab ihm Zuversicht; er schlug noch einmal zu, verpasste jedoch die Öffnung, die er soeben geschaffen hatte, und brachte, etliche Zentimeter von der ersten entfernt, eine zweite Kerbe zustande. »Verflixt und zugenäht!«

Das Atmen fiel ihm schwer, und sein Herz hüpfte bald in diese, bald in jene Richtung, wie ein Fisch auf dem Ufer.

Und zu allem Übel war ihm so heiß wie einem Dauerbrenner, und das war kein Wunder – er trug die alten Wollhosen von Roses Bruder, in denen er nicht nur langsam kochte, sondern von einem tödlichen Juckreiz geplagt wurde. Das genügte, um in einem Mann das Bedürfnis zu wecken, splitterfasernackt umherzulaufen.

Er erwog, ins Haus zu gehen und sich umzuziehen, aber das wäre zu viel Mühe gewesen. Außerdem würde Rose dann über dies und das zu nörgeln beginnen, und bevor er wusste, wie ihm geschah, würde er den Müll rausbringen oder Kartoffeln schälen oder eine Messerklinge schärfen, mit der man keine Butter mehr schneiden konnte. Vielleicht würde sie ihn sogar in den Keller schicken und dieses Glas mit Eingemachtem holen lassen, das Lew Boyd ihnen vor einer Weile gebracht hatte, und bei dem Gedanken an all die umherlaufenden Spinnen juckte ihm schon jetzt die Kopfhaut.

Nein, Sir, er würde diese Sache durchziehen, und im Oktober – oder war es September? – würden sie einen Wald von gelben Chrysanthemen haben, die man selbst vom Stadtdenkmal aus würde sehen können. Natürlich wäre es hilfreich, wenn Prediger Kavanagh mit seinem Hund vorbeikäme; der Prediger würde ganz genau wissen, wie man diese Arbeit am besten bewerkstelligte, aber er hatte ihn schon seit einer ganzen Weile nicht mehr gesehen, was wahrscheinlich an dieser bösen Geschichte lag, die ihm zugestoßen war. In ein oder zwei Tagen würde er die Straße hinuntergehen und ihm die beiden neuen Witze erzählen, die er aus einem seiner Almanache auswendig gelernt hatte. Dasselbe würde er für Prediger Sprouse tun, aber es gab nichts auf Gottes Erden, das ihn dazu gebracht hätte, den langgestreckten Hügel hinaufzugehen, auf dem die Sprouses lebten.

Er nahm den Griff der Spitzhacke fest zwischen die arthritischen Hände, hob ihn so hoch, wie er nur konnte, und ließ ihn mit aller Kraft auf den Boden krachen.

Mannomann, das war ein Volltreffer. Ein hohes Grasbüschel kippte zur Seite weg und entblößte eine flache Aushöhlung von der Größe einer Männerhand.

»Halleluja!«, brüllte er.

Er blickte zum Haus hinüber, um festzustellen, ob Rose ihn beobachtete. Soweit er sehen konnte, tat sie es nicht.

Er beschloss, sich für eine Minute hinzusetzen und wieder zu Atem zu kommen, aber der erzdämliche Stuhl stand auf halbem Weg nach China. Er ließ die Hacke ins Gras fallen, humpelte zu dem Baum hinüber und hielt sich das Kreuz, wo ihm ein kräftiger Schmerz aufstieg wie Kohlensäure in einer Limonade.

Er ließ sich auf den Stuhl fallen, auf dem die Tüte mit Samen lag, wischte sich mit dem Ärmel über die Stirn und dachte über das befriedigende Loch nach, das er soeben mit nur einem einzigen kräftigen Hieb ausgehoben hatte.

Wie viele Hiebe würden noch nötig sein, um Platz für eine

Handvoll Samen zu schaffen? Wie lange würde es dauern, bis er die Pflanzen sprießen sah? Würde er einen Zaun um die verflixten Dinger bauen müssen, um zu verhindern, dass die Leute von der Stadt …

Er döste ein, träumte von dem Flüsschen, das in der Nähe der elterlichen Hütte vorbeigeflossen war, jenes Flüsschen, in dem er seine erste Kaulquappe gefangen und seinen ersten Bären gesehen hatte und in dem er von einer Schlange gebissen worden war. In seinem Traum gab es jedoch keine Schlangen, nur seine Mama, die an der Biegung des Little Jack Creek stand, sich über einen hölzernen Zuber beugte, seine Schulhosen wusch und leise »Redwing« summte.

Hope Winchester öffnete die Ladentür von Happy Endings, blickte auf ihre Armbanduhr, trottete in den hinteren Teil der Buchhandlung hinüber und sperrte die hintere Tür auf, hinter der die Laderampe lag. Es kümmerte sie nicht, wenn die Fliegen durch die noch nie mit einem Fliegengitter ausgerüstete Hintertür kamen – damit würde sie schon fertig werden –, aber sie lechzte förmlich nach einem kühlen Lüftchen.

Kreuzventilation! War das nicht der Knackpunkt aller großen Architektur des Südens? Sie schob einen Karton mit Taschenbüchern in die Hintertür, und als sie sich davon überzeugt hatte, dass es so vielleicht gehen würde, bis am Dienstag die Klimaanlage repariert wurde, kehrte sie zu ihrem Hocker zurück und griff nach *Aunt Olive in Bohemia,* Ausgabe 1913, das versehentlich mit einer Bestellung seltener antiquarischer Bücher geliefert worden war.

Hope hatte sofort erkannt, dass dies keine Literatur war, sondern seichte Unterhaltung, aber vielleicht sollte sie – nur für dieses eine Mal – ein wenig nachsichtig sein und etwas Leichtes, Unwichtiges lesen, denn genau das war es, was ihren Kunden am besten gefiel. Ausgenommen natürlich ihre brave Kundschaft vom College in Wesley oder Mrs Harper und Lace Turner. Dann waren da natürlich noch Mr Gregory und eine Handvoll anderer, die gute Bücher lasen, ganz zu schweigen von ihrem Lieblingskunden, Pfarrer Kavanagh.

Sie seufzte, von jähem Kummer erfasst bei dem Gedanken daran, was ihm zugestoßen war. Die ganze schreckliche Angelegenheit war wirklich unglücklich gewesen. Sie wünschte, sie hätte etwas tun können, um zu helfen, aber es gab nichts, was sie ausrichten konnte. Zwei Menschen hatten ihr erzählt, dass sie für ihn beteten, und vorgeschlagen, dass sie dasselbe tun könnte, aber sie glaubte nicht an Gebete, sie war zeitlebens optimistisch gewesen und glaubte an die Kraft der Vernunft.

Den ganzen Morgen lang war es ihr gelungen, ihren tiefsten Gefühlen auszuweichen, da sie zu nichts anderem führten als zu einem wilden Hin- und Herpendeln zwischen morbider Angst und purem Jubel. Tatsächlich, sie würde ihre Energien darauf konzentrieren, dieses harmlose Büchlein zu lesen, den Laden kühl zu halten und die Wünsche ihrer Kunden zu erfüllen, so denn überhaupt jemand kam. Was immer sie auch tat, sie würde sich mit großer Selbstdisziplin darum bemühen, ihre Fantasie zu zügeln, die stets launisch und eigensinnig gewesen war – ein Problem, das ihrer Mutter zufolge von zu vielem Lesen herrührte.

Sie sah abermals auf ihre Armbanduhr und schlug das Buch bei Kapitel drei auf.

Es war fast sieben Uhr abends, und ein Sonnenstrahl hatte seinen Weg durch die Fenster des neu eingerichteten Ateliers gefunden. Er zeichnete ein Muster aus Licht auf den Drogett und spiegelte sich auf der Ecke einer Eichenanrichte, auf der das alte Worcester-Service stand …

Hope fand die bildliche Darstellung recht geschickt, und besonders gefiel ihr das Wort *Drogett,* das sie noch nie zuvor gesehen oder gehört hatte. Es müsste sich gewiss um einen Teppich handeln, aber da sie durch bloße Raterei noch nie irgendetwas gelernt hatte, legte sie das Buch beiseite und eilte zu dem Wörterbuch auf dem kleinen Stehpult an der Eingangstür, das dort für Kunden bereitlag, damit sie in Muße darin blättern konnten.

... ein indischer Teppich aus grobem Haar mit Baumwolle oder Jute ...

In diesem Moment spürte sie den Luftzug, der so kühl und süß über ihren Nacken strich, dass sie nur eine Sekunde lang in ihrer Wachsamkeit nachließ, die Augen schloss und mit einem Mal auf einem Moor in England stand. Ihr langes, dunkles Cape flatterte im Wind, und George Gaynor kam auf einem grauen Ross auf sie zugeritten ...

»Guten Morgen, Miss Winchester. Ich hoffe, es macht Ihnen nichts aus, dass ich ein wenig früher komme.«

Sie tauchte blitzartig aus ihrem Traum auf, brennend vor Scham und bestürzt über das unkontrollierte Hämmern ihres Herzens. Sprachlos betrachtete sie die hochgewachsene, schlanke Silhouette George Gaynors, der in der Ladentür stand, das Licht der Nachmittagssonne im Rücken.

Hélène Pringle stand am Fenster des Schlafzimmers im oberen Stockwerk des Hauses, das früher einmal das Pfarrhaus der *Chapel of Our Lord and Savior* gewesen war, auch bekannt als Lord's Chapel.

Sie war furchtbar verwirrt und nervös – tatsächlich saß sie auf glühenden Kohlen –, denn sie versuchte zu entscheiden, was schicklich war und was nicht.

Sollte sie nach nebenan gehen, ihre Aufwartung machen und sich damit zu diesem heiklen Zeitpunkt möglicherweise als Störenfried erweisen? Oder sollte sie warten, bis wieder Normalität eingekehrt war, und damit riskieren, dass man sie kalt und lieblos fand, weil sie nicht früher erschienen war? Sie hatte schon immer dazu geneigt, sich allzu viele Gedanken zu machen, und häufig fühlte sie sich hin- und hergerissen zwischen zwei möglichen Entscheidungen.

Vor und nach ihren Klavierstunden und den Besuchen bei ihrer Mutter im Haus der Hoffnung hatte sie wie festgeklebt an diesem Fenster gestanden und gehofft, dass sie auf diesem Wege vielleicht irgendwelche Hinweise finden würde, was sich drüben bei den Kavanaghs abspielte. Aber das gelbe Haus hätte geradeso gut ein Grab sein können; sie hatte Cynthia nur ein einziges Mal gesehen, als sie im Bademantel und Pyjama aus ihrer Haustür geflitzt war, die Zeitung aus dem Kasten geholt hatte und wieder hineingelaufen war. Da die *Muse* montags gebracht wurde und heute Sonntag war, waren also etliche Tage vergangen, seit sie ihre Beobachtung gemacht hatte. Natürlich konnte sie die Seite des Hauses, wo die neue Garage stand, nicht sehen – wahrscheinlich kamen und gingen dort ständig irgendwelche Leute, und gewiss konnte sie nichts hinter den Fenstern im oberen Stockwerk des gelben Hauses erkennen, da die Kavanaghs dort stets die Rollläden herunterließen.

Ihr Kater, Barbizon, strich ihr um die Knöchel, aber sie schenkte ihm keine Beachtung.

Sie konnte diese schreckliche Furcht keinen Augenblick länger ertragen und erst recht nicht noch einen weiteren Tag.

Wie ging es dem lieben Mann? War sein Diabetes so weit fortgeschritten, dass womöglich sein Leben in Gefahr war? Litt er vielleicht unaussprechlich? Als ein Mensch von unendlicher Sensibilität und als Hundeliebhaber musste ihn diese Geschichte sehr, sehr hart getroffen haben.

Als sie im Laden einkaufte, erkundigte sie sich bei Avis Packard nach Pfarrer Sprouse und erfuhr, dass er noch mehrere Wochen Bettruhe ertragen müsste, sich aber von dem Unglück erholen würde. Außerdem sei Pfarrer Sprouse erschüttert über den Verlust seines Hundes, gebe sich jedoch große Mühe, freundlich zu bleiben und andere aufzuheitern. Sie hatte nicht den Mut, nach Father Tim zu fragen, da sie befürchtete, Mr Packard könne das Ausmaß ihrer Sorge als eigenartig oder gar übertrieben bewerten.

Sie stellte fest, dass sie die Hände rang, und wusste, dass sie diese Angelegenheit ein und für alle Mal erledigen musste. Sie hatte furchtbar an ihren Nerven gezerrt und ihre Aufmerksamkeit von ihren Schülern abgelenkt.

»*Ça ne va pas!*«, ermahnte sie sich laut.

»Back einen Laib Brot, wenn es sein muss, und leg ihn auf ihre Türschwelle! Besser noch, brate ihnen ein schönes *poulet!*« Er hatte ihr erzählt, wie gern er Brathuhn aß.

Bien sûr! Damit war dieses Problem also gelöst!

Seit ihr jugendlicher Glaube vor einigen Jahren erkaltet war, bedauerte sie es, dass sie nicht oft gebetet hatte. Natürlich musste sie jetzt sofort beten; sie hatte es völlig versäumt, diese überaus wichtige Bemühung für einen Mann zu unternehmen, der ihr in praktisch jeder Hinsicht das Leben gerettet hatte und dessen liebevolle Vergebung des Unrechts, das sie ihm zugefügt hatte, sie aus einem Grab von Verbitterung und Schuldgefühlen hatte wiederauferstehen lassen.

Sie bekreuzigte sich schnell und blickte zur Decke auf. »*Saint Père, accorde moi, s'il te plaît, l'occasion de faire quelque chose pour ton cher émissaire, quelque chose qui fera une différence!*«

Sie dachte einen Augenblick lang nach, dann wiederholte sie dieselben Worte, doch diesmal nicht auf Französisch: »*Heiliger Vater, bitte, gib mir die Gelegenheit, etwas für deinen lieben Abgesandten zu tun, etwas, das von Belang ist!*«

Sie hoffte, dass zwei verschiedene Bitten vielleicht doppelt überzeugend waren, obwohl sie nicht die geringste Ahnung hatte, ob sie erhört worden war. Dennoch verspürte sie eine eigenartige Erleichterung, als sie den Kragen ihrer Bluse glatt zog, sich in die Wangen kniff und nach unten ging, um sich auf ihren nächsten Schüler vorzubreiten.

Im Flur zögerte sie – hatte sie da ein Geräusch aus dem Keller gehört?

Nein, es war ein Auto draußen auf der Straße. Seit der Mann auf dem Speicher, wie die Mitforder ihn oft nannten, vor zwei Tagen bei Mr Welch eingezogen war, glaubte sie, dass sie vielleicht dröhnendes Gelächter oder anderen Lärm hören würde. In Wahrheit hätte sie nie davon erfahren, dass dort unten noch ein Mensch lebte, hätte er nicht an ihre Tür geklopft, um sich vorzustellen. Er hatte sie sogar eingeladen, sich an ihn zu wenden, sollte sie irgendetwas benötigen.

Sie hatte ihn attraktiv gefunden, oder vielleicht war *gepflegt* das treffendere Wort, und sie hatte mit Erleichterung gesehen, dass er sich rasierte, was, wie sie vermutete, im Gefängnis verlangt wurde. Außerdem war er ungemein höflich gewesen – aber natürlich konnte er sich, wenn er es in der Welt zu etwas bringen wollte, wohl kaum ein anderes Verhalten leisten. Im Großen und Ganzen hatte sie ihn gebilligt und darauf vertraut, dass Pfarrer Kavanagh es keiner zwielichtigen Person gestatten würde, auf seinem Besitz zu leben.

Sie ging ins Musikzimmer und dachte, *der Mann auf dem Speicher …*

Sie grübelte über diese eigenartige Bezeichnung nach und fand es noch eigenartiger, dass George Gaynor jetzt *l'homme au sous-sol* war.

Nachdem sie zum Mittagessen ein Sandwich mit Fleischklops gegessen und dazu eisgekühlten Kaffee getrunken hatte, lehnte Esther Bolick sich entspannt in ihren karierten Liegestuhl zurück, lauschte auf das Schnarchen ihres Mannes und fragte sich, was sie für Father Tim tun konnte.

Es war hart, sehr hart, wenn Menschen keinen Kuchen essen durften – und, in der heutigen Welt, keinen essen *wollten.* Als sie aufgewachsen war, hatten Familien von einem Kuchen zum nächsten *gelebt.* Ein Kuchen war ein besonderes Ereignis, er bedeutete etwas. Heutzutage bedeutete ein selbstgemachter, aus frischen Zutaten gebackener Kuchen praktisch gar nichts mehr. Zum einen hatten die meisten jungen Leute etwas Derartiges noch nie kennengelernt. Alles, was ihnen je begegnet war, wurde in einem Laden gekauft und schmeckte wie Hamsterdreck. Oder es war von einem Karton in eine Schale gekippt, mit fettarmer Milch angerührt und in einen Ofen geschoben worden, dessen Inbetriebnahme schon beinahe eine Sicherung durchbrennen ließ. Ein solcher Kuchen konnte niemals ein *eigener* Kuchen sein, ganz gewiss nicht, er war *General Foods* Kuchen, und der Unterschied zwischen dem eigenen Kuchen und seinem war riesig.

Und man brauchte sich nur anzusehen, wie die Leute sich heutzutage beim bloßen Anblick eines Kuchenstücks gebärdeten. *Kuchen? Schaffen Sie ihn mir aus den Augen! Ich bin auf Diät! Ich will ihn nicht im Haus haben!*

Schlimmer noch war die unausweichliche Erklärung: *Ich rühre niemals Kuchen an!*

Kuchen niemals anrühren. Erbärmlich! Die Zahl solcher Menschen auf der Welt nahm beständig zu, ganz zu schweigen von solchen, die Kuchen heimlich aßen, die sich damit vollstopften, wenn niemand hinsah, um anschließend zu behaupten, sie ernährten sich ausschließlich von gekochten Eiern und trockenem Toast. Sie wusste, wer diese Leute waren.

Bei Father Tim war das natürlich etwas anderes; wenn er Kuchen aß, würde er nicht nur ein schäbiges Pfund zunehmen oder vielleicht zwei, der Kuchen würde ihn schlicht und einfach umbringen. Man brauchte sich nur anzusehen, was er sich mit einer Cola angetan hatte. Oder war es eine Pepsi gewesen?

Gene schnaubte und weckte sich mit seinem eigenen Schnarchen. Er hob den Kopf und sah sie fragend an. »Was hast du gesagt, Schnuckelchen?«

»Schlaf weiter!«, zischte sie. Die ganze Idee der modernen Zivilisation hing ihr zum Hals heraus.

Oder Kekse zum Beispiel – Kekse waren zusammen mit Kuchen in Ungnade gefallen. Warum aß niemand mehr Kekse? Auf keinen Fall, nie im Leben. Die machen zu dick!

Die enthalten zu viel Cholesterin! All dieses weiße Mehl! All das Backfett! Und so weiter und so weiter, bis es einem zu den Ohren herauskam. Sie lebte im falschen Jahrhundert.

Sie kurbelte ihren Stuhl in eine aufrechte Stellung, stand auf und ging in die Küche, um ihre Schranktüren aufzureißen.

Nichts. Sie hatten absolut nichts im Haus, das der Reverend essen konnte, mit Ausnahme einer Dose Lachs vielleicht.

Dann also eine Karte. So jämmerlich es war, es war das Beste, was ihr einfiel. Sie hatte gewartet, bis ein wenig Gras über diese schreckliche Geschichte gewachsen war, bevor sie etwas unternahm, und jetzt war es an der Zeit, zur Tat zu schreiten; eine neue Jahreszeit war angebrochen, ein neuer Anfang – Father Tim wäre gewiss froh zu erfahren, dass die Menschen keinen Groll gegen ihn hegten …

Sie ging auf die Gästetoilette im unteren Stock, hielt einen Waschlappen unter den Wasserhahn und schrubbte sich damit ihr verschwitztes Gesicht. Dann tauchte sie den kleinen Finger in die Lippenstifttube. Sie hatte die Tube so lange ausgequetscht, dass kaum noch ein Tröpfchen übrig war; wenn sie in die Drogerie ging, um nach einer Karte zu sehen, würde sie sich eine neue Tube kaufen. Sie dehnte die Lippen zu einer Grimasse und tupfte mit dem Finger ein wenig Farbe auf. Vielleicht würde sie diesmal Korallenrot nehmen statt Malve – Malve machte sie zu blass.

Sie seufzte und hoffte, dass sie etwas finden würde, das ihn zum Lachen brachte.

Während der letzten Tage hatte er das seltsame Gefühl gehabt, erst kürzlich Miss Sadie begegnet zu sein. Er verspürte in sich eine frische, instinktive Verbindung zu ihr, die er seit ihrem Tod nicht mehr erlebt hatte. Vielleicht hatte er geträumt …

Father Tim saß an seinem Schreibtisch und blickte dorthin, wo die alte Garage gestanden hatte. Die Extreme, zwischen denen seine Gefühle schwankten, überraschten ihn – er würde das Moos auf den Dachpfannen vermissen und das Nest, das die Schwalben aus Schlamm gebaut hatten; gleichzeitig schenkte ihm der Ausblick ein Gefühl von Freiheit, nach dem er sich, wie er jetzt begriff, gesehnt hatte.

Er beobachtete, wie George Gaynor einige alte Bretter auf die Ladefläche von Harleys Truck warf, während Harley eine Flasche Gatorade leerte. Er hatte Harley gegenüber seine plötzliche Eingebung erwähnt, die Garage abzureißen, ein Projekt, das sie vielleicht gemeinsam in Angriff nehmen würden, wenn es ihm besser ging. Und kaum hatte er sich's versehen, waren die beiden Männer an der Arbeit gewesen und setzten seine Vision nur wenige Stunden, nachdem er davon gesprochen hatte, in die Tat um.

Nachdem Harley die Hecke geschnitten hatte, konnte Father Tim jetzt den Baxter Park betrachten, als sähe er ihn mit neuen Augen. Die Plackerei von gestern und heute hatte ihm Aussicht auf eine Ecke des Parks verschafft, die ihm noch nie besonders aufgefallen war. Ein roter Ahorn stand dort und breitete seine Zweige über das Sommergras, das selbst bei der heutigen schwülen Hitze kühl und einladend wirkte.

Er spürte, dass sich sein Hund zu seinen Füßen regte. »Braver Bursche«, flüsterte er und hatte mit einem Mal wieder einen Kloß in der Kehle.

Was hätte er getan, wenn jemand ... wenn dasselbe Unglück Barnabas zugestoßen wäre? Er blickte in die dunklen, seelenvollen Augen, die ihm so viele Jahre lang Trost gespendet hatten, Augen, die ihn manchmal wie ein Fenster zu den Tiefen seiner eigenen Seele erschienen. Hatte Bill Sprouse dieselbe rätselhafte und wohltuende Verbindung zu Sparky gehabt?

Natürlich ... und man hatte ihm den Hund gewaltsam entrissen.

Cynthia trat ein und stellte sich neben seinen Stuhl, um

mitanzusehen, wie George ein weiteres Brett auf den Truck warf.

»Ein Segen!«, sagte sie.

»Ein Segen, ja.«

Sie beugte sich vor und küsste ihn auf den Kopf. »Gott ist gut.«

»Ja«, antwortete er. »Gott ist gut.«

Er hörte sie den Raum verlassen und hätte sich gern umgedreht, um ihr nachzublicken, aber er konnte es nicht.

»Barnabas!«, rief Cynthia und klimperte mit der Leine. »Denkmalzeit!«

Barnabas erhob sich langsam und trottete in die Küche, wo Cynthia die abgenutzte rote Leine an seinem Halsband befestigte.

»Ich bin in zehn Minuten zurück, Liebster! Dann laufe ich schnell noch mit einer Thunfischkasserolle zu den Sprouses rüber.« Kurz darauf waren sie den Flur hinuntergegangen und durch die Haustür getreten.

Er saß wie erstarrt da. Mindestens ein Monat Ruhe, hatte Hoppy gesagt; jetzt waren drei Wochen vergangen, und er hatte nicht eine Unze Kraft zurückgewonnen; in Wahrheit konnte er nicht einmal seinen Hund ausführen. Vielleicht würde er Dr. Wilson nach der Medikamentendosierung fragen, möglicherweise stimmte da etwas nicht. Er verübelte Hoppy seine Abwesenheit – er, der seinen Arzt Jahr um Jahr gedrängt hatte, Urlaub zu machen.

Er blickte auf das offene Tagebuch auf seinem Schreibtisch und auf das Zitat von Thomas von Kempen, das er am Morgen eingetragen hatte: Den großen Frieden des Herzens hat, wer sich nicht um Ruhm oder Schande bekümmert.

Er hatte keinen Frieden des Herzens. Die Schuld, die er sich selbst zuwies und von der er sich einbildete, dass auch andere sie ihm zuwiesen, war zersetzend. Auf irgendeine widernatürliche Art und Weise bedauerte er es, dass Bill Sprouse ihn nicht verklagen würde.

»Ich bin nicht der Typ, der jemanden verklagt«, hatte Bill gesagt, als sie miteinander telefoniert hatten. »›Wagt es einer von euch, der mit einem anderen einen Rechtsstreit hat, vor das Gericht der Ungerechten zu gehen statt zu den Heiligen?‹ Das hat der heilige Paulus gesagt, und ich vertraue darauf! Und bei Lukas wird uns gesagt: ›Was ihr von anderen erwartet, das tut ebenso auch ihnen.‹ Unser Herr selbst hat es gesagt, und ich vertraue darauf! Außerdem würde ich nicht wollen, dass Sie mich für etwas verklagen, das *ich* nicht verhindern konnte. Sie konnten es nicht verhindern, Bruder. Verzeihen Sie sich.«

»Ich werde Sie besuchen kommen, sobald ich kann«, hatte er gesagt und sich die Augen abgetupft.

Bill hatte gelacht. »Wer von uns beiden Krüppeln als Erster aufstehen kann, wird den anderen besuchen. Wie klingt das?«

»Abgemacht.«

»Gott segne Sie, Timothy.«

»Und Sie, mein Freund.«

Sie konnten es nicht verhindern, hatte Bill gesagt. Aber er hätte es verhindern können. Er hätte es verhindern können, wenn er die Insulindosis nicht heruntergesetzt hätte, wenn er ein neues Messgerät gekauft und es benutzt hätte, wenn er keine Mahlzeiten ausgelassen hätte, wenn er sich an seinen Laufplan gehalten hätte, wenn er Wasser getrunken hätte, statt gezuckerter Limonade …

Aber das konnte er niemandem erzählen, er konnte die grauenhafte Wahrheit nicht aussprechen, dass er an jenem Tag wie eine entsicherte Kanone gewesen war, dass er es sehr wohl hätte verhindern können.

Die Kaninchen … er dachte noch immer an seine kleine Herde und dass sie an einem Tag gesund und munter erschienen und am nächsten tot gewesen waren, jedes einzelne der Tiere. Niemals würde er den Zorn seines Vaters vergessen, die Überzeugung, dass sein Sohn nichts getan hatte, um das kostspielige Verbrechen ihres Verlusts zu verhindern, die sinnlose Belastung der Familienfinanzen.

Ja, er hatte eine gewisse Teilnahmslosigkeit bei einigen der Weibchen beobachtet, aber er hatte nicht gewusst, dass es etwas Ernstes war, er hatte nicht gewusst, dass er es ... hätte verhindern können.

Er beobachtete, wie Harleys Truck sich Richtung Müllkippe entfernte, wo für fünfzehn Dollar die Fuhre eine Garage, die vor mehr als siebzig Jahren erbaut worden war, vom Antlitz der Erde verschwinden würde. Wenn er doch nur ...

Ihm wurde bewusst, dass er stundenlang, so schien es ihm, wie ein Stein an seinem Platz gesessen hatte, und erhob sich, steif in allen Gelenken.

Er sehnte sich nach seiner Frau – nach ihrer Sanftheit, ihrem Atem auf seiner Wange, ihrer Wärme, ihrer Güte.

Langsam ging er die Treppe hinauf und ins Schlafzimmer und schlug die Bettdecke zurück. Wann war er jemals am Nachmittag zu Bett gegangen? Selbst als er ein- oder zweimal die Grippe gehabt hatte, hatte er sie auf dem Sofa auskuriert. Er wollte sich daran hindern, die Decke zurückzuschlagen, brachte es aber nicht fertig.

Er zog sich aus und bemerkte zum ersten Mal, dass er seinen Gürtel anders schnürte als sonst und dass seine Hosen überraschend locker saßen. Dann hängte er seine Kleider in den Schrank und zog seinen Pyjama an; die ganze Angelegenheit schien ziemlich lange zu dauern.

Schließlich legte er sich hin, zog die Decke bis ans Kinn hoch und wartete auf seine Frau. Er schämte sich dafür, dass sie ihn so vorfinden würde, und sehnte sich gleichzeitig nach ihrer Berührung.

»Timothy?«, fragte sie von der Tür aus. Er konnte ihr Gesicht nicht sehen oder ihre Gedanken lesen, dass er wie ein Tagedieb im Bett lag. Er wünschte sich verzweifelt, ihr zu gefallen; vielleicht würde sie ihm vergeben. Sie kam in den Raum und setzte sich auf die Bettkante.

Er war erleichtert darüber, kein Urteil in ihren Augen zu sehen, nur Sorge. »Liebster?«

»Komm«, sagte er und schlug die Decke zurück.

Von ganzem Herzen, von ganzer Seele und mit all seiner Kraft wünschte er sich, seine Frau beruhigen und erfreuen zu können. Und doch, als sie sich neben ihn legte und ihn in die Arme nahm, war er nicht dazu imstande.

Hilf mir, o Gott! Schon reicht mir das Wasser bis an die Kehle.

Ich bin in tiefem Schlamm versunken und habe keinen Halt mehr; ich geriet in tiefes Wasser, die Strömung reißt mich fort.

Ich bin müde vom Rufen, meine Kehle ist heiser, mir versagen die Augen, während ich warte auf meinen Gott ...

Gott, du kennst meine Torheit, meine Verfehlungen sind dir nicht verborgen ...

Ich aber bete zu dir, Herr, zur Zeit der Gnade. Erhöre mich in deiner großen Huld ...

Erhöre mich, Herr, in deiner Huld und Güte, wende dich mir zu in deinem großen Erbarmen!

Verbirg nicht dein Gesicht vor deinem Knecht; denn mir ist angst. Erhöre mich bald!

Sei mir nah und erlöse mich! Befrei mich meinen Feinden zum Trotz!

Du kennst meine Schmach und meine Schande. Dir stehen meine Widersacher alle vor Augen ...

Gieß über sie deinen Grimm aus, dein glühender Zorn soll sie treffen!

Um drei Uhr morgens saß er im Schein einer Lampe, Barnabas zu seinen Füßen. Er betete die Psalmen, wie er es in vergangenen Zeiten getan hatte, und die Feinde König Davids waren seine eigenen Feinde der Furcht, der Reue und der Selbstverachtung, die in ihrer schieren Zahl zu Armeen der Dunkelheit geworden waren.

9

Gott berühren

Er hätte zwei Pfarrer zurückrufen sollen, die ihm die Kommunion bringen wollten, aber er hatte es immer aufgeschoben.

Er hatte auch den Anruf bei Dr. Wilson aufgeschoben, aber seine Frau hatte es nicht getan.

Man konnte ihr Ende des Gesprächs durch die offene Tür ihres Ateliers hören – offensichtlich machte es ihr nichts aus, belauscht zu werden, obwohl ihm einige Teile des Gesprächs entgingen.

»Es ist schrecklich … und er lacht nie mehr, was ihm so gar nicht ähnlich sieht. Ja, wahrscheinlich. Nein, fast sicher … wenig Appetit, obwohl ich … Lieblingsspeise … ganz dünn. Vielen Dank, Herr Doktor. Was für ein Segen, dass Sie kommen werden. Ja, kaum genug Energie, um sich aus dem Sessel zu erheben …«

Sie kam in sein Arbeitszimmer und erklärte, dass Dr. Wilson am Nachmittag gegen fünf Uhr vorbeikäme.

»Und da du morgen Geburtstag hast, Liebster, dachte ich, wir könnten vielleicht eine kleine Party geben.«

»Nein«, sagte er. »Bitte. Ich will keine Party.«

»Ich verstehe. Aber es wird dir gefallen, Timothy. Vertrau mir.«

Er wollte ihr vertrauen.

»Depression«, sagte Dr. Wilson. »Und bitte glauben Sie nicht, das sei etwas Ungewöhnliches nach dem, was Sie durchgemacht haben.«

Depression. Das Wort traf ihn wie eine Tonne Ziegelsteine. Er verabscheute den bloßen Gedanken daran, dass etwas Derartiges an ihm nagen könnte. Depression war ein Problem anderer Leute; er war Geistlicher, er war …

»Depression rührt im Allgemeinen von Wut, die nach innen gerichtet wird. Ich bin kein Psychologe, aber ich schlage vor, dass Sie sich einmal ansehen, worum es bei dieser Wut geht – es könnte helfen, sich einmal die Wurzeln dieses Gefühls anzusehen.«

Ein Art Zorn kochte in ihm hoch.

»Wir werden Ihre Medikation verändern, aber noch wichtiger ist, dass Sie wieder unter Menschen gehen – vielleicht könnten Sie einige Freunde hierher einladen.«

»Ich will niemanden sehen«, fuhr er auf.

»Das ist ja alles schön und gut, Reverend, aber es ist eine ärztliche Anweisung: Sie brauchen ein wenig Gesellschaft.«

Das war das Problem bei Wilson, wenn Hoppy aus der Stadt war, benahm er sich, als sei er für alles hier verantwortlich. »Bevor Hoppy Gott weiß wohin abgeschwirrt ist, lautete die ärztliche Anweisung, dass ich *keine* Gesellschaft haben sollte.«

Wilson grinste. »›Lautete‹, Reverend. Jetzt lautet sie anders.«

Er roch Kaffee und öffnete die Augen.

»Alles Gute zum Geburtstag, Schatz.« Seine Frau stellte das Tablett auf den Nachttisch und küsste Father Tims Gesicht: seine Nase, sein Kinn, die empfindliche Stelle, an der er sich den Kopf angeschlagen hatte …

Er richtete sich nicht auf. »Es tut mir leid«, sagte er. »Es tut mir leid, dass ich … dass ich nicht … alles sein kann, was du brauchst.«

»Aber du bist alles, was ich brauche«, entgegnete sie. »Das hier wird vorübergehen, Timothy, diese schwere Zeit wird nicht bis in alle Ewigkeit dauern. Denk an unseren schönen

Vers von Jeremia: ›Ich kenne meine Pläne, die ich für euch habe ... Pläne des Heils und nicht des Unheils; denn ich will euch eine Zukunft und eine Hoffnung geben.‹«

»Ja.«

»Ich verstehe Ihn nicht, Timothy; wenn ich es täte, wäre Er dann Gott? Ich glaube, das alles, was geschieht, zuerst Gottes Zustimmung finden muss, und dass Er dies aus irgendeinem Grund zugelassen hat. Er ist sehr gegenwärtig – und Er wirkt in unserem Leben.«

»Ja.«

»Aber manchmal vergisst du das?« Sie reichte ihm einen dampfenden Becher.

Er nickte.

»Ich habe gebetet, dass Er dieses schwere Erlebnis zu etwas Gutem nutzen wird. Ich meine, Liebling, sieh dir doch nur an, was Er für die Israeliten getan hat!«

»Natürlich.« Aber er hatte keine vierzig Jahre mehr ...

»Heute wirst du dich amüsieren!«

»Muss ich?«

Er konnte nicht glauben, dass es wirklich seine Stimme war, die in diesem Jammerton sprach.

»Reverend ...«

Bill Watson kam ins Arbeitszimmer geschlurft. Trotz seiner offenkundigen Nervosität lächelte er so breit, dass sein Goldzahn blitzte.

»Bleiben Sie sitzen.« Er trat vor seinen ehemaligen Pfarrer hin, verneigte sich leicht und schüttelte ihm die Hand. »Alles Gute zum Geburtstag von mir.«

»Vielen Dank, Onkel Billy.« Bill Watsons Hand war so trocken wie eine Maishülse im Winter. »Setzen Sie sich, mein Freund.«

Sein ehemaliges Gemeindemitglied setzte sich ihm gegenüber in den ledernen Ohrensessel. Das Licht des frühen Nachmittags, das durch das hohe Erkerfenster fiel, zeichnete ein flüchtiges Muster auf das Gesicht des alten Mannes.

»Rose konnte nicht mitkommen, sie schält Kartoffeln fürs Abendessen.«

»Aha. Wie geht es Ihnen dieser Tage so?«

»Gut bis mittelgut. Ich hab heute Morgen in meinem Sessel gesessen, als ich plötzlich was gespürt hab, ja.«

»Was denn?«

»'s hat gejuckt. Ganz schlimm. Und was glauben Sie, was passiert ist? Plötzlich hatte ich am ganzen Körper Pusteln.«

»Sie haben sicher etwas Falsches gegessen.«

»Nein, Sir, es ist, weil ich im Garten gearbeitet hab.«

»Sie arbeiten im Garten?« Er hätte sich am liebsten auf den Boden gelegt und sein Leben ausgehaucht. Wie viele Leute hatte Cynthia eingeladen? Er war jetzt schon vollkommen erschöpft.

»Vor allem mache ich Neuland urbar; mit dem Pflanzen hab ich noch nicht angefangen.«

Er zermarterte sich das Gehirn nach einer unverfänglichen Bemerkung, aber ihm fiel nichts ein. Er hörte seine Frau in der Küche, dann das Läuten der Türglocke. Die nächste Schicht traf ein.

Onkel Billy räusperte sich. »Ich bin hergekommen, um Ihnen zu Ihrem Geburtstag einen Witz zu erzählen.«

»Ach ja?«

»Ja, Sir, ich hab zwei für Sie auswendig gelernt.« Um zu verhindern, dass seine Beine vor Aufregung zu zittern begannen, umschlang Onkel Billy die Knie.

»Ich freue mich darauf«, sagte Father Tim. Er hätte alles darum gegeben, wenn er sich dieser geselligen Verpflichtung irgendwie hätte entziehen können. Cynthia, die mit Wilson unter einer Decke steckte, hatte veranlasst, dass einige Leute vorbeikamen, um ihm zum Geburtstag zu gratulieren; sie wurden einer nach dem anderen ins Arbeitszimmer geführt, damit ihn der Trubel nicht übermäßig anstrengte. Er kam sich vor wie bei einem klinischen Test; ebenso gut hätte man ihn mit einer weißen Jacke ausstaffieren können. Und die ganze Zeit über gondelte Hoppy Harper in Stiefeln aus Straußenleder über den Oregon Trail und scherte sich keinen Deut um seine Patienten in Mitford.

Onkel Billy zog seine Krawatte zurecht, räusperte sich und kam dann zur Sache.

»Also, Sir! Da sind zwei Burschen, ja, die im Sägewerk arbeiten, und der erste kommt zu nah an die Säge ran und schneidet sich das Ohr ab. Na ja, es ist in die Grube für die Sägespäne gefallen, und er geht da runter und versucht, es zu finden, ja. Der andere Bursche fragt: ›Was machst du da unten?‹ Der erste darauf: ›Ich hab mir das Ohr abgeschnitten, und jetzt such ich danach!‹ Der andere Bursche springt in die Grube und sagt: ›Ich helf dir!‹ Also geht er auf Hände und Knie runter, sieht sich um und brüllt schließlich: ›Hier ist es, ich hab's gefunden!‹ Der erste Mann guckt sich das Ding von oben bis unten an, ja, und sagt: ›Such weiter, hinter meinem hat ein Bleistift gesteckt!‹«

Father Tim versuchte zu lachen. Ein Geräusch wie das Knarren eines Tors an einer verrosteten Angel drang über seine Lippen, bevor er es herunterschlucken konnte.

Er sah den gequälten Ausdruck auf dem Gesicht des alten Mannes.

»Den hab ich nicht besonders gut erzählt, wie?«

»Entschuldigen Sie, Onkel Billy, es ist ein guter Witz, wirklich.«

»Nein, ist es nicht«, widersprach Onkel Billy offensichtlich erschüttert.

Father Tim verspürte brennende Scham. Er wusste, wie verzweifelt Onkel Billy sich bemühte, Witze aufzutun, die Gelächter garantierten, sodass der Zuhörer aufgeheitert und er selbst nicht gedemütigt wurde. Aber was konnte er tun? Es war einfach kein Lachen in ihm, das er hätte heraufbeschwören können.

»Also, Sir, dann erzähl ich Ihnen jetzt den anderen, mal sehen, wie der kommt.«

Father Tim nickte. Wenn er sich doch nur einfach hätte hinlegen können …

»Drei Pfarrer sitzen beisammen und reden, ja. Der erste sagt: ›Ihr solltet mal die Fledermäuse sehen, die bei mir auf dem Dachboden der Kirche rumfliegen. Ich hab so ziemlich alles versucht, aber sie lassen sich nicht verjagen.‹ Der zweite darauf: ›Himmel, wir haben Hunderte davon in unserem Glockenturm. Ich hab den ganzen Turm ausräuchern lassen, aber ich werd sie einfach nicht los.‹ Da sagt der dritte: ›Donnerwetter, ich hab meine Fledermäuse allesamt getauft und sie zu Mitgliedern der Kirche gemacht, und seither hab ich keine einzige mehr zu Gesicht bekommen.‹«

Father Tim schüttelte den Kopf. Es war hoffnungslos. Er wollte in ein Loch kriechen, in den Garten hinausgehen und Würmer essen, was auch immer; es war nutzlos, er war nutzlos.

Tränen schossen ihm in die Augen.

Der alte Mann wirkte gekränkt.

»Gott steh mir bei, ich hab Sie zum Weinen gebracht …«

»Nein, nein, es ist schon in Ordnung, Onkel Billy. Ich weiß nicht … ich werde es irgendwie wiedergutmachen. Ich bin im Moment einfach nicht …«

»Ich nehm's nicht persönlich. Nein, Sir! Wir werden's noch mal versuchen, irgendwann später.« Dies war eine Herausforderung, und er war fest entschlossen, sie anzunehmen. »Wir warten ein oder zwei Tage, dann komme ich wieder, ja.«

Onkel Billy stand mit steifen Gliedern auf und schlurfte zur Tür hinüber. »Ich bin fertig, jetzt ist der Nächste an der Reihe, Miss Kavanagh!«

Cynthia trat in den Raum, sichtlich zufrieden damit, wie sich die Dinge bisher entwickelt hatten. »Onkel Billy, in der Küche gibt es Eis und Kuchen. Wir würden uns freuen, wenn Sie mit uns feiern.«

»Ich nehm meine Portion lieber für Rose mit nach Hause, und vielen Dank auch.«

»Ich weiß nicht«, sagte sie, »es ist vielleicht zu warm, um Eiscreme nach Hause mitzunehmen.«

Onkel Billy wog die Tragweite eines Eistransports von hier bis zum Stadtmuseum bei dreißig Grad Hitze ab. Dies war eine weitere Herausforderung, und er war entschlossen, sie anzunehmen. »Da werd ich eben einen Zahn zulegen«, sagte er, »aber wenn es Ihnen nichts ausmacht, packen Sie das Eis für mich ein, Rose wird erwarten, dass ich ihr welches mitbringe.«

»Timothy, Emma ist hier, um dich zu besuchen. Möchtest du noch ein Glas Wasser?«

Wasser. In der Küche standen Eis und Kuchen, und ihm bot man Wasser an. Wasser und Emma Newland. Kein Wunder, dass er sich nicht viel aus Geburtstagen machte.

»Alles Gute zum Geburtstag!«

Emma war, so schien es, größer, viel größer geworden seit sie sich das letzte Mal vor einigen Wochen gesehen hatten. Oder vielleicht war er kleiner geworden. Er verspürte den schrecklichen Drang aufzustehen und sich irgendwie zu verteidigen, aber er blieb sitzen wie ein Stein. Sein Hund lief zu Emma hinüber und beschnupperte ihre nackten Beine.

»Er riecht Snickers«, sagte sie, ließ sich in den Ledersessel fallen und raschelte mit einem Stapel Papiere. »Ich war im Internet …«

»Und?« Zum ersten Mal an diesem Tag regte sich Interesse in ihm. Wenn er schon weder Kuchen noch Eis bekommen konnte, würde er wenigstens E-Mails haben.

Sie griff nach einem der Papiere und betrachtete es mit zusammengekniffenen Augen. »Hören Sie sich den mal an, der ist wirklich gut. *›Lesen Sie die Bibel, und Sie werden einen teuflischen Schrecken kriegen.‹*«

Dumpfes Schweigen.

»Sie lachen ja gar nicht«, sagte sie anklagend.

»Das ist nicht komisch.«

»*Ich* habe gelacht«, antwortete sie schneidend.

»Ja, hm, was Sie gerade vorgelesen haben, ist eine sehr ernste Aussage. Und wahr, könnte ich hinzufügen. Ich wünschte, ich hätte das gesagt.«

Sie zuckte die Achseln. »Dann hören Sie sich den mal an. *›Der Krieg schwächt die Hoffnung auf Frieden.‹«*

Er starrte sie an.

»Das *ist* komisch«, erklärte sie verschnupft.

»Was ist das eigentlich für ein Zeug?«

»Verpatzte Überschriften. Wie die von J.C. Hogan, nur besser.«

Er seufzte.

»Ich werd Ihnen einfach die ganze Liste vorlesen, vielleicht finden Sie ja eine Überschrift, die Ihnen gefällt«, sagte sie und schürzte die Lippen. Er fühlte sich seltsam bedroht. Warum kam seine Frau nicht herbei und rettete ihn?

»Polizei startet Kampagne zur Dezimierung schussliger Fußgänger.«

Er beugte sich vor und kraulte den Hund am Kopf.

»Angeklagte zu neun Monaten Trunkenheit verurteilt.«

»Hmhm.«

»›Gestohlenes Gemälde von Baum gefunden.‹«

»Versteh ich nicht.«

»Das sieht Ihnen ähnlich«, sagte sie, offenkundig verstimmt. *»›Taifun verwüstet Friedhof; Hunderte von Toten‹ – ›Bergarbeiter verweigern nach Tod in Grube die Arbeit‹ – ›Wenn Streik nicht bald beigelegt ist, könnte er noch eine Weile dauern‹.«*

Sie stopfte die Seiten in ihre Handtasche und funkelte ihn an, als sei er ein aufgespießter Käfer.

»Also, wie geht es Harold?«, fragte er.

Scott Murphy trat leise in den Raum, hockte sich vor seinen Sessel, nahm Father Tims Hände und sagte: »Lassen Sie mich für Sie beten, Reverend.«

Jemand, der für den Priester beten wollte!

Sein Herz hämmerte, aber er wollte kein Wort darüber verlieren. Er würde diese Sache durchstehen …

»Wer noch?«, fragte er Cynthia.

»Nur noch George und Harley; ich werde sie beide gleichzeitig reinschicken, sie werden eine gute Medizin für dich sein.«

»Ja«, sagte er, und seine Miene hellte sich auf.

»Alle Leute wollen dich sehen, sie überschlagen sich förmlich, dich besuchen zu dürfen.«

»Ich vermisse die Mädchen«, sagte er und meinte damit Puny und die Zwillinge.

»Ich auch. Sie werden am Sonntag kommen, wie klingt das?«

Er fand, dass sie erschöpft aussah, richtig bleich um die Nase. Das lag natürlich daran, dass sie sich Tag um Tag mit ihm herumplagen musste.

»Würdest du J. C. Hogan gern sehen?«

»Nein.« Ganz *bestimmt* nicht!

»Ich hab ihm gesagt, dass ich anrufen würde, wenn du dich einem Besuch gewachsen fühlen solltest, aber er wird es verstehen. Percy und Mule wollten ebenfalls kommen, aber ich hielt es für besser, das auf ein andermal zu verschieben.«

»Ein andermal?«, fuhr er auf. »Wie viele dieser kleinen Galas habt ihr beiden, du und Wilson, eigentlich ausgeheckt? Ich gehe davon aus, dass ich schon sehr bald wieder auf den Beinen sein werde, dann werde ich Percy selbst besuchen.«

»Timothy, sei nicht so mürrisch.« Cynthia sprang vom Sofa auf und lief, dicht gefolgt von seinem Hund, in die Küche.

Und dann war da noch etwas – warum versuchten alle, ihn zum Lachen zu bringen?

Und warum konnte er ihnen nicht zum Lohn für ihre Mühen ein ordentliches, vergnügtes Kichern schenken und diese absurde Geschichte hinter sich bringen? Damit würde er sie von ihren Qualen erlösen, um Himmels willen! Er dachte an den Druck, unter dem sie stehen mussten, hier hereinzutrotten mit der schrecklichen Verantwortung, alles daranzusetzen, den Prediger zum Lachen zu bringen. Er konnte sie sehen, wie sie im Garten die Köpfe zusammensteckten und die armen Seelen, die das Haus verließen, ins Verhör nahmen: *Hast du ihn zum Lachen gebracht? Nein, aber wir werden mit neuer Munition zurückkommen! Er kann das nicht bis in alle Ewigkeit durchhalten!*

Er schämte sich dafür, dass er ihren Hoffnungen und ihrer Zuneigung nicht gerecht werden konnte.

George und Harley schienen nichts von ihm zu wollen. Sie versuchten nicht, ihn zu etwas zu bringen, das er nicht tun wollte oder nicht tun konnte.

»Danke«, sagte er, als sie durch das Fenster im Arbeitszimmer den unverstellten Blick auf den Baxter Park genossen. »Ich weiß nicht, wann ich jemals ein so wunderbares Geschenk bekommen habe.«

»Wenn ich gewusst hätte, dass Sie das erledigt haben wollten«, meinte Harley, »wär es schon lange passiert.«

»Ich habe bis gestern selbst nicht gewusst, dass ich es wollte. Wie macht sich der Mustang?«

»Sieht wieder wie neu aus. Wie aus dem Schaufenster.« Father Tim dachte, dass Harleys Grinsen praktisch um seinen ganzen Kopf herum reichte. »George kümmert sich um den vorderen Kotflügel, den Kühlergrill hab ich selbst repariert.«

»George, es sieht so aus, als müssten Sie ziemlich schuften, gleich nachdem Sie entlassen worden sind.«

»Gut, Reverend. Genau das brauche ich.«

»Wie sind Sie mit Ihrer Wohnung zufrieden? Schnarcht Harley zu laut?«

George Gaynor lächelte.

»Nein, Sir, ich fürchte, ich bin derjenige, der die Fensterscheiben zum Klirren bringt.«

»Wir haben viel zu besprechen. Wir sollten uns bald einmal zusammensetzen.«

»Ja, Sir, ich würde mich freuen.«

»Was ist mit Ihrem neuen Job in der Buchhandlung?«

»So langsam habe ich den Bogen raus. Das Gefängnis hat mir eine Menge Chancen geboten – eine davon war die Möglichkeit, mir Computerkenntnisse anzueignen. Ich denke, es wird mir gelingen, eine hübsche Anzahl seltener Bücher über das Internet aufzutreiben.«

»Falls Sie zufällig über eine Erstausgabe von Wilberforce stolpern sollten, denken Sie an mich. Warum setzen wir uns eigentlich nicht?«

Schlurfte er schon wie Onkel Billy? Seine Beine waren schwer wie Blei.

Seine Gäste nahmen gerade auf dem Sofa Platz und er selbst im Sessel, als seine Frau mit einem Tablett hereinkam und es auf den Couchtisch stellte. Nachdem sie George und Harley bedient hatte, drehte sie sich mit seltsam glücklichem Gesichtsausdruck Father Tim zu. »Für dich, Liebster.«

Sie reichte ihm einen Teller mit Eis und Kuchen.

»Aber ...«, sagte er sprachlos.

»Zuckerfrei! Fettarm! Kein Natrium! Ich wollte, dass es eine Überraschung wird. Alles Gute zum Geburtstag!«

Tief gerührt nahm er den Teller entgegen.

Barnabas sprang auf seinen unter dem Schonbezug steckenden Sessel. Vor den offenen Fenstern zwitscherte ein Junko. George und Harley machten sich eifrig über ihre Leckereien her, und er tat dasselbe. Endlich Frieden, dachte er und fühlte sich plötzlich besser.

Er und Cynthia hatten soeben die Spülmaschine eingeräumt und angestellt, als es an der Tür klingelte.

»Uh!«, sagte sie und trottete den Flur hinunter. »Herr Bischof!«

»Wie geht es Ihnen, mein liebes Mädchen?«

Verwünscht! Er hatte die E-Mail völlig vergessen, hatte es vergessen, Cynthia davon zu erzählen ... Seit er das Krankenhaus verlassen hatte, hatte er kein einziges Mal daran gedacht. Die Kopfschmerzen, die langsam nachgelassen hatten, nahmen wieder zu, und in seiner linken Schläfe begann es zu pochen.

Er blickte auf die Uhr über dem Kühlschrank. Halb fünf. Eine schöne Zeit, um an anderer Leute Tür zu klopfen ...

»Chuck Albright ist bei mir«, sagte Stuart, »ich habe ihn im Laden abgesetzt, wo er Leberbrot kaufen will, um es auf Trockeneis nach Hause zu transportieren. Wo wir herkommen, ist Leberbrot schwer zu finden.«

»Aus gutem Grund«, meinte Father Tim, der das Zeug niemals anrührte. Fast niemals.

Sie saßen im Arbeitszimmer, das vom Licht der Nachmittagssonne durchflutet wurde. Father Tim fand, dass Stuart überraschend alt aussah, älter als sonst und irgendwie abgekämpft.

»Hättest du Lust, mir alles zu erzählen?«, fragte der Bischof.

Er wollte nicht darüber reden. Gewiss hatte man Stuart über die Einzelheiten ins Bild gesetzt; jeder wusste, was geschehen war. Dennoch machte er sich pflichtschuldigst daran, Bericht zu erstatten.

»Ich bin am Lenkrad meines Wagens ohnmächtig geworden und habe Bill Sprouse angefahren, den Pfarrer der First Baptists. Er ging gerade mit seinem Hund spazieren. Sein Hund war auf der Stelle tot. Bill hat mehrere Knochenbrüche und eine leichte Gehirnerschütterung davongetragen.« Er holte tief Luft. »Er wird wieder gesund werden.«

Dies war das erste Mal, dass er versucht hatte, jemandem eine zusammenfassende Darstellung der Ereignisse zu geben, und er hatte es geschafft. Seine Kopfschmerzen waren atemberaubend.

»Ja, das alles habe ich gehört, und Gott weiß, wie leid es

mir tut. Was mich wirklich interessieren würde, ist die Frage, wie es dir geht – deiner Seele.«

»Ah. Meine Seele.« Er griff sich sprachlos an die Stirn.

»Also dann, die Eucharistie«, sagte Stuart. Er sprang aus dem Sessel, nahm seinen Koffer für die Hauskommunion von der Küchentheke und kehrte damit zum Couchtisch zurück.

Father Tim sah zu, wie sein Bischof den Koffer aus Mahagoniholz öffnete und die kleinen Messkännchen für Wein und Wasser zum Vorschein kamen, außerdem ein silberner Kelch und ein Hostienteller, eine Hostiendose und ein gut gestärktes, helles Leinentuch.

»Mir ist gestern etwas durch den Kopf gegangen«, begann Stuart. »Als der heilige Johannes Christus taufte, hat er Gott berührt. Ein Ehrfurcht gebietendes und außerordentliches Geschehen, wenn man darüber nachdenkt. Wenn wir Brot und Wein empfangen, berühren auch wir Gott.« Stuart goss den Wein ein und gab einen kleinen Spritzer Wasser in jedes Glas. »Ich weiß, dass dir diese wunderbare Tatsache bekannt ist, mein lieber Bruder, aber manchmal ist es gut, daran erinnert zu werden.«

»... Himmlischer Vater, Schöpfer des Lebens und der Gesundheit, Spender von Trost und Hoffnung, bitte schenke uns ein so starkes Gefühl Deiner Gegenwart, dass wir voller Glauben auf Deine ungeheure Stärke und Macht vertrauen können. Auf Deine Weisheit, die unser Verständnis weit übersteigt, und auf Deine Liebe, die uns bis in alle Ewigkeit umfassen wird. Zu dieser Zeit erbitten wir Deine Gnade besonders für Timothy, auf dass er Dein Geschenk eines Herzens, das stark und glücklich im Glauben ist, aufs Neue erfahren möge. Segne auch Cynthia, so beten wir, die mit Herz und Händen voller Liebe für ihn sorgt ...«

Während Father Tim neben seiner Frau vor dem Couchtisch kniete, kamen ihm die Tränen, und er versuchte nicht, ihnen Einhalt zu gebieten.

»Die Kathedrale?« Er stand mit Stuart an der Haustür und nahm buchstäblich den letzten Rest seiner Kraft zusammen, um sich nach der großen Leidenschaft des Bischofs zu erkundigen.

»Das ist der Grund, warum ich in aller Eile hier aufbrechen und nach Charlotte weiterfahren muss. Da will jemand eine halbe Million für das Projekt spenden.«

»Du siehst erschöpft aus, mein Freund.«

»Ja. Das bin ich.«

»Du wagst es noch immer nicht, dir eine Pause zu gönnen, dich für eine Weile auszuruhen ...«

»Ich kann nicht. Die Kathedrale.«

»Natürlich.«

In Stuarts Lächeln lag eine leise Ironie. »Außerdem werde ich bald zweiundsiebzig sein und mich gezwungenermaßen für eine Weile ausruhen.«

Der Bischof küsste ihn auf beide Wangen und öffnete die Tür. »Du und Cynthia, ihr seid stets in meinen Gebeten, Timothy. Er wird schon alles zum Guten wenden, vergiss das nicht. Das ist schließlich Seine Zusage an uns, die Dinge zum Guten zu wenden.«

»Der Herr sei mit dir, Stuart.«

»Und mit dir!«

»Grüß Martha von uns!«

»Geht klar!«

Er sah Stuart nach, während dieser mit schnellen Schritten zu seinem Wagen hinüberging und einstieg.

»Reverend!«

Hélène Pringle kam ums Haus gelaufen und eilte die Treppen zu seiner Veranda hinauf – anscheinend war sie durch die Hecke gekommen.

Sie trug blaugestreifte Handschuhe und brachte eine mit einem Geschirrtuch abgedeckte Schale.

»Für Sie!«

Sie hielt ihm ihre Gabe voller Freude hin, aber wie konnte

er sie von ihr entgegennehmen, wenn sie so heiß war, dass man Ofenhandschuhe dafür brauchte?

Er machte einen Schritt rückwärts.

Miss Pringle trat ein.

»Gebratenes *Poulet!*«, rief sie. »Mit Olivenöl und Knoblauch und einer Füllung aus Johannisbeeren. Ich hoffe so sehr, dass es Ihnen – Ihnen und Cynthia – schmecken wird.«

»Hélène!« Seine Frau rauschte den Flur hinunter. »Was haben Sie *getan?* Was riecht hier so himmlisch?«

»Gebratenes *Poulet!*«, rief Miss Pringle abermals, in einem Tonfall, als verkünde sie das Erscheinen der Königin.

»Meine Güte!«, sagte Cynthia. »Ich hole schnell ein Handtuch.«

Sie eilte ins Badezimmer am Ende des Flurs und war im Nu wieder da.

»Vielen, vielen Dank, Hélène, ich nehme Ihnen die Schale ab. Wunderbar! Wollen Sie nicht hereinkommen?«

»Oh, nein, wirklich nicht, ich möchte nicht stören. Ich hoffe ... das heißt, ich habe gehört, dass ...« Sie hielt inne und wurde dunkelrot. »*Merci,* Reverend, Cynthia, *bon appétit, au revoir!*«

So schnell wie ein Hase kehrte sie über denselben Weg zurück, auf dem sie gekommen war.

»Mir gefallen Ihre Handschuhe«, bemerkte Cynthia.

»Köstlich!« Er löffelte die dickflüssige Johannisbeersauce auf eine Scheibe zartes Brustfleisch und schob die Karotten, die Cynthia gekocht hatte, ein wenig beiseite.

»Herausragend!« Er aß mit großem Appetit, als sei er halb verhungert.

Als er aufblickte, stellte er fest, dass seine Frau ihn aufmerksam ansah.

»Was denn?«, fragte er.

»Ich habe dich nicht mehr so essen sehen, seit ... nun, seit einer ganzen Weile schon.«

»Was für ein Aroma! Wahrscheinlich liegt es an den Johannisbeeren.«

»Wahrscheinlich«, sagte sie.

Der Morgen seines Wiegenfestes hätte in der vergangenen Woche oder im vergangenen Monat liegen können; tatsächlich schien es eine Ewigkeit her zu sein, seit seine Frau ihn mit einem Kuss geweckt hatte.

Er drehte sich im Bett um und versuchte noch einmal, seinen Kopf so in das Kissen zu drücken, dass er ein wenig Bequemlichkeit und Schlaf finden konnte. Er blickte auf das Ziffernblatt der Uhr, das in dem dunklen Raum ein grünes Leuchten verströmte. Zwei Uhr.

Seine Frau hatte die Party gegeben, um ihn aufzuheitern und ihm Mut zu machen, und unter seiner Erschöpfung lag gewiss eine Freude des Herzens, die er morgen, nachdem er ein wenig geruht hatte, würde fühlen können.

In all dem Aufruhr hatte er etwas furchtbar Wichtiges vergessen – es war nicht nur sein Geburtstag gewesen, es war außerdem ein Jubiläum: Der Tag, an dem er Cynthia einen Antrag gemacht hatte.

Seitdem war es zu einer Tradition geworden, diesen bedeutsamen Anlass zusammen mit seinem Geburtstag zu feiern, und daher hatte er sich immer an ihren Jahrestag erinnert. Diesmal hatte er ihn vollkommen vergessen, und jetzt war es zu spät.

Er fragte sich, ob er wirklich, wie Hoppy es behauptet hatte, in sechs Wochen wieder über seine volle Kraft würde verfügen können oder ob er in demselben Morast versinken würde, der seinen Vater zerstört hatte.

Was immer er während dieser letzten Wochen getan, wie sehr er sich auch bemüht hatte, er hatte sich selbst und alle anderen im Stich gelassen. Es war ihm nicht gelungen, fröhlich und lebhaft zu sein, sich den Gegebenheiten gewachsen zu zeigen, das Leben mit Dank und Freude zu betrachten.

Stattdessen nahm er eine wachsende Kälte in sich wahr, an irgendeinem tief verborgenen Ort, an den er noch nie zuvor gegangen war. In Wahrheit hatte er oft das Gefühl unterzugehen, die Kontrolle zu verlieren.

Vielleicht hatte auch sein Vater die Kontrolle verloren, vielleicht hatte die Depression es ihm unmöglich gemacht, die kalte Strenge gegen seine Frau und seinen Sohn zu mäßigen.

Vielleicht konnte man etwas Derartiges gar nicht kontrollieren, wenn es erst einmal Wurzeln im eigenen Geist geschlagen hatte …

Andererseits hatte sein Vater keinen Gott für sich in Anspruch genommen, keinen erlösenden Christus, während er, der Sohn, um alle diese Dinge wusste – um Gnade und Vergebung, um bedingungslose Liebe und um den Schlussstein des Glaubens: die Erlösung.

Welche Entschuldigung blieb ihm da noch?

Barnabas folgte ihm die Treppe hinunter und legte sich in den sanften Schein des Lampenlichts, während Father Tim in seiner Bibel den zweiten Brief an Timotheus aufschlug.

Seit seinem zwölften Jahr hatte er die beiden Episteln an fast all seinen Geburtstagen gelesen. Seine Mutter hatte ihn in diese Gewohnheit eingeführt, und als ernsthafter Knabe hatte er sich eingebildet, der Brief sei über die Jahrhunderte hinweg direkt an ihn gerichtet, Timothy Kavanagh. Er glaubte noch immer daran, dass dies auf irgendeine übernatürliche Art und Weise die Wahrheit war.

Er las laut vor, denn er wusste, dass sein Hund zuhören würde.

»›Du aber bleibe bei dem, was du gelernt und wovon du dich überzeugt hast. Du weißt, von wem du es gelernt hast; denn du kennst von Kindheit an die heiligen Schriften, die dir Weisheit verleihen können, damit du durch den Glauben an Christus Jesus gerettet wirst.

… Du aber sei in allem nüchtern, ertrage das Leiden, verkünde das Evangelium, erfülle treu deinen Dienst …‹«

Erfülle treu deinen Dienst. Dies war die Zeile, die ihn Jahr um Jahr innehalten ließ und die Frage aufwarf, ob er treu seinen Dienst erfüllte. Einige Male während seiner Priesterschaft hatte er tatsächlich geglaubt, dass er es tat. Jetzt … jetzt lagen die Dinge natürlich anders.

Heute Nacht konnte er sich nicht weiter mit Paulus auf den Weg machen. In letzter Zeit war ihm bewusst geworden – und sei es auch noch so vage –, dass er in der Bibel nach etwas suchte. Er hoffte verzweifelt auf eine bestimmte Botschaft von Gott, doch er wusste nicht, was das sein sollte. Er wusste nur, dass es direkt und ausdrücklich an ihn gerichtet sein würde, und dass er diese Botschaft erkennen würde, sobald sie sich ihm offenbarte.

Er blätterte die Bibel von hinten nach vorn durch, bis zur Stimme Davids, einer Stimme, die seine eigene hätte sein können:

Herr, höre mein Gebet! Mein Schreien dringe zu dir.

Verbirg dein Antlitz nicht vor mir! Wenn ich in Not bin, wende dein Ohr mir zu! Wenn ich dich anrufe, erhöre mich bald!

Meine Tage sind wie Rauch geschwunden, meine Glieder wie von Feuer verbrannt.

Versengt wie Gras und verdorrt ist mein Herz, sodass ich vergessen habe, mein Brot zu essen.

Vor lauter Stöhnen und Schreien bin ich nur noch Haut und Knochen.

Ich bin wie eine Dohle in der Wüste, wie eine Eule in öden Ruinen.

Ich liege wach, und ich klage wie ein einsamer Vogel auf dem Dach.

Meine Tage schwinden dahin wie Schatten, ich verdorre wie Gras.«

Er hörte ein Geräusch hinter sich und drehte sich erschrocken um.

»Timothy ...«

»Ich konnte nicht schlafen.«

»Ich auch nicht.«

»Verzeih mir, dass ich es vergessen habe.« Er machte Anstalten aufzustehen und zu ihr hinüberzugehen, aber sie kam zu ihm.

»Es ist schon gut.«

»Es ist nicht gut. Es tut mir leid.«

Sie küsste ihn auf die Stirn. »Was liest du da?«

»Psalm hundertzwei.«

»Lass mich dir vorlesen, Liebster. Ich weiß doch, wie gern du das hast. Darf ich?«

»Ja«, sagte er und gab ihr seine Bibel.

Sie warf einen Blick auf das geöffnete Buch. »Ich werde gleich den nächsten lesen, die Nummer hundertdrei. Komm, setzen wir uns auf das Sofa, wo ein wenig frische Luft durch die Fenster weht.«

Sie schaltete die Lampe ein und ließ sich auf ihrem Ende des Sofas nieder. Er setzte sich dankbar neben sie und begriff mit einem Mal, wie glücklich er war, sie zu sehen, ihre Gesellschaft zu haben.

»›Lobe den Herrn, meine Seele, und alles in mir seinen heiligen Namen!‹«

Er lehnte den Kopf an das Kissen und schloss die Augen. Seine Frau hatte die Gabe, aus der Heiligen Schrift vorzulesen, als käme sie direkt aus der Druckerpresse.

Lobe den Herrn, meine Seele, und vergiss nicht, was er dir Gutes getan hat:

der dir all deine Schuld vergibt und all deine Gebrechen heilt,

der dein Leben vor dem Untergang rettet und dich mit Huld und Erbarmen krönt, der dich dein Leben lang mit seinen Gaben sättigt; wie dem Adler wird dir die Jugend erneuert …

So weit der Aufgang entfernt ist vom Untergang, so weit entfernt er die Schuld von uns …

Denn er weiß, was wir für Gebilde sind; er denkt daran: Wir sind nur Staub …

Lobt den Herrn, all seine Scharen, seine Diener, die seinen Willen vollziehen …

Lobe den Herrn, meine Seele!«

Er wusste nur, dass sie ihn irgendwann zudeckte, und er schlief tief und fest bis zum Morgen.

10

An die Arbeit!

Als er die Seiten seines Schreibtischkalenders umblätterte, sprang ihm das Datum ins Auge, für das die Reise nach New York vorgesehen war.

Es war nur noch wenige Tage entfernt. Vielleicht sollte er die Fluglinie anrufen und den Flug stornieren; vielleicht würde man ihnen den Preis für das Ticket zurückerstatten.

Aber Cynthia durfte sich das nicht entgehen lassen. Sie musste ohne ihn fliegen, und er würde versuchen, eine Rückerstattung für sein eigenes Ticket zu bekommen. Es war absolut ausgeschlossen, dass er die Kraft für eine Reise nach New York und für ein hochkarätiges gesellschaftliches Ereignis als Dreingabe aufbringen konnte. Aber es war ihm grässlich, sie allein reisen zu lassen. Sie hatten sich so sehr darauf gefreut, zusammen hinzufliegen …

Er stand auf, trat ans Fenster und starrte blicklos den Ahorn an.

Wer konnte seine Frau begleiten und auf sie achtgeben, mit ihr zu der Preisverleihung gehen und dafür sorgen, dass sie sicher vom Hotel zum Flughafen und wieder zurück nach Hause kam?

Die Antwort kam sofort; und er wusste sofort, dass es das Richtige war.

Er saß gerade auf dem Sofa und döste vor sich hin, als es an der Hintertür klopfte. Obwohl er unrasiert war und seinen schäbigsten Jogginganzug trug, ging er zur Tür und öffnete sie, denn er freute sich auf Gesellschaft.

»Ich wollte mal nach Ihnen sehen«, sagte Harley. »Heute ist mein freier Nachmittag.«

»Kommen Sie herein, kommen Sie herein! Es ist schön, dass Sie da sind!«

»Ich wollte Ihnen eigentlich ein Blech Brownies mitbringen, aber das wär wohl Selbstmord ersten Grades, deshalb hab ich Ihnen das hier mitgebracht ...«

Harley zog die Hand hinterm Rücken hervor und bot ihm ein Bündel Malmaisonrosen dar, das aus einem Beet des alten Pfarrerhauses stammte.

Father Tim sah die Blumen voller Staunen an. Er hatte seine Rosen ganz vergessen ...

»Sie könnten damit auf eine Ausstellung gehen«, meinte Harley.

Wie hatte er nur seine Rosen vergessen können? »Setzen Sie sich, Harley, setzen Sie sich doch. Ich brauche dringend Gesellschaft, ich habe Sie vermisst.«

Er ließ Wasser in eine Vase laufen, die er im Schrank gefunden hatte, und arrangierte die rosafarbenen Rosen, die gerade erst ihre Blätter entfalteten. Atemberaubend! Er würde nach dem Fotoapparat suchen und ein Bild davon machen ...

Er trug die Blumen ins Arbeitszimmer und stellte die Vase auf den Kaminsims, wo er sie vom Sofa aus sehen konnte. Dann ließ er sich in die Vertiefung in den Kissen fallen, die er während der langen letzten Wochen dort hinterlassen hatte.

»Erzählen Sie mir alles«, sagte er mit echtem Interesse. »Wie kommen Sie mit George zurecht?«

»Ausgesprochen gut. Er ist nicht viel in der Küche, deshalb koche ich, und er besorgt den Abwasch. Er hängt seine Hosen auf einen Bügel und hält sein Zimmer sauber, als sei er bei der Armee. Ich schätze, das hat er wohl im Bau gelernt. Er versucht, mir Gedichte beizubringen, er sagt, er hätte im Gefängnis einen Kurs über Dichtung besucht. Seitdem mag er Gedichte sehr gern. Er meint, die würden ihm helfen, sein Gedächtnis in Schwung zu halten.«

»Haben Sie ein paar Zeilen auswendig gelernt?«

»Irgendjemand versucht ständig, mir was beizubringen, was ich gar nicht lernen will. Mal sehen, ob ich das von Mr Longfeller zusammenbringe.« Harley stützte die Ellbogen auf die Knie und ließ den Kopf auf die Hände sinken. »Also schön, ich hab versucht, es mir zu merken.« Es folgte eine lange Pause. »Okay, los geht's. ›Jedes Leben großer Männer lehrt uns, dass auch wir unser Leben so vollenden können, dass wir bei unserem Tode Spuren hinterlassen im Sand der Zeit.‹«

»Gut gemacht!«

»Mal sehen, da waren noch ein oder zwei Verse mehr. ›Also lasst uns fröhlich schaffen mit einem Herzen für jedes Schicksal ... jedes Schicksal ...‹«

Harley gab sich geschlagen.

»Es will mir einfach nicht im Kopf bleiben.«

Father Tim grinste. »›Immer leisten, immer streben, arbeiten und warten lassen.‹«

»Das war's!«

»Dieses Gedicht habe ich als Junge gelernt. Lace wäre stolz auf Sie.«

»Ich vermisse die Kleine.«

»Was gibt es denn sonst noch an Neuigkeiten? Erzählen Sie mir von der Außenwelt!«

»Hm, mal sehen. Da gibt's nicht viel zu berichten. Der alte Mueller hat heute seinen Klapperkasten in Reparatur gegeben. Ich werd mich morgen darum kümmern.«

»Was ist denn los damit?«

»Er sagt, das Ding will nicht mehr rechts abbiegen. Er sagt, es fährt nicht in die Richtung, in die er es haben will.«

»Aha.«

»Er ist schon seit zwei oder drei Wochen nicht mehr rechts abgebogen, sagt er.«

»Wie ist er denn dann von einem Ort zum anderen gekommen?«, erkundigte sich Father Tim. »Ab und zu muss man schließlich mal rechts abbiegen.«

»Hm, normalerweise biegt er, wenn er in die Stadt fährt, gleich hinter seiner Einfahrt rechts ab. Aber da er jetzt nicht mehr rechts abbiegen kann, bleibt ihm nichts anderes mehr übrig, als im Rückwärtsgang zu fahren, den ganzen Weg bis zurück zum Schuppen. Hinter der alten Scheune, die vor einiger Zeit eingestürzt ist, wendet er dann den Wagen und fährt so lange im Kreis, bis er vor der vorderen Veranda angelangt ist ...«

»Und das alles im Rückwärtsgang?«

»Das hat er gesagt.«

»Wieso kann er denn nicht vor seinem Haus wenden?«

»Weil gleich vor seiner Tür ein Maisfeld ist und noch eins auf der linken Seite.«

Father Tim schüttelte den Kopf, als müsse er seine Gedanken abschütteln.

»Wenn er also dann vor seiner Veranda stand, konnte er nach links abbiegen, um in die Stadt zu fahren.«

»Wenn ich nicht rechts abbiegen könnte, hm, mal sehen ... wie würde ich dann in die Stadt kommen?« Ein Mann, der nichts Besseres zu tun hatte als das, verdiente es nicht, etwas Besseres zu tun zu haben.

Harley starrte an die Wand und dachte nach. »Nun ja, Reverend, Sie müssten rückwärts aus ihrer Garage setzen und dann links abbiegen, dann kämen Sie zum Church Hill und müssten da wieder links ab. Anschließend würden Sie links auf die Lilac Road abbiegen und noch mal links auf die Main Street.«

Er grinste breit und entblößte dabei seinen rosafarbenen Gaumen. »So einfach wär das. Auf diese Weise müssten Sie immer nur links abbiegen.«

Er wusste nicht genau, warum, aber ein Besuch von Harley tat ihm immer ungeheuer gut. Tatsächlich brachte er sogar den Mut auf, zu fragen, was ihm Tag für Tag im Kopf herumging und was Harley ihm gewiss sagen konnte.

»Harley, was reden die Leute im Ort so?«

Harley sah ihn ernst an. »Die Leute sagen, es hätte alles viel schlimmer kommen können.«

Die Uhr auf dem Kaminsims tickte.

»Niemand macht Ihnen irgendwelche Vorwürfe.«

»Niemand?«

»Nein, Sir. Und wenn ich das mal sagen darf, ich wünschte, Sie würden sich selber auch keine Vorwürfe machen.«

Einen Moment lang saß er schweigend da. »Ich werde es versuchen, Harley. Ich werde es versuchen.«

Harley nickte aufmunternd. »Das ist alles, was ein Mann tun kann«, erwiderte er.

Je länger er darüber nachdachte – und er hoffte inbrünstig, dass er nie wieder darüber würde nachdenken müssen –, umso dringlicher erschien ihm die Frage, warum der alte Mueller seinen Wagen, wenn er aus der Stadt nach Hause kam, nicht gleich für die nächste Fahrt in die richtige Richtung stellte. Das sollte ohne Weiteres möglich sein.

Und wenn er es recht bedachte, warum fuhr der alte Mueller überhaupt noch in der Gegend herum? War er nicht schon über neunzig? Und dieses ständige Rückwärtsfahren! Gütiger Himmel. Er ging in die Küche, öffnete die Kühlschranktür und starrte hinein, ohne wirklich etwas zu sehen.

»Bill, hier ist Tim. Wie geht es Ihnen?«

»›Wenn der Herr befiehlt, halten wir aus.‹ Mir geht es gut, Bruder, und ich hoffe, dasselbe gilt für Sie.«

»Ja. Bill ... ich hoffe, Sie nehmen es mir nicht übel, wenn ich das vorschlage ...«

»Worum geht's denn?«

Es war hart, das zu sagen, aber er musste es hinter sich bringen. »Ich habe darüber nachgedacht, dass ...« Er räusperte sich und fing noch einmal von vorn an. »Wann immer Ihnen danach sein sollte, würde ich Ihnen gern einen Hund kaufen.«

»Ich weiß Ihr Angebot zu schätzen, aber ich habe noch nie einen *gekauften* Hund gehabt – meine Hunde hat mir immer der liebe Gott geschickt. Mit Ausnahme von Hover; ich glaube, da hatte die andere Seite die Hände im Spiel! Nein, ich weiß es wirklich zu schätzen, Tim, aber wenn es soweit ist, wird mein Hund schon auftauchen.«

Er wusste nicht, was er in dieser Angelegenheit noch unternehmen sollte. Es schien, als gebe es nichts, was er für Bill Sprouse tun konnte. Er wünschte sich von ganzem Herzen, dem anderen Mann irgendwie behilflich zu sein, aber Bill schien seine Hilfe niemals zu brauchen. Tatsächlich schien Bills Glaube stärker, seine Zuversicht sicherer und seine Hoffnung strahlender zu sein als seine eigene.

Er saß in der Kuhle, die er ins Sofa gesessen hatte, und wünschte sich einen flüchtigen Augenblick lang, Bill hätte in dem Wagen gesessen und er sei derjenige gewesen, der an dem Stoppschild gestanden hatte.

Onkel Billy Watson schleppte einen Chromstuhl von der Küche ins Wohnzimmer, wo Stapel mit Zeitungen höher aufragten, als es die Köpfe der meisten Männer getan hätten.

Er brauchte eine Weile, um auf den Stuhl zu steigen und sich aufzurichten, sodass er an den oberen Teil des Stapels herankam. Da er dies nicht allzu oft tat, vergaß er ab und an, was er dort oben versteckt hatte. Heute suchte er nach einer Sonderausgabe des Bauernkalenders, aber er hoffte, dass er dabei vielleicht auch noch ein wenig Kleingeld finden würde. Früher hatte er sein Geld unter der Matratze versteckt, aber Rose war dahintergekommen, und das war das Letzte, was er von zwei Fünfzigern und einem Zehner gesehen hatte, die er mit dem Bau von Vogelkäfigen verdient hatte.

Er wusste, was er zu tun hatte: Er musste ganz vorsichtig

zu Werke gehen, denn wenn man einem Stapel allzu entschlossen zu Leibe rückte, konnte die ganze Bescherung sehr gut umstürzen. Wenn Zeitungen gestapelt waren, hatten sie die Neigung, wie Schlangen umherzugleiten; es ließ sich nicht vorhersagen, was alles passieren konnte.

Der Inspektor von der Gemeindeverwaltung hatte gedroht, den ganzen Schlamassel abtransportieren zu lassen, aber irgendwie war er nie dazu gekommen. Onkel Billy vermutete, dass es ein ziemlich schäbiger Job war, in die Häuser von Leuten gehen und ihnen sagen zu müssen, was sie behalten durften und was weggeworfen werden musste.

Er wäre bereit gewesen, die Zeitungen in einen Altpapiercontainer zu werfen, wenn es etwas Derartiges noch gegeben hätte, aber er hatte schon seit Ewigkeiten nichts mehr von einem Papiercontainer gehört. Nein, Sir, jetzt sollte man die verflixten Dinger bündeln und in einem roten Gummieimer auf die Straße stellen. Und als wäre das nicht genug, verteilte die Gemeinde blaue Gummieimer für Glas und weiße Gummieimer für Zeitschriften.

Rot, blau, weiß – es war einfach zu viel, um sich das alles zu merken; er und Rose steckten alles in eine Einkaufstüte, wenn sie daran dachten, und beförderten diese dann in eine Tonne, die er auf einer Müllkippe gefunden hatte. Das sollte alles sein, was das Gesetz von einem Mann in puncto Müll verlangen konnte. Als Nächstes würde es noch heißen, dass sie ein Loch ausheben und das ganze Zeug selbst vergraben mussten.

Er tastete auf dem Stapel herum und versuchte verzweifelt, den Kalender zu finden, den er, wie er sich deutlich erinnerte, dort hingelegt hatte. Er war voller guter Witze, der besten Witze, die ihm seit einer ganzen Weile untergekommen waren. Aber wenn er das Ding auf einem Tisch liegen gelassen hätte, wo es hingehörte, hätte Rose Gott weiß was damit angestellt – Kartoffeln darauf geschält, einen Kochtopf draufgestellt oder die Rezepte ausgeschnitten. Er würde nie verstehen, warum seine Frau Rezepte ausschnitt, wo sie doch noch nie in ihrem Leben etwas nach einem Rezept gekocht hatte. Der Himmel wusste, wie viele Gerichte er nach Rezepten gekocht hatte, die ihm noch aus seiner Knabenzeit in Erinnerung waren.

Er hatte an dem Tisch seiner Mama in dieser kleinen Hütte im Wald gestanden und zugesehen, wie sie Teig für Biskuits, Pasteten und alle möglichen anderen Sachen ausgerollt hatte. Er hatte gelernt, frühe Winterkresse mit Rückenspeck zu kochen, Kanincheneintopf zu machen und sogar einen Holzofen zu benutzen, um Hirschfleisch mit Essig, Quellwasser, Schmalz und wilden Zwiebeln zuzubereiten. Aber man musste seine Kasserolle schön fest verschließen, sonst trocknete das Fleisch aus und war am Ende so zäh wie Leder ...

Er gab die Suche nach dem Kalender auf und fragte sich wie jedes Mal, wie zum Kuckuck er von dem Stuhl wieder herunterkommen sollte. Er vergaß fast immer, wie schwer es war, wieder herunterzuklettern, wenn er erst einmal hinaufgeklettert war. Anscheinend machte seine Arthritis seine Gliedmaßen in letzter Zeit so steif, dass er, wenn der Herr ihn heimrief, schon bereit für den Sarg sein würde.

Es war ein echtes Problem, heutzutage einen anständigen Witz zu finden. Manchmal dachte er, dass er mit dem Witzeerzählen einfach aufhören sollte, einfach alles hinter sich lassen – in Ruhestand treten, könnte man sagen. Das einzige Problem war, dass er die Leute so gern lachen hörte, ja, Sir, das war so ziemlich das schönste Gefühl, das ein Mann bekommen konnte, ohne dass es einen Arm und Bein kostete.

Vielleicht hatte er den Kalender ja in der kleinen Speisekammer hinter der Küche versteckt ...

Er hielt sich an der Rückenlehne des Stuhls fest und blickte hinunter.

»Immer mit der Ruhe!«, ermahnte er sich laut. Der Stuhl wackelte, als Onkel Billy den rechten Fuß von der Sitzfläche nahm und auf den Boden stellte. Donnerwetter, jetzt hatte er die Bescherung, der Schmerz, der in seinem Bein aufflammte, wäre genug gewesen, um ein Maultier zu lähmen …

Er nahm den anderen Fuß von der Sitzfläche, stellte ihn ab und spürte den festen Boden unter sich. Damit standen jetzt schon zwei Füße auf dem Boden, und mehr Füße hatte er nicht, dem Allmächtigen sei's gedankt!

BERÜHMTE ARTHURIN AUS MITFORD GEWINNT PREIS

Mitfords größte Berühmtheit, Ms Cynthia Coppersmith Kavanagh, wird am Donnerstag nach New York fliegen, um eine der höchsten Anerkennungen des Buchwesens entgegenzunehmen.

Bei einer Zeremonie im Waldurf Astoria wird Ms Kavanagh ihren zweiten Davantpreis entgegennehmen, eine Anerkennung für ihre Bücher über eine weiße Katze, Violet, die eine echte Katze ist und hier bei uns in Mitford lebt, zusammen mit Ms Kavanagh und ihrem Mann.

Einer Veröffentlichung von Ms Kavanaghs Verleger ist zu entnehmen, dass kein anderer Arthur den Preis je zweimal gewonnen hat. Insider sagen, dieser Davantpreis sei vergleichbar mit einem Oscar.

Avett Harris, Leitende Bibliothekarin der Eigeninitiative Bibliothek Mitford, sagt: »Violet repräsentiert die befreite Frau von heute – sie denkt selbst, hat keine Angst, etwas Neues zu lernen und bringt es fertig, sich aus vielen interessanten Klemmen zu befreien.«

Ms Kavanagh zeichnet und schreibt seit ihrem zehnten Lebensjahr kleine Geschichten. Ihr erstes Buch handelte von einem Hirschkäfer, ist aber nie veröffentlicht worden. Zu ihren zahlreichen Violet-Büchern gehören unter anderem die Titel: Violet zieht aufs Land, Violet bei der Königin *und* Violet geht zur Schule. *Auch Ms Kavanagh geht zur Schule, da sie mehrmals im Jahr Schülern aus der Umgebung vorliest. Andere Lesereisen führen sie nach Wesley, Holding und in viele andere umliegende Gemeinden. »Sie ist unsere Lieblingsarthurin«, sagt Dorene Little, die im vergangenen Jahr an der Schule von Mitford als »Lehrerin des Jahres« ausgezeichnet wurde. »Jungen und Mädchen gleichermaßen können sich mit Violet identifizieren, die eher eine reale Person ist als eine Katze, wenn Sie mich fragen.« Die Arthurin ist überdies von einem Alphabetisierungsprojekt namens READ zu einer Lesereise durch Amerika eingeladen worden, zusammen mit anderen berühmten Kinderbucharthuren. Die Veranstaltungsreihe beginnt am 5. August.*

Auf ihrer Reise nach New York wird Ms Kavanagh von Dooley Russell Barlowe aus Mitford begleitet werden, der demnächst sein zweites Jahr an der University of Georgia beginnen wird.

»Igitt«, sagte seine Frau. »Wer *schreibt* so etwas?«

»Meistens J.C. Aber manchmal heuert er auch Hilfe von außen an.«

»Ich meine, wirklich – *die befreite Frau von heute*? Und diese *Rechtschreibung!* Selbst der *billigste* Schulcomputer hat eine *Rechtschreibprüfung!*«

Seine Frau war wütend, daran gab es keinen Zweifel.

»Ganz zu schweigen von diesem Bild von mir. Wo um alles auf der Welt hat er das ausgegraben? Es ist älter als Methusalem, ich habe keine *toupierten* Haare mehr!«

»Gib her«, sagte er und nahm ihr die Zeitung ab, »warum ärgerst du dich so?«

»Spricht er jemals mit dem *Gegenstand* seiner kleinen Metzeleien persönlich? Oder bezieht er all seine Informationen vom Hörensagen und aus Gerüchten? Ich habe *nie* ein Buch über einen *Hirschkäfer* geschrieben!«

»Worum ging es denn in dem Buch?«

»Um einen *Marien*käfer!«, sagte sie, durch und durch angewidert.

Er tätschelte ihre Hand. »Nun, nun, Kavanagh.«

Sie sah ihn einen Moment lang an, dann ließ sie sich in die Sofakissen fallen und grölte vor Lachen.

Sie gingen zur Gartenbank hinüber und setzten sich hin, um zuzusehen, wie der Mond über dem Baxter Park aufging.

»Mein lieber Johannes …«, sagte sie, während sie mit seinen silbernen Locken spielte.

»Wer ist Johannes?«

»Du weißt schon, Schätzchen, Johannes der Täufer!«

Er seufzte. »Vielleicht werde ich es mir selbst schneiden.«

»Ich tue es, sobald ich wieder zu Hause bin! Wie klingt das?«

»Auf keinen Fall. Ich habe deine Fähigkeiten als Barbier schon einmal zu spüren bekommen.«

»Ich möchte dich nicht allein lassen, Timothy.«

»Aber du musst. Das ist das Einzige, was du tun kannst.«

»Danke, Liebling.«

»Ich werde schon zurechtkommen. Ich *komme* zurecht. Es gibt nicht den leisesten Grund zur Sorge.«

»Puny wird jeden Tag hier sein, und die Mädchen werden nachmittags direkt aus dem Hort herkommen. Dooley und ich werden dich morgens anrufen, und natürlich werden wir auch nach der Preisverleihung anrufen. Dann werden wir dich am nächsten Morgen und nach dem Mittagessen anrufen und dann wieder nach der Aufführung und bevor wir zum Flughafen aufbrechen – am Ende wirst du es gründlich leid sein, von uns zu hören.«

»Niemals!«

»Vielen Dank, dass du die Theaterkarten gekauft hast, Liebster, und danke dafür, dass du dich um alles gekümmert hast. Dooley ist ganz aus dem Häuschen, man könnte meinen, wir fliegen auf den Mond.«

»Es wird langsam Zeit, etwas Besonderes für diesen Jungen zu tun. Außerdem wüsste ich niemanden, den ich lieber mit dir nach New York schicken würde.« Sein Herz war schwer, aber er sorgte dafür, dass seine Stimme einen leichten Tonfall hatte. Fast vierzig Jahre auf der Kanzel lehrten einen Mann, wie er seine persönlichen Gefühle verbergen konnte.

»Bitte, sei nicht traurig«, sagte sie und bettete ihren Kopf an seiner Schulter.

»Traurig? Wie könnte ich traurig sein?« Er küsste sie auf die Stirn. »Du bist die erste Autorin aller Zeiten, die den Davantpreis zweimal gewonnen hat!«

Er wollte, dass seine Frau noch ein Leben hatte außerhalb der Notwendigkeit, ihn zu pflegen wie eine Gewächshausorchidee. Er wollte es wirklich.

»Reich ihr den Arm, wenn ihr die Straße überquert. So.« Er machte es ihm vor.

»Warum?«, fragte Dooley.

»Weil es in New York viel Verkehr gibt und es ziemlich gefährlich dort oben ist. Weil sie eine Frau ist. Und weil es einfach dein Job als Mann ist.«

»Von diesem Job habe ich noch nie etwas gehört.«

»Du hast es gehört, gerade eben.«

Dooley grinste. »Ich passe schon auf sie auf, versprochen.«

»Du hast meine Karte. Such ein gutes Restaurant aus; am besten bittest du jemanden bei der Preisverleihung, dir ein gutes Lokal zu empfehlen. Sie isst gern französisch oder italienisch. Ruf vorher an, und lass einen Tisch reservieren, die New Yorker sind ganz groß im Reservieren.«

»In Ordnung. Cool.«

»Fahrt mit dem Taxi, tut, was immer ihr tun müsst. Hier sind hundert Dollar. Und vergiss nicht, dem Portier, der euer Gepäck auf eure Zimmer trägt, ein Trinkgeld zu geben.«

»Ich kann unser Gepäck tragen.«

»Das wird man dir nicht erlauben.«

»Aber es ist unser Gepäck!«

»Ja, hm, bitte mich nicht, dir das zu erklären. Und wenn

du im Restaurant die Rechnung bekommst, musst du zwanzig Prozent Trinkgeld geben.«

»Mann!«

»Bezahl einfach alles mit der Karte. Und wo wir schon mal beim Thema sind, gib auf deine Brieftasche acht. Und hilf Cynthia, auf ihre Handtasche aufzupassen, sie ist bekannt dafür, dass sie sie beim Einkaufen gern irgendwo auf der Ladentheke liegen lässt. Musst du dir irgendetwas von dem, was ich gerade gesagt habe, aufschreiben?«

»Nein, Sir.«

»Gut. Aber wenn ich so drüber nachdenke ...« Er angelte sein Portemonnaie aus der Tasche. »Hier sind noch mal Hundert, nur für den Fall des Falles. Und zwanzig für dich.«

»Wow!«, sagte Dooley, als er die Geldscheine entgegennahm. »Mit so etwas wollte ich immer schon mal rumlaufen.«

»Noch etwas. Kauf irgendwo Blumen, normalerweise findet man immer Blumenstände auf der Straße. Gib sie Cynthia.«

»Wann?«

»Wann immer du an einem Blumenstand vorbeikommst. Nur rosafarbene Rosen, keine roten. Oder weiße Tulpen, wenn es keine Rosen gibt.«

»Okay.«

»Ein Dutzend. Sag ihr, sie sind von mir.«

»Ja, Dad.«

»Noch Fragen?«

»Nein, Dad.«

»Gut gemacht!«

Er war noch nie in seinem Leben so stolz gewesen. Er konnte diesen jungen Mann auf eine Mission schicken und darauf bauen, dass er der Aufgabe gewachsen war. Er spürte, dass ihm die Brust buchstäblich anschwoll, als er den Jungen umarmte, der in sein Leben getreten war und es für immer verändert hatte.

Er stand an der Garagentür und sah zu, wie Dooley den Mazda rückwärts auf die Wisteria Lane setzte.

»Wir lieben dich!«, rief Cynthia.

»Ich liebe euch auch!«

Er winkte, bis der Wagen hinter der Hecke außer Sicht war, dann eilte er zum Gartenzaun, von wo aus er beobachten konnte, wie sie nach links auf die Main Street abbogen.

Er hatte gehofft, dass er sich besser fühlen würde, wenn er allein war – auf diese Weise konnte er so mürrisch sein, wie er wollte, und niemand würde es bemerken oder sich dafür auch nur interessieren. Aber stattdessen fühlte er sich verloren.

Er öffnete den Kühlschrank, starrte hinein und schloss die Tür dann wieder, ohne sich daran zu erinnern, was er gesehen hatte. Er ging ins Arbeitszimmer, schaltete die Lampe an seinem Sessel ein, blickte durchs Fenster hinaus auf den Baxter Park und bemerkte den tiefhängenden Himmel. Ein Buch! Natürlich. Das war genau das Richtige jetzt …

Er nahm einen Band aus dem Regal, setzte sich in seinen Sessel und war dankbar für seinen braven Hund, der zu seinen Füßen schnarchte. Dann schlug er irgendeine Seite des Buches auf und betrachtete sie eine Zeitlang.

Es standen nichts als Wörter in dem Buch.

Der Sturm erreichte Mitford kurz nach Einbruch der Dunkelheit. Father Tim war mit Barnabas hinaus in den Garten gegangen, als der Regen einsetzte – dicke, prasselnde Tropfen, die auf der Haut brannten. Um zehn Uhr tobte ein ausgewachsenes Gewitter, das einen Stromausfall im Dorf verursachte und Father Tim aus einem tiefen Schlaf riss.

Ein greller, platinfarbener Blitz erhellte den Raum. Er drehte sich auf die Seite und lauschte auf das Plätschern des Regens auf dem Dach und auf den gewaltigen Sturzbach des Wassers, das die Fallrohre der Dachrinne hinunterströmte.

Er hatte sein Antidepressivum nicht genommen; er würde ein paar Tage damit aussetzen und abwarten, was geschah. Es war demütigend, etwas Derartiges zu nehmen. Der einzige Trost bestand darin, dass Millionen anderer Menschen im selben Boot saßen; eine Depression war etwas ganz Gewöhnliches, etwas Durchschnittliches.

Aber er hatte nie danach getrachtet, durchschnittlich zu sein; er war davon überzeugt, dass seine Energie in einigen Tagen zurückkehren würde – er würde psychisch stärker sein und optimistischer, und diese ganze elende Erfahrung würde hinter ihm liegen.

Er klammerte sich an seinen Felsen und baute darauf, dass er die Kluft für ihn überwinden würde.

Der Staubsauger lief auf vollen Touren, ebenso wie die Waschmaschine, der Trockner und der Dampfkochtopf. Er hatte gern so viel Abstand zwischen sich und Dampfkochtöpfen wie nur möglich; eine Nachbarin in Holly Springs hatte einmal zwei Wochen lang in ihrer Küche von jeder freien Fläche, einschließlich der Decke, grüne Bohnen abgekratzt. Aber das Donnern, Zischen, Stampfen und Tosen des heutigen Tages schuf einen willkommenen Geräuschteppich in dem gelben Haus, und er war dankbar dafür.

»... Um den sicheren Hafen zu erreichen ...«, trug er in sein Zitatenbüchlein ein, »müssen wir manchmal mit dem Wind segeln und manchmal dagegen – aber wir müssen segeln, wir dürfen uns nicht treiben lassen noch ankern.« Oliver Wendell Holmes hatte den Nagel auf den Kopf getroffen. Er klappte das Buch zu, aus dem er das Zitat entnommen hatte, und blickte in den Park hinaus.

Er konnte sich einreden, dass er sich treiben ließ. In Wahrheit lag er jedoch vor Anker.

Er hatte mehr als einmal versucht, sich wieder seinen Essays zuzuwenden, aber er hatte wieder und wieder versagt. Jetzt verbrachte er viel Zeit damit, den Ahornbaum zu betrachten, statt den Essay voranzutreiben, dem er den Titel *Der Zukunft Stunde* gegeben hatte.

So offen und hell ihr Haus auch sein mochte, ihm kam es vor wie ein Gefängnis. Er wollte hinaus ins Freie …

Plötzlich stand er auf, ging zur Hintertür und öffnete sie weit. Sobald die Mädchen nach Hause kamen, würde er mit ihnen in die Leckerbäckerei gehen. Er brauchte nicht nur die frische Bergluft, er hatte auch das Bedürfnis, Menschen von Angesicht zu Angesicht gegenüberzutreten, damit er in ihre Augen blicken und ihr Urteil darin lesen konnte. Er hatte sich vor diesem Ausflug auf die Straße gefürchtet; jetzt war er bereit, ihn hinter sich zu bringen.

»Übertreiben Sie es nicht«, hatte Wilson gesagt. »Was immer Sie an Energie haben, wird schnell verbraucht sein.«

Ja, aber er konnte nicht weiter für sich und in sich leben; das machte ihn krank.

Er riss das schnurlose Telefon von der Gabel, bevor der Anrufbeantworter anspringen konnte.

Er hatte seit Wochen kaum je einmal einen Anruf entgegengenommen; seine Frau hatte ärztliche Anweisung gehabt, dergleichen Aufregungen auf ein Minimum zu beschränken. Aber wenn es ihm gut genug ging, um allein zurechtzukommen, hatte er gewiss jedes Recht, das verwünschte Telefon zu bedienen …

»Ich kann es nicht fassen!«, schnaufte Emma.

»Was können Sie nicht fassen?«

»Dass ich mit Ihnen rede. Ich habe mich schon gefragt, ob Sie tot oder lebendig sind …«

»Von beidem etwas«, antwortete er.

»Und Ihre E-Mails stauen sich hier wie … wie …«

Emma hatte noch nie ein glückliches Händchen mit Analogien besessen. »Wie Flugzeuge über Atlanta.«

»Stimmt! Sie werden nie erraten, was in Whitecap los ist!«

»Wie schnell können Sie hier sein?«, fragte er.

Als er auflegte, spürte er ganz deutlich, dass er grinste. E-Mails!

Lieber Reverend, es ist eine Ewigkeit her, seit Ihre Freunde in Whitecap auch nur einen Piepser von Ihnen gehört haben; Ihre liebe Sekretärin hat uns eine Mail geschickt und uns mitgeteilt, dass Sie gesundheitlich nicht auf der Höhe sind.

Wie betrüblich, das zu hören, und bitte, passen Sie auf sich auf. Es vergeht kaum ein Tag, an dem wir in der Bibliothek nicht von Ihnen sprechen, die ich dieses Jahr übrigens zum letzten Mal leite. Wie schnell die Zeit vergeht; ich habe hier mehr Jahre verbracht, als zu zählen mir lieb ist, ich glaube, man hat vor, mir zum Abschied eine Erstausgabe der Autobiografie von Agatha Christie zu schenken, die noch in ihrem ursprünglichen Schutzumschlag steckt!

Seien Sie gewarnt, dass ich den Bogen noch nicht raushabe, wie man diese kurzen E-Mail-Nachrichten verschickt, die sich allenthalben solcher Beliebtheit erfreuen. Ich hoffe, Sie sind noch immer an Neuigkeiten von unserer kleinen Insel interessiert, da es davon in letzter Zeit wahrhaftig reichlich gegeben hat!

Wie wir hören, ist auf der gelben Linie zwischen dem Anglerladen und Monas Café eine Mauer errichtet worden. Wir wissen nicht, was das zu bedeuten hat, hoffen aber, dass es kein Vorbote weiterer drastischer Maßnahmen wie einer Scheidung ist! Beten Sie für die beiden; ich weiß, wie viel Ernie Ihnen bedeutet.

Morris spielt nach wie vor jeden Sonntag die Orgel, aber wir haben ihn bisher noch nicht dazu bewegen können, zum anschließenden Gemeindefrühstück zu bleiben; Jean Ballenger hat es übernommen, die notwendige Überzeugungsarbeit zu leisten. Ich bin mir nicht sicher, ob sie die Richtige dafür ist; womöglich verschreckt sie ihn uns noch ganz. Ich glaube, dass ihm das sonntägliche Orgelspiel eine Art von Glück geschenkt hat; Sie sollten einmal hören, wie er jedes Mal mit

Lob überschüttet wird, bevor es ihm gelingt, zu Junior und Misty in den Truck zu steigen. Die beiden holen ihn vor dem Gottesdienst ab und fahren ihn anschließend wieder nach Hause. Haben Sie übrigens gehört, dass Jr. und Misty ein Baby bekommen werden? Jr. ist sehr stolz, Sie sollten einmal sehen, wie zärtlich er seine junge Braut umsorgt!

Jeffrey Tolson ringt mit sich, denke ich, aber er ist seiner lieben Familie treu ergeben. Janette sieht wunderbar aus. Sie hat sich mit dem Aufblühen ihrer Ehe zu einer wirklich schönen jungen Frau entwickelt. Jetzt, da J. ein regelmäßiges Einkommen hat, wird sie gewiss nicht mehr so hart arbeiten müssen. Ihr Jonathan steckt voller Unfug, und ihm fliegen in der Gemeinde alle Herzen zu.

Otis und Marlene haben zwei neue Enkelkinder, und sie haben den Swimmingpool vor ihrem Haus abgedeckt. Marlene sagt, es sei nur eine vorübergehende Maßnahme, bis die Enkelkinder älter seien, aber Otis sagt, es sei absolut für immer, da ein Swimmingpool nichts als Ärger und Unkosten bedeute. Er will die Männer aus seinem Bauunternehmen bitten, den Pool mit Muttererde zu füllen, um dort Palmen zu pflanzen, obwohl ich mir nicht vorstellen kann, dass so weit oben im Norden Palmen gedeihen – ich denke, Fächerpalmen wären die bessere Wahl.

Die Duncans haben einen neuen Hahn, über den sich die Nachbarn beschweren. Ich denke, mit der Welt läuft etwas falsch, wenn man sich nicht einmal am Krähen eines Hahns erfreuen kann!

Pfr. Conklin meint es gut, und der Himmel weiß, dass er sich Mühe gibt, aber ich bin mir nicht sicher, wie er auf lange Sicht, falls es denn eine gibt, zurechtkommen soll.

Ich wünschte, all meine Neuigkeiten wären gute Neuigkeiten. Sam muss wieder ins Krankenhaus, diesmal wegen einer Nierenoperation. Die Leute sagen alle, es sei nichts Besonderes und ich solle mir keine Sorgen machen, aber natürlich mache ich mir Sorgen; Schande auf mein Haupt.

Seid Sie fortgegangen sind, ist das Leben hier nicht mehr dasselbe; wir hätten Sie und Cynthia gern hierbehalten, bis die Kühe heimkommen.

Grüßen Sie sie von mir, und vielen Dank, dass Sie uns in Ihren Gebeten halten, wie wir Sie getreulich in den unseren halten. Ich werde keine Ruhe geben, bevor ich höre, dass Sie wieder gesund sind.

Timothy, um Himmels willen, können Sie einem denn kein STERBENSWÖRTCHEN sagen, wie es Ihnen geht?

Sind Sie mausetot, oder befinden Sie sich lediglich in der Abwärtsspirale in Richtung letzte Ölung – die ich Ihnen übrigens mit Freuden erteilen würde; Sie brauchen nur zu fragen, dann mache ich mich sofort zu Ihnen auf den Weg.

Wir kommen hier oben in der Wildnis einigermaßen klar, auch wenn wir schrecklich knapp an Personal sind. Ich laufe mir gerade ein NAGELNEUES Paar Stiefel ab, weil ich pausenlos querfeldein marschiere und dabei die herzzerreißendsten Lebensbedingungen vorfinde, die man sich nur vorstellen kann. Aber wir machen Fortschritte. Der liebe Gott hat eine ganze Schar junger Menschen an unsere Tür geführt und dazu ein oder zwei grimmige Eltern. Sie kommen aus Neugier und bleiben zu Tee und Plätzchen und Bibelgeschichten. Die Sintflut erfreut sich besonderer Beliebtheit. Abner kommt täglich her, ich hoffe, Sie folgen meiner Bitte und beten für ihn.

Nun, Bruder, haben Sie uns endgültig verloren gegeben? Wenn Sie nicht schreiben können, dann tun Sie um Himmels willen das Zweitbeste …

SCHICKEN SIE GELD!!!

Sissy rollte das Bild, das sie mit Wasserfarben gemalt hatte, zusammen und hielt es ihm hin. »Siehst du, Opa? Das ist die Kirche, wirst du das Bild an deinen Kühlschrank hängen?«

»Unbedingt! Gut gemacht!«

»Und das«, sagte Sassy, »ist Barnabas. Ich hab das größte Stück Papier in der *ganzen Schule* gebraucht!«

»Großartig!«, antwortete er und bewunderte das Bild, das eine schwarze Masse auf einem roten Teppich zeigte. »Aber genau wie Barnabas ist dein Bild größer als der Kühlschrank.«

»Du könntest … ähm … du könntest es an die Wand hängen!«

»Ah, die Wand.«

»Du hast Klebeband in deiner Schreibtischschublade, wir haben es gesehen, als wir deine Buntstifte benutzt haben.«

»Lass mich mal nachdenken …«

Sassy lief zu der Wand an seinem Schreibtisch. »Genau dahin, Opa! Es würde toll aussehen! Du kannst das andere Zeug einfach abnehmen.«

»Ich will meins auch an der Wand haben«, rief Sissy, »*nicht* am Kühlschrank.«

Das Leben war kurz.

Er ging zu der Schreibtischschublade und nahm das Klebeband heraus. »Abgemacht!«, sagte er.

Erstaunlich. Er hatte sich von einem hoffnungslosen Junggesellen, der allein lebte, zu einem Mann mit einem Hund, einem Sohn, einer Ehefrau und zwei Enkelkindern gemausert. Mit diesem Gedanken marschierte er die Main Street hinunter, einen rothaarigen Zwilling zu jeder Seite, dankbar dafür, am Leben zu sein.

Er stand gerade mit den Mädchen an der Vitrine, als er hörte, wie sich die Tür öffnete, gefolgt von einem *Tick, Tick, Tick* hoher Absätze auf den Bodenfliesen. Da er solchermaßen mit dem Rücken zur Wand stand, konnte er sich dem Angriff auch gleich mannhaft stellen.

Fancy Skinner, angetan mit ihrer typischen Uniform, bestehend aus einem grell rosafarbenen T-Shirt und Caprihosen, zog eine Augenbraue in die Höhe und bedachte ihn mit einem vernichtenden Blick. »Lange nicht gesehen!«

»Fancy, wie geht es Ihnen?«

Sein Haar brachte sie ziemlich in Rage, dachte er und zog den Kopf ein, um in das untere Fach der Vitrine zu spähen.

»Schokoladen-Éclair!«, sagte Sassy.

»Schokoladentörtchen!«, krähte Sissy.

»Ich nehme ein zuckerfreies Obsttörtchen«, informierte Fancy ihn. »Das esse ich am liebsten, es ist einfach göttlich, all die Eiercreme und diese kleinen Kiwischeiben, ich hoffe, dass sie heute Kiwi haben, an manchen Tagen haben sie nämlich keine Kiwi, manchmal gibt es nur Himbeeren und was weiß ich nicht alles, Gott sei Dank, dass Winnie niemals Blaubeeren benutzt, die ich einfach nicht in meinem Mund ertragen kann, ich weiß nicht, warum, wahrscheinlich weil sie einem die Zunge blau färben, sogar die Zähne, und Bananen, nehmen Sie zum Beispiel Bananen, ich habe die Konsistenz von Bananen noch nie ausstehen können, es ist mir egal, ob da nun Kalium drin ist oder nicht, Bananen geben mir das Gefühl, fett zu sein, geben Ihnen Bananen nicht auch das Gefühl, fett zu sein? – Aber nehmen Sie Kiwi, also, Kiwi ist sehr tropisch, sehr leicht und erfrischend …«

Eigentlich hatte er nicht gedacht, dass er überhaupt irgendetwas nehmen konnte. Aber ein zuckerfreies Obsttörtchen war natürlich eine ganz andere Angelegenheit. Seine Miene hellte sich auf.

Winnie kam durch die Vorhänge gefegt, die die Küche vom Laden trennten. »Reverend! Ich freue mich so, Sie zu sehen, ich könnte Ihnen um den Hals fallen!«

»Dann tun Sie's!«

Die liebe, gutherzige Winnie, die buchstäblich nach Zucker, Gewürzen und allem Netten und Angenehmen roch, kam hinter der Vitrine hervor.

»Wie läuft das Geschäft?«, fragte er, während er ihre kräftige Umarmung auskostete.

»Es boomt, jetzt da Sie alle hier sind!« Nachdem die Mädchen mit hellen Stimmen ihre Bestellungen aufgegeben hatten, sagte auch er, was er haben wollte. »Ein zuckerfreies Obsttörtchen!«, erklärte er mit unaussprechlicher Vorfreude.

»Nur eins?«

»Nur eins.«

»Gut! Denn das ist alles, was noch übrig ist!«

Er hatte nicht die Absicht, Blickkontakt mit Fancy Skinner herzustellen. Er hoffte inbrünstig, dass sich nie wieder ein Notfall ergeben würde, der ihn auf ihren Stuhl zwang.

»Zum Hieressen oder zum Mitnehmen?«, fragte Winnie.

»Zum Hieressen!«, rief er im Chor mit den Zwillingen.

Mit einem fettarmen Doughnut versorgt, warf Fancy ihm im Hinausgehen einen Blick voller professioneller Verachtung zu. Oder war es sogar Abscheu?

»Meint ihr, Opa braucht einen Haarschnitt?«, erkundigte er sich bei seinen Ratgebern.

»Yeah«, sagte Sassy. »Den brauchst du wirklich.«

Sissy nickte mit vollem Mund.

»Also gut«, sagte er und machte kurzen Prozess mit dem Törtchen, das dick mit Kiwischeiben belegt war.

Vor weniger als einer Stunde hatten sie das Haus verlassen, und seine kleine Energiequelle war bereits vollkommen versiegt. Während die Mädchen in der Leckerbäckerei ihre Limonade tranken, saß er auf Joe Iveys Friseurstuhl und fühlte sich hundeelend und hilflos.

»Ich sollte Ihnen das wahrscheinlich gar nicht erzählen …«

Schnipp, schnipp. Joe begann sein Werk mit dem Haar.

»Dann tun Sie's einfach nicht«, schlug Father Tim vor.

»… aber jemand hat gesagt, dass Sie sich, wenn Sie schon einen Geistlichen überfahren mussten, besser diesen Clown drüben von der Wesley Chapel vorgenommen hätten.«

Er versteifte sich.

»Das war nicht besonders komisch, wie? Ich hätt's eben doch nicht sagen sollen.«

Schnipp, schnipp.

»Sie sehen irgendwie mitgenommen aus. Ich schätze, die ganze Sache hat Sie ziemlich hart getroffen.«

Schnipp, schnipp, schnipp. Auf der Main Street hupte jemand, über ihren Köpfen wurden Schritte laut, die Tür von Winnies Laden wurde geöffnet, sein Blutdruck stieg.

»Einen guten Tropfen brauch ich Ihnen wohl gar nicht erst anzubieten, wie?«

»Ich dachte, Sie halten sich von diesem Zeug fern«, fuhr er auf.

»Tu ich auch, ich hab nur immer eine Flasche für meine Kunden hier.«

Wenn er sich das nächste Mal die Haare schneiden lassen musste, würde er es in Wesley machen lassen oder unten in Holding … überall, nur nicht hier.

Er blickte zu dem Hügel hinüber, der sich im Osten über Mitford erhob, und war überrascht, die Schornsteine von Clear Day zu sehen, Edith Mallorys verschachtelt gebautem, soliden Haus, das es auf stolze siebenhundertundfünfzig Quadratmeter brachte. Anscheinend hatte man kürzlich ausgiebig Bäume gefällt; ihm war es lieber, wenn er von ihrem sechsunddreißig Hektar großen Besitz überhaupt nichts sehen konnte.

Während seiner Zeit als Pfarrer in der Gemeinde der Lord's Chapel hatte sie den Kirchenvorstand häufig eingeladen, dort seine Sitzungen abzuhalten. Father Tim dankte Gott dafür, dass er sich dieser ganzen elenden Prozedur nicht länger zu unterziehen brauchte: Zuerst hatte er an dem elektrischen Schalterkasten am Tor anhalten und Ziffern eintippen müssen, die von jeder Sitzung zur nächsten zu wechseln schienen. Dann hatte er über die lange, dunkle Einfahrt fahren müssen, durch den engen Tunnel niedriger Rhododendren. Er erinnerte sich noch gut an das niedergedrückte Gefühl, das ihn oft beschlichen hatte, wenn er durch diesen Tunnel kam, denn anschließend lag ein langer Abend vor ihm, an dem es galt, Edith Mallorys Versuchen auszuweichen, Blickkontakt zu ihm herzustellen, sich an seinen Arm zu klammern oder einen nicht existenten Baumwollfussel von seinem Revers zu entfernen.

Dann war da jener stürmische Abend gewesen, an dem der Kirchenvorstand über das Haus der Hoffnung beraten hatte. Während er im Badezimmer gewesen war, hatte Edith den Mann, der ihn nach Hause fahren wollte, weggeschickt und ihn in der Bibliothek gefangengesetzt. Nach einem scharfen Wortwechsel hatte er damals fast die ganze Nacht in einem Clubsessel zugebracht. Ed Coffey hatte behauptet, Ediths Wagen springe nicht an, obwohl er das verflixte Ding bei Tagesanbruch dann ohne Mühe hatte starten können. Das Ergebnis davon war, dass Ed ihn genau in dem Augenblick vor dem Pfarrhaus absetzte, als seine Nachbarin herauskam, um nach ihrer Katze zu suchen. Niemals würde er den Ausdruck auf Cynthias Gesicht vergessen, als er sich, gedemütigt und wütend, aus dem schwarzen Lincoln schob.

Als er nun mit den Mädchen durch die Haustür trat, wusste er nicht, ob er es bis zum Ende des Flurs und in die Küche schaffen würde.

»Himmel, *hilf!«,* rief Puny mit entsetzter Miene. »Legen Sie sich sofort aufs Sofa!«

Er gehorchte schwach; er hatte keine andere Wahl.

Als das Telefon klingelte, richtete er sich verwirrt auf. Warum lag er auf dem Sofa? Sein Kopf hämmerte wie verrückt. Es war fast dunkel, und keine Lampe brannte. Er tastete nach dem Telefon und warf dabei den Hörer auf den Boden. »Einen Moment! Ich komme!«, rief er. Er ließ sich auf die Knie nieder und tastete blind den Teppich vor dem Sofa ab. Endlich. »Hallo, Schätzchen«, sagte er atemlos.

»Aber, aber, Timothy!« Edith Mallory lachte heiser. »Sie müssen wohl jemand ... jemand besonderen erwartet haben. Ich werde Sie nicht lange aufhalten. Ich bin gerade von Spanien nach Mitford zurückgekommen und habe gehört, was für eine schreckliche Geschichte Ihnen da zugestoßen ist.«

»Die schreckliche Geschichte ist nicht mir zugestoßen, sondern Bill Sprouse«, sagte er kalt.

»Natürlich. Nun, ich hoffe von Herzen, dass Sie bald wieder gesund und kräftig sein werden und wir Sie in alter Frische im Dorf herumspazieren sehen können.«

Er hörte, wie sie geräuschvoll den Rauch einer Zigarette ausatmete.

Wenn er seinem ersten Impuls gehorcht hätte, hätte er den Hörer quer durch den Raum geschleudert. Dennoch saß er einfach nur sprachlos da und ertrug das Hämmern in seinem Kopf.

»Ich muss sagen, Timothy, dass ich keinen Groll gegen Sie hege, überhaupt keinen. Im Gegenteil, ich sollte Ihnen *danken.* Die Leute, denen ich die Grillstube vielleicht verpachtet hätte, sind bankrott gegangen, während Mr Mosleys Scheck pünktlich jeden Monat auf meinem Konto eingeht.«

»Ich muss Schluss machen«, sagte er.

»Natürlich müssen Sie das. Ich verstehe vollkommen! Hm, dann also auf Wiedersehen ...«

Er ließ den Hörer auf seinen Schoß fallen und war mit einem Mal seltsam beunruhigt, als läge jetzt eine Viper irgendwo zusammengerollt in dem dunklen Raum.

Hessie Mayhew schreckte um drei Uhr morgens aus dem Schlaf hoch, geweckt von dem Geräusch ... Was zum Kuckuck war das überhaupt?

Ihr altmodischer Sprungrahmen knarrte, als sie sich aufrichtete und lauschte.

Hagel!

Ein blendend heller Lichtblitz beleuchtete das Schlafzimmer, dann kam ein krachender Donnerschlag, der die Fensterscheiben klirrend erbeben ließ.

Hessie schlug sich die Hände vors Gesicht, als wolle sie leugnen, das dies wirklich geschehen konnte. Hagel bedeutete, dass jede Rose in ihrem Garten zerschmettert werden würde; sie würde von Glück sagen können, wenn ihr für die morgige Hochzeit in der Methodistenkapelle auch nur eine Handvoll Blumen übrig blieb. Sie würde gezwungen sein, Rosen aus anderer Leute Gärten von hier bis nach Wesley zu plündern, und das mit einem Wagen, dessen Reifen so abgefahren waren, dass Lew Boyd meinte, sie solle anfangen, ihren Nachruf zu schreiben.

Ihre Gedanken überschlugen sich. Vielleicht hatte Father Tim nichts dagegen, wenn sie den Rest seiner Malmaisons abschnitt; um Himmels willen, er wohnte ja nicht einmal mehr im Pfarrhaus, dort lebte jetzt nur noch diese dumme kleine Französin mit ihrem Kater, der die Größe eines Scheunentors hatte. Sie sollte froh sein, einige dieser Rosen loszuwerden, wie viele Rosen konnte eine einzige kleine Frau überhaupt gebrauchen?

Father Tim! Sie schnappte nach Luft. Sein Gartenkorb! Nur mit einem verblichenen Pyjamaoberteil bekleidet, das sie beim letzten Wohltätigkeitsbasar entdeckt hatte, stürzte sie in die Küche, schaltete die Außenbeleuchtung ein und blickte durch die Glastüren.

Platt gedrückt! Ermordet! Ein *Totalschaden!* Sie betrachtete den hübschen Korb mit zwölf Kräutern und fünf Töpfen mit Miniaturrosen, Lavendel und Bartnelken, die sie alle so sorgfältig in grünes Moos gepflanzt hatte, Moos, das sie eigenhändig aus ihrem ganz besonderen Beet in ihrem eigenen Garten ausgegraben hatte, eine Geste, die sie nur ganz besonderen Leuten zuteil werden ließ. Alles *ruiniert!*

Hagelkörner, so groß wie Murmeln, knallten auf die Terrasse und prallten von den Glastüren ab. Ein Gewirr von Blitzen beleuchtete ihren Garten.

Sie wandte sich von dem schrecklichen Bild ab und stürmte in die Küche. Sie würde nicht warten, bis es fünf vor zwölf war, vielen Dank, sie würde sich *sofort* aus dem Blumengeschäft zurückziehen. Sobald sie neue Reifen hatte, die sie mit dem Geld für zwei große Hochzeiten und einen Brautlunch bezahlen würde, würde sie diesem ganzen Spektakel den Rücken zukehren – sie konnte es keinen *Tag* länger ertragen, sich um etwas so Zerbrechliches, so Zartes, so *Winziges* wie Blumen zu kümmern! Sie würde sich eine Stelle bei Wal-Mart suchen, vielleicht in der Haushaltswarenabteilung oder sogar am Eingang, wo sie den Kunden einen Einkaufswagen geben und ihnen einen schönen Tag wünschen würde.

Durch und durch angewidert und den Tränen nahe, riss sie die Kühlschranktür auf, schnappte sich den Fleischklops vom vergangenen Abend und gab sich die Erlaubnis, das ganze Ding aufzuessen.

Der Hagelsturm riss ihn aus einem tiefen Schlaf.

Er lag auf dem Sofa, und etwas, das sich anfühlte wie ein Stein, bohrte sich in seine Rippen. Der verflixte Telefonhörer. Er schmetterte ihn auf die Gabel und schleppte sich die Treppe hinauf, wo er Barnabas unter dem Bett vorfand und Violet zusammengerollt auf Cynthias Kissen. Er blickte auf die Uhr. Drei Uhr morgens und kein Wort aus New York. Sollte er im Hotel anrufen? Natürlich nicht. Zu so später Stunde würde er niemanden anrufen.

Erschöpft, aber außerstande zu schlafen, setzte er sich in den Armsessel. Er machte die Lampe neben sich an und nahm die Bibel, die er seine Schlafzimmerausgabe nannte, vom Tisch. Wenn er finden wollte, wonach er suchte, würde er hineinschauen müssen, so einfach war das. »Zeig mir den Weg, oh Herr«, betete er laut. »Führe mich hin und öffne mein Herz für Deine Weisheit …«

Die Bibel lag lange Zeit auf seinem Schoß. Er hatte keine Kraft, sie aufzuschlagen.

Er stieg ins Bett, legte sich auf den Rücken und lauschte auf das Prasseln des Hagels auf dem Dach und den Bariton seines schnarchenden Hundes. Er fühlte sich in seine Zeit als Junggeselle zurückversetzt, als der Platz an seiner Seite stets leer gewesen war. Aber nein, er war nicht länger dieser Junggeselle, er hatte sich vollkommen verändert, ausgewechselt bis zu den Pfahlwurzeln hinunter.

Er hatte eine Ehefrau, und übermorgen würde sie nach Hause zurückkommen – dann würden sie sich gemeinsam ans Werk machen, gerüstet für alles, was das Schicksal ihnen bringen mochte.

Er drehte sich auf seine rechte Seite und schüttelte sein Kissen auf. Er hätte Dooley noch einen Zwanziger geben sollen.

11

Im Dunkeln singen

Um sieben Uhr morgens riss er das läutende Telefon von der Gabel.

»Cynthia?«

»Timothy! Ist alles in Ordnung mit dir?«

»Ist alles in Ordnung mit euch? Das ist die Frage!«

»Wir haben immer wieder versucht anzurufen, aber das Telefon war stundenlang besetzt. Mit wem um alles in der Welt hast du geredet?«

»Mit niemandem. Ich bin auf dem Sofa eingeschlafen und muss auf den Hörer gerollt sein.«

»Jämmerlich! Ich kann dich keine fünf Minuten lang allein lassen!« Er hörte die Erleichterung in ihrem Lachen.

»Es tut mir leid, Liebste, verzeih mir. War es wunderbar?«

»Mehr als wunderbar!«

»Sprich weiter.«

»Ich liebe die harte Arbeit und die Qual, niemals wirklich zu wissen, ob das, was ich tue, etwas taugt, und dann das Glück, wenn das Buch veröffentlicht wird und es den Kindern und den Eltern gefällt, und jetzt ... *das hier.*«

»Bist du drei Meter groß? Wirst du deinen Ehemann überragen?«

»Meine Bescheidenheit hat mich so klein gemacht, dass ich in deine Tasche passe.«

»Und wie behandelt Dooley seine berühmte Gefährtin?«

»Er kümmert sich auf das Liebevollste um mich, hält Türen für mich auf und reicht mir sogar seinen Arm, wenn wir die Straße überqueren. Du solltest es sehen, Timothy, ich habe absolut nicht den leisesten Schimmer, wer ihm diese entzückenden, altmodischen Gesten der Höflichkeit beigebracht hat.«

»Das weiß allein der Himmel.«

»Und er gibt zwanzig Prozent Trinkgeld! Es muss an der Universität einen Kursus für dergleichen Dinge geben.«

»Vermutlich.«

»Und die Blumen! Haufenweise Rosen und Tulpen! Aber die sind natürlich alle von dir. Danke, mein Liebling, ich kann es gar nicht erwarten, dich wiederzusehen. Wie fühlst du dich?«

»Gestern bin ich draußen gewesen. Ich bin mit den Mädchen in die Leckerbäckerei gegangen. Und ich habe mir die Haare schneiden lassen.«

»Von Joe Ivey?«

»Mach dich auf was gefasst.«

»Oje. Wie hast du dich denn draußen so gefühlt? War es ... in Ordnung?«

»Ich habe mich wie ein frischgeschlüpftes Küken gefühlt. Was habt ihr denn heute vor?«

»Ich werde Dooley einen Anzug kaufen.«

»Einen Anzug?«

»Einen italienischen!«

»Sei gnädig, Kavanagh, er ist noch ein Junge.«

»Und eine Seidenkrawatte! Die Erde wird unter ihm erbeben, wenn er geht.«

Er grinste.

Dooley Barlowe würde nie wieder derselbe sein ...

»Die Mädchen hier stolpern förmlich über ihre eigenen Füße, wenn sie ihn sehen. Ich verstehe einfach nicht, dass Lace so zögert!«

»Denk nur daran, wie lange ich gezögert habe«, sagte er, »und sieh dir an, was passiert ist.«

»Ich vermisse meinen Mann«, sagte sie, plötzlich nachdenklich.

»Ich vermisse meine Frau ... meine extravagante, großzügige, witzige und wichtige Frau.«

»Ich liebe es, wenn du so redest.«

»Ah, Kavanagh, was liebst du denn nicht?«

»Taxis, die mit neunzig Meilen die Stunde durch den Verkehr in der Innenstadt donnern, Strumpfhosen, die eine Nummer zu klein sind, was ich nicht *ahnen* kann, bevor ich mich für die Preisverleihung anziehe, und dann ist es zu spät. Und natürlich Altersflecken.«

Er lachte. »Das dürfte aber auch so ziemlich alles sein.«

»Wir werden dich heute Abend anrufen und dann wieder morgen früh, und bevor du wissen wirst, wie dir geschieht, sind wir auch schon wieder zu Hause!«

»Ich zähle die Stunden.«

Als er an diesem Morgen um sechs Uhr aufgewacht war, hatte er sich bleischwer gefühlt und alt. Jetzt, da er ihre Stimme gehört hatte, war er gerüstet für alles, was da kommen mochte.

»Reverend?«

»George! Kommen Sie herein!«

»Komm ich auch nicht ungelegen? Ich habe nebenan für Sie gebetet und war mit einem Mal fest davon überzeugt, dass ich mein Gebet hier bei Ihnen verrichten sollte.«

Er öffnete die Fliegentür, ließ seinen hochgewachsenen, schlanken Nachbarn, der allen Mitfordern als der Mann auf dem Speicher bekannt war, ein und begrüßte ihn mit einer Umarmung.

»Ich freue mich, Sie zu sehen, mein Bruder. Nehmen Sie doch Platz. Erzählen Sie mir, wie die Dinge sich in Ihrer neuen Heimatstadt entwickeln.«

»Wenn ich Ihnen das vielleicht ein andermal erzählen dürfte, Reverend? Ich habe nur zwanzig Minuten Zeit, bevor ich mich auf den Weg zur Buchhandlung machen muss.«

»Wie Sie möchten.« Obwohl die acht Jahre im Gefängnis

einige zusätzliche Linien in George Gaynors Gesicht gezeichnet hatten und sein dünner werdendes Haar an den Schläfen ergraut war, fand Father Tim, dass er nie besser ausgesehen hatte.

»Reverend, ich verstehe ein wenig von dem, was Sie durchgemacht haben. Aber ich habe gezögert, Sie zu bitten, dass Sie mir erlauben, für Sie zu beten.«

»Bei mir brauchen Sie nicht zu zögern, George. Wir alle benötigen Gebete.« Er wünschte, er hätte ihm gestehen können, *wie* dringend er Gebete brauchte …

Nachdem er Barnabas im Baxter Park ein wenig hatte herumtollen lassen, schob er sich vorsichtig durch die Hecke zum alten Pfarrhaus. Der Hagel musste seine Rosen zu Brei geschlagen und auch die Hostas gründlich durchlöchert haben.

Ihm war eigentlich nicht danach zumute, den Schauplatz des Verbrechens aufzusuchen; er fühlte sich noch immer sehr zerbrechlich, wie fast durchsichtiges Porzellan, das von der leisesten Erschütterung zerspringen konnte. Er wusste nur, dass er sein Leben, das in letzter Zeit an ihm vorbeigezogen zu sein schien, wieder in die Hand nehmen musste. Gott sei Dank war sein Blutzucker an diesem Morgen recht niedrig gewesen, und alles schien wieder annähernd beim Alten zu sein. Hoppy hatte mit seinen prophezeiten sechs Wochen offenkundig richtig gelegen. Schon bald würde alles wieder gut sein und sehr gut.

»Reverend! *Bonjour!*« Hélène Pringle stand winkend auf der Veranda. Ihr Kater, Barbizon, saß zu ihren Füßen und blickte verstimmt drein.

»*Bonjour,* Hélène! Ich hoffe, Sie haben nichts dagegen, dass ich in Ihrem Garten herumlungere?«

»Ganz gewiss nicht, Reverend. Es ist Ihr Garten. Sie können dort herumlungern, wann immer Ihnen danach zumute ist.«

»Das war ein beeindruckendes Gewitter gestern Nacht. Ich wollte mal nachsehen, was von den Rosen übrig geblieben ist. Oje.« Er betrachtete die Blätter, die auf dem Boden lagen, und den Teppich von Blütenblättern auf dem dunklen Mulch. »Nicht viel, fürchte ich.«

»Meine Großmutter glaubte, ein wenig schlechtes Wetter sei gut für den Garten.« Zaghaft, aber dennoch freudig lächelnd, kam sie die Treppe herunter. »Es ist wunderbar, Sie wieder an der frischen Luft zu sehen.« Sie rang die Hände, während sie sprach, als erfülle es sie mit großer Nervosität, mit ihm zu sprechen. Er fragte sich, ob er vielleicht versuchen sollte, ein wenig zugänglicher zu sein, um ihr ihre Befangenheit zu nehmen.

»Vielen Dank, Hélène, ich hatte schon angefangen zu ossifizieren.«

»Ossifizieren?«, fragte sie perplex.

Er lächelte. »Hart werden wie Stein.«

»Oh!«, sagte sie. »*Oui!*«

Er ging um das Beet herum und versuchte, sich den Schaden so ernsthaft zu Herzen zu nehmen, wie er es vielleicht noch vor ein oder zwei Jahren getan hätte. Es kostete so viel Energie, sich etwas zu Herzen zu nehmen …

»Geht es Ihnen … geht es Ihnen gut, Reverend?«

»Oh ja. Ich komme schon zurecht.« Er setzte sich auf die Bank. »Wenn Sie nichts dagegen haben …«

»Gewiss nicht! Schließlich ist es Ihre Bank!«

Sie stand auf der gegenüberliegenden Seite des Beets und rang immer noch die Hände. Ihm wurde klar, dass es nichts gab, was er hätte tun können.

»Ich war gestern in Holding und habe Ihren lieben Jungen gesehen.«

»Dooley?«

»Ja, er kam gerade aus der Drogerie, als ich hineinging. Ich fahre nicht oft nach Holding, der Weg kommt mir doch recht weit vor.«

»Ja, es ist eine ganz schöne Strecke. Aber Sie können Dooley unmöglich gesehen haben. Er ist in New York.«

»In New York?« Sie grübelte, sichtlich verwirrt, über diese Neuigkeit nach. »Aber ich habe mit ihm gesprochen! Er hat natürlich nicht geantwortet; er schien es sehr eilig zu haben … und er war furchtbar dünn und blass.«

Sie zögerte.

»Ich wollte Ihnen eigentlich nichts davon sagen, aber er war schmutzig und *mal habillé,* ganz anders, als er sonst ist. Ich weiß, dass er den Sommer über auf einer Farm arbeitet, vielleicht war das der Grund.«

»Ja, hm, Dooley ist wirklich in New York.«

»Oh, *oui, bien sûr,* das haben Sie gesagt.« Sie schüttelte den Kopf. »Ich glaube, dieser Junge sah tatsächlich jünger aus als Dooley, aber … merkwürdig.«

Er erhob sich von der Bank. »Ich werd dann mal wieder gehen, Hélène. Übrigens, das Brathuhn, das sie uns rübergebracht haben, war wirklich gut. *Très …«* – er zögerte – *»bon! Oui, très bon!«* Wie grauenhaft sein Französisch war. Er hatte sich und seine Nachbarin obendrein in Verlegenheit gebracht.

Ihre Wangen wurden rot. »Nicht der Rede wert!«

»Dann *au revoir!«,* sagte er und winkte.

»A bientôt, Reverend! Danke, dass Sie hergekommen sind, und bitte, kommen Sie wieder!«

Er schlurfte nach Hause und setzte sich keuchend auf das Sofa. Sein Herz hämmerte.

»Wasser«, sagte er, als Puny hereinkam.

»Sie werden mich noch vor lauter Sorge ins Grab bringen!«, sagte sie beunruhigt. Dann eilte sie in die Küche und brachte ihm ein Glas Wasser, das er unverzüglich leerte.

»Gut. Genau das, was der Arzt mir verschrieben hat.«

»Reverend …«

»Ja?«

»Ich könnte es nicht ertragen, wenn Ihnen etwas zustieße.« Tränen strömten ihr über die sommersprossigen Wangen, und sie machte keine Anstalten, sie wegzuwischen.

»Aber Puny, das ist ja erstaunlich – genauso empfinde ich, was Sie betrifft.«

Sie lachte und wischte sich mit der Schürze über die Augen. »Geht es Ihnen gut?«

»Mir geht es bestens. Das ist wahr.«

»Sie waren nicht mehr Sie selbst.«

»Was meinen Sie denn, wer ich gewesen bin?«

Sie kicherte. »Jemand, der traurig und knurrig war.«

»Aha.«

Sie sah ihn an und runzelte die Stirn. »Cynthia liebt Sie mehr als alles auf der Welt, sie würde alles für Sie tun, und ich auch und die Mädchen auch, sie lieben ihren Opa.«

»Ihr Opa liebt sie auch.«

»Sie können nicht sterben«, fügte sie nüchtern hinzu.

»Gewiss nicht!«

»Und jetzt werden Sie wieder ganz der Alte sein?«

»Darauf können Sie wetten.«

»Gut!«, sagte sie. »Ich hoffe, Sie beeilen sich damit!«

Dooley in der Drogerie in Holding …

Es dämmerte ihm so langsam wie ein Sonnenaufgang, obwohl es ihn hätte treffen sollen wie ein Blitz.

Er tippte hastig die Ziffern in das Telefon und begann, im Raum auf und ab zu gehen.

»*Bonjour!*«

»Hélène, Tim Kavanagh hier. Ich hoffe, ich habe Sie nicht bei einer Unterrichtsstunde gestört.«

»Ganz und gar nicht, Reverend. Zwei Schüler haben heute wegen Grippe abgesagt. Vor halb fünf habe ich keinen Unterricht.«

»Wo ist die Drogerie in Holding?«

»Es gibt zwei Drogerien. Ich gehe immer in die auf der

Main Street, da haben sie Bonbons, die Mutter besonders gern mag.«

Er war noch nie auf der Main Street von Holding gewesen; er war immer wie der Rest der gewöhnlichen Horde in das Einkaufszentrum an der Umgehungsstraße gegangen. »Könnten Sie mir den Weg beschreiben?«

»Es ist im Moment furchtbar schwer, dort hinzukommen, weil das Denkmal auf dem Marktplatz restauriert wird und die Straßen ein wenig ...« – sie suchte nach einem Wort – »ein wenig konfus sind. Durcheinander.«

»Aha.« Er würde jemanden bitten müssen, ihn hinzufahren; er wusste, dass er den Ausflug nicht allein unternehmen konnte. Er würde Buck anrufen. Aber wenn er genauer darüber nachdachte, wollte er ihm keine falschen Hoffnungen machen; und gewiss konnte er nicht George fragen, der sich gerade in der Buchhandlung einarbeitete und außerdem noch einen Teilzeitjob bei Lew Boyd hatte.

»Ich würde gern hinfahren, wenn ich jemanden finden kann, der ... ich glaube, es wäre noch ein wenig zu früh, um selbst zu fahren.«

»Ich werde Sie fahren!«

»Oh, Himmel, nein, das wäre zu viel verlangt ...«

»Aber Sie verlangen doch gar nichts«, sagte sie hörbar aufgeregt. »Ich biete es Ihnen an! Es wäre mir ein großes Vergnügen, etwas für Sie zu tun, Reverend, nachdem Sie so viel für mich getan haben.«

»Ich bitte Sie, Hélène ...«

»Wann wollen Sie denn aufbrechen?«

Er dachte einen Moment lang nach. »Könnten wir sofort fahren?«

»*Je serai chez vous à cinq minutes!*«

»Wie bitte?«

»Ich werde in fünf Minuten bei Ihnen sein, Reverend.«

»Vielen Dank!«, sagte er. Aber Hélène hatte bereits aufgelegt.

Onkel Billy Watson stand vor der verspiegelten Tür des Badezimmerschranks und unterhielt sich laut mit seinem Abbild.

»Nun, Sir, dieser Bursche bekommt zum Geburtstag einen Papagei geschenkt, ja.«

Er blickte in den Kalender, den er vor sich hinhielt, aber seine Hand zitterte so heftig, dass die Worte umhertanzten. Der Versuch, Worte zu lesen, die wie ein Esel auf einem Maultier herumsprangen, konnte einem Mann wahrhaftig Kopfschmerzen bescheren.

»Halt still!«, befahl er. Er war überrascht zu sehen, dass seine Hand ihm gehorchte. Er rückte seine Brille zurück, hielt den Bauernkalender näher an die Lampe über dem Schrank und betrachtete blinzelnd die nächste Zeile.

»Es war ein voll ausgewachsener Papagei, und er hatte die böse Angewohnheit, Sachen zu sagen, die einfach skandalös waren. Jedes zweite oder dritte Wort ließ einem die Haare zu Berge stehten. Natürlich versucht der Mann, was daran zu ändern, ja, ständig sagt er ihm höfliche Worte vor, spielt leise Musik im Radio, alles, was ihm einfällt, um ein gutes Beispiel zu geben, ja, aber nichts funktioniert.«

Onkel Billy legte den Kalender auf das Waschbecken, kniff die Augen fest zusammen und wiederholte aus dem Gedächtnis, was er soeben laut gelesen hatte.

Er fand, dass er diesen Teil ziemlich gut hinbekommen hatte; er nahm den Kalender wieder zur Hand und rückte seine Brille zurecht, die er über dem Nasenrücken mit Klebeband geflickt hatte, wo sie ihm vor einigen Monaten entzweigebrochen war.

»Eines Tages wird er furchtbar wütend und packt den blöden Vogel und schüttelt ihn, bis sein Schnabel klappert. Oh Mann, da wird der Papagei erst richtig sauer und beschimpft den Mann, dass ihm Hören und Sehen vergeht, und sagt schlimmere Dinge als je zuvor.

Also, Sir, der Mann packt den Vogel, steckt ihn in die Tiefkühltruhe und schlägt die Tür zu. Ja, Sir! Er hört den Vogel drinnen krächzen, treten und schreien und was weiß ich noch alles. Dann wird es ganz still da drin.

Der Mann hat Angst, dass er seinen Papagei verloren hat, also macht er die Tür wieder auf, und Teufel auch, der Papagei kommt so freundlich wie nur was raus aus der Truhe und sagt: ›Es tut mir mächtig leid, wenn ich dich mit meiner Ausdrucksweise beleidigt habe, und ich bitte aufrichtig um Verzeihung, ja. Ich werde von jetzt an versuchen, mein Verhalten zu korrigieren.‹

Der Bursche will gerade fragen, was diese große Veränderung bewirkt hat, als der Papagei sagt: ›Was das Huhn da drin betrifft – darf ich fragen, was es getan hat?‹«

Zum Kuckuck, das müsste hinhauen, wenn er es nur oft genug übte. Er hoffte nur, dass es den Reverend zum Lachen bringen würde, das war nämlich die Hauptsache. Er hatte noch nie einen Mann gesehen, der so niedergeschlagen wirkte, als könnte er mit einem Zylinder auf dem Kopf unter den Bauch einer Schlange durchkriechen. Er hätte einen ganzen Dollarschein dafür gegeben, wenn er diesen Witz Rose Watson hätte erzählen können, um einmal die Meinung eines anderen zu hören, aber Rose lachte niemals über seine Witze, nein, Sir, niemals.

Er bemerkte, dass seine rechte Hand wieder zu zittern begonnen hatte. Er schob sie in die Tasche und ging, seinen Rohrstock in der anderen Hand, den Flur hinunter, wobei er leise vor sich hin sang. Es war das Lied, das seine Mutter ihm beigebracht hatte, als er noch ein Junge gewesen war; wenn er glücklich war, murmelte oder sang er oft einige Worte von »Redwing«.

Neben der Autofahrt mit Hélène Pringle wirkten die Flüge mit Omer Cunningham wie eine Teeparty.

Außerstande hinzusehen, schloss er die Augen. Hélène schoss die gewundene Bergstraße hinunter wie eine Kugel aus einer Kanone. Wenn sein Blut während der vergangenen Wochen stillgestanden hatte wie der tiefe Grund eines Flusses, dann strömte es jetzt wie Öl aus einer Quelle. Um die Dinge noch schlimmer zu machen, schien Hélène unfähig zu sein, gleichzeitig zu fahren und Englisch zu sprechen. Schlimmer noch, sie war nicht größer als Sadie Baxter und konnte kaum über das Lenkrad schauen.

»Ich liebe diese Bergstraßen, sie geben mir ein Gefühl der Freiheit! *Je n'ai jamais de la vie été plus heureuse nulle part ailleurs que je le suis ici dans ces montagnes.* Ich nehme an, es geht Ihnen genauso, da Sie sich vor so vielen Jahren entschieden haben, in diese Gegend zu ziehen. *Ça, par exemple! Regardez les nuages au dessus de ce pic-là!«*

»Hélène«, krächzte er, »könnten Sie wohl langsamer fahren? Nur eine Spur?« Er betonte das Wort *Spur,* da er sie auf keinen Fall kränken wollte.

»Natürlich, Reverend, aber mein Tacho zeigt nur neunzig an.«

»Sie sollten Ihren Wagen besser mal in die Werkstatt bringen und Harley einen Blick drauf werfen lassen, ich denke, wir fahren ... mindestens hundertzehn.« Es waren wohl eher hundertdreißig, aber er wollte nicht aufdringlich scheinen.

»Einhundertzehn? Dieser Wagen ist noch *nie* einhundertzehn gefahren.«

Er schloss die Augen und betete.

»Wie sieht er denn aus?«, fragte der Drogist.

Father Tim griff nach seiner Brieftasche, während Hélène die Erklärung übernahm.

»Groß, sehr dünn. Sommersprossen. Rotes Haar. Ziemlich ... schmutzig.«

»Hier«, sagte Father Tim und hielt dem Mann ein Foto von Dooley hin. »Der Drogist blickte missbilligend drein. »Sie müssen Sammy Barlowe meinen. Wir haben ihn erwischt, als er versucht hat, sich Süßigkeiten in die Hose zu stopfen, aber bisher hat noch nie jemand etwas bei ihm gefunden.«

Father Tims Herz hämmerte. Er hielt Ausschau nach einem Stuhl, irgendeinem Plätzchen, wo er sich einen Moment lang hinsetzen konnte ... »Wo wohnt er?«

»Das weiß Gott allein. Er haust irgendwo mit seinem alten Herrn, dem schlimmsten Trinker, dem Sie je begegnen werden. Warum suchen Sie nach diesem Jungen? Wie ich sehe, sind Sie Geistlicher.«

»Ja, hm, er ...« Father Tim hielt kurz inne. »Er gehört zur Familie.«

Der Apotheker zog die Augenbrauen hoch.

»Sie könnten in der Billardhalle fragen. Gehen Sie bis zur Ecke und überqueren Sie die Straße, die Halle liegt dann gleich auf der linken Seite.«

Sie stürzten aus der Drogerie, die Glocke klimperte über der Tür, dann eilten sie zu der beschriebenen Ecke, wo sie darauf warteten, dass die Ampel auf Grün sprang. Sein Atem ging stoßweise; sein Kopf fühlte sich leichter an als Luft. »Hélène, das könnte eine Sackgasse sein. Aber Sie müssen wissen, wie unendlich wichtig es ist, dass wir tun ... was wir tun. Beten Sie?«

»Ich habe gerade damit angefangen!«, sagte sie, offenkundig begeistert darüber, dass sie ihm die Dinge damit ein wenig erleichtern konnte.

»Dann beten Sie. Sie haben möglicherweise Dooleys kleinen Bruder gefunden.«

Tränen schossen ihr in die Augen. »Oh!«, sagte sie atemlos. »Oh!«

»Das ist definitiv nicht Sammy Barlowe«, erklärte der Besitzer der Billardhalle. Er nahm einen langen, letzten Zug von seiner Zigarette, ließ sie auf den Zementboden fallen und trat sie aus. »Dieser Junge sieht so aus, als würde er leben wie die Made im Speck.« Er stieß eine große Rauchwolke aus.

»Klar. Was ich sagen will ist: Sieht Sammy aus wie dieser Junge? Gibt es da eine starke Ähnlichkeit?«

»Oh, ja. Das würde ich sagen. Weshalb wollen Sie das wissen?«

»Ich würde gern Kontakt zu ihm aufnehmen.«

»Hat er ein Vermögen geerbt?« Der Mann lachte gackernd. Zwei andere Männer hielten in ihrem Billardspiel inne und lauschten ihrem Gespräch.

»Nichts Derartiges. Vielleicht können Sie uns sagen, wo er wohnt.«

»Das kann ich Ihnen nicht sagen.«

»Warum nicht?« Er hatte nicht in Hélène Pringles Wagen Leib und Leben riskiert, um sich so einfach abspeisen zu lassen.

»Weil das niemand was angeht, deshalb.«

»Ich gehöre zur Familie«, sagte er, als würde das die Sache grundlegend ändern.

Der Mann grinste. »Sie sind 'n Geistlicher.«

»Auch Geistliche haben Familien!«, rief Hélène entrüstet.

»Sie können genauso gut gleich wieder gehen, von mir erfahren Sie nichts.« Der Mann durchquerte den Raum, trat durch eine Tür mit der Aufschrift *Büro* und schlug sie hinter sich zu.

Ein Radio spielte und wechselte willkürlich zwischen zwei Lokalsendern hin und her.

Einer der Billardspieler kam auf ihn zu und streckte die Hand aus. »Wie dringend wollen Sie wissen, wo Sammy wohnt?«

»Sehr dringend«, sagte Father Tim.

»Pink Shuford.«

»Pink«, sagte Father Tim und ergriff die dargebotene Hand. »Tim Kavanagh. Und das ist Miss Pringle.«

Hélène nahm die Hände hinter den Rücken. »*Bonjour.*« Father Tim glaubte, ein Beben in ihrer Stimme zu hören.

»Ich bin nach meinem Uropa benannt worden, Pinckney.«

»Ein schöner alter Name aus dem Süden.«

»Das hier ist Skin Head Bug Eye Snaggle Tooth Austin, Sie können ihn kurz Bug nennen.«

Father Tim nickte Bug zu, der blinzelte, das Nicken jedoch nicht erwiderte.

»Haben Sie schon mal Billard gespielt?«, fragte Pink Shuford. Auf seinem linken Arm war eine Schlange eintätowiert, die sich vom Handgelenk bis zum Ellbogen wand.

»Ein- oder zweimal. Ich würde sehr gern wissen, wo wir Sammy finden können.«

Pink kehrte zu dem Tisch zurück, beugte sich mit dem Queue darüber und führte einen Stoß aus. Die Kugeln klickten zusammen und rollten auseinander. Kugel Nummer sieben fiel in die Ecktasche.

»Ich schätze, Sie haben nicht genug Billard gespielt, um zu erkennen, dass das ein mächtig guter Stoß war.«

»Nein, habe ich nicht«, antwortete Father Tim.

»Die sieben in die Ecktasche. Ich hätte fast überall Geld mit diesem Stoß gewinnen können.«

»Was verlangen Sie, um uns zu erzählen, wo wir Sammy finden können?«

»Hm, mal sehen.« Pink kratzte sich am Kopf und blickte zur Decke empor. »Also, mal sehen.« Der Geruch von abgestandenem Tabak und saurem Bier durchzog den Raum; über ihren Köpfen kreiste ein Deckenventilator.

Pink Shuford sah Father Tim an und grinste plötzlich. »Wie wär's mit …«

Bugs Stoß landete in der Seitentasche. Pink beäugte den Tisch, rieb seinen Queue mit Kreide ein, beugte sich über die Spielfläche und konterte. »Nummer acht in der Ecktasche, da kannst du dich ärgern, bis du schwarz wirst«, meinte Pink. Bug murmelte einen Fluch.

»Also«, sagte Pink, »zurück zum Geschäft. Wie wär's mit fünfzig Mäusen?«

Father Tim nahm seine Brieftasche heraus und begann zu zählen. Zwanzig, dreißig, fünfunddreißig, sechs, sieben, acht ... Er spürte, wie ihm der Schweiß über den Rücken rann. Die ganze Szene war finster; er wollte weg von hier. Hélène schob sich bereits rückwärts auf die Tür zu.

»Achtunddreißig«, sagte Father Tim.

»Abgemacht.« Pink trat hastig auf ihn zu, nahm das Geld und stopfte es sich in die Tasche seiner Jeans. »Folgen Sie mir und Bug. Ich fahre den blauen Chevy-Pick-up.«

»Vielleicht könnten Sie uns einfach eine Wegbeschreibung geben.«

»Ohne Hilfe werden Sie da nicht hinfinden.«

Es gab kein Zurück mehr. »Wir haben vor der Drogerie geparkt.«

»Ein grauer Dodge Sedan«, sagte Hélène, in deren Stimme nach wie vor ein Zittern lag. »Was meinen Sie, wie weit es bis nach ... bis dorthin ist, wo wir hinfahren?«

Pink Shuford nahm eine Lucky Strike aus einem Päckchen in seiner Hemdtasche. »Vielleicht zehn, zwölf Meilen.« Er zündete sich die Zigarette mit einem Streichholz an, inhalierte tief und grinste Hélène an. »Ich hoffe, Sie haben gute Stoßdämpfer, Lady.«

Father Tim schaffte es, noch vor ihr am Wagen zu sein. Er rannte auf die Fahrerseite hinüber und legte die Hand auf den Türgriff. »Ich kann Sie gern am Steuer ablösen!«

»Oh, nein, Reverend! Mit den Bremsen stimmt etwas nicht, ich muss sie ganz vorsichtig antippen, sonst ...«

»Sonst ... was?«

»Sonst funktionieren sie nicht besonders gut. Steigen Sie einfach ein, entspannen Sie sich, und überlassen Sie das Fahren mir!«

Sich entspannen? *Sich entspannen?* Er nahm sein Taschentuch hervor und wischte sich die Stirn ab, dann stieg er ein, setzte sich und bekreuzigte sich. *Hülle uns ein mit Deiner lie-*

benden Sorge, betete er lautlos. *Beschütze uns vor allen Gefahren; und bring uns sicher an das Ziel unserer Reise; durch Jesus Christus, unseren Herrn, Amen.*

Hélène ließ den Wagen mit einem Donnern an. »Ich bin so froh, dass Sie beten«, sagte sie glücklich.

Der Pick-up schien vor der Kurve nicht langsamer zu werden. Hélène jagte den Motor hoch, und schlingernd folgten sie dem Wagen.

»*Mon Dieu!*«, stieß Hélène hervor. »Wie eilig die es haben. Wir fahren schon achtzig.«

Hundert!, dachte er, gelähmt vor Angst. Aber warum sollte er sich Sorgen machen? Glaubte er nicht daran, dass Gott für jeden Menschen eine Zeit festgelegt hatte? Wenn ja, dann sollte es so sein; er war bereit. Es war nur so, dass es andere Wege gab, auf denen er lieber heimgegangen wäre, wie zum Beispiel im Schlaf, mit einem Lächeln auf den Lippen ...

Er verspürte einen schrecklichen, quälenden Durst. Dieser Durst war plötzlich über ihn gekommen, als sie in Holding abgefahren waren. Nicht nur, dass er das Haus ohne eine Flasche Wasser verlassen hatte, jetzt wurde ihm bewusst, dass er seine morgendliche Insulinspritze vollkommen vergessen hatte.

Hélènes Gesicht wirkte ausgesprochen verkniffen, ganz davon zu schweigen, dass sie weiß war wie ein Laken, wie seine Mutter es ausgedrückt hätte.

»Ist alles ... in Ordnung mit Ihnen?«

»Es ist mir furchtbar unangenehm, darüber zu reden, Reverend ...«

»Mit mir können Sie darüber reden.«

Er beobachtete, wie sie mit irgendeiner tiefen Wahrheit kämpfte. »Ich hoffe, dass ich im Allgemeinen über ein gewisses Feingefühl verfüge, aber die Sache ist die ...«

Sie bewältigten eine weitere Kurve und holperten jetzt einen steilen Hang hinunter auf eine geschotterte Straße, eingehüllt in eine Wolke von Staub, die der Pick-up aufgewirbelt hatte.

»… Ich muss dringend … ganz dringend … eine Damentoilette finden!«

Er glaubte, dass sie im nächsten Moment in Tränen der Demütigung ausbrechen würde.

»Und ich muss Wasser finden!«, sagte er gleichermaßen drängend.

Es sah nicht allzu hoffnungsträchtig aus. Nein, wahrhaftig, sie befanden sich mitten in einem Kiefernwald, und keine Menschenseele war in Sicht. Tatsächlich hoffte er, dass sie keinem anderen Wagen begegnen würden, da die Straße kaum breit genug war für ein einziges Auto. Was war nur in ihn gefahren? Plötzlich fühlte er sich verantwortlich für Hélène Pringle, die unschuldig in diesen ganzen Schlamassel hineingeraten war. Sie kamen an einem verlassenen Fertighaus vorbei.

»Da ist noch etwas, das ich Ihnen sagen sollte«, eröffnete sie ihm. »Etwas viel Schlimmeres.«

»Und was wäre das?«

»Unser Benzinanzeiger steht auf halb voll, aber er funktioniert nicht mehr richtig. In Wirklichkeit ist der Tank nicht einmal ein Viertel voll.«

»Aha.«

»Wir sind so hastig aufgebrochen, dass ich jetzt erst daran gedacht habe, nachzusehen, aber ich bin davon überzeugt, dass wir noch genug Benzin haben, um es zurück in die Stadt zu schaffen …« Ihre Stimme verlor sich.

Gott, sei uns gnädig … »Ich bin davon überzeugt«, sagte er und musste husten vom Staub, der in den Wagen drang.

»J'en suis désolée, mon père! Pardonnez-moi. J'espère que je ne nous ai pas attiré des ennuis.«

Er hatte keine Ahnung, was sie sagte, aber ihre Bekümmerung war offenkundig.

»Wir können umdrehen und zurückkehren!«, rief er, weil er hoffte, sie damit trösten zu können.

»*Non, non!* Das *dürfen* wir nicht tun! Dies hier ist von großer Wichtigkeit für Ihr Glück, für das Glück des lieben Dooley! Wir müssen weiterfahren und auf das Beste hoffen.« Sie drehte sich zu ihm um und sah ihn flehentlich an. »Sie beten, Reverend, und ich werde fahren!«

Die Straße war ein Waschbrett; er befürchtete, dass sein Inneres sich womöglich auf irgendeine nicht wiederzuerkennende Art und Weise verändern würde; seine Leber würde dort sitzen, wo zuvor eine Niere gewesen war, sein Herz in seiner Kehle …

Sie folgten dem blauen Pick-up und bogen hart nach links auf eine unmarkierte, unbefestigte Straße ab, die übersät war von Schlaglöchern; er hörte, wie der Auspuff erst über einen Stein kratzte, dann über den nächsten. Dies war kaum besser als ein ausgetrocknetes Flussbett.

Plötzlich wurde ihm bewusst, dass der Pick-up verschwunden war.

»In welche Richtung sind sie gefahren?«

»Ich weiß es nicht«, antwortete Hélène verwirrt. »Aber wir werden sie einholen!«

Er schlug sich eine Hand über die Augen und klammerte sich mit der anderen fest, als gelte es sein Leben.

Er hätte es nicht zugegeben, nicht einmal sich selbst gegenüber, aber einige Minuten später war er zutiefst erleichtert darüber, dass der Pick-up tatsächlich verschwunden war. Hélène drosselte das Tempo und hielt für einen Moment erschüttert an. Er hatte das seltsame Gefühl, dass sie von Glück sagen konnten, mit einer Achtunddreißig-Dollar-Spritztour davongekommen zu sein.

Die Müdigkeit war schlimmer als alles, was er je erlebt hatte; all die Erschöpfung und Verzweiflung der letzten Wochen floss zu einer einzigen Qual zusammen. Er vermutete, dass er sich wohl in irgendeine Art von Anstalt einweisen lassen musste; er konnte einfach nicht für sich sorgen. Vielleicht hatte er so etwas wie einen verborgenen Todeswunsch in sich, den er nie ausgemerzt hatte, den er selbst vor Gott geheimgehalten hatte, so dass Er ihn nicht berühren konnte.

Auf dem Heimweg machten sie halt, um zur Toilette zu gehen, zu tanken und sich zu stärken. Wie ein Invalide saß er an der Tankstelle im Wagen, während Hélène Benzin einfüllte, Getränke und zwei Tüten Fritos kaufte und sich um seine jämmerlichen Nöte kümmerte. Es war unaussprechlich demütigend, aber er konnte nichts dagegen tun. Während sie den Berg hinauffuhren, trank er mit hastigen Schlucken Wasser aus der Flasche und verzehrte schwach seine Portion Fritos.

Außer Atem und benommen trat er in seine Küche und hielt sich an der Theke fest. Während eine Welle von Müdigkeit über ihn hinwegrollte, kam er sich vor wie ein ertrinkender Schwimmer, dessen Fuß soeben von einer Unterströmung erfasst wurde. Er atmete tief ein, schüttelte den Kopf und geriet in Panik; dann verebbte die Welle, und er war wieder in Sicherheit, hielt sich an der Theke fest und blickte in die Augen seines Hundes.

Er ließ Barnabas ohne Leine in den Garten, etwas, was er kaum je einmal tat, und dankte Gott dafür, dass sein treuer Gefährte seinem Herrn aufs Wort gehorchte.

Jetzt konnte er sich seine Abendspritze geben und sich ins Bett schleppen – das war alles, was er wollte, nichts weiter, nichts.

Er schlief bereits, als das Telefon klingelte; er tastete nach dem Hörer und hielt ihn sich ans Ohr. »Hallo?«

»Ah, Timothy, ich bin ja so froh, dass ich Sie erwische. Hier ist Edith.«

Edith! War das ein Traum?

»Als wir uns gestern Abend unterhalten haben, sagte ich, ich *sollte* Ihnen danken, und dann habe ich Dummkopf ganz vergessen, es wirklich zu *tun!* Also, vielen Dank, Timothy, *danke*. Gott benutzt alles zum Guten, meinen Sie nicht auch? Aber ich darf Sie nicht aufhalten. Meine besten Wünsche für Sie und Cynthia und diesen lieben Jungen, den Sie aufgenommen haben. Toodles!«

Einmal mehr war er vollkommen sprachlos, aber vor allem fühlte er sich schlicht und ergreifend belästigt. Warum konnte Edith Mallory ihn niemals in Ruhe lassen? Warum musste sie sich endlos in sein Leben einschleichen? Es war ihm von Herzen zuwider, dass sie ihn anrief wie einen alten Schulfreund, und er hoffte inbrünstig, dass es nie wieder geschehen würde. Vielleicht hatte er Glück; schließlich hatte sie sich jetzt bei ihm bedankt – welchen verrückten Grund sie dafür auch gehabt haben mochte –, und das sollte eigentlich genügen.

Er hoffte bei Gott, dass es genügen würde.

Das Gespräch mit Cynthia war nicht gut gelaufen; sie hatte seine Müdigkeit bemerkt und alles wissen wollen, aber er hatte es nicht gewagt, ihr alles zu erzählen.

Er wusste, dass es nichts Gutes für die Zukunft bedeutete, seiner Ehefrau oder irgendeiner Ehefrau die nackten Tatsachen vorzuenthalten. Aber er konnte nicht alles erklären; es war zu anstrengend, zu kompliziert, zu ... Er fand, der ganze Nachmittag habe etwas Traumähnliches gehabt, als seien all diese Dinge nie geschehen. Er war in einer anderen Welt gewesen, um eine hehre Mission zu erfüllen, und war gedemütigt und geschlagen nach Hause zurückgekehrt. Warum auch nur ein Wort darüber verlieren?

Am Fußende des Bettes kratzte Barnabas sich heftig, sodass die Matratze wie ein gewaltiges Herz pulsierte.

Father Tim, der um drei Uhr morgens immer noch wach

war, lag in dem dunklen Raum und blickte nach draußen in die Dunkelheit. Der Himmel war bewölkt und verdeckte den fast vollen Mond; die Straßenlaterne war vor zwei Wochen von einem unvorsichtigen Autofahrer umgefahren worden.

Wer wollte sagen, ob Cynthia ihn nicht irgendwann aufgeben würde? Tatsache war, dass es mit ihm bergab ging, während sie erst richtig loslegte. Wie lange konnte eine intelligente, erfolgreiche und schöne Frau mit einem Mann Geduld haben, der keinen Funken Leidenschaft mehr in sich hatte? Bei seiner Frau drehte sich alles um Leidenschaft, Leidenschaft für alles, was sie tat, für alles, was vor ihr lag. Zu Anfang hatte sie behauptet, er sei charmant und romantisch – vielleicht änderte sie jetzt langsam ihre Meinung. Aber er konnte solche Gedanken nicht ertragen, es war Blasphemie, so furchtbare Dinge zu denken.

»Bist du da, Herr? Manchmal kann ich Deine Gegenwart nicht spüren, ich muss mich allein auf meinen Glauben stützen. Du willst, dass wir uns von unserem Glauben führen lassen, Du hast es uns so aufgetragen … Leben wir nicht in dem Glauben, dass die Sonne untergehen und der Mond aufgehen wird, dass unser Atem ein- und ausfließt und unsere Herzen schlagen? Gib mir Glauben, Herr, mir Deiner Gegenwart so gewiss zu sein, wie ich mir meines eigenen Herzschlags gewiss bin. Ich habe mich Dir so fern gefühlt …«

Er erinnerte sich an Miss Sadies Geschichte, wie sie einmal in einen stillgelegten Brunnen gefallen war. Sie hatte ihm von ihrer furchtbaren Angst erzählt, mit der sie in jener dunklen Sommernacht geschrien hatte, ungehört und außerstande, sich zu bewegen – damals, so hatte sie gesagt, habe sie zum ersten Mal die tiefe Bedeutung der Gebete erfahren, die sie auswendig gelernt hatte. »Es war die Dunkelheit«, hatte Miss Sadie ihm erzählt, »die das Schlimmste war.«

Die Tränen brannten ihm auf dem Gesicht. Sein eigenes Leben schien während der vergangenen Wochen von Dunkelheit überwältigt gewesen zu sein; wo einmal helle, strahlende Möglichkeiten gewesen war, hatte plötzlich niederdrückende Dunkelheit geherrscht. Etwas regte sich in seinem Gedächtnis. »Singvögel«, flüsterte er. »Singvögel, ja ... Man lehrt sie, in der Dunkelheit zu singen.«

Ihm fiel eine Zeile von Oswald Chambers aus dem Buch ein, das seit vielen Jahren an seinem Bett lag. Aber er brachte nicht die Kraft auf, die Lampe einzuschalten, um zu lesen; seine Augen fühlten sich schwach und schmerzten sogar. Er drehte sich auf die Seite, zog die Schublade des Nachttischs auf und nahm die Taschenlampe heraus. Dann legte er Cynthias Kissen auf seines und richtete die Taschenlampe auf das geöffnete Buch.

Er blätterte in den abgegriffenen, vertrauten Seiten. Da! Seite fünfundvierzig, die Lesung für den 14. Februar ...

Manchmal erlegt Gott uns die Schule der Dunkelheit auf, um uns zu lehren, ihn zu beachten. Singvögeln bringt man bei, im Dunkeln zu singen, und wir werden in den Schatten von Gottes Hand gestellt, bis wir gelernt haben, ihn zu hören ... Achte darauf, wo Gott dich in die Dunkelheit stellt, und schweige, solange du dort bist. Stehst du jetzt gerade mit deinen Lebensumständen im Dunkeln oder mit deinem Leben zu Gott? Dann bleibe ruhig ... Wenn du in der Dunkelheit stehst, lausche, und Gott wird dir für jemanden eine sehr kostbare Botschaft mitgeben, wenn du wieder ins Licht trittst.

Die Taschenlampe rutschte neben ihn auf das Bett, als er einschlief, aber seine Hand hielt das Buch entschlossen fest, bis der Morgen graute.

12

Wo das Herz ist

Onkel Billy Watson kam zu dem Schluss, dass er es müde war, Witze aus einem Buch auswendig zu lernen. Ein Mann musste einen winzig kleinen Teil davon studieren, in einer Druckschrift, die so fein war wie Froschhaar, und dann die Augen schließen und den Satz laut aufsagen, bis er ihn richtig hinbekam. Anschließend musste er den nächsten verflixten Satz lernen und so weiter und so weiter, bis das Ganze in seinem Kopf so verworren war, dass er selbst kaum mehr wusste, ob irgendetwas Komisches daran war. Er hatte nicht ein einziges Mal über den Papageienwitz gelacht, warum also glaubte er, er könne den Reverend damit zum Lachen bringen?

»Wo willst du hin?«, verlangte seine Frau zu wissen.

»Ich geh raus in meinen Garten!«, sagte er und stapfte zur Tür.

»Die Suppe ist fertig!«

»Es ist zu heiß für Suppe!«, erwiderte er, böse wie eine Hornisse über die Dinge im Allgemeinen. »Ein Mann sollte keine Suppe essen müssen, wenn draußen dreißig Grad im Schatten sind!«

»Ein Mann sollte essen, was ihm angeboten wird, und dankbar dafür sein!«

Er fand, dass Rose Watson gemeiner aussah als jede andere Frau, die ihm je unter die Augen gekommen war, wie sie da die Arme vor der Brust verschränkte und auf ihn hinunterfunkelte, als sei er gerade mal einen halben Meter groß. Manchmal meinte er, dass mit seiner Frau alles in bester Ordnung sei. Sie war blitzgescheit und zäh wie nur was; ihre Krankheit hatte nur den Zweck, Aufmerksamkeit zu erregen und einen Mann zu Tode zu ängstigen.

»Keine Ruhe den Frevlern«, murmelte er leise. Er ließ die Fliegentür hinter sich zuschlagen, auch wenn in seinem Haus das Zuschlagen von Türen nicht erlaubt war, und ging mit seinem Stock die hintere Treppe hinunter.

Sollte sie ihn doch anbrüllen, bis sie blau im Gesicht wurde, er würde zu seinem kleinen Beet hinübergehen, sich auf einen Stuhl setzen und seinen Keimlingen beim Wachsen zusehen.

Er würde sich seinen eigenen Witz ausdenken, wahrhaftig – ein Mann, der gute achtzig Jahre auf dem Buckel hatte, sollte doch, verflixt und zugenäht, genug Verstand haben, um sich einen eigenen Witz auszudenken.

Sie lagen einander zugewandt im Bett; der Mond war aufgegangen und erleuchtete, strahlend und voll, das Schlafzimmer.

»Es hat dir gut getan, einmal fortzukommen«, sagte er und zeichnete mit den Fingerspitzen die Umrisse ihres Ohrs nach.

»Ja. Das hat es. Aber es ist noch besser für mich, wieder zu Hause zu sein.«

»Meinst du das wirklich ernst?«

»Ich meine es wirklich ernst.«

Er küsste sie und ließ sich Zeit damit.

»Ich denke, du bist froh, dass ich wieder zu Hause bin.«

»Amen!«

Sie lächelte. »Zu Hause ist dort, wo das Herz ist.«

Sie legte eine Hand auf seine Wange und erwiderte seinen Kuss; er spürte, wie eine langsame, stetige Flut in ihm aufstieg.

Er war doch nicht so alt und gebrechlich, wie er gedacht hatte. Nein, wahrhaftig, er war überhaupt nicht alt und gebrechlich.

Hope Winchester saß auf dem Hocker hinter der Kasse von Happy Endings und wagte es nicht, den Blick von dem Buch zu heben, das sie las. Sie konnte sich einfach keinen Reim auf die Worte machen; sie schienen ineinanderzufließen wie eine Art typographischer Morast. In was für eine Falle war sie da nur hineingetappt; sie gab sich alle Mühe, den Eindruck zu erwecken, als sei sie in *Jim the Boy* vertieft, von dem die *New York Times* so geschwärmt hatte, aber in Wirklichkeit war sie mit ihren Gedanken im Versandraum.

Es war fast unerträglich, dass die Tür zum Versandraum, der nur wenige Schritte von der Kasse entfernt war, einen Spaltbreit offen stand; ab und zu sah sie ihn zu den Regalen hinübergehen und ein Buch herausnehmen. Sie fand seine Hände faszinierend – lange, spitz zulaufende Finger, die jeden Gegenstand sensibel und zielstrebig festhielten.

Sie versuchte zu vergessen, dass er eben diese Finger benutzt hatte, um die Ölwanne eines Autos aufzuschaben und die Juwelen eines Freundes zu stehlen, der sie, wie sich herausstellte, seinerseits aus einem britischen Museum gestohlen hatte. Aber das war vorüber, das war Vergangenheit; er hatte seine Strafe verbüßt, und er war ungeheuer nett und sehr ernsthaft und freundlich, und er liebte Bücher genauso sehr wie sie.

Sie glaubte, dass sie seine Nähe vielleicht mit größerer Gelassenheit ertragen hätte, wäre da nicht seine Liebe zu Büchern gewesen oder würde er nicht so ungemein gut aussehen. Sie hatte nie viel mit gut aussehenden Männern zu tun gehabt, und die Tatsache, dass ein solcher jetzt im Nebenzimmer arbeitete, ihren Namen sagte und ihr morgens gelegentlich ihren Kaffee brachte, diese Tatsache war … sie versuchte, Worte dafür zu finden. Es war schmerzhaft, nachgerade quälend, ihn so nah zu wissen, eine solche Lawine unterschiedlichster Gefühle in sich zu spüren und vollkommen außerstande zu sein, zu lachen, zu reden und ganz normal ihr Leben zu führen, statt auf einem Hocker zu sitzen, starr vor Sehnsucht, Angst und Verstellung, während sie versuchte, Worte zu lesen, die einfach nicht bis in ihr Gehirn vordrangen.

»Miss Winchester?«

George Gaynor stand, nur wenige Schritte von ihr entfernt, in der offenen Tür und lächelte. Er trug ein Jeanshemd, das die gleiche Farbe hatte wie seine Augen; sie konnte kaum sprechen. »Ja?«

»Könnten Sie mir wohl zeigen, wie ich diese Bestellung eingeben muss – sie ist anders als alle anderen.«

Sie wäre am liebsten auf der Stelle gestorben, um die Sache hinter sich zu bringen und nicht so grausam leiden zu müssen.

»Natürlich«, sagte sie und ließ sich vom Hocker gleiten. Das Buch fiel zu Boden, und sie bückte sich, um es aufzuheben. Als sie es auf die Theke legte, sah sie ihn an und stellte fest, dass er lächelte.

»Sie wissen, wie die Dinge während der letzten Jahre gelaufen sind«, erklärte er Buck am Telefon. »Wir haben viele Enttäuschungen erlebt. Vielleicht sollten wir Pauline und den Kindern noch nichts erzählen ... oder Dooley ... aber Sammy ist in Holding.«

Er hörte, dass Buck scharf die Luft einsog.

»Wie ist seine Situation?«

»Er lebt bei seinem Vater, ich weiß nicht, wo. Ich hatte jemanden gebeten, mir den Weg zu zeigen, aber man hat uns an der Nase herumgeführt.«

»Ich werde morgen Abend auf dem Heimweg vorbeikommen, wenn es Ihnen recht ist. Heute Abend muss ich Poo und Jessie zu einem Spiel bringen, ich hab's versprochen.«

»Ich habe für morgen Abend ein großes Ereignis geplant. Wie wär's mit morgen früh – vielleicht in der Grillstube –, könnten Sie, sagen wir, um halb neun dort sein?«

»Geht in Ordnung«, antwortete Buck.

Für einen Mann, der ihn einmal zu Tode erschreckt hatte,

ganz zu schweigen davon, dass er ihn ungeheuer wütend gemacht hatte, hatte Buck Leeper jetzt eine ausgesprochen wohltuende Wirkung auf ihn. Wenn es irgendjemanden gab, den er auf seiner Seite haben wollte, wenn er Clyde Barlowe gegenübertrat, dann war es Buck Leeper.

Er sollte seiner Frau von Sammy erzählen. Aber es hätte zu viel Energie gekostet, am Anfang der Geschichte zu beginnen und alles zu erklären. Er würde warten. Er fühlte sich heute so stark wie seit Langem nicht mehr, aber jede Aktivität kostete ihn eine Menge von dieser Stärke – die Zeitung hereinzuholen, mit Harley zu reden, mit seinem Hund bis zur Ecke zu gehen, die kleinste Tätigkeit erschöpfte ihn. Er würde es ihr erzählen, nachdem er mit Buck geredet und sie einen Plan geschmiedet hatten. Schließlich verstand Cynthia etwas von Plänen. Er konnte ihr seinen Plan vorstellen und ihre Vorschläge entgegennehmen, das hatte sich stets als eine gute Vorgehensweise erwiesen.

»Tim, ich bin's, Ihr Bruder im Herrn!«

»Bill!«

»Sie werden nie erraten, was passiert ist!«

»Nein, Sir, das könnte ich nicht. Was ist es denn?«

»Der Herr hat mir einen Hund geschickt.«

»Das ist nicht Ihr Ernst …«

»Er hat sich mächtig beeilt damit, ich hatte so früh noch gar nicht mit einem gerechnet, aber dieser hier ist es, dieser ist der richtige. Ich möchte, dass Sie sich ihn ansehen, Tim, er ist zum Schreien komisch! Gehen Sie schon raus?«

»Ich war beim Friseur, und ich habe eine kleine … Ausfahrt unternommen. Ich würde Sie gern besuchen. Wann würde es Ihnen denn passen?«

»Jederzeit. Kommen Sie einfach vorbei.«

»Haben Sie ihm schon einen Namen gegeben?«

»Buddy.«

»Buddy. Ein guter Name. Ich bin davon überzeugt, dass er ihm gerecht werden wird.«

»Er läuft seitwärts.«

»Da gehört schon einiges dazu. Was glauben Sie, wie alt ist er?«

»Fünf, vielleicht sechs Jahre. Ein Mitglied der Gemeinde hat ihn in einem Graben gefunden, keine Hundemarke und bis auf die Knochen abgemagert. Ich habe gestern Abend mit Sparky darüber gesprochen, Sparky sagt, er sei in Ordnung. Er hat mir erlaubt, ihm …« – Bills Stimme brach, aber nur für einen Augenblick – »ihm sein altes Bett in der Ecke unseres Schlafzimmers zu geben.«

»Ich bin überglücklich für Sie, Bill.«

»Geht es Ihnen gut?«

»Gott ist treu, ich komme zurecht«, sagte Father Tim. »Wie sieht es denn bei Ihnen aus, mein Freund?«

»Ich kann mich nicht beklagen!«

»Nun, wenn Sie sich nicht beklagen können, dann kann es niemand. Wie wär's, wenn ich Ihnen und Rachel ein paar Obsttörtchen mitbringe?«

»Nein, Hoppy hat mir Zucker verboten.«

»Er verbietet allen Leuten Zucker. Diese Törtchen sind zuckerfrei.«

»Dann bringen Sie sie mit, Bruder«, sagte Bill Sprouse lachend.

Father Tim spürte, wie sich eine gewaltige Last von seinen Schultern hob. Bill Sprouse hatte einen Hund! Bill Sprouse lachte! Gott war wahrlich treu.

Wenn er morgen mit den Törtchen den Hügel hinaufging, würde er noch eine Schachtel Hundekuchen obendrauf legen.

Er glaubte nicht, dass er je zuvor mit dem Auto in die Grillstube gefahren war; er war immer zu Fuß gegangen, ganz egal, bei welchem Wetter.

Obwohl es ihm zutiefst widerstrebte, diesem modernen

Hang zur Bequemlichkeit zu folgen, setzte er den Mustang rückwärts aus der Garage, um zwei Häuserblocks weit zu fahren. Er sparte die Energie, die der Fußweg gekostet hätte, sparte sie für Cynthia.

»Ich traue meinen Augen nicht.« Percy wischte sich die Hände an dem Handtuch ab, das er an seinem Gürtel hängen hatte, und trottete zum Stammtisch hinüber. »Ich dachte, Sie wären vom Antlitz der Erde verschwunden.«

»Ich bin wieder da, und es geht mir besser denn je. Es ist schön, Sie zu sehen, Kamerad. Wo ist Velma?«

»Im Badezimmer, nimmt sich die Lockenwickler aus dem Haar.«

»Aha.«

»Ich hab kein Ei mehr pochiert, seit Sie das letzte Mal hier waren.«

»Wir werden sehen, ob Sie es verlernt haben! Ich nehme zwei pochierte Eier auf Vollkornweizen, wie üblich.« Er schob Percy seine Kaffeetasse hin, der sie auffüllte.

»Sie machen nichts als Mühe«, sagte Percy mit geheuchelter Verärgerung, obwohl er sich offenkundig über seinen Gast freute. »Wollen Sie ein bisschen Schinken dazu? Eine Schale Grütze?«

»Melone. Ich lechze nach einer guten Melone.«

»In Scheiben geschnitten oder gewürfelt?«

»Habe ich die Wahl?«

»Nee, das war ein Witz, ich hab nur in Scheiben geschnittene da.«

»Und ich will nur in Scheiben geschnittene«, sagte Father Tim grinsend.

»Ich hab hinten was stehen, da steht Ihr Name drauf. Ist gestern angekommen, UPS.«

»In Ordnung. Ich hole es mir, bevor ich gehe. Ich dachte, ich halte ein Schwätzchen mit Mule und J. C., bevor ich mich gegen halb neun mit Buck Leeper hier treffe.«

»Ja, hm, der Truthahnclub ist nicht mehr derselbe, seit Sie nicht mehr kommen.«

»Der Truthahnclub?«

»So nennt Velma die Gäste am Stammtisch.«

»Sehr anschaulich. Also, was sind die neuesten Skandale und Gerüchte? Was habe ich verpasst?«

J.C. schob sich mit seiner ausgebeulten, offenen Aktentasche an den Tisch. »Alle Skandale und Gerüchte sind getreulich in der *Mitford Muse* aufgezeichnet worden. Wenn ich nicht darüber berichtet habe, ist es nicht passiert.« Der Redakteur schob eine Ausgabe der Zeitung über den Tisch. »Noch warm aus der Presse, alle Neuigkeiten, die druckfähig sind, hier erfahren Sie sie zuerst. Das macht fünfzig Cent.«

»Fünfzig Cent?«, wiederholte Father Tim.

»Die Papierpreise sind gestiegen, die Preise für Druckerschwärze sind gestiegen, die Vertriebskosten ...«

Percy füllte stirnrunzelnd J.C.s Tasse. »Die Qualität ist gesunken ...«

»Man muss schließlich von irgendwas leben«, sagte J.C. Er zog ein zerknittertes Taschentuch aus seiner Jackentasche, faltete es auf und tupfte sich die Stirn ab.

»Nachrichten im Wert von zehn Cent für einen halben Dollar, das nenne ich Wucher.«

»Während Sie predigen«, blaffte J.C., »geben Sie mir ein Wurstbrötchen für einen viertel Dollar im Wert von einem Dollar – und für zwanzig Cent Bratkartoffeln im Wert von einem Dollar fünfundsiebzig als Beilage.«

»Truthahn«, murmelte Percy und verzog sich zum Grill.

»Also, sehen Sie sich die erste Seite an«, sagte J.C.

Dort prangte seine Frau fast in voller Lebensgröße, zusammen mit einem Foto der Davant-Medaille. Das Foto wurde ihr eindeutig nicht gerecht, nein, wirklich nicht, bei ihrem Verlag würden Köpfe rollen, dafür, dass man gerade dieses Foto herausgegeben hatte ...

»Lesen Sie die Schlagzeile«, fuhr J.C. fort. »Die hab ich geschrieben; die großen Sachen schreib ich immer selbst.«

»›*Angesehene Davant-Metalle heimischer Autorin verliehen.*‹«

»Mit der Schlagzeile hatte ich Probleme«, vertraute der Redakteur ihm an.

»Im Ernst?«

»Yeah, ich wusste nicht, ob ich schreiben soll *einheimische* oder *weltberühmte*. Ich dachte, *einheimische* würde mehr ...«

»Mehr Zeitungen verkaufen«, beendete Father Tim seinen Satz in dem Bemühen, hilfsbereit zu sein.

»Dann dachte ich, *verliehen* wäre ein ziemlich großes Wort für eine Kleinstadtzeitung ...«

»Klar.«

»Aber ich fand, dass es durchaus bildend sein könnte, ein neues Wort zu lernen.«

»Sehr klug von Ihnen.« Warum sollte er derjenige sein, der ihn auf die Rechtschreibung aufmerksam machte?

»Sehen Sie mal, da habe ich ihre Einladung zu einer landesweiten Lesereise mit diesem Literaturdings erwähnt. Das stand in dem Brief, den ihr Verleger mir geschickt hat.«

»Eine sehr gründliche Story. Aber sie wird diese Lesereise nicht machen.«

»Lassen Sie mich hier Platz nehmen und ein wenig Kaffee trinken, bevor das Dach einstürzt!« Mule Skinner ließ sich neben Father Tim fallen.

»Warum stürzt das Dach denn ein?«, erkundigte sich J.C.

»Weil der Pfarrer hier ist, Dummkopf.«

»Oh«, sagte J.C.

Obwohl er nur wenige Wochen von der Bildfläche verschwunden war, kam es Father Tim so vor, als seien es Jahre gewesen; diese Burschen sahen ... irgendwie anders aus. Es würde eine Weile dauern, bis das Neue sich abschliff und das Alte wieder zur Gewohnheit wurde.

»Also, was soll's denn sein?«, rief Percy vom Grill, wo er mit Schinken, Würstchen und Bratkartoffeln beschäftigt war.

»Das Übliche!«, sagte Mule.

»Was zum Kuckuck ist das?«, wollte Percy wissen. »Sie haben in zwanzig Jahren nie dasselbe zweimal bestellt!«

»Das stimmt ja gar nicht. Letzte Woche habe ich zweimal hintereinander Spiegeleier bestellt.«

»Aha. Sie bestellen also Spiegeleier?«

»Ich hab nicht gesagt, dass ich das bestelle, ich hab …«

Velma kam aus dem Bad gerauscht. »Lass mich das machen! Ich werd ihm seine Bestellung schon abringen.«

J. C. stützte den Kopf in die Hände. »Nur ein einziges Mal, Himmel, Mann, nur ein einziges Mal …«

»Nur ein einziges Mal was?«

»Nur ein einziges Mal, *bestellen Sie einfach, und bringen Sie die Sache hinter sich.*«

»Genau!«, sagte Velma und griff nach ihrem Bestellblock. »Und machen Sie dalli.«

»Spiegeleier oder nicht?« drängte J. C.

»Dann also Spiegeleier, zum Kuckuck! Auf weißem Toast! Ohne Butter! Traubengelee! Orangensaft! Bratkartoffeln!«

Benommenes Schweigen folgte.

»So, verflixt und zugenäht!« Mule blickte triumphierend in die Runde. »Ich hoffe, jetzt seid ihr alle zufrieden.«

»Ich fass es nicht!«, sagte Velma. »Das ist ein Ereignis für die Geschichtsbücher. Also – was haben Sie noch gleich nach dem Orangensaft gesagt?«

Mule zuckte die Achseln. »Weiß ich nicht mehr.«

»Sie wissen nicht, was Sie gesagt haben?«

»Ich hab nicht zugehört.«

»Er hat gesagt: Bratkartoffeln«, erklärte J. C.

»Yeah, aber vielleicht sollte ich lieber Grütze nehmen? Mit Butter! Warum nicht? Butter auf der Grütze, aber keine Butter auf dem Toast.«

»Bringen Sie ihm Bratkartoffeln«, sagte J. C.

Velma blickte kurz zur Decke empor, riss die Bestellung von ihrem Block, spießte sie auf den Dorn, der auf der Theke stand, und stapfte zum nächsten Tisch davon.

»Mann!«, sagte J. C. und tupfte sich das Gesicht ab.

Mule drehte sich zu Father Tim um und grinste breit. »Also, Kamerad, willkommen zurück.«

»Danke. Ich bin auch froh, wieder da zu sein. Sieht so aus, als hätte sich nichts verändert.«

»Alles wie immer, alles beim Alten«, antwortete Mule.

Father Tim war sich sicher, dass Mule ihn irgendwie seltsam angesehen hatte. Tatsächlich konnte er den Stier ebenso gut bei den Hörnern packen und gleich darauf zu sprechen kommen, was die Leute über den Unfall dachten. Sein Herz hämmerte, als er fragte, denn eigentlich wollte er es gar nicht wissen.

»Also, was denken Sie?«

»Denken?«, fragte Mule. »Ich denke gar nichts.«

»Das ist ganz normal bei ihm«, meinte J. C.

Father Tim roch den gebratenen Schinken, er hörte das Klappern des Ventilators im Fenster, er sah Percy die Melone aufschneiden ...

Er zwängte sich in die Ecke der Bank, wie er es seit fast zwei Jahrzehnten getan hatte; die Stelle, in der das grüne gestrichene Holz zusammenlief, fühlte sich ganz heimelig an.

»Vielleicht sollten wir die ganze Angelegenheit den Behörden übergeben und das Sozialamt als Vermittler einschalten.«

»Nach drei Ehen und einem Alkoholproblem steht mir Vermittlung bis hier«, meinte Buck mit einer entsprechenden Geste. »Manchmal denke ich, wir sollten schlafende Hunde einfach in Ruhe lassen. Jessie war noch ein Baby, als die Kinder getrennt wurden, sie erinnert sich weder an Sammy noch an Kenny, und Poo kann sich an die beiden auch kaum erinnern. Bei uns ist alles gut geregelt; es läuft alles ziemlich glatt.« Buck blickte auf den Tisch, dann wieder zu Father

Tim hinüber. »Aber es gibt keine Möglichkeit, wie wir die ganze Familie wieder zusammenbekommen können. Nicht die geringste Möglichkeit.«

»Falls sich doch noch alles zum Besten fügen sollte, würden Sie dann Sammy bei sich aufnehmen wollen?«

»Wir würden ihm die Möglichkeit anbieten«, sagte Buck.

»Der Junge könnte ernsthafte Verhaltensprobleme haben.«

»Das ist uns klar. Es würde eine Menge bedeuten, einfach nur zu wissen, dass es ihm gut geht – und falls er bei uns leben will, falls wir die Sache durch die Gerichte bekämen … Wir würden unser Bestes tun.«

»Als ich gestern nach Holding gefahren bin, hab ich es getan, ohne nachzudenken. Ich weiß nicht, was ich eigentlich zu erreichen hoffte, vielleicht wollte ich ihn einfach nur sehen, ihn an seine Brüder und Schwestern erinnern, mir ansehen, wie und wo er lebt – vielleicht wäre er nicht zu Hause gewesen, oder vielleicht hätte ich mit meinem Verhalten nur seinen Vater irgendwie aufgebracht …«

»Lassen Sie uns einfach nach ihm suchen. Wenn wir ihn gefunden haben, werden wir weitersehen. Wir haben beide eine ziemlich genaue Vorstellung davon, wie er lebt, und was die Gerichte betrifft, dürfte das Zuhause, das wir ihm geben könnten, wohl allemal als das bessere durchgehen.«

»Sie machen Ihre Sache mit Jessie und Poo sehr gut.«

»Es ist schön zu versuchen, ihr Daddy zu sein, ich selbst konnte niemals Kinder haben … Und wenn Sie sich vor Augen führen, welchen Weg ich hinter mir habe, dann ist das wahrscheinlich das Beste so. Ich versuche auch, Dooley gerecht zu werden, aber ich weiß, dass er Sie als seinen Dad ansieht, und da wollte ich mich nie einmischen.«

»Meine erste Begegnung hat sich tief in mein Gedächtnis eingeprägt – ein kleiner, rothaariger Bursche mit Sommersprossen, der böse auf die ganze Welt war und älter wirkte als er war. Es ist nicht leicht gewesen, aber es war wunderbar … und ich bin sehr dankbar dafür.«

»Ich gestehe, dass mir der mögliche Ausgang dieser Geschichte schwer im Magen liegt …«

»Dooley befürchtet, es könnte ein Pulverfass sein.«

»Aber seit unserer Hochzeit habe ich gebetet, dass wir die Jungen finden. Pauline hat dasselbe getan. Und ich weiß, dass Sie ebenfalls gebetet haben.«

»Ich habe es getan und werde es weiter tun.«

»Also …« Buck leerte seinen Kaffee und stellte die Tasse energisch auf den Tisch. »Wie wär's, wenn wir beide jetzt festlegen, wann wir die Sache angehen wollen? Ich würde gern mit Pink Shuford und seinem Kumpel noch einmal ganz von vorn anfangen.«

»Father Tim!«

Er drehte sich um und sah Reverend Talbot, der soeben aus der Buchhandlung getreten war, in seinem Laufanzug auf sich zukommen.

»Warten Sie!«

Father Tim betrachtete seinen Nachfolger in der Lord's Chapel eingehend. Es war nicht leicht, dachte er, von einem Mann ersetzt worden zu sein, der nur wenige Jahre jünger war als er selbst und trotzdem noch all seine Haare hatte, täglich lief, trainierte, eine Rudermaschine benutzte und edle Nikes trug.

»Henry! Ich freue mich, Sie zu sehen!« Und er freute sich wirklich.

»Ich wollte gerade ins Büro gehen, um Sie anzurufen«, sagte Henry Talbot atemlos. »Sie sehen großartig aus, sehr schlank und fit!«

In Wahrheit war er so ausgelaugt, dass er bereits auf dem Heimweg war, statt noch zur Leckerbäckerei zu gehen, um Obsttörtchen zu kaufen. »Ich befinde mich wieder auf dem Weg der Besserung, vielen Dank. Wie geht es Ihnen und Mary?«

»Wir schmieden Pläne für unsere Reise auf die Bahamas in

zehn Tagen, ein Überraschungsgeschenk zum Hochzeitstag von unseren Kindern. Ich hoffe, Sie können mich im nächsten Monat in der Lord's Chapel vertreten. Vom, ah, mal sehen …« Henry Talbot holte einen kleinen Terminkalender aus der Tasche seiner Laufshorts und blätterte in den Seiten. »Am achten und am fünfzehnten. Ich schätze, das würde eine Menge Leute glücklich machen.«

Lord's Chapel! Etwas wie Furcht durchzuckte sein Herz. War er eingerostet? War er der Aufgabe gewachsen?«

»Ja!«, sagte er. »Nichts lieber als das.«

Hessie Mayhew schob sich in den winzigen Garten zwischen dem Herrenausstatter und der Leckerbäckerei und blieb wie angewurzelt vor einem Dahlienbeet stehen, erfüllt von der Hoffnung, dass Father Tim sie im Vorbeigehen nicht entdecken würde.

Sie hielt eine Messingvase an die Brust gedrückt, die randvoll mit vielfarbigen Rosen war. Die Rosen hatte sie soeben von ihrem Bogen abgeschnitten, um sie zu dem Bürogebäude neben der Leckerbäckerei zu bringen. Es war ein Vierzig-Dollar-Arrangement und jeden Cent wert, aber plötzlich kam sie sich vor wie eine gewöhnliche Verbrecherin. Sie dachte an all das, was er durchgemacht hatte – und jetzt, da er endlich wieder auf den Beinen war, würde er zweifellos jenen, die ihm während der langen Wochen seiner Krankheit Blumen und Leckereien geschickt hatten, Dankesbesuche abstatten. Und die Tatsache, dass er während der ganzen Zeit kein einziges Sterbenswörtchen von Hessie Mayhew gehört hatte, quälte ihn gewiss wie ein eitriger Daumen …

»Guten Morgen, Hessie!«

Sie drehte sich beschämt um und blickte in sein strahlendes Gesicht.

»Wie schön, Sie zu sehen, Hessie! Wie geht es Ihnen?«

Ohne nachzudenken, trat sie hastig auf ihn zu und drückte ihm die Rosenvase in die Hand.

»Da!«, platzte sie heraus und kippte ihm dabei Wasser über den Ärmel. Entsetzt über die abscheulich plumpe Präsentation ihrer Gabe, drehte sie sich auf dem Absatz um und flüchtete den Gehsteig hinunter.

Da er nun schon einmal vor der Tür der Leckerbäckerei stand, beschloss er hineinzugehen. Wenn schon nichts anderes, würde er sich dort wenigstens für einige Minuten hinsetzen können, bevor er sich auf den langen Marsch nach Hause machte. Die Blumenvase schien mehr zu wiegen, als er für möglich gehalten hätte. Er ging hinein, stellte die Vase kraftlos auf einen Tisch und setzte sich.

»Wasser«, sagte er zu Winnie, die ihm einen besorgten Blick zuwarf.

»Wo ist dein Wagen, Liebling?«

»Ah«, sagte er. »Mein Wagen.«

»Ja. Du weißt schon, der rote Mustang mit dem Stoffverdeck, den Ledersitzen, den ...«

»Oh, *dieser* Wagen.« Verflixt! »Der steht vor der Grillstube.«

Er drückte ihr die Vase in die Hand. »Da!«, sagte er, weil er nicht wusste, was er sonst sagen sollte.

»Ach, du liebe Güte! Wie schön!«

»Alles Gute zum Geburtstag!«, sagte er, nachdem er sich wieder gefangen hatte.

Sie stellte die Vase auf den Couchtisch vor dem Sofa. »Einfach vollkommen! Was für ein wunderschönes Rosa! Vielen Dank, Liebster!« Sie pflückte einen kleinen Umschlag zwischen den Rosen hervor und lächelte. »Mal sehen, welch zärtliche Worte du für mich gefunden hast.«

Er hob hilflos die Hände. Er hatte keinen Umschlag gesehen!

Sie zog eine kleine Karte aus dem Kuvert und musterte sie. »›Alles Gute zur Pensionierung, Mildred ...‹«, las sie laut vor.

»›Alte Buchhalter sterben nie, sie bringen mit ihrer Kleinlichkeit lediglich andere zu Tode.‹ Timothy, was um alles in der Welt soll das heißen?«

»Ein Witz«, sagte er schwach. Aber der Witz ging auf seine Kosten, daher sagte er ihr die Wahrheit und war unendlich erleichtert, als sie vor Lachen johlte.

Er lag quer über dem Bett und erinnerte sich daran, was er sonst noch vergessen hatte – die Obsttörtchen, den versprochenen Besuch bei Bill und Rachel …

Stimmen wehten von unten zu ihm herauf. Drei Uhr. Er musste nach dem Mittagessen eingeschlafen sein und fühlte sich ein wenig desorientiert; es schien ihm, als habe der Morgen allein einen ganzen Tag gedauert. Vielleicht sollte er Hoppy lieber morgen besuchen – aber nein, der morgige Tag war vollkommen verplant …

Er setzte sich auf die Bettkante und betrachtete den Boden, ohne etwas zu sehen.

»Timothy?«

»Ja?«

Cynthia stand in der Tür; die Blässe auf ihrem Gesicht erschreckte ihn.

»Harley hat gerade das hier abgegeben.« Sie ging aufs Bett zu und reichte ihm einen Bogen Papier.

»›Für Arbeit und Ersatzteile‹«, las er laut vor, »›hundertachtundsechzig Dollar.‹«

»Für Miss Pringles Wagen. Harley sagte, du hättest ihm aufgetragen, die Bremsen und den Benzinanzeiger zu reparieren. Er meinte, du wolltest die Rechnung bezahlen.«

Ihr Tonfall ließ sein Herz schwerer schlagen. »Komm und setz dich zu mir«, sagte er.

»Ich stehe gern. Er sagte, dir sei aufgefallen, dass ihr Wagen überholt werden musste, als sie … als sie dich gefahren hat, während ich in New York war.«

Er hatte seiner Frau nicht alles erzählt. Er hatte die Wahrheit hinausgeschoben. Für diesen unglücklichen Fehler würde er definitiv bezahlen müssen.

Der Schmerz, den er während der letzten schrecklichen Wochen erfahren hatte, war ein dumpfer Schmerz gewesen. Dieses Leiden war scharf und hart. Er betrachtete die geschlossene Tür zu ihrem Arbeitszimmer; er hatte diese Tür nur selten einmal geschlossen gesehen …

In beiden Fällen hatte er jemanden durch selbstsüchtige Nachlässigkeit verletzt. Zu dem Unfall war es gekommen, weil er es versäumt hatte, die Anweisungen des Arztes zu befolgen; seiner Frau hatte er wehgetan, indem er es versäumte, die einfache Wahrheit dessen, was er getan hatte, mit ihr zu teilen. Hélène Pringle hatte ihm in einem Notfall geholfen, und er hatte seinerseits versucht, etwas zu tun, von dem er wusste, dass sie es benötigte und es sich nicht ohne Weiteres leisten konnte. Es war ihm gar nicht in den Sinn gekommen, dass diese Geste der Dankbarkeit vielleicht einen Vertrauensbruch Cynthia gegenüber darstellen konnte.

Es war, als hätte die Erde sich unter ihm aufgetan, und er stürzte durch einen riesigen, kalten, leeren Raum.

Worte können den Kummer nicht ausdrücken, den ich empfinde, weil ich …

Er legte den Füllfederhalter beiseite und starrte in den Baxter Park hinaus.

Es war der Geburtstag seiner Frau, der Tag, an dem er sie zu einem Picknick in eben diesem Park hatte entführen und ihr ein Geschenk überreichen wollen, das er schon vor Monaten mit solch großer Sorgfalt geplant hatte. Sie durften diesen Tag einfach nicht ganz und gar ungenutzt verstreichen lassen, es war zu wichtig, es war sogar ungeheuer wichtig.

Er sah auf seine Armbanduhr. Viertel vor fünf. Ihm blieben noch dreißig Minuten, um sich ihr auf Gnade und Ungnade auszuliefern und diese Show in Gang zu setzen.

»Los geht's«, sagte Avis Packard, auf dessen Schürze das grüne Logo des Ladens prangte. Father Tim stand an der Tür und streckte die Arme aus, um den randvoll gepackten Picknickkorb in Empfang zu nehmen. »Sagen Sie mir, was Sie davon halten, vielleicht werde ich das in Zukunft als Standardangebot bereithalten, vielleicht lass ich mir auch ein Plakat drucken ... *erstklassige Picknicks, jeden Tag frisch,* was halten Sie davon?«

»Ich denke, es wird funktionieren«, sagte er und trat einen Schritt von der Tür zurück. Avis war ein großer Redner vor dem Herrn, und er hatte nicht den ganzen Tag Zeit ...

»Eine nette Idee für Flitterwochen und Jubiläen, oder wenn man einfach nur einen Ausflug unternehmen will, um mit seinem Schatz den Tag zu genießen, man klappt diesen Korb auf, und ...« Avis rieb sich grinsend die Hände.

»Sie sind ein Marketing-Genie«, sagte Father Tim und zog die Tür bis auf einen Spaltbreit zu. »Vielen Dank für die persönliche Auslieferung. Setzen Sie den Korb auf meine Rechnung.«

»Der Ziegenkäse kommt aus Frankreich«, sagte Avis und spähte durch den Spalt, »nicht aus dem Tal. Ich dachte, für Ihren besonderen Anlass wollen Sie sicher den französischen.«

»Stimmt. Tausend Dank.« Er schloss die Tür.

Avis nickte.

Er öffnete die Tür.

»Ihr Champagner ...«

»Was ist damit?«

»Er kommt aus der Champagne in Frankreich, also das Beste vom Besten, Sie haben gesagt, ich soll alles reintun, was mir einfällt. Und, oh, ja, alles Gute zum ... was ist es denn? Ihr Hochzeitstag?«

»Geburtstag«, sagte er. »Ich muss mich sputen.«

»Ich habe nächste Woche selbst Geburtstag, raten Sie mal, wie alt ...«

»Wir sehen uns dann später«, antwortete er und schloss die Tür hinter sich.

»Cynthia«, flehte er, als er an der Tür zu ihrem Arbeitszimmer stand. »Ich habe dir etwas Wichtiges zu sagen.«

Sie öffnete die Tür und sah ihn an, gelassen, unaufgeregt.

»Kommst du mit nach draußen zu unserer Gartenbank?«, fragte er.

Er reichte ihr den Arm. Als sie ihn nahm, machte sein Herz vor Dankbarkeit einen Satz.

»Als ich dich gebeten habe, meine Frau zu werden«, sagte er, »habe ich es versäumt, all die Dinge zu tun, die du verdient hättest.«

Er stand vor ihr, beschämt und nackt in seinem tiefen Bedauern.

»Als ich dich gebeten habe, mich zu heiraten, habe ich mich auf ein Knie hinuntergelassen. Meine ganze Seele wusste, dass das nicht genug war, aber damals habe ich auch noch nicht so auf meine Seele gehört, wie du es mich zu tun gelehrt hast. Jetzt höre ich darauf.«

Er ließ sich zuerst auf das eine Knie sinken, dann auf das andere und umfasste ihre Hände.

»Verzeih mir, bitte, dass ich dich ausgeschlossen habe. Ich wollte dir alles erzählen, ich schwöre es.«

Er sah, wie ein gewisses Licht in ihre Augen zurückkehrte, das Licht, von dem er gelebt hatte, das Licht, das zu verlieren er nicht ertragen konnte.

»Hélène hat beiläufig erwähnt, dass sie Dooley angeblich in der Drogerie in Holding gesehen hatte, und irgendetwas in mir sprach, dass es vielleicht einer der Jungen sein könnte. Ich hatte nicht die Kraft, selbst hinzufahren, und sie hat sich erboten, das zu übernehmen. Es war das Wichtigste, was ich seit langer Zeit getan habe, ich musste einfach fahren, ich wollte wissen, ob es vielleicht …« Er schluckte einen Kloß in seiner Kehle hinunter. »Wir haben alle so lange gewartet und so inbrünstig gebetet …«

»Ja«, sagte sie.

»Und so sind wir also hingefahren, und es war vergebene Liebesmüh, und Hélènes Wagen hatte sehr schlechte Bremsen, ich sage dir, ich war halb verrückt vor Angst, wie sie um die Kurven gebraust ist …«

Sie sah ihn schweigend an.

»Und ihr Benzinanzeiger funktionierte nicht, uns wäre womöglich mitten im Nirgendwo das Benzin ausgegangen … Und glaub mir, das *war* nirgendwo.«

»Ich glaube dir«, sagte sie ruhig.

»Zwischen Hélène Pringle und mir ist absolut nichts, außer auf Gegenseitigkeit beruhender Respekt. Der Platz ihrer Mutter im Haus der Hoffnung ist sehr teuer, und ich schätze, sie konnte sich die Reparaturen an ihrem Wagen nicht leisten – ich habe mir nichts dabei gedacht, Harley darum zu bitten; sie hatte so viel für mich getan. Ich bin davon überzeugt, dass sie uns geholfen hat, Sammy zu finden.« Er sah sie flehentlich an. »Sie ist eine nette Nachbarin, mehr nicht.«

»Ja«, sagte sie.

»Glaubst du mir das?«

»Das habe ich immer geglaubt, und ich werde es immer glauben. Es stört mich nicht allzu sehr, dass du mit einer anderen Frau irgendwohin gefahren bist, oder dass du die Rechnung bezahlt hast, damit sie ihr Kurbelgehäuse fetten lassen konnte …«

»Ihre Bremsen, es waren ihre *Bremsen.*«

»Also schön, dann eben die Bremsen! Was mir allerdings sehr, sehr viel ausgemacht hat, ist die Tatsache, dass du mir nichts davon erzählt hast. Und dabei sind es so gute Neuigkeiten, dass du Sammy gefunden hast … Aber nichts, kein Wort zu mir. Ich bin da sehr empfindlich, Timothy. Vergiss nicht, dass ich mit einem Mann verheiratet war, der die Gesellschaft anderer Frauen geliebt und mir diese Frauen am

Ende vorgezogen hat.« Die Blätter des Hartriegels neben der Bank murmelten in einer leichten Brise.

»Diese letzten Wochen waren nicht leicht, du warst so schweigsam und düster, ganz anders als sonst. Es hat mir schreckliche Angst gemacht, dich so zu sehen, das Gefühl zu haben, dass du dich möglicherweise von mir entfernst, dass du zu anderen Zielen aufbrechen könntest …«

»Nein!«, sagte er, erschüttert darüber, dass sie etwas Derartiges denken konnte.

Sie klopfte auf den freien Platz auf der Bank. »Komm und setz dich, Liebling.«

Seine Beine begriffen langsam, was er getan hatte; sie waren so steif wie Makrelen in der Dose. »Nicht bevor ich bekommen habe, weshalb ich hier unten bin.«

»Und was wäre das?«

»Deine Vergebung.«

Er war der blinde Bettler, er war der Lahme am Tor des Tempels, das man die »Schöne Pforte« nannte, er war die blutende Frau …

Sie sah ihn voller Zuneigung an, dann beugte sie sich vor und küsste ihn auf die Stirn. »Bitte, Liebster. Es tut mir leid, dass ich dich so aufgeregt habe. Ich liebe dich von ganzem Herzen.«

»Und ich liebe dich auch.«

»Natürlich verzeihe ich dir«, sagte sie.

Er blickte in ihre Augen und fand, wonach er suchte. »Alles Gute zum Geburtstag, meine Liebste.«

Sie lachte, richtete sich auf und hielt ihm die Hände hin. Er ergriff sie und stellte fest, dass er ohne ihre Hilfe nicht hätte aufstehen können.

Sie hatten gegessen, sie hatten auf Cynthias Wiegenfest angestoßen, sie hatten sich wie Bauern auf ihrer Decke im Baxter Park gelümmelt.

»Schnell«, sagte er, »bevor es dunkel wird …«

Er zog die Schachtel unter der Parkbank hervor und überreichte sie Cynthia; sie war in blauem Papier verpackt und mit Bast umwickelt, den er auf Cynthias Zeichentisch gefunden hatte.

Sie legte das Päckchen strahlend auf ihren Schoß.

»Ich habe es schon vor Monaten bestellt, es ist eigens für dich angefertigt worden.« Er konnte es kaum erwarten, ihr Gesicht zu sehen. Er platzte beinahe vor Erleichterung und vor Freude.

Sie riss das Papier auf – seine Frau gehörte nicht zu der Zunft, die Einwickelpapier bügelte und aufhob – und band sich den Bast lachend ins Haar. Dann hob sie den Deckel der Schachtel, in der ihr Geschenk verborgen war, und fand dort eine weitere Schachtel. Ihre Initialen, die mit Messing in das warme Olivenholz eingraviert waren, glitzerten im Zwielicht.

Sie war sehr still.

»Schau hinein«, sagte er und berührte sie an der Schulter.

Sie hob den an Scharnieren befestigten Deckel und erblickte dicke Pastellkreiden, die, Reihe um Reihe, in dem Kasten lagen – Indigo, Violett, Ultramarin, Kobalt, gelber Ocker, Zinnoberrot, Karminrot, Purpur und alle Töne dazwischen.

»Timothy ...« Seine schwatzhafte, redselige Frau brachte kaum noch ein Wort hervor.

»Sie kommt aus Italien. Marcello, ein enger Freund von Roberto, hat sie aus Olivenholz gefertigt. Roberto hat in dieses kleine Fach dort etwas Wunderbares eingearbeitet. Zieh mal an dem Zug.«

Sie zog das kleine Deckelchen hoch und blickte in ein Liliputdöschen.

»Sieben von den Pastellkreiden seines Großvaters Leonardo«, sagte er. »Leonardo war der Junge, der auf Fernbank geholfen hat, die Decke mit den Engeln zu malen, als Miss Sadie noch ein Kind war. Roberto lässt dich lieb grüßen.«

Während der Zeit seiner Werbung um sie hatten ihre Freudentränen ihm Angst gemacht; jetzt erfüllten sie ihn mit einem seltsamen Glücksgefühl. »So«, sagte er, während er sie in den Armen hielt. »Du hast einmal gesagt, du würdest gern Pastellkreide ausprobieren …«

»Du bist der liebste Mann, den ich je kennengelernt habe, es gibt keinen lieberen als dich.«

»Bedauernswerterweise bin ich stark durch Egoismus gehandicapt, und ich möchte dich bitten, mir deinerseits etwas zu schenken.«

Sie sah ihn an und strich das Haar über seinem linken Ohr glatt. »Alles, was du willst, Timothy.«

»Ich möchte, dass du die Lesereise machst.« So. Er hatte es ausgesprochen, und es hatte ihm nicht das Herz zerrissen. Tatsächlich spürte er, als die Worte über seine Lippen kamen, einen gewissen Frieden in sich aufsteigen.

Onkel Billy Watson stand am Badezimmerspiegel, bearbeitete seine buschigen grauen Augenbrauen mit dem Taschenkamm seiner Frau und stellte sich der schrecklichen Wahrheit.

Er konnte sich keinen Witz ausdenken, selbst wenn sein Leben davon abgehangen hätte.

Wann immer er es versuchte, schlief er ein und wachte mit einer garstigen Verspannung im Nacken auf. Wenn er heute drüben in der Grillstube keinen Witz fand, sah es so aus, als würde der Reverend sich selbst zum Lachen bringen müssen.

Puny hatte am Morgen die Mädchen mitgebracht, da sie nur einen halben Tag arbeiten würde. Er saß gerade mit seinem Gebetbuch im Arbeitszimmer, als Sassy hereinkam und sich neben ihn fallen ließ.

Sie schmiegte sich in die Beuge seines rechten Arms. »Was ist denn los mit dir, Opa?«

»Los? Ist irgendetwas los?«

»Du bist traurig. Liegt es daran, dass Miss Cynthia eine Reise um die Welt machen wird?«

»Nein, nein. Nicht um die Welt. Nur durch das Land.«

»Das ist dasselbe.«

»Ja«, sagte er. »Ja. Du hast recht.«

Kurz nachdem die Leckerbäckerei geöffnet hatte, war er bereits dort, um ein halbes Dutzend Obsttörtchen zu kaufen. Dann ging er zu seinem Wagen und brauste den steilen Hügel zum Haus der Sprouses hinauf, wo er zunächst noch nervös mit Bill und Rachel eine Tasse Kaffee trank, mit Bill betete, sich über Sparkys Ersatz schieflachte und sich unendlich viel besser fühlte, als er sich eine Stunde später verabschiedete.

Die Billardhalle wurde nur von dem grauen Licht erhellt, das durch die Fenster auf der Straßenseite fiel. Father Tim ging mit Buck Leeper zum Billardtisch hinüber.

»Mr Shuford, ich glaube, Sie haben etwas, das mir gehört.«

Pink Shuford sah nicht auf; er beugte sich tief über den Rand des Tisches und erwog einen Stoß. »Und das wäre?«

»Achtunddreißig Dollar.«

»Sie bringen mich zum Lachen, Reverend. Kann ich etwas dazu, dass Ihr klappriger Wagen nicht mithalten konnte?«

»Genau«, sagte Bug Austin vom anderen Ende des Tischs.

»Sie haben uns verloren, was offenkundig Ihre Absicht war.«

»Himmel hilf, Bug, erinnerst du dich, wie sehr wir uns zurückhalten mussten, damit sie hinter uns bleiben konnten?«

Buck rückte dicht an Pink Shuford heran und blieb schweigend neben ihm stehen, bis Pink aufblickte.

»Ich verstehe nicht, warum wir über dieses Thema überhaupt sprechen müssen«, sagte Buck. »Reverend Kavanagh hat Sie für etwas bezahlt, das Sie nicht getan haben. Sie können ihm sein Geld zurückgeben, oder Sie können uns zu Sammy Barlowe führen. Entscheiden Sie sich.«

Buck Leeper war ein großer Mann, ein sehr großer Mann. Seine ganze Erscheinung sprach von körperlicher Kraft; Father Tim sah, dass diese Tatsache Pink Shuford nicht verborgen blieb.

»Clyde Barlowe, der hat ziemlich scharfe Hunde, stimmt's nicht, Bug?«

»Scharfe Hunde wagen sich nicht an mich heran«, meinte Buck.

Pink wandte sich ab und rieb seinen Queue mit Kreide ein.

»Wie ich sehe, haben Sie und Ihr Freund den ganzen Tag Zeit ...« Buck rollte sich lässig erst den einen Hemdsärmel auf, dann den anderen. »Aber wir nicht.«

Pink Shuford wirkte unverkennbar gequält. »Wenn Sie je behaupten, dass ich Sie dort hingebracht hätte, werde ich sagen, Sie lügen. Wo haben Sie geparkt?«

»Direkt hinter Ihrem Pick-up, und wir können gleich losfahren«, erwiderte Buck. »Übrigens, ich würde Ihnen nicht raten, denselben Trick noch mal zu versuchen.«

»Klar«, sagte Pink. »Kein Problem.«

Ein Adrenalinstoß schoss Father Tim ins Blut. Auch wenn scharfe Hunde es nicht wagten, sich mit Buck einzulassen, hatten sie es bei ihm durchaus schon ein- oder zweimal getan; als er neun Jahre alt gewesen war, hatte ihm ein solcher Hund böse in den Knöchel gebissen. Aber mit Gott als Beschützer und Buck Leeper als dessen Stellvertreter an seiner Seite standen, wie er vermutete, seine Chancen eindeutig besser als bei seinem letzten Versuch.

13

Sammy

Sie folgten dem Chevy über eine Staatsstraße und bogen dann auf einen Schotterweg ein, der an der Kapelle Shady Grove vorbeiführte.

Warte nicht darauf, dass sechs starke Männer dich zur Kirche tragen.

Father Tim schraubte eine Wasserflasche auf und betrachtete die Landschaft. »Das ist eine andere Straße«, sagte er, als sie in eine scharfe Rechtskurve gingen.

»Ich möchte den beiden da vorn geraten haben, dass es die richtige Straße ist«, erwiderte Buck. »Wenn Shuford diesmal nicht liefert, gibt's Ärger.«

Father Tim nahm mit einer Hand einen Schluck Wasser und hielt sich mit der anderen am Griff über der Beifahrertür fest. Pink Shuford gab Gas, daran konnte kein Zweifel bestehen, und Buck klebte förmlich an der Stoßstange des blauen Chevy. In Ermangelung einer Klimaanlage hatte Buck die Fenster des roten Pick-up heruntergekurbelt, und der Staub der Schöpfung wehte zu ihnen herein.

Der geschotterte Pfad verlief jetzt parallel zu einem seichten Fluss. Seine Ufer erhoben sich steil aus einem Flussbett, in dem vereinzelt große Steinbrocken lagen; knorrige Schlingpflanzen knoteten zwischen den Bäumen ein verschlungenes Netz. »Unheimlich«, meinte Buck.

»Wie weit sind wir von der Stadt entfernt?«

»Zwölf Meilen. Und übrigens, machen Sie sich keine Sorgen, ich werde Shuford seine Tätowierung nicht um den Hals wickeln.« Buck grinste. »Aber das weiß er nicht.«

Sie sahen ein leer stehendes Farmhaus mit eingestürztem Dach, dann ein verfallenes, mit Geißblatt überwuchertes Haus; am Ende einer tief ausgefahrenen Auffahrt saß neben einem geöffneten Postkasten ein hechelnder Hund. Father Tim konnte die Kopfschmerzen, die in der Billardhalle eingesetzt hatten, nicht länger ignorieren. Sie pochten in seinen Schläfen wie Hämmer.

Der blaue Chevy bremste so plötzlich, dass Buck von der Straße abkam. Er beugte sich zum Fenster hinaus und rief: »Was soll das?«

Pink Shuford wendete den Chevy. Bug blieb auf seinem Platz sitzen, aber Pink, der an einem Zahnstocher kaute, stieg aus.

»Es ist da drüben.«

Pink deutete auf ein Fertighaus am gegenüberliegenden Flussufer. Auf einer Wäscheleine zwischen der Behausung und einem fast leeren Holzschuppen hingen zwei Hosen. Ein Huhn scharrte im Staub.

Father Tim und Buck stiegen aus dem Wagen. »Woher wissen wir, dass wir hier richtig sind?«, fragte Buck.

»Sie haben mich gebeten, Sie hierher zu bringen, und das habe ich getan. Ich hab keine Papiere, um zu beweisen, wem das Haus gehört.«

»Ist Barlowe zu Hause? Ich sehe keinen Wagen.«

»Sie haben keinen Wagen.«

»Wie kommt der Junge dann von hier aus in die Stadt?«, fragte Father Tim.

»Er lässt sich von Lon Burtie mitnehmen oder so.«

»Geht er zur Schule?«

Pink zuckte die Achseln. »Über sein Privatleben bin ich nicht im Bilde.«

»Fährt er oft in die Stadt?«

»Ziemlich oft.«

»Was macht er in der Billardhalle?«

»Billard spielen.«

»Er ist noch minderjährig.« – »Das ist nicht mein Problem.«

Buck legte eine Hand über die Augen und blickte über den Fluss.

»Ich sehe dort drüben niemanden«, sagte er zu Pink.

»Na und? Es gehörte nicht zu unserer Abmachung, dass jemand da sein muss.«

»Womit verdient Clyde Barlowe sich seinen Lebensunterhalt?«

»Er verdient ihn sich gar nicht. Er bekommt Sozialhilfe, und außerdem ist Sammy ein geschickter kleiner Billardspieler, er gewinnt genug, um was beizusteuern, den Schnaps für seinen Daddy, was auch immer. Von mir gewinnt er natürlich nie was.«

Pink grinste und hängte die Daumen in die Schlaufen seiner Jeans.

»Wo ist die Brücke?«

»Ein kleines Stück weiter unten auf der rechten Seite. Es ist eine Hängebrücke, mit dem Wagen kommen Sie da nicht rüber.«

In diesem Moment erschien jemand in der Tür des Hauses. Die Entfernung war zu groß, als dass Father Tim mehr hätte erkennen können als ein blaues Hemd.

»Das da hinten ist Clyde«, erklärte Pink. »Wir können ihn besser sehen als er uns, er ist auf einem Auge blind. Und hören kann er auch nicht allzu gut.«

Pink spuckte den Zahnstocher zu Boden.

»Dieser Zahnstocher bringt's nicht. Ihr habt nicht vielleicht 'ne Zigarette für mich?«

»Mit diesem Unsinn habe ich aufgehört«, sagte Buck.

»Also, hören Sie, wenn Sie haben, was sie von mir wollten, dann fahren ich und Bug jetzt wieder zurück in die Stadt.« Pink streckte die Hand aus, die Handfläche nach oben. »Sie hätten wohl nicht Lust, einem Mann und seinem Kumpel ein kaltes Bier auszugeben?«

»Nein«, antwortete Buck, »hätte ich nicht. Danke fürs Herbringen.«

»Ich bin jetzt zweimal den ganzen Weg hier raufgefahren, da sind achtunddreißig Dollar verdammt wenig, für ein Taxi hätten Sie mehr hingeblättert.«

»Als Sie den Pfarrer genasführt haben, waren Sie vermutlich sowieso auf dem Heimweg, dafür brauchen wir also nichts zu bezahlen. Heute kommen vierundzwanzig Meilen zusammen. Bei vierunddreißig Komma fünf Cent die Meile – der Betrag, den die Steuer anerkennt – macht das gut acht Dollar. Damit bleibt Ihnen ein Stundenlohn von dreißig Dollar übrig. Ich würde sagen, das ist gutes Geld.«

Pink lachte rau. »Sie sind ein ziemlich cooler Bursche, vielleicht machen wir ja irgendwann mal ’n Spielchen zusammen. Übrigens, Reverend, Sie glauben diesen Quatsch, dass es Gott tatsächlich gibt, doch nicht wirklich, oder?«

»Ich weiß, dass es Ihn wirklich gibt.«

»Woher wissen Sie das?«

»Ich habe heute Morgen noch mit Ihm geredet.«

Pink trat einen Schritt zurück, lachte abermals und ging mit schnellen Schritten zu dem blauen Chevy zurück. Er stieg ein, jagte den Motor hoch, löste die Handbremse und brauste davon, dass die Reifen sich tief in den roten Ton des Flussufers gruben.

Sie sahen dem Wagen nach, wie er um eine Kurve verschwand, dann drehten sie sich schweigend um und blickten über den Fluss.

»Sind Sie auf saubere Witze aus oder auf die andere Art?«, fragte der Lastwagenfahrer Onkel Billy. Er nahm die obere Hälfte von seinem Burger ab, entfernte die Tomatenscheibe, gab Gurken und ein paar Pommes frites dazu, schüttete Ketchup darüber, legte das Brötchen wieder drauf und quetschte es dann kräftig zusammen.

»Saubere«, sagte Onkel Billy. »Das ist die einzige Art von

Witzen, die ich erzähle. Außerdem sind sie für einen Geistlichen.«

»Es gibt 'n paar Geistliche, die die andere Art durchaus mögen.«

»Nicht dieser«, erklärte der alte Mann.

»Ich hab Ehefrauenwitze, Schwiegerelternwitze, Lehrerwitze ...« Der Lastwagenfahrer nahm einen großzügigen Bissen von seinem Burger. »Dann wären da noch Pfarrerwitze, was vielleicht unter den gegebenen Umständen gar keine schlechte Idee wär.«

Onkel Billy konnte sein Glück kaum fassen. Da war er lediglich in der Grillstube auf einen Hocker geklettert und hatte mit einem Lastwagenfahrer, der auf dem Weg nach Greensboro war, ein Gespräch angefangen, und siehe da ...

»Außerdem hab ich natürlich Arztwitze, Anwaltswitze, Taxifahrerwitze ...«

»Da weiß ich ja gar nicht, wo ich anfangen soll«, sagte Onkel Billy. Er dachte, dass der liebe Gott da irgendwie die Hand im Spiel haben musste.

»Ich hab einen Altjungfernwitz, der ziemlich komisch ist.«

»Er ist doch sauber, oder?«

»Sauber«, bekräftigte der Fahrer und widmete sich mit Inbrunst seinem Burger.

»Nun, Sir!« Onkel Billy war geradezu benommen. All diese Jahre hatte er sich ein Bein ausgerissen, um Witze aufzutreiben, und jetzt saß er plötzlich direkt neben dem Witzekönig höchstpersönlich. Das musste gefeiert werden.

Er tastete sorgfältig seine linke Hosentasche ab und fand den Zwanziger. Dann hob er den Kopf und fing Percys Blick auf. »Ich nehme eine Portion Hähnchen-Nuggets mit Ihrem Honig-Senf-Dip!«, rief er mit lauter Stimme. Es war lange her, seit er das letzte Mal auf einem Hocker gesessen und eine Bestellung abgegeben hatte wie ein Mann.

»Und geben Sie mir eine Pepsi Cola dazu!«

Hope Winchester zuckte zusammen, als sei ein Schuss gefallen.

»Entschuldigung, Miss Winchester …«

Sie drehte sich hastig um und stieß hervor: »Nennen Sie mich Hope!«

»Hope«, sagte er lächelnd. Er beugte sich vor und hob das Buch auf, das er gerade fallen gelassen hatte. »*Gray's Anatomy,* nichts Schlimmes passiert.«

Sie hatte nicht vorgehabt zu sagen, was sie soeben gesagt hatte; vielmehr war es ihre Absicht gewesen, es einfließen zu lassen, während sie ein ruhiges Gespräch über Poesie führten oder vielleicht über die Feinheiten des Postversands.

»Die dreizehnte Ausgabe, noch nicht überarbeitet?« Sie mühte sich nach Kräften, lässig zu wirken.

»Ja. Ich werde in Zukunft vorsichtiger sein.«

»Ich finde, dass Sie sehr vorsichtig sind, Mr Gaynor, Sie behandeln Bücher, als wären sie Säuglinge.«

»Bitte, nennen Sie mich George. Es hat mich niemand mehr Mr Gaynor genannt, seit ich Wirtschaftswissenschaften unterrichtet habe.«

»George.« Es fühlte sich erschreckend vertraulich an, seinen Namen auszusprechen. Sie wurde dunkelrot und wandte sich ab, dann griff sie nach dem Buch, das aufgeschlagen neben der Kasse lag. Sie verfehlte es aber, und es fiel zu Boden.

Sie war gedemütigt. Zweimal hatte sie nun schon in seiner Gegenwart ein Buch fallen lassen, und natürlich hatte er soeben auch ein Buch fallen lassen … Grassierte in Mitford etwa eine Epidemie, die das Nervensystem der Opfer zerrüttete?

Er kam herüber, hob das Buch auf und reichte es ihr. »Danke«, flüsterte sie.

Sie fühlte sich zu ihm hingezogen und empfand in seiner Nähe gleichzeitig furchtbare Angst, und sie wusste, dass sie den schrecklichen Konflikt zwischen den beiden Gefühlen nicht länger würde ertragen können.

Hessie Mayhew parkte im Parkverbot vor dem Mitford Hospital und fuhr mit dem Aufzug zum Schwesternzimmer im zweiten Stock. Ihre Lieferung war für Minnie Louder bestimmt, die sich soeben einer Nierenoperation unterzogen hatte und vierundachtzig Jahre alt geworden war, und das alles am selben Tag.

Sie unterzog den Korb einer letzten Prüfung und beäugte kritisch die schlichte Harmonie von Immergrün, Zimtfarn, Moos, aus dem ein winziger, roter Pilz spross, und einem echten Vogelnest, das sie aus einem Efeutopf gepflückt hatte, nachdem die jungen Zaunkönige ausgeflogen waren.

»Oh!«, sagte Schwester Kennedy. »Wunderschön! Sie haben sich mal wieder selbst übertroffen, Hessie!«

»Es hätte mehr Farbe vertragen können«, meinte Hessie streng.

»Oh, Unsinn, Sie gehen zu hart mit sich ins Gericht! Aber es kommt natürlich nichts dem Korb gleich, den Sie Father Tim geschickt haben, als er bei uns war.«

»Dem Korb ...«

»Ja, er war einfach prachtvoll und so groß wie der ganze Bezirk Johnson!« Schwester Kennedy hätte natürlich niemals gestanden, dass Father Tim ihr den Korb geschenkt hatte und dass sie alles um ihre Vogeltränke herum eingepflanzt hatte.

Hessie knallte den Korb im Schwesternzimmer auf den Boden. »Minnie Louder, zwei null sechs!«, erklärte sie mit lauter Stimme.

Dann machte sie fuchsteufelswild auf dem Absatz kehrt und stürmte zum Aufzug.

»Keine Bewegung«, sagte Father Tim. Das Hämmern seines Herzens raubte ihm beinahe den Atem. »Sehen Sie, da.«

Sie beobachteten den hochgewachsenen, barfüßigen Jungen, der über die Steine im Flussbett in ihre Richtung kam.

Sonnenschein fiel durch den Baldachin der Zweige, die über dem Wasser hingen; als der Junge an eine Stelle kam, die das Licht ungehindert erreichte, flammte Sammy Barlows Haar auf wie eine Krone aus Feuer.

Sie hatten die Brücke überquert und waren einen Weg entlanggegangen, der an einem Kiefernwald zu ihrer Linken vorbeiführte. Als sie sich der Lichtung näherten, auf der das Fertighaus der Barlows auf Betonklötzen stand, hatten sie innegehalten.

Ein Hund kam mit eingezogenem Schwanz auf sie zugehumpelt. Father Tim vermutete, dass es ein Jagdhund war; er hätte ohne Mühe seine Rippen zählen können.

»Wenn das ein scharfer Hund ist, fresse ich einen Besen«, sagte Buck.

Father Tim griff in seine Hemdtasche und nahm den Rest des Granola-Riegels heraus, den seine Frau ihm für diese Mission mitgegeben hatte. Er wickelte ihn aus und legte ihn neben die Wurzeln einer weißen Eiche am Rand der Lichtung.

»Braver Bursche!«, sagte er, als der Hund den Riegel verschlang und schnuppernd nach Krümeln suchte.

»Sind Sie so weit?«, fragte Buck.

»Jawohl. Und ich bete, dass bei dieser Begegnung keine Waffen ins Spiel kommen.«

Außerdem betete er, dass seine Kopfschmerzen nachlassen. Es waren die schlimmsten Kopfschmerzen, die er seines Wissens je gehabt hatte.

»Ein Mann mit einem solchen Hund wird wohl kaum eine Waffe haben.«

»Wenn ich Sie wäre, würde ich keinen Schritt weitergehen.«

Beide Männer zuckten zusammen, erschreckt von der Stimme, die aus dem Wald kam. Als sie zu den Kiefern hinüberspähten, sahen sie den Jungen vor einem großen Felsen stehen.

»Wir suchen Sammy Barlow«, sagte Buck.

»Sie werden ihn nicht finden. Er ist nach Statesville gezogen und kommt nicht mehr zurück.«

Father Tim blickte in das Gesicht eines jüngeren Dooley Barlow und wusste, dass er sich große Mühe geben musste, einen ruhigen Tonfall beizubehalten.

»Aber du bist Sammy.«

»Nee, bin ich nicht! Und Sie sollten besser gleich wieder abschwirren, das ist nämlich P-privatbesitz.«

Der Hund schnupperte an Father Tims Hosenbeinen. »Wir sind hergekommen, um mit dir über deine Brüder und deine kleine Schwester zu sprechen.«

Sammy sagte Dooleys früheren, aus sechs Wörtern bestehenden Lieblingssatz: »Ich habe keine Brüder und Schwestern.«

Hatte Pink sie noch einmal an der Nase herumgeführt? Nein. Dieser Junge war ein Blutsverwandter von Dooley Barlow, mit Sommersprossen und allem Drum und Dran; Father Tim hatte nicht den leisesten Zweifel.

»Jessie kann sich nicht an dich erinnern«, sagte Buck, »aber Poo tut es, und Dooley auch. Sie wollen dich wirklich gern wieder einmal sehen.«

»Ich schlag Ihnen die Köpfe ein, wenn Sie nicht von hier verschwinden.« Sammy hob einen Stock auf und schwang ihn wild herum.

»Du erinnerst dich an Dooley«, sagte Father Tim. »Er hat auf dich aufgepasst, als du eine schlimme Grippe hattest, er hat dir seine beste Jacke gegeben, damit du sie in der Schule anziehen konntest, und er hat einen Dollar in die Tasche gesteckt. Du erinnerst dich.« Er fügte Bruchteile von Geschichten zusammen, die Dooley ihm erzählt hatte. Es war nicht viel, aber es war das Beste, was er tun konnte.

Er trat näher auf die Bäume zu, auf den schmalen Pfad, der in den kühlen Halbschatten führte. Selbst aus dieser Entfernung sah er den Zorn und die Furcht in den Augen des Jungen; er glaubte auch, noch etwas anderes zu sehen – eine Art

Hoffnung oder Sehnsucht. »Und Dooley hat erzählt, dass …«

»Noch einen Schritt weiter, und Sie werden in ein Nest von Klapperschlangen fallen, die so dick sind wie Ihr Arm!«

»In Ordnung«, sagte Buck. »Und Jessie hat gesagt, wenn sie ihren Bruder Sammy sehen könnte, würde sie ihm alles Geld geben, das sie gespart hat, und sie würde ihm jeden Morgen Rührei machen. Jessie macht großartige Rühreier.«

»Ich hab eine Schrotflinte unter diesem Stein versteckt. Ich blas Ihnen das Gehirn weg, wenn Sie nicht dahin abhauen, wo Sie h-hergekommen sind.«

»Sie krümelt gern etwas Leberbrot in ihre Rühreier«, sprach Buck weiter, »genau so, wie es dein Opa, Russell Jacks, gern tut.«

»Wir haben dir Bilder mitgebracht«, sagte Father Tim und griff in seine Jackentasche. Sammy war seine Verwirrung deutlich anzusehen; er wollte eigentlich wegzulaufen. Stattdessen stand er wie angewurzelt da.

»Manchmal«, sagte Buck, »deckt Jessie am Tisch für dich mit. Sie ist letzte Woche zehn geworden.«

Sie traten jetzt in den Wald und näherten sich dem Felsen, näherten sich dem Jungen mit dem weißen, erschütterten Gesicht.

Ohne einander anzusehen oder ein Wort zu wechseln, wussten die beiden Männer, dass sie Sammy die Fotos zeigen mussten; es war unerlässlich. Father Tim fragte sich, ob da vielleicht wirklich irgendwo eine Schrotflinte versteckt war, aber er bezweifelte es. Er hatte das Gefühl, förmlich in den Wald hineingezogen zu werden; es musste sein.

Er lächelte Sammy an, obwohl es Dooley war, den er in diesem dünnen Jungen mit der Narbe auf der Wange und dem glatten roten, zu einem Pferdeschwanz gebundenen Haar sah.

Er trat beiseite, um Buck auf dem schmalen Pfad vorausgehen zu lassen, und wusste, dass er weitersprechen musste.

»Dooley träumt von dir, Sammy. Er hat sein erstes Fahrrad für dich aufgehoben ...«

Sammy bewegte sich nicht; er hörte jetzt konzentriert zu. Obwohl er versuchte, es nicht zu tun, wie Father Tim bemerkte. Aber er hörte zu, wartete, ließ sie näher kommen. Buck nahm die Fotos aus seiner Tasche. Father Tim tat dasselbe. *Steh uns bei, Herr, sende uns Deinen Heiligen Geist ...*

Als sie sich dem großen Stein näherten, blickte er Sammy direkt in die Augen. Das Glück, das er in diesem Moment verspürte, war unbeschreiblich; er hätte am liebsten die Arme um den Jungen geschlungen und laut geschrien, ermahnte sich jedoch, keinerlei Gefühle zu zeigen. Sie gingen wie auf Eiern. *Bleib ruhig, bleib cool.* Er legte die Fotos schweigend auf den Stein; Buck folgte seinem Beispiel und fächerte die Schnappschüsse auf wie ein Kartendeck. Sie hatten es fast geschafft.

»Das ist Poo, er ist elf«, erklärte Buck, der sorgfältig darauf achtete, einen beiläufigen Tonfall anzuschlagen. »Sein Schulfoto, er hat eine Eins in Geographie bekommen, als ich zur Schule ging, hatte ich nie eine Ahnung, wo Idaho liegt. Das ist er mit seinem neuen Schläger, er kann Softballs bis nach Tennessee rauf schlagen ... Und das ist er auf seinem Fahrrad.«

Buck atmete tief ein, als hätte er lange den Atem angehalten. »Und das ist Jessie ... ihr letztes Schulfoto ... sie ist zehn.«

Father Tim spürte den harten Knoten in seiner Kehle; dies war eine Art Wunder, und es entfaltete sich in seiner unmittelbaren Gegenwart. Er zeigte auf ein Foto von Dooley und Cynthia vor der Treppe des gelben Hauses. »Das ist Dooley«, sagte er, »er ist neunzehn.«

Father Tim beobachtete, wie Sammy Barlow der Tiefe und der Macht seiner Gefühle Widerstand zu leisten versuchte. Sammy tat, was Dooley immer getan hatte, er verhärtete sein Gesicht zu einer Maske aus Stein; nur seine Augen verrieten das Ausmaß seines Verlangens, die vor ihm ausgebreiteten Bilder zu betrachten.

Sammy trat von dem Felsen zurück. »Ihr verschwindet besser hier. Wenn mein P-Pa euch hier rumhängen sieht, zieht er euch die Haut ab.«

Buck grinste. »Es dürfte ein Weilchen dauern, mir die Haut abzuziehen. Er wird wahrscheinlich nicht genug Zeit haben, um damit fertig zu werden.«

Father Tim wurde bewusst, dass sein Adrenalin den ganzen Morgen lang in Strömen geflossen war; eine Welle der Erschöpfung schlug über ihm zusammen. Seine Sicht trübte sich plötzlich, dann wurde sie wieder klar. In diesem Augenblick verschwand die Erschöpfung und nahm seine Kopfschmerzen mit.

»Ahh«, sagte er laut, erstaunt und dankbar. Der Ort, an dem sie standen, wurde plötzlich lebendig; er hatte sich bis jetzt noch gar nicht umgesehen. Es war wunderbar kühl im Halbschatten dieses Wäldchens; tatsächlich standen sie mitten in einem Garten.

»Frauenschuh!«, rief Father Tim. »Und beim Himmel, sehen Sie, dort! Ein Feuerkolben.« Obwohl sie nicht mehr blühte, erkannte er doch die Blätter.

»Bleiben Sie auf dem Weg!«, befahl der Junge. »P-Passen Sie auf, wo sie hintreten«

»Natürlich. Es tut mir leid. Und dort drüben stehen Waldlilien, ein ganzer Wald! Blühen sie weiß oder rosa?«

Sammy zögerte lange. »W-w-weiß«, sagte er.

Father Tim hörte das Wasser durch das nahe Flussbett rauschen, das erste Mal, dass er es hörte, seit sie die Brücke überquert hatten. »Diese wunderschönen Pflanzen sind doch sicher nicht alle hier an der gleichen Stelle gewachsen?«

»Ein paar davon habe ich im Wald dort drüben ausgegraben.«

Auf einer Fläche, die kaum größer war als Cynthias Arbeitszimmer und bedeckt mit schwarzem Lehm und Humus, wuchs eine bemerkenswerte Vielzahl wilder Pflanzen – hohe Farne mit Sprossenden wie die Schnecken von Geigen, Pfeifenwinden, die auf dem Waldboden wie kleine Kerzen wirkten, Maiäpfel ...

Father Tim ging in die Hocke und lugte unter die niedrigen Blätter einer Pflanze, von denen onyxfarbene Beeren herabhingen wie von einem Halsband.

»Salomonsiegel?«, fragte er und blickte zu Sammy auf.

»Die gibt's überall hier«, sagte Sammy. »Nichts Besonderes, wie einige der anderen Pflanzen, aber sie w-wächst gut und spendet den Feuerkolben Schatten.«

»Und dieser rosafarbene Frauenschuh«, sagte Father Tim. »Ich habe noch nie so viele Exemplare an einer einzigen Stelle gesehen.«

»Die standen hier von Anfang an büschelweise. Das hat mich überhaupt erst auf die Idee gebracht« – Sammy sah sich um – »das hier zu m-machen.«

»Ist das da drüben ein gelber Frauenschuh?«

»Ja, es sind fünf verschiedene Frauenschuharten. Der da ist der einzige gelbe, den ich je gefunden habe. Es gibt auch 'nen gelb-weißen, aber Lon Burtie sagt, der wächst nur irgendwo weiter im Westen.«

»Was für ein Segen, das alles zu sehen«, sagte Father Tim und blickte lächelnd zu dem Jungen auf. »Ein Segen.« Sammys Großvater, Russell Jacks, war der beste Gärtner gewesen, den die Lord's Chapel je gehabt hatte ... »Ich glaube, der Frauenschuh gehört zur Familie der Orchideen.« Ihm war leicht ums Herz, und er fühlte sich wie ein neuer Mensch; die Kopfschmerzen waren verschwunden.

»Lon Burtie war in einem Dschungel in Vietnam, wo er viele Orchideen gesehen hat. Er sagt, es gebe davon zwei Millionen Arten.«

»Und dieses purpurfarbene Blatt? Mal sehen, der Name fällt mir nicht ein ...«

»Galax, das Bronzeblatt. Die hab ich nicht ausgegraben,

sie wuchsen schon hier, aber ich musste ein paar davon r-rausnehmen, weil sie zu starkwüchsig sind.«

Father Tim blieb noch einen Moment hocken, dann stand er auf, wobei seine Knie knarrten wie verrostete Tore. Hier war soeben etwas geschehen, eine ganze Menge war geschehen …

»Das hier ist ein Platz, den du ganz für dich allein hast, nicht wahr, Sammy?«

Der Junge senkte den Blick und zuckte die Achseln.

»Danke, dass du uns erlaubt hast herzukommen.«

»Yeah«, sagte Buck und räusperte sich. »Danke.«

»Darf ich den Letzen noch mal erzählen, damit ich sicher bin, dass ich ihn richtig gelernt habe?«

»Lassen Sie sich Zeit«, sagte der Lastwagenfahrer, der soeben eine Portion Apfeltorte à la mode bestellt hatte. »Ich hab heute 'ne leichte Fahrt, nichts Verderbliches wie letzte Woche, als ich Melonen nach Pennsylvania gebracht hab.«

Onkel Billy räusperte sich. »Geht eine Frau zu ihrem neuen Arzt, ja, er ist jung und rasiert sich kaum. Also, Sir, sie ist gerade ein paar Minuten drin, als sie plötzlich anfängt zu brüllen und den Flur runterläuft.«

Onkel Billy hielt inne.

»Das ist richtig«, erklärte der Lastwagenfahrer. »Nur weiter.«

»Also, Sir, ein Arzt, der ein ganzes Stück älter ist, läuft ihr hinterher und sagt: ›Wo liegt das Problem?‹, und sie erzählt's ihm. Der alte Arzt geht rein zu dem jungen Arzt und sagt: ›Was ist los mit Ihnen? Miz Perry ist fünfundsechzig und geht auf die sechsundsechzig zu, hat vier erwachsene Kinder und sieben Enkel – und Sie haben ihr erzählt, dass bei ihr etwas *Kleines* unterwegs ist?«

Der neue Arzt grinst, ja, und sagt: ›Aber ihren Schluckauf hat's kuriert, wie?‹«

Onkel Billy wusste, wann ein Witz nicht rüberkam, und

dieser war nicht rübergekommen – nicht mal bei dem, von dem er ihn hatte.

Der Lastwagenfahrer betrachtete nachdenklich sein Spiegelbild im Chrom des Serviettenhalters. »Mir kam er ziemlich komisch vor, als ich ihn das erste Mal gehört hab, aber jetzt klingt er vielleicht doch ein bisschen …« Er zuckte die Achseln.

»Flau«, meinte Onkel Billy, der sich jetzt ebenfalls flau fühlte.

»Wenn Sie meinen Rat wollen, lassen Sie den lieber aus«, sagte der Lastwagenfahrer und machte sich über seinen Apfelkuchen her. »Fangen Sie mit dem von den zwei Burschen auf der Bank an, dann schieben Sie den Taxifahrerwitz nach und setzen den von den alten Jungfern obendrauf.«

Onkel Billy wünschte, er hätte irgendeine Art von Garantie, dass dieses Programm wirklich funktionierte.

14

Warten auf Flügel

Als sich die Mitforder Familien langsam in ihren Betten rekelten, fragten sich nicht wenige, was das heftige Unwetter der vergangenen Nacht aus der Maisernte des Tals gemacht haben mochte. Auf der Skala bedeutender Ereignisse des Dorfes kam gleich nach der Parade der Stadt zum Unabhängigkeitstag die erste Lieferung von Silver-Queen-Mais der Saison, deren Eintreffen im Lebensmittelladen nun jederzeit erwartet wurde.

Nachdem sie einen Wetterbericht gehört hatten, hatten Neese Simmons, seine Frau und seine vier Kinder bis zwei Uhr morgens Mais gepflückt, bevor um drei Uhr der Sturm über dem Tal losgebrochen war. Mit Hilfe von Fackeln und Taschenlampen hatten sie ihre überstürzte Ernte auf den Lastwagen der Farm geladen und diesen gerade noch rechtzeitig in die Scheune setzen können. Von drei bis sieben hatte das Unwetter dem Tal unterhalb Mitfords fünfzehn Zentimeter Niederschlag beschert und große Mengen Kartoffeln, Melonen und Himbeeren weggespült, die allesamt für den Verkauf im Laden bestimmt gewesen waren.

Angesichts dieser Zerstörung fragte sich die Familie Simmons, ob sie in ihren Gebeten um Regen vielleicht zu inbrünstig gewesen war. Neese erklärte seiner Frau Vada, dass er das Problem unbedingt mit ihrem Pfarrer erörtern wolle, um festzustellen, ob wohlmöglich ein Teil der Verantwortung für den Verlust der Ernte unmittelbar auf den Schultern der Simmons lastete.

»Ja. Ich werde in Zukunft vorsichtiger sein.«

»Sei still und schlaf«, sagte sie und tätschelte seine Hand. »Der Herr weiß, was er tut.«

»Wirst du morgen mit mir rauffahren?«, fragte er.

»Wenn ich nicht zu fertig bin«, sagte sie.

Auf dem Weg zum Flughafen kam Father Tim an Neese und Vada Simmons vorbei, die gerade nach Mitford hineinfuhren, als er und Cynthia die Stadt verließen. Beide Paare hoben die Hand zum Gruß.

»Da kommt unser Mais«, sagte Father Tim. Es würde ein großer Tag werden in Mitford. Bis ein Uhr mittags würde jeder Maiskolben aus den Kisten auf der Main Street verschwunden sein, und spätestens um sechs Uhr würden alle Kolben auf den Herden im Dorf kochen – einschließlich seinem eigenen.

Aber seine Frau würde nicht da sein, um die Köstlichkeit mit ihm zusammen zu genießen. Zwei Wochen lang würde sie durch die Welt reisen – und er war derjenige, der sie dazu ermutigt hatte.

Tatsächlich brauchte sie eine Chance, die Früchte ihrer Arbeit auszukosten, die verzückten Gesichter der Kinder zu sehen, für die sie so viele Jahre lang mit solcher Leidenschaft geschrieben und gemalt hatte. Und es gab noch eine weitere Wahrheit, eine, über die sie nicht gesprochen hatten, eine, die er so sorgfältig in seinem Herzen verborgen hatte, dass er sie kaum selbst kannte – er brauchte Zeit.

Zeit, wofür? Um irgendwie mit sich selbst ins Reine zu kommen, um an seinen Essays zu arbeiten, um die Ärmel hochzukrempeln und mit George und Harley im Flur Bücherregale und vielleicht auch einen Schrank für Cynthias Illustrationen zu bauen. Nur ein klein wenig Zeit, das war alles, was er brauchte, dann würde er wieder er selbst sein.

Wochenlang war er ein Schwimmer gewesen, der langsam auf den Grund des Teichs sank, während seine tapfere Frau sich abgemüht hatte, ihn an Land zu ziehen. Er war eine Last für sie gewesen, obwohl sie es nie gesagt hatte; tatsächlich war es gut möglich, dass sie es nicht einmal selbst gewusst hatte. Aber er hatte es gewusst, denn er hatte es ihrem Gesicht angesehen und ihrer Stimme angehört. Wenn er auch nur halb der Mann gewesen wäre, der er sein wollte, wären sie jetzt auf dem Weg zum Flughafen, um nach Venedig oder in die Toskana zu fliegen oder an einen der anderen Orte, die sie vielleicht gern besuchen wollte … Um Himmels willen, selbst ihr Flitterwochencottage in Maine hätte genügt. Aber er war dieser Mann nicht, und es hatte keinen Sinn anzunehmen, dass er dieser Mann eines Tages sein würde. Er war der schlimmste Tölpel, dem Gott je seinen Atem eingehaucht hatte.

Er schluckte, bis der Kloß in seiner Kehle verschwand. »Ich werde nicht weinen«, sagte er und nahm ihre Hand.

Die Tränen strömten ihr über die Wangen, obwohl sie die Stadtgrenze kaum hinter sich gelassen hatten.

»Danke, Liebster. Es tut mir so leid, dass ich deine Predigten versäumen werde.«

»Ratten im Sack«, zitierte er eine ihrer Lieblingsredensarten. »Du hast mich hundert Mal predigen hören, und ich hoffe, du wirst mich noch weitere hundert Mal predigen hören. Ich werde meine Notizen für dich aufbewahren … falls ich überhaupt welche benutze.«

Sie sah ihn lächelnd an. »Etwas musst du mir versprechen.«

»Alles«, sagte er.

»Streich keine Butter auf deinen Mais.«

Keine Butter auf seinen Mais!

»Nimm Olivenöl, das ist besser für deine Gesundheit.«

»Keine Ruhe den Frevlern«, seufzte er.

Sie drückte seine Hand und lachte unter Tränen. »Und die Gerechten brauchen keine.«

Sein Haus war doch kein Grab und keine Krypta. Das Licht selbst mochte daraus verschwunden sein, aber Puny Bradshaw Guthrie, die zu seiner Aufpasserin und seinem Wachhund ernannt worden war, legte sich mächtig ins Zeug, um die Sonne dennoch scheinen zu lassen. Dooley kam zum Mittagessen, und sie gönnten sich ein Festmahl, das sie selbst Königen hätten vorsetzen können – nein, den himmlischen Heerscharen.

»Halleluja!«, sagte er zu Puny, die am Herd stand und sich mit der Schürze das Gesicht abtupfte. Nicht einmal die Klimaanlage konnte sie vor der mörderischen Hitze bewahren, die von brodelndem Dampf, siedendem Fett und dem göttlichen Tumult der Vorbereitungen im Allgemeinen herrührte.

Ihre Haushaltshilfe alias seine nichtoffizielle Adoptivtochter briet Hähnchen, machte Kartoffelsalat mit Schalotten, Schinken und Sauercreme, kochte frische Preiselbeeren mit hauchdünn geschnittener Ingwerwurzel und Orangenschale, beaufsichtigte gleichzeitig einen Topf, in dem mit Sahne bestrichener Mais dampfte, bereitete Eier mit selbstgemachter Mayonnaise zu und rollte auf der Theke Biskuits aus.

Ein Krug mit süßem Tee stand schon bereit, zugedeckt mit dem Zipfel eines Geschirrhandtuchs; der andere Zipfel lag über dem schweren Glaskrug seiner Großmutter, in dem sich ungesüßter Tee befand.

Ein dreischichtiger Kokoskuchen mitten auf der Küchentheke teilte sich die Herrschaft über den Raum mit einer kleinen Vase, in der frühe apfelgrüne Hortensienblüten standen.

Aufgeregt wie ein Kind ging er ins Bad im Erdgeschoss und untersuchte seinen Zucker.

Das Festmahl, das für Dooley Barlow zubereitet wurde, hatte nichts von den kriminellen Einschränkungen, die einem Diabetiker auferlegt wurden. Daher würde die Mahlzeit voller Fallen stecken, denen er nach bestem Vermögen ausweichen musste. Trotzdem konnte ein Mann an einem solchen Tag glücklich sterben und hätte nicht das Geringste zu bedauern gehabt.

Er hatte alles mit Cynthia genau durchgesprochen, und sie waren sich einig gewesen. Direkt zur Sache kommen – aber erst nach dem Kuchen.

»Also, was sagst du dazu?«

»Gut!«, antwortete Dooley und blickte grinsend auf. »Richtig gut. Der Zuckerguss ist klasse.«

»Sag es Puny.«

»Ja, wird gemacht.«

»Erinnerst du dich an deine erste Nacht bei mir, als Puny dich in die Wanne gesteckt hat?«

Dooley grinste. »Ich erinnere mich.«

»Sie musste dich ein- oder zweimal durchs ganze Haus jagen.«

»Ich hab ihr aber auch eine anständige Jagd geboten.«

Father Tim lachte und stellte fest, dass das Bild, wie Dooley seinen Kuchen aß, zu seinen glücklichsten Erinnerungen zählen würde.

Dooley leckte den Zuckerguss von seiner Gabel. »Ich würd nächsten Sommer gern bei dir und Cynthia bleiben.«

Eine Welle ungeheurer Freude stieg in ihm auf. »Wir wären überglücklich, aber sei gewarnt – es ist ziemlich langweilig hier.«

»Das geht schon in Ordnung.«

Ihm kam es so vor, als hätte Dooley schon eine Ewigkeit in ihrem Haus gelebt und an ihrem Tisch gesessen. Sie schwiegen einen Moment lang. »Wie läuft es denn in Meadowgate? Willst du immer noch Tierarzt werden?«

»Ja!« Die Beteuerung kam sofort und voller Inbrunst. »Gestern haben wir eine Gebärmutterdrehung bei einem Lama vorgenommen.«

»Bei einem Lama!«

»In Wilson Creek gibt es eine Lama-Farm.«

»Was ist eine Gebärmutterdrehung?«

»Manchmal hat ein Lama oder sogar eine Kuh eine verdrehte Gebärmutter. Das bedeutet, dass der Fötus nicht durch den Geburtskanal gelangen kann. Doc Owen sagt, die meisten Föten lägen im linken Flügel der Gebärmutter …«

»Linken Flügel?«

»Die Gebärmutter der Lamas ist zweiflügelig. Doc Owen meinte, bei den meisten Uterustorsionen liege eine Verdrehung im Uhrzeigersinn vor, sodass der linke Flügel sich über den rechten legt. Für das Lama ist das wirklich eine Tortur, und wir mussten schnell handeln. Also hat sich Doc Owen entschieden, ein Flankenbrett zu machen.«

»Ein was?«

»Wir haben ein Brett mit einem Querschnitt von fünf mal dreizehn Zentimetern genommen und dem Lama auf die Flanke gebunden. Ich musste mich dann auf das Brett knien, direkt über dem Gebärmutterbereich. Dann haben wir das Lama mit Seilen um die Vorder- und Hinterbeine herumgerollt. Also wir wollten den Fötus und die Gebärmutter mithilfe des Bretts fixieren und das Lama dann herumrollen, damit es die Gebärmutter sozusagen einholt. Das hat das Problem dann gelöst.«

»Tatsächlich?«

»Jawohl. Ihr Cria ist wunderschön.«

Diese durch und durch unverständliche Information verblüffte ihn. Dooley Barlow musste ein Genie sein.

»Du bist ein Genie!«, erklärte er schwärmerisch, stolz, gerührt.

»Nee, bin ich nicht. Ich meine, nein, bin ich nicht.« Dooley wurde rot.

»Doc Owen ist ein Genie.«

Er wusste nicht, wann ihn etwas scheinbar so Unsinniges je so glücklich gemacht hätte. »Ich bin so stolz auf dich, dass ich platzen könnte!«

Dooley unterzog die Topfgeranie auf dem Tisch einer eingehenden Musterung.

»Und was macht das Gesellschaftsleben da draußen auf dem Land?«

Er liebte es, seinen Jungen von einem Ohr zum nächsten grinsen zu sehen.

»Nicht schlecht, wenn ich deine Miene richtig deute.«

»Stimmt.«

»Aha.«

»Ich gehe mit Reba Sanders.«

»Ach ja? Wer ist Reba Sanders?«

»Ein Mädchen.«

»Freut mich zu hören.«

»Ihr Dad ist Farmer, sie haben vierhundert Rinder. Eine Kreuzung aus Angus- und Hereford-Rindern. Ihre Mum unterrichtet in der sechsten Klasse.«

Vielleicht sollte er Dooley erzählen, dass die Harpers in einigen Tagen nach Hause kommen würden – würde es ihn nicht interessieren, wie Lace der Oregon Trail gefallen hatte? Wahrscheinlich nicht.

Dooley machte sich über den Rest seines Kuchens her. »Sie ist cool.«

»Reba?«

»Ja. An dem Jeep muss einiges gemacht werden. Hal meint, es sei der Vergaser.«

»Nach dem Mittagessen fahren wir zur Tankstelle rüber und lassen Harley mal einen Blick drauf werfen. Du kannst es dir ja mit ihm zusammen ansehen. Es ist immer gut zu wissen, was mit dem eigenen Wagen los ist.« Er hatte gut reden; er hatte in seinem ganzen Leben noch nie unter eine Motorhaube gespäht, außer um sich kurz am Kopf zu kratzen, bevor er das Ding wieder zukrachte.

Sein Herz war voll, und das des Jungen ebenfalls. Er spürte das stille Glück, das zwischen ihnen herrschte; und doch stand er im Begriff, all das zu ändern. Es konnte doch gewiss nicht schaden, seine Ankündigung um einige Minuten hinauszuzögern – sollte der Junge doch zuerst einmal seine Mahlzeit verdauen, um Himmels willen.

»Also. Erzähl mir mehr von Reba.« – »Sie ist groß.«

Lace war ebenfalls groß, falls er eine Schwäche für große Mädchen hatte.

Dooley dachte kurz nach. »Ihr Haar ist irgendwie braun – oder vielleicht blond.«

»Schön. Und was noch?«

»Mmh. Mir fällt nichts ein.«

Der Versuch, Dooley Barlow nützliche Informationen zu entlocken, konnte lediglich von dem Bemühen übertroffen werden, Blut aus einer Rübe zu quetschen.

»Wofür interessiert sie sich denn?«

»Motorräder.«

»Motorräder.« Was konnte er dazu sagen? Er mühte sich weiter. »Wie ... wie genau äußert sich ihr Interesse an Motorrädern?«

»Sie baut Sportmodelle um, um Geld fürs College nächstes Jahr zusammenzubekommen. Im Augenblick arbeitet sie an einer Suzuki GSXR 1100. Wenn sie fertig ist, wird das Ding über einhundertsechzig fahren, gerade so, als käme es direkt vom Fließband.« Dooley betrachtete seinen leeren Kuchenteller. »Mann! Ich bin tot!«

»Ich bin nur halbtot, aber wir sollten jetzt beide mal Puny um den Hals fallen.«

Dooley kicherte rau. »Ich werd ihr nicht um den Hals fallen. Aber wenn du damit fertig bist, gehen wir zu Harley rüber. Und den alten Barnabas können wir gleich mitnehmen.«

Bei dem, was er soeben über Reba Sanders erfahren hatte, drehte sich ihm buchstäblich der Magen um. Er hatte Angst davor, Dooley einen Schlag zu versetzen, und stattdessen hatte Dooley ihm einen versetzt. *Einhundertsechzig Meilen die Stunde?* Trotzdem konnte er es nicht länger hinausschieben.

»Ich muss dir etwas erzählen, Sohn. Wir haben Sammy gefunden.«

Dooley fiel die Gabel klirrend auf den Tisch und dann auf den Boden.

»Er lebt bei deinem Vater, der auf einem Auge blind ist und teilweise das Gehör verloren hat.« Warum hatte er das gesagt, was hatten diese Dinge mit der ganzen Sache zu tun? Vielleicht würden sie Clyde Barlow weniger bedrohlich erscheinen lassen.

»Wer ist blind?«, fragte Dooley heiser.

»Dein Vater.«

»Er ist nicht mein Vater!«, schrie Dooley.

Er würde nicht nach links oder rechts ausweichen. Er würde direkt in den Sturm hineinsegeln. »Die beiden leben etwa zwölf Meilen östlich von Holding. Es geht ihm gut, er sieht dir sehr ähnlich, er möchte seine Brüder und seine kleine Schwester besuchen.« Das hatte Sammy zwar nicht gesagt, aber Father Tim hatte es deutlich in seinen Augen gelesen; daher war es keine Lüge. »Ich dachte, wir könnten darüber reden, zusammen überlegen, wie du damit umgehen willst.«

Dooley wandte sich vom Tisch ab und blickte erschüttert zum Herd hinüber.

Die widersprüchlichen Gefühle des Jungen hatten natürlich in erster Linie mit seinem Vater zu tun, aber Father Tim erinnerte sich auch an ein minder wichtiges Problem: Dooley hatte gesagt, dass er Sammy und Kenny finden würde, dass er irgendetwas Wunderbares, Magisches tun würde. Stattdessen hatten andere es für ihn getan. Er wünschte, Dooley hätte seinen Bruder finden können, aber es hatte anders kommen sollen – Sammy war von einer Französin gefunden worden, die als Kind von ihrem eigenen Vater verlassen worden war.

Der bloße Gedanke trieb ihn dazu, wie ein Tier im Käfig in seinem Arbeitszimmer auf und ab zu laufen. Es juckte ihn in allen Fingern, zu predigen, aber er wusste es besser.

Um halb sieben rief er auf der Meadowgate Farm an und war sehr erleichtert, als Dooley an den Apparat kam.

»Hi, Kamerad.« – »Selber hi.« – »Trägst du einen Helm?«

»Im Moment?« – »Wenn du Motorrad fährst.« – »Yeah.« – »Jedes Mal, ohne Ausnahmen?« Er kannte die Landstraßen und die Verlockung, einige Regeln zu brechen.

»Ja«, sagte Dooley, während im Hintergrund lautes Gelächter ausbrach.

»Gut. Ich verlasse mich darauf.«

Er hielt inne, damit die Ermahnung Wurzeln schlagen konnte.

»Mach dir keine Sorgen«, sagte Dooley.

Musik in seinen Ohren.

»Findet auf Meadowgate gerade eine Party statt?«, fragte er und gab sich alle Mühe, lässig zu klingen.

»Reba ist zum Abendessen hergekommen, es gibt Spaghetti. Von Miz Owen soll ich dir für die Sachen danken, die du mir mitgegeben hast. Jetzt muss ich aber wirklich Schluss machen.«

Ich gebe ihn in Deine Hände, Herr, betete er, als er auflegte. *Schick Deine Engel zu ihm, damit sie ihn vor jedem Schaden bewahren.* Er dachte kurz nach. *Und segne ihn, bitte, mit Weisheit und Taktgefühl bei allem, was er tut, durch Christus unseren Herrn, Amen.*

Wenn er schon mal dabei war, überlegte er, sollte er wohl auch gleich ein Gebet für Reba Sanders hinterherschicken.

Um sieben Uhr machte er sich einige Überbleibsel des Mittagessens zurecht und stellte fest, dass gesüßter Tee ihn nicht im geringsten in Versuchung führte; dem Himmel sei Dank, er hatte in diesem Leben doch ein wenig Vernunft gelernt. Um auf der sicheren Seite zu sein, hatte er Dooley den Rest des Kuchens mit nach Meadowgate gegeben.

»Reverend?«

Ein wenig erschrocken wandte er sich von der Küchentheke ab und sah Onkel Billy durch die Fliegentür spähen. »Sind Sie gerade beim Abendessen?«

»Ich wollte eben anfangen, Onkel Billy. Kommen Sie rein und essen Sie mit mir.«

»Da hätte ich nichts dagegen«, antwortete der alte Mann.

Father Tim war schockiert, seinen Freund zu sehen – das innere Leuchten, das er früher verströmt hatte, war erloschen wie Saft, den man aus einem Baum gezogen hatte. »Wie sind Sie denn hergekommen?«

»Harley hat mich die Straße runtergehen sehen und mich aufgelesen. Ich wäre am liebsten gar nicht in seinen Laster gestiegen, das Ding kam mir so groß vor wie die Bank von Wesley. Ich wäre lieber zu Fuß gegangen.«

»Sie sind ganz außer Atem, mein Freund. Ich werde Sie nach Hause bringen.«

»Da wäre ich Ihnen ehrlich dankbar.«

»Wie geht es Ihnen?«

»Nicht besonders.«

Father Tim half dem alten Mann zur Theke hinüber.

»Meinen Sie, Sie können sich auf diesen Hocker schwingen?«

»Ich müsste mich an Ihnen festhalten.« Onkel Billy setzte einen Fuß auf die Sprosse, dann packte er mit der einen Hand Father Tims Schulter und stieß sich mit der anderen mit Hilfe seines Gehstocks hoch. »Puh, Donnerwetter!«, rief er, als er sich endlich auf den Hocker fallen ließ. Er konnte die Frage unterdrücken, warum ein wichtiger Mann wie der Reverend nicht wie der Rest der Menschheit auch einen normalen Tisch und Stühle haben konnte.

»Ich freue mich, Sie zu sehen, Onkel Billy. Ich hoffe, Sie haben nichts gegen Reste.«

»Nein, Sir, ich esse gerne Reste, da wir zu Hause normalerweise keine haben. Von dem, was Rose kocht, wird ein Mann nicht satt, da bleibt nie was über.«

Father Tim ging zum Kühlschrank, nahm die Platte mit

Huhn und die Schalen mit Kartoffelsalat und Preiselbeersauce heraus und präsentierte sie voller Stolz. »Und obendrein gibt's noch frischen Mais. Puny hat ihn vom Kolben geschnitten und mit Sahne gekocht; er ist süß wie Zucker. Ich mache Ihnen eine Portion warm.«

»Das wäre schön«, sagte der alte Mann. »Aber ich will Ihnen keine Mühe machen.«

»Das ist keine Mühe!« In Wahrheit machte es ihn überglücklich, einmal etwas für jemand anderen tun zu können, nachdem er wochenlang so nutzlos gewesen war wie Moos auf einem Baumstumpf.

Er schüttete eine großzügige Portion Mais in eine Schale, gab noch einige übriggebliebene Biskuits hinzu und schob das Ganze in die Mikrowelle.

Er war inzwischen geradezu ein Profi im Umgang mit Mikrowellen; es war eine Befreiung, die zu erleben er sich nie zugetraut hätte.

Während er zwei Teller auf die Kücheninsel stellte und das Besteck hervorholte, beobachtete er den alten Mann aus den Augenwinkeln. Irgendetwas stimmte nicht. »Onkel Billy, Sie sind gar nicht der Alte. Ich spreche noch einen Segen über unser Abendessen, dann möchte ich, dass Sie mir erzählen, was los ist.«

Onkel Billy faltete die Hände unterm Kinn und senkte den Kopf. Seine linke Hand tat ihr Bestes, um die rechte am Zittern zu hindern.

»Vater, danke, dass Du diesen lieben Freund an unseren Tisch geschickt hast, es ist mir eine Ehre, seine Gesellschaft zu haben. Herr, wir bitten Dich um Kraft für Billy Watson: Kraft des Geistes, Kraft der Seele, Kraft der Entschlossenheit, Kraft des Körpers. Mögest Du ihn mit Deiner mächtigen und doch liebenden Gnade segnen und ihm alle Tage seines langen, gehorsamen Lebens Hoffnung und Gesundheit schenken. Wir bitten Dich um einen weiteren Segen für Puny, die uns zubereitet hat, was Du uns getreulich geschenkt hast, und wir bitten Dich auch darum, dass Du uns die Nöte anderer nie vergessen lässt. Im Namen Jesu, Amen.«

»A-men!«

Er stellte die Schale mit Mais und einen Teller heißer Biskuits vor seinen Gast. »Alles schön warm! Bedienen Sie sich, Onkel Billy, und hier ist die Butter.«

»Ja, Sir, das mach ich, und ich hoffe, dass nicht zu viel Salz in Ihrem Mais ist, der Arzt hat gesagt, ich soll mit Salz vorsichtig sein.«

»Sie sind in guten Händen. Wir benutzen hier nicht viel Salz.«

»Wenn wir fertig sind, hätte ich noch einen schönen Witz für Sie.«

»Großartig!«, sagte er. *»Großartig!«* Und er würde lachen, selbst wenn es ihn umbrachte.

Onkel Billy stocherte in seinem Essen herum; dann entwickelte er schließlich das, was Father Tims Mutter »einen ordentlichen Appetit« genannt hatte, geriet zunehmend in Schwung und verputzte schließlich alles bis auf den letzten Krümel.

Der alte Mann grinste. »Ich hab so viel gegessen, dass ich fast platze!«

»Und ich platze vor Neugier auf Ihren Witz.«

»Es sind drei insgesamt. Hat 'ne ganze Weile gedauert, bis ich die verflixten Dinger beisammen hatte.«

»Ich verstehe. Predigten sind auch manchmal ziemlich schwierig.«

»Sind Sie froh, dass Sie nicht mehr ständig predigen müssen?«

»Ich werde nächsten Sonntag predigen – gleich unten an der Straße. Und den Sonntag darauf ebenfalls. Ich hoffe, dass Sie und Miss Rose dort sein werden.«

»Wenn wir es schaffen.«

»Erzählen Sie mir, wie es Ihnen geht. Was sagt Hoppy denn?«

»Eine von diesen Pillen, die er mir gegeben hat, machen mich ganz wirr im Kopf, deshalb nehm ich sie nicht mehr.«

»Ich weiß nicht, wer der schlimmere Patient ist, Sie oder ich.«

»Er sagt, mein Herz pumpt nicht mehr richtig, und deshalb wär ich so schwach wie Teichwasser.«

»Sie dürfen nicht aufhören, Ihre Medikamente zu nehmen, Onkel Billy, das ist eine ernsthafte Angelegenheit.« Er hörte die Strenge in seiner Stimme. »Vielleicht wäre es an der Zeit, dass Sie und Miss Rose ins Haus der Hoffnung ziehen.« Er wusste, welche Antwort er bekommen würde, aber es konnte nichts schaden, das Thema noch einmal anzusprechen.

»Nein, Sir, da gehen wir nicht hin, keine zehn Pferde bekämen Rose aus dem Haus ihres Bruders raus. Und ich mit meiner Arthritis, die mir zusetzt, und mit meinem Herzen, das nicht mehr so richtig will, ich würde mit Freuden heimgehen zu unserem Herrn, wenn meine Rose nicht wäre.«

Father Tim seufzte.

»Es gibt keine Menschenseele, die mit ihr zurechtkäme«.

Morgen würde er Dr. Wilson anrufen und sich die ganze Geschichte erzählen lassen. Im Augenblick war ein wenig mehr Frohsinn angesagt, sonst würde ihnen am Ende das Kinn über den Boden schleifen.

»Wie macht sich Ihr Garten?«

»Gar nicht. Aus den Samen, die Dora mir gegeben hat, ist nichts rausgekommen. Ein winzig kleiner Sprössling, das war alles, und den hat ein Kaninchen gefressen.«

»Lassen Sie uns ins Arbeitszimmer hinübergehen, Onkel Billy, ich helfe Ihnen vom Hocker.«

Mit Father Tims Unterstützung hielt der alte Mann die Füße über den Boden und ließ sich von dem Hocker gleiten. »Meine Herrn!«, rief er aus, als die Sache bewerkstelligt war.

»Also, Sir ...«, sagte Onkel Billy. Der erste Witz war besser rübergekommen, als er erwartet hatte. Jetzt kam der Pfarrerwitz, der, wie er fand, schon aufgrund des Themas eine recht gute Chance hatte. Er stand neben dem Couchtisch, der ihm der zentrale Punkt im Raum zu sein schien, holte tief Luft und stützte sich auf seine Gehhilfe.

»Ein Prediger stirbt, ja, und wartet in einer Schlange vor den zwölf Himmelstüren. Vor ihm steht ein Bursche in Bluejeans und Lederjacke, mit einer Tätowierung auf dem Arm. Sagt der heilige Petrus zu dem Burschen mit der Tätowierung: ›Wer bist du, damit ich weiß, ob ich dich in das Königreich des Himmels einlassen kann?‹

Der Mann darauf: ›Ich bin Tom Soundso, ich hab in New York City als Taxifahrer gearbeitet.‹

Der heilige Petrus guckt in seine Liste und sagt: ›Nimm diese Seidenrobe und den goldenen Stab und komm herein ins Königreich des Himmels!‹ Dann brüllt er: ›Der Nächste!‹

Ein Geistlicher stellt sich vor ihn hin, reckt die Brust vor und sagt: ›Ich bin Reverend Jimmy Lee Tapscott, dreiundvierzig Jahre lang Pfarrer bei den First Baptists.‹

Guckt der heilige Petrus wieder auf seine Liste, ja, und sagt: ›Nimm diese Kartoffelsackrobe und den Stock aus Walnussholz und komm herein in das Königreich des Himmels.‹

Der Prediger darauf: ›Einen Moment, ja! Dieser Mann war Taxifahrer, und er kriegt eine Seidenrobe und einen goldenen Stab?‹

Sagt der heilige Petrus: ›Wenn du gepredigt hast, haben die Leute geschlafen. Wenn er gefahren ist, haben die Leute gebetet.‹«

Father Tim warf den Kopf zurück und johlte vor Lachen. Dann klatschte er in die Hände und schlug sich, immer noch lachend, ein paar Mal auf die Schenkel. Ein solches Theater hatte Onkel Billy noch nie gesehen. Warum hatte der Reverend sich das nicht für den letzten Witz aufgespart?«

»Moment mal!«, sagte er. »Ich hab noch einen auf Lager.«

»Wunderbar«, antwortete Father Tim. »Der da war große Klasse.«

»Den können Sie in der Kirche benutzen, wird Sie keinen roten Heller kosten.«

Onkel Billys Herz schlug schneller, was seiner Meinung nach ein gutes Zeichen war. Er richtete sich kurz auf und lehnte sich zurück, dann stützte er sich auf seinen Stock, als müsse er einem schweren Sturm trotzen.

Dieser Witz war der große Knüller, und er wollte, dass er so glatt kam wie Öl.

»Also, Sir, drei alte Schwestern wohnen zusammen, ja. Die Jüngste ist zweiundachtzig, die Mittlere neunzig und ein paar Zerquetschte, und die Älteste noch drüber. Eines Tages lässt die Älteste Wasser in eine Wanne. Sie stellt einen Fuß ins Wasser, denkt kurz nach und brüllt dann zu ihren Schwestern runter: ›Wollt ich grad *in* die Wanne steigen oder aus der Wanne *raus?*‹

Die mittlere Schwester geht die Treppe rauf, um zu helfen, ja, dann denkt sie einen Moment nach. Brüllt sie ihrer jüngeren Schwester zu: ›Wollt ich grad die Treppe *raufgehen* oder *runter?*‹

Die kleine Schwester, die in der Küche sitzt und eine Tasse Kaffee trinkt, sagt: ›Da werd ich wohl raufgehen und helfen müssen ... Mann, ich hoffe, ich werd nie so vergesslich, klopf dreimal auf Holz!‹

Also klopft sie auf den Tisch, ja, springt auf und brüllt: ›Ich komme sofort, ich muss nur noch schnell nachsehen, wer an der Tür ist!‹«

Onkel Billy konnte nicht anders, er grinste den Reverend an, der nicht nur lachte, sondern sich obendrein die Augen wischte. Der alte Mann glaubte, dass dies der stolzeste Augenblick seines Lebens war. Er hatte schon früher Lacher erzielt; er vermutete, dass jeder ab und zu einen Lacher bekommen konnte, wenn er sich nur genug anstrengte, aber weinen ... das war eine ganz andere Sache, das war es, worauf jeder Witzeerzähler hoffte. Sein Herz hämmerte, und seine Knie waren schwach. Er ließ sich in den Ledersessel des

Reverend fallen und hörte etwas, das er seit einer ganzen Weile nicht mehr gehört hatte …

Es war der Klang seines eigenen Gelächters.

Nachdem Father Tim seinen Freund am Stadtmuseum abgesetzt und zur Tür begleitet hatte, fuhr er zurück nach Hause und stellte den Wagen in die Garage. Als er den Motor ausschaltete, kam mit einem Mal die Erschöpfung. Sie kam ganz plötzlich, eine Welle, die alle Kraft aus ihm abfließen ließ. Hätte er nicht mit Barnabas rausmüssen, wäre er bis in alle Ewigkeit im Wagen sitzen geblieben. Würde das denn niemals aufhören?

Er würde sich zwingen, mit seinem braven Hund zum Denkmal zu gehen. Es war erwiesen, dass sowohl Hunde als auch Diabetiker Bewegung brauchten.

Barnabas war an diesem Abend langsamer als sein Herrchen, was Father Tim ganz und gar nicht gefiel. Sein Hund würde nicht für immer bei ihm bleiben; ein Mensch konnte in seinem Leben um vier oder fünf beste Freunde trauern – aber daran durfte er jetzt nicht denken.

Als sie durch die Stadt gingen, kamen die Glühwürmchen. Auf dem Rasen vor dem Denkmal blieb er wie gebannt stehen und beobachtete den Tanz der winzigen Lichter über der Hecke. Eins beleuchtete flüchtig das Ohr seines Hundes, ein anderes flitterte zwischen den Zweigen der Bäume auf der anderen Straßenseite hin und her. Er sollte nach Hause gehen, sich ein Glas holen und Löcher in den Deckel bohren. Dann konnte er eine Handvoll Glühwürmchen einfangen und die Lichter in seinem Zimmer ausschalten, um, mit Barnabas auf dem Fußende des Bettes, zu beobachten, wie sie gleich Sternen funkelten und leuchteten. Später würde er natürlich das Fenster öffnen und sie freilassen, gerade so, wie er es als Junge getan hatte …

Als er den Rasen um das Denkmal durch die Öffnung in der Hecke verließ, kam ein Wagen näher. Es war Edith Mallorys schwarzer Lincoln Town Car, ein neues Modell, das im Licht der Straßenlaternen funkelte. Der Wagen fuhr langsam am Denkmal vorbei und bog dann nach rechts auf die Lilac Road ein.

Barnabas stieß ein tiefes, kehliges Knurren aus. Als Father Tim sich bückte, um seinem Hund den Kopf zu streicheln, spürte er, dass der die Nackenhaare gesträubt hatte.

Um neun Uhr saß er in seinem dunklen Schlafzimmer und lauschte auf Barnabas' Schnarchen.

Er fragte sich, ob er die Stelle im Kinderkrankenhaus annehmen sollte. Mehrere Jahre nach seiner Pensionierung versuchte er noch immer herauszufinden, was Gott von ihm wollte. Wie viel konnte er selbst – einmal ganz abgesehen von dem Allmächtigen – noch von seiner grenzenlosen, unablässigen Nabelschau ertragen? War dies eine verwünschte Midlife-Crisis, die nur zwanzig Jahre zu spät kam?

Zu neuen Zielen aufbrechen, hatte Cynthia gesagt. Zu welchen neuen Zielen? Er schien überhaupt kein Ziel zu haben, erst recht kein neues. Im Kinderkrankenhaus würde er sich seine Zeit frei einteilen und mit den bereits vorhandenen Spendern in Kontakt bleiben können, Leuten, die er fast alle sehr gern hatte. Außerdem könnte er eine Liste mit neuen Kontakten aufbauen – in der westlichen Diözese gab es eine ganze Anzahl von Leuten, die er noch nie kennengelernt hatte ...

Als er das letzte Mal mit John Brewster gesprochen hatte, war die Stelle noch nicht besetzt gewesen. Was konnte es schaden, John noch einmal anzurufen und das Terrain zu sondieren?

Aber wollte er diese Stelle wirklich, wollte er sie von ganzem Herzen? Oder versuchte er lediglich, seinen Plan für gute Werke irgendwie zu füllen, weil er nicht bereit war, auf Gottes Plan zu warten?

Eine Geschichte fiel ihm ein, die er einmal von der Kanzel

in Wesley gehört hatte. Ein kleiner Junge fand einen Kokon, und als er sah, wie sich das Insekt darin abmühte, schnitt er den Kokon mit seinem Taschenmesser auf, weil er glaubte, das Tier auf diese Weise freilassen zu können. Stattdessen starb der heranwachsende Schmetterling. Ein Schmetterlingssammler erklärte dem Jungen, dass es dieser Kampf innerhalb des Kokons sei, der dem Schmetterling Kraft gab und es ihm ermöglichte, seine Flügel zu entwickeln. Erst dann könne der Schmetterling aus dem Kokon schlüpfen und frei sein.

War er gefangen in diesem verwirrten und unaussprechlichen Zustand und wartete auf seine Flügel?

»Vater«, betete er laut, »ich würde diese Stellung gern annehmen, wenn es Dein Wille ist.«

Er würde sich die Zähne putzen und John anrufen.

Aber die Position war bereits besetzt.

»Und gerade rechtzeitig!«, erklärte der Verwaltungschef des Krankenhauses.

Was sollte er sagen? Sein Gebet war erhört worden.

»Wir haben gerade entdeckt, dass das Fundament des gesamten Gebäudes untermauert werden muss. Als dieses alte Haus 1901 erbaut wurde, hat man einfach nur Ziegelsteine untergelegt. Die sind durch den Abfluss von Niederschlägen von dem Berg hinter uns inzwischen verrottet, und das Fundament hat sich infolgedessen geneigt. Daher stammen auch die Risse in unseren Bodenfliesen.«

»Gar nicht gut.«

»Als ich den Kostenvoranschlag gesehen habe, hätte ich mich selbst am liebsten krankgemeldet.«

»Von welcher Summe reden wir?«, fragte Father Tim.

»Von annähernd einer dreiviertel Million.«

»Sie haben einen guten Mann eingestellt?«

»Eine gute Frau. Ich hätte Sie in ein oder zwei Tagen sowieso angerufen, um es Ihnen zu erzählen. Sie ist wie geschaffen für den Job, Tim, absolut perfekt. Sie ist diejenige, um die wir gebetet haben.«

Als er auflegte, freute er sich für John und für das Krankenhaus, das er seit mehr als zwanzig Jahren unterstützte. Trotzdem konnte er nicht umhin, daran zu denken, dass John einmal gesagt hatte, er sei wie geschaffen für den Job.

Er setzte sich in den Armsessel und spürte, dass Gott etwas für ihn parat hielt, irgendeine Weisheit, die wie ein Blitz in der Dunkelheit in seinem Herzen aufflammen würde. Er las in den Psalmen und fühlte sich dann zum Evangelium des Johannes hingezogen. Dort war jede Wahrheit zu finden, was konnte sich ein Mensch mehr wünschen? Aber er konnte die noch unbekannte Wahrheit, die eigens an ihn gerichtet war, nicht finden, die Wahrheit, die er sofort erkennen würde, wenn sie ihm endlich offenbart wurde.

Er legte das Buch auf den Tisch, schloss die Augen und betete das Gebet, das niemals versagte. Ob er die lang ersehnte Weisheit fand oder nicht, ob er sein Glück wiedererlangte oder nicht, dieses Gebet würde ihn einhüllen, in Krankheit und in Gesundheit, im Kummer und in Jubel, in Erfolg und, ja, selbst in abgrundtiefem Scheitern.

Seine Frau war in Boston; morgen würde die ganze Reisegruppe nach Chicago aufbrechen und dann zu Orten im Westen weiterfliegen, darunter auch Los Angeles. Die anderen Autoren waren alle dabei, wie geplant, man hatte soeben zusammen zu Abend gegessen, und Miniver Tarleton war alles, was seine Frau sich von der legendären, über achtzigjährigen Autorin erhofft hatte, die gleichzeitig Illustratorin und ihr großes Vorbild war. Seine Frau war offenkundig überglücklich, und er würde ihr keinen Augenblick dieser Reise missgönnen.

Er konnte jedoch der Versuchung nicht widerstehen, eine nagende Furcht anzusprechen, und sei es auch nur, um zu hören, dass sie es bestritt. »Ich hoffe«, sagte er, »du wirst diesem ganzen Großstadtrummel nicht allzu sehr verfallen.«

»Timothy! Ich könnte niemals in einer Stadt leben, sei sie nun groß oder klein! Das weißt du doch, Liebling.«

»Ja, das weiß ich«, sagte er besänftigt.

»Tatsächlich denke ich, wir sollten das Angebot, das Hal und Marge uns gemacht haben, annehmen und nächstes Jahr ihre Farm hüten.«

»Würdest du das wirklich gern tun?«

»Mit Begeisterung!«

»Wo wir gerade vom nächsten Jahr sprechen, Dooley hat gesagt, er würde gern den Sommer bei uns verbringen.«

»Wunderbar!«, sagte sie. »Auf Meadowgate könnten wir alle zusammen sein, an einem Ort, den er liebt.«

»Du könntest ein Buch über Violet schreiben, wie sie aufs Land geht.«

»Dieses Buch habe ich bereits geschrieben, Liebster. Vor einer *Ewigkeit!* Außerdem werde ich nächstes Jahr überhaupt kein Buch schreiben!«

Immer wenn seine Frau sagte, sie wolle kein Buch schreiben – dann war das der Zeitpunkt, da ein Buch geradezu aus ihr heraussprudelte.

»Ich werde stattdessen eine Bauersfrau sein. Ich werde barfuß gehen, Wiesenblumen pflücken, Eier sammeln, Butter machen …« Sie hielt inne und dachte nach. »Und einen Trecker fahren!«

»Cynthia, Cynthia …«

»Das Leben ist kurz, Timothy!«

»Wenn du einen Trecker fährst, könnte es noch kürzer werden«, sagte er und fühlte sich dabei wie die Familienunke.

»Was möchte Dooley wegen Sammy unternehmen?«

»Er denkt darüber nach.«

»Er wird die richtige Entscheidung treffen.«

»Ja«, sagte er. »Pauline möchte nichts tun, bevor Dooley

die Sache in seinem Herzen geklärt hat. Poo und Jessie wissen noch nichts.«

»Ich bete, Liebster, und ich glaube, dass alles gut werden wird und sehr gut. Und jetzt sollten wir beide ins Bett gehen. Überprüf deinen Zucker, achte auf deine Diät, ruh dich ein wenig aus, kümmer dich um Puny und vergiss deinen Termin beim Augenarzt nicht.«

»Betrachte alles als erledigt«, sagte er. »Mögen Seine Engel dich auf jedem Schritt des Weges behüten.«

»Timothy ...«

»Ja?«

Ein glücklicher Seufzer. »Du bist die Liebe meines Lebens.«

»Danke gleichfalls!«, rief er. »Übrigens, hast du schon den von den drei alten Schwestern gehört, die ...«

»Timothy? Ich entschuldige mich für die späte Stunde ...«

Edith Mallory.

Instinktiv schleuderte er das Telefon quer durch den Raum und hörte es an die Wand krachen und klappernd zu Boden fallen.

Lange bevor Puny erschien, war er bereits auf den Beinen und trank die eine Tasse Kaffee, die ihm gestattet war, dann ging er auf Anraten seines Arztes zu Kräutertee über. Kräutertee! Er hätte nie gedacht, dass er diesen Tag einmal erleben würde.

»Also schön«, hatte Hoppy gesagt, »und wenn Sie sich nicht zusammenreißen, werden Sie den Tag auch nicht erleben.«

»Sehr witzig.«

»Lachen ist die beste Medizin, mein Freund.«

Kopfschüttelnd goss er kochendes Wasser über den Teebeutel. Mit seinem weißen Kittel und dem Stethoskop würde Hoppy Harper selbst als Mörder davonkommen.

Er stellte gerade den Kessel wieder auf den Herd, als das Telefon klingelte. In der Hoffnung, dass es Cynthia wäre, ging er sofort an den Apparat.

»Timothy, wenn Sie auflegen, werden Sie nie erfahren, was für eine wunderbare Idee mir gekommen ist, etwas, das Ihrem Herzen sehr nah sein dürfte.«

Er versuchte zu sprechen, konnte es aber nicht.

»Bitte, regen Sie sich nicht so auf, wenn ich anrufe, ich versuche lediglich etwas Gutes für die Gemeinschaft zu tun. Waren Sie nicht derjenige, der mir genau deswegen einmal in den Ohren gelegen hat? Hm?«

»Rufen Sie nicht noch einmal hier an«, sagte er und bemühte sich um einen ruhigen Tonfall.

»Nie, nie wieder?«

Er hörte ein scharfes Einsaugen von Luft, während sie den Rauch ihrer braunen Zigarette inhalierte. »Genau das!«, erwiderte er und schmetterte das Telefon auf die Gabel.

Er stand an der Kücheninsel und atmete einmal tief durch. Und dann noch einmal. Nach nur wenigen Sekunden fühlte er sich wieder ruhig, ja, sogar zuversichtlich; endlich hatte er die Zügel in die Hand genommen.

Trotzdem bemerkte er, dass seine Hand zitterte, als er den Becher hob.

»Bitte!«, sagte er zu Puny, die am Spülbecken gelbe Kürbisse wusch. »Nehmen Sie sich den Tag frei! Mir geht es gut, Sie brauchen nicht meine Amme zu spielen.«

»Ich werde mir den Tag nicht freinehmen.«

»Puny, warum haben Sie solche Probleme, Befehle von Ihrem Arbeitgeber auszuführen?«

»Wenn es darum geht, auf Sie aufzupassen, nehme ich meine Befehle von Cynthia entgegen. Sie hat gesagt, ich soll jeden Tag herkommen und auf Sie aufpassen, und genau das werde ich tun.«

»Sie könnten den Tag mit Ihren Kindern verbringen.«

»Ich verbringe den Tag mit meinen Kindern. Sie sind in die Drogerie gegangen und werden gleich zurück sein.«

»Das Haus ist sauber, der Abwasch ist erledigt, meine Hemden sind gebügelt …«

»Aber Ihr Mittagessen ist noch nicht gekocht und Ihr Abendessen auch nicht.«

»Ich könnte in der Grillstube zu Mittag essen.«

»Reverend …«

»Ja, Puny?«

Sie wandte sich aufgebracht vom Spülbecken ab. »Ich werde Ihnen jetzt sagen, was Joe Joe zu mir sagt, wenn ich ihn bitte, mitten in der Nacht aufzustehen und mir eine Schale Eiscreme mit süßsauren Gurken zu bringen.«

»Also, was sagt er?«

»›*Abgelehnt!*‹«

»Schön«, sagte er. Er nahm sein Predigtnotizbuch von der Küchentheke und drehte sich um, um den Flur hinunterzugehen. An der Tür blieb er stehen.

»Einen Moment mal. Eiscreme und *Gurken?*«

»Ja, Sir.«

»Sie meinen …?«

Er hatte ihr sommersprossiges Gesicht noch nie schöner gesehen, noch nie strahlender.

»Ja, Sir. Sie werden wieder Opa.«

15

Auf diesem Berg

George Gaynor blickte vom Glockenturm der Lord's Chapel zu den grünen Hügeln, die an Mitford grenzten.

»Dies ist die Stelle«, sagte er. »Meine Seele ist errettet worden, als ich genau an dieser Stelle stand.«

Father Tim bekreuzigte sich, bewegt von der Erinnerung an George Gaynor, wie er an einem Sonntagmorgen vor mehr als acht Jahren vom Dachboden der Kirche heruntergekommen war. Er hatte barfuß vor der verblüfften Gemeinde gestanden und seinen Juwelendiebstahl zugegeben, hatte von den langen Monaten gesprochen, die er sich auf dem Speicher der Kirche versteckt hatte, und von seinem neuentdeckten Glauben an Jesus Christus.

»Manchmal denke ich, es war das Singen«, sagte George. Tränen strömten ihm über die Wangen; er wischte sich mit dem Hemdsärmel über die Augen. »Ich flenne immer noch, Reverend, wenn ich daran denke.«

»Es ist der Heilige Geist, der Ihr Herz nicht verhärten lässt.«

»Aber natürlich war es mehr als das Singen. Ich erinnere mich daran, dass ich Ihre Bibel gestohlen habe ...«

Father Tim kicherte. »Ich habe auf der Suche danach die ganze Kirche auf den Kopf gestellt.«

»Ich habe mehrere Tage gebraucht, um die Entscheidung zu treffen, sie aufzuschlagen. Wenn ich sie aufschlug, davon war ich überzeugt, würde etwas Mächtiges geschehen, etwas, das ... das sich meiner Kontrolle entziehen würde.«

»Ja!«

»Zu guter Letzt begann ich, das Evangelium des Johannes zu lesen, das die beste Stelle in der ganzen Bibel war, um mit der Lektüre anzufangen. Während ich ein Kapitel nach dem anderen durchging, habe ich außerdem mit wachsender Faszination die Bemerkungen verfolgt, die Sie an den Rand geschrieben hatten. Was hatte Christus für Sie getan? Welche Rolle hatte Er in Ihrem Leben gespielt, in dem Teil Ihres Lebens, den niemand sieht, den man vielleicht nicht einmal erahnen kann, wenn Sie an der Kanzel stehen?

Ich habe versucht, in dem, was Sie sich privat notiert hatten, Ihr Herz zu finden, vielleicht um festzustellen, ob Sie an irgendeiner Stelle ausrutschen und dann enthüllen würden, dass das alles nur Heuchelei war.«

»Haben Sie denn gehofft, dass alles Heuchelei war?«

George setzte sich auf das tiefe Steinsims am Fenster des Glockenturms. »Ja, Sir, das habe ich getan. Es hätte mir die Mühe erspart, Gott irgendetwas überantworten zu müssen. Erbärmlich wie ich war, habe ich mich an meine Erbärmlichkeit geklammert.«

»Tun wir das nicht alle bisweilen?« Er hatte in den vergangenen Wochen erfahren, wie schäbig es war, sich an seine eigene Erbärmlichkeit zu klammern und scheinbar außerstande zu sein, irgendetwas Gott zu überlassen.

»Ich habe alle Evangelien gelesen, aber immer wieder bei Johannes nachgeschlagen, in dessen Worten ich mit großer Konzentration studiert habe, was Jesus zu sagen hatte. Ich begann, einzelne Verse auswendig zu lernen, und glaubte, es sei nicht mehr als eine Möglichkeit, mir die Zeit zu vertreiben. Dann stieß ich auf einen Vers im fünfzehnten Kapitel. Dieser Vers begann ...« George zögerte.

»Begann ...?«

»Mich zu quälen, in gewisser Weise. ›Wenn ihr in mir bleibt und wenn meine Worte in euch bleiben, dann bittet um alles, was ihr wollt: Ihr werdet es erhalten.‹ Mir wurde klar, dass ich keine Ahnung hatte, worum ich Gott bitten sollte.

Vor allem aber glaubte ich nicht, dass Gott, wenn es Ihn wirklich gab, Interesse daran haben könnte, in Betracht zu ziehen, was ich mir an Bitten vielleicht zusammenstottern würde.«

Eine leichte Brise wehte durch den Turm.

»Es war eine Art intellektueller Albtraum, ein Ringkampf zwischen Logik und Sehnsucht, wenn Sie so wollen. Ich wollte ihn um etwas bitten, konnte aber nicht glauben, dass er wirklich bereit wäre, sich meine Bitte anzuhören.

Dann kam eines Tages Pete Jamison unten in die Kirche, und ich hörte jemanden schreien: ›Bist du da oben?‹«

George sah Father Tim grinsend an. Die beiden Männer brachen in Gelächter aus, als hätten sie einen vertrauten Witz miteinander geteilt.

»Es hat mich zu Tode erschreckt«, fuhr George fort. »Ich dachte, welcher Idiot fragt da, ob ich hier oben sei – glaubte er etwa, ich würde hinunterbrüllen: *Klar, komm rauf und genieß mit mir die Aussicht?* Ich dachte, es wäre vielleicht die Bundespolizei, konnte mir aber nicht vorstellen, warum die so höflich hätte sein sollen.«

Wieder lachten sie miteinander und kosteten die Freude ihres innigen Bands aus, die Vertrautheit einer Geschichte, die mittlerweile in den Mitforder Legendenschatz eingegangen war.

»Und dann habe ich Sie mit Pete sprechen hören, und ich habe Ihre Worte verfolgt, als hinge mein Leben davon ab. Und natürlich hing mein Leben tatsächlich davon ab.

Sie sagten, die Frage sei nicht, ob er dort oben sei, sondern ob er hier unten sei. Da wurde mir klar, dass ich begonnen hatte, seine Gegenwart hier unten zu erfahren, und dass seine Worte irgendwie langsam in mir Wurzeln schlugen.

Als Sie Pete aufforderten, mit Ihnen das Gebet zu sprechen, hatte ich keine Ahnung, was Sie sagen würden, aber ich wusste, dass dieses Gebet all das enthalten würde, was ich mir je von ihm würde erbitten wollten.

Das ist der Grund, warum ich, als Pete das Gebet der Erlösung sprach, mit ihm gebetet habe.«

»Zwei zum Preis von einem.«

»Dieses Gebet in diesem Augenblick hat alles verändert.«

»Halleluja!«, sagte Father Tim leise.

Sie blickten aus den Fenstern und schwiegen für eine Weile. Jemand fuhr mit einem blauen Fahrrad über den Gehweg auf der anderen Seite. Ein Wagen kam den Kirchhügel hinauf und bog in die Einfahrt nach Fernbank ab.

»Bitte, verzeihen Sie mir, falls ich Ihnen zu nahe trete«, sagte George und wandte sich Father Tim zu. »Ich habe das Gefühl, dass Sie vielleicht ... selbst mit etwas ringen.«

Es war ihm grässlich zu denken, dass andere es spüren konnten. Seine Wangen brannten. »Vielleicht habe ich gerade in den letzten Wochen so viel mit mir gerungen wie nie zuvor in meinem ganzen Leben.« Er wusste jedoch, dass er George voll und ganz vertrauen konnte. Er brauchte nicht so zu tun, als sei er perfekt, nur weil er Priester war. »Ich versuche, darauf zu warten, dass Er die Dunkelheit erhellt, dann bekomme ich es mit der Angst und versuche, selbst Licht zu schaffen.«

»Da fällt mir eine Bemerkung ein, die Sie an den Rand Ihrer Bibel geschrieben hatten«, sagte George, »ich erinnere mich nicht mehr, wo es stand ... ›Die bedeutsamen, das Leben prägenden Zeiten, sind die langweiligen Zeiten zwischen den Höhepunkten.‹ Eine ziemlich simple Feststellung, aber doch tiefschürfend, wenn wir sie durchdenken. Ich habe immer geglaubt, die das Leben prägenden Zeiten seien die Zeiten auf dem Gipfel, die Zeiten großen Jubels ...«

»Die Zeiten des glückseligen Hosianna ...«

»Ihr Freund, Oswald Chambers – Sie wissen, dass ich ihn im Gefängnis voller Eifer gelesen habe –, hat einmal etwa Folgendes gesagt: ›Die Höhe des Gipfels bemisst sich nach der stumpfsinnigen Plackerei des Tals.‹ Hinzugesetzt hat er, dass es die Sphäre der Erniedrigung sei, in der wir unseren wahren Wert für Gott entdeckten und in der sich unsere Treue offenbare.«

»Ich schäme mich, es zuzugeben, aber ich glaubte, meinen wahren Wert für Gott zu kennen, ich glaubte, ihm meine Treue schon vor langer Zeit offenbart zu haben. Ich hätte nicht gedacht, dass er ... noch mehr verlangen würde.« So. Er hatte es ausgesprochen.

»Vielleicht sollten Sie dankbar dafür sein, dass er mehr verlangt. Mir scheint, dass er nicht von jedem mehr verlangt.«

Father Tim nahm sein Taschentuch hervor, wischte sich über die Augen und putzte sich die Nase. »Gott segne Sie«, sagte er. »Vielen Dank.«

»Danke, dass Sie mich gebeten haben, Sie heute hierher zu begleiten. Ich habe vor einigen Wochen etwas gemacht. Dies ist der perfekte Zeitpunkt ...«

George nahm eine kleine Papiertüte aus seiner Jackentasche und zog ein hölzernes Kreuz heraus.

»Das haben Sie gemacht?«

»Ja, Sir. Harley hatte einige Kirschholzzweige herumliegen. Kirschholz ist hart wie Granit, aber es ist mir gelungen, es zurechtzuschnitzen, und dann habe ich es mit Wachs eingerieben.«

Das Morgenlicht fiel auf das polierte Kreuz. Durch ein Loch am oberen Rand war ein Stück Bindfaden gezogen worden.

»Sehen Sie diesen Nagel, Reverend?« George zeigte auf einen verrosteten Nagel zwischen zweien der Turmfenster.

»Ah!« Er hatte ihn noch nie zuvor gesehen, aber er hatte auch nicht allzu oft hier oben die Zeit vertrödelt ...

»Ich habe damals diesen Nagel studiert, als sei er ein großes philosophisches Rätsel. Warum war er hier? Welchem Zweck konnte er nur dienen? Wer hatte ihn hier eingeschlagen und sich die Mühe gemacht, ihm so säuberlich im Mörtel zwischen den Steinen zu befestigen? Diesen Nagel habe ich nie vergessen.«

George schlang die Schnur um den Nagel, befestigte das Kreuz daran und trat einen Schritt zurück. »Auf diesem Berg«, sagte er, »ruhte die Hand Gottes auf mir …«

Das Holzkreuz hing zwischen den Fenstern an der steinernen Mauer. Zu beiden Seiten hatte man einen Blick auf die hohen, grünen Hügel, die unter der blauen Himmelskuppel mit den Sommerwolken verschmolzen.

George wandte sich um und legte seinem Freund die Hände auf die Schultern. »Möge auf diesem Berg die Hand des Herrn immer auf Ihnen ruhen, mein Bruder. Erinnern Sie sich an Ihre letzte Bemerkung zu mir, als ich vor acht Jahren von hier fortging?«

»Ich erinnere mich.«

»›Die mit Tränen säen, werden mit Jubel ernten; sie gehen hin unter Tränen und tragen den Samen zur Aussaat. Sie kommen wieder mit Jubel und bringen ihre Garben ein.‹«

Father Tim lächelte. »Und Sie sind tatsächlich mit Jubel zurückgekommen.«

»Und dasselbe werden Sie tun, Reverend, ganz gewiss.«

Bevor Sie den Turm verließen, stellten sie voller Freude fest, dass das Kreuz so wirkte, als habe es schon sehr lange dort gehangen.

Father Tim holte im Gemeindebüro einen Rohentwurf für das Sonntagsblättchen ab und bat um die Verbesserung von zwei Tippfehlern. Nachdem diese Mission erfüllt war, traten die beiden Männer in den warmen Nachmittag hinaus.

Am Ende des kurzen Gehwegs zur Straße angekommen, blieb George zögernd stehen. »Da ist etwas, das ich Ihnen erzählen muss.«

»Erzählen Sie nur!« Er fühlte sich leichter; sein Fleisch erschien ihm weniger schwerfällig als zuvor.

»Bei Lew hat neulich ein Kunde getankt, und Harley hat jemanden erkannt, mit dem er früher einmal zu tun hatte.«

»Ah.« Nicht gut.

»Er kam aus West Virginia, daher hatte er hier in der Gegend nichts zu verlieren, indem er erzählte, dass er im Gefängnis gewesen war; er hat es überall in der Tankstelle herumposaunt. Harley war am Boden zerstört.

Jetzt hat Lew zwei Ex-Sträflinge am Hals, und die Leute reden. Da wir in Ihrem Haus leben, werden Sie vielleicht wissen wollen, was sie sagen.«

»Was sagen sie denn?« Die Leichtigkeit des Geistes, die er nur wenige Sekunden zuvor verspürt hatte, war zerstoben, und etwas wie eine böse Vorahnung drückte ihn nieder.

Nachdem er zwei Meilen über die ebene Straße nach Farmer gejoggt war – bergauf Richtung Kirchhügel kam nicht infrage –, ging er nach Hause und rief Hoppy an. Sein Arzt war bei einem Patienten, aber die Helferin notierte seine Nummer.

Er zog sich um, ging in die Küche und öffnete die Kühlschranktür. Er hatte furchtbaren Hunger. Aber er hatte bereits gegessen. Er nahm zwei Möhren aus einer Plastikdose. Zum Kuckuck mit dieser verflixten Krankheit, er wollte einen Hamburger, leicht angekohlt auf einem Gartengrill, mit Majo, süßsauren Gurken und einer Portion Vidalia-Zwiebeln. Er ging in sein Arbeitszimmer und schob den Fußhocker vor seinen Ledersessel.

Es gab kein Aufschieben mehr, kein nervöses Hin und Her im Raum mehr, kein weiteres Festhalten an dem winzigen Hoffnungsschimmer, das die Sonntagspredigt ihm vom Himmel in den Schoß fallen würde.

War er dem gewachsen? Konnte er in seiner alten Kirche predigen und etwas Lohnendes in den Gottesdienst einbringen? Er konnte weder sich selbst noch Gott etwas vormachen – ihm war mulmig bei diesem Gedanken. Er brauchte jemanden, der *ihm* eine Predigt hielt.

»›Alles vermag ich durch ihn, der mir Kraft gibt‹«, zitierte er laut den Brief an die Philipper, Kapitel vier, Vers dreizehn.

»Geht es da tatsächlich nur um einige wenige Dinge, Timothy, oder geht es wirklich um alle Dinge?«, fragte er sich streng, während er in dem lichterfüllten Arbeitszimmer auf und ab ging. Er war vollkommen ausgehungert.

»Um *alle* Dinge!«, donnerte er mit seiner Kanzelstimme.

Da. Das sollte dem Zweck wohl genügen.

Er ließ sich auf seinen Schreibtischstuhl fallen und starrte die Schreibmaschine an, die er aus der Ecke des Raums, wo sie seit einer Ewigkeit unter ihrer Staubhülle stand, hervorgeholt hatte. Dann hatte er die Schublade aufgezogen, einen Bogen Papier herausgenommen und in die Schreibmaschine gespannt.

So weit, so gut.

Er griff nach seiner Bibel. Sie war bei den Passagen im Hebräerbrief aufgeschlagen, die er am vergangenen Abend noch einmal studiert hatte. Gott sei gedankt für dieses Kapitel, eines der größten in der ganzen Heiligen Schrift. Seine machtvolle Ermahnung hatte ihm mehr als einmal den Hals gerettet – ihm und ungezählten anderen Menschen.

In Wahrheit war das elfte Kapitel des Hebräerbriefs eine eigene Predigt und verlangte keine schwächliche Auslegung von ihm, einem müden, pensionierten Landpfarrer – aber es waren Auslegungen, die die Menschen wollten, und Auslegungen sollen sie bekommen ...

Er nahm das beharrlich läutende Telefon ab und vergaß dabei, dass er ursprünglich vorgehabt hatte, den Apparat auf stumm zu schalten und den Anrufbeantworter zu aktivieren.

»Reverend? Betty Craig hier.«

»Betty!« Die wunderbare Krankenschwester, die sich oben in ihrem Cottage um Dooleys Großvater kümmerte. »Haben wir diese Woche Russells Leberbrotlieferung vergessen?«

»Nein, Sir, das ist es nicht.«

Er wusste es sofort.

»Mr Jacks ist heute Morgen um halb neun von uns gegangen.«

»Das tut mir leid, Betty.« Das war ein schwerer Schlag. Es würde allerdings ein noch schwererer Schlag für Dooley, Pauline und die anderen Kinder sein – und sogar für Betty Craig. Betty hatte den ehemaligen Küster der Lord's Chapel, der über so viele Jahre hinweg das Kirchengrundstück zu einem wahren Augenschmaus gemacht hatte, lieben gelernt.

»Er hat immer wieder den Wunsch geäußert, dass Sie seine Beerdigung übernehmen sollten.«

»Ja.«

»Heute Morgen hat er auf der Bettkante gesessen und einfach die Wand angestarrt, ich habe ihn gesehen, als ich den Flur hinunterging. ›Betty‹, sagte er, ›können Sie wohl mal einen Moment herkommen?‹ Und ich bin zu ihm reingegangen, und …«

Er betete schweigend, während sie weinte.

»Und er hat gesagt: ›Betty, Sie waren mir eine Tochter.‹« Sie schluchzte ins Telefon. »Ich kann jetzt nicht reden, Reverend, können Sie herkommen?«

»Ich bin unterwegs.«

Er und Russell waren zwanzig Jahre lang Freunde gewesen, und mit Ausnahme seiner Zeit in Whitecap hatte er Russell alle ein oder zwei Wochen sein Leberbrot gebracht. Er war immer eine Weile geblieben, um in dem Schaukelstuhl zu sitzen oder mit Russell in den kleinen Garten hinauszugehen, den er voller Stolz für seine »Wärterin« angelegt hatte.

»Sehen Sie, das ist meine Wärterin!«, hatte der alte Mann von Betty gesagt. »Gott schenke ihrer Seele Frieden!«

Jetzt hatte Russells Seele Frieden gefunden. Und er musste derjenige sein, der anderen diese Nachricht überbrachte.

Er fuhr nach Meadowgate, wo Dooley gerade die Zwinger desinfizierte. Sie gingen zusammen in den Schatten eines Ahornbaums hinter der Scheune.

»Ich fühle mich ganz mies, dass ich ihn nicht häufiger besucht habe.« Dooley rieb sich die Augen, dann fügte er mit offenkundiger Scham und Trauer hinzu: »Ich hätte es tun können.«

Father Tim machte sich im Haus der Hoffnung auf die Suche nach Pauline und fand sie im Speisesaal, wo sie gerade die Tische fürs Abendessen deckte.

Pauline ließ den Kopf sinken; Tränen rannen ihr über die Wangen. »Es tut mir leid«, flüsterte sie. »So leid, dass ich Daddy nicht häufiger besucht habe.«

Bedauern. Wie sein eigenes Herz bezeugen konnte, schien die Welt voll davon zu sein.

»Himmel, hilf!«, rief Puny. »Wenn ich Sie wär, würd ich das Telefon aus dem Fenster werfen!«

Er half Pauline bei den Beerdigungsvorbereitungen; ein junges Paar hatte um ein Beratungsgespräch gebeten; er wurde in der Kirche erwartet, um dem Küster einen Rat zu geben, wo er die vier weißen Azaleenbüsche einpflanzen sollte, die nach den Reparaturen der Wasserleitung hatten versetzt werden müssen …

»Es ist genauso wie früher!«, erklärte seine Haushilfe.

Ja, dachte er. Das ist es! Und um die Wahrheit zu sagen, es gefiel ihm. Tatsächlich gefiel es ihm sogar sehr.

Harley kam um halb fünf auf dem Heimweg von Lew Boyd an seine Tür.

Father Tim hatte Harley nur selten ohne sein zahnloses Grinsen gesehen.

»Ich kann Ihnen gar nicht sagen, wie leid es mir tut«, murmelte Harley mit hängendem Kopf. »Es ist mir schrecklich, dass Dooley es weiß, bei allen anderen macht's mir weniger aus. Lace hat's gewusst, aber für sie hat's keine Rolle gespielt.«

»Harley«, sagte er, »für mich spielt es auch keine Rolle.«

Harley sah ihn wortlos an.

»Sie und George, Sie haben Ihre Schuld bezahlt, es ist vorbei, das alles gehört der Vergangenheit an.«

»Das Schlimmste ist, glaub ich, dass George und ich in Ihrem Haus wohnen, als würden Sie … Verbrecher sammeln.«

Father Tim lachte.

»Ich hab das Gefühl, es würd' vielleicht ein wenig helfen, wenn einer von uns ausziehen würd'.«

»Denken Sie nicht darüber nach. Es wird schon Gras über die Sache wachsen. Es wäre schön, wenn Sie und George am Sonntag mit mir in die Kirche gehen könnten, ich könnte etwas Unterstützung gebrauchen.«

Da war es wieder, Harleys Grinsen, das selbst seinen Hinterkopf noch erstrahlen ließ.

Kurz nach fünf rief Hoppy an. »Bill Watson leidet unter kongestivem Herzversagen. Es gibt keine Heilung, aber Medikamente können die Symptome lindern.«

»Er hat seine Medikamente abgesetzt«, sagte Father Tim und kam sich dabei vor wie ein Verräter.

»Sobald wir aufgelegt haben, rufe ich ihn an und halte ihm eine Predigt.«

»Nur zu!« Er war nicht allzu erpicht darauf, noch eine Beerdigung halten zu müssen.

»Also«, sagte Hoppy, »wie geht es Ihnen?«

»Bestens.« Er war nicht umgekippt, also musste es ihm wohl gut gehen. »Wie war der Oregon Trail?«

Diese aufmerksame Nachfrage stieß bei Hoppy auf vollkommen taube Ohren.

»Spritzen Sie sich zweimal am Tag Ihr Insulin?«

»Ohne Ausnahme.«

»Kein Maisbrot?«

»Keinen Krümel.«

»Bewegung?«

»Dreimal die Woche zwei Meilen die Straße nach Farmer entlang.«

»Was ist mit dem Antidepressivum?« Schweigen. Er konnte nicht lügen.

»Ich möchte Sie morgen sehen. Sprechen Sie mit Jean, dass sie Sie irgendwo dazwischenschieben soll.«

»Das ist unmöglich! Ich habe eine Beerdigung.«

»Beerdigungen dauern nicht den ganzen Tag, mein Freund. Ich werde Ihnen vom Oregon Trail erzählen, wenn wir uns morgen sehen.«

Verwünscht.

Er lag dösend auf dem Sofa, als das Telefon klingelte.

»Reverend, wie geht es Ihnen? Lew Boyd hier.«

»Lew!« Er war noch benommen vom Schlaf, aber immerhin genügend bei Verstand, um sich aufrecht hinzusetzen und tief durchzuatmen. Das war der Anruf, den er gefürchtet hatte.

»Es gibt da etwas, worüber ich dringend mit Ihnen reden wollte.«

»Ja, Lew, ich weiß, und es ist sehr bedauerlich. Es tut mir leid.«

Am anderen Ende der Leitung herrschte verblüfftes Schweigen. »Wirklich?«

»Ja. Ich bedauere es zutiefst, und ich hoffe, es wird Ihrem Geschäft nicht irgendwie schaden.«

»Dem Geschäft schaden? Wie könnte es dem Geschäft schaden?«

»Ich habe mir Sorgen gemacht, dass es vielleicht einige Ihrer Kunden verschrecken könnte.«

»Ich wüsste nicht, wie«, sagte Lew, der jetzt vollkommen verwirrt klang. »Ich will doch bloß heiraten.«

»*Heiraten!*« Gütiger Himmel, er hatte förmlich in den Hörer hineingeschrien. Sein Hund sprang bellend auf.

»Als ich damals in der Highschool einen Gurkenwettbewerb gewonnen hab, hat sie mich geküsst.«

»Das funktioniert immer!«

»In dem Jahr damals hatte ich keinen koscheren Dill genommen, sondern Essiggurken.«

»Aha.«

»Ihr Name ist Earlene.«

»Earlene! Wahrhaftig …«

»Sie wissen, dass Juanita seit sechs Jahren tot ist.«

»Das ist eine lange Zeit.«

»Fast sieben.«

Er hatte keine Ahnung, worauf das Ganze hinauslaufen sollte. »Kann ich irgendetwas tun, um … um zu helfen?«

»Die Sache ist die, Earlene lebt in Tennessee, und ich und sie, nun ja, es bringt mich fast um, ständig mit meinem alten Pick-up die Straße rauf und runter zu gondeln. Ich bin nicht mehr der Jüngste, Sie wissen, was ich meine?«

»Das weiß ich allerdings.«

»Also, was ich sagen wollte, ist, ich würde mich freuen, wenn Sie uns trauen könnten.«

»Ah! Nun! Meine Güte. Herzlichen Glückwunsch!«

»Aber wir können es fürs Erste noch niemandem erzählen. Es soll ein Geheimnis sein.«

»Warum das?«

»Ihrer Mama geht es sehr schlecht, Probleme mit dem Herzen. Es ginge nicht an, es ihr zu erzählen, wir wollen es ihr ganz schonend beibringen; verstehen Sie, Earlene kümmert sich seit mehr als zehn Jahren um ihre Mama, seit ihr Daddy gestorben ist.«

»Ich verstehe. Wann wollten Sie sich denn trauen lassen?«

»Irgendwann nächste Woche.«

»Nächste Woche?«

»Es müsste an einem Dienstag oder einem Mittwoch sein«, meinte Lew entschuldigend. »Das sind nämlich die einzigen Tage, an denen sie von der Mehlfabrik freibekommen kann. Sie war früher mal Bibliothekarin, aber die Mehlfabrik hat ihr Sozialleistungen angeboten, Sie würden es nicht glauben.«

»Das sind natürlich großartige Neuigkeiten. Allerdings kann ich die Zeremonie nicht vornehmen, bevor ich mit Ihnen und Earlene ein Gespräch geführt habe.« Ältere Brautpaare waren von dieser Idee im Allgemeinen nicht besonders begeistert, daher betonte er ihre Bedeutung. »Das ist sehr wichtig, es ist praktisch Teil des kanonischen Gesetzes.«

»Was denn für *Kanonen?«*

»Außerdem müssen zwischen dem Aufgebot und der Trauung mindestens dreißig Tage liegen.«

Sein Anrufer war offenkundig verdattert.

»Darf ich fragen, warum Sie möchten, dass ich Sie traue?« Lew war Baptist, daran bestand kein Zweifel.

»Na ja, die Sache ist die, Bill Sprouse ist immer noch nicht wieder fit. Und da ich seit ungefähr zwanzig Jahren Ihre Autos repariere, dachte ich, das wäre eine gute Möglichkeit, um mich für Ihre treue Kundschaft zu revanchieren.«

Als Lew aufgelegt hatte, ließ Father Tim sich auf das Sofa sinken, benommen von der Aussicht auf das, was vor ihm lag.

Wie sollte er das alles bewerkstelligen? Er wusste es nicht. Eines wusste er jedoch mit Bestimmtheit: Er brauchte Hilfe, er brauchte ...

Der bloße Gedanke widerstrebte ihm, aber um die Wahrheit zu sagen, er brauchte Emma Newland.

Er schlug sich auf die Stirn und stieß einen jämmerlichen Laut aus, der eine gewisse Ähnlichkeit mit einem Stöhnen hatte.

Obwohl sein aufgeschreckter Hund hochaufgerichtet dasaß, versagte er sich ein Bellen.

Er hatte Angst, ans Telefon zu gehen. Sollte der Anrufbeantworter das erledigen ...

Piep. »Reverend! Ich bin's, Olivia. Wir sind wieder in Mitford, und wir würden Sie schrecklich gern sehen. Wie ich höre, ist Cynthia auf Reisen und ...«

Er riss den Hörer ans Ohr. »Olivia! Willkommen daheim!«

»Da sind Sie ja, Reverend! Wie schön, Ihre Stimme zu hören! Wollen Sie heute Abend zum Essen kommen? Alles, was heute auf den Tisch kommt, ist gut für uns. Ich weiß, es ist sehr kurzfristig, aber sagen Sie doch bitte ja!«

»Ja!«

»Lace hat etwas für Sie gekauft, ich darf nicht sagen, was, Sie werden vielleicht in Ohnmacht fallen! Es war ihre Idee, ich hatte mit dieser Geschichte nicht das Geringste zu tun.«

Lace hatte etwas für ihn gekauft? Er grinste von einem Ohr zum anderen.

»Außerdem möchte sie Ihnen ihr neues Auto zeigen – es ist natürlich nicht wirklich neu, trotzdem bin ich grün vor Neid! Und Hoppy würde sicher gern einen Blick auf seinen Patienten werfen – obwohl in diesem Falle Sie derjenige sein werden, der den Hausbesuch macht.«

Er kleidete sich zum Essen um und hatte gerade noch ein paar Minuten Zeit, um einen Blick auf seine Predigtnotizen zu werfen, als das Telefon klingelte.

Cynthia würde sich erst am späten Abend melden; er würde den Anrufbeantworter rangehen lassen.

»Tim, Bill Sprouse hier, das müssen Sie hören. Buddy, erzähl dem Pfarrer, wie viele Personen zur Heiligen Dreieinigkeit gehören.«

In unmittelbarer Nähe des Hörers bellte Buddy dreimal.

»Braver Bursche! Also, wie viele Testamente hat die Bibel?«

Zwei Beller.

»Amen! Jetzt sag ihm wie viele wahre Götter es gibt.«

Ein Bellen.

»Bruder, haben Sie so was schon mal gehört?«

Johlend vor Lachen riss Father Tim den Hörer von der Gabel.

»Fragen Sie Buddy, ob er am Sonntag die Predigt für mich übernehmen möchte.«

»Tut mir leid, aber das wird nicht gehen – er hat schon eine Vertretung drüben in Farmer angenommen.«

Father Tim konnte sich nicht daran erinnern, wann er das letzte Mal so von Herzen gelacht hatte.

»Ich wollte Ihnen außerdem erzählen, dass ich inzwischen das Bett verlassen und umherhumpeln kann«, sagte Bill.

»Gott sei gedankt!«

»Es wird jetzt nicht mehr lange dauern, dann werden Buddy und ich auf die Straße gehen und der Nachbarschaft das Evangelium predigen.«

Den ganzen Weg bis zu den Harpers hinauf war er erfüllt von dem Glück, das er in Bill Sprouses Stimme gehört hatte.

Das tadellos erhaltene, farngrüne BMW-325 Coupé stand in der Einfahrt, eingehüllt in den Schimmer einer Gaslaterne.

»Mann!«, sagte Father Tim und sprach dabei nicht nur für sich selbst, sondern auch für Dooley.

Lace stand strahlend vor ihm, die eingewickelte Schachtel in Händen.

»Wollen Sie mal raten? Sie könnten Sie schütteln!«

»Ich kann mir nicht vorstellen …«, sagte er und kam sich dabei vor wie ein Kind an Weihnachten. Er griff nach der großen, quadratischen Schachtel und schüttelte sie. Irgendetwas, das schwer zu sein schien, polterte darin herum. »Hm …« Er hätte dieses wunderschöne Mädchen gern mit ein oder zwei klugen Rateversuchen zum Lachen gebracht, aber aus einer Rübe ließ sich kein Blut wringen.

»Ein Blasebalg für den Kamin?«, fragte er zaghaft.

»Nein, Reverend! Raten Sie noch einmal!«

Hoppy setzte sich in einen Armsessel, eins der langen Beine über das andere geschlagen; an den Füßen trug er seine vielzitierten Cowboystiefel, und er grinste übers ganze Gesicht.

»Vielleicht könntest du ihm ja einen Hinweis geben!«, sagte Olivia.

»Sie werden von allein darüber stolpern«, krähte Lace. Er fand es zauberhaft, wie ihre bernsteinfarbenen Augen tanzten und blitzten.

Er schüttelte den Karton noch einmal. Er war schwer. Es konnten Bücher sein …

»Bücher!«

»Kalt.« Hoppy, der immer noch in seinem Sessel saß, konnte das törichte Grinsen anscheinend nicht aus seinem Gesicht verbannen, während er auffällig mit dem Fuß wippte. Aha! Konnte es das sein? »Unmöglich«, sagte Father Tim lachend. »Das können auf keinen Fall *Stiefel* sein!«

Lace hüpfte auf und ab. »Sie haben es erraten! Sie haben es geschafft! Jetzt dürfen Sie den Karton aufmachen!«

Handgefertigt. Mit Absätzen. Rattenscharf.

Stiefel.

»Gefallen sie Ihnen?« Lace stand erwartungsvoll daneben, während er unter donnerndem Applaus durchs Wohnzimmer stolzierte.

Da er so ziemlich zeitlebens eher der Slippertyp gewesen war, war er eine Spur sprachlos. Stiefel waren womöglich wie Kapern und Auberginen etwas, woran man im Laufe der Zeit Gefallen fand. Andererseits schienen sie ihm gut zu passen, und sie ließen ihn eindeutig größer wirken …

»Er denkt darüber nach«, sagte Hoppy, »genau wie ich es tun musste.«

»Ich glaube, ich habe es durchdacht«, erklärte ihr Gast schließlich. »Es ist durchaus möglich, dass ich in nicht allzu ferner Zukunft darin gehen werde, ohne zu stolpern.«

Woraufhin sie ihm alle um den Hals fielen und ihm herzlich gratulierten.

Lace studierte die zu dem Auto gehörige Betriebsanleitung; Hoppy kehrte ins Krankenhaus zurück, um nach einem Patienten zu sehen; Father Tim und Olivia gingen auf die Terrasse hinaus und traten an das Geländer. In der kühlen Luft des Augustabends lag ein flüchtiger Duft von Herbst.

»Reverend, Lace wollte Ihnen mit ihrem Geschenk für all das, was Sie für sie getan haben, danken, auch wenn es nur ein geringer Dank ist. Als sie gesehen hat, wie begeistert Hoppy von seinem Geschenk war, wollte sie Ihnen die gleiche Freude bereiten. Sie hat die Stiefel von ihrem eigenen Geld gekauft.«

»Umso mehr weiß ich das Geschenk zu schätzen!«

»Wir wissen, dass ein Paar Stiefel nicht all das ausdrücken kann, was wir empfinden. Ich hoffe, Sie sind nicht gekränkt.«

»*Gekränkt?* Gütiger Himmel, ich fühle mich über die Maßen geschmeichelt.«

»Ohne Sie würde ich mit an Sicherheit grenzender Wahrscheinlichkeit nicht hier stehen und diesen wunderbaren Abend genießen, und wer weiß, wo Lace jetzt wäre? Ich danke Ihnen, mein lieber Freund.«

»Danken Sie nicht mir«, sagte er. »Das alles war ausschließlich das Ergebnis der Führung des Heiligen Geistes.« Er tätschelte Olivia mit aufrichtiger Zuneigung die Hand. »Lace sieht wundervoll aus; erzählen Sie mir, wie sie zurechtkommt, was in ihrem Herzen vorgeht.«

»Ich frage mich, ob sich all dieser Zorn jemals ganz auflösen wird. Aber noch schlimmer ist die Angst – sie hat so viele Jahre damit gelebt, und ich sehe diese Angst noch immer in der Art, wie sie die Schultern hält. Es lässt ein wenig nach, ja, aber dieses permanente Bewusstsein von Gefahr scheint bei ihr direkt unter der Oberfläche zu lauern.

Ich erinnere mich an einen Waldspaziergang mit meinem Vater, ich war damals vielleicht neun oder zehn. Er zeigte mir einen besonderen Baum in der Nähe des Flusses. Vor langen Jahren hatte jemand eine Axt in den Stamm geschlagen und die Klinge darin stecken lassen. Daddy zeigte mir, dass der Baumstamm um die Axt herumgewachsen war, bis man von der Klinge nur noch wenig sehen konnte.

Laces Angst und ihr Zorn sind eine alte Axtklinge, die sich tief eingegraben hat.«

»Ihr Glaube. Inwiefern hat der geholfen?«

»Er hat sehr geholfen. Trotzdem denke ich, dass sie glaubt, was zu viele Menschen glauben – dass es in Wirklichkeit die eigene rohe Entschlossenheit ist, die uns durchbringt. Die Macht von Gottes Gnade ist ihr noch nicht zur Gänze bewusst geworden, sie ist noch sehr jung.«

»Ich werde darum beten, dass sich Gottes Gnade ihr erschließen möge«, sagte er. Tatsächlich kam Lace Turner fast immer direkt nach Dooley Barlowe, wenn er tagein, tagaus die Liste von Seelen durchging, für die er ohne Unterlass betete. »Ich weiß, es ist verfrüht, aber Cynthia und ich haben gehofft, dass eines Tages …« Er stellte fest, dass er es doch nicht aussprechen konnte; laut ausgesprochen schien es ihm so töricht zu sein.

»Dass die beiden eines Tages Waffenstillstand schließen werden?«

»Hm, ja.«

»Hoppy und ich denken genauso. Wir lieben Dooley, und ich glaube, dass Lace ihn sehr gern hat. Aber die Chancen stehen schlecht für die beiden, meinen Sie nicht auch? Lace kann sehr kritisch und kalt sein, und sie begegnet der Liebe mit großem Argwohn.«

»Dasselbe gilt für Dooley.«

Olivia blickte über die Bäume hinweg zu dem von Zwielicht umhüllten Berg dahinter. »Was einen zukünftigen … Waffenstillstand angeht, gibt es eines, dessen wir gewiss sein können.«

»Und was ist das?«

Sie drehte sich um und sah ihn lächelnd an.

»Dass die Zeit es bringen wird«, sagte sie.

Olivias inbrünstiger Neid auf diesen BMW, dachte er auf dem Heimweg, würde nichts sein verglichen mit Dooley Barlowes flammender Eifersucht. Plötzlich würde Dooleys sieben Jahre alter Jeep ein prähistorisches Fossil sein.

Wenn Dooley die eineinviertel Millionen gehabt hätte, die Miss Sadie ihm in ihrem Testament vermacht hatte, hätte er sich wahrhaftig einen ganz anderen Wagen ausgesucht. Aber wie anders, das war natürlich die Frage.

Er hatte sich die ganze diesbezügliche Passage von Miss Sadies Brief eingeprägt, jenem Brief, den er nur wenige Tage nach ihrem Tod bekommen hatte.

Wie Sie wissen, habe ich viel Geld an humanitäre Einrichtungen gegeben, und zur Abwechslung würde ich gern einmal etwas an ein menschliches Individuum verschenken.

Ich habe in dieser Angelegenheit gebetet, und Louella hat dasselbe getan, und Gott hat uns grünes Licht gegeben.

Ich werde Mamas Geld Dooley hinterlassen.

Wir glauben, dass er das hat, was man braucht, um es zu etwas zu bringen. Sie wissen, dass Papa nie eine Ausbildung gehabt hat, und sehen Sie nur, was ihm ohne jede Hilfe gelungen ist. Und Willard – denken Sie nur, was er aus sich gemacht hat, und auch ihm hat keine Menschenseele geholfen.

Es kann also eine gute Sache sein, keine Hilfe zu haben.

Während er sich den Inhalt des Briefes Wort für Wort ins Gedächtnis rief, konnte er Miss Sadies Stimme hören, als stünde sie direkt neben ihm …

Eine noch bessere Sache kann es jedoch sein, eben diese Hilfe zu bekommen – wenn der Charakter stark ist. Ich glaube, Sie werden Dooley helfen, die Art Charakter zu entwickeln, die ihn zu einem wichtigen Amt in dieser Welt verhelfen wird, daher soll das Geld ihm gehören, wenn er einundzwanzig Jahre alt wird.

(Ich bin altmodisch und glaube, dass man mit achtzehn noch viel zu jung ist, um ein Erbe anzutreten.)

Ich habe eineinviertel Million Dollar so angelegt, dass mehr daraus werden wird, und ich habe Vorkehrungen getroffen, um Dooleys Ausbildung zu finanzieren. Wenn er achtzehn Jahre alt ist, wird das Einkommen aus dem Treuhandvermögen für seine Zeit auf dem College ausreichen.

Ich verlasse mich darauf, dass Sie diesbezüglich nie ein Wort sagen, bis er alt genug ist, es mit Würde zu tragen. Ich verlasse mich auch darauf, dass Sie zu ihm halten werden, Father Tim, dass Sie mit ihm durch Dick und Dünn gehen werden, so wie Sie es schon die ganze Zeit getan haben.

Cynthia liebte die Fragen, die ihre jungen Leser stellten. Aber obwohl sie sich großartig amüsierte, vermisste sie ihren Mann schmerzlich. Das Leben unterwegs hatte eben seine Kehrseite – und wie kam Violet wohl mit ihrer fortgesetzten Abwesenheit zurecht?

»Ziemlich gut«, sagte Father Tim. »Sie liegt auf meinem Schoß.«

Violet nahm seine Anwesenheit kaum je zur Kenntnis, bis ihre Herrin das Haus verließ.

Dann schlich sie sich an ihn heran, zog Fäden aus seinen Pulloverärmeln und bestrich seine Hosenbeine großzügig mit weißen Haaren …

»Treuloses Tier! – Hast du, seit ich fort bin, das Verdeck heruntergeklappt?«

»Ähm, nein.«

»Bitte, tu es, Liebster. Der Sommer wird vorbei sein, bevor wir wissen, wie uns geschieht, und dann werden uns die Brillen auf der Nase festfrieren.«

»Ich mache es, versprochen.« Selbst in Abwesenheit versuchte Cynthia ihm dabei zu helfen, sich ein wenig Spaß zu verschaffen. »Du wirst nie erraten, was Lace mir aus Oregon mitgebracht hat.«

»Cowboystiefel!«, rief sie vergnügt.

»Woher wusstest du das?«

»Sie hat mich von unterwegs angerufen, ich bin diejenige, die ihr deine Schuhgröße verraten hat.«

Ehefrauen wussten alles. Von einigen wenigen Situationen abgesehen, war es fast unmöglich, eine Ehefrau zu überraschen.

Er grübelte über seine eigene Axtklinge nach. Im Laufe der Jahre war es ihm immer wieder gelungen, seinem Vater zu verzeihen, aber dann floss irgendwann die Bitterkeit wie ein Gift in seine Seele zurück. Häufig verweilte sie dort und richtete monatelang ihren Schaden an, bevor ihm die List des Feindes bewusst wurde, woraufhin er Matthew Kavanagh einmal mehr verzieh.

Ohne seinen Glauben hätte seine Seele die Klinge vielleicht nicht überlebt. Aber wie jenen Baum hatte Gott ihm die Fähigkeit gegeben, um diese Klinge herumzuwachsen und sogar zu blühen.

Unaussprechlich müde schlüpfte er in seinen Pyjama, kniete vor dem Bett nieder und dankte Gott für Überleben, für Überwinden, für Gnade. Er dachte an Sammy und Kenny, an Dooley, Jessie und Poo und an all jene, die die Klinge getroffen hatte …

Cynthia würde in zehn Tagen wieder zu Hause sein, überlegte er, als er ins Bett stieg, und Dooley würde in zwölf Tagen zur Schule aufbrechen. Er vermisste Dooley schon jetzt.

Die Sommerferien waren gekommen und fast schon wieder vorüber, und es hatte nur denkbar kurze Gelegenheiten gegeben, ein wenig Zeit zusammen zu verbringen. Und bei buchstäblich all diesen Gelegenheiten war es um schwierige Dinge gegangen.

Er rief sich ins Gedächtnis, dass die Dinge im nächsten Sommer anders sein würden.

Ja, so Gott wollte, würden die Dinge im nächsten Sommer anders sein.

Mit diesem Gedanken, der ihm einen gewissen Frieden

schenkte, schlief er ein, das Kissen, das den schwachen Duft von Blauregen verströmte, fest in den Armen.

Nebenan stand Hélène Pringle an ihrem Schlafzimmerfenster und beobachtete, wie im Haus der Kavanaghs das Licht im ersten Stock erlosch.

Sie hatte vorgehabt, ihrem Nachbarn einen Laib von ihrem selbstgebackenen Brot zu bringen, hatte dann jedoch im Laden erfahren, dass Cynthia auf einer weltweiten Tournee war – oder war es eine Blitztournee? Was für eine Art von Reise es auch sein mochte, sie war nicht zu Hause, und in Abwesenheit seiner Frau wäre es unschicklich gewesen, dem Pfarrer etwas zu essen zu bringen.

Im Grunde war sie erleichtert. Wenn man jemandem Nahrungsmittel schenkte, war das immer ein Zeichen von Mitgefühl, und der Pfarrer musste mitfühlender Gesten reichlich müde geworden sein nach dem, was vor Monaten geschehen und, wie sie hoffte, allgemein vergeben und vergessen worden war.

Natürlich sah er noch immer *épuisé* aus. Diese Meinung gründete sie auf sein blasses Gesicht und den langsamen Gang, wenn er mit diesen kleinen, rothaarigen Mädchen, die er als Enkelkinder für sich beschlagnahmt hatte, das Pfarrhaus verließ.

Sie hörte das Windspiel auf der Veranda unter ihr klimpern und freute sich über das Geräusch. Harley und Mr Gaynor hatte ihr liebenswürdigerweise geholfen, es aufzuhängen – tatsächlich hatten sie ihr bei sehr vielen Dingen im Haus und im Garten geholfen. Sie war ungeheuer überrascht gewesen, als sie gestern erfahren hatte, dass auch Harley einmal im Gefängnis gesessen hatte. Es war natürlich ein seltsames Gefühl, dass zwei Exsträflinge im unteren Teil des Hauses lebten, aber wenn der Pfarrer es für gut und richtig hielt, tat sie es ebenfalls. Vielleicht hatte der Pfarrer es sich zu einer seiner Aufgaben gemacht, solchen Menschen zu helfen, ein neues Leben anzufangen, geradeso, wie er ihr dabei geholfen hatte.

Hélène legte die Stirn an die kühle Fensterscheibe. Tatsächlich, wenn der Pfarrer Anklage gegen sie erhoben hätte, weil sie ... sie konnte es nicht ertragen, das Wort *stehlen* zu benutzen ... weil sie den Bronzeengel von seinem Kaminsims genommen hatte, hätte auch sie womöglich ins Gefängnis kommen können.

Sie seufzte tief, dann wandte sie sich ab und ging ins Badezimmer, um sich die Zähne zu putzen. Gelegentlich dachte sie daran, dass dieses Bett und das Badezimmer viele Jahre lang dem Pfarrer gehört hatten, ein Gedanke, der sie ihm im Geiste stets näherbrachte.

Sie hatte sich vor einiger Zeit mit der Tatsache ausgesöhnt, dass sie ihn liebte, aber es war keine leidenschaftliche Liebe. *Non!*

Sie liebte ihn mit großer Dankbarkeit für all das, was er für sie getan hatte, für die Tatsache, dass er ihr geholfen hatte, wieder zu sich selbst zu finden, und sie vor der Zerstörung bewahrt hatte. Er beteuerte, es sei das Werk des heiligen Geistes gewesen, und sie spürte, dass das möglicherweise zutreffend war, dass wahrhaftig eine größere Kraft als der Pfarrer sie vor dem Abgrund gerettet hatte.

Sie war froh darüber, dass sie wieder regelmäßig betete, etwas, das sie seit dem Tod ihrer Großmutter nicht mehr getan hatte. Während ihrer Gebete in den letzten Wochen hatte sie versucht, sich Gott als einen hochgewachsenen Mann mit einem wallenden weißen Bart vorzustellen, einen Mann, der auf einem Thron saß und etwas in der Hand hielt, das bei näherem Hinsehen eine Mistgabel zu sein schien. Später war ihr aufgegangen, dass ihre Fantasie sich um ein Bild von Neptun rankte, das sie einmal in einem Kinderbuch gesehen hatte, und sie hatte diese Vorstellung sofort aus ihren Gedanken verbannt.

Als Nächstes hatte sie Gott vor sich gesehen, wie er durch

himmlische Gärten schritt, bekleidet mit schimmernden Roben, die sich um ihn herum bauschten; außerdem trug er Sandalen, obwohl Hélène es sich versagte, seine Zehen zu betrachten. Dieser Gott war jedoch so tief in Gedanken versunken gewesen, dass er sie überhaupt nicht bemerkte, und daher hatte sie sich mit einiger Verzweiflung auch von diesem Bild abgewandt.

Da es ihr unzumutbar erschien, zu bloßem Dunst zu beten, trachtete sie danach, Gott eine andere Gestalt zu geben, ein Versuch, der jedoch restlos scheiterte. Trotzdem betete sie weiter, beschränkte sich dabei jedoch auf das Notwendigste. Und dann, eines Abends hörte sie zu ihrer eigenen Überraschung auf, sich vorzustellen, wie Gott aussah.

Gott war Gott, schlussfolgerte sie. Es spielte keine Rolle mehr, wie er aussah.

In Wahrheit hatte der Versuch, sich ein Bild von ihm zu machen, sie furchtbar abgelenkt, und am Ende hatte es sie davon abgehalten, sich mit Inbrunst und Hingabe auf das Gebet selbst zu konzentrieren. Wenn Gott sich ihr offenbaren wollte, so dachte sie jetzt, würde er das tun, wann er es für richtig hielt und auf eine Art und Weise, von der sie sich nicht einmal die leiseste Vorstellung machen konnte.

In der Zwischenzeit beschloss sie, vor ihn hinzutreten, als säße er auf der anderen Seite eines Vorhangs, sehr nah, aber ungesehen.

Sie zog ihren alten blauen Morgenmantel aus, hängte ihn über einen Stuhl, kniete sich dann auf den Teppich vor ihrem Bett und bekreuzigte sich. Heute Abend würde sie auf Englisch beten. Wenn sie schon als amerikanische Bürgerin lebte – und genau das war sie kürzlich geworden –, hielt sie es für ihre Pflicht, sich größere Mühe zu geben, die Sprache ihres Landes zu sprechen.

»Lieber Gott, danke für die Schüler, die du in meine Hand gegeben hast, und für mein Leben in Mitford. Bitte, segne den Pfarrer, damit er sich von seinen … *malheurs* ganz und gar erholt und ein langes Leben führen wird, in dem er noch vielen anderen Menschen helfen kann, so wie er mir geholfen hat. Ich würde ihm gern eine gute Nachbarin sein, lieber Gott, wenn du mir das nötige Rüstzeug geben magst. Rette den jungen Sammy Barlowe vor seiner Not, damit er ein gutes und nützliches Leben führen kann – mir fällt nicht mehr ein, wer es gesagt hat, aber man hat mir erzählt, du hättest einen Plan für jeden Einzelnen von uns. Vielleicht könntest du mich wissen lassen, ob das möglicherweise für … Hélène Pringle gilt?«

Sie hielt den Atem an und fragte sich, ob dies nun alles war, was sie zu sagen hatte.

»Und wache über alle Menschen im Haus der Hoffnung, besonders über Mutter. Das ist alles, glaube ich.«

Sie wartete einen Moment lang, dann flüsterte sie: *»Bon nuit.«*

Sie fragte sich, ob sie auch noch eine Bemerkung über Jesus, Gottes Sohn, einfließen lassen sollte.

Sie wusste jedoch kaum etwas über Jesus, abgesehen davon, dass er in den Armen der Gesegneten Mutter lag, zuerst als Säugling und dann wieder als erwachsener Mann, den man blutüberströmt vom Kreuz abgenommen hatte.

Sie ging ins Bett, legte sich auf die rechte Seite, schloss die Augen und hörte nur noch Barbizons leises Schnarchen von seinem Teppich vor der Tür.

Kurz darauf schlief Hélène Pringle, wie es fast alle anderen in Mitford auch taten.

16

Heute Hühnermagen

Sein Zucker war annähernd normal, sein Gewicht gut, sein Cholesterinspiegel niedrig. Aber Hoppy wollte, dass er wieder sein Antidepressivum nahm.

»Ich will es nicht nehmen«, sagte Father Tim. »Ich möchte dieses Medikament nicht, es muss aufhören. Ich ... werde schon damit fertig.«

Hoppy zuckte die Achseln. »In Ordnung.«

»Was soll das heißen: ›In Ordnung‹?«

»Dann nehmen Sie es eben nicht mehr. Und wenn irgendwelche Dinge wieder auftreten sollten, setzen wir die Behandlung damit fort.«

Es ging doch nichts über einen ausgedehnten Urlaub, um einen kompromisslosen Arzt zu entspannen.

»Sie haben jeden Vortrag gehört, den ich in petto habe«, fuhr Hoppy fort. »Jede Bitte, jede Warnung.« Hoppy schob sich zwei grüne Geleebohnen in den Mund. »Wir sehen uns dann in drei Wochen wieder.«

Sie lachten. Sie schüttelten einander die Hand. Sie verglichen ihre Stiefel.

Dann verließ er die Praxis und fühlte sich dabei wie ein Gefangener, dem Haftaufschub gewährt worden war.

Als er am Sonntagmorgen aufwachte, wartete er darauf, dass sich die Erschöpfung einstellte.

Er war es müde, aus dem Bett zu springen, bevor sie zuschlagen konnte, nur um erleben zu müssen, dass sie ihn einholte, bevor er noch ganz in der Küche war. Er würde darauf warten, sich damit abfinden und langsam aufstehen; dies war ein großer Tag.

Die Prozessionshymne um elf Uhr war atemberaubend. Er hatte die Lord's Chapel nicht als so verblüffend schön in Erinnerung gehabt und den Chor nicht als so begabt.

Vom Altar aus blickte er in eifrige Gesichter, die er noch nie zuvor gesehen hatte, und fühlte sich von Herzen ermutigt von den vertrauten Gesichtern – Hoppy, Olivia und Lace, die in der dritten Reihe auf der rechten Seite saßen; Buck, Pauline und der Barlowe-Clan ihnen gegenüber auf der linken Seite, zusammen mit Dooley, der seine Schulkrawatte und den Blazer trug. Und dort waren auch Harley und George, seine Cheerleader sowohl in den frühen als auch in den späten Gottesdiensten ... Emma und Harold Newland, die Bolicks, Hal und Marge Owen ...

Zum zweiten Mal an diesem Morgen sprach er, erfüllt von echtem Glück, die einleitenden Worte.

»Gesegnet sei Gott: der Vater, der Sohn und der Heilige Geist!«

»Und gesegnet sei sein Reich«, antwortete die Gemeinde, »jetzt und für alle Zeit. Amen!«

Er hatte damit gerechnet, dass sein Herz hämmern und er eine gewisse Furcht verspüren würde, wenn er nun vor die Mehrheit seiner ehemaligen Herde hintrat; stattdessen nahm er nur ein Gefühl allumfassenden Friedens in sich wahr.

Auf dem Kirchhof gesellte er sich zu Dooley und der Familie Owen.

»Hast du Doc Harpers neuen BMW gewesen?«, fragte Dooley. *»Mann!«*

»Das ist nicht Doc Harpers neuer BMW«, sagte Father Tim.

»Er hat ihn vor ein paar Minuten erst jemandem gezeigt.«

»Das ist Lace Harpers BMW.«

Er sah, wie sich auf Dooleys Gesicht zuerst Entsetzen abzeichnete, dann Entrüstung und schließlich … etwas wie Demütigung.

Am Nachmittag standen sie unter einem Zelt auf dem städtischen Friedhof, während der Sarg ins Grab gesenkt wurde. Russell hatte nicht eingeäschert werden wollen, obwohl er damit auf das Privileg verzichten musste, im Gebetsgarten der Lord's Chapel, den er mit eigenen Händen geschaffen hatte, zur letzten Ruhe gebettet zu werden.

Jessie schluchzte leise, und Poo versuchte, sie zu trösten; Dooley stand mit versteinerter Miene da. Father Tim glaubte zu wissen, was Pauline empfand – sie hatte alle Hände voll zu tun gehabt, sich ein Leben als berufstätige Mutter und Ehefrau aufzubauen, und dabei hatte sie ihren Vater im Großen und Ganzen vernachlässigt und seine Pflege Betty Craig überlassen. Aber Schuldgefühle würden sich nicht als hilfreich erweisen …

Er legte den Arm um Pauline und hielt sie fest, während sie an seiner Schulter weinte.

»Wir sind, was Sammy betrifft, zu einer Entscheidung gekommen«, erklärte Buck ihm.

»Ja«, fiel Dooley ein. »Ich möchte ihn besuchen, zusammen mit Ihnen und Buck.«

»Wunderbar.«

»Wir stehen jetzt als Familie zusammen«, sprach Buck weiter. »Niemand braucht jemals wieder allein zu stehen.«

»Wenn etwas Schlimmes passiert …«, sagte Pauline.

»… dann werden wir damit fertig werden«, sagte Buck.

Als die Glocken der Lord's Chapel am Montagmorgen um neun Uhr läuteten, erschien Emma Newland vor seiner Tür, ihren Laptop in der einen Hand, einen aus allen Nähten platzenden Aktenordner in der anderen.

»Ich musste die Glocke praktisch mit dem *Kinn* läuten«,

sagte sie und funkelte ihn über den Rand ihrer Brillengläser hinweg an.

Er öffnete die Fliegentür und breitete die Arme aus, um seine ehemalige Sekretärin an sich zu ziehen. Da ihm jedoch plötzlich einfiel, dass kaum je einmal jemand Emma Newland umarmte, ließ er die Arme wieder sinken und verwandelte die Geste in begeisterten Applaus.

»Ich freue mich, Sie zu sehen!«, rief er.

»Sie hätten mich schon viel früher sehen können«, erwiderte sie und stapfte in den Flur, »wenn die Leute Sie nicht beschützt hätten, als wären sie der Dalai Lama persönlich.«

Ich darf nicht vergessen, sagte er sich, dass ich es nicht anders gewollt habe.

Sie ließ sich auf seinen Stuhl im Arbeitszimmer fallen. »Hier ist Ihre E-Mail von diesem geldgierigen Pfarrer Roland! Das Einzige, was er je schreibt, ist: Schicken Sie Geld für dieses, schicken Sie Geld für jenes! Glaubt der Mann eigentlich, dass es hier auf *Bäumen* wächst? Er ist ja schlimmer als ein Baptist.

Wenn ich Sie wäre, würd ich ihm schreiben, er soll gefälligst selbst zusehen, wie er in der Wildnis da oben zurechtkommt, er hat es schließlich nicht anders gewollt, das Ganze war seine eigene Idee! Sie sollten Gott auf den Knien danken, dass Sie der Überschwemmung entgangen sind, die Ihre Nissenhütte in einen Fluss gespült und wie einen Korken mitgerissen hat. Das wäre eine schöne Bescherung gewesen, mitten in der Nacht in so was aufzuwachen.

Außerdem schreibt er, dass jemand namens Abner ins Wasser gesprungen sei und es geschafft habe, einen Elchkopf zu retten, er hat aber nicht geschrieben, was ein Elch in Tennessee zu suchen hat, ich dachte, die wären hauptsächlich aus Alaska.

Und hier ist die Post aus Mitford in England – wir stehen kurz davor, Schwesterstädte zu werden oder was auch immer; ich schätze, Sie müssten wohl von Schwesterdörfern sprechen, wo doch in dem Mitford da drüben nur fünfhundert Leute wohnen und bei uns hier der letzten Zählung nach tausenddreiunddreißig. Ich hoffe, Sie müssen nicht zu irgendeiner Zeremonie da rüberfliegen, Sie sind sowieso schon ganz grün um die Kiemen und dürr wie ein Stock! Ich bin nur froh, dass Ihre Frau Sie jetzt nicht sehen kann, sie würde ins nächste Flugzeug springen.«

Emma schnupperte. »Kocht Puny Ihnen Ihre Mahlzeiten? Ich hätte den Rest Schweinebraten von gestern Abend mitbringen sollen, ich hab ihn mit eingekochten Himbeeren zubereitet, statt mit Pilzsuppe. Harold hat gegessen bis zum Umfallen!« Sie rückte ihre Brille zurecht und betrachtete ihn mit schmalen Augen. »Was Sie brauchen, ist eine ordentliche Portion rotes Fleisch!«

Neben Emma Newland, ging es ihm durch den Kopf, war Fancy Skinner so schweigsam wie ein Türknauf. In dem Augenblick gesegneter Stille, die den Raum erfüllte, während Emma ihren Computer hochfuhr, hörte er Puny im Flur über ihnen den Staubsauger einschalten.

»Sie haben Ihre Sache gestern in der Kirche sehr gut gemacht. Esther Bolick meinte, es sei geradeso, als wären Sie nie weggewesen, nur dass Sie älter ausgesehen hätten. Ich habe ihr erklärt, dass es nicht fair sei, Sie mit Reverend Talbot zu vergleichen, der seine Zähne bleicht und vielleicht sogar ... nein, ich sollte es nicht sagen.«

»Was sollten Sie nicht sagen?«

»Vielleicht trägt er sogar ein Haarteil. Manche Leute sagen, sein Haar sei, na ja, Sie wissen schon ...«

Er seufzte und rieb sich die Stirn. Er hatte das Gefühl, dass sich die ersten Anzeichen von Kopfschmerzen bemerkbar machten. Oder lag es nur an Emma?

»Sie haben wahrscheinlich gesehen, dass Hoppy wieder da ist, nachdem er kreuz und quer durch Gottes Schöpfung gewandert ist, während zu Hause Menschen gelitten haben und gestorben sind, und haben Sie gehört, was er Lace geschenkt hat? Ein Auto, das so viel kostet wie die Häuser mancher Leute. Als ich in ihrem Alter war, hatte ich kein Auto, ich konnte von Glück sagen, genug Geld für den Bus zu haben, ich hoffe, sie lassen nicht zu, dass das arme Mädchen sich über ihre Herkunft erhebt, über ihre Erziehung.«

»Lace Harper hatte keine Erziehung, über die sie sich erheben könnte.«

»Oh, hm, Sie wissen schon, was ich meine. Nehmen Sie nur Dooley …«

»Und der Wagen ist ein Gebrauchtwagen.«

»Wie dem auch sei, nehmen Sie Dooley – der fährt mit diesem alten Jeep herum, der schon Rost an den Kotflügeln hat, was, wenn Sie mich fragen, deutlich besser ist. Ich hab nicht erlebt, dass Sie durch die Gegend laufen und ihm ein Auto kaufen, das teuer genug ist, um damit den nationalen Schuldenberg abzutragen.«

Während ihm ihr Gefasel zum einen Ohr hinein- und zum anderen hinausging, vertiefte er sich in seine Lektüre. Emmas erzwungene Trennung von ihm hatte sie, gelinde gesagt, so wütend wie eine Hornisse gemacht. Wie er aus langen Jahren der Erfahrung wusste, gab es in solchen Situationen nur eins: Man musste sie reden lassen, bis sie sich alles von der Seele gesprudelt hatte und sich an die Arbeit machen konnte, um endlich etwas getan zu bekommen. Sein Hund, der auf dem Teppich vor dem Kamin lag, stieß einen schweren Seufzer aus. Was seine eigenen Gefühle aufs Beste zum Ausdruck brachte.

»Und ich schätze, Sie haben gehört, was die Leute über Harley und den Mann auf dem Speicher sagen …«

Er blickte von seiner E-Mail auf. »Er ist nicht der Mann auf dem Speicher.«

»Sie wissen, was ich meine.«

»Sein Name ist George, und ich vertraue ihm vollkommen, geradeso wie ich Harley vertraue. Und nein, ich sammle keine Verbrecher, die über die Stadt herfallen und Chaos stiften werden. Wer sagt so etwas überhaupt?« Wenn sie so viel wusste, kannte sie vielleicht auch die Quelle dieser wilden Gerüchte.

Sie zuckte die Achseln. »Fragen Sie mich nicht.«

»Ich frage Sie aber. Wer sagt so etwas? Wo haben Sie es gehört?«

»Im Laden.«

»Wer hat es gesagt?«

»Jemand ...«, sagte sie, riss die Hände hoch und blickte gequält drein.

»Wenn Sie diesen Jemand das nächste Mal sehen, sagen Sie ihm, dass beide Männer ihre Schulden der Gesellschaft gegenüber abgetragen haben und sich jetzt nach Kräften bemühen, nützliche Mitglieder eben dieser Gesellschaft zu sein.«

»Oh, schon gut«, erwiderte sie. »Es war Ed Coffey. Ich wollte seinen Namen nicht nennen, da ich doch weiß, wie Sie zu dieser Hexe stehen, für die er arbeitet.«

Edith Mallory. Gesund und munter und voller Gift, das sie versprühte, wo sie ging und stand.

Er hatte soeben eine Predigt geschrieben und gehalten, und nun war es an der Zeit, eine weitere zu schreiben. Ein Kollege, an dessen Namen er sich nicht erinnern konnte, hatte das Problem auf den Kopf getroffen: »Es ist so, als bekäme man am Sonntag ein Baby und würde am Montag schwanger aufwachen.«

Er lief die Straße nach Farmer hinunter, und Barnabas sprang hinter ihm her.

Er wollte, dass die Botschaft des nächsten Sonntags etwas bewegte. Warum hätte er sich sonst die Mühe machen sollen?

»Deine Worte für Dein Volk«, schnaufte er laut.

»Hi, Kamerad.«

»Selber hi.«

»Hast du gerade etwas Zeit?« – »Ich will gleich die Pferde füttern.«

»Es gibt keine Möglichkeit, vorher zu wissen, ob Sammy zu Hause sein wird, aber wir könnten es morgen früh mal versuchen. Das wäre für Buck und mich ein günstiger Zeitpunkt. Was ist mit dir?«

»Ja, mir würde das auch passen.«

»Können wir uns dann um acht Uhr in der Grillstube treffen? Wir frühstücken zusammen und stoßen dann auf dem Weg ins Tal zu Buck.«

Eine lange Pause.

»Ich werde da sein.«

Er hörte die Furcht in der Stimme des Jungen und ging zu seinem Stuhl im Arbeitszimmer, um noch einmal für die morgige Mission zu beten. »Und wo ich gerade dabei bin, Vater, bitte ... zeig mir, wie ich dieser Dunkelheit ein Ende machen kann, oder wenn Du es für gut und richtig hältst, diesen Zustand noch länger anhalten zu lassen, gib mir einen freudigeren Geist, um ihn zu ertragen.«

Er jammerte. Er hasste Gejammer.

»Reverend! John Brewster hier.«

»John, wie ist die Lage? Ich werde nächste Woche rüberkommen, um die Kinder zu besuchen. Ich habe meine Besuche vermisst.«

»Wir werden uns wie immer freuen, Sie bei uns zu haben. Ich habe großartige Neuigkeiten!«

»Schießen Sie los.«

»Wir haben einen Anruf von einem anonymen Spender bekommen. Der Betreffende will uns einen Scheck über fünfundzwanzigtausend Dollar schicken.«

»Großartig! Das Geld können Sie gut gebrauchen.«

»Die Sache hat einige Haken.«

»Wie gewöhnlich«, sagte er.

»Der Spender möchte, dass Sie in einer privaten Kapelle

drüben in Kinloch, irgendwo am See, einen Gottesdienste halten.«

»Ich? Warum ich?«

»Über die genauen Einzelheiten weiß ich noch nicht Bescheid. Wenn der Spender Ihre Antwort hat, wird er uns die entsprechenden Informationen zusammen mit dem Scheck zukommen lassen.«

»Wann soll der Gottesdienst denn stattfinden?«

»Am nächsten Sonntagabend um sechs Uhr. Sie wissen, wie viel fünfundzwanzigtausend Dollar im Augenblick für uns bedeuten, Tim.«

»Ja, das weiß ich. Aber warum nicht Stuart Cullen?« Die Summe von zwanzigtausend Dollar passte nicht zu einem Landpfarrer, sie passte zu einem Großstadtbischof.

»Sie sind derjenige, um den man gebeten hat, der Spender sagte, er habe Sie einige Male predigen hören.«

»Und die Identität dieses anonymen Spenders ist Ihnen nicht bekannt?«

»Nein. Es gab noch eine Bedingung. Vielleicht haben Sie davon gehört, dass die Gemeinde von Kinloch derzeit keinen Priester hat. Sieht so aus, als wollte der Spender etwas für die Gemeinde tun, ohne dass irgendjemand davon erfährt.«

»Um welche Art von Gottesdienst handelt es sich denn? Zu welchem Anlass?«

»Ich werde Ihnen Näheres sagen, wenn ich selbst mehr weiß, wahrscheinlich morgen früh. Dann würden Sie es also machen?«

Er zögerte.

Hatte er die Kraft für zwei Gottesdienste in der Lord's Chapel, die insgesamt fast vier Stunden Fahrt nach Kinloch und zurück und einen Gottesdienst dort?

Und am nächsten Morgen wollte er Cynthia vom Flugplatz abholen.

Aber darum ging es nicht. Es ging um fünfundzwanzigtausend Dollar für ein Projekt, das dringend Geld benötigte, ein

Projekt, das er seit mehr als zwei Jahrzehnten leidenschaftlich unterstützte ... »Betrachten Sie es als abgemacht«, sagte er.

Zu seiner Erleichterung rief John Brewster an, gerade als er das Haus verlassen wollte, um sich mit Dooley zum Frühstück zu treffen.

»Ich hab den Scheck!«, sagte der hart arbeitende Verwaltungschef. Dies war ein großer Tag für John; gegenwärtig verließen sich dreizehn schwerkranke oder behinderte Kinder auf seine Tüchtigkeit. »Natürlich kann ich ihn erst einlösen, wenn Sie den Gottesdienst gehalten haben. Übrigens, es gibt keinen besonderen Anlass, der Spender möchte lediglich einen schönen, vollständigen Andachtsgottesdienst.«

»Wer hat den Scheck unterschrieben? Wo kommt er her?«

»Unterschrieben von ... mal sehen, Jonathan Ferguson, ausgestellt auf ein Konto bei Schwab in Miami.«

Sein Herz setzte buchstäblich einen Schlag aus.

Edith Mallory hatte ein Haus in Miami. Aber andererseits galt dasselbe für ein paar Millionen anderer Menschen.

»Er ist vor ungefähr zehn Minuten von einem Kurierdienst ausgeliefert worden; die Leute wussten, dass ich heute Morgen früh da sein würde. Ich habe bisher gar nicht gewusst, dass wir hier in den Bergen überhaupt einen Kurierdienst haben.« John lachte, berauscht von der unerwarteten finanziellen Unterstützung. »Danke, Reverend, das ist einfach wunderbar, tausend Dank.«

Außerdem, dachte Father Tim, würde Edith sich niemals so leicht von fünfundzwanzigtausend Dollar trennen, erst recht nicht für eine so geringe Gegenleistung. Sie trachtete nach Ruhm, Ehre und Anerkennung, etwas, das das unbedeutende Kinderkrankenhaus nicht bieten konnte, sah man einmal von der preiswerten, alljährlich erscheinenden Broschüre mit dem Namen der Spender ab. Nein, dies hier trug in keiner Weise Edith Mallorys Handschrift.

Er stieß einen langen Seufzer aus.

Um zehn vor acht saß er am Stammtisch im Main Street Grill.

Obwohl er gerüstet war für den Ausflug zu dem Fertighaus und nur das Beste glaubte, versuchte er, sich auf das Schlimmste vorzubereiten.

»Wie läuft der Hühnermagen?«, fragte er Percy.

»Bestens«, sagte Percy, »absolut großartig.«

»Es liegt an der Soße«, warf Velma ein.

»Mir gefällt Ihr Schild.«

Father Tim zeigte mit dem Kopf auf das handgeschriebene Plakat, das mit Klebeband auf der Rückseite der Kasse befestigt war.

Heute Hühnermagen.
Jetzt mit Velmas
selbstgemachter
Dipsoße.

Jemand hatte versucht, das Plakat mit Bleistiftzeichnungen von Hühnermägen zu illustrieren. Keine gute Idee.

»Wir haben festgestellt«, sagte Percy, »dass Velmas Dipsoße zu einer ganzen Menge von Gerichten hervorragend passt.«

»Hamburger!«, sagte Velma.

»Pommes frites«, sagte Percy.

»Alles, was Sie wollen«, beendete Velma die Aufzählung. »Die Soße passt sogar zu Rübengemüse.«

»Aha!«

»Der Feuerwehrchef gibt sie auf die Eier. Sie sollten heute Morgen Rührei bestellen, zu Rühreiern passt sie ganz fantastisch.«

»Es ist noch ein wenig zu früh für Dipsoße«, meinte Father Tim, dem ein klein wenig flau im Magen geworden war.

Velma musterte ihn von Kopf bis Fuß. »Abwechslung ist die Würze des Lebens.«

»Stimmt«, sagte er. »Aber nicht vor acht Uhr.«

Dooley saß mit schmalen Lippen da, während er in einer Schale Cheerios herumstocherte. Father Tim war selbst nicht nach Reden zumute – wer wusste, was der Tag bringen würde?

Plötzlich blickte Dooley auf. »Wie kommt's, dass Doc Harper ihr einen BMW gekauft hat?«

»Der Wagen ist erstklassig in Schuss, er hat ihn zu einem sehr günstigen Preis bekommen, und es heißt, BMW sei eine der sichersten Automarken überhaupt.«

»Es war eine Dummheit.«

»Eine Dummheit?«

»Auf dem College braucht niemand so einen scharfen Wagen, damit wird sie nur wie eine Angeberin aussehen, ein echter Snob.«

»Ich glaube nicht, dass Lace eine Angeberin ist.«

Dooley antwortete nicht. Der Ausdruck, den Father Tim auf seinem Gesicht sah, war ihm vertraut; er hatte ihn gesehen, als er dem Jungen das erste Mal begegnet war. Dooley schäumte innerlich.

»Sprich mit mir«, sagte Father Tim. »Was ist los?«

»Mein Jeep sieht beschissen aus. Ich habe kein Geld, um die rostigen Stellen in Ordnung bringen oder den Wagen streichen zu lassen. Ich hasse es, ihn zu fahren.«

»Davon hast du nie gesprochen, bevor Lace das ... Coupé bekommen hat.«

Er hätte den Namen *BMW* gern ganz und gar vermieden; er schien eine Art Faszination zu haben, die den Wörtern *Coupé* und *Auto* fehlte.

Ich habe eineinviertel Millionen Dollar so angelegt, dass sich das Geld mehren wird, und ich habe Vorkehrungen getroffen, um Dooleys Ausbildung bis dahin zu gewährleisten. Wenn er achtzehn Jahre alt ist, wird das Einkommen aus dem Treuhandvermögen für seine Zeit auf dem College ausreichen.

Ich verlasse mich darauf, dass Sie ihm nie ein Wort davon sagen, bis er alt genug ist, es mit Würde zu tragen.

Dooleys Stimme war kalt. »Ich will nicht darüber reden.«
»Dann lass es uns auch nicht tun«, sagte Father Tim.

Die Luft hatte sich abgekühlt; am Flussufer war sie frisch und süß, ohne die siedende Feuchtigkeit des Augusts.

Buck steuerte den roten Pick-up eine Straße hinunter, die Father Tim inzwischen vertraut war, und bog an der Straßenkapelle ab.

Die Furcht klopfte an, der Glaube öffnete.

Es war niemand da.

Buck zupfte sich, tief in Gedanken, mit der linken Hand am Kinn. Dooley war so starr wie eine Statue im Park; Father Tim wusste, dass der Junge tausend Dämonen in der Gestalt seines Vaters gegenübertreten würde.

Was ihn betraf, bemühte er sich um eine entspannte Haltung. Er sprach das Gebet, das niemals versagte, und vertraute auf den Einen, zu dem er es gesprochen hatte.

Es gab nichts, was er darüber hinaus hätte tun können. Nichts.

Clyde Barlowe spähte, gebrechlich und mit bloßem Oberkörper, durch die zerrissene Fliegentür.

»Hier wohnt kein Sammy.«

»Ich bin Tim Kavanagh aus Mitford.« Der Hund schnupperte an seinem Hosenbein.

»Buck Leeper«, sagte Buck.

»Und dies«, sagte Father Tim, »ist Dooley. Dooley Barlowe.«

Der barfüßige, unrasierte Mann musterte Dooley mit zusammengekniffenen Augen, dann stieß er einen Fluch aus.

»Wann erwarten Sie Sammy zurück?«, fragte Buck scharf.

Clyde Barlowes linkes Auge sah sie blicklos an. »Ich hab

nichts zu schaffen mit irgendeinem Sammy. Und ihr verzieht euch besser, bevor ich euch meine Hunde auf den Hals hetze, ich hab da draußen ein paar ziemlich scharfe Hunde.«

Die Atemwolke, die wie saurer Nebel durch die Fliegentür schwappte, ließ Father Tim zurückprallen.

»Hören Sie, Barlowe …« Buck trat näher an die Tür heran.

»Mein Name ist nicht Barlowe, ich heiß Jaybird Johnson. Jeder nennt mich Jaybird, das ist der Name, der auf meinen Schecks von der Sozialhilfe steht. 'S kann niemand nich beweisen, dass ich nich Jaybird bin. Jetzt hau'n Sie ab.« Clyde Barlowe trat zurück, packte die Tür und schlug sie mit einem lauten Knall zu.

Dooley sprang von der obersten Treppenstufe und lief an einem Propangastank vorbei um die Ecke des Fertighauses. Wenige Sekunden später kehrte er mit beschämter Miene zurück und wischte sich mit dem Handrücken über den Mund.

»Hab gekotzt«, murmelte er.

In der Nähe des Eingangs zu dem schattigen Garten warteten sie eine halbe Stunde und sprachen nur sehr wenig. Vielleicht würde er kommen …

Für eine Weile wahrte der Hund Abstand, dann kam er herbeigeschlendert und legte sich zu Dooleys Füßen, und sein Schwanz wirbelte den Staub auf.

»Lasst uns noch ein paar Minuten länger warten«, sagte Dooley.

Sie gingen, mehr als eine Stunde später, auf die Brücke zu, als Dooley plötzlich stehen blieb und sich nach dem Haus umdrehte.

»Er ist nicht …« Es folgte eine lange Pause.

»Was ist er nicht?«, fragte Father Tim.

»Er ist nicht mehr groß.«

Hope Winchester wusste, was die Leute über George Gaynor redeten.

Nicht, dass es etwas unglaublich Ernstes gewesen wäre, aber sie hasste die abfälligen Bemerkungen, die hie und da fallen gelassen wurden, und die skeptischen Blicke.

Die Sache schien sehr einfach zu sein – solange er der Mann auf dem Speicher gewesen war, war er romantisch gewesen, rätselhaft, exotisch. Als er damals die Treppe in der Kirche heruntergekommen war, hatte er ausgesehen wie ein Rockstar mit seinem langen, wogenden Haar, dann hatte er vor der gesamten Gemeinde sein dramatisches Geständnis abgelegt und anschließend Father Tim gebeten, die Polizei zu rufen, um ihn mitzunehmen.

Nicht wenige Augenzeugen dieses atemberaubenden Ereignisses fanden, dass das Ganze eine umwerfende Filmszene abgegeben hätte; etliche Leute hatten die Meinung geäußert, es sei eine Schande, dass Harrison Ford zu alt für die Rolle war.

Sie erinnerte sich lebhaft an den Tag, an dem die Männer vom FBI in ihren schwarzen Wagen mit den blickdicht verdunkelten Scheiben nach Mitford gekommen waren – fast die ganze Stadt hatte sich an der Main Street versammelt, um dem geständigen Verbrecher, der für alle Ewigkeit ihre Herzen gewonnen hatte, nachzuwinken.

Aber natürlich war es nicht für alle Ewigkeit gewesen.

Jetzt war der Mann auf dem Speicher real, ein Mensch aus Fleisch und Blut, der in ihrer Buchhandlung arbeitete und gleich die Straße hinunter mit einem anderen Sträfling zusammenlebte. Mindestens zwei Kunden hatten durchblicken lassen, dass George Gaynor und Harley Welch durchaus ihre Nächte damit zubringen konnten, finstere Taten zu planen, während unschuldige Menschen in ihren Betten lagen und schliefen. Sie hielten es für unklug von Father Tim, der so viele Dinge richtig machte, dass er in dieser einen Angelegenheit so falsch handelte. Das Mindeste, was er tun könnte, bemerkte jemand, sei es, die beiden zu trennen. Der Besitzer des Teeladens in Chelsea, der Harley für einen guten Kerl hielt, hatte ebenfalls etwas zu der Diskussion beizutragen gehabt: Es sei im Grunde nicht allzu schlimm, wenn jemand im Gefängnis gesessen habe, weil er Alkohol transportiert habe, man möge jedoch bedenken, was ein Verbrecher im Gefängnis *tat* – er lerne dort üble Dinge von anderen Verbrechern, und wenn sich diese Dinge mit seinem eigenen Wissen auf schlimme Weise multipliziert hätten, wenn er freigelassen wurde, ja, *begriffen* die Leute denn nicht?

Helen, die Besitzerin der Buchhandlung, hatte kein Wort über ihren neuen Angestellten verloren, aber andererseits lebte sie auch neun Monate im Jahr in Florida, und das Einzige, was sie interessierte, war das Ergebnis.

Tatsächlich waren die ersten Wochen nach George Gaynors Einstellung ziemlich offenkundig gewesen, was das Ergebnis betraf – die Leute waren in Scharen herbeigekommen, um ihn zu sehen, Leute wie Emma Newland, die noch nie im Leben ein Buch gelesen hatte, soweit Hope das beurteilen konnte, und Esther Bolick, die eine Ausgabe von *Unterhaltsames für lange Sitzungen (Band 1)* für ihren Mann gekauft hatte, der, wie Esther frank und frei gestanden hatte, wegen seiner Medikamente gegen seinen Gehirntumor unter Verstopfung litt.

Scott Murphy, der Hausgeistliche vom Haus der Hoffnung, war mindestens zweimal dagewesen. Einmal war er zu George in den Versandraum gegangen, und sie hatte zu hören geglaubt, dass Scott ihn »Bruder« nannte, und dann hatten die beiden miteinander gebetet, was ihr überhaupt nicht gefallen hatte; vielleicht wusste Scott das, denn auf dem Weg nach draußen hatte er eine Taschenbuchausgabe des *Buchs der sauberen Witze* gekauft.

»Für die Bewohner des Heims«, hatte er lächelnd gesagt. Sie hatte gehört, dass Scott Murphy diese alten Leutchen aufforderte, zu tanzen, ihre Lebensgeschichte aufzuschreiben und im Garten zu arbeiten. Sie wusste, dass er zwei Jack-Russell-Terrier hatte, die er bei seiner Arbeit irgendwie einsetzte.

Hope war aufrichtig erleichtert gewesen, als diese Horden endlich genug gehabt hatten von George Gaynor und wieder Menschen Platz machten, die wirklich Bücher liebten und diese auch lasen, einer Spezies, die im Aussterben begriffen zu sein schien.

Wie dem auch sei, die Besitzerin der Buchhandlung hatte jahrelang darauf vertraut, dass Hope Winchester alles richtig machte, und bisher, so glaubte Hope, hatte sie auch alles richtig gemacht.

Und jetzt das.

Sie stand gerade im Versandraum und rang die Hände, als George mit einem großen Karton für UPS hereinkam. Er stellte den Karton ab und sah sie lächelnd an. Ihr wurde bewusst, dass sie die Hände rang, aber irgendwie konnte sie nicht damit aufhören, sie konnte sich nicht dazu zwingen, damit aufzuhören. Es war ungeheuer quälend, in so vielen peinlichen Situationen ertappt zu werden – wenn sie zu viel redete, zu laut lachte, Bücher fallen ließ oder Henry James »James Henry« nannte – sie hatte sogar aufgehört, ohne Not schwierige Worte zu benutzen.

»Sie machen sich wegen irgendetwas Sorgen«, sagte er sachlich.

Sie hasste seine direkte Art, Dinge beim Namen zu nennen, jedwede Konvention beiseite zu schieben und gleich auf das Zentrum eines Problems vorzustoßen. Wenn sie nur den Mut gehabt hätte, hätte sie ihn auf der Stelle gefeuert, nur um die launischen Gefühle loszuwerden, unter denen sie in seiner Gegenwart litt.

Aber sie hatte noch nie jemanden gefeuert; und bis zu George Gaynor hatte sie auch noch nie jemanden eingestellt. Sie hatte sich niemals etwas anderes gewünscht, als auf dem Hocker zu sitzen und Bücher zu ordern, zu lesen und Kunden wie Father Tim zufriedenzustellen, der häufig gerade das Einzigartige suchte, das schwer zu Findende, das nicht mehr Gedruckte. Sie hatte nie den Wunsch gehabt, *Managerin* zu sein.

»Ja!«, sagte sie. »Ich meine, nein. *Nein!* Nicht im Geringsten.«

»Machen Sie sich Sorgen wegen der Dinge, die die Leute sagen?«

»Was ... genau ... sagen sie denn?«

»Einige Leute fühlen sich unbehaglich, weil Harley und ich ...«

»Ach, *das!*«, antwortete sie heiser. Dann brach sie plötzlich ohne Vorwarnung in Tränen aus. Die Tränen kamen explosionsartig, ähnlich wie ein jäher, heftiger Hustenanfall, und ihr wurde bewusst, dass sie schluchzte.

Sie hatte den Wunsch, ins Bad zu laufen und die Tür abzuschließen, aber stattdessen ließ sie sich auf den Bücherkarton fallen, den George soeben hereingetragen hatte, stützte den Kopf in die Hände und weinte, ohne sich darum zu scheren, was er dachte.

Sie bogen gerade um die Ecke an der Straßenkapelle, als sie den verblichenen grünen Pick-up auf sich zukommen sahen.

Obwohl seine Augen nicht mehr die besten waren, erkannte Father Tim das Haar durch die Windschutzscheibe.

»Dooley«, sagte er mit einem Kloß in der Kehle, »das ist dein Bruder.«

»Ho!«, brüllte Buck und winkte dem Fahrer zu.

Der Fahrer – er musste wohl der oft erwähnte Lon Burtie sein – brachte seinen Wagen neben ihrem zum Stehen. Argwöhnisch musterte er die Leute in dem roten Laster. »Wie geht's euch allen?«

»Gut«, antwortete Buck. »Sammy, wir haben deinen Bruder, Dooley, mitgebracht. Er möchte dich sehen.«

Father Tim öffnete die Beifahrertür und stieg aus. Dooley

blieb einen Moment wie gelähmt sitzen, und alle Farbe wich aus seinem Gesicht. Dann rutschte er über die Sitzbank, stieg ebenfalls aus und ging wie im Traum um den Wagen herum.

Sammy sprang aus dem grünen Pick-up und blieb wartend an der Tür stehen, die Augen weit aufgerissen und voller Angst.

Niemand sprach. Lon Burtie stellte den Motor aus und stützte sich mit der rechten Hand auf das Lenkrad. Buck schaltete ebenfalls den Motor aus.

Dooley stand lange Sekunden an die Motorhaube gelehnt da. Dann richtete er sich auf und stellte sich vor den grünen Pick-up.

»Hi«, flüsterte Dooley und sah seinen Bruder an.

Sammy nickte, konnte jedoch nicht sprechen.

17

Sanfte Glut

Er hatte damit gerechnet, dass er für den gestrigen Ausflug einen Preis würde bezahlen müssen. Aber das Unternehmen hatte ihn nicht im Mindesten angestrengt.

Nachdem er mit Barnabas zum Denkmal gelaufen war, machte er sich mit dem Eifer eines Schuljungen auf den Heimweg, schlüpfte in bequeme Sachen, braute sich eine Tasse Tee und setzte sich an seinen lange vernachlässigten Essay.

Der war, wie er feststellen musste, stumm wie ein Stein.

Was hatte er sich überhaupt dabei gedacht, all diesen Unsinn hinzukritzeln? Ebenso gut hätte ein anderer es geschrieben haben können; ihm war noch nie etwas untergekommen, das er selbst verfasst hatte und dessen Bedeutung und Sinn ihm so fremd erschienen.

Er warf die Seiten in den Papierkorb, nahm den Briefblock aus seiner Schreibtischschublade und griff nach dem Füller, den seine Frau ihm geschenkt hatte. Dann machte er sich, erfüllt von echter Überzeugung, ans Werk – den Kopf gesenkt, als trotze er dem Wind.

Die … Axt … überleben, schrieb er.

War er irgendwo um eine Ecke gebogen und hatte die Axt dieser letzten schrecklichen Monate überlebt? War es vorbei? Hatte Gott ihn ins Licht hinausgeführt, oder würde die Dunkelheit noch kommen?

Aber er durfte nicht versuchen, Gottes Tun vorauszuahnen. Er hatte nicht die geringste Ahnung, was noch kommen würde – das wusste natürlich niemand. Der heilige Franz von Sales hatte dafür sehr gute Worte gefunden: »Blicke nicht voraus auf das, was morgen geschehen könnte; derselbe allewigliche Vater, der heute für dich sorgt, wird auch morgen für dich sorgen und jeden anderen Tag. Er wird dich entweder vor Leiden bewahren, oder er wird dir unfehlbar die Kraft geben, es zu tragen.«

Er beugte sich über das Papier und ließ seinen Füller über die Seite fliegen, während sein Tee in der Tasse kalt wurde …

Ein Krampf in der rechten Hand weckte ihn aus seiner Versunkenheit, und er sah mit einem Mal den Ahorn im Park, hörte das Schnarchen seines Hundes, wurde gewahr, dass Violet sich um seine Beine wand und eine dicke Schicht weißer Haare auf seiner Hose zurückließ.

Gott sei gedankt. Er lebte, er schrieb, er arbeitete! Er war in ein anderes Reich hinübergetreten – für wie lange?

Er blickte auf seine Armbanduhr. Zwei Stunden. Zwei Stunden, in denen sein schwächlicher Körper ohne Schmerzen oder Bedauern dagesessen hatte, zwei Stunden, in denen er eine Art Flug unternommen und sein Herz entlastet hatte, endlich imstande, zu sagen, was er sagen musste, ohne zurückzublicken. Es war der Gipfel nach einem langen Marsch durch ein ausgedörrtes Tal.

Er stand auf und ging auf die hintere Veranda hinaus, atmete die Nachmittagsluft ein und sah die Hecke auf eine scharfe, klare Art, sah sie, wie er sie seit sehr langer Zeit nicht mehr gesehen hatte. Zwei gesegnete Stunden lang war er ein Fluss ohne Deiche gewesen, ein Hengstfohlen ohne Zäune.

Er würde den Augenblick auskosten und nicht erwarten, dass ihm das Schlimmste widerführe, nur weil er ihn ausgekostet hatte.

»›Und jetzt im Alter treibe ich noch einmal Knospen‹«, zitierte er George Herbert mit lauter Stimme. »›Nach so vielen Toden lebe und schreibe ich, schmecke ich noch einmal Tau und Regen. / Und dichte mit Freuden: Oh du mein einziges Licht, / es kann nicht sein, dass ich der bin, / den die ganze Nacht dein Sturm heimgesucht hat!‹«

Mit plötzlicher Verlegenheit drehte er sich um und eilte ins Haus ans Telefon, wo er die Liste mit Orten aufbewahrte, an denen er Cynthia vielleicht erreichen konnte.

Er wollte sie wissen lassen, dass er den ersten Entwurf für einen Essay geschrieben hatte, der ihm wirklich gefiel, dass er noch eine sanfte Glut in sich entdeckt hatte. Selbst wenn man sich nicht darauf verlassen konnte, dass seine neue Freiheit von Dauer sein würde, wollte er diesen Gipfel des Glücks genießen und mit ihr teilen.

Hélène Pringle stellte am Esszimmerfenster gerade ein Usambaraveilchen auf die Heizung, als sie aufblickte und ihren Nachbarn sah.

Pfarrer Kavanagh stand auf seiner hinteren Veranda, und sie glaubte zu erkennen, dass er etwas wie einen Pyjama trug. Außerdem sprach er laut vor sich hin und hob die Hände zu einer Geste, die sich nur als priesterlich beschreiben ließ. Sie sah einen eigenartigen Ausdruck auf seinem Gesicht – etwas wie Jubel, dachte sie.

Ein Beben des Glücks durchfuhr sie, geradeso, als hätte sich ihr soeben ein Omen gezeigt, nach dem sie Ausschau gehalten hatte, ohne es selbst zu wissen.

Er saß in dem Ohrensessel im Schlafzimmer und vermisste seine Frau – ihre Gelassenheit, ihr zartes Schnarchen auf dem Nachbarkissen, ihre Sanftheit, ihren ungezierten Eifer, ihr warmes Fleisch.

Er vermisste die Art, wie sie selbstverständlich einsprang, wenn er genau das brauchte, die Art, wie sie zurücktrat, wenn er seine eigenen Entscheidung treffen und sogar seine eigenen Fehler machen musste. Er hatte recht daran getan, darauf zu bestehen, dass sie diese Reise antrat; er verachtete den flennenden Säugling, der er wochenlang gewesen war und lernte, dass er im Notfall auch ohne sie zurechtkommen konnte.

Er stand auf, reckte sich und legte seine Brille auf den Nachttisch. In gewisser Hinsicht hatte ihr Fortgehen es ihm ermöglicht, wirklich heimzukommen.

Er klopfte auf das Fußende des Bettes; Barnabas sprang sofort auf seinen Platz. Dann kniete er sich hin und betete für seine Frau, die an Orte reiste, die er niemals sehen würde, mit Flugzeugen, die er niemals besteigen würde – sie besaß ungeheuer viel Mut und Abenteuerlust, die er selbst nie besitzen würde.

Er kroch ins Bett und dachte, dass er ihr die langen Wochen, in denen sie ihn verhätschelt und beschützt hatte, eines Tages wiedergutmachen würde. Er würde etwas Wunderbares für sie tun, das ein echtes Opfer seinerseits verlangte, nicht irgendeine Kleinigkeit, die leicht zu bewältigen war.

Vielleicht würde er mit ihr irgendwohin fahren ... an irgendeinen Ort, den sie schon immer hatte sehen wollen.

Der Gedanke, der ihm plötzlich kam, war elektrisierend, und mit einem Mal war er hellwach und aufmerksam. Er würde sie in die Heimat seiner Vorfahren bringen, in jenes gewaltige, grüne, geheimnisvolle Land, aus dessen Lenden seine Familie väterlicherseits ihren Weg nach Amerika gefunden hatte – nach Pennsylvania und Kentucky, nach Mississippi und Mitford.

Die Erregung, mit der diese Idee ihn erfüllte, war verblüffend. Sie übertraf sogar das Glück, das ihn bei dem Gedanken an das Treffen in Lon Burties Haus in zwei Tagen erfüllte, das Treffen, bei dem Dooley, Jessie und Poo ihrem Bruder begegnen würden.

Er notierte sich, was John Brewster ihm durchgab.

... in die Tamlin Rd an Tankstelle, nach 1,5 km wieder in Springlake Dr – direkt am See parken, von dort fährt mich Mary Fisher zur Privatkapelle, Messe 17.00 MF@972/604-7832

Die Straßen nach Kinloch waren gewunden – er würde für jede Strecke mehr als anderthalb Stunden brauchen.

Er rief zweimal bei Mary Fisher an, erreichte aber nur einen Anrufbeantworter mit einer digitalen Stimmaufzeichnung, der sich weigerte, eine Nachricht aufzunehmen.

Er blickte in den Spiegel seiner alten Walnusskommode und drehte den Kopf hierhin und dorthin. Für die Ereignisse des bevorstehenden Sonntags mussten seine Haare definitiv ein klein wenig beigeschnitten werden.

Er marschierte zu Joe Iveys winzigem Laden im hinteren Teil der Leckerbäckerei. *Geschlossen*, stand auf dem Schild zu lesen.

Er ging um das Haus herum auf die Main Street und öffnete die Tür zur Bäckerei – eins der Dinge, die er am liebsten tat. In Wahrheit genügte es ihm, einfach nur die Tür zu öffnen; er hatte gelernt, die Düfte auszukosten, ohne sich gleich nach einem ganzen Tablett mit Zuckerguss bestrichener Doughnuts zu verzehren.

Er läutete die Glocke auf der Kuchenvitrine. »Winnie! Sind Sie da?«

»Ja, Sir«, sagte sie, trat durch den Vorhang und wischte sich die Hände an einem Papiertuch ab. »Aber ich bin gerade erst reingekommen, ich war im Krankenhaus, ich nehme an, Sie haben das von Joe bereits gehört.« Sie sah erschöpft aus und hatte rote Augen.

»Nein! Was ist denn los?«

»Er hat das da.« Sie zog einen Papierschnipsel aus ihrer Schürzentasche und reichte ihn ihm.

»Hämochromatose«, las er laut.

»Es ist erblich. Es liegt an einem zu hohen Eisengehalt im Blut, und es verursacht … es verursacht … Lesen Sie, was auf der Rückseite dieses Zettels steht.«

Er drehte das Papier um. »Zirrhose. Ah.«

»Dr. Harper meinte, er hätte sich immer Sorgen gemacht,

dass Joe vom Brandy einmal eine Leberzirrhose bekäme, und jetzt hat er sie von zu viel Eisen im Blut gekriegt!«

Eine Ironie im wahren Sinne des Wortes, dachte er. »Was kann ich tun?«

»Er war in letzter Zeit furchtbar schlapp und müde, aber wir dachten, der Grund wäre all die Aufregung wegen dieser Frau oben. Ihretwegen hat sich das Friseurgeschäft in der Stadt in einen Wüstensturm verwandelt. Ich hätte *Prügel* verdient, weil ich Fancy Skinner einen Mietvertrag für zwei elende Jahre gegeben hab – jetzt kann sie ihre schmutzige Arbeit direkt über unseren Köpfen tun!«

Er hatte Winnie noch nie so außer sich gesehen, mit Ausnahme jener Zeit, als Edith Mallorys Handlanger versucht hatten, Winnie zum Verkauf der Bäckerei zu zwingen.

»Was kann ich tun«, fragte er noch einmal.

»Beten Sie!«, sagte sie, und es klang sehr eindringlich.

Er stand am Fuß der Treppe auf dem Gehsteig und blickte nach oben. Er konnte sich unmöglich in Fancy Skinners Hände begeben, selbst wenn ihr Friseurstuhl derzeit der einzige in der Stadt war. Auf keinen Fall. Er würde sich nicht diese Treppe hinaufschleppen und in den rosafarbenen Raum, der aussah wie das Innere eines von Geschwüren geplagten Magens. Nein, wirklich nicht! Nein, nein, nein, tausend Mal nein.

Er wandte sich um und trottete nach Hause, klappte das Verdeck des Mustangs herunter und brauste nach Wesley, wo er für zwölf Dollar einen anständigen Haarschnitt bekam, auch wenn das Ergebnis ein wenig stachelig wirkte – aber Bettler durften schließlich nicht wählerisch sein.

In dem winzigen Bad von Happy Endings spülte Hope Winchester mit einer Coca-Cola ein Aspirin hinunter, etwas, das ihre Mutter immer getan hatte, um ihre Nerven zu beruhigen.

Sie würde heute ganz gelassen sein, sie würde nicht versuchen, George Gaynors Profil zu betrachten, wenn sie glaubte, dass er nicht hinsah, und sie würde ihn ganz gewiss nicht mit literarischen Gestalten wie Lord Byron oder gar dem fiktiven Heathcliff vergleichen. Sie würde unnahbar, gefasst und beherrscht sein.

Hessie Mayhew stand auf ihrer Terrasse, trank eine zweite Tasse Kaffee mit Haselnussaroma und beäugte den Liegestuhl, den der Wind kürzlich bis ans Geländer gefegt hatte.

Es war der einzige Stuhl von insgesamt sieben, dessen Sitzfläche aus Plastikgeflecht noch heil war. Ihre betagten Gartenstühle machten ihr schon seit einigen Jahren Gedanken. Bisweilen zog sie es in Erwägung, sie am Tag der alljährlichen Sperrmüllsammlung auf die Straße zu stellen. Dann wieder war sie fest entschlossen, sie ins Tal zu bringen, um die Sitzflächen erneuern zu lassen. Auf einem Zettel an ihrem Kühlschrank stand: *TU ES JETZT!!! Bring die Stühle nach Wesley.* Grob geschätzt musste der Zettel fünf Jahre alt sein.

So war das Leben. Es raste an einem vorbei. Man schrieb eine Notiz, drehte sich einmal kurz um, und fünf Jahre waren vorbeigaloppiert. Während ihrer ehrenamtlichen Tätigkeit in der Bibliothek hatte sie, um ihre alljährliche »Jungfer Frühling«-Kolumne zu schreiben, die alten Dichter studiert. Die alten Dichter hatten eine Menge zu sagen über das Verstreichen der Zeit, und zu diesen Dichtern gehörte nicht zuletzt auch Robert Herrick. »Pflücke die Rosenknospen, solange du kannst«, schrieb er, »die Zeit vergeht im Fluge.«

Sie hatte in letzter Zeit nicht viele Rosenblüten gepflückt. Sie hatte im Grunde nur eins getan: gearbeitet, gearbeitet und noch mal gearbeitet. Der Sommer hatte sie erschöpft, und nun starrte ihr bereits der Herbst ins Gesicht, mit drei Hochzeiten in Wesley, einem Wohltätigkeitsbasar in der Lord's Chapel, einem Missionsdinner bei den Methodisten …

Der Himmel wusste, dass für Missionsdinner nichts bezahlt wurde; die Leute würden von ihr erwarten, dass sie ihnen vierzehn Arrangements praktisch schenkte. Nun, dann würde sie Blätter benutzen – die Herbstfarben sollten dieses Jahr eigentlich wunderschön werden, da die Nächte seit Wochen schon kalt waren; sie hatte mehr als einmal einen Pullover im Bett getragen. Und dann waren da natürlich noch die Nüsse und Beeren. Nüsse und Beeren gab es immer.

Sie nahm einen Schluck Kaffee und betrachtete den Stuhl. Warum setzte sie sich nicht auf das verflixte Ding? Warum setzte sie sich eigentlich überhaupt nie hin? Ihre Großmutter hatte sich nie hingesetzt, ihre Mutter hatte sich nie hingesetzt, und dieses Gen war offensichtlich auf sie übergegangen. Ohne sich noch länger Zeit zu geben, darüber nachzudenken, ließ sie sich in den Stuhl fallen und stieß einen tiefen Seufzer aus.

Dass sie auch ausgerechnet als Baptistin großgeworden war! Die Baptisten setzten sich kaum je einmal hin, anders als die Presbyterianer, zu denen sie jetzt gehörte und die sich *gelegentlich* setzten. Mit den Episkopalen war das eine ganz andere Angelegenheit; sie schienen sich hinzusetzen, wann immer sie wollten.

Das Problem beim Sitzen besteht natürlich darin, dass man deswegen immer ein schlechtes Gewissen bekommt. Sie grübelte darüber nach. Vielleicht sollte sie lieber aufstehen, hineingehen, sich ihren gelben Block holen und ihn mit nach draußen nehmen, damit sie im Sitzen eine Liste von Dingen erstellen konnte, die noch getan werden mussten.

Aber wenn sie aufstand und hineinging, würde sie gewiss nicht mehr zurückkommen.

Also blieb sie, wo sie war, und beschloss einer der Anweisungen zu folgen, die sie einmal auf einem Autoaufkleber gelesen hatte: *Nimm dir Zeit, an den Rosen zu riechen!* Ha! Es brauchte keinen alten Poeten, um auf diesen Gedanken zu kommen.

Hessie kurbelte den Stuhl zurück und legte die Füße aufs Geländer.

Dann nahm sie sie wieder herunter.

Sie war nicht der Typ, der die Füße auf ein Geländer legte.

Hm, dann vielleicht nur einen Fuß.

Sie legte den rechten Fuß hoch, ließ ihn einen Moment liegen und nahm ihn dann wieder herunter. Wenn sie einen Fuß auf dem Geländer hatte, fühlte ihr Rücken sich an, als würde er zerbrechen.

Vielleicht sollte sie meditieren, um die Zeit irgendwie zu nutzen. Sie hatte vom Meditieren gehört, wusste aber nicht, was man denken sollte, während man es tat. Vielleicht dachte man gar nichts, vielleicht saß man einfach nur da.

Was für eine schreckliche Vorstellung!

Sie stand kurz davor, aus der Haut zu fahren, als sie plötzlich eine Idee hatte.

Am vergangenen Sonntag hatte ihr Prediger alle aufgefordert, sich einmal durch den Kopf gehen zu lassen, wem sie verzeihen mussten. Er gab ihnen immer etwas zu tun: Listen Sie auf, wie oft Sie in dieser Woche beten! Machen Sie eine Liste von all den Gelegenheiten, bei denen Gott Ihre Gebete erhört hat! Schenken Sie jemandem ein Lächeln! Denken Sie darüber nach, wem Sie verzeihen müssen – und dann verzeihen Sie ihm! Sie hatte diesen Anweisungen nie Beachtung geschenkt; sie erinnerten sie zu sehr an Hausaufgaben, die sie auch nie gern gemacht hatte.

Aber vielleicht war das jetzt genau das Richtige.

Sie holte tief Luft und schloss die Augen. Polly Morris!

Hessie hatte keinen blassen Schimmer, wie sie es anstellen sollte, Polly Morris zu verzeihen.

Sie ließ sich den ganzen Zwischenfall noch einmal von Anfang bis Ende durch den Kopf gehen. Wie konnte *irgendjemand* jeden einzelnen Tischschmuck auseinandernehmen, den sie, Hessie Mayhew, für den Azaleenball des Mitforder Countryclubs gemacht hatte, und das zu einem Sonderpreis – einem *Sonderpreis!* –, und die Gestecke dann auf eine vollkommen andere Art wieder zusammensetzen? Und das Ergebnis war nicht nur *anders*, es war abgrundtief *hässlich* gewesen! Ein Schlag ins Gesicht! Polly Morris hatte, wie jeder wusste, kein eigenes Leben, was bedeutete, dass sie auf diese Weise alle Zeit der Welt hatte, um sich in das Leben sämtlicher anderer Menschen einzumischen!

Hessie spürte, wie ihr das Blut in den Schläfen pulsierte. Als sie aufstehen wollte, schüttete sie sich etwas Kaffee auf den Schoß. »Verflixt und zugenäht!«, rief sie. Ein Vogel, der in einem Busch vor dem Geländer gehockt hatte, flog erschrocken auf.

Sie hatte jetzt wahrhaftig genug gesessen! Sollten andere Leute sich doch hinsetzen und ihre Zeit vergeuden!

Hessie trottete in die Küche, tupfte mit einem Geschirrtuch den Fleck auf ihrer Khakihose ab und schenkte sich noch eine Tasse Kaffee ein. Dann griff sie sich ihren Block vom Frühstückstisch und kritzelte darauf: *Liegestühle rauswerfen, HEUTE!!!*

»Der Feind wird Sie nicht in Ruhe lassen!«, hatte ihr Pfarrer gesagt. »Er will nicht, dass Sie irgendjemandem verzeihen, er will, dass Sie all die Bitterkeit und den Groll in sich aufstauen, bis er Sie krank macht!«

Den Kaffeebecher umklammert, riss sie die Schiebetüren auf und rannte zurück zu dem Stuhl; diese Hinsetzerei würde sie noch zu Tode erschöpfen.

Sie würde es noch ein einziges Mal versuchen, und wenn das keine Früchte trug, würde sie von hier verschwinden. Die hintere Veranda musste sauber gemacht und die Stühle bis zur nächsten Sperrmüllsammlung in den Keller geschafft werden, außerdem musste sie noch Lebensmittel einkaufen und einen Reifen wieder aufziehen. Im Gegensatz zu manchen Leuten, die ihr einfielen, hatte *sie* ein Leben, das sie nicht auf ihrer Kehrseite leben konnte.

Sie schloss die Augen und lauschte auf den heiseren Ruf eines Vogels im Ahorn. In der Nähe des Flusses keckerte ein Eichhörnchen.

Father Tim. Nun, das war jemand, dem sie verzeihen musste. Als sie ihm den Gartenkorb ins Krankenhaus gebracht hatte, hatte der Mann im Koma gelegen, um Himmels willen. Oder er war gerade aus dem Koma aufgewacht oder jedenfalls krank gewesen. Sehr krank. Er hätte keine Dankeskarte schreiben können, selbst wenn sein Leben davon abgehangen hätte. Aber Cynthia hätte es tun können. Ja, tatsächlich, was war das für eine Pfarrersfrau, die nicht in der Lage war, ein schlichtes Dankeschön auf eine Postkarte zu schreiben oder einen Telefonanruf zu machen?

Aber vielleicht war Cynthia wegen ihres Mannes so außer sich gewesen, dass sie einfach nicht an dergleichen Dinge hatte denken können. Das verstand Hessie. Natürlich! Es war ein Versehen gewesen.

Dann fiel Hessie der Korb selbst wieder ein und wie viel er gekostet hatte, selbst im Großhandel. Sie dachte an die Miniaturrosen und an all die anderen wunderschönen Dinge, die sie hineingesteckt hatte, ganz zu schweigen von dem vielen Moos aus ihrem eigenen, speziellen Beet in ihrem eigenen Garten.

»Lieber Gott«, sagte sie laut, »Du wirst mir dabei helfen müssen, dies zu tun!«

Sie stellte ihren Kaffeebecher auf das Geländer und umfasst die Armlehnen des Liegestuhls.

»Ich verzeihe Cynthia!«

So. Sie holte tief Luft. »Und Father Tim, für den Fall, dass er etwas damit zu tun hatte!«

Sie fühlte sich sofort besser.

»Sie werden nie erraten, wer gerade im Knast sitzt«, sagte. J.C.

Father Tim rührte in seinem Tee. »Der alte Mueller hat einmal zu oft eine rote Ampel überfahren?«

»Ed Coffey hat Coot Hendrick erwischt, wie er oben bei Edith Mallory durch den Garten gestolpert ist, um nach diesem Yankeegrab zu suchen.«

»Junge, Junge.«

»Und das, wo Coot einen Ehrensitz im Gemeinderat hat«, meinte Mule. »Ich find's grässlich, wenn Politiker das Gesetz brechen.«

Percy füllte die Kaffeetassen nach. »Mir ist schleierhaft, warum sich überhaupt jemand auf die Suche nach einem Grab voller Yankees machen sollte.«

»Weiß der Himmel!« Velma stand an der Theke und wickelte paarweise Messer und Gabeln in Papierservietten. »Niemand wird auch nur einen Cent dafür geben, sich das verflixte Ding anzusehen, falls er es findet.«

»Er möchte das Grab finden, weil es sein Uropa war, der die Yankees erschossen hat, und weil es ein Teil der Stadtgeschichte ist«, meinte Mule.

Percy schnaubte. »Ich sage, schlafende Hunde soll man nicht wecken.«

»Hören Sie«, bemerkte Father Tim, »Falls sein Vorfahr die feindlichen Soldaten getötet haben sollte, hätte er ihnen nicht die Ehre eines gekennzeichneten Grabs erwiesen. Das Kennzeichnen eines Grabes ist eine Art von Tribut, also würde dieses Grab nicht gekennzeichnet sein. Was wiederum die Frage aufwirft, wie Coot hoffen kann, es zu finden?«

»Stimmt!« J.C. schob sich einen ganzen Würstchenkringel in den Mund.

»Er hat mir erzählt, er würde es einfach *wissen*«, sagte Mule. »Aber wie kommt es dann, dass er nicht danach gesucht hat, bevor diese Hexe sich auf dem Hügel niedergelassen hat?«

»Weil«, erwiderte Percy, »Coot keinen roten Heller auf die Stadtgeschichte gegeben hat, als Edith Mallory dieses Grundstück vor zwanzig Jahren kaufte.« Percy zählte sich zu den Wenigen, die genau über die Frühzeit Mitfords Bescheid wussten; die Truthähne an diesem Tisch waren allesamt Zugezogene. »Er war zu sehr damit beschäftigt, den Frauen nachzulaufen.«

»Ich möchte nicht einmal daran *denken,* welchen Frauen Coot Hendrick nachgelaufen ist.« J. C. zog sein Taschentuch hervor und tupfte sich die Stirn ab.

»Wenn ich mich recht erinnere«, sagte Percy, »ist er Emeline Poovey aus Blackberry nachgelaufen.«

»Ich dachte, alle Pooveys lebten in Poovey Grove«, meinte Mule.

»Der Zweig drüben in Blackberry hat sich von den Poovey-Grove-Pooveys abgespalten.«

»Also, wenn er ihr nachgelaufen ist, hat er sie dann auch eingefangen?«

»Emeline hat damals diesen Alkoholschmuggler geheiratet, der auch den Laden ausgeraubt hat, als er noch Avis' Papa gehörte. Sauce Harris hieß er, und er hat es sich in einer Wagenladung Maiskolben bequem gemacht. Jemand hat dann den Laster rückwärts in den hinteren Lagerraum des Ladens gesetzt, den Mais dort abgekippt und dann die Türen des Lagerraums abgeschlossen, bevor er wieder wegfuhr. Sauce ist in den Lebensmittelladen rein, hat einen Räucherschinken aufgegessen, drei Viertel Schokoladenmilch heruntergekippt und den Safe hinter der Fleischvitrine ausgeräumt. Anschließend ist er durch ein Fenster raus und mit zweitausend Mäusen auf und davon.«

Father Tim strich eine dünne Butterschicht auf seinen Vollkornweizentoast. »Das war damals eine Menge Geld.«

»Das ist auch *heute* eine Menge Geld, mein lieber Freund.«

»Stimmt. Wie haben Sie ihn erwischt?«

»Emeline hat ihn der Polizei ausgeliefert. Danach saß der halbe Bezirk fast vier Jahre lang auf dem Trockenen.«

»Also, was glauben Sie, wie lange Coot wird sitzen müssen?«

»Man wird ihn heute auf Kaution rauslassen«, sagte J. C.

»Dabei fällt mir ein, dass ich in« – J. C. blickte auf seine Armbanduhr – »dreißig Minuten einen Termin für ein Interview habe.«

»Mit wem?«

J. C. betrachtete die anderen Männer am Tisch mit einer selbstgefälligen Würde, die ausschließlich für die Presse reserviert war. »Mit Edith Mallory.«

»*Was?*« Percy ließ die leere Kaffeekanne auf den Tisch knallen. »Sie reden mit dieser miesen, geldgierigen ...«

»Scht, sei still!«, schrie Velma, die gerade den Nachbartisch eindeckte. Sie packte ihren Mann am Arm und schleifte ihn zum Grill hinüber.

»Und jetzt halten Sie den Mund!«, blaffte sie J. C. an. »Ich hab's Ihnen schon mal gesagt, reden Sie in unserem Restaurant nicht über diese Frau, davon kriegt er nämlich Herzbeschwerden. Wenn Sie über diese Frau reden müssen, gehen Sie nach draußen und tun Sie's auf der verflixten *Straße*.«

»Sie meint es ernst«, bemerkte Father Tim, der den Kopf eingezogen hatte, falls irgendwelche Gegenstände durch die Luft geflogen kämen.

»Ich bin Journalist!«, brüllte J. C. in Richtung Grill. »Ich kann meine Nachforschungen nicht auf die Aufrichtigen, Gütigen und Liebenswerten beschränken; es ist meine Pflicht, Dinge auszugraben, der Wahrheit auf den Grund zu gehen, wo immer sie existiert, und den Lesern davon zu berichten – ob es nun manchen Leuten gefällt oder nicht!«

»Zeig's ihr, Bruder!«, murmelte Mule. Er hatte nie viel übrig gehabt für Velma Mosley, die ihm, aus purer Gemeinheit und erst letzte Woche, eine Portion Kohlsalat mit eingelegten Gurken serviert hatte, obwohl sie genau wusste, dass er eingelegte Gurken hasste.

Father Tim war überrascht, Ed Coffey bei hellem Tageslicht draußen zu sehen. Obwohl man ihn oft sah, wenn er Edith Mallory chauffierte, hielt Ed sich ansonsten in Mitford sehr im Hintergrund – manche Leute meinten, Ed würde seine Arbeitgeberin nach Wesley fahren, wo sie alle Lebensmittelkäufe und andere Dinge erledigten. Und doch stand Ed Coffey jetzt nur wenige Schritte von ihm entfernt im Laden.

Als Father Tim seine Dienstzeit in der Gemeinde der Lord's Chapel begonnen hatte, war er Ed häufig in der Grillstube begegnet. Man war allgemein der Auffassung, dass er, in Mitford geboren und aufgewachsen, ein recht anständiger Kerl gewesen war, bis Edith und Pat Mallory ihn eingestellt hatten. Kurz nachdem Pat einem Herzinfarkt erlegen und in seinem Flur die Treppe hinuntergestürzt war, hatte die Stadt Veränderungen bei Ed wahrgenommen. Er war mit einem Mal heimlichtuerisch, verdrossen und leicht erregbar gewesen, als hätte Ediths giftiges Wesen ihn irgendwie angesteckt.

Father Tim wollte gerade seinen Einkaufswagen wenden und in die andere Richtung gehen, als er jäh stehen blieb. Nein, er würde nicht in die andere Richtung gehen. Er rollte seinen Wagen neben den des Mannes, der trotz des warmen Augustmorgens einen schwarzen Regenmantel und seine Chauffeurskappe trug.

»Guten Morgen, Ed.« Ed Coffey fuhr erschrocken herum.

»Ich höre, Sie verbreiten da einige ziemlich negative Dinge über Harley Welch und George Gaynor.« Emma mochte vieles sein, aber eine Lügnerin war sie nicht.

Eds Gesicht wurde rot vor Ärger. »Ich weiß nicht, wovon Sie reden, ich kenne niemanden namens Gaynor.«

»Wenn Sie diesen speziellen Gaynor kennen würden, würden Sie wahrscheinlich feststellen, dass er ein aufrechter und gesetzesfürchtiger Mann ist und eine Stütze unserer Gemeinschaft. Was Harley Welch betrifft, so hat auch er seine Schulden der Gesellschaft gegenüber bezahlt und beweist täglich neu, dass er ein freundlicher und verantwortungsbewusster Bürger ist. Ich bete dafür, dass Sie in Ihrem Herzen die Weisheit finden, sich eines Besseren zu besinnen ... bevor Sie diese beiden Männer noch einmal in Misskredit bringen.«

»Wofür halten Sie sich, mir zu sagen, wie ich mit jemandem umgehen soll, von dem ich nie gehört habe? Ihr Geistlichen glaubt, ihr wüsstet alles – stolziert mit aufgeblähter Brust umher und erzählt unschuldigen Leuten, wie sie leben sollen.«

Father Tim wandte sich ab und schob seinen Wagen auf die Vitrine mit den Meeresfrüchten zu. Ed Coffey reagierte, wie es schien, nicht allzu freundlich auf Ermahnungen.

»Frischer Lachs!«, sagte er zu Avis Packard. »Genau das hatte ich gehofft. Aber natürlich kommen Ihre Meeresfrüchte immer donnerstags, und wenn ich die Sachen am Donnerstag kaufe, muss ich sie bis Montag einfrieren.«

»Für zehn Dollar kann ich Ihnen ein paar Pfund Lachs geben, die am Montag ankommen werden, direkt vom Schiff. Die Lieferung sollte am späten Nachmittag hier eintreffen.«

Niemand in ganz Mitford würde hart verdientes Geld für Lachs ausgeben, der eigens in die Stadt transportiert werden musste. Aber seine Frau liebte frischen Lachs, und dies war nicht der Zeitpunkt für Kompromisse. Jedenfalls nicht für zehn Dollar.

»Schreiben Sie's auf!«, sagte er grinsend.

»Ihnen ist sicher klar, dass die zehn Dollar nur den Transport decken. Der Lachs kostet extra.«

»Klar.«

»In Ordnung!« Avis rieb sich mit unverhohlener Begeisterung die Hände. »Ich habe genau das richtige Rezept für Sie!«

Manche Menschen wurden geboren, um zu predigen, andere, um zu verkaufen, und nicht wenige, so schien, wurden geboren, um sich einzumischen. Avis war geboren worden, um die kulinarischen Künste zu fördern.

»Lachsrouladen!«, verkündete Avis. »Wohlschmeckend, fettarm und für Diabetiker geeignet.«

»Genau das, was der Arzt befohlen hat!«, erwiderte Tim

und fand, dass das Leben im Allgemeinen einfach großartig war.

Nachdem er die Einkäufe weggepackt hatte, unternahm er eine kurze Ausfahrt den Hügel hinauf ins Krankenhaus, wo er mit Joe Ivey betete.

Dann besuchte er die Sprouses, wo er eine Schachtel Hundekuchen und einen Topf Schnittlauch für Rachels Küchenfenster ablieferte, betete mit Bill und konnte aus erster Hand Buddys Bibelquiz miterleben.

Anschließend fuhr er weiter zum Haus der Hoffnung, wo er sich auf den Fußhocker setzte und Luoellas Gesang mit einem grobschlächtigen Hintergrund untermalte. Sie sangen »Brot des Lebens«, dann fuhr er mit dem Aufzug in den Speisesaal hinunter und ging zu Pauline.

»Wie fühlen Sie sich, wenn Sie an morgen denken?«

»Es ist schon gut«, sagte sie. »Ich mache Sammy keine Vorwürfe, dass er mich nicht sehen will. Ich verstehe es.«

»Wirklich?«

»Ja, Sir, ich glaube, ich tue es. Sehen Sie sich nur die Wunder an, die Gott an unserer Familie gewirkt hat. Aber ich verlasse mich darauf, dass er noch zwei weitere wirken wird. Meinen Sie, das wäre zu viel verlangt?«

Er sah die Narbe auf ihrer Wange, die von der furchtbaren Brandverletzung herrührte. »Ganz gewiss nicht! Der heilige Paulus erinnert uns daran, dass Gott uns überreich zu beschenken vermag, wieder und wieder, mit Dingen, um die wir ihn nicht einmal gebeten haben. Aber es könnte seine Zeit dauern.«

»Ja«, sagte sie. »Ich weiß.«

Er nahm sie wortlos in die Arme. Pauline war der Mensch, den Gott erwählt hatte, um Dooley Barlowe der Welt zu schenken, ihm zu schenken; für dieses Geschenk war er über die Maßen dankbar.

Es war ein Rätsel. Je weiter die Technik voranschritt, um den Menschen das Leben zu erleichtern, umso schwieriger wurde das Leben, das heißt, umso schneller, umso hektischer, umso komplizierter und anspruchsvoller, und das alles hatte Father Tims Meinung nach seinen Grund gerade in dem technischen Fortschritt.

Trotzdem konnte er es nicht erwarten, an seine E-Mail heranzukommen.

»Alle sind online«, bemerkte Emma und bedachte ihn mit einem Blick, der eine Uhr hätte zum Stehen bringen können.

»Wie schön für sie!«, sagte er, entschlossener denn je, gegen den Strom zu schwimmen.

Timothy um Himmels willen+“

das ist eine neue Tastatur/ich tue mein Bestes9

habe seit einer halben Ewigkeit nichts mehr von Ihnen ge-Hört. Melden Sie sich mal.

abner ist eine Experte, wenn es darum geht, Dinge zu bauen – ein Bücherregal für meine Hütte und eine Hundehütte für Willie, der uns alle durch die Bank adoptiert hat. tDie Kinder kommen täglich her, und es werden immer mehr. Wir stellen gerade ihre Kunstwerke aus, die sich auf Bibelgeschichten beziehen, und wir nehmen einen Dollar Eintritt, der der hiesigen Speisekammer zugute kommen wird/ich hoffe, dass Sie die Summe noch einmal verdreifachen werden, und als Gegenleistung werden Sie eine lebhafte Darstellung von Noah und der Sintflut bekommen. oDer hätten Sie lieber Jonas und den Wal?

*(*U*

Ich hoffe, es geht Ihnen wieder gut,, zu schade, dass Ihr Arzt Ihnen nicht erlaubt, in die Wildnis zu kommen, es würde Ihnen guttun und Ihnen helfen. Gestern hat Richard den Jeep rückwärts gegen die Vorderecke meiner Hütte gesetzt a/

L. s ich gerade mein Morgengebet hielt. Es hat den Träger

weggerissen, und die Ecke der Hütte ist eingestürzt – alle Bücher und Möbel von der nordwestlichen Seite sind auf die südöstliche gerutscht/geflogen/gepoltert, und der ganze Schlamassel ist auf meiner Wenigkeit gelandet. Ich bin unverletzt, aber erfüllt von gerechtem Entsetzen über Richards Fahrkünste. Wir haben das ganze Ding wieder auf den Träger gesetzt, eine geradezu monströse Arbeit.

zulauf in allen Kirchen wächst, am Sonntag brechen wir im Rahmen eines gemeindeweiten Essens auf dem Grundstück gemeinsam das Brot. Beten Sie für uns.

Ihre Sekr. sagt, dass Ihnen alles, was mit Computern zu tun hat, ein Gräuel sei, seien Sie ein braver Junge und leisten Sie uns im 21. Jahrhundert Gesellschaft … Wenn Sie online wären, könnten wir täglich miteinander plaudern. Macht Spaß@

werde Sie die Summe wissen lassen, die nächsten Dienstag zusammenkommt, freue mich auf ren Scheck und die Antwort, herzliche Grüße an Ihr. entzückende Gemahlin. Pfr. Roland

P.S. Elli ist ein sieben Jahre altes Mädchen, das mich gestern gefragt hat, ob mein Kragen Flöhe und Läuse fernhalten würde. Sehen Sie nur, was Sie verpassen!!

P.P.S. Danke für die $$, es war nicht annähernd genug, aber wir werden zurechtkommen.

Vielen Dank, Reverend, dass Sie Emma gebeten haben, mit mir in Kontakt zu bleiben. Ich möchte Sie noch einmal drängen, selbst mit dem Mailen anzufangen, es wird Ihnen großen Spaß machen!

Die Wand zwischen Monas und Ernies Geschäften ist zum Teil entfernt und in eine Art hüfthoher Trennmauer umgewandelt worden, auf der jetzt künstliche Pflanzen stehen. Dies wird allgemein als gutes Zeichen gewertet. Ich weiß nur, dass Ernie fast wieder der Alte ist.

Sams Gesundheitszustand bessert sich von Tag zu Tag.

Vielen Dank für Ihre Gebete, ohne die wir es nicht geschafft hätten. Es hilft so sehr zu wissen, dass ein lieber Freund unsere Sorgen vor den Herrn bringt, manchmal glauben Sam und ich, dass wir die für uns gesprochenen Gebete förmlich spüren können, und wir bitten Gott, all jene zu segnen, die diese Gebete sprechen!

Ich werde Ihnen Bescheid geben, wenn Mistys Baby kommt, es wird jetzt nicht mehr lange dauern. Junior ist schon ganz aus dem Häuschen.

Noch mehr gute Neuigkeiten! Letzten Sonntag ist Morris auf eine Tasse Kaffee und ein Stück Kuchen geblieben, wenn auch nur für ein paar Minuten. Es ist ein großer Triumph für Jean Ballenger, die immer geglaubt hat, dass es möglich sei. Wir planen derzeit ein höchst ehrgeiziges Weihnachtsprogramm um unsere Orgelmusik herum. Morris komponiert etwas Besonderes, und die Leute werden von nah und fern herbeiströmen. Oh, wie sehr ich mir wünschte, wir könnten auch Sie zurückbekommen!

Ich denke, wir können zuversichtlich sagen, dass die Tolsons es schaffen werden – Jeffrey ist in jeder Hinsicht ein neuer Mensch geworden! Das ist offensichtlich das Werk des Herrn (er sagt, Sie beide hätten an jenem Abend am Strand lange miteinander geredet).

Wir bitten Sie, passen Sie auf sich auf! Und richten Sie Cynthia bitte unsere herzlichsten Grüße aus. Wann immer Sie Zeit für einen Besuch finden, können Sie unser Gästezimmer haben und all die Liebe, die in unseren Herzen ist. Sam lässt Sie grüßen. Marion

Hope Winchester stieg die hölzerne Trittleiter hinunter und blieb auf der dritten Sprosse stehen, um den oberen Teil des Schaufensters mit einer Lösung aus Essig und Wasser zu reinigen.

Sie hatte es erwogen, George Gaynor zu bitten, diese Arbeit zu übernehmen, da er so viel größer war als sie und im

Gegensatz zu ihr nicht auf den Zehenspitzen hätte stehen müssen. Aber sie konnte einen Doktor der Philologie unmöglich darum bitten, eine so niedrige Arbeit wie das Fensterputzen zu übernehmen.

Sie achtete sorgfältig darauf, nichts von der übelriechenden Lösung auf die Auslagen zu spritzen, darunter ein Stapel *Foggy Mountain Breakdown* von Sharyn McCrumb und andere Bücher, die in den südlichen Highlands spielten. Bisher hatte sich das dritte Jahrbuch von *Mountain Month* bei Happy Endings nur eines mäßigen Erfolgs erfreut, und das trotz der zehn Prozent Preisnachlass für jedes Buch, in dessen Titel das Wort *Berg* vorkam. Die Leute konnten überall und auf alles einen Preisnachlass von zehn Prozent bekommen, schlussfolgerte Hope. Sie beabsichtigte, im nächsten Jahr fünfzehn Prozent anzubieten. Ihrer Meinung nach waren fünfzehn Prozent der Punkt, an dem die Kundschaft langsam aufmerksam wurde.

Sie hob mit der rechten Hand die Spritzflasche und sprühte die Essiglösung ans Fenster, dann drehte sie sich leicht um, um das Glas mit dem Papiertuch, das sie in der linken Hand hielt, abzuwischen.

Es war, als fiele sie im Zeitlupentempo, wie eine Feder oder vielleicht wie jemand, der sachte von einer großen Hand gehalten und zu Boden geleitet wurde. Was es auch war, es bremste ihren Sturz in das Schaufenster, wo sie auf eine Auslage der Taschenbuchausgabe von Charles Fraziers *Cold Mountain* landete.

»Wahrhaftig!«, sagte Mini Lomex aus dem Wollladen, die auf dem Weg zur Post war. »Das ist wirklich eine interessante Schaufensterauslage. Sehr modern. Ein Mannequin, das auf Büchern liegt.« Sie wusste, dass Hope Winchester gern verschiedene Dinge ausprobierte; einmal hatte sie eine unechte Katze auf einen Hocker gesetzt, mit dem Ergebnis, dass sich die halbe Bevölkerung vor dem Schaufenster einfand und darauf wartete, dass die Katze sich bewegte. Obwohl sie auf beeindruckende Weise lebensecht gewesen war, hatte sie sich natürlich nie bewegt, und einige Leute waren sich ziemlich töricht vorgekommen.

Mini rückte ihre Gleitsichtbrille zurück und kam im Weitergehen zu dem Schluss, dass die gegenwärtige Dekoration »zu New-York-mäßig für diese Stadt« sei, eine Kritik, die sie an der Fußgängerampel laut verkündete, auch wenn sie ihre einzige Zuhörerin war.

»Hope!«

Sie sah, wie George Gaynor sich über sie beugte und ihr Anweisung gab, etwas zu tun.

»Hope!«, wiederholte er mit ängstlicher Miene.

Warum sollte sie länger hoffen? Sie war eine alte Jungfer, die niemals heiraten würde, die in Gegenwart gut aussehender Männer unbeholfene, dumme Fehler machte und die nun obendrein noch von einer Leiter gefallen war. Sie war so angewidert von sich selbst, dass sie nicht einmal versuchte, sich zu bewegen oder aufzustehen. Sie verspürte keinen Schmerz, nur eine gewisse Atemlosigkeit, als sei alle Luft aus ihren Lungen herausgequetscht worden. Sie wünschte sich nichts sehnlicher, als hier liegen zu bleiben, die Augen zu schließen und die ganze Geschichte irgendwie hinter sich zu bringen. Sie registrierte eine gelinde Enttäuschung darüber, dass sie bei dem Sturz nicht gestorben war.

»Sind Sie verletzt?«

»Ich weiß es nicht«, flüsterte sie.

»Ich habe eine gewisse medizinische Ausbildung gehabt. Ich werde Sie jetzt sehr vorsichtig hochheben. Bleiben Sie ganz ruhig.«

Sein Gesicht war dem ihren sehr nahe. Was, wenn sie Mundgeruch hatte? Sie drehte den Kopf scharf zur Seite.

»Habe ich Ihnen wehgetan?«

»Nein!«

Er half ihr, sich hinzusetzen. »So. Wie fühlt sich das an?«

»Wunderbar!«, sagte sie, obwohl sie es gar nicht vorgehabt hatte. »Das heißt: *gut!* Einfach gut, vielen Dank.« Wahrscheinlich hätte sie jetzt aufstehen und ihr Leben weiterleben sollen; sie konnte nicht im Schaufenster liegen bleiben und sich von einer Horde kleiner Kinder anstarren lassen. Sie erspähte Miss Tomlinson, die ihr mit einer Hand zuwinkte; in der anderen hielt sie ein Band, das alle ihre Vorschulkinder umklammerten wie eine Schleppleine.

Ist … alles … in Ordnung?, formte Miss Tomlinson mit den Lippen.

Ja, antwortete Hope auf dieselbe Weise.

»Wie geht es Ihrem Rücken?«, fragte George.

»Gut! Großartig! Ich bin nur ein klein wenig … verwirrt, glaube ich.«

»Soll ich Ihnen helfen aufzustehen?«

Sie nickte.

Seine langen, schlanken Finger berührten die ihren, dann umfassten seine Hände ihre eigenen und zogen sie hinauf, hinauf, hinauf …

Als sie wieder auf den Füßen stand, fühlte sie sich stark und groß – genauso groß wie George Gaynor.

»So!«, sagte er lächelnd. »Gott sei gedankt, dass Sie sich nicht verletzt haben.«

»Ich habe doch nur auf der dritten Sprosse gestanden«, antwortete sie, plötzlich umnebelt von einem außerordentlichen Glücksgefühl.

18

Ähnlichkeiten

»Ich wette, ich weiß, warum Sammy Mama nicht sehen will.«

»Warum?«

»Weil er sie dafür hasst, dass sie ihn weggegeben hat.«

Jessy verkündete ihre Meinung Poo, der auf dem Weg den Berg hinunter zwischen ihr und Dooley auf der Rückbank des Mustangs saß.

»Aber Mama sagt, unser Daddy ist mit ihm weggelaufen.«

»Yeah, aber Mama ist Daddy nicht nachgelaufen, um Sammy zurückzubekommen.«

»Ah«, sagte Poo.

Jessy nahm einen Kamm aus ihrer Plastiktasche und zog ihn durch ihr langes Haar. »Ich und Sammy sind verloren gegangen.«

»Aber jetzt haben wir euch wiedergefunden«, sagte Dooley.

»Ich war nie nich verloren«, meinte Poo. »Ich war immer bei Mama.«

Jessy runzelte die Stirn. »Weil du ihr Liebling bist.«

»Ich bin nich ihr Liebling, sie hat uns alle gleich gern.«

»Nein, hat sie nicht.«

»Hat sie doch«, widersprach Dooley und biss die Zähne zusammen.

»Yeah, hat sie, weil du der Einzige bist, den sie nicht weggegeben hat, und sie hat auch niemandem erlaubt, mit dir davonzulaufen.«

»Sie liebt uns alle gleich«, erklärte Poo. »Genau gleich.«

Jessy kramte in ihrer Handtasche und zog eine Puderdose heraus. »Ich frage mich, ob Sammy so aussieht wie wir.«

»Das tut er!« Father Tim blickte in den Rückspiegel und betrachtete die redselige, voreingenommen Jessy, den friedenstiftenden Poo und Dooley, der aus dem Fenster blickte, ohne etwas zu sehen. »Als Miss Pringle Sammy begegnet ist, dachte sie, er sei Dooley.«

Dooley warf einen kurzen, aber verärgerten Blick in den Rückspiegel. Offenkundig war er nicht der Meinung, dass man den Jungen mit dem Pferdeschwanz mit ihm verwechseln konnte.

Jessy beugte sich vor und fragte: »Findet ihr, dass ich und Poo und Dooley uns ähnlich sehen?«

»Wie Erbsen in einer Schote«, sagte Father Tim.

Buck lachte. »Meine einzige Chance, dich von Poo zu unterscheiden, besteht darin, dass Poo zur Schule keinen Rock anzieht.«

»Wie kannst du dann Poo von Dooley unterscheiden?«

»Dooley ist zwei Köpfe größer«, antwortete Buck.

Jessy lehnte sich zurück, betrachtete sich im Spiegel der Puderdose und musterte dann ihren jüngeren Bruder. »Poo ist viel, viel hässlicher als ich«, erklärte sie.

»Du bist ein dicker fetter Klops«, sagte Poo.

Lon Burties Haus war eine Amoco-Tankstelle aus den fünfziger Jahren, die auf rissigem Asphalt stand.

Lon empfing sie an der Tür. »Es ist nichts Besonderes», sagte er und streckte die Hand aus. »Aber seien Sie mir trotzdem willkommen.«

Sie traten in einen kleinen Raum mit Betonestrich und einer Wand voller leerer Regale. In der Ecke stand ein uralter Imbissautomat.

»Kommt mit nach hinten durch, ich wohne nicht hier vorn.«

»Ich fürchte mich«, flüsterte Jessie Buck zu.

Er griff nach ihrer Hand. »Was gibt's denn hier zu fürchten?«

»Ich weiß es nicht, aber ich zittere, also muss ich mich wohl fürchten.«

»Du bist aufgeregt«, erwiderte ihr Stiefvater. »Das ist ein Unterschied.«

Jessie blickte ernst drein. »Manchmal vielleicht«, sagte sie, »aber nicht jedes Mal.«

Als sie den Raum betraten, saß Sammy in einem Sessel vor dem Fernseher. Er stand sofort auf, und in seinen Zügen lag Angst.

»Das Ding stellen wir besser aus«, meinte Lon. Er ging zu dem Tisch neben Sammy und griff nach der Fernbedienung. Der Bildschirm wurde schwarz, und Lon nickte der Gruppe zu. »Setzt euch doch. Hier hänge ich immer rum, das war früher, als die Tankstelle noch Amoco gehörte, die Abschmierhalle.«

Sammy räusperte sich. »H-H-Hi«, sagte er.

Jessie brach in Tränen aus und klammerte sich an Bucks Arm.

Bucks Hand lag sachte auf ihrer Schulter, und er schob sie zu Sammy hinüber. »Du und Poo, ihr sagt jetzt eurem Bruder Hallo.«

Sammy bewegte sich steif auf sie zu; Father Tim beobachtete die Szene, als entfalte sie sich im Zeitlupentempo.

Jessie ging vorsichtig auf Sammy zu, und Poo tat dasselbe. Im Raum war es seltsam still. Dooley blieb mit angespannter Miene an der Tür stehen.

Plötzlich spurtete Poo schluchzend und mit ausgestreckten Armen auf Sammy zu. »Hi, Sammy! Hi Sammy!«

Poo und Jessie erreichten ihren Bruder zur gleichen Zeit und brachten ihn mit irgendeiner unbeholfenen Bewegung zu Fall. Die drei gingen in einem Knäuel von Armen und Beinen zu Boden, und Jessie kreischte vor Aufregung.

Father Tim beobachtete, wie Dooley zu seinem Bruder ging, ihm die Hand hinhielt und ihm auf die Füße half. Sie sahen sich einen Moment lang an, dann umarmten sie sich, schweigend und weinend.

»Ich werde etwas für dich kochen, Sammy!« Jessie zupfte an Sammys T-Shirt. »Jeden Morgen vor der Schule werd ich dir Eier kochen, und du kannst mein ganzes Taschengeld haben, das ich gespart habe.«

»Ich habe einen neuen Baseballschläger, Sammy, es ist der Beste, den du je gesehen hast, du kannst ihn benutzen, wenn du willst.«

Lon Burtie wischte sich mit dem nackten Arm über die Augen.

Buck zog ein Halstuch aus seiner Jeanstasche.

Father Tim drehte sich um und wandte den Blick ab, und sein Herz platzte beinahe vor Glück und Trauer, die auf seltsame Weise ineinander verwoben waren.

»Sammy möchte uns seinen Garten zeigen, darf ich den Wagen nehmen?«

»Wie weit ist es?«

»Ein paar Meilen.«

»Was ist mit ...?« Er wollte nicht sagen *mit deinem Vater.*

»Er ist nicht da, er wird den ganzen Tag über fort sein.«

»Gut.« Father Tim griff in seine Tasche und reichte Dooley den Schlüssel. Er hatte das Gesicht des Jungen noch nie so strahlend gesehen. Die Macht der Liebe verwandelte die Menschen; das hatte Gott die ganze Zeit über gewusst.

»Ich hab mich in Vietnam an dieses Zeug gewöhnt«, meinte Lon, während er Tee in drei Becher goss.

»Mich wollten sie nicht nehmen.« Buck schaute zu Boden, dann hob er den Blick wieder. »Welche Truppe?«

»Army. Ich war Maschinengewehrschütze, E-4. Wir haben Hueys in die Kriegszone hinein- und wieder herausgeflogen, einen großen Hubschrauber, mit dem Männer und Artillerie transportiert wurden.«

In den darauffolgenden Sekunden unbehaglichen Schweigens kam das einzige Geräusch von zwei Ventilatoren, die die stickige, feuchte Luft bewegten.

»Ich dachte, dass ich meine Zeit da unten vielleicht nie überwinden würde, aber ich musste, die Sache hat mich bei lebendigem Leib aufgefressen. Es war schon schwer genug, mit den Dingen fertig zu werden, die in Vietnam passiert sind … Dann kamen wir nach Hause und mussten auch noch mit dem fertig werden, was hier geschehen ist.« Er ballte eine Hand zur Faust und schlug sich mit einer schnellen, ironischen Geste an den Kopf.

»Das tut mir leid«, sagte Father Tim.

»Yeah, hm, inzwischen kann ich ein wenig darüber reden. Die Sache ist nur, außer Sammy hab ich nicht viele zum Reden.« Lon grinste. »Er ist ein guter Junge, ich bin froh darüber, dass Sie ihn gefunden haben. Aber Sie sollten ihm nicht querkommen, er hat das Temperament seines Daddys.«

Buck blies auf den dampfenden Tee. »Wir wissen nicht genau, wie wir in dieser Sache vorgehen sollen, wir wollen nichts überstürzen. Ich habe keine Ahnung, ob er vielleicht Lust hätte … Sie wissen schon, ob er vielleicht bei uns leben möchte.«

Lon zuckte die Achseln. »Sammy fühlt sich verantwortlich für seinen Daddy, er tut praktisch alles für ihn, außer ihm den Hintern abzuputzen. Er kauft seinen Schnaps, bringt Essen auf den Tisch, läuft zu Fuß in die Stadt, wenn ich ihn nicht mitnehmen kann, und wäscht die Bettlaken, wenn sein alter Herr sie vollgekotzt hat. Clyde Barlowe ist ein jämmerlicher Hurensohn. Wenn Sie's genau wissen wollen, so jämmerlich, wie man sich das nur vorstellen kann.«

»Wir gehen davon aus, dass es stimmt, dass Barlowe heute nicht zu Hause sein wird. Ich möchte nicht, dass die Kinder irgendwie in Schwierigkeiten kommen.«

»Sie brauchen sich keine Sorgen zu machen, er ist mit Cate Turner, einem seiner Saufkumpane, nach Virginia rauf.«

Cate Turner. Lace Harpers Vater. Father Tim war froh darüber, dass es nie einen Grund gegeben hatte, das ihr gegenüber zu erwähnen. »Wissen Sie, wann er wieder zurück sein wird?« Vielleicht konnten sie Sammy für einen Tag mit in die Berge nehmen …

»Er wird heute Nacht zurückkommen, die beiden fahren über die Staatsgrenze, um Lotterielose zu kaufen. Er wird stockbesoffen zurückkommen, und an diesem Zustand wird sich die nächsten vier oder fünf Tage nichts ändern.«

»Er braucht Hilfe«, sagte Buck. »Ich habe selbst mal schwer getrunken.«

»Wenn man uns alte Schnapsköppe nebeneinanderstellen würde – mit der Reihe käme man ein paar Mal rund um die Welt.«

»Was können wir tun?«, fragte Buck. »Für den Augenblick? Auf kurze Sicht?«

Lon schüttelte den Kopf. »Ich weiß nicht, was ich Ihnen sagen soll. Ich hab Sammy einen Platz hier bei mir angeboten, aber er will Clyde nicht im Stich lassen.«

»Wir wollen niemandem etwas aufzwingen«, meinte Buck. »Aber …«

»Wenn Sie diese Geschichte über die Jugendfürsorge laufen lassen, könnten Sie Sammy da rausholen. Die Frage ist bloß, wäre er bereit zu gehen?«

»Was steckt eigentlich hinter dieser Jaybird-Johnson-Geschichte?«, fragte Father Tim.

»Ich denke, Clyde hat den Ausweis von irgendjemandem geklaut, Genaueres weiß ich aber nicht.«

»Haben Sie eine Ahnung, wie es um Sammys Schulbildung bestellt ist?«

»Ich kenn ihn, seit er ungefähr sieben, acht Jahre alt war. Viel Schulbildung ist da nicht, das kann ich Ihnen mit Sicherheit sagen. Er hockt nicht gern in einem Klassenzimmer, sie haben ihn zweimal sitzen lassen. Aber er hat einen scharfen Verstand, sehr scharf. Sie haben seinen Garten gesehen, da hat er sich drüber hergemacht wie ein Schwein über Brei, das liegt ihm einfach im Blut. Außerdem kann er jedem Billardspieler, den Sie kennen, die Haare vom Kopf schießen. Auch das liegt ihm im Blut; es ist eine seltsame Kombination. Ich glaube, er könnte fast alles tun, was er sich in den Kopf setzt, aber wenn er hier hängen bleibt, wird er es nie zu was bringen.« Lon zuckte die Achseln. »Ich hab selbst keine große Lust, hier hängen zu bleiben, aber ...«

»Aber was?«, hakte Father Tim nach.

Lon stieß ein kurzes, gackerndes Lachen aus. »Aber ich hab auch nicht die Absicht, es zu etwas zu bringen, weshalb sollte ich mir da die Mühe machen, von hier fortzugehen?«

»Ein alter Geistlicher in Mississippi hat einmal gesagt: ›Gott hat keinen Abfall erschaffen.‹ Ich glaube, dass in Ihnen mehr steckt, als Sie zeigen.« Father Tim lächelte. »Haben Sie ein Gewerbe?«

»Ich streiche Häuser an. Ich habe einen Laster und ein paar Leitern, ich hab immer was zu tun. Man braucht bloß pünktlich aufzutauchen, seine Arbeit zu erledigen, nüchtern zu bleiben und hinter sich sauber zu machen.«

»Ein guter Plan.«

»Man könnte sagen, dass mein Nebengewerbe mich aufrecht hält.«

»Und was ist das?«, wollte Buck wissen.

»Während die Kinder drüben bei den Barlowes sind, würd ich es Ihnen gern zeigen – ich hab nämlich nicht oft Gelegenheit dazu, es jemandem zu zeigen.«

»Bitte!«, sagte Father Tim. »Gehen Sie voraus.« Lon führte sie durch den großen, spärlich möblierten Raum zu einer Tür.

»Das waren die Toiletten.«

»Alles klar«, sagte Buck, »aber ich habe keinen Bedarf. Wie sieht's bei Ihnen aus, Reverend?«

»Waren die Toiletten«, sagte Lon. Father Tim fand, dass ihr langsam ergrauender Gastgeber, den er auf etwa fünfzig

Jahre schätzte, ein überraschend gut aussehender Mann war, wenn er lächelte. Lon öffnete die Tür und trat zurück.

Father Tim sog scharf den Atem ein. »Gütiger Himmel!«

Buck nahm seine Ballkappe ab. »Mann!«

»Jetzt ist es mein Garten. Immer hereinspaziert.«

Der Raum war ziemlich groß. Statt Toilettenkabinen standen jetzt Regale an drei Wänden mit Topforchideen in verschiedenen Farben und Blattformen darauf. Weitere Orchideen waren in Töpfen auf Regalen rund um ein Waschbecken gruppiert und rankten sich an einem Drahtgitter empor, sodass ihre Wurzeln in der Luft hingen. Vor einem kleinen Fenster hing ein hochgezogenes Rattanrollo, das Licht von Süden einließ.

»Einige dieser Pflanzen sind ziemlich alt, ich hab sie gekauft, als ich aus Da Nang zurück war. Das hier ist eine *Paphiopedilum delenatii,* die hab ich in einer Segeltuchtasche aus Vietnam rausgebracht; die nackte Wurzel hatte ich in meine Unterwäsche gewickelt. Man hat lange geglaubt, sie sei ausgestorben. Damals wär sie zehn-, fünfzehntausend Dollar wert gewesen.«

Buck stieß einen leisen Pfiff aus.

»Heute würde sie wahrscheinlich noch genauso viel bringen, aber ich würd mich nicht von ihr trennen, auf keinen Fall.«

»Stammen die Orchideen alle aus Vietnam?«

»Sie kommen von überall her. Diese hier stammt von den Philippinen, die da aus Indien und die dort drüben, die dunkelrosafarbene, das ist eine südamerikanische Art.«

»Prachtvoll!«, sagte Father Tim.

»Hier unten am Fluss ist es schön feucht, das haben sie gern.«

»Was hat Sie dazu gebracht, das zu tun?«, wollte Buck wissen.

»Das Ganze hat angefangen mit einem Mann namens …« – Lon räusperte sich mit plötzlicher Rührung – »Tran van

Hoi. Wir haben uns in den Bergen kennengelernt, wo er mit seiner Familie in einer kleinen Hütte lebte. Er war der Feind, jedenfalls den Vereinigten Staaten zufolge, aber er war … der beste Freund, den ich je hatte.«

Lon wischte sich ohne Scham mit dem Handballen über die Augen. »Ich hab meine Urlaubszeiten meist im Dschungel verbracht und einfach nur dessen Schönheit genossen. Ich hatte nie Angst vor dem Dschungel, ich bin in den Wäldern hier aufgewachsen, bevor sie abgeholzt wurden. Tran hat mir viel über Orchideen beigebracht; es heißt, es gäbe allein in Vietnam zweitausendfünfhundert verschiedene Arten.«

»Da fehlen einem die Worte«, sagte Father Tim.

»Yeah, hm, ich wünschte, jeder, der eine Zeitlang drüben war, könnte etwas wie das hier haben. Das ist es, was mich davor bewahrt hat, vollkommen unterzugehen. Sehen Sie diese Halogenlampen, die ich installiert habe? Das Licht überlistet sie, sie haben keinen Schimmer, dass sie in einer Amoco-Tankstelle in der Nähe von Holding in North Carolina wachsen.«

Lon grinste. »Man könnte sagen, Elektrizität ist mein einziges Laster, seit ich mit Gras und Alkohol Schluss gemacht hab.«

»Das ist unglaublich«, sagte Buck. »Einfach unglaublich!«

»Ein Tag der Wunder!«, rief Father Tim.

Vier Wunder waren bereits abgearbeitet, und eins – mindestens – musste noch bewerkstelligt werden.

Hope Winchester saß auf dem Hocker vor der Kasse, ein geschlossenes Buch auf dem Schoß, und versuchte zu verstehen, was bei ihrem Sturz geschehen war.

Sie war in einem Zustand der Verwirrung und der Qual gefallen, und aufgehoben worden war sie in einem Zustand des … es war wichtig, genau das richtige Wort dafür zu finden … in einem Zustand des Glücks. Sie war diesem Wort stets mit Argwohn begegnet und hatte vermieden, es zu benutzen. Aber Glück schien genau das zu sein, was sie erfahren hatte – Glück und Befreiung.

Befreiung!

Sie hatte sich nie in ihrem Leben frei gefühlt, nicht vor dem Sturz. Um es anders auszudrücken, sie war mit einer schweren Last gefallen und leicht und durchscheinend wie die Flügel eines Schmetterlings wieder aufgestanden.

Selbst ihrer Mutter war eine Veränderung aufgefallen, als sie neulich miteinander telefoniert hatten. Ihre Mutter, die ständig Schmerzen litt, schien den Schmerz zur Abwechslung einmal zu vergessen und sich auf ihre Tochter zu konzentrieren, die hundert Meilen weiter nördlich lebte.

»Du klingst gut«, hatte ihre Mutter gesagt. »Du klingst anders.« Und dann, am Ende, hatte sie gesagt: »Du musst glücklich sein. Ich hoffe, du wirst in den Bus steigen und herkommen, damit deine Schwester und ich dich glücklich sehen können.«

Obwohl sie genau wie immer auf diesem seltsamen und unbequemen Hocker saß – angespannt in Schultern und Rücken, weil das Sitzmöbel keine Lehne hatte –, hatte sie das Gefühl, innerlich zu tanzen, das Gesicht der Sonne zugewandt.

»Was für ein schönes Lächeln Sie heute haben«, bemerkte George, als er aus dem Versandraum kam.

»Danke«, sagte sie. Sie stellte fest, dass sie sich nicht innerlich zusammenrollte wie ein Ball, und ihr Herz hämmerte auch nicht. Sie hatte Danke gesagt, als sei es das Natürlichste auf der Welt, und das war ein Teil des Wunders der Verwandlung, über das sie soeben nachgesonnen hatte.

»Übrigens, falls Sie aus irgendeinem Grund Hilfe benötigen sollten, können Sie mich jederzeit bei Miss Pringle anrufen. Ich weiß, dass Sie neulich abends Probleme mit den Wasserrohren hatten.«

»Das ist sehr nett von Ihnen. Ich werde darauf zurückkommen.« Gerade als sie sich angeschickt hatte, die Tür abzuschließen, war die Toilette übergelaufen, und sie hatte einen Installateur aus Wesley kommen lassen müssen.

»Möchten Sie heute Morgen Kaffee?«

»Ja!«, sagte sie, immer noch lächelnd. Sie versuchte nicht, ihn zu bezahlen, denn er hätte das Geld niemals angenommen. »Kaffee wäre wunderbar.«

»So wie immer«, sagte er. Es war keine Frage.

»Ja.« Ihr Blick traf den seinen, und sie verspürte keine Furcht, überhaupt keine Furcht. Sie schrumpfte nicht in sich zusammen, sie prallte nicht zurück, und sie hatte auch nicht den Wunsch, den Kopf hinter der Verkaufstheke zu verstecken. »Danke.«

»Ich bin in zehn Minuten wieder da.« Jetzt lächelte auch er. »Halten Sie die Stellung«, sagte er, bevor er die Tür hinter sich schloss.

Sie ließ sich von dem Hocker gleiten und trat in die Mitte des Raums, um sich in dem bleichen Rechteck aus Licht zu sonnen, das durch die glasvertäfelte Tür fiel. Sie war noch immer steif von dem Sturz, aber dennoch streckte sie die Arme aus und drückte den Rücken durch, so wie Margaret Ann es tat, die Buchhandlungskatze, die in der Gartenabteilung schlummerte. Nur mit Mühe konnte sie sich davon abhalten zu tanzen, obwohl sie wusste, dass es ihr nicht um das Tanzen ging, sie hatte noch nie zuvor getanzt und auch noch nie den Wunsch danach verspürt.

Sie musste an die Geschichte von dem Mann denken, der einen Schlag auf den Kopf erhalten und sich kurz darauf niedergesetzt hatte, um Chopin und Beethoven zu spielen, obwohl er noch nie Unterricht gehabt hatte oder einem Klavier auch nur nahe gekommen war. Dann war da noch der zehnjährige Junge, der sich nach einem Sturz die Treppe hinunter plötzlich in ein Mathematikgenie verwandelt hatte. Sie hatte sich zwar keine Kopfverletzung zugezogen, aber war es möglich, dass etwas in der Art auch ihr widerfahren war?

Natürlich sollte sie das Phänomen nachlesen, und sie

drehte sich zu dem Regal um, auf dem ein solches Buch möglicherweise zu finden war. Aber … Sie hielt inne und dachte nach: Sie wollte kein Buch lesen. Ganz und gar nicht. Sie wollte nicht einmal über dem Wörterbuch grübeln und den Ausdruck – falls es einen solchen gab – für das lernen, was ihr zugestoßen zu sein schien.

Was wollte sie dann?

In ihren Augen flackerte ein Licht auf. Sie wollte ihre neuen Gefühle spüren. Eins nach dem anderen.

Er war von seinem Ausflug ins Flachland zurückgekehrt, gleichzeitig glückselig und erschöpft.

Aber »die Zeit verstreicht im Fluge«, und er musste sich an seine Predigtnotizen machen.

Unglücklicherweise war ein klingelndes Telefon stets eine große Versuchung, wenn es an die Arbeit für eine Predigt ging … Das Telefon nahm einem die Last der Verantwortung, und sei es auch nur für den Bruchteil einer …

»Hallo?«

»Father Tim, Lew Boyd hier.«

»Lew! Ich habe nichts mehr von Ihnen gehört, haben Sie Ihre Meinung geändert?«

»Oh nein. Das würde ich niemals tun. Die Sache ist die, wir, ah …«

»Ja?«

»Wir sind nach South Carolina durchgebrannt und haben es beim Friedensrichter getan.«

»Ah!«

»Versehen Sie, ich und Earlene, wir sind nicht mehr die Jüngsten.«

»Stimmt.«

»Also wussten wir all die Sachen, über die Sie mit uns reden wollten, schon.«

»Aha.«

»Deshalb wollten wir Ihre Zeit nicht verschwenden …«

»Das wäre keine Zeitverschwendung gewesen.« – »... und unsere nämlich auch nicht – wir wollten auch unsere Zeit nicht verschwenden.«

»Ich mache Ihnen nicht den geringsten Vorwurf.«

»Wirklich nicht?«

»Gewiss nicht! Herzlichen Glückwunsch!«

»Denken Sie dran, Sie dürfen es niemandem erzählen.«

»Ich denke dran.«

»Keiner Menschenseele.«

»Verstanden.«

»Kommen Sie mal zur Tankstelle, ich werd Ihnen eine freie Wäsche spendieren und Ihren Wagen saugen.«

»Das ist furchtbar nett von Ihnen, Lew, aber das brauchen Sie nicht zu tun.«

»Ich *will* es aber tun! Kommen Sie einfach mal vorbei.«

»Vielen herzlichen Dank. Ich wollte noch sagen, dass mir die Sache mit Harley sehr leid tut. Ich wusste natürlich Bescheid, aber ...«

»Darüber werd ich mir nicht den Kopf zerbrechen. Ich stand kurz in der Schusslinie, als George anfing, an den Wochenenden auszuhelfen, und ich werd' auch jetzt in die Schusslinie geraten, aber die beiden sind die fleißigsten Burschen, die Sie je gesehen haben. Die meisten Aushilfskräfte, die ich in den letzten Jahren hatte, waren so faul, dass es geradezu kriminell war ... sozusagen.«

»Nun denn! Wann werden wir Earlene kennenlernen?«

»Sie wird ihren Job noch ein Jahr weitermachen, um ihre Zeit für die Rente vollzumachen, dann wird sie nach Mitford ziehen.«

»Eine Ehe auf Distanz. Ich höre, das ist heutzutage der letzte Schrei.«

»Ich werd' einen neuen Motor in meinen Dodge Ram einbauen und den Vergaser auswechseln.«

»Das dürfte genügen.«

»Denken Sie dran, dass Sie's niemandem erzählen.«

»Geht in Ordnung.« – »Wir wollen die Sache nämlich unter der Decke halten, bis wir alles geregelt haben.«

»Aha.«

»Hm, kommen Sie in ein oder zwei Tagen vorbei und lassen Sie Ihren Wagen waschen.«

»Das werde ich tun, Lew, und noch mal vielen Dank. Wir würden uns freuen, wenn Sie und Earlene uns einmal besuchen würden, wenn alles geregelt ist.«

»Das tun wir bestimmt, Reverend.«

»Möge Gott Ihre Ehe segnen, auf dass sie lang und glücklich werde!«

»Vielen Dank.«

Er grinste, als er auflegte. Er hatte eine große Schwäche für späte Romanzen.

Sie hatten Sammy Barlowe gefunden; Bill Sprouse würde am Sonntag bei den First Baptists predigen, und was ihn selbst betraf, so war sein Gewicht konstant, sein Zuckerspiegel bewegte sich um das normale Maß herum, und er musste seine eigene Predigt vorbereiten.

Er hätte jubeln müssen vor Glück.

Stattdessen spürte er, wie sich die alte Dunkelheit wieder auf ihn herabsenkte.

Um vier Uhr zog er seinen Jogginganzug an und band sich die Schuhe zu.

Bewegung kostet keine Energie, belehrte er sich, sie spendet Energie, das weiß jeder.

Barnabas kam herbei und nahm an seinem Knie Aufstellung, wobei er ihm seelenvoll in die Augen sah. Sein Hund war ein tiefgründiges Tier, war es immer gewesen.

Er legte den Arm um den großen Kopf, auf dem das dunkle Fell inzwischen mit silbernen Fäden durchzogen war, und flüsterte: »Du, mein Freund, bist der Beste der Besten.«

Er drückte den Kopf seines Hundes fest an sein schlagendes Herz. Nie hatte es einen besseren Freund gegeben, und es würde auch niemals einen geben.

»Gott sei mit dir«, sagte er heiser.

Er schlenderte in die Küche, öffnete die Kühlschranktür und sah, dass Puny sein Abendessen dort hingestellt hatte, zugedeckt mit Folie, fertig vorbereitet, um aufgewärmt zu werden. Er spähte unter die Folie.

Hühnchen irgendetwas, Möhren irgendetwas, Spinat irgendetwas. Er war davon überzeugt, dass es, wenn es heiß war, appetitlicher aussehen würde, obwohl er das ganze Ding am liebsten gleich auf der Stelle verzehrt hätte. Stattdessen schlang er einen Teelöffel Erdnussbutter hinunter und lächelte, als er feststellte, dass Puny den *Anglican Digest* neben seinen Teller auf die Kücheninsel gelegt hatte, damit er beim Abendessen Gesellschaft hatte.

Statt sich auf den Weg Richtung Farmer zu machen, beschloss er, dass sie die Main Street hinunterlaufen, nach rechts abbiegen und den Little Mitford Creek überqueren würden. Dann würden sie noch einmal nach rechts abbiegen und anschließend nach links, zum Hospital hinauf. Von dort aus würden sie in die Old Church Lane einschwenken und durch den Baxter Park laufen. Auf diese Weise würde er eineinviertel Meilen hinter sich bringen, was schließlich besser war als gar nichts. Wenn Cynthia nach Hause kam und die Dinge sich wieder normalisierten, würde er die kurze Zeit dieser Woche wettmachen.

Cynthia …

Er stand auf seiner Vordertreppe, die rote Leine in der Hand. Seine Frau fehlte ihm. Kein Wunder, dass er deprimiert war. Er hatte versucht, diese Tatsache vor sich selbst zu verbergen …

Eine Welle von Gefühlen stieg in ihm auf, etwas wie ein Gefühl des Versinkens, wie seine Mutter es ausgedrückt hatte, und er tat die Regung mit einem Achselzucken ab. Sein Zucker war in Ordnung, er hatte ihn soeben überprüft, und er hatte reichlich Wasser getrunken – es war an der Zeit, die Sache hinter sich zu bringen.

Sie trotteten die Treppe hinunter und über den Gehweg auf die Straße hinaus. Es war ein weiterer schöner Augusttag in den Bergen – aber trocken. Trocken wie Zunder. Das Wenige an Regen, das sie gehabt hatten, war kaum genug, um auf der Messskala angezeigt zu werden. Harley hatte die Rosen nach Father Tims Zählung acht Mal mit dem Gartenschlauch gewässert, und die Staudenbeete wirkten nicht allzu gesund. Tatsächlich hatte die *Mitford Muse* vor einer bevorstehenden Wasserrationierung gewarnt.

»In Ordnung, alter Knabe«, sagte er, als sie in einen leichten Laufschritt verfielen.

Er schnaufte am Wollgeschäft vorbei und hätte um ein Haar eine Frau niedergewalzt, die mit einer Einkaufstüte aus dem Laden kam.

»Entschuldigung, es tut mir leid, ich hätte aufpassen müssen, wo ich hinlaufe …«

»Nichts passiert, überhaupt nichts! Sind Sie Father Tim?«

»Ja, Ma'am!«

Sie reichte ihm lächelnd die Hand. »Millie Tipton von der Methodistenkapelle.«

Wahrhaftig, sie trug einen Priesterkragen …

»Pfarrerin Tipton! Freut mich, Sie endlich kennenzulernen. Willkommen in Mitford.« Er würde ihr eine Pastete backen müssen, und zwar dalli; sie war bereits seit einigen Wochen in der Stadt.

»Ich bin stolz darauf, hier sein zu dürfen. Ich hatte gehofft, dass wir irgendwann einmal eine Tasse Kaffee zusammen trinken könnten. Obwohl Sie inzwischen in Pension sind, habe ich gehört, dass Sie in Mitford immer noch eine Macht sind, mit der man rechnen muss. Alle Menschen lieben Sie.«

Er errötete. Ein ehemaliger Bischof hatte ihn gewarnt, niemals einem Mann voll und ganz zu vertrauen, den alle liebten. »Nicht alle!«, beharrte er. »Vielleicht wollen Sie sich einmal morgens in der Grillstube zu uns gesellen, wenn Sie die Gesellschaft eines in die Jahre gekommenen Geistlichen, eines mürrischen Zeitungsredakteurs und eines ... eines Maklers ertragen können.«

Er kam zu dem Schluss, dass sein Freund Mule jeder Beschreibung spottete.

»Ein Mikrokosmos der weltlichen Gesellschaftsordnung!«, erwiderte sie lachend. »Wie ich höre, trifft sich der Truthahnclub meist so gegen acht Uhr?«

»Leider gibt es in Mitford keine Geheimnisse!«, sagte er.

Joe Ivey wirkte bleich und verwelkt.

»Da stimmt noch irgendwas anderes nicht, sie wissen nicht, was. Sie machen genug medizinische Tests, um das ganze Gesundheitswesen in den Ruin zu treiben.«

»Es tut mir leid, dass es Ihnen so schlecht geht, mein Freund, aber Sie werden schon wieder auf die Beine kommen.«

»Es wär mir grässlich, das Haareschneiden in der Stadt diesem verflixten Frauenzimmer überlassen zu müssen.«

»Sie wird sich vor Kundschaft nicht retten können, das ist wahr, aber Sie haben ein gutes Geschäft aufgebaut. Aber noch haben Sie es nicht übergeben.«

»Als Winnie ihr diese Räume vermietet hat, schwebte ihr eine Art Haarzentrum vor, in dem die Kunden alles bekommen könnten, was sie sich wünschten – für Dauerwellen, Spülungen und was weiß ich nicht alles hätten sie nach oben gehen können und dann runter zu mir, um sich die Haare schneiden und sich vielleicht rasieren zu lassen. Aber nein, Sir, Miz Fancy Skinner wollte den ganzen Kuchen.«

Joe sah ihm in die Augen.

»Ich versuche, sie nicht wie die Pest zu hassen.«

»So ist es richtig. Versuchen Sie es weiter! Bitten Sie Gott, Ihnen zu helfen.«

Joe seufzte tief. »Wissen Sie, was das Problem beim Barbiergeschäft ist?«

»Was?«

»Niemand will es heute mehr machen. Man muss den ganzen Tag auf den Füßen stehen.«

»Aha.«

»Krampfadern, Kreuzschmerzen, entzündete Fußballen, und weiß der Himmel, was noch. Deshalb bin ich damals nach Graceland gegangen, um mein Geld bei einem Sicherheitsdienst zu verdienen.«

»Und Gott hat diese Zeit in Ihrem Leben wohl genutzt. Denken Sie nur – in Graceland haben Sie das Trinken aufgegeben.«

Joe schloss die Augen, und ein schwaches Lächeln trat in seine Züge.

»Sie haben es doch aufgegeben?«

Joe öffnete die Augen und brach in Gelächter aus, bis er husten musste.

»Gott sei mein Zeuge, ich habe es getan, aber es macht mir Spaß, zuzusehen, wie Sie sich Sorgen darüber machen, ob ich's nun getan hab oder nicht.«

»Sie sind ein Schurke«, erwiderte der Reverend. »Lassen Sie mich für Sie beten.«

Da er nun schon einmal auf dem Hügel war, konnte er vielleicht noch auf einen Sprung im Haus der Hoffnung vorbeischauen – Louella einen Kuss geben, ein paar Worte mit Pauline wechseln und ein wenig mit seinem alten Freund Scott Murphy plaudern …

Aber nein. Er hatte einfach nicht die Kraft dazu.

»Nach Hause«, sagte er zu Barnabas.

Sie liefen die Old Church Lane hinunter und dann nach rechts in den kühlen grünen Schatten des Baxter Parks. Woran lag es, dass er den Baxter Park und seine süße, verborgene Schönheit so oft vergaß? Es wurde Zeit, dass er noch einmal mit seiner Frau zum Picknick herkam, vielleicht Anfang Oktober, wenn der Zuckerahorn sich verfärbte.

»Hallo, Reverend!«

Barnabas stemmte die Pfoten in den Boden und blieb jäh stehen. Sein Nackenhaar stellte sich auf, als Lace Turner kurz darauf mit einem braunen Labradorwelpen an der Leine erschien. Barnabas stand steif und argwöhnisch da und stieß ein tiefes Knurren aus.

»Das ist Guber!«, sagte Lace, die alle Mühe hatte, den auf und ab hüpfenden Welpen von Barnabas fernzuhalten.

»Goober?« Was war das für ein Name für den Hund einer schönen jungen Frau?

»Für *gubernatorial – gouverneurhaft.* Hoppy sagt, er blicke so ernst und wichtig in die Welt wie unser Gouverneur.«

»Donnerwetter, das tut er wirklich! Wie geht es dir, mein Kind?«

»Großartig! Sehen Sie nur, Barnabas freundet sich mit ihm an.«

Sein Hund wedelte jetzt mit dem Schwanz, obwohl noch immer eine Spur Vorsicht in dieser Geste lag. Der Welpe bellte sich die Seele aus dem Leib und brannte offensichtlich darauf, sich auf das schwarze Ungetüm an der roten Leine zu stürzen.

»Meinst du, wir könnten uns einen Moment lang hinsetzen und miteinander reden?«, fragt Father Tim.

»Ich glaube nicht, dass das eine gute Idee wäre«, sagte sie lächelnd. »Aber – wir könnten es versuchen!«

Sie hob ihren Welpen auf, setzte sich auf ein Ende der Parkbank und nahm das kleine Tier auf den Schoß. Father Tim ließ sich auf den Platz neben ihr fallen.

»Ah«, sagte er. »Was für eine Wohltat!« Barnabas legte sich der Länge nach ins Gras, den Blick wachsam auf den Welpen geheftet. »Bist du schon sehr aufgeregt bei dem Gedanken an die University of Virginia?«

»Ja, Sir. Es ist wunderschön dort.«

»Ich bin als junger Seminarist einmal dort gewesen. Ich erinnere mich daran, dass sie ihren Campus nicht Campus nennen.«

»Ja«, bekräftigte sie. »Man nennt ihn ›das Gelände‹.«

»Du wirst deine Sache gut machen. Und solltest du jemals Gebete brauchen – für irgendetwas, irgendwann, dann ruf mich bitte an. Wirst du das im Gedächtnis behalten?«

»Ja, Sir, werde ich.«

»Ich habe neulich meine Stiefel getragen.«

»Sind sie bequem?«

»Sehr! Nochmals danke. Sie sind eins der aufmerksamsten Geschenke, die ich je bekommen habe.«

Sie lächelte und nickte erfreut.

»Wann wirst du denn aufbrechen?«

»Montag.«

»Das ist der Tag, an dem auch Dooley fahren wird.«

Sie senkte den Blick und küsste Guber auf den samtenen Kopf.

»Wir haben Dooleys Bruder Sammy gefunden«, sagte er.

Er hörte, dass sie scharf die Luft einsog.

»Sie haben sich bereits getroffen, und wir sind sehr optimistisch, was die Zukunft angeht.«

Sie fuhr fort, schweigend den Kopf ihres Welpen zu liebkosen.

»Es tut mir leid, dass Dooley dich einige Mal recht unhöflich behandelt hat.«

Sie sah zu ihm auf; in ihren bernsteinfarbenen Augen flackerte für einen Moment Kummer auf.

»Er hat mir erzählt, dass du es einmal abgelehnt hast, ihn zurückzurufen. Ich denke, das … hat ihm irgendwie weh getan.« Natürlich mischte er sich in etwas ein, das ihn nichts anging. Pfarrer konnten sich anscheinend nicht im Zaum halten, wenn es um Einmischung ging.

»Warum sollte ich ihn zurückrufen, wenn er mir gegenüber doch nur arrogant und kalt gewesen wäre?«

»Das ist eine gute Frage. Ich glaube nicht, dass er sich dir gegenüber arrogant und kalt verhalten will.«

»Wenn er es nicht will, dann sollte er damit aufhören.« Der Ärger, den er in ihren Augen sah, hätte so alt sein können wie die Pyramiden.

»Ja. Ich gebe dir recht, das sollte er. Und, Lace …«

»Ja, Sir?«

»Ich glaube, er wird es tun.«

Er wusste nicht, ob sie ihn gehört hatte – oder ihm glaubte.

»Sehen Sie nur«, sagte Lace. »Guber ist eingeschlafen.«

»Sie können heute früher gehen, wenn Sie wollen.«

Sie packten den größten Teil der Gartenbücher in Kisten; mit Ausnahme einiger Gewitter war es in Mitford zu trocken gewesen, um großes Interesse an Gartenarbeit zu entfachen. Hope hasste Retouren – all die Arbeit, um ein Buch zu schreiben, und wenn es sich nicht verkaufte, ab damit auf einen Bücherfriedhof.

»Das ist schon in Ordnung, ich würde lieber bleiben.«

»Sie haben gestern Überstunden gemacht, und meinetwegen können Sie heute früher gehen.« Sie war nicht der Meinung, dass Angestellte mit einem geringen Lohn kostenlose Überstunden machen sollten.

»Die meisten Leute wissen, dass der Laden um sechs Uhr schließt. Es würde nicht gut aussehen, wenn ich um halb fünf einfach verschwände.«

Sie fand, dass seine Augen so blau waren wie das Meer. »Warum nicht?«

»Ich möchte kein unnötiges Gerede verursachen oder Argwohn erwecken, denn diese Dinge würden auf gute Menschen wie Sie und Father Tim zurückfallen. Wenn, was Gott verhüten möge, in der Stadt irgendetwas Unrechtes passieren sollte, würden sich aller Augen auf mich richten – oder auf Harley. So ist das einfach.«

»So sollte es nicht sein.«

»Ja, aber es lässt sich nun einmal nicht ändern.« Sie sah die Entschlossenheit in ihm. »Ja«, sagte sie. »Nun.«

Sie hatte nur wenige Freunde im Leben gehabt, und darunter war niemals ein Mann gewesen. Aber ihre Gefühle für George waren jetzt anders; seit dem Sturz waren sie anders. Es waren angenehme, schöne Gefühle.

»Wie geht es Ihrer Mutter?«, erkundigte er sich.

»Ein wenig besser. Aber nicht wirklich gut. Ich glaube, ich sollte sie im September besuchen.«

»Es kommt mir so vor, als ginge es Ihnen seit Ihrem Sturz recht gut.«

»Ich fühle mich wunderbar, wirklich. Es lässt sich schwer in Worte fassen, ich habe versucht, es zu verstehen. Aber bei meinem Sturz ist etwas mit mir passiert. Etwas ... Großartiges.«

»Ich freue mich. Ich habe für Sie gebetet.«

Das war es wahrscheinlich, was Christen taten, dachte sie – sie beteten für Menschen. Aber sie wollte nicht, dass sie für sie beteten; sie empfand es als einen Einbruch in ihre Privatsphäre.

»Sie brauchen sich nicht die Mühe zu machen, für mich zu beten, ich glaube nicht daran.«

Etwas von der alten, kalten Reserviertheit kehrte zurück und ließ ihr Herz frösteln.

»Es ist nicht notwendig, dass Sie daran glauben, wenn ich für Sie bete. Und es ist keine Mühe, es ist ein Segen.«

»Oh«, sagte sie und musterte ihn. Sie vermutete, dass er noch immer attraktiv war, aber das war es nicht, was sie jetzt sah. Was sie jetzt mehr und mehr sah, war seine Freundlichkeit.

»Seit dem Sturz«, bemerkte er lächelnd, »scheinen Sie Ihrem Namen besser gerecht zu werden.«

»Ja.« Sie dachte voller Staunen über diese Entwicklung nach. »Ich denke, das ist wahr. Ich habe nie wirklich an meinen Namen geglaubt. Hope kam mir sehr ... fremdartig vor.

Ich fand, ich hätte eher eine Janet oder eine Peggy sein sollen.«

»Meiner Meinung nach ist Hope genau der richtige Name für Sie.«

»Danke.« Ein wunderschönes Gefühl durchflutete ihr Herz; Tränen schossen ihr in die Augen. Es war, als hätte sie zum ersten Mal ihren Namen empfangen, wie in einer Art von Taufe. »Ich habe nicht vergessen, dass Sie, als Sie im Schaufenster auf mich hinunterblickten, gesagt haben: ›*Hope!*‹, als sei es ein Befehl. Ich habe das Wort nicht mit meinem Namen in Verbindung gebracht; stattdessen war es etwas, das zu tun Sie mich gedrängt haben.«

»*Hope* ist sowohl ein Verb«, sagte er, »als auch ein Nomen.«

Sie hockten nicht länger auf dem Boden, sondern saßen bequem da, die offenen Kisten zwischen sich.

»Wo leben Ihre Eltern?«, fragte sie. »Wissen sie, dass Sie in Mitford sind?«

»Meine Eltern sind vor fünfzehn Jahren bei einem Flugzeugunglück umgekommen. Ich war ebenfalls im Flugzeug.«

»Oh.« Sie konnte sich ein solches Grauen nicht vorstellen. »Das tut mir leid.«

»Ich habe drei Tage im Cockpit festgesessen, bei Temperaturen um den Nullpunkt. Gebrochene Beine, Schädelfrakturen.«

Sie schüttelte wortlos den Kopf. »Damals habe ich einen Deal mit Gott geschlossen, aber ich habe meinen Teil des Deals nicht eingehalten.«

»Halten Sie … Ihren Teil des Deals jetzt ein?«

Er lächelte. »Ich versuche es.«

»Gefällt es Ihnen in Mitford?«

»Sehr.«

»Ich glaube, ich habe nie recht verstanden, warum Sie zu uns gekommen sind, warum Sie sich ausgerechnet Mitford ausgesucht haben.«

»Nicht ich habe Mitford ausgesucht, Gott hat es getan. Ich dachte, ich führe ohne Ziel und Richtung durchs Land. Mitford schien mir nicht mehr als eine zufällige Wahl zu sein, um mich vor der Bundespolizei zu verstecken. Jetzt weiß ich, dass Gott mich hierher geführt hat, direkt auf den Dachboden der Lord's Chapel, damit ich, als Father Tim in der Kirche das Gebet der Erlösung sprach, dort sein würde, um das Gebet – in genau diesem Augenblick – mitzubeten.«

»Hätte das nicht überall geschehen können?«

»Möglich. Aber ich glaube es nicht. Ich glaube, dies war mein Ort, und dies war meine Zeit.«

»Was für eine Art Gebet ist das Gebet der Erlösung?« Sie hatte es einmal unter der Rubrik »Briefe an den Redakteur« in der *Muse* gelesen, konnte sich aber nicht an den Wortlaut erinnern.

»Es ist einfach. Sehr einfach.«

»Aber Sie scheinen mir kein einfacher Mensch zu sein. Was hat Sie auf den Gedanken gebracht, es sei wahr oder tiefgründig?«

»Der Heilige Geist hat zu meinem Herzen gesprochen, und ich wusste, dass es die Wahrheit war.«

Sie spürte, wie ein Schauder über ihren Rücken lief. Der Heilige Geist. Gesprochen! »Und es hat Ihr Leben verändert«, sagte sie. Es war keine Frage; jeder in Mitford wusste, dass irgendeine Art von Gebet das Leben eines Mannes verändert hatte, der sich daraufhin der Polizei ausgeliefert und acht Jahre im Gefängnis gesessen hatte.

»Ja.«

Ihr gefiel der Gedanke nicht, ihn zu bitten, das Gebet zu sprechen, falls er es denn konnte; es wäre zu peinlich gewesen. Aber sie hätte gern Näheres über seinen Inhalt gewusst; es war nur natürlich, dass sie es wissen wollte, sie war ein neugieriger Mensch.

Sie sann gerade über dieses Problem nach, als die Türglocke läutete und drei Lehrerinnen der Mitforder Schule fröhlich plappernd hereingestürmt kamen. Hope wusste, dass sie in der Bäckerei gewesen waren, bevor sie in die Buchhandlung gekommen waren; ihre Kleider verströmten einen sorglosen Duft von Zimt und Schokolade.

Um halb neun telefonierte er mit Cynthia; sie vermisste ihn ebenfalls.

»Du vermisst mich, ich vermisse dich. Buchstützen!«, sagte sie, eine Anspielung auf einen Kosenamen, den sie sich während der Zeit ihrer Werbung ausgedacht hatte.

»Aber ich bin froh darüber, dass ich dich zu dieser Reise ermutigt habe.«

»Du hast mich keineswegs ermutigt, du hast darauf bestanden! Aber danke dafür, dass du mich dazu gebracht hast, das zu tun, Timothy, es war eine wunderbare Erfahrung – anstrengend, aber wunderbar.«

»Es war auch für mich gut, dich wegzuschicken.«

»Warum, Liebster?«

»Weil ich zunehmend Angst hatte, dich zu verlieren. Irgendwie habe ich diese Angst verloren, indem ich dich fortgeschickt habe.«

»Warum hattest du Angst?«

»Dein Erfolg ... ich habe mich gefragt, ob er überschatten würde, was wir zusammen hatten.«

»Nichts könnte das überschatten, Timothy. Und du wirst mich nie, niemals verlieren, ich weigere mich, verloren zu werden.«

»Ich liebe dich, Kavanagh.« Er war in der Stimmung, seiner Frau schnulzige Dinge zu sagen. Das Leben war kurz! »Wahnsinnig.«

»Ich liebe dich wahnsinnig zurück!«

»Ich werde ein oder zwei Überraschungen für dich haben.« Lachsroulade war alles, was ihm bisher eingefallen war, aber gewiss würde ihm noch eine andere Idee kommen.

»Ich liebe Überraschungen«, sagte sie glücklich. »Jetzt

aber ab ins Bett mit dir, mein Schatz. Du klingst fix und fertig.«

Er las das Abendgebet, dann ging er, der Ermahnung seiner Frau folgend, eilends zu Bett.

Irgendwie kam es ihm so vor, als hätte sich der Tag über hundert Jahre erstreckt. Als er mit Buck und den Kindern in die Ebene hinuntergefahren war und ihr Glück mitangesehen hatte, hätten sie sich geradeso gut in einem anderen Zeitalter befinden können. Selbst Dooley, der seine Worte normalerweise mit Bedacht wählte, hatte auf dem Heimweg unaufhörlich geredet – darüber, was sie tun würden, wenn sie sich wieder mit Sammy trafen, wie sie ihn vielleicht zu seinem ersten Besuch in Mitford überreden konnten und dass er Sammy ein richtig tolles Paar Tennisschuhe kaufen und ihm außerdem eine Menge Dinge geben würde, die er nicht mehr trug ...

Jessie war fest entschlossen, Sammy ihre Ersparnisse zu schenken, die sich auf mehr als vierzig Dollar beliefen; Poo würde seinen neuen Schläger vielleicht nicht hergeben, aber er wollte seinem Bruder seinen Fängerhandschuh geben und ihm das Softballspiel beibringen; er fand es unglaublich, dass Sammy nicht Softball spielen konnte ...

Er konnte den Tag nicht zu Ende gehen lassen, ohne mit seinem Jungen zu reden.

»Hi«, sagte er, als Dooley ans Telefon ging.

»Selber hi!«

Er hörte das Glück in Dooleys Stimme.

»Ich wollte nur kurz anrufen und sagen, wie dankbar ich für den heutigen Tag bin.«

»Ja, ich auch. Ich finde es grässlich, dass ich Montag zurück muss.«

»Ich weiß. Wenn du zu Thanksgiving nach Hause kommst, können wir Sammy vielleicht dazu bewegen, ebenfalls zu kommen.« Er verspürte einen unerwarteten Kloß in der Kehle. »Er hat schlechte Zähne.« – »Ja.«

»Vielleicht könnten wir seine Zähne irgendwie in Ordnung bringen lassen, so wie damals bei mir, von dem Geld, das Miss Sadie zu diesem Zweck hinterlassen hatte.«

»Ich denke, dafür wird sich schon irgendeine Lösung finden lassen.«

Was für eine großartige Idee.

»Kannst du auf dem Weg nach Georgia ein wenig Zeit erübrigen, um am Montag auf einen Sprung vorbeizukommen? Es müsste mir eigentlich gelingen, ein paar Minuten nach zwölf mit Cynthia wieder zu Hause zu sein. Du könntest dann gleich bei uns zu Mittag essen und dich bei dieser Gelegenheit mit Punys Makkaroni und Käse vollstopfen.«

»In Ordnung. Klasse.«

»Wunderbar.«

»Erinnerst du dich, dass du mich gefragt hast, wie Reba Sanders denn so sei?«

»Ja.«

»Ich hab vergessen, dir etwas zu erzählen.«

»Ah.«

»Sie ist schön. Wirklich schön.«

»Ich würde sie gern irgendwann einmal kennenlernen. Wobei mir etwas anderes einfällt – ich habe heute eine junge Frau gesehen, die ebenfalls sehr schön ist.«

»Wen?«

»Lace Harper.«

Schweigen.

»Nimm Lace ihr Auto nicht übel, Sohn. Sie ist mehr wert als dieses Auto. Viel mehr. Erinnerst du dich an den Tag, an dem Barnabas angefahren wurde? Gott hat dir die Möglichkeit gegeben, ihm das Leben zu retten. Aber ohne Lace hättest du das nicht tun können. Erinnerst du dich daran, wie sie eingesprungen ist?«

Heftige Gefühle stiegen in ihm auf, als er an seinen verletzten Hund dachte, der hilflos auf der Straße gelegen und aus einer Wunde in der Brust geblutet hatte, während sein Herr noch hilfloser danebengestanden hatte. Dooley hatte genau gewusst, was zu tun war, während Lace, die nur aus purem Instinkt und Mut gehandelt hatte, ihm zur Hand gegangen war, als sei sie dazu ausgebildet worden.

»Ich bin furchtbar stolz auf euch beide, und ich bin euch unendlich dankbar.«

»Ja.«

Dooley hatte ihn gehört; er spürte, dass der Pfeil sein Ziel getroffen hatte.

Na schön, vielleicht mischte er sich ein, aber er hatte ein gutes Gefühl dabei. Von Guber würde er Dooley jedoch nicht erzählen. Er erinnerte sich daran, dass Dooley einmal gesagt hatte, wie sehr er sich einen braunen Labrador wünsche. Dooley würde vielleicht von jemand anderem von dem Welpen erfahren, aber nein, wahrhaftig, von ihm würde er es nicht hören.

Onkel Billy Watson lag in seinem Bett im hinteren Teil des Mitforder Stadtmuseums neben seiner Frau, mit der er seit über einem halben Jahrhundert verheiratet war.

Er hörte sie schnarchen und konnte deutlich den Schein der Straßenlaterne hinterm Fenster sehen, aber auf eine Art und Weise, die er nicht verstand, lag er gar nicht in seinem Bett.

Er stand auf einer hellen Lichtung des Turncoat Mountain barfuß an den Eisenbahngleisen, lauschte auf die Pfeife der Lok und beobachtete die Habichte, die auf unsichtbaren thermischen Wogen auf- und abglitten.

Gestern hatte er an derselben Stelle an den Gleisen gestanden und auf einen durchfahrenden Holzzug gewartet, der auf dem Weg nach Mortimer vierzehn Meilen weiter südlich Asche, Dampf, Hitze und eine gewaltige Kraft verströmt hatte.

Der Zug würde an dieser Stelle nicht einmal das Tempo drosseln, hier wurde die Straße nicht einmal breiter, aber trotzdem konnte irgendwie etwas Wunderbares geschehen, etwas, das fast so gut war, als würde der Zug knarrend zum Stehen kommen und der Schaffner sich aus dem Fenster beugen und brüllen: »Willst du mitfahren, Little Billy?«

Sein Onkel, der dem Schaffner aushalf, hatte in der Vergangenheit einige Male ein Päckchen aus dem Zug geworfen – obwohl keins seiner Geschenke in der Vergangenheit dem simplen Wunder der kleinen Blechschachtel hatte gleichkommen können, jener Schachtel, die gestern in seinen Händen gelandet war.

Er erinnerte sich an das erste Mal, als sein Onkel etwas aus dem Zugfenster geworfen hatte. Es war ein Brief, der von einem kleinen Stein beschwert und mit einem Zwirnfaden umwickelt war. Seiner Mama zufolge, die ihm den Brief vorgelesen hatte, lautete der Inhalt folgendermaßen:

Little Billy, ich seh dich jeden Tag an den Gleisen stehen und winken & denke an deine Mama und daran, dass ich meine kleine Schwester seit zwei Jahren nicht mehr gesehen hab. Eines Tages werd ich in Mortimer aussteigen & den Weg zurückgehen, um euch zu besuchen. Sei ein braver Junge, und hilf deiner Mama. Liebe Grüße, dein Onkel Joe.

Einmal war es eine Lutschstange gewesen, eingewickelt in ein nicht allzu sauberes Taschentuch.

Ein andermal war es ein Paar Arbeitsschuhe gewesen – aber die waren viel zu klein gewesen. Er hatte sie trotzdem angezogen, auch wenn sie ihm beinahe beide Füße verstümmelt hätten, und schließlich hatte er sie an Maisie weitergegeben. Seine kleine Schwester hatte die Schuhe den ganzen Tag über getragen und nachts damit geschlafen, obwohl es gewiss noch zwei Jahre dauern würde, bis sie ihr richtig passten.

Diese Minuten an den Gleisen waren immer eine besonders glückliche Zeit gewesen, selbst wenn sein Onkel nicht auf dem Zug war oder wenn er winkte und nichts hinunterwarf; es spielte keine Rolle. Es war ein berauschendes Gefühl, einfach nur dazustehen, während dieser Hitzeschwall an ihm vorbeijagte, ihm bis auf die Knochen drang und seine Zähne klappern ließ, bis er manchmal aus purem Jubel laut zu brüllen begann.

Was immer aus dem Fenster geworfen wurde, er wickelte es niemals gleich an den Gleisen aus. Er presste praktisch die Augen fest zu und rannte die drei Meilen bis nach Hause, bevor er sich wahrzunehmen gestattete, was er da in Händen hielt.

Zum Beispiel an dem Tag, an dem er die Schuhe bekommen hatte. Er hatte sofort gewusst, dass es Schuhe waren, die Tatsache war ihm direkt ins Herz gegangen, bis es wie ein Hammer zu schlagen begann, aber er hatte die Tatsache, dass es Schuhe waren, aus seinem Verstand ausgeschlossen, bis er ihr kleines Holzhaus am Bach erreichte. Auf diese Weise konnten er und seine Mama und Maisie alle gleichzeitig eine Überraschung erleben.

»Was schleppst du da mit dir herum?«, fragte seine Mama.

Er stellte die Schuhe auf den Tisch, und seine Mama keuchte leise auf, dann rannen ihr die Tränen über die Wangen. Er sagte nichts, und sie sagte auch nichts. Sie setzte sich einfach nur hin und sah die Schuhe an, als seien sie aus purem Gold.

»Nun«, sagte sie schließlich und lächelte ihn an. »Lass uns mal sehen, ob sie passen.«

Aber sie passten nicht. Er stieß seine nackten, schwieligen Füße in die Schuhe, so wie seine Mama Schweinehack in Darm stopfte. Er konnte seine Füße mit knapper Not hineinzwängen und die Bänder schnüren, mehr war nicht möglich.

»Vielleicht passen Sie Maisie«, sagte seine Mama.

»Nein, Ma'am, bitte, ich will diese Schuhe tragen, ich habe sie geschenkt bekommen.«

»Na schön, meinetwegen«, sagte sie.

Einmal hatte Onkel Joe eine kleine Papiertüte mit einer Entenpfeife hinausgeworfen. Man blies in das eine Ende hinein, und am anderen Ende kam ein Geräusch heraus wie von einer Wildente, die ihren Partner rief. Er überlegte, ob er sie behalten oder verkaufen sollte, er hätte sie verkaufen können, wenn es nach Mortimer gegangen wäre, aber Onkel Joe hätte vielleicht davon erfahren und wäre gekränkt gewesen, daher behielt er die Pfeife und trug sie lange Zeit in seiner Tasche mit sich herum; wann immer ihm danach war, blies er hinein. Das Geschenk war noch besser gewesen als Süßigkeiten; dann hatte er es bei einem Sprung über einen Bach verloren.

Er erinnerte sich an ein Weihnachtsfest, als er und Maisie Geschenke in einem Strumpf bekommen hatten. Es war einer der alten, mit ungezählten Löchern durchsetzten Strümpfe seines Papas, und er hing an einem Nagel über dem Kamin.

Sie hatten noch nie zuvor einen Weihnachtsstrumpf bekommen, und er hätte sich vor lauter Glück um ein Haar in die Hosen gemacht. Aber am Ende war nichts Nennenswertes darin gewesen.

Nichts, aber auch gar nichts hielt einem Vergleich mit dem stand, was Onkel Joe aus dem Zug geworfen hatte. Nein, Sir. In dem Strumpf befanden sich zwei Orangen, die aufgegessen wurden, und vier kleine Lutscher, zwei für jeden von ihnen, an denen sie eine Weile lutschten, bevor sie sie aus dem Mund nahmen und auf den Kaminsims legten, sodass sie noch einen weiteren Tag halten würden. Außerdem hatten sie aus dem Strumpf noch eine kleine Puppe aus Maishülsen für Maisie gezogen.

Als er über die Geschenke in dem Strumpf nicht in Jubel ausbrach, sagte sein Papa: »Ich will eine Kartoffel sein, wenn du nicht restlos verwöhnt bist.« Und er vermutete, dass er das war. Jeder, der bereits Schuhe und Entenpfeifen und all diese Dinge besaß, musste wohl restlos verwöhnt sein.

Die Zugpfeife klang schwach von Norden her. Der Zug

würde gleich über das alte Flussbett herangebraust kommen …

Mit der linken Hand klopfte er auf seine Hosentasche, um sich davon zu überzeugen, dass die Blechdose noch darin war. In der rechten Hand hielt er mit festem Griff umfangen, woran er am vergangenen Abend gearbeitet hatte.

Er hatte vor den letzten Flammen des kleinen Kochfeuers auf dem Boden gelegen und es mit Hilfe seiner Mama geschafft, eine einzelne Zeile auf ein abgerissenes Stück Papier zu schreiben, das sein Papa ihm aus dem Sägewerk mitgebracht hatte.

Er hatte das Gefühl gehabt, als zöge sich das Schreiben einer einzigen Zeile über mehrere Stunden dahin; wieder und wieder und wieder hatte er Buchstaben ausradiert.

»*Joe* hat ein *E* am Ende«, sagte seine Mama. »Schau mal, das ist ein *E*. Wenn ich ein *E* machen kann, kannst du es auch!« Sie zeichnete das *E* in die Luft, und er kopierte es auf dem Papier.

»Pass auf, dass du deinen Bleistift nicht zu sehr abnutzt«, ermahnte seine Mama ihn. »Das ist ein Zeichenstift.«

»Das ist schon in Ordnung, ich werd' ihn nicht mehr brauchen, ich werd' ihn Maisie schenken.«

»Diese Zeichnung, die du da gemacht hast, ist nicht von dieser Welt«, sagte seine Mama. »Die kommt vom lieben Gott.«

»Schau mal, taugt mein *E* etwas?«

»Das ist es!« Sie klatschte in die Hände, dann trat plötzlich ein besorgter Ausdruck in ihre Züge. »Ich schätze, ich sollte dich eines Tages in die Schule schicken, wo sie dich lesen und schreiben beibringen.«

»Nein, Ma'am«, sagte er, »ich geh nicht in keine Schule, ich kann mich selbst lesen und schreiben beibringen.«

Es war bitterkalt draußen an den Gleisen, aber er war dankbar dafür, dass kein Wind ging. Seine nackten Füße brannten vor Kälte, und er zog den alten Mantel seines Papas fester um sich. Dann hörte er plötzlich, dass die Pfeife lauter wurde. Da kam der Zug!

Er hoffte zum lieben Gotte, dass er es richtig hinbekommen würde. Alles in ihm wollte das Päckchen schnurstracks in Onkel Joes ausgestreckte Hände befördern. Was, wenn es unter den Zug landete und zermalmt wurde? Er betete laut zu Gott im Himmel, dass er ihm half, es richtig hinzubekommen.

Der Zug kam näher, *Ratterdietatt, Ratterdietatt.*

Wenn er jemals in diesen Zug käme, wusste er, dass er nie mehr zurückkehren würde, auch wenn er seine Mama lieber mochte als alles auf der Welt, und auch Maisie und manchmal seinen Papa.

Da kam der Zug nun, er war um die Biegung gefahren, und Billy sah Onkel Joe, der sich winkend aus dem Fenster lehnte. Er winkte zurück.

Er hatte Onkel Joe noch niemals etwas geschenkt. Bis gestern war es ihm niemals in den Sinn gekommen, etwas anderes zu tun als zu winken.

Sein Herz hämmerte. Der Zug hatte ihn fast erreicht.

Er riss den Arm zurück und warf, so gut er konnte. Der zusammengefaltete Brief, den er mit einem Stein beschwert und mit einem ausgefransten Schürzenband umwickelt hatte, segelte hoch und höher, weiter und weiter …

Liber Onkel Joe …

Der Flug des Briefs, hinter dem das Schürzenband in der Luft flatterte, schien kein Ende zu nehmen …

Das is das Beste, was ich Je gehabt hab …

… bevor er genau da, wo er landen sollte, hinabsank und – Zack! – Onkel Joe direkt in die Hände fiel …

Din Billy

Er hatte keine Zeit, dazustehen und sich auf die Schulter zu klopfen, nein Sir.

Er zog die kleine Blechdose aus seiner Hosentasche und den Rest den Papiers aus der anderen Hosentasche und setzte sich auf die Gleise, die noch warm waren von den großen Eisenrädern. Dann balancierte er die Dose auf dem Knie, öffnete sie und nahm einen der brandneuen Bleistifte heraus, die er mit dem Fleischmesser seiner Mutter geschärft hatte. Er machte sich daran, mit schnellen, sicheren, fliegenden Strichen den Dienstwagen des Zuges zu zeichnen, bis das Bild auf dem Papier für ihn real wurde, so real wie der Zug, der soeben vorbeigedonnert war und ihm den Atem geraubt hatte.

Als um zwei Uhr morgens das Telefon klingelte, richtete Father Tim sich ängstlich im Bett auf.

»Hallo?«

»Ist da der Reverend?«

Rose Watson – er hätte ihre Stimme überall erkannt. »Ja! Was ist los?«

»Kommen Sie her, schnell!«, kreischte sie. »Bill Watson ist gestorben!«

19

Ein Tag vor Deinem Gericht

Aber Bill Watson war nicht gestorben.

Nachdem er den Notruf gewählt hatte und zum Porter House geeilt war, um dort auf den Krankenwagen zu warten, fand Father Tim Onkel Billy halb bewusstlos und Miss Rose hysterisch vor.

»Mausetot!«, kreischte die alte Frau.

»Sein Herz *schlägt noch!«*, schrie er.

»Schläft noch? Natürlich schläft er nicht mehr, er ist tot!«

»Ach, beim Himmel!«

»Kein Schimmel? Was reden Sie da für einen Unsinn? Warum sollte er schon verschimmelt sein? Ich hab schließlich gut für ihn gesorgt!«

Dem Himmel sei gedankt, dachte er, als er Sirenen näherkommen hörte.

Er fuhr mit Onkel Billy im Krankenwagen, hielt die Hand des alten Mannes und betete während der ganzen Fahrt, ohne darüber nachzudenken, wie er vom Krankenhaus wieder noch Hause kommen würde.

Schwester Kennedy, die Nachtschicht hatte, erbot sich, ihn heimzufahren, sobald sie Pause hatte.

Es war vier Uhr morgens, als er durch die Hintertür trat und seinen Hund weckte, der auf ihn gewartet hatte. Er ließ sich in einen Sessel im Arbeitszimmer fallen, zu müde, um es mit der Treppe aufzunehmen, dann wurde ihm bewusst, dass er es versäumt hatte, Schwester Kennedy zu bitten, ihn zu seinem Wagen zu fahren.

Um halb fünf stolperte er nach oben, wütend auf sich selbst und alle anderen.

Als um sechs Uhr das Telefon klingelte, rollte er sich im Bett herum und riss das verwünschte Ding von der Gabel.

»Wer ist da?« Er überraschte sich selbst, indem er den Anruf entgegennahm, wie sein Vater es immer getan hatte.

»Guten Morgen, Father Tim, hier ist Beverley Hobgood.«

»Beverley Hobgood, Beverley Hobgood …« Er hatte keinen Schimmer.

»Die Sekretärin des Bischofs!«

»Ach ja! Natürlich!«

»Ich wusste, dass Sie Frühaufsteher sind …«

»Absolut.« Sein Herz hämmerte.

»Ich rufe an, um Sie zu bitten, für den Bischof zu beten, ich weiß, dass er sich Ihre Gebete wünschen würde.«

»Was ist passiert?«

»Er hat Schmerzen in der Brust, sehr ernst. Er wird heute ins Krankenhaus gehen, um sich untersuchen zu lassen.«

Es hatte keinen Sinn, all das Geld für Ärzte auszugeben, um die Ursache für Stuarts Leiden zu finden, hätte er gern gesagt – es war Stress, schlicht und einfach. »Ja, ich werde beten. Gewiss! Getreulich! Und ich werde auch andere bitten, zu beten.«

»Er verlässt sich auf Sie!«, sagte sie mit brechender Stimme.

»Und ich verlasse mich auf ihn.«

Als er auflegte, begann er, die Kranken in seiner Bekanntschaft zu zählen. Joe Ivey, Onkel Billy, sein Bischof …

Er ließ sich wieder in die Kissen sinken und starrte zur Decke empor.

Warum um alles in der Wellt trat Stuart nicht in den Ruhestand? Jetzt, da er den Stein ins Rollen gebracht hatte, sollte doch ein anderer die Kathedrale bauen!

Aber was würde es seinem Bischof nutzen, wenn er in Ruhestand trat? Es würde genau dasselbe werden wie bei ihm – Stress hier, Stress dort, Stress überall. Wenn es so weiterging, würde er nach einer Möglichkeit suchen, um sich von der Pensionierung pensionieren zu lassen.

Morgen war ein großer Tag, ein gewaltiger Tag, mit zwei Gottesdiensten, der Andacht am See und einer insgesamt vierstündigen Autofahrt. Wäre die große Spende für das Kinderkrankenhaus nicht gewesen, hätte er sich nie im Leben auf diese Geschichte eingelassen.

Wie immer in all den Jahren konnte er keine Ruhe finden, bevor die Predigt fertig war und ihn ein gewisser Friede diesbezüglich erfüllte. Dennoch, was er auch tat, die Predigt fügte sich nicht so, wie er es sich vorgestellt hatte; die Prämisse war stark, sogar machtvoll, aber es gelang ihm nicht, die einzelnen Teile zu einem Ganzen zusammenzufügen.

Nachdem er im Brevier gelesen hatte, kniete er nieder, um zu beten, musste aber feststellen, dass seine Gedanken umherwanderten wie eine Ziege, die nicht ordentlich festgebunden war. Er hätte gern seine Frau angerufen und sie gebeten, Fürsprache für ihn einzulegen, aber damit hätte er sie beunruhigt. Außerdem, wo hatte er nur seine Gedanken? Sie *betete* für ihn; sie tat es ohne Unterlass.

»Lieber Gott«, sagte er laut.

Er blieb, umhüllt von einer Art Nebel, auf den Knien hocken und stellte fest, dass er über dieses jämmerliche Flehen nicht hinauskam.

Er war der diensthabende Pfarrer, dachte er, als er an der Küchentheke frühstückte, aber er hatte keine Hilfe, auf die er sich hätte stützen können. Der Diakon war zu einer Familienbeerdigung abberufen worden, und der gegenwärtige Kirchenvorstandsälteste war seiner Meinung nach nicht der Richtige, um Onkel Billy zu besuchen und mit ihm zu beten.

Gewiss konnte er selbst irgendwo Zeit für einen einfachen

Besuch oben auf dem Hügel abzwacken – noch eine letzte Anstrengung, dann würde er nach Hause fahren und sich zurückziehen, er würde das Telefon abhängen und die Bedeutung dessen erforschen, was er übermitteln musste.

Aber nein. Er konnte es nicht tun. Der bloße Gedanke daran, sich mit seinem Wagen die Hauptstraße hinunterzumühen und den Hügel hinauf zum Krankenhaus zu fahren ... Und natürlich würde jemand Miss Rose mitnehmen müssen, damit sie ihren Mann besuchen konnte ... vielleicht Hessie Mayhew, vielleicht Esther Bolick, obwohl sie ihm diese Frage niemals verzeihen würden ...

Er aß die letzten Bissen seiner pochierten Eier, nahm zwei Aspirin und ging an seinen Schreibtisch, dankbar dafür, dass Puny heute nicht kommen würde.

»Ich habe gepredigt, als sei ich mir nicht sicher, ob ich jemals wieder predigen würde, und als ein Sterbender, der anderen Sterbenden predigt«, hatte Richard Baxter im siebzehnten Jahrhundert geschrieben. Genauso wollte auch er predigen. Als sei jedes Mal das letzte Mal! Geradeso wichtig war es ihm jedoch, mit der Energie und der Begeisterung zu predigen, als täte er es zum ersten Mal. Hm, er wusste, was er mit alledem meinte ...

Scott Murphy. Der Gedanke kam wie ein Blitz aus blauem Himmel.

»Natürlich, Reverend«, sagte der Kaplan vom Haus der Hoffnung. »Ich werde sehr gern mit ihm beten. Kann ich sonst noch etwas tun, während ich dort bin?«

»Joe Ivey. Zimmer 214. Wenn Sie vielleicht ...«

»Kein Problem.«

»Ich stehe in Ihrer Schuld«, sagte er erleichtert.

»Betrachten Sie sich als in der Schuld Gottes stehend, wenn Sie wollen, aber nicht in meiner Schuld. Die Wahrheit ist, dass ich für immer in Ihrer Schuld stehen werde.«

»Wie das?«

»Dafür, dass Sie mich nach Mitford geholt haben. Erinnern Sie sich daran, dass Sie mich eingestellt haben, bevor ich mein Vorstellungsgespräch mit Miss Sadie geführt hatte?«

Er grinste. »Ja, das war eine große Anmaßung meinerseits, aber einzig und allein veranlasst durch den Heiligen Geist. Also betrachten Sie sich als ihn Seiner Schuld stehend, wenn Sie wollen, aber nicht in meiner.«

»Eine Pattsituation!«, sagte Scott lachend.

Er verbrachte den Tag in einer Art Benommenheit, ging mit seinem Hund zum Denkmal, öffnete und schloss die Kühlschranktür, Emilie Dickinson, Spurgeon, Whitefield. Er las – ganz in sich versunken –, gewann für lange Augenblicke Zugriff auf die Bedeutung der Worte, nur um sie dann zu verlieren und wieder von Neuem beginnen zu müssen.

Sein Predigtbüchlein wartete direkt neben ihm …

Um zwei Uhr morgens wurde ihm bewusst, dass er in seinem Sessel im Arbeitszimmer eingeschlafen war, und sein Notizbuch fand er auf dem Boden. Er bedauerte, dass er aufgewacht war. Über dem von Lampen beleuchteten Raum schien ein dünner Film zu liegen, als trüge er eine Sonnenbrille. Es hatte nichts mit seinen Augen zu tun und alles mit seinem Geist. Er war am Ende mit seinem Latein.

Vielleicht hätte er das Antidepressivum doch weiternehmen sollen? Der Film, die Dunkelheit schienen stets in der Nähe zu lauern; wenn sie für eine Zeit verschwanden, kamen sie irgendwann zurück. Wieder verspürte er einen Augenblick der Panik – was, wenn er demselben Leiden anheimfiel, das sein Vater gehabt hatte, dem Leiden, das dessen Ehe zerstört, sein Geschäft in die Knie gezwungen und seine Gesundheit ruiniert hatte?

Aber er durfte nicht darüber grübeln. Er musste über die Botschaft grübeln, denn die Botschaft hatte ihn immer noch nicht richtig erreicht.

Er würde gezwungen sein, etwas aus früheren Tagen zusammenzustoppeln, irgendetwas aus den angejahrten Predigtnotizen, die er im Schrank seines Arbeitszimmers aufbewahrte. Aber er brachte nicht einmal die Kraft auf, die er dafür brauchte.

»Lieber Gott«, sagte er, »sprich zu mir, bitte. Ich kann so nicht weitermachen. Sprich zu mir auf eine Weise, die ich deutlich verstehen kann. Ich habe Dein Wort gelesen, ich habe Deinen Rat gesucht. Ich habe gejammert, ich bin verzweifelt, ich habe gefleht – und ich habe gewartet. Und während all dessen, Vater, bist du so eigenartig schweigsam gewesen.«

Er saß eine Weile da, gefangen in einem Elend, das er nicht beschreiben konnte; wortlos versuchte er zu lauschen und ließ seine Gedanken schweifen. Dann holte er schließlich tief Luft und richtete sich entschlossen auf.

»Ich werde Dich nicht gehen lassen, bevor Du mich gesegnet hast!«, sagte er, erschreckt von seiner Stimme in dem stillen Raum.

Er griff nach seiner Bibel, die neben seinem Stuhl gelegen hatte, und schlug sie willkürlich auf.

Hör auf, nach dem zu suchen, was du hören willst, Timotheus, und höre das, was ich dir sagen will.

Kein übernatürlicher Ruck durchfuhr ihn; es war ganz einfach geschehen. Gott hatte soeben mit großer Zärtlichkeit zu seinem Herzen gesprochen, wie er es in seinem Leben nur einige wenige Male getan hatte; es erfüllte ihn mit einer absoluten Ruhe.

»Ja«, sagte er. »Danke. Danke.«

Dort, wo sich die Bibel geöffnet hatte, begann er erwartungsvoll und mit großer Gewissheit weiterzulesen.

Nur wenige Sekunden später stieß er auf den Absatz. Er wusste es sofort: Er hatte endlich entdeckt, was Gott für ihn in der Hinterhand hatte – ausdrücklich für ihn, ausdrücklich für diesen Zeitpunkt, ausdrücklich für morgen früh.

Der Friede durchfloss ihn wie ein Strom.

Obwohl er seit Jahrzehnten wusste, dass diese Ermahnung im ersten Thessalonicherbrief stand, und sogar ein- oder zweimal darüber gepredigt hatte, erschien ihm dieser Brief jetzt so, als enthalte er keine uralte, sondern eine vollkommen neue Weisheit. Mit absoluter, strahlender Gewissheit ging ihm auf, dass diese Bibelstelle die Seinige war und dass er sie ergreifen konnte, wie man ein funkelndes Schwert ergreift, das ihm helfen würde …

… helfen würde, etwas zu zerschneiden. Aber was?

Die Dunkelheit.

Die Zeit, damit zu beginnen, war jetzt, in diesem Augenblick gekommen.

»Ich danke Dir«, flüsterte er, »für diese Zeit der Dunkelheit.«

»Sind Sie schon auf, Bruder?«

»Bill! Guten Morgen! Sie predigen heute, und ich bete für Sie!«

»Ich gestehe Ihnen frank und frei, dass mir grässlich mulmig ist. Und wie geht es Ihnen?«

»Ich pfeife auf dem letzten Loch, nicht genug Schlaf. Aber Gott ist treu; heute Morgen hat er mir etwas geschenkt, das ich schon seit langer Zeit gebraucht habe.«

»Man könnte sagen, dass Er dasselbe für mich getan hat, deshalb rufe ich an. Er hat mir letzte Nacht ins Herz gegeben, dass ich Ihnen danken sollte.«

»Mir danken?«

»Sie wissen schon, dieses Stoppschild …«

»Ich weiß.«

»Er hat mir gezeigt, dass ich dieses Zeichen als das nehmen soll, was es bedeutet: Ein Schild, das mich gemahnt haltzumachen. Bevor ich von diesem Stoppschild gestoppt wurde, könnte man sagen, dass ich im Kreis herumgelaufen bin wie ein geköpftes Huhn. Ich war so beschäftigt damit, für Ihn zu arbeiten, dass ich meine Beziehung zu Ihm darüber vergessen habe! Diese Wochen waren lang, aber sie waren gut. Ich habe wunderbare Zeiten des Einsseins mit dem Heiligen Geist erlebt, und ich hatte Zeit für Rachel, wie wir es seit Jahren nicht mehr erleben durften. Und als Krönung all dessen hat Er mir Buddy geschenkt.«

»Bill, Sie tragen Eulen nach Athen.«

»Um die Wahrheit zu sagen, ich fühle mich brandneu. Und ich wollte Ihnen einfach dafür danken, Tim, dass Sie dem Herrn gestattet haben, Sie zu benutzen, so schlimm das Ganze für uns beide zu sein schien.«

Binnen weniger Stunden hatte Gott ihm zwei Mal Beistand geschenkt.

»Danke«, sagte er, obwohl es ihm schwerfiel zu sprechen. »Danke.«

Esther Bolick ließ sich mit einer gewissen Befriedigung auf die abgenutzte Eichenbank sinken.

Dies war der Platz, an dem sie und Gene immer saßen, es sei denn, irgendein gedankenloses Gemeindemitglied belegte die Bank mit Beschlag, bevor sie sie erreichen konnten. Man sollte denken, die Leute würden den Platz respektieren, den man gewählt hatte und dem man dreiundzwanzig Jahre lang treu gewesen war, aber nein, manchen Leuten war es gleichgültiger, wo andere saßen, geschweige denn, wo sie selbst saßen. An einem Sonntag ließen sie sich neben der Chorempore im hinteren Teil der Kirche nieder, und am nächsten Sonntag konnte man sie in der ersten Reihe auf der anderen Seite des Gangs sehen.

Esther hatte schon lange, bevor Father Tim kam, auf eben diesem Platz gesessen. Er war wie ein Zuhause. Sobald sie sich setzte, war sie so fest verwurzelt wie eine Rübe, was sie in Zeiten wie dieser als Segen betrachtete.

Sie klappte ihren Liederzettel auf und beäugte mit zusammengekniffnen Augen, was sie in diesem Gottesdienst erwartete. O Himmel, da war dieses Kommunionlied, das sie nicht einmal richtig hinbekommen hätte, wenn es um ihr Leben gegangen wäre! Minnie Lomax vom Herrenausstatter hatte früher jeden Sonntagmorgen neben ihr und Gene gesessen, bis zu jenem schicksalsträchtigen Tag, an dem sie, Esther Großmaul Bolick, laut und für aller Ohren hörbar gequäkt hatte: »Wenn ich fall aufs Gesicht, die Knie zur aufgehenden Sonne erhoben, O Herr, hab Erbarmen mit mir …«

Am nächsten Sonntag war Minnie auf die andere Seite des Gangs gewechselt, wo sie bis zu diesem Tag geblieben war. Esther beschloss, während des Liedes 325 den Mund zu halten.

Sie war froh darüber, dass sie und Gene fünfzehn Minuten vor Beginn des Gottesdienstes gekommen waren. Auf diese Weise blieb ihr Zeit, ihre Gedanken zu sammeln, die die ganze Woche über wie Bettlaken auf einer Wäscheleine vom Wind durchgeweht worden waren.

Gott sei gedankt, dass Father Tim wieder da war. Zwei Sonntage hintereinander! Sie versuchte, ihre Meinung darüber für sich zu behalten, warum sie so dankbar dafür war, ihn zurückzuhaben, aber in Wahrheit hatte sie sich nie für Pfarrer Talbot erwärmen können, obwohl sie anfangs sehr beeindruckt von dem Mann gewesen war.

Man sehe sich Father Tim an – er war ganz groß darin, wenn's ums Umarmen und Händeschütteln ging, er küsste sogar. Als sie und Gene ihr erstes Enkelkind bekommen hatten, hatte er ihr einen schmatzenden Kuss auf die Wange gedrückt und sie sogar umarmt.

Pfarrer Talbot dagegen – wenn man Anstalten machte, ihn zu umarmen, sprang er einen ganzen Schritt zurück, wahrscheinlich weil er befürchtete, man könne sein Haar in Unordnung bringen. Oder war es eine Perücke? Das wusste niemand mit Sicherheit, aber sein Haar sah immer perfekt aus, ganz so, als würde er niemals damit schlafen.

Und noch etwas. Es schien, als hätte Pfarrer Talbot eine Beziehung zu Gott, die er mit niemandem teilen wollte. Irgendwie waren es nur er und Gott, und er hatte nicht die Absicht, mit seiner Gemeinde darüber zu sprechen. Andererseits war er blitzgescheit und benutzte Wörter, die sie noch nie im Leben gehört hatte. Außerdem waren seine Predigten wie die erste Seite der Zeitung. Unglücklicherweise hatte sie die Zeitung immer schon gelesen, wenn sie in die Kirche ging, und daher hielt sie gelegentlich ein Nickerchen, während er predigte.

Irgendjemand hatte erzählt, er sei in Harvard gewesen. Oder war es die Universität von Michigan? Sie konnte sich nie merken, welche von beiden. Es hieß, er sei als Börsenmakler vom College abgegangen. Hessie Mayhew zufolge, die zwar zu den Presbyterianern gehörte, aber alles über die Episkopalen wusste, meinte, er sei bis zu seinem vierzigsten Lebensjahr als Börsenmakler tätig gewesen, bevor er seine Berufung vernommen habe und ans Predigerseminar gegangen sei. Vielleicht war dieser späte Anfang das Problem. Sie fragte sich, wie es seiner Frau gefiel, dass er von einem Job zum nächsten sprang.

Wie dem auch sei, es war ein Segen, wieder Father Tim zu haben. Sie wusste nicht, warum man ihm nicht erlaubte, weiter den Dienst in seiner alten Kirche zu versehen – wie lästig es sein musste, sich jeden Sonntag nach Wesley hinüberzuquälen! Das Problem war natürlich dieses lächerliche Kirchengesetz, das besagte, der alte Pfarrer dürfe nicht weiter in seiner Gemeinde tätig sein, weil dann alle Leute zu ihm laufen würden und der neue dann auf dem Trockenen säße.

Da, die Glocken begannen zu läuten! Seit ihrer Kindheit war dies für sie mit das Schönste an der Kirche gewesen. Dann stimmte die Orgel das Vorspiel an. Obwohl sie keine Ahnung hatte, was für eine Musik es war, wusste sie, dass es etwas war, das Father Tim mochte, Richard hatte es in alten Tagen oft gespielt …

Es war nicht schwierig, sich, und sei es auch nur für einen Augenblick, vorzustellen, dass nichts sich geändert hatte –

abgesehen davon natürlich, dass Pfarrer Talbot den Kirchenvorstand dazu überredet hatte, den Teppich rauszureißen, damit der Chor eine bessere Akustik hatte. Unglaublich! Wenn man jetzt an einem verschneiten Sonntag den Gang hinunterging, mit Stiefeln, von denen der geschmolzene Schnee auf den glatten Holzboden tropfte, konnte es passieren, dass man *Peng!* ausrutschte und im Krankenhaus landete, mit einer gebrochenen Hüfte und einem Blutgerinnsel, das schnurstracks zum Herzen marschierte. Oder war es das Gehirn?

Selbst in hundert Jahren würde sie die Politik der Kirche nicht begreifen.

Hélène Pringle trat aus dem strahlenden, warmen Sonnenlicht in die kühle, süße Dunkelheit der Vorhalle.

Bevor sie sich noch ganz von dem kleinen Schock für ihre Sinne erholt hatte, drückte jemand ihr einen Liederzettel in die Hand und begrüßte sie mit überraschten, aber dennoch herzlichen Worten, auf die sie zu ihrem Bedauern auf Französisch antwortete.

Sie zitterte leicht, sowohl aus Angst vor dem Unbekannten als auch aus einer tiefen, kindlichen Erregung heraus.

Dieser Gottesdienst würde sich von den Gottesdiensten in jener großen, kalten Steinkirche, die zu besuchen ihre Großmutter sie für eine kurze Zeit gezwungen hatte, unterscheiden. Sie hatte damals kaum je etwas von dem verstanden, was der Priester sagte, denn durch das Echo hatte seine Stimme zitternd und metallisch geklungen, als käme sie aus den Mauern und nicht von einem Menschen. Auf den Gesang des Chors hatte sich die Akustik jedoch auf geradezu wundersame Weise ausgewirkt; sie erinnerte sich an die Gänsehaut, die sie als neunjähriges Kind stets bekommen hatte; sie war ihr den Rücken entlanggekrochen und hatte ihr das Gefühl gegeben, als stünden ihr die Haare zu Berge.

Sie befürchtete, dass sie nicht wissen würde, was sie in diesem Gottesdienst sagen oder tun sollte, obwohl manche

Leute behaupteten, die Liturgie der Episkopalen unterscheide sich unterm Strich nicht allzu sehr von der der Katholiken. Natürlich hatte sich diese ganze Geschichte mit den Episkopalen in erster Linie wegen Heinrich VIII. so entwickelt, der, gelinde gesagt, ein eitler und vulgärer Mann gewesen war. Wie eigenartig, dass irgendjemand zuzugeben bereit war, Teil von etwas zu sein, das dieser Mann ins Leben gerufen hatte.

Aber schon als sie an diesem Morgen aufgewacht war, hatte sie gespürt, dass sie in diese Kirche gehen musste. Also war sie aufgestanden und hatte sich angekleidet, wobei sie das unsichtbare Wesen auf der anderen Seite des Vorhangs gebeten hatte, ihr dabei zu helfen, Kleidung auszuwählen, die keinen Anstoß erregen würde.

Sie vermutete, dass es eine Menge Durcheinander geben würde, weil man abwechselnd knien, sitzen oder stehen musste, daher hatte sie sich die hinterste Bank ausgesucht, auf der Seite des Buntglasfensters, das die Bergpredigt darstellte. Dort versuchte sie jetzt, sich so klein wie möglich zu machen, und hoffte, dass niemand ihre Anwesenheit bemerkte.

»Wie lieblich scheint es mir bei dir
oh Herr der Heerscharen, dort oben!
Meine durstige Seele verlangt voll Sehnsucht,
an deinen Hof zu kommen,
mein Herz und Fleisch, sie schreien laut,
Lebendiger Gott, nach dir.

An diesem Altar, gnädiger Herr,
findet die Schwalbe ihr Nest;
wie glücklich die, die bei dir wohnen
und dich preisen ohne Unterlass,
und glücklich die, deren Herzen schon
den Pilgerpfad betreten.

Die durch die Wüstentäler gehen,
werden dort den Lenz entdecken,
werden von Höhe zu Höhe steigen,
bis Zions Tempel widerhallt
vor Lob zu dir, der du in Glorie thronst,
Herr Gott, der Könige König.

Es übertrifft ein Tag an diesem Hof
tausend woanders verbrachte;
Wie glücklich, die halten dein Gebot,
ohne vom Grundsatz zu weichen.
Denn du wirst sicher alle segnen,
die leben nach der Predigt Wort.«

Als Hope Winchester die Kirche betrat, stimmte die Orgel gerade das Vorspiel an. Ängstlich hielt sie Ausschau nach einem Platz, um sich hinzusetzen. In der letzten Bank auf der linken Seite saß nur eine Person.

Da sie die letzte Bank für eine gute Wahl hielt, ließ sie sich hastig hineingleiten und bemerkte dabei, dass Hélène Pringle am anderen Ende saß. Sie nickte Miss Pringle zu, die erst letzte Woche bei Happy Endings Briefkarten gekauft hatte.

Sie zog ihren Liederzettel zu Rate, schlug das Gebetbuch auf Seite 355 auf und drückte sich das offene Buch an die Brust. Sie war erst zwei Mal in der Lord's Chapel gewesen und fühlte sich jetzt vollkommen nackt, als sei sie ohne jeden äußeren Schutz.

Sie hoffte, dass sie sich nicht zum Narren machen würde, und vor allem hoffte sie, dass George nicht an einem Platz saß, von dem aus er sie sehen konnte, falls sie sich tatsächlich blamierte. Sie wusste nur, dass es wichtig war, heute Morgen hier zu sein, auch wenn sie sich nicht sicher war, warum.

Vielleicht, dachte sie, lag es daran, dass sie aufgehört hatte, ein Nomen zu sein und sich langsam in ein Verb verwandelte.

»Im Namen des Vaters, des Sohnes und des Heiligen Geistes, Amen«, sagte er und bekreuzigte sich.

»Ich habe mit der Botschaft des heutigen Morgens gerungen, wie Jakob mit dem Engel gerungen hat, bis ich zu guter Letzt zu Gott sagte: ›Ich werde Dich nicht gehen lassen, bevor Du mich gesegnet hast.‹

Ich hatte mich an einer Predigt abgemüht und dafür gebetet, einer Predigt, deren Titel Sie auf Ihrem Liederzettel finden und die jetzt nichts mehr mit dem zu tun hat, was ich Ihnen heute Morgen zu sagen habe, was wir heute zusammen aus der Heiligen Schrift hören und warum wir beten werden.

Was ich zu sagen gehofft hatte, war etwas, das wir alle wissen und über das wir in unserem Leben nachdenken müssen, aber die Botschaft wollte sich nicht recht zusammenfügen, sie wollte die tiefere Wahrheit, von der ich spürte, dass Gott sie durch mich übermitteln wollte, nicht in Worte fassen. Und der Grund dafür, dass es nicht gelingen konnte, ist sehr einfach:

Ich habe an der falschen Predigt geschrieben.

Dann ... in letzter Minute, als die Hoffnung nur noch schwach war und mein Herz an einem Gefühl des Versagens litt, segnete Gott mich mit einer vollkommen anderen Botschaft – einer Predigt, die eigens für diesen Gottesdienst gemacht ist, für diesen Tag, diese Menschen.«

Father Tim lächelte. »Das Problem ist, dass er mir nur drei Wörter gegeben hat.

Dann fiel mir plötzlich Winston Churchill ein, der einmal gebeten wurde, in seiner alten Schule die Rede zum Jahresabschluss zu halten – er hatte dort übrigens keine allzu guten Leistungen gezeigt, und sein Direktor hatte ihm nichts als Scheitern prophezeit. Er trat also aufs Podium, und es herrschte ungeheure Spannung unter den Schülern und Lehrern, dass hier ein Großer der Geschichte vor ihnen stand, ein großer Briefeschreiber und Debattenredner, der ihnen jetzt sagen würde, wie sie ihr Leben führen sollten.

Mr Churchill beugte sich über das Podest und blickte seinen Zuhörern in die Augen, und dies ist es, was er der Überlieferung zufolge damals sagte; dies ist der gesamte Text seiner Ansprache an jenem Tag:

›Jungs, ihr dürft nie, nie, nie aufgeben.‹

Dann nahm er wieder Platz. Das war seine Botschaft. Sieben Wörter. Tatsächlich, wenn er mehr gesagt hätte, hätten diese sieben Wörter vielleicht nicht die Macht gehabt, so tief einzudringen oder einen so weisen Rat zu übermitteln.

Als ich gestern Abend allein in meinem Arbeitszimmer saß, gab Gott mir drei Wörter, die der Heilige Paulus in seinem zweiten Brief an die Gemeinde von Thessaloniki schrieb. Drei Wörter, die uns helfen können, zu gehorchen und zu vertrauen und in eine engere Beziehung zu Gott selbst zu treten, Wörter, die uns durch Jesus Christus übermittelt wurden.

Dies sind die drei Wörter. Ich bete dafür, dass Sie sie in Ihre Herzen meißeln werden.«

Hope Winchester richtete sich in der Bank höher auf.

»Dankt für alles.«

Father Tim hielt inne und betrachtete die Menschen, die sich vor ihm versammelt hatten. Emma Newland ... Gene Bolick ... Dooley Barlow ... Pauline Leeper ... Hope Winchester ... Hélène Pringle. Sein Blick glitt über das ganze Kirchenschiff und zog die Menschen näher.

»Für *alles* sollt ihr danken. Das ist alles. Das ist die Botschaft des heutigen Morgens.

Wenn Sie wie ich glauben, dass die Heilige Schrift das Wort des lebendigen Gottes ist, dann betrachten wir diese Aufforderung nicht als einen willkürlichen Gedanken oder eine seltsam kluge Idee seines Dieners Paulus, sondern als einen liebenden Befehl, der durch den großen Apostel übermittelt wurde.

Im Allgemeinen wissen Christen, dass es gut und richtig ist, Dank zu sagen.

Obwohl wir es nicht oft genug tun, ist es einfach, für Essen und Obdach Dank zu sagen, für Liebe und Hoffnung, für Gesundheit und Frieden. Aber was ist mit den harten Dingen, den Dingen, die Ihre Welt verdunkeln und sie tief verwunden? Worum genau geht es bei diesem Danken für *alles?*

Das ist der Haken. Das ist der Schlüssel. *Alles* ist das Wort, auf dem dieser machtvolle Befehl gründet.

Bitte verstehen Sie mich nicht falsch; das eigentlich Entscheidende ist das Wort *Danken.* Aber ich glaube, dass eine tiefere, spirituelle Wahrheit darin liegt, für … alles … zu danken.

Für Verluste jedweder Art. Für Krankheit. Für Depression. Für Trauer. Für Versagen. Und natürlich für Gesundheit und Frieden, für Erfolg und Glück. Für alles.

Es wird Zeiten geben, da Sie sich fragen, wie Sie ihm für etwas danken sollen, das Ihr Leben auf den Kopf stellt; gewiss wird es auch für mich solche Zeiten geben. Dann lassen Sie uns in Zeiten wie diesen *allein aus dem Glauben heraus* danken … gehorsam, vertrauensvoll, hoffnungsvoll.

Vielleicht erinnern Sie sich an den Jungen, der entführt, geschlagen und ins Gefängnis geworfen wurde, der dann jedoch zu Joseph, dem König, wurde, dem Herrscher über Völker, und der fähig war, seinen Brüdern mit dem Geist der Versöhnung zu sagen: »›Ihr hattet Böses gegen mich im Sinne gehabt, Gott aber hatte dabei Gutes im Sinn, um zu erreichen, was heute geschieht: viel Volk am Leben zu erhalten.‹« Besser noch, erinnern Sie sich unseres Herrn und Erlösers, Jesus Christus, der Qualen litt, von denen wir uns keine Vorstellung machen können, um Gottes Willen zu erfüllen, auf dass Sie und ich ewiges Leben haben mögen.

Einige von uns haben in den letzten Monaten unter schwierigen Umständen gelebt. Unter beunruhigenden Umständen, unablässig. Manchmal mögen wir sogar gedacht haben, die Umstände seien unerträglich. Lieber Gott, beten wir, mach ein Ende damit! Bring das wieder in Ordnung! Segne uns – und zwar schnellstens.

Ich gestehe Ihnen, dass ich Gott zwar für alles Schöne – und sei es noch so gering – in meinem Leben danke, *Ihm* aber nicht für meine Heimsuchungen gedankt habe.

Ich kenne das fünfte Kapitel des ersten Tessalonicherbriefs ziemlich gut, doch es war mir nicht in den Sinn gekommen, ihn in dieser Hinsicht wirklich beim Wort zu nehmen. Ich war zu beschäftigt damit, Ihn anzuflehen, mich aus dem Tal hinaus und wieder auf die Höhen zu führen. Schließlich habe ich zu arbeiten, es gibt Dinge, die ich zu erledigen habe ... So habe ich das gleiche Loch benutzt wie alle anderen auch.

Ich möchte Ihnen erzählen, dass ich in der letzten Nacht angefangen habe, Ihm zu danken – um genau zu sein, heute Morgen um zwei Uhr. Ich habe Ihm für etwas gedankt, das mir tiefen Kummer bereitet. Und ich werde Ihm auch weiterhin in dieser schlimmen Angelegenheit danken, wie verzweifelt sie auch werden mag, und ich werde anfangen, nach dem Guten darin Ausschau zu halten. Ob Gott es verursacht oder es zugelassen hat – wir dürfen versichert sein, es liegt eine Menge Gutes darin verborgen.

Warum habe ich mich dafür entschieden, diese drei Worte als persönlichen Auftrag anzunehmen? Hier ist der gesamte achtzehnte Vers:

›Dankt für alles, denn das will Gott von euch, die ihr Christus Jesus gehört.‹

Das will Er von euch. Das will Er von mir.

Dieser Auftrag, den ich mir zu eigen gemacht habe, fasziniert mich. Ich möchte sehen, wo er hinführt. Ich bete, dass Sie dazu berufen werden, dasselbe zu tun. Und bitte, erzählen Sie mir, wo es Sie hinführt. Lassen Sie mich hören, was geschieht, wenn Sie auf das reagieren, was ich für einen machtvollen und herausfordernden, wenn auch trügerisch einfachen Befehl Gottes halte.

Lassen Sie uns noch einmal auf die drei Worte schauen, die Gott zu uns sagt ... und darauf achten, was unser Gehorsam diesen Worten gegenüber Gott sagen wird.

Unser Gehorsam wird sagen: ›Vater, ich weiß nicht, warum Du dieses Leiden, diese Härte verursachst oder zulässt, aber ich werde dafür danken, weil Du es von mir verlangst. Ich werde darauf vertrauen, dass Du ein Ziel damit verfolgst, ein Ziel, das ich nicht kennen kann und vielleicht niemals kennen werde. Kurzum, Du bist Gott – und das genügt mir.‹

Was ist, wenn Sie zulassen müssten, dass Ihrer Tochter ein Leiden, eine Härte widerfährt? Und sie sagen würde: ›Mom, ich verstehe wirklich nicht, warum du das zulässt, aber du bist meine Mom, und ich vertraue dir, und das genügt mir‹?«

Er ließ den Blick über die Gemeinde wandern.

»Ah, hm«, sagte er, »wahrscheinlich ist das jetzt nicht das beste Beispiel.«

Gelächter.

»Aber Sie verstehen, worauf ich hinauswill. Es stehen natürlich noch viele weitere Dinge in dem ersten Brief an die Tessalonicher. Zum Beispiel: *›Betet ohne Unterlass!‹ – ›Meidet das Böse in jeder Gestalt‹ – ›Löscht den Geist nicht aus!‹*

Auch diese Worte enthalten einen heiligen Rat und eine absolute Wahrheit.

Aber das, was Gott für diesen Tag, für diesen Gottesdienst, diesen Pfarrer und diese Gemeinde ausgewählt hat, waren nur diese drei Wörter. Ja, tun Sie auch die anderen Dinge, die Er sagt und die ich Ihnen ans Herz lege, aber beachten Sie besonders diese Aufforderung.«

Er betrachtete seine ehemalige Herde voll Zärtlichkeit.

»Achten Sie diese Worte …«

Hélène Pringle wurde bewusst, dass sie lange den Atem angehalten hatte, sehr lange, so kam es ihr vor.

»… wenn Sie jetzt in diesen goldenen Morgen hinaustreten und sich auf unserem schönen Kirchhof versammeln werden, lassen Sie jene, die dazu bereit sind, noch einem anderen liebevollen Befehl aus dem Brief des Paulus folgen. ›Grüßt alle Brüder mit dem heiligen Kuss!‹

Amen.«

Miss Pringle atmete aus; dann gab sie zusammen mit der Gemeinde die Antwort.

»Amen!«

Hélène Pringle ging eilig durch den Nebeneingang der Kirche und die Straße hinunter bis zur Ecke Main Street/Wisteria Lane, wo sie einen Moment stehen blieb und zurückblickte.

Sie hatte nicht gewollt, dass jemand sie küsste, ganz und gar nicht, das war das Problem bei den Amerikanern, sie verlangten ständig nach Berührung. Ja, natürlich, die Franzosen begrüßten einander mit einem Kuss – einem Kuss auf beide Wangen, um genau zu sein –, aber das bedeutete nichts Besonderes. Ihr schien, dass der heilige Kuss, von dem der Pfarrer gesprochen hatte, sehr wohl etwas bedeuten konnte, obwohl sie nicht sicher war, was.

Sie zitterte leicht und fragte sich, was um alles in der Welt dem Pfarrer so tiefen Kummer bereitete. Dann drehte sie sich um und lief die Wisteria Lane hinauf zum alten Pfarrhaus, wo Barbizon bereits auf seine Lebersnacks warten würde.

Hope Winchester hatte das Gefühl, nackt zu sein, überwunden, und sie fühlte sich jetzt wieder voll bekleidet, imstande, im Sonnenschein zu stehen und mit mehreren ihrer Kunden zu reden, während junge Leute mit Tabletts umhergingen und Kekse und Limonade in Pappbechern anboten.

»Nein, wie schön!«, rief Esther Bolick. »Sieh mal, wer hier ist!«

»Werden die Wunder denn überhaupt kein Ende mehr nehmen?« Eine Frau aus dem Chor, die Penguin-Klassiker sammelte, umarmte sie.

Obwohl Hope George nicht entdeckte, nickte Harley Welch in ihre Richtung und schenkte ihr ein scheues Lächeln.

Sie hatte sich gerade zum Gehen gewandt, als Scott Murphy, der mit einigen Leuten auf dem Kirchpfad stand, sich plötzlich umdrehte und ihr den Ellbogen in die Rippen stieß.

»Autsch!«, sagte sie.

»Miss Winchester! Ich bitte um Entschuldigung.«

Er wirkte ehrlich bekümmert.

»Es ist schon gut«, sagte sie. »Wirklich.«

Scott Murphy drehte sich um und pflückte eine kleine, cremefarbene Hortensienblüte aus dem Busch neben dem Weg. Er lächelte freundlich, senkte den Kopf zu einer bescheidenen Verbeugung und reichte ihr die Blüte. »Verzeihen Sie mir!«

Da sie keine Ahnung hatte, was sie damit machen sollte, schob sie sie in den kleinen Knoten, den sie in letzter Zeit trug.

»Na bitte!«, sagte er und wirkte ehrlich erfreut.

Sie fand, dass der junge Geistliche, den sie bisher nur zweimal gesehen hatte – beide Male in Bluejeans –, mit einer Krawatte sehr erwachsen wirkte.

Sie, deren Leben aus kaum mehr bestand als dem Weg zwischen ihrer Buchhandlung und ihrer Wohnung, fand, dass die Kirche ein schwindelerregender Wirbelwind aus Gelächter, Musik, Keksen, läutenden Glocken, neuen Ideen, Kindern, die auf dem Rasen spielten, und Menschen war, die umherschwärmten wie Bienen in einem Bienenstock.

Father Tim trat auf sie zu und gab ihr einen Kuss auf die Wange.

Sie berührte ihre Wange und lächelte. »Ein heiliger Kuss!«

»Ja. Wir freuen uns sehr, Sie zu sehen, Hope.«

Hope! Einmal mehr klang ihr Name in ihren Ohren brandneu.

20

Für alles

Nach einem schnellen Mittagessen wählte er die Nummer in Kinloch. Keiner nahm ab. »Barnabas!«

Barnabas kam unter dem Flurtisch hervorgekrochen und reckte sich. Dann trottete er ins Arbeitszimmer, legte sich nieder und sah Father Tim mit ruhigem Blick an.

»Wir satteln die Hühner und reiten nach Laramie.«

Das große Schwanzwedeln begann.

»Neue Eichhörnchen kennenlernen! Neue Bilder sehen! Deinen Horizont erweitern!«

Das Schwanzwedeln beschleunigte sich.

Die Leute in Kinloch würden gewiss eine Ecke haben, in der er seinen Hund an ein Tischbein binden konnte, oder vielleicht würde sich ja ein unerschrockener Junge finden, der in einer der hinteren Bänke Hundesitting machte.

Er ging ins Arbeitszimmer und ließ sich für ein kleines Nickerchen aufs Sofa fallen. Dann stand er auf, zog sich um, stöberte in seiner Schreibtischschublade nach seiner handgeschriebenen Wegbeschreibung, kramte einen Fressnapf und Wasserflaschen für die Fahrt hervor und stellte eine Schale mit Leberhäppchen aus der Dose neben den Kühlschrank auf den Boden.

»Violet«, sagte er, »du bist jetzt auf dich selbst gestellt.«

Er fühlte sich wunderbar, er strotzte vor Tatendrang.

Er fühlte sich bereit für alles.

Sie waren schon ein ganzes Stück aus Mitford heraus und auf dem Weg in Richtung Norden, wo der Regen offensichtlich regelmäßiger fiel und die Hügel sich noch in sommerlichem Grün zeigten.

»Wie wär's mit ein wenig Wordsworth?«, fragte er seinen Hund, der angeschnallt auf dem Beifahrersitz saß und geradeaus blickte.

Keine Reaktion. Wahrscheinlich hatte Barnabas im Laufe der Jahre genug Wordsworth gehört.

»Dann Longfellow!«

Barnabas zuckte mit dem linken Ohr.

»Mal sehen.« Er würde tief graben müssen, um ein Zitat von Longfellow zu finden, es war schon ein Weilchen her ...

»Ich zermartere mir das Hirn«, erklärte er seinem Gefährten.

Ah, es tat gut, einmal fortzukommen, ohne jemanden neben sich zu haben, den es interessierte, was ein Landpfarrer zu seinem besten Freund zu sagen haben mochte.

Er fuhr den steilen Hang nach Kinloch hinauf und lauschte dabei dem Programm eines Country-Senders. »Was Milwaukee berühmt gemacht hat, hat aus mir einen Narren gemacht ...«

Erfasst von einer Woge des Überschwangs, dachte er über einige Dinge nach, die er gern getan hätte, jetzt, da die Last von seiner Brust genommen, von seinem Herzen abgefallen war.

Zuerst wollte er den heimatlosen Hobbes in seiner neuen Unterkunft besuchen. Außerdem wollte er einen Lattenzaun um ihre Mülltonnen herum bauen, mit den Zwillingen einen Kinobesuch in Wesley machen und ... definitiv! ... für George und Harley eine Mississippi-Grillparty geben.

Was noch? Er würde die Essaysammlung fertig schreiben, und wenn es ihn umbrachte.

Die Fahrt einen Berg hinauf an einem strahlenden Nachmittag ließ die Möglichkeiten des Lebens hell und endlos erscheinen.

Auf dem Parkplatz wartete ein Wagen auf ihn, die Art Wagen, die die Vermutung nahelegte, dass Kinloch eine recht wohlhabende Gemeinde war. Besiedelt von Schotten gegen Ende des 18. Jahrhunderts, war Kinloch bekannt als ein ehrwürdiges Bollwerk üppiger Cottages, die in den Zwanzigern von Geld aus Florida gebaut und durch die Generationen vererbt worden waren. Angesichts seiner üppigen, wohlgepflegten Ufer wirkte sogar der See gut betucht.

»Reverend Kavanagh! Herzlich willkommen!«

Lebhaft schüttelte Mary Fisher ihm die Hand, dass die Knochen knirschten, dann entriss sie ihm die Gewänder, die er überm Arm hatte, und hängte sie im Wagen auf. Während Barnabas sich am Rand des Wassers erleichterte, öffnete sie die Beifahrertür und hob Father Tim praktisch auf den Sitz. »Man hat mir aufgetragen, mich gut um Sie zu kümmern!«, rief sie mit einer Lautstärke, die auf eine Spur Schwerhörigkeit schließen ließ.

»Warten Sie! Mein Hund ...«

»Hund? Was für ein Hund?« Als Mary Fisher sich umdrehte, galoppierte Barnabas gerade auf die erstaunte Frau zu und warf sich hechelnd zu ihren Füßen auf den Boden.

»Gütiger Gott!«, stieß sie hervor und presste sich an den Wagen.

»Ich gebe zu, es ist ein wenig ungewöhnlich, aber ich hatte gehofft, dass jemand sich vielleicht ...«

»Niemand hat ein Wort über einen Hund gesagt!«

»Stimmt, stimmt. Ich habe vergessen, ihn zu erwähnen. Aber er wird keine Mühe machen. Und sehen Sie nur! Ich habe ihn gewaschen! Er ist blitzsauber!« Während er seinen Hund auf die Rückbank manövrierte, ging Mary Fisher brummend auf die Fahrerseite, schwang sich hinter das Lenkrad, legte den Rückwärtsgang ein und setzte mit schwindelerregender Geschwindigkeit zurück.

»Der See ...«, murmelte er.

»Was ist damit?«, bellte sie.

Sie wäre um ein Haar drin gelandet, das war es. Er vermutete, dass sich der Ausflug mit Hélène Pringle neben dieser Erfahrung ausmachen würde wie ein Kaffeetrinken in der Gemeinde der Lord's Chapel.

Er drehte sich um und betrachtete seinen Hund, der sich an das Lederpolster drückte, als gelte es sein Leben, während Mary Fisher das Gaspedal durchtrat, und sie einen Satz nach vorn machten.

»Also, worüber werden Sie heute predigen?«

»Ah …« Er packte den Griff über der Beifahrertür, als seine Fahrerin jäh nach rechts abbog und eine schmale Straße hinauffuhr, die aus der Flanke eines steilen Hangs geschnitten worden war. Das Thema seiner Predigt war mit einem Mal wie ausgelöscht aus seinem Bewusstsein.

»Wie viele Leute erwarten wir denn?«, fragte er.

»Was war das?«

»Wie viele Leute erwarten wir?«, donnerte er mit seiner Kanzelstimme.

»Das weiß Gott allein!«

Als sie um eine Kurve flogen, schien es wahrscheinlich, dass sie frontal mit einem Lieferwagen zusammenstoßen würden, aber Mary Fisher umfuhr das Hindernis mit großer Geschicklichkeit. Er hätte es erwogen hinauszuspringen, aber an seiner Seite fiel der Berg steil ab, und es waren keine Fanggitter in Sicht. Gab es denn keine Gesetze, was Fanggitter betraf? Vielleicht würde er nach dem Gottesdienst zu Fuß zum Parkplatz zurückkehren.

Er sah auf seine Armbanduhr. Sieben Minuten vor fünf. Sein Besuch in Kinloch kam ihm schon arg lang vor, noch bevor er überhaupt richtig begonnen hatte.

»Sehen Sie da drüben?« Seine Fahrerin stieß ihm den Arm vors Gesicht und zeigte auf ein großes Haus, das auf dem Kamm eines Hügels stand. »Dort wollen wir hin.«

»Gut zu wissen«, sagte er, als sie die nächste Kurve nahm.

Als Mary Fisher eine gerade Strecke vor sich sah, trat sie

kräftig aufs Gaspedal. Offenkundig war sie in der Vergangenheit professionell gefahren. Beim Grand Prix vielleicht, oder möglicherweise auch nur drüben in Talladega.

»Bitte schön!«, rief sie, nachdem sie endlich auf eine geschotterte Einfahrt eingebogen war und aus dem Wagen sprang.

»Ist die Kapelle in der Nähe?«, fragte er, während sie ihm die Tür öffnete.

»Was war das?«

»Die Kapelle. Ist sie in der Nähe?«

»Klar, ich gehe jetzt. Sie werden mich erst wiedersehen, wenn ich Sie nach dem Gottesdienst wieder runterfahre.« Sie öffnete die hintere Tür, und Barnabas quoll wie Sirup hindurch. »Niemand hat was von einem Hund gesagt!«, rief sie ihm ins Gedächtnis.

»Klar. Tut mir leid. Wirklich.«

Mary Fisher hatte ihn in ein Schlafzimmer geführt, in dem er sich umziehen konnte, bevor er in die Kapelle ging. Obwohl dies offenkundig ein Privathaus war und noch dazu ein ungewöhnlich schönes, war niemand da. Vermutlich waren bereits alle in der Kapelle und trafen die notwendigen Vorbereitungen.

Barnabas lag der Länge nach in einer Ecke, eindeutig mitgenommen von der Fahrt den Berg hinauf. Tatsächlich fühlte sich auch Father Tim nicht allzu gut. Eingekleidet und angetan mit seiner Stola, ging er auf der Suche nach einer Küche durch den Flur. Er hatte den Hundenapf und das Wasser in seinem Wagen gelassen, und sie konnten beide etwas zu trinken gebrauchen. Warum war niemand im Haus, um sich um sie zu kümmern? Irgendwie war es ein wenig ... er suchte nach dem richtigen Wort ... unheimlich.

Er fand eine Schale, hoffte, dass es niemandem etwas ausmachen würde – es war nur Keramik, kein Porzellan, wie er sich überzeugt hatte –, und füllte sie an der Küchenspüle. Dabei fiel ihm ein vertrauter, aber undefinierbarer Geruch im Raum auf. Einen Moment lang stand er reglos da und versuchte, dem Geruch einen Namen zu geben, konnte es jedoch nicht.

Nachdem er ein Glas Wasser getrunken hatte, eilte er mit der Wasserflasche ins Schlafzimmer.

Am besten stellte er die Schale wohl auf ein Handtuch, da Barnabas dazu neigte, beim Trinken eine Menge Wasser über eine beträchtliche Fläche zu verteilen; besser noch, er würde die Schale auf den gefliesten Boden eines kleinen Wohnzimmers neben dem Schlafzimmer stellen und das Wasser anschließend mit seinem Taschentuch auftupfen.

Natürlich hätte er Barnabas nicht mitnehmen sollen, es war eine törichte Idee in letzter Minute gewesen, das Ergebnis eines plötzlichen Wunsches nach Gesellschaft. Jetzt war er hier und beschmutzte anderer Leute Geschirr. Er war leicht angewidert von sich selbst. Schuld war natürlich die Pensionierung. Wenn man nicht mehr genug um die Ohren hatte, ging es leicht bergab mit einem.

Barnabas trank mit großem Durst und streckte sich dann zu einem Nickerchen auf dem Boden des Wohnzimmers aus.

Halb sechs. Warum kam ihn niemand holen? Und da war wieder diese Geruch. Was hatte es mit diesem Geruch auf sich? Auch wenn er nur schwach war, fühlte Father Tim sich davon abgestoßen. Er bog die rechte Hand durch, die steif war von der Anstrengung, sich in Mary Fishers Wagen festhalten zu müssen.

Nervös lief er im Raum auf und ab, bevor ihm klar wurde, was er brauchte.

Er brauchte ein Gebet.

Er ließ sich neben einem gestreiften Ohrensessel auf die Knie nieder und bekreuzigte sich. »Allmächtiger, ewiger Gott«, betete er laut, »ziehe unsere Herzen zu Dir, leite unseren Geist, erfülle unsere Fantasie und beherrsche unseren Willen, auf dass wir ganz und gar die *Deinen* werden, dir bedingungslos hingegeben; und dann benutze uns, so beten wir zu Dir, nach Deinem Willen und stets zu Deinem Ruhm und dem Wohlergehen Deines Volkes, durch unseren Herrn und Erlöser, Jesus Christus.«

So. Besser! Viel besser. Er stand auf und spähte durch das Fenster, von dem aus er lediglich eine mit Rhododendron bepflanzte Böschung sehen konnte. Wo war der See zu diesem sogenannten Seegottesdienst? Fünf Uhr zweiunddreißig.

Aufgeschreckt von dem kehligen Knurren seines Hundes, drehte er sich um.

»Guten Tag, Reverend.«

Ed Coffey schloss die Tür des Wohnzimmers und sah ihn ohne ein Lächeln an. »Wie ich sehe, fühlen Sie sich bereits ganz wie zu Hause.«

Das Herz hämmerte ihm in der Kehle. »Was tun Sie hier?«

»Ich habe nur diese Tür überprüft«, sagte Ed. Er hörte das Schloss klicken und Barnabas' Gebell von der anderen Seite.

»Nein!«, rief er und rannte durch den Raum. »Warten Sie!«

Ed Coffey verschwand hastig durch eine Seitentür, und Edith Mallory trat ein.

»Timothy!«, sagte sie und zog die Tür hinter sich zu. »Wie nett von Ihnen herzukommen.«

Er stand wie angewurzelt da, und das Atmen bereitete ihm Mühe. »Wie meinen Sie das?«

Sie lächelte. »Ich habe eine großzügige Summe dafür gezahlt, dass Sie herkommen. Daher habe ich Anspruch auf Ihre Gesellschaft.« Sie zuckte die Achseln. »Das ist alles.«

Sie durchquerte den Raum und setzte sich auf das Sofa am Fenster. »Nehmen Sie doch Platz, Timothy.«

»Ich werde nichts dergleichen tun.« Er ging zur Wohnzimmertür und rüttelte an dem Knauf.

»Barnabas! Bist du da?« Stille. Verzweifelt eilte er zu der anderen Tür.

»Sie ist abgeschlossen, Timothy.« Edith hob den Deckel einer kleinen Kiste neben dem Sofa und zog einen der langen, dunklen Tiparillos hervor, die sie zu rauchen pflegte. Sie hielt sie immer einen Moment lang zwischen den Fingern, bevor sie sie anzündete. »Ed wird kurz nach halb sieben wieder aufschließen. Ich habe eine Stunde Ihrer Zeit gekauft, und ich erwarte, eine Stunde Ihrer Zeit zu bekommen.«

Sie lächelte auf eine Art und Weise, die er immer grässlich gefunden hatte.

»Betrachten Sie mich als Ihre Gemeinde«, erklärte sie.

»Befindet Barnabas sich noch immer im Nebenzimmer?«

»Natürlich nicht. Sie sind viel zu höflich, als dass Sie Ihre Gemeinde vom Gebell eines Hundes stören lassen würden.«

»Edith, glauben Sie mir, glauben Sie mir ...« Er würde sie eigenhändig erwürgen, jawohl.

»In welcher Beziehung soll ich Ihnen glauben?« Sie ließ ein silbernes Feuerzeug aufspringen. Das Ende ihres Tiparillos glühte, und sie inhalierte tief.

Da! Das war der Geruch, den er nicht hatte identifizieren können.

»Falls meinem Hund etwas zustoßen sollte, werde ich jede erdenkliche Maßnahme unter Gottes Sonne ergreifen, um dafür zu sorgen, dass Sie dafür bezahlen.«

»Hm, hm«, sagte sie und lächelte abermals. »Sie sind viel attraktiver, wenn Sie wütend sind; das fand ich schon immer.«

»Sie sind eine boshafte, unfreundliche Frau, Edith.«

»Sie haben in der Vergangenheit schon Schlimmeres über mich gesagt.«

»Alles, was ich jemals über Sie gesagt habe, habe ich Ihnen ins Gesicht gesagt.«

»Wo wir gerade von meinem Gesicht sprechen, Ihnen ist vielleicht aufgefallen, dass ich hie und da ein wenig ... habe machen lassen. Gefällt es Ihnen?«

»Keine kosmetische Prozedur kann einen grausamen Geist verbergen.«

»Oh, bitte. Sie sind, wie ich sehe, in Ihrer üblichen herablassenden, geistlichen Stimmung. Schauen Sie sich einmal um, Timothy. Gefällt Ihnen dieses Haus? Ich habe es vor Kurzem gekauft, einschließlich der exquisiten Antiquitäten hier. Und was halten Sie von diesem Teppich? Es ist natürlich ein Aubusson, aus der Zeit der Ersten Republik. Ich weiß, wie sehr Sie schöne Dinge lieben, es ist eine Schande, dass Sie sich dergleichen nie leisten konnten. Früher einmal hätte Ihnen all das gehören können, zusammen mit vielen anderen Annehmlichkeiten, die ich zu bieten habe. Aber Sie gefielen sich darin, stolz zu sein. Sie wissen natürlich, was man zum Thema Stolz so sagt.«

Sie klopfte auf das Kissen an ihrer Seite. »Kommen Sie, Timothy, predigen Sie mir, und retten Sie meine Seele.«

»Ich kann Ihre Seele nicht retten. Das ist einzig und allein die Aufgabe des Heiligen Geistes.«

»Dann kommen Sie her, und beten Sie für mich, lieber Timothy.«

»Verhöhnen Sie mich nicht, Edith. Und lästern Sie nicht Gott mit Ihren unaufrichtigen Bemerkungen.«

»Aber ich bin keineswegs unaufrichtig, ich meine es ernst. Sie haben noch nie für mich gebetet, wenn wir miteinander allein waren. Ich musste Sie immer mit Horden anderer Menschen teilen. Sie haben jeden besucht, nur mich nicht, Timothy, bei mir waren Sie seit mehr als sechzehn Jahren nicht mehr.« Sie zog einen Schmollmund und sah ihn mit den großen, goldfarbenen Augen an, die er stets mit denen eines auf Seide gemalten Luchses verglichen hatte.

Seit Pat Mallorys Tod hatte Edith alles getan, was möglich war, um ihn zu verführen und zu peinigen; nicht im Traum hätte er es für möglich gehalten, dass er einmal mit ihr allein beten würde. »Ich habe oft für Sie gebetet, Edith. Und oft hatte ich nicht das geringste Verlangen, es zu tun.«

»Glauben Sie, Gott erhört Gebete, die nicht aufrichtig gemeint sind?«

»Die Gebete waren aufrichtig. Seit Jahren bete ich dafür, dass Sie sich von der Kälte Ihres Herzens und Ihren verletzenden Taktlosigkeiten abwenden mögen und Ihr Leben Ihm überlassen. Ich brauche keine Herzlichkeit oder Sentimentalität zu empfinden, um dieses Gebet für Sie zu sprechen, ich spreche es allein aus meinem Willen heraus, in Übereinstimmung mit dem Willen Gottes, dass Sie Ihre Seele dem Einen, der Sie geschaffen hat, überantworten mögen, dem Einen, der für Sie gestorben ist, dem Einen, der allein imstande ist, Sie wahrhaft zu lieben.«

Sie inhalierte und blies den Rauch dann langsam aus. »Es ist mir schon immer schwergefallen, zu glauben, dass Gott jemanden lieben sollte, der Ihn nicht liebt.«

»Das ist eine menschliche Art zu denken. Gott ist anders. Er liebt uns unter allen Umständen.«

»Timothy, Sie werden mich niemals dazu bekommen, das zu glauben. Niemals.«

»Sie haben recht. Ich habe keine Möglichkeit, Ihnen diesen Glauben zu übermitteln. Der Heilige Geist ist jedoch dazu imstande, wenn Er es will.«

Er ging quer durch den Raum auf sie zu. »Jetzt sagen Sie es mir. Worum genau geht es bei dieser Scharade?« Kalt vor Zorn stand er vor dem Sofa. »Warum halten Sie mich in einem verschlossenen Raum fest? Welche Absicht steckt dahinter?« Er schluckte seine Furcht hinunter. Er konnte immer noch ein Fenster einschlagen …

»Welche Absicht dahintersteckt? Ich musste noch einmal fünfundzwanzigtausend Dollar zahlen, um das Finanzamt zu beschwichtigen. Ich habe Sie angerufen in der Hoffnung, dass wir zusammen einen Plan schmieden könnten, aber Sie haben einfach aufgelegt.

Als Sie das taten, dachte ich, wie erquicklich es doch wäre, Geld wegzugeben und dafür ein wenig Spaß haben zu dürfen! Betrachten Sie es als Kompliment, Timothy. Ich hätte dem Krankenhaus jämmerliche fünftausend anbieten und den Rest irgendeiner anderen Institution spenden können. Sie wären natürlich auch für jämmerliche fünftausend gekommen. Schämen Sie sich, das ist der Grund, warum Sie es unterm Strich niemals zu etwas bringen werden. Sie sollten dem Himmel für Ihre Frau danken, die es in den Augen der Welt so viel weiter gebracht hat.« Sie sah ihn mit schmalen Augen an und inhalierte abermals.

»Übrigens«, fuhr sie fort, »wenn sie irgendjemandem erzählen, dass der Raum abgeschlossen war, werde ich es abstreiten und sagen, Sie hätten sich mir auf ungehörige Weise genähert.«

»Was wollen Sie von mir, Edith?« Er konnte keinen Mord begehen. Er konnte es nicht, und er wollte es nicht. Aber für einen flüchtigen Moment kostete er den Gedanken aus. Er schmeckte Galle auf der Zunge.

»Ich möchte, dass Sie liefern, wofür man Sie bezahlt hat.«

»Eine Predigt? Eine komplette Messfeier?«

»Für fünfundzwanzigtausend Dollar, Timothy, kann man wohl eine komplette Messfeier verlangen. Sind Sie nicht auch der Meinung?«

»Dabei gibt es nur zwei Probleme. Das eine ist, dass ich weder Kelch noch Schale habe, um die Heilige Eucharistie zu feiern. Das andere Problem besteht darin, dass von dem Menschen, der sich der Hostie darbietet, etwas Entscheidendes verlangt wird. Sie müssen ernsthaft bereit sein, Ihre Sünden zu bereuen.«

Sie riss in gespielter Hilflosigkeit die Hände hoch. »Dann ist es ganz einfach. Wir lassen die Kommunion aus! Ich muss sagen, Sie sehen wirklich entzückend aus mit dieser Stola. Ist das nicht die, die Pat und ich Ihnen vor Jahren geschenkt haben?«

»Nein, ist sie nicht.«

»Nun, dann fangen Sie doch an.« Sie nahm einen weiteren Tiparillo aus der Kiste und schnippte das Feuerzeug an. Die Spitze glühte, als sie inhalierte.

Er stand wie vom Donner gerührt da und betete das Gebet, das nie versagte. Was wollte Gott in dieser Situation von ihm? Was konnte er sich dabei gedacht haben, ihn mit Edith Mallory zusammenzuführen, noch dazu in einem verschlossenen Raum? Es war ein Albtraum.

Er stellte fest, dass seine Knie zitterten. Sofort ließ er sich in den Sessel neben dem Sofa sinken.

»Ich werde Ihnen eine Stunde geben, Edith. Mit Freuden. Im Augenblick liegt ein kleines Mädchen im Krankenhaus, vier Jahre alt, denke ich – ihr Onkel hat ihr das Bein gebrochen, weil sie versucht hat, vor seinem Missbrauch davonzulaufen. Ein anderes Kind ist mit einem Loch im Herzen zur Welt gekommen und sieht jetzt seiner dritten Operation entgegen. Ich könnte weitermachen. Die Sache ist die, wenn eine Stunde wie diese solchen Kindern auch nur einen Augenblick des Leidens ersparen kann …«

»Mir wird übel von Ihrem Gerede, Timothy. Werden Sie dieses Geschwätzes denn niemals überdrüssig?«

»Niemals.«

»Sie sind nicht der Einzige, wissen Sie, der Gott dienen will. Auch ich will Gott dienen.«

»Ja, natürlich, aber nur in beratender Funktion.«

Sie legte die Stirn in Falten. »Wie meinen Sie das?«

»Vergessen Sie's.«

»Sie sind unhöflich. Sie waren immer unhöflich zu mir, Timothy. Ich finde keine Entschuldigung dafür. Und Gott würde auch keine finden.« Wieder spitzte sie die Lippen und ließ die Mundwinkel herunterhängen.

»Wären Sie vielleicht so freundlich, Ihre Zigarette auszumachen?«

»Nein, wäre ich nicht.«

Er stand auf. »Lassen Sie uns beginnen.« Seine Knie zitterten noch immer. »Gesegnet sei Gott; der Vater, der Sohn und der Heilige Geist.«

Er wartete auf ihre Antwort. »Werden Sie antworten?«

»Und gesegnet sei sein Reich«, sagte sie gereizt, »jetzt und für immerdar. Amen.«

»Allmächtiger Gott, Dir öffnen sich alle Herzen, Du kennst alle unsere Wünsche, und vor Dir bleibt kein Geheimnis verborgen ...« Er wusste nicht, wie er das durchstehen sollte; es war eine Travestie. Er hatte nur den einen Wunsch, dass Gott ihm half, diesem groteskem Schlamassel zu entkommen. Er setzte sich wieder, gedemütigt und verzweifelt und ohne einen Funken Gelassenheit in sich.

»Geben Sie mir einen Moment Zeit«, sagte er. Plötzlich fiel ihm die Botschaft des Morgengottesdienstes, der nun Tage zurückzuliegen schien, wieder ein, und er verspürte dieselbe Überzeugung, mit der er die Botschaft gepredigt hatte. *Für alles ...*

»Oh, vergessen Sie diesen Unsinn, den Sie aus einem Buch gelernt haben! Ich wollte ohnehin keine volle Messe, ich könnte mich niemals an all diese ermüdenden Antworten erinnern. Ich möchte nur eins, dass Sie mit mir reden, Timothy, dass Sie ... dass Sie mich festhalten.«

Sie beugte sich auf dem Sofa vor. »Sie sind ein menschliches Wesen, Sie haben Gefühle und Leidenschaften wie jeder andere auch. Haben Sie solche Angst vor Ihrer Leidenschaft, Timothy?«

Als sie eine Hand auf sein Knie legte, prallte er sichtbar zurück, stand jedoch nicht auf. Stattdessen kämpfte er die Übelkeit nieder und dankte Gott dafür, dass er ihn in diesen Raum gestellt hatte, in diese Zeit, welchen Grund er dafür auch gehabt haben mochte.

Bleibe bei mir, Herr, verlass mich nicht. Ich werde mitten ins Herz dieser Sache vorstoßen.

Er nahm ihre Hand von seinem Knie und umfasste sie. Er zitterte innerlich, während er das tat, aber seine Hand war ruhig und ohne einen Anflug von Furcht.

»Lassen Sie uns beginnen, indem wir tun, worum Sie gebeten haben. Lassen Sie mich für Sie beten, Edith.« Er fühlte ihre Hand klein und kalt in seiner wie die Klaue eines Vogels, und die Innenfläche war überraschend schwielig. Er spürte, dass sie zusammenzuckte, aber sie zog ihre Hand nicht zurück – das Schlagen ihres Pulses vermischte sich mit dem seines eigenen Pulses.

Er senkte den Kopf. »Vater.«

Aber er konnte nicht mehr tun, als Seinen Namen zu rufen. »Abba!«, flüsterte er. *»Hilf mir!«*

Christus ging auf einen Berg; er begann zu reden und lehrte sie …

Ich aber sage euch: Liebt eure Feinde; tut denen Gutes, die euch hassen. Segnet die, die euch verfluchen; betet für die, die euch misshandeln …

»Segne dein Kind Edith mit der Wahrheit deiner Gegenwart«, betete er und verstummte plötzlich wieder.

Er zwang sich, Fürsprache für sie zu halten; sein Gebet würde einsetzen und wieder ins Stocken geraten, wie ein Maultier, das einen Schlitten durch tiefen Morast zog. Dann hörte er auf, sich zu bemühen, und überließ sich Gott; er konnte diese Last nicht allein ziehen. »Durch die Kraft deines Heiligen Geistes rühre sie in ihrem Herzen und in ihrem Leben an, auf dass sie deine Liebe zu ihr nicht ignorieren oder abweisen kann. Geh, oh Herr, in diese schwarze Nacht, in der kein Glaube wohnt, in der keine Kerze brennt, in der kein Trost zu finden ist, und entfache in Edith Mallory machtvoll und siegreich deine Liebe.

Schütte deine Liebe über sie aus, Herr, Liebe, die kein menschliches Wesen jemals geben kann oder geben wird, schütte sie aus über ihr mit einer Zärtlichkeit, die sie nicht abweisen kann, mit einer Barmherzigkeit, die es ihr unmöglich macht, deine Gnade zu leugnen.

Fülle ihr Herz mit Gewissheit – mit der Gewissheit und dem Zutrauen, dass du Edith Mallory für dich geschaffen hast, dass du dich an ihrem Leben erfreuen mögest … und an ihrem Dienst. Ja, ich danke dir, Herr, für die ungezählten tausend Dollar, die sie in das Werk deines Königreichs gegossen hat, welche Gründe sie dafür auch gehabt haben mag.« Ob richtig oder falsch, im Laufe der Jahre war eine beträchtliche Menge von Edith Mallorys Geld guten Zwecken zugeflossen, und er würde nicht ihr Richter sein.

Er umklammerte jetzt ihre Hand; wie er kurz zuvor den Griff über der Beifahrertür umklammert hatte, so hielt er sie fest, als könne sie ihm mit Gewalt entrissen werden.

»Danke, Vater, für diese ungewöhnlichen Minuten in deiner Gegenwart, dafür, dass du uns im Angesicht deiner Liebe und deiner Gnade gefangen hältst. Ich lege dir die Seele dieser Frau ans Herz, auf dass sie berufen werden möge, ihre Sünden zu bereuen und für alle Ewigkeit dein Kind werde.«

Obwohl es recht kühl in dem Raum war, standen Schweißperlen auf seiner Stirn.

»Durch Christus, unsern Herrn«, flüsterte er. »Amen.«

Er hob langsam den Kopf, durchströmt von ungeheurer Erleichterung.

Tränen hatten auf ihrem Gesicht Spuren von Mascara hinterlassen; sie entzog ihm ihre Hand. »Ich verachte Sie«, sagte sie. »Ich verachte Sie durch und durch.«

»Warum?« – »Weil Sie glauben.«

Sie nahm ein Taschentuch aus ihrer Kostümtasche und drückte es sich auf die Augen. »Ich denke, dass ich jetzt zum ersten Mal wirklich glaube, dass Sie glauben.«

»Warum verachten Sie mich deshalb?«

»Weil ich gern glauben würde und es nicht kann.«

»Warum können Sie es nicht?«

»Weil nichts von alledem für mich einen Sinn ergibt.«

»Gut!«, sagte er.

»Was soll das heißen, gut?«

»Beim Glauben geht es nicht darum, irgendeinen Sinn hinter den Dingen zu sehen. Glaube ist Glaube.«

»Unsinn!«, rief sie.

»Chesterton hat es deutlich besser ausgedrückt. Er sagte: ›Der Glaube bedeutet, das Unglaubliche anzunehmen – sonst ist es keine Tugend.‹«

»Genug von diesem Geplapper! Ich weiß nicht, warum ich überhaupt auf diese lächerliche Idee gekommen bin.« Sie klopfte ungeduldig die Asche von ihrem Tiparillo.

»Wer sind Sie, Edith? Ich habe Sie vor fast zwanzig Jahren kennengelernt, und doch weiß ich fast nichts über Sie. Wer waren Ihre Eltern? Wie war Ihr Leben, als ...«

Ihr Lachen klang heiser. »Ich habe noch nie fünfundzwanzigtausend Dollar die Stunde dafür gezahlt, mich analysieren zu lassen, erst recht nicht von einem Landpfarrer, und ich habe nicht die Absicht, jetzt damit anzufangen. Ich bin davon überzeugt, dass Sie von meinem Mann eine Menge über mich erfahren haben, obwohl er den starken Hang hatte, die Wahrheit zu verzerren. Er liebte es zu betonen, dass er dieses fettige Loch, das Sie Grillstube nennen, nur deshalb besuchte, um für eine Weile meine Gegenwart nicht ertragen zu müssen.«

Das war nichts Neues für ihn. Pat Mallory hatte oft sehr boshaft von seiner Frau gesprochen.

»Ich habe nichts für meinen Mann empfunden, weil ich schnell begriffen habe, dass er sich unterdrücken lässt. Ein Mann, der sich unterdrücken lässt, ist kein Mann. Das ist einer der Gründe, warum Sie mich im Laufe der Jahre so sehr fasziniert haben, Timothy – sie sind schwer zu unterdrücken.«

»Wenn Gott für mich ist, wer könnte da gegen mich sein?«

Sie versteifte sich. »Können Sie nicht einmal ein einfaches Gespräch führen, ohne Gott in die Sache hineinzuziehen? Ich verabscheue Frömmigkeit. Es ist etwas, das insbesondere die Geistlichkeit zu verhindern sich bemühen sollte.«

»Dieses Gespräch führt nirgendwohin.«

»Vielleicht hätte ich da noch einen kleinen Leckerbissen für Sie auf Lager, ein Gerücht, das in Mitford die Runde macht. Ich werde Clear Day verkaufen. Ich habe Mitford immer gehasst, Mitford war Pats Idee. Alle dort glauben, Sie stünden über mir, man hat mich seit Jahren kaum noch irgendwo anständig willkommen geheißen.« Wütend drückte sie ihren Tiparillo im Aschenbecher aus.

»Sie haben versucht, eine Bürgermeisterschaftswahl zu manipulieren, Sie haben versucht, eine Familie aus ihrem Heim, das sie rechtmäßig gemietet hatte, zu vertreiben ...«

»Ich bin diesen Unsinn leid. Fahren Sie nach Hause!« Sie stand auf und kam ihm damit so nah, dass er sich nicht aus dem Sessel erheben konnte. »Unterm Strich ist es immer eine jämmerliche Erfahrung, in Ihrer Gesellschaft zu sein. Es war das Geld nicht wert, keine fünfundzwanzigtausend, keine zwanzig, keine fünf.«

Sie stolzierte zur Tür, wo sie sich umdrehte, das Gesicht voller Qual und Verbitterung. »Ihre Stunde ist abgelaufen. Holen Sie sich Ihren Hund draußen ab.«

»Edith.«

Ihre Hand lag auf dem Türknauf. »Was?«

»Ich habe eine Bitte.«

Sie sah ihn wie erstarrt an.

»Sagen Sie Mary Fisher, dass ich den Wagen gern zum Parkplatz fahren würde. Wenn ihr das nicht angenehm ist, werde ich zu Fuß gehen.«

Sie brach plötzlich in Lachen aus. Immer noch lachend öffnete sie die Tür, dann schlug sie sie hinter sich zu.

21

Lachsroulade

»Father Tim?«

»Ja!«

»Entschuldigen Sie bitte, dass ich so früh anrufe, hier spricht Jeanine Stroup vom Krankenhaus, ich bin neu hier und kenne noch niemanden. Mr Bill Watson fragt nach dem Prediger. Sind Sie zufällig der, den er meint? Jemand hat gesagt, Sie seien es wahrscheinlich.«

»Ja, Ma'am, ich denke, dass ich es wahrscheinlich bin. Hat sein Zustand sich verschlechtert?«

»Nein, Sir, er ist ziemlich lebhaft.«

»Wunderbar! Hm, einen Moment ... wie wär's mit acht Uhr?«

»Schön! Ich werd gleich den Flur hinuntergehen und ihm Bescheid sagen.«

»Darf er einen Doughnut essen?«

»Einen Doughnut? Ich weiß nicht.«

»Ungefüllt natürlich«, sagte er. »Kein Gelee.«

»Warum bringen Sie nicht einfach einen mit, und wenn er ihn nicht essen darf, werde ich ihn essen.«

»Jeanine«, sagte er, »ich denke, Sie werden es weit bringen.«

»Emma! Tim Kavanagh.« Er brauchte sich nicht für den Anruf zu entschuldigen; Emma stand so früh auf, dass es praktisch unmöglich war, sie noch im Bett zu erwischen. »Haben Sie einen Moment Zeit für mich?«

»Schießen Sie los.«

»Ich brauche eine paar Witze aus dem Internet.«

»Witze aus dem Internet? Sie, der absolut nichts mit dem Internet zu tun haben wollen, Sie, der immer wieder betont, ich solle Sie mit dem Internet in Ruhe lassen, Sie wollen Witze aus dem Internet?«

»Stimmt«, erwiderte er. »Saubere Witze.«

»Das ist schwer«, sagte sie. »Glauben Sie mir.«

»Wenn irgendjemand das schafft, dann sind Sie es.«

»Schmeichelei wird Sie nicht weiterbringen. Ich werde Ihnen ein und für alle Mal beibringen, wie man online geht.«

»Also, Emma ...«

»Es wird maximal dreißig Minuten dauern. Ich fahre Sie sogar nach Wesley rüber, um einen Computer zu kaufen. Wir werden die Sache gleich am Dienstagmorgen in Angriff nehmen. Sie können so nicht weitermachen.«

Sie hatte recht. »Sie haben recht!«

»Ich habe recht? Habe ich es plötzlich an den Ohren? Muss ich mir ein Hörgerät anpassen lassen, wenn wir im Einkaufszentrum sind?«

»Nein, verflixt noch mal, Sie haben mich gehört – Sie haben recht. Ich kann nicht ständig jemanden darum bitten, diese Dinge für mich zu erledigen, ich bin ein erwachsener Mann.«

Sie war sprachlos.

»Also, beschaffen Sie mir ein paar Witze«, sagte er. »Bis sieben Uhr.«

»Sieben Uhr?«

»So ist es.«

»Betrachten Sie es als erledigt!«, zitierte sie ihren ehemaligen Arbeitgeber.

Onkel Billy öffnete die Augen. »Ich fress 'nen Besen, wenn das nicht der Reverend ist«, flüsterte er.

Father Tim schluckte. »Onkel Billy ...«

Der alte Mann hob die Hand, und Father Tim ergriff sie. So trocken wie eine Maishülse, so kühl wie Marmor. Father

Tim versuchte, sie mit seiner eigenen zu wärmen. »Wie fühlen Sie sich?«

»Hundeelend.«

»Haben Sie Ihre Medikamente nicht genommen?«

»Nein, Sir, das Zeug hat mich zu schwach gemacht.«

»Sie müssen beherzigen, was Dr. Harper sagt.«

»Ich habe Ihnen einen Doughnut mitgebracht. Schwester Herman sagt, Sie dürfen ihn essen.«

»Legen Sie ihn da drüben hin«, sagte Onkel Billy

Father Tim hatte Onkel Billy noch nie so krank erlebt, dass er keine Lust gehabt hätte, einen Doughnut zu essen. Er spürte einen Kloß in der Kehle. Obwohl ihm der Gedanke nicht behagte, die alte Frau aus dem Haus ihrer Kindheit herauszureißen, würde er jetzt keine Mühen mehr scheuen, um die beiden zu einem Umzug ins Haus der Hoffnung zu bewegen.

»Sind Sie stark genug, um einen Witz zu hören, Onkel Billy?« Er hatte diesen Witz auswendig gelernt, und er hatte noch einen zweiten in der Hinterhand. Er hoffte von ganzem Herzen, dass er Onkel Billy würde zum Lachen bringen können.

»Ja, Sir. Ich hab vor, das Witzeerzählen aufzugeben, vielleicht kann ich die Arbeit ja von jetzt an Ihnen überlassen.«

»Das ist ein Mantel, den ich nicht tragen kann, mein Freund. Zu viel Verantwortung.«

»Das steht fest.«

»Also schön, los geht's. Sind Sie sich sicher, dass Ihnen nach einem Witz zumute ist?«

»Wenn er was taugt, ja, wenn er nichts taugt, nein.«

Der Druck war groß.

Er befeuchtete sich die Lippen. Er räusperte sich.

»Zwei Männer sitzen auf der Bank und streiten über ihre Hingabe an ihren Glauben. Sagt der erste: ›Ich wette fünf Dollar, dass du nicht mal das Gebet des Herrn kennst.‹ Darauf der andere: ›Und ob ich es kenne – Lieber Gott, mach mich fromm, dass ich in den Himmel komm.‹ Sagt der erste: ›Verflixt und zugenäht, hier sind deine fünf Dollar, ich hätte nicht gedacht, dass du es kennst!‹«

Onkel Billy sah ihn lange an, dann schüttelte er den Kopf. »Oje, oje.«

»Er gefällt Ihnen nicht.« Er war erschüttert. »Aber ich hab noch einen!«

»Dann lassen Sie mal hören«, sagte Onkel Billy und klang dabei nicht allzu begeistert.

»Also schön. Los geht's. Ein Mann gräbt gerade in seinem Garten ein Loch, als sein Nachbar vorbeikommt und sagt: ›Was machst du da?‹ Er darauf: ›Ich grabe ein Loch, um meinen Hund zu beerdigen ...‹«

»Einen Moment mal!«, rief Onkel Billy. »Ist das der, wo der Nachbar sagt: ›Und wofür ist das zweite Loch da drüben‹, und der Bursche sagt: ›Das war mein erstes Loch, es war zu klein‹?«

»Ja, Sir, das ist er.«

»Das verflixte Ding hab ich gehört, als ich vierzehn war.«

»Ah«, sagte Father Tim.

»Wenn Sie Witze erzählen wollen, müssen Sie aber noch viel besser werden.«

»Ja, Sir.«

»Sie können nicht einfach das Erstbeste nehmen, das des Weges kommt.«

»Nein, Sir.«

»Sie müssen auf den Richtigen warten; manchmal muss man lange warten, es ist wie beim Entenschießen.«

»Ich habe noch nie auf eine Ente geschossen.«

»Verstehen Sie, was ich meine?«

Er verließ das Krankenhaus mit der festen Entschlossenheit, Bill Watson zum Lachen zu bringen. Onkel Billy war einfach deshalb so stur wie ein Maultier, weil er Mitfords offizieller Witzekönig war. Aber irgendwie, irgendwo würde er einen guten Witz finden, jawohl.

Aber erst einmal musste er zum Flughafen fahren ... »Guten Morgen, Reverend!«, sagte Schwester Herman.

... Dann nach Mitford zurückkehren, um den frischen Lachs abzuholen, und anschließend nach Hause eilen, um mit seinem Jungen zu Mittag zu essen. Segen über Segen!

»Schwester Herman, dies ist der Tag, den der Herr gemacht hat ...« – »Ja, Sir!«

»... Wir wollen jetzt jubeln und uns an Ihm freuen!«

»Sprüche?« – »Psalm hundertachtzehn!«

Schwester Herman war froh zu sehen, dass Father Tim offenbar wieder gesund und gut gelaunt war.

Sehr geehrter Herausgeber,

der Ausdruck »Yankee« hat im Süden einen feindseligen Unterton. Er bezeichnet nicht nur den Ort, von dem der Betreffende stammt, sondern beschreibt diese Person gleichzeitig als Trottel. Ich persönlich komme aus dem Norden und sehe es nicht gern, wenn man mich einen Yankee nennt. Ich möchte vorschlagen, dass Sie, wenn Sie über den unglückseligen mehrfachen Mord schreiben, der sich im Grau der Geschichte verliert, aus Respekt den Ausdruck »Unionssoldaten« verwenden. Und noch etwas, warum sagen die Leute, jemand stamme von oben aus dem Norden? Natürlich liegt der Norden oben, geradeso wie der Süden unten liegt.

Was mich betrifft, ziehe ich es vor, als Sohn der Stadt Boston bezeichnet zu werden. Vorwärts, Socks!

Hochachtungsvoll
Richard Crandon,
POLITISCH KORREKT UND STOLZ DARAUF!!

HENDRICKS ANWALT: MANDANT WIRD AM ENDE SIEG DAVONTRAGEN

Wieder einmal hat Mrs Edith Mallory, die seit mehr als zwanzig Jahren in Mitford ansässig ist, sich geweigert, mit der

Mitford Muse *zu reden. Ihr Anwalt war für einen Kommentar nicht zu erreichen.*

John Cutliffe, der Rechtsanwalt von Coot Hendrick, einem Bewohner der Stadt und Ururenkel des Gründers von Mitford, hat verlautbaren lassen, dass Mr Hendrick in der zweiten Oktoberhälfte vor Gericht erscheinen werde. Mr Cutliffe erklärt, dass Mr Hendrick, der kürzlich auf eine Kaution von fünfhundert Dollar wegen unerlaubten Betretens des Malloryschen Besitzes aus dem Gefängnis freigelassen wurde, auf schuldig plädieren wird.

»Mr Hendrick hätte nicht das Gesetz brechen dürfen, um auf Privatbesitz nach Gräbern zu suchen«, sagte er. »Aber es geht hier um größere Dinge, und ich glaube, dass mein Mandant am Ende den Sieg davontragen wird.«

Mr Hendricks betagte Mutter, Mrs Marshall Hendrick, hat sich erboten, bei der Gerichtsverhandlung das von ihrem Urgroßvater verfasste Lied zu singen. Es enthält Hinweise darauf, dass ihr Vorfahr, Hezekiah Hendrick, fünf Yankeesoldaten getötet und auf dem Besitz begraben hat, auf dem einst die bescheidene Hütte unseres Stadtgründers stand und der jetzt als Clear Day bekannt ist und Mrs Mallory gehört.

Mrs Hendrick erklärte der Mitford Muse gegenüber, dass sie überdies bereit sei, das Lied für jede lokale Organisation oder Gruppe zu singen, die es hören will.

Für nähere Informationen darüber, wie sie Mrs Hendrick für Ihren Club oder Ihre Gruppe bekommen können, rufen Sie die 555-6240 in der Gemeindeverwaltung an und fragen Sie nach Mildred. Lassen Sie sich in die Liste eintragen, und bringen Sie Ihren Kassettenrekorder mit! Bitte, nehmen Sie zur Kenntnis, dass Mrs Hendrick einen rollstuhlgerechten Zugang zum Verwaltungstrakt benötigen wird.

Er war nervös wie ein Schuljunge. Dem Kalender nach waren nur zwei Wochen vergangen, aber nach seiner inneren Uhr waren es zwei Jahre gewesen.

Er kleidete sich mit besonderer Sorgfalt an und zerbrach sich den Kopf wegen seiner Haare, die, wie er glaubte, ihr nicht gefallen würden – wieder einmal sahen sie aus wie eine Chrysantheme, und dagegen ließ sich nichts mehr tun. Er befeuchtete sie mit Haarwasser, kam dann aber zu dem Schluss, dass ihn das zu förmlich wirken ließ. Also zerzauste er sie wieder. Unmöglich; er sah aus, als sei er soeben erst aus dem Bett gefallen.

»Puny«, sagte er, während sie mit Makkaroni und Käse beschäftigt war, ganz zu schweigen von ihrer Schokoladentorte, »ich muss in einer Stunde am Flughafen sein. Sehen Sie sich meine Haare an. Können Sie da was machen?

Sie musterte ihn eingehend. »Drehen Sie sich um«, sagte sie.

Er drehte sich um.

»Nichts.«

»Nichts was?«

»Ich kann nichts daran machen.«

»Oh«, sagte er.

Ausgerechnet, dachte er, *ausgerechnet!* Als er seine Frau aus dem kleinen Zubringerflugzeug aus Charlotte steigen sah, schossen ihm die Tränen in die Augen.

Obwohl er zutiefst verlegen war, fand sie seine Tränen wunderbar und vergoss obendrein selbst welche.

Einige Sekunden lang saßen sie händchenhaltend auf dem Parkplatz.

»Hi«, sagte er.

»Selber hi.«

Während der Fahrt ins Bergland erzählte zuerst sie ihm alles – von der großen Begeisterung der Zuhörer in den Schulen und dass sie in Montana auf ein Pferd gestiegen sei, aber nur, um sich fotografieren zu lassen. Außerdem erzählte sie ihm die komische Geschichte, die sie auf dem Weg nach San Francisco erlebt hatte, und sprach von neuer Inspiration für die Violet-Bücher und von ihrer absoluten, abgrundtiefen Erschöpfung …

Dann erzählte er ihr alles – von dem Besuch bei Lon Burtie, von der Zufallsbegegnung mit Millie Tipton, von Bill Sprouses hochwillkommenem Telefonanruf, von der Predigt am Sonntag, von dem Ausflug nach Kinloch.

Obwohl Letzteres sie, gelinde gesagt, in Wut brachte, würde er ihr nie wieder etwas vorenthalten.

Wenn er schon sonst nichts gelernt hatte, das hatte er gelernt.

»Richtig gut«, sagte Dooley. Puny grinste. »Danke, Kollege!« Ein Kompliment von Dooley Barlowe konnte man sich rot in den Kalender schreiben.

Father Tim schob seinen Stuhl vom Küchentisch zurück. »Wir sollten auf die Veranda hinausgehen.«

»Du und Dooley?«, fragte Cynthia.

»Wir alle, die ganze Truppe.«

Warum benutzten die Leute heutzutage ihre Veranden nicht mehr? Gelegentlich hörte er von einer Verandarenaissance und einige abenteuerlustige Seelen setzten sich nach draußen, aber der Trend verlor sich jedes Mal wieder.

Father Tim und Cynthia ließen sich auf eine Bank fallen; Dooley setzte sich auf die Bank ihnen gegenüber.

»Ich muss in …« – Dooley sah auf seine Armbanduhr – »in zehn Minuten aufbrechen.«

»Hast du deinen Rasierapparat eingepackt?«, fragte Tim. Der Himmel wusste, er selbst hatte ihn zweimal vergessen, und man hatte ihn mit Luftpost nach Georgia nachschicken müssen.

»Ja, Sir.«

»Und das Geld, das Cynthia dir gegeben hat?«

»Das ist hier.« Dooley klopfte auf seine Jeanstasche. Ein Hundertdollarschein.

»Und das ich dir gegeben habe?«

»An derselben Stelle. Noch mal hundert. Und vielen Dank auch.«

»Du bist bei Lews vorbeigefahren.«

»Ja. Benzin, Öl, Luft in den Reifen.«

»Und obendrein Makkaroni und Käse«, sagte Father Tim, dankbar für diesen Jungen, diesen Augenblick. »Nicht schlecht für einen Tag.«

»Vergiss den Schokoladenkuchen nicht«, meinte Dooley und deutete auf den Papierbeutel, der neben ihm auf der Bank lag. »Der wird Geschichte sein, bevor ich Spartanburg erreiche.«

Father Tim fand, dass Dooley Barlowe aussah wie ein Prinz in seinem T-Shirt der Universität von Georgia und den gebügelten Khakihosen. Er vermisst jedoch die Sommersprossen. »Was ich schon lange fragen wollte – was ist aus deinen Sommersprossen geworden? Ich sehe nur drei oder vier, maximal.«

Dooley zuckte die Achseln. »Keine Ahnung. Sie sind einfach irgendwie verschwunden.«

»Wegrasiert!«, erklärte Cynthia, die eingeweiht zu sein schien. »Bitte, mach dir keine Sorgen; wir werden uns bemühen, nächste Woche Sammy zu besuchen, und wir werden dich wegen Thanksgiving auf dem Laufenden halten.«

»Wir glauben, dass sich alles zum Besten entwickeln wird«, sagte Father Tim.

»Oh, seht mal!« Cynthia stand auf und winkte Lace Turner zu, die im Laufschritt den Gehweg herunterkam, mit Guber an der Leine, der sie hinter sich herzerrte.

»Lass uns rübergehen und Hallo sagen!« Father Tim eilte die Treppe hinunter.

Dooleys Gesicht war wie versteinert, als Cynthia nach seinem Arm griff. »Komm schon, du großer Lümmel.«

Sie trotteten zum Gehweg hinüber, wo Cynthia Lace soeben voller Zuneigung umarmte. Father Tim folgte ihrem Beispiel, während ein wortkarger Dooley danebenstand.

»Hi, alle miteinander!«, sagte Lace. »Das ist Guber. Für *gubernatorial.*«

Father Tim fand, dass Lace Turner ein wahrer Augenschmaus war – ihr Lächeln erhellte die ganze Straße.

»Olivia und ich brechen in ein paar Stunden nach Virginia auf, deshalb musste ich vorher einen langen Spaziergang mit Guber machen.« Sie bückte sich und streichelte ihrem Welpen den Kopf. »Es ist mir grässlich, ihn zurücklassen zu müssen.«

Guber zappelte sich frei und vollführte einige hohe Luftsprünge, die auf Dooleys Brust zielten.

»Nein, Guber! Runter!« Lace versuchte, den Welpen mit der Leine im Zaum zu halten. »Runter!«

»Hi«, sagte Dooley zu Guber.

»Nein, Guber!«

Als Lace den Welpen auf die Arme nahm, blickte Father Tim zu Dooley hinüber, der seinerseits Gubers Frauchen betrachtete.

»Ich freue mich, dass du deinen Bruder gefunden hast«, sagte Lace.

»Danke.«

In Dooleys blauen Augen erkannte Father Tim Verlangen, Zärtlichkeit, Zurückweisung ... Hoffnung. Er wandte sich hastig ab, seltsam beschämt, die Seele seines Jungen so gänzlich entblößt gesehen zu haben.

Er wusste, dass er sich wegen Reba Sanders niemals würde Sorgen machen müssen. Nein, ganz und gar nicht.

»Timothy, sie hat das früher schon einmal getan. Du erinnerst dich sicher noch an den Tag, an dem du nach Hause gekommen bist und ausgesehen hast, als wärest du in einen Katzenkampf geraten. Du warst die ganze Nacht im Haus dieser Frau gefangen, meilenweit entfernt von jeder Menschenseele ...«

»Ungefähr anderthalb Meilen. Ja.«

»… Und jetzt hat sie es wieder getan. Dich einfach so einzusperren! Was wird sie als Nächstes tun? Ich werde das nicht zulassen. Ich werde es nicht *zulassen!*

Und dieser grässliche Handlanger, den sie sich da zugelegt hat und der wie ein Kater mit dem Maul voller Federn durch Mitford schleicht. Wäsche! Wäsche! Reinigung!«

Sie verteilte den Inhalt ihres Koffers auf verschiedene Häufchen auf dem Teppich.

»Ich habe diese Frau nie leiden können, keine Sekunde lang, warum lässt sie Mitford nicht einfach in Ruhe? Sie war ohnehin nie eine von uns, immer so herablassend und arrogant und eingebildet, als wären wir Ungeziefer, das man zertreten kann, und meinem Mann nachzuschleichen wie eine Schlange, von deren Zähnen das Gift tropft …«

»Beruhige dich. Komm her und setz dich für einen Moment.« Er zog sie auf seinen Schoß in den Ohrensessel. »Es ist schon in Ordnung. Sie wird Clear Day verkaufen. Sie sagt, sie verabscheue Mitford. Ich glaube, wir werden nichts mehr von ihr hören und sehen.«

Er erforschte sein Herz, um herauszufinden, ob er das wirklich glaubte.

»Aber wie kannst du das sagen? Das war ein ganz schäbiger, boshafter Trick. Sie hat bestimmt noch irgendein anderes bösartiges Täuschungsmanöver in der Hinterhand, etwas, das viel gefährlicher ist, als für eine Stunde mit ihr in einem Raum eingeschlossen zu sein. Obwohl mir kaum etwas Schlimmeres einfällt, als mit dieser gesetzlosen, unbußfertigen Hexe in einem Raum *eingekerkert* zu sein!«

Was konnte er sagen?

»Können wir sie nicht verklagen? Können wir nicht irgendetwas tun? Müssen wir zwei hilflose Opfer sein, die auf den nächsten Schlag warten?«

»Die Sache in Kinloch ist am Ende gut ausgegangen. Das ist nichts, weswegen man einen Menschen verklagen könnte – was für einen Aufruhr das verursachen würde.«

»Timothy, ich kann nicht den ganzen Tag wie ein Kind auf deinem Schoß sitzen, ich habe zu tun!«

Sie rappelte sich von seinem Schoß hoch und kehrte zu ihrem Koffer zurück. »Wäsche! Wäsche! Reinigung! Medizinschrank!«

Pyjamas, Strumpfhosen, ein Rock, eine Tablettenschachtel – der Inhalt ihres Koffers füllte den ganzen Raum.

Er schlich in die Küche hinunter.

»Was geht da oben vor?«, fragte Puny. »Das klingt wie General Shermans Einfall nach Atlanta.«

»Nah dran«, meinte er.

»Timothy! Hier ist dein Bischof!«

»Stuart! Was sagt dein Arzt? Wo liegt das Problem?«

»Stress! Die Geißel der postmodernen Menschheit. Alle Untersuchungsergebnisse waren hervorragend, aber mein Arzt besteht auf einer neuen Lebenseinstellung – Diät, Bewegung und Ruhe. Wie dem auch sei, mir bleibt weniger als ein kurzes Jahr, um den Rest des Kapitals zusammenzubekommen, und ich bin immer noch fest entschlossen, schuldenfrei in dieses Projekt hineinzugehen.«

»Kann nicht jemand anderes den Bau der Kathedrale auf den Weg bringen?«

»Auf keinen Fall! Würdest du deinen liebsten Traum einem anderen überlassen? Außerdem, wenn die Leute spenden, wollen sie von dem Burschen mit dem spitzen Hut gefragt werden.«

»Stuart, Stuart ...«

»Martha benutzt ein neues Kochbuch, ich gehe jeden Tag spazieren und sehe jeden Dienstag die Enkelkinder. Ich werde schon zurechtkommen. Also. Du weißt, dass unsere Diözese die ärmste im Bundesstaat ist. Ich brauche nennenswerte Summen, Timothy.«

Pfarrer Roland, Bischof Cullen ... hörte das denn nie auf?

»Du musst doch einige große Tiere kennen, die ich nicht

kenne«, fuhr Stuart fort, »oder vielleicht jemanden, der unsichtbar in den Akten der Diözese verborgen ist. Die Gemeinde der Lord's Chapel hatte immer ihren Anteil am Geld aus Florida. Hilf mir in dieser Angelegenheit, mein Bruder – sag mir noch mal den Namen dieser Frau, die eine solche Nervensäge war.«

»Edith Mallory. Ich habe keine Ahnung, wie man sie telefonisch erreichen kann – sie hat ein Haus in Florida und ein neues Grundstück in Kinloch.«

»Pat Mallorys Witwe, nicht wahr?«

»Stimmt.«

»Wir können sie finden. Noch jemand?«

»Mir fällt niemand mehr ein. Solltest du es nicht für eine Weile ruhiger angehen lassen?«

»Ich lasse es ruhiger angehen. Ich soll mich jeden Tag um drei Uhr hinlegen.«

Father Tim warf einen Blick auf seine Armbanduhr. »Es ist zehn nach drei, also leg dich hin, zum Kuckuck.«

»Ich liege.«

»Das nennst du liegen? Das ist Geldbeschaffung, das ist Gedrängel und Genörgel, das ist Arbeit!«

»Die ersten drei Millionen waren einfach, aber die letzten drei ziehen sich in die Länge, es ist so, als wollte man Blut aus einer Rübe pressen.«

»Du redest soeben mit einer Rübe, was beweist, wie gering deine Aussichten geworden sind. Ich werde mit Cynthia sprechen, und wir werden dir einen Scheck schicken.«

»Hast du schon eine Ahnung, wie viel?«

»Nicht, bevor ich mit Cynthia geredet habe. Erinnerst du dich an die Predigt, die du uns gehalten hast, bevor wir geheiratet haben? Die über eheliche Finanzen?«

Stuart kicherte. »Du bist ein harter Mann.«

»Es ist schon Schlimmeres über mich gesagt worden.«

»Wann kommst du eigentlich mal wieder in meine Ecke?«, fragte Stuart. »Ich würde gern dein Gesicht sehen.«

»Bald, Bruder, bald. Ich werde kommen und mich von dir noch einmal über diese windgepeitschte Kuhweide schleppen lassen.«

»Mit Freuden! Ich möchte dir die Pläne zeigen; die Kathedrale wird wunderbar, mein Freund, wunderbar! Es wird in ganz Amerika nichts Vergleichbares geben. Gott wird in unserer Holzkathedrale angebetet werden; ich habe festes Zutrauen darauf, dass er zufrieden sein wird.«

»Erwärmen sich die Leute langsam für die Idee?«

»Oh ja! Die meisten verstehen allmählich, dass eine Kathedrale das Zentrum des liturgischen Lebens ist, ein Raum für Musik und Huldigung, für Gebete und Zusammenkünfte. Ich glaube, das päpstliche Image verliert sich langsam, ich wiederhole, langsam, und ich nehme eine wachsende Aufregung wahr, was die Chorschule betrifft.«

»Du bist immer in meinen Gebeten, Stuart.«

»So wie du in meinen bist. Und hör mal – wenn du herkommst, bring Cynthia mit. Ich würde gern als Dreingabe noch ihr schönes Gesicht sehen.«

»Sie ist ein Schatz.«

»Das wusste ich schon vor dir!«

»Immer erpicht darauf, die Lorbeeren für dich einzuheimsen. Ein echter Bischof eben.«

Sie lachten unbefangen miteinander. Nur wenige Dinge im Leben waren tröstlicher als eine alte Freundschaft.

Das Geschäft mit seltenen Büchern befand sich eindeutig im Aufwind, wie Hope an den Verkaufsquittungen des letzten Monats erkennen konnte. Sie würde am Ende des Tages der Besitzerin die Ergebnisse mailen und sich auf Helens gewohnte, nur aus einem einzigen Wort bestehende Antwort freuen, ein *Bravo!* In diesem Falle hoffte Hope, dass sie mit einem seltenen Doppelbravo rechnen konnte, wenn man bedachte, dass die unglückliche Werbeaktion des Monats – ein Preisnachlass auf alle Bücher mit dem Wort *Mountain* im Titel – keinen Einfluss auf die allgemeinen Verkaufszahlen gehabt hatte.

Sie ging in den Raum, in dem George am Computer arbeitete.

»Wir haben einen wunderbaren Monat gehabt!«, sagte sie, als er aufblickte. »Sie machen Ihre Sache großartig.«

Sie hatte den Eindruck, dass diese Feststellung ihn irgendwie erschütterte. Seit Tagen war ihr bereits aufgefallen, dass er ungewöhnlich still, ja, sogar reserviert gewesen war.

»Danke.« Er stand auf und sah sie auf eine Weise an, wie er sie noch nie zuvor angesehen hatte. »Es gibt da etwas, das ich Ihnen sagen muss.«

Sie trat zurück, als fürchte sie einen Schlag, dann setzte sie sich auf den klapprigen Stuhl, den sie einmal aus dem Sperrmüll des Herrenausstatters nach Happy Endings geschleppt hatte.

»Ich werde fortgehen«, sagte er.

Fortgehen? Sie versuchte, das Wort laut auszusprechen, konnte es aber nicht.

»Ich wollte warten, bis Sie mit der Buchhaltung fertig waren. Ich weiß, wie sehr Sie diese Arbeit verabscheuen.«

»Fortgehen«, sagte sie.

»Ich gehe wieder ins Gefängnis.«

Sie spürte Tränen in den Augen, sie, die bis vor wenigen Wochen nie geweint hatte. »Das verstehe ich nicht.«

»Ich weiß schon seit einiger Zeit, dass ich nicht hätte herkommen sollen, dass Gott etwas anderes mit mir vorhat. Lassen Sie es mich einmal anders ausdrücken: Ich sollte zwar nach Mitford kommen – es war ungeheuer wichtig für mich herzukommen –, aber ich kann nicht bleiben. Am Anfang wusste ich das noch nicht, als ich es jedoch begriffen und deswegen gebetet habe, hat Gott mir einen Ruf direkt ins Herz gesandt. Er will von mir, dass ich in die Welt der Gefängnisse zurückkehre, im geistlichen Dienst.«

»Ah«, sagte sie.

»Ich werde Ihnen niemals genug dafür danken können, dass Sie mir einen Job gegeben und mir Ihr Vertrauen geschenkt haben.«

Sie zuckte die Achseln.

»Keine Ursache.«

»Ich werde Ihnen niemals genug dafür danken können, dass Sie für mich eingetreten sind, wenn die Leute gehässige Bemerkungen gemacht haben. Sie haben einen starken Charakter, Hope, und ich bin Ihnen sehr dankbar.«

Sie war immer der Meinung gewesen, dass Charakter etwas Altmodisches sei, etwas aus einem Buch, etwas, das zu haben niemandem mehr erstrebenswert zu sein schien, aber wenn es George so viel bedeutete ...

»Danke«, sagte sie.

»Es wird mir leid tun, von hier fortzugehen.«

»Oh«, sagte sie und hörte zu ihrem Entsetzen einen jammernden Unterton in ihrer Stimme.

»Ich werde nach Connecticut gehen – ich kann dort zunächst an einem Ausbildungsprogramm teilnehmen, anschließend werde ich in einem Bundesgefängnis als Geistlicher anfangen. In meinen acht Jahren als Sträfling habe ich Männer kennengelernt, die keine Hoffnung hatten und doch gelernt haben, der einen wahren Hoffnung zu vertrauen. Ich habe miterlebt, wie Familien wieder zusammenwuchsen und das Leben einzelner Menschen sich auf eine Art und Weise veränderte, die sich niemand hätte erträumen lassen – aber nicht jedes Menschenleben hat eine solche Wendung genommen.

Ich erinnere mich gut daran, wie es war, wenn die Zellen um neun Uhr abgeschlossen wurden; wir hatten genau fünf Minuten Zeit, um in unsere Zellen zurückzukehren. Für viele Insassen war das die Zeit der Vergeltung – eine Zeit, in der die dunkle Nacht der Seele sie bei lebendigem Leib verschlang, während ich mit einem Bruder in meine Zelle ging, einem Freund, einem Vertrauten. Wie hart es auch für mich kam, ich hatte diesen Trost, diese Kraft – ich hatte alles, ich konnte es schaffen.«

In einem langen, unbewussten Seufzer stieß sie den Atem aus.

»Mit Gottes Hilfe werde ich als Hilfskaplan dienen – falls ich die Bürokratie überwinden kann.«

»Sie können es schaffen, George! Wenn Er Ihnen helfen wird, kann Er gewiss auch etwas ausrichten, was die Bürokratie betrifft.«

»Da haben Sie's mal wieder, Sie werden Ihrem Namen vollkommen gerecht.« Er lachte, und in seinen Augen leuchteten Tränen. »Ich werde noch zwei Monate hierbleiben, wenn Sie mich haben wollen. Ich werde Ihnen zeigen, wie Sie Ihre Internetverkäufe handhaben müssen, und Ihnen auch sonst helfen, wo ich nur kann. Natürlich können Sie nicht gleichzeitig den Laden führen und sich auch um das Geschäft mit den seltenen Büchern kümmern. Ich bete, dass Gott Ihnen die richtige Person schicken wird.«

»Ich denke ...« Sie holte tief Luft.

»Was denken Sie?«

»Ich möchte Ihnen etwas erzählen.« Sie hatte Angst davor, es ihm zu erzählen, aber es war wichtig. »Ich dachte, ich hätte mich ...« Es war hart und peinlich.

»Ich dachte, ich hätte mich in Sie verliebt, und dann ... ich weiß nicht, was geschehen ist, es hatte etwas damit zu tun, dass ich gefallen und auf all diesen Büchern gelandet bin, denn danach ist mir klargeworden, wie sehr ich Sie als Freund schätze. Ich wusste, dass ich vor allem anderen für Ihre Freundlichkeit mir gegenüber dankbar war.« Abermals holte sie tief Luft und lächelte, als er sich auf die Schreibtischkante setzte und sie ansah, anscheinend erleichtert über ihre Feststellung, erleichtert über alles.

»Nach meinem Sturz habe ich mich vollkommen wohlgefühlt in ihrer Gegenwart, ich hatte keine Angst mehr. Ich möchte Ihnen noch einmal sagen, dass ich nie vergessen werde, wie Sie meinen Namen ausgesprochen haben, als ich im Schaufenster lag.«

Sie beobachtete, wie er ihr beim Sprechen in die Augen sah – in seinen Augen stand ein Glück, das sie anrührte.

»Ich habe wahrhaft angefangen zu hoffen«, fuhr sie fort. »Und ich glaube, dass noch mehr auf mich wartet, auf mein Leben wartet. Ich kann es nicht erklären, ich weiß nicht, was es ist. Aber ich weiß, dass ich dankbar für Sie bin, George. Ich denke, ich kann aufrichtig sagen, dass ich glücklich sein werde, wenn Sie fortgehen.«

Er ließ sich vom Schreibtisch gleiten, zog seinen Stuhl dicht an ihren heran, setzte sich und beugte sich vor.

»Wussten Sie, dass Ihr Name überall in der Bibel steht?«

»Nein«, antwortete sie. »Ich lese die Bibel nicht. Ich habe es einmal versucht, weil es angeblich große Literatur sein soll, aber Mr Wordsworth und Miss Austen schienen mir zugänglicher zu sein. Und die Lektüre von Mr Wodehouse war so viel amüsanter.«

Er lachte leise, und das Geräusch tröstete sie.

»Dann können Sie nicht wissen, dass man Ihn den Gott der Hoffnung nennt.«

Sie spürte eine eigenartige Erregung in sich aufsteigen, etwas, das ein Kind fühlen mochte …

»In seinem Brief an die Römer hat Paulus geschrieben: ›Der Gott der Hoffnung aber erfülle euch mit aller Freude und mit allem Frieden im Glauben, damit ihr reich werdet an Hoffnung in der Kraft des Heiligen Geistes.‹«

Ich vertraue darauf, dass Sie eines Tages zum Glauben finden werden und dass er Sie dann mit Glück und Frieden erfüllen wird. So wird Ihre Hoffnung reich werden und auf das Tausendfache anschwellen. Dafür bete ich täglich.«

»Aber ich will nicht, dass Sie für mich beten, haben Sie das vergessen?«

»Nein, ich weiß es noch.« Er rollte seinen Stuhl zurück zum Computer. »Übrigens, ich wäre Ihnen sehr dankbar, wenn Sie nichts zu Father Tim sagen würden, bevor ich ihn am Mittwoch getroffen habe.«

»Ich verspreche es. Weiß Harley es schon?«

»Ich habe es ihm gestern Abend erzählt.«

Sie nickte und machte Anstalten, den Raum zu verlassen.

»Hope?«

»Ja?«

»Ich meine mich zu erinnern, auch ein Gebäude gesehen zu haben, das nach Ihnen benannt ist.«

»Wirklich?«, fragte sie lachend.

»Das Haus der Hoffnung. Hope House. Waren Sie schon einmal dort?«

»Noch nie!«

»Über der Tür, eingraviert in Kalkstein, werden Sie Folgendes finden: ›Schenke uns dein Erbarmen, Herr, so wie wir … es von dir erhoffen.‹ Sein Grinsen konnte man nicht anders als warm und zugleich schelmisch bezeichnen.

»Da laust mich doch der Affe«, sagte sie und grinste zurück. »Wir sollten uns lieber wieder an die Arbeit machen, sonst werden wir im nächsten Monat nichts verkaufen.«

Gerade als die Brötchen aus dem Ofen kamen, klingelte das Telefon. »Hallo!«, sagte er, ausstaffiert mit zwei zueinander passenden Ofenhandschuhen.

»Reverend! Marion Fieldwalker hier, ich habe Neuigkeiten, die etwas Besseres verdienen als eine E-Mail!«

»Ich bin ganz Ohr.«

»Junior und Misty haben einen kleinen Jungen bekommen! Um vier Uhr heute Nachmittag!«

»Dank sei Gott!«

»Sie werden seinen Namen niemals erraten!«

»Jedediah?« Niemand schien heutzutage noch Namen zu benutzen, die auf »-iah« endeten.

»Er heißt Timothy! Benannt nach keinem Geringeren als Ihnen höchstpersönlich.«

Er war sprachlos. Soweit er wusste, war noch nie jemand nach ihm benannt worden.

»Das sind ja wunderbare Neuigkeiten, Marion! Richten Sie den beiden meine Glückwünsche aus; wir werden sofort ein Geschenk auf den Weg bringen.«

Nachdem er aufgelegt hatte, drehte er sich zu seinem Hund um. »Junior und Misty Bryson, du erinnerst dich an sie, haben einen kleinen Jungen bekommen!« Barnabas legte den Kopf schräg. »Sie haben ihn Timothy genannt«, fuhr er stolz fort. »Nach mir.«

Er zog die Handschuhe aus und rannte zur Treppe hinüber.

»Cynthia! Junior und Misty haben einen kleinen Jungen bekommen.«

»Wie schön!«, sagte sie und erschien an der obersten Treppenstufe, bekleidet mit einem Chenillemorgenmantel, den sie ihrem eigenen Geständnis zufolge seit der Watergate-Affäre besaß.

»Das Essen ist fertig. Sein Name ist Timothy.«

»Timothy! Mein Lieblingsname!«

»Sie haben ihn nach mir genannt.«

»Meinen Glückwunsch, Liebster, was für eine Ehre.« Sie warf ihm eine Kusshand zu. »Würde es dich stören, wenn ich in diesem alten Morgenmantel nach unten käme, den du mit solcher Leidenschaft hasst?«

»Natürlich nicht. Wenn ich Zeit hätte, würde ich in meinen alten Morgenmantel schlüpfen, den du mit solcher Leidenschaft hasst.«

»Timothy Bryson«, murmelte er bei sich, als er in die Küche ging, um ihre Teller fertig zu machen. »Timothy Bryson! Ein schöner Name.«

Seine vom Reisen erschöpfte Frau fiel über die Lachsroulade her, als hätte sie seit Wochen nichts mehr gegessen.

»Himmlisch!«, murmelte sie. »Göttlich!«

»Danke.« Seine Wangen wurden warm vor Freude. »Ich habe das Rezept von Avis.«

»Perfekt!«

Er hatte ihre grenzenlose Begeisterung fast vergessen, es war wunderbar, wieder an dieser Begeisterung teilhaben zu dürfen, sein Leben war leer gewesen ohne Cynthia …

Sie blickte ihn über den Rand der Vase mit spät blühenden Rosen hinweg an. »Es ist kein Wunder, dass die Frauen hinter dir her sind, Timothy.«

»Ich bitte dich …«

»Es ist wahr. Du siehst gut aus, bist charmant, aufmerksam, sensibel – und du kannst *kochen!* Genau die Kombination, von der jede Frau träumt. Aber …« Sie tupfte sich mit ihrer gestärkten Serviette den Mund ab und schob noch einen Bissen Wildreis auf ihre Gabel. »Etwas solltest du nicht vergessen …«

»Ja?«

»Du gehörst mir.«

Er lachte.

»Ganz und gar mir.«

»Amen«, sagte er.

»Total, vollkommen und ausschließlich mir, gerade so, wie es im Ehevertrag steht.«

»Ich habe es einmal geschworen, ich schwöre es wieder.«

»Also, nimm dich in Acht, Meister.«

»Abgemacht«, sagte er und grinste wie ein Idiot. Er liebte es, wenn sie so redete.

22

Im Staub

»Es heißt ›Laptop‹. Muss man ihn wirklich auf dem Schoß benutzen?«

»Natürlich nicht! Ich benutze meinen nur deshalb auf dem Schoß, weil ich ihn sonst nirgendwo hinstellen kann, wenn ich in Ihrem Arbeitszimmer sitze. Was für eine Frage!«

Emma verdrehte die Augen, als sei er der letzte Trottel. Der Computerverkäufer blickte zur Decke, als zähle er die Schalldämmplatten.

Warum musste er das überhaupt tun? Lieber wäre er in den Garten hinausgegangen und hätte Würmer gegessen.

Er ging zu Winnie Ivey Kendalls Haus, das einstmals Olivia Harpers Mutter gehört hatte, und in dem danach Miss Sadie und Louella bis zu Miss Sadies Tod gelebt hatten. Bäumchen wechsle dich!

Er war zu einer Hutparty hier gewesen, er hatte Olivia in jener schrecklichen Stunde vor ihrer Herztransplantation besucht, er war an dem Tag, an dem sie ihre Autoschlüssel an den Nagel gehängt hatte, bei Miss Sadie gewesen, und jetzt stattete er Winnies Bruder, der außerdem sein pensionierter Friseur war, einen Besuch ab. Tatsächlich, hinter jeder Tür, an die ein Priester klopfte, spielte sich ein in steter Veränderung begriffenes Drama ab.

Joe Ivey öffnete die Tür, unrasiert, barfuß und im Pyjama.

»Ich bin nur auf einen Sprung vorbeigekommen, um mir eine Kleinigkeit von den Seiten runternehmen zu lassen«, sagte Father Tim. Joe fand diese Bemerkung nicht komisch.

»Ich werde nur eine Minute bleiben, ich wollte nur sehen, wie Sie zurechtkommen.«

Joe humpelte zum Sofa, auf dem ein Kissen und Decken warteten. Er legte sich hin und überließ seinen Besucher sich selbst. »Ich werd's schon schaffen.«

Father Tim setzte sich in einen abgenutzten, seidenbezogenen Sessel, der früher Olivias verblichener Mutter gehört hatte. »Hoppy sagt, Sie werden prima zurechtkommen, wenn Sie sich an seine Anweisungen halten. Und da, mein Freund, liegt der Hase im Pfeffer.«

»Welcher Hase?«

»Das Befolgen der ärztlichen Anweisungen.«

Joe brummte etwas Unverständliches und zog sich die Decke bis ans Kinn hoch.

»Und denken Sie nur, was vor Ihnen liegt!«

»Was liegt vor mir?«, fragte Joe argwöhnisch.

»Sie sind jetzt im Ruhestand, Sie können angeln gehen!«

»Ich hab noch nie im Leben geangelt, und ich glaube nicht, dass ich jetzt damit anfangen werde.«

»Aha. Also, was werden Sie tun?«

»Kreuzstickerei«, antwortete Joe.

»*Kreuzstickerei?* Das übertrifft alles, was ich je gehört habe. Allerdings habe ich vielleicht auch gar nicht richtig verstanden ...«

»Auch Männer machen ab und an Nadelarbeiten.« Joe sah eindeutig verärgert aus.

»Ja, aber ich hätte nicht mal im Traum gedacht, dass Sie das interessieren würde.«

»Also, was könnte mich Ihrer Meinung nach interessieren?«

»Ich weiß nicht; ich habe noch nie darüber nachgedacht. Vielleicht hätten Sie Lust ... bei Wal-Mart drüben in Wesley Kunden zu begrüßen?«

Joe warf ihm einen drohenden Blick zu. »Sie machen sich über mich lustig.«

»Man verdient dort gutes Geld und lernt eine Menge netter Leute kennen.«

»Ich habe alle netten Leute kennengelernt, die ich je kennenlernen wollte«, sagte Joe. »Ich brauch nicht noch mehr nette Leute kennenzulernen.«

Das Leben eines Priesters war hart. Man musste versuchen, kranke Menschen aufzumuntern, selbst wenn sie nicht die leiseste Absicht hatten, sich aufmuntern zu lassen.

Er sprach mit der Verwaltungschefin vom Haus der Hoffnung; alle Zimmer waren belegt. Obwohl Mr Berman der älteste der Bewohner war, hatte er deutlich gemacht, dass er nicht die Absicht hege, in nächster Zeit irgendwo hinzugehen, und die Bewohnerin, mit deren Tod sie in der vergangenen Woche gerechnet hatten, war wieder bei Kräften und plante die Feier zu ihrem neunzigsten Geburtstag. Dennoch, angesichts von Miss Roses Verbindung zu Miss Sadie würde die Verwaltungschefin alles in ihren Möglichkeiten Stehende tun, sobald ein Zimmer frei wurde.

Warum steckte er immer seine Nase in anderer Leute Angelegenheiten? Diese zwanghafte Beschäftigung, die ihn sein Leben lang begleitet hatte, war ihm stets unbegreiflich gewesen, vor allem, da sie ihn häufig in die Klemme brachte.

Er rief Betty Craig an.

»Betty, jetzt, da Russell nicht mehr ist …«

»Sprechen Sie es nicht aus, Reverend. Ich hatte gehofft, Sie würden nicht anrufen, ich weiß, was Sie von mir wollen.«

»Was will ich denn von Ihnen?«

»Sie wollen, dass ich mich um Miss Rose Watson kümmere und vielleicht auch um Onkel Billy, wenn er durchkommt.«

»Oh, er wird durchkommen, ganz sicher. Was ich vorschlagen möchte, ist …«

»Es jagt mir schon eine Gänsehaut über den Rücken, wenn ich auch nur daran *denke,* mich um Miss Rose kümmern zu müssen.«

»Ich verstehe vollkommen, Betty, aber überlegen Sie einmal – Sie sind die Beste, die wir haben.«

»Nein, Sir, versuchen Sie nicht, mir Honig um den Mund zu schmieren, ich bin die *Einzige,* die Sie haben, abgesehen vom Haus der Hoffnung.«

»Stimmt. Aber Sie sind die Beste, Betty. Sehen Sie nur, was Sie für Russell Jacks getan haben – Sie haben sein Temperament gemildert, sein Leben verlängert …«

»Meines verkürzt …«

»Betty, wie wäre es, wenn Sie zweimal am Tag zum Stadtmuseum gehen würden, einmal morgens und dann wieder nachmittags, mehr nicht? Ich bitte Sie ja gar nicht darum, jemanden in Ihr Haus aufzunehmen, wie wir es bei Russell getan haben.«

»Zweimal am Tag?«

»Das ist alles, bis wir im Haus der Hoffnung ein freies Zimmer bekommen. Es muss jemand ein Auge auf Onkel Billy halten; er könnte seine Medikamente absetzen, und ich habe den Verdacht, dass Miss Rose ihre eigenen Medikamente ebenfalls nicht allzu regelmäßig nimmt.«

Betty seufzte.

»Vielleicht könnten Sie sich zweimal am Tag um die Mahlzeiten der beiden kümmern, wenn Sie schon mal dort sind. Wir werden jemanden einstellen, der ins Haus kommen und saubermachen wird.«

Betty dachte nach …

»Ich wäre wohl keine gute Christin, wenn ich Ihnen Ihre Bitte abschlagen würde«, sagte sie.

»Wenn Sie mich abweisen, hätte das nicht zwangsläufig etwas mit der Frage zu tun, ob Sie eine Christin seien, gut oder nicht gut.«

Betty dachte immer noch nach.

»Wie wäre es, wenn ich in diese Angelegenheit bete und Sie dann zurückrufe, Reverend? Wären Sie damit einverstanden?«

»Ich denke, das ist eine der klügsten Antworten, die mir seit langer Zeit gegeben worden sind«, sagte er.

»Trocken, wie?«

»Die schlimmste Trockenheit seit Jahren, soweit ich mich erinnern kann. Tanken Sie doch bitte auf, und saugen Sie den Wagen, falls das Angebot noch gilt.«

Father Tim schob sich hinter dem Lenkrad hervor und suchte nach einem Papiertuch, um seine Windschutzscheibe zu säubern.

»Ich werd' das Staubsaugen wohl nicht mehr lange anbieten«, meinte Lew.

»Warum denn das?«

»Das Alter. Das Alter und die Fahrten nach Tennessee jedes Wochenende. Ich fühl mich wie Braunbier mit Spucke.«

»Ich hab schon darüber nachgedacht – wie schaffen Sie es, Earlene in dieser Stadt geheim zu halten? Hat denn noch niemand erraten, dass Sie irgendwo auswärts einen Schatz haben?«

»Nein, Sir, ich erzähl den Leuten, ich würd meine alte Tante besuchen.«

»Sie haben eine alte Tante in Tennessee?«

»Ja, Sir, hab ich. Die Tante, die mir beigebracht hat, wie man Gurken einlegt.«

»Das ist natürlich eine praktische Erklärung, aber ich weiß nicht, wie lange Sie damit durchkommen werden.«

»So trocken wie Zunder«, sagte Lew, während er Exxon-Benzin in den Tank des Mustangs pumpte. »Das Rauchen in der Nähe der Tankstelle erlaub ich erst wieder, wenn wir einen ordentlichen Regen hatten.«

»Ist Harley irgendwo in der Nähe?«

»In der Abschmierhalle.«

»Harley!«

»Reverend, wie geht's Ihnen denn so?«

Allein der Anblick von Harley Welch machte ihn glücklich. »Könnte nicht besser sein!«, antwortete er. »Ich vermisse Sie.«

»Ich vermisse Sie auch«, sagte Harley.

»Wir sollten uns mal wieder zusammensetzen.«

»Ja, Sir. Wann würd' es Ihnen denn passen?«

»Sie und George kommen Freitagabend zu uns. Ich werde ein Mississippi-Barbecue machen.«

Da war es wieder, Harleys zahnloses Grinsen, das ihm bis über die Ohren reichte.

Emma hatte ihm gezeigt, wie man online ging, und nach sorgfältigsten Überlegungen hatte er sich für eine E-Mail-Adresse und ein Passwort entschieden.

Er fand, dass diese Adresse die raffinierteste, einzigartigste Idee war, die er seit Menschengedenken gehabt hatte, aber irgendjemand hatte sie vor ihm gehabt. Wer sonst konnte auf etwas Derartiges verfallen sein? Er probierte noch drei weitere raffinierte und einzigartige Adressen aus, bis eine endlich akzeptiert wurde. Das Passwort, *Barnabas,* schaffte es durch sämtliche Labyrinthe, die man für dergleichen angelegt hatte, was immerhin ein kleiner Trost war.

Er saß neben Emma, während sie eine E-Mail an Walter und Katherine verschickten, eine Tat, die die beiden garantiert vom Hocker reißen würde, aber Emma war kaum fortgegangen, als er auch schon alle ihre Erklärungen und Anweisungen vergessen hatte, und sich nicht mehr zusammenreimen konnte, wie man das Ding ausschaltete.

Da die winzigen Hieroglyphen und Anweisungen in den schwarzen Kästchen schwer zu lesen waren, holte er eine Lupe hervor und kam zu guter Letzt dahinter, wie man den Computer ausschaltete. Als er ihn wieder hochfuhr, um sich davon zu überzeugen, dass er ihn nicht beschädigt hatte, sah er sich mit einer schrecklichen Warnung auf dem Bildschirm konfrontiert, einer schrecklichen Prophezeiung, die die schlimmsten Befürchtungen in ihm weckte.

Er schaltete das Ding aus und klappte den Deckel zu, und da seine Frau nicht zu Hause, sondern in einem Bibelkurs war, machte er sich kopfschüttelnd auf den Weg zum Mittagessen in der Grillstube.

»Trocken«, sagte Mule. »Das Gras in meinem Garten ist Geschichte.«

Percy stellte zwei Gläser Wasser auf den Stammtisch. »Mein Garten war nur noch Zunder, ich hab ihn umgepflügt. Die gesamte Ausbeute bestand aus vier kleinen Tomaten, einer Handvoll Limabohnen und drei Maiskolben, die ich an die Eichhörnchen verfüttert habe.«

»Ich habe in diesem Jahr überhaupt nicht gegärtnert«, bemerkte Father Tim.

»Wenn Sie ein Jahr aussetzen wollten, war dieses genau das richtige dafür.«

»Absolut wahr.«

»Was wollen Sie denn haben?«

»Wir warten auf J.C.«, sagte Mule. »Sie können mir eine Cola Light bringen. Nein, mal sehen ... lieber eine Pepsi.«

»Pepsi Light«, sagte Percy und machte sich eine Notiz.

Mule schüttelte den Kopf. »Pepsi Light mag ich nicht.«

»Also bestellen Sie eine normale Pepsi? Habe ich das richtig verstanden?«

»Jawohl.«

»Was ist mit Ihnen?«

»Wasser«, sagte Father Tim. »Hier steht schon welches.«

»Was ist denn das Spezialgericht heute?«, wollte Mule wissen.

»Hühnermagen«, antwortete Percy.

Mule schlug sich an die Stirn.

»Ich habe ganz vergessen, dass heute Dienstag ist. Ich finde, Sie sollten dienstags zwei Spezialangebote bringen, damit man eine Wahl hat.«

»Das ist kein Vier-Sterne-Restaurant, wo's mehr Spezialangebote gibt als Gerichte auf der regulären Speisekarte. Das Ganze ist ohnehin schon lästig genug.«

»Meine Herren?«

»Pfarrerin Tipton!« Father Tim sprang auf und schüttelte Mitfords neuer Methodistenpfarrerin die Hand.

»Meinetwegen brauchen Sie nicht aufzustehen, Reverend.«

»Es wird Zeit, dass man den Geistlichen hier in der Stadt ein wenig Respekt entgegenbringt.«

Mule erhob sich und schüttelte Pfarrerin Tipton begeistert die Hand.

»Meinen Sie, dass sich hier noch jemand hereinquetschen kann, oder würde ein anderer Tag Ihnen besser passen?«

»Wir haben immer noch ein Plätzchen frei!«

»Ja, Ma'am!«, sagte Mule. »Immer!«

»Wir warten nur noch auf unseren Zeitungsredakteur, J. C. Hogan, er wird jeden Augenblick kommen.«

Mule setzte sich schnell hin und rückte bis zur Ecke durch. »Bitte schön!«, sagte er zu Millie Tipton und klopfte auf den Platz an seiner Seite.

Father Tim stellte zu seiner Enttäuschung fest, dass er auf diese Weise gezwungen sein würde, neben J. C. zu sitzen, ein Platz, an dem normalerweise nur J. C. saß und natürlich seine Aktentasche, die, grob geschätzt, die Größe eines Lieferwagens hatte.

Es gab keinen Zweifel, die neue Pfarrerin war eine attraktive Frau – hochgewachsen, dunkelhaarig und mit ihrer an einer Perlenkette baumelnden Brille sah sie in einem schwarzen Hemd mit Kragen besser aus, als er es jemals tun würde.

Millie Tipton war, wie sie bald feststellten, ein Quell von Informationen. Sie stammte aus Daphne in Alabama, und ihre Eltern wohnten noch immer dort. Sie war glücklich darüber, in Mitford zu sein. Sie mochte die italienische Küche, stellte in ihrer Freizeit Quilts her und las gern. Außerdem wohnte sie an der Straße nach Farmer in einem kleinen Haus mit zwei Hunden, einer Katze und einem Dahlienbeet, das trotz der Dürre zu gedeihen schien.

»Sieht so aus, als hätten wir jetzt zwei Geistliche hier in der Stadt.« Mule schien äußerst erfreut über diese Tatsache zu sein.

»Drei Geistliche«, warf Father Tim ein. »Vergessen Sie Pfarrer Talbot von der Lord's Chapel nicht.«

»Eine Verkehrsampel und drei Geistliche. Das ist eine ungewöhnliche Quote.« Mule drehte sich um und musterte seine Tischpartnerin. »Nie verheiratet gewesen?«

»Noch nicht«, sagte sie und machte ganz den Eindruck, als sei ihr das nur recht.

Percy kam an den Tisch, um Millie Tipton zu begrüßen, und erklärte, er sei als Methodist erzogen worden, vor zwanzig Jahren jedoch zu den Baptisten übergetreten.

»Dann werden sie wahrscheinlich wissen«, sagte Millie, »wie viel Mann die Baptisten brauchen, um eine Glühbirne auszuwechseln.«

»Nein, Ma'am, ich kann nicht behaupten, dass ich das wüsste.«

»Mindestens fünfzehn. Einen, der die Birne auswechselt, und drei Ausschüsse, um diese Änderung gutzuheißen und zu beschließen, wer das Brathuhn mitbringt.«

Percy hielt sich vor Lachen die Seiten.

»Ich bin jetzt ebenfalls Baptist, aber erzogen wurde ich als Lutheraner«, bemerkte Mule, der versuchte, informativ zu sein.

»Ah, die Lutheraner! Jeder weiß, wie viele *Lutheraner* es braucht, um eine Glühbirne auszuwechseln.«

Sie blickte in die Runde und amüsierte sich offenkundig bestens.

»Wie viele?«, wollte Mule wissen.

»Keinen einzigen. Die Lutheraner mögen keine Veränderung.«

Schallendes Gejohle und Schenkelklatschen. Die beiden

Gemeinderäte am vorderen Tisch fanden, dass die Leute am hinteren Tisch reichlich Lärm schlugen …

»Na schön«, sagte Percy. »Kommen wir mal zur Sache, ich bin unterbesetzt. Soll J.C. doch bleiben, wo er will, wenn er herkommt. Was darf ich Ihnen bringen, Frau Pfarrerin?«

»Bitte, nennen Sie mich Millie!«

Percy hatte nicht die geringste Absicht, einen Geistlichen beim Vornamen zu nennen, erst recht keinen gut aussehenden, weiblichen Geistlichen.

Millie setzte ihre Brille auf. »Mal sehen … ich kenne diese Speisekarte noch nicht, es wird einen Moment dauern. Bitte, bestellen die Herren doch schon einmal.«

»Ich nehme das Thunfischsandwich auf Vollkornweizen«, sagte Father Tim. »Getoastet, ohne Mayonnaise und mit einer Portion Kohlsalat.«

»Er weiß immer genau, was er will«, informierte Mule Millie.

»Nun mal dalli«, warf Percy ein.

»Ich bin bereit, mein Freund. Machen Sie mir einen Hotdog mit allem Drum und Dran!«

»Hotdog mit allem Drum und Dran.«

»Genau. Ohne Zwiebeln und Senf, und lassen Sie den Meerrettich weg.«

Percy schüttelte den Kopf.

Millie Tipton schenkte Percy ein breites Lächeln. »Und ich nehme Hühnermagen.«

Er verbrachte einen ganzen Nachmittag im Kinderkrankenhaus, lachte, weinte, erzählte Geschichten, beriet eine Mutter, hielt kleine Hände und betete. Ein Besuch im Krankenhaus war jedes Mal ein emotionales Konditionstraining; anschließend war er entweder voller Jubel oder benommen von all dem Leid. Grauzonen gab es da nicht.

Ihm kam der Gedanke, Millie Tipton zu fragen, ob sie es vielleicht in Erwägung ziehen wollte, ebenfalls einmal die

Woche dem Krankenhaus einen Besuch abzustatten – Energie genug schien sie immerhin zu haben.

Tatsächlich war die Quote von drei Geistlichen im Verhältnis zu einer Verkehrsampel das Mindeste, was diese Stadt benötigte.

»Reverend? Gene Bolick hier.«

»Gene! Gott segne Sie, mein Freund. Wie geht es Ihnen?«

»Unter den gegebenen Umständen nicht allzu schlecht. He, Moment mal, ich vergesse, dass ich versuche, *über* den Umständen zu leben, nicht unter ihnen.«

»Gut gesagt!«

»Ich wollte Ihnen etwas erzählen.«

»Ich bin ganz Ohr.«

»Ich wollte nur sagen, wie sehr mir Ihre Predigt am Sonntag gefallen hat.«

»Vielen Dank.«

»Es war ein Gefühl, als sprächen Sie direkt zu mir.«

»Ich kenne das Gefühl.«

»Wie kann ein Mensch Gott für einen Gehirntumor danken? Das ist die Frage, die ich mir gestellt habe. Aber ich kann ihm dafür danken, dass er uns unsere Tochter nähergebracht hat, diejenige, die drüben in Asheville lebt, und zweifellos hat die Krankheit bewirkt, dass ich jetzt jeden neuen Tag ganz anders sehe als früher.

Kurzum, mir scheint, dass Gott den Tumor benutzt, um … Was ich wohl sagen will, ist, dass ein Tumor etwas Schlechtes ist, aber ich sehe auch, dass er eine Menge guter Dinge nach sich gezogen hat.« Genes Stimme brach.

»Ich höre zu.«

»Also, das war's so ziemlich.«

»Ich danke Ihnen, Gene. Gott liebt ein dankbares Herz. Er wird Sie dafür segnen.«

»Und was ist mit Ihnen? Geht es Ihnen gut?«

»Und ob!«

»Hm, Sie sind uns hier jederzeit willkommen. Esther backt heute Apfelpasteten, und sie hat mich gebeten, Ihnen auszurichten, dass Sie bei einer Pastete den Zucker weglassen wird, falls Sie kommen und sie sich holen wollen.«

»Das«, sagte er, »ist das beste Angebot, das mir heute gemacht worden ist.«

Darauf erpicht, eine weitere Nachhilfestunde zu erteilen, kam Emma auf dem Weg zum Lebensmittelladen bei ihm vorbei, um ihm noch einmal zu zeigen, wie er seine E-Mails abrufen konnte, und sie nutzte die Gelegenheit, um ihm eine ihrer eigenen Mails zu zeigen.

Liebe Mrs Newland,

wir freuen uns über alle Maßen über die Möglichkeit, das Schwesterdorf von Mitford zu werden. Wir möchten Sie bitten, noch einmal über folgende Frage nachzudenken: Wie stellen wir es am besten an, Abgesandte in die jeweilige Partnergemeinde zu entsenden, um aus diesem glücklichen Bündnis eine offizielle Angelegenheit zu machen?

Wir werden vermutlich Andrew und Margret Hart schicken, ein liebenswertes Ehepaar, dessen einstimmige Wahl große Freude ausgelöst hat, da Andrew Verwandte im östlichen Teil Ihres Bundesstaates hat, denen er noch nie begegnet ist. Nach unserem Dafürhalten wäre der Mai oder der Juni nächsten Jahres ein wunderbarer Zeitpunkt für die einzelnen Zeremonien, natürlich nur, wenn diese Termine auch in Ihren Zeitplan passen.

Das Wetter in unserem Mitford ist zu dieser Jahreszeit im Allgemeinen sehr schön, obwohl wir im letzten Jahr eine furchtbare Hitzewelle hatten und in dem Jahr davor eine gefährliche Überschwemmung, die unsere neu gepflanzten Rhododendrenbüsche zum Nachbarn in den Garten gespült hat.

Geben Sie uns doch bitte Bescheid.

Mit herzlichen Grüßen an alle Bürger und in freudiger Erwartung Ihrer Antwort verbleiben wir …

Der Schwesterdorfkoordinationsausschuss von Mitford (Großbritannien)

»Was meinen Sie, wer sollte rüberfahren?«, fragte er Emma.

»Nun, natürlich der Bürgermeister. Das ist genau das, was Bürgermeister tun.«

»Und wen würden Sie vorschlagen, falls er nicht fahren kann? Hessie Mayhew?«

»Hessie Mayhew?«

Emmas Entrüstung warf ihn fast um. »Warum nicht?«

»*Warum nicht?* Sie ist Presbyterianerin, deshalb nicht.«

»Das verstehe ich nicht.«

»Ich habe mit den Anglikanern dort drüben zusammengearbeitet, die ganze Angelegenheit ist über die *Anglikaner* ins Rollen gekommen!«

»Aha. Aber meinen Sie nicht, dass der Abgesandte jemand sein sollte, der den Geist – das Herz, wenn Sie so wollen – unseres Mitford repräsentiert, ungeachtet seiner Konfession?«

»Wenn Sie wirklich meine Meinung hören wollen, dann finde ich, dass Sie hinfahren sollten.«

»Wie schnell Sie vergessen. Ich fliege weder über diesen Teich noch über irgendeinen anderen.«

»Sie haben einen Computer gekauft«, rief sie ihm ins Gedächtnis.

»Wenn man Ihnen den kleinen Finger reicht, wollen Sie den ganzen Arm.«

»Oder wie wär's mit Esther Cunningham. Sie war Bürgermeisterin, und das über – wie viele Jahre? Achtzehn?«

»Esther wird es nicht tun, sie würde lieber mit Ray in dem Wohnmobil verreisen. Ich an Ihrer Stelle würde mit Andrew reden und mal hören, was er dazu sagt.«

»In Ordnung«, antwortete sie.

»Wissen Sie, wen ich rüberschicken würde?« – »Wen?« – »Sie«, sagte er.

»Mich?«

»Es war Ihre Idee. Es ist Ihre harte Arbeit, die uns überhaupt so weit gebracht hat. Ich finde, Sie sollten es tun. Tatsächlich werde ich es dem Bürgermeister gegenüber erwähnen.«

»Ich soll den ganzen Weg über *Wasser* fliegen?«

»Schauen Sie nicht nach unten«, meinte er. »Lassen Sie sich einen Sitz am Gang geben.«

Sie runzelte die Stirn. »Ich bin zu fett, um nach England zu fahren. Außerdem habe ich nichts anzuziehen. *Nichts.* Und obwohl ich früher mal Episkopalin war, bin ich jetzt Baptistin.«

»Hm«, sagte er.

»Und Snickers ... ich habe Snickers noch nie allein gelassen. Ich weiß nicht, ob er ohne mich leben könnte.«

»Angst vorm Fliegen, zu fett, nichts anzuziehen, Hund wird tot umfallen und Baptistin! Sie haben mich überzeugt. Wenn ich an Ihrer Stelle wäre, würde ich auch nicht rüberfahren.«

Sie spähte ihn lauernd über den Rand ihrer Lesebrille hinweg an.

Er kannte diesen Blick. Sie wartete darauf, dass er bettelte, schmeichelte, hofierte und drängte. Aber nicht mit ihm. Sollte diesen Job ein anderer erledigen.

Sie griff nach der E-Mail und studierte sie.

Er wandte sich wieder den Essays zu, die sie vor der Ära seines eigenen PC's abgetippt und ausgedruckt hatte.

»Na schön«, sagte sie.

»Na schön was?«

»Wenn der Bürgermeister mich darum bittet, werde ich fahren. Ich werde ab Januar Kartoffeln, Soße, Brot und Eiscreme weglassen. Auf diese Weise werde ich bis Mai zehn Pfund abnehmen, was bedeutet, dass ich wieder in das blaue

Kostüm passe, das Sie schon an mir gesehen haben – das mit den goldenen Knöpfen –, und das orangefarbene Strickkleid mit der passenden Jacke dürfte dann auch wieder vernünftig sitzen. Sie erinnern sich doch an das orangefarbene Strickkleid mit der passenden Jacke.«

»Kann ich nicht behaupten.«

Sie holte tief Luft. »Wahrscheinlich sollte ich, wenn ich schon mal dabei bin, auch gleich auf Schinken verzichten, und ich werde mir von Hoppy eine Pille geben lassen, die mich über dem Atlantik in Tiefschlaf versetzt.«

»Na bitte«, sagte er. »Es gibt mehr als eine Möglichkeit, eine Katze zu häuten.«

»Aber ich werde mir keine allzu großen Hoffnungen machen«, erwiderte sie.

»Andrew wird wahrscheinlich selbst rüberfahren, oder er hat schon jemanden im Sinn.«

»Könnte sein.«

»Außerdem schicken die uns ein Ehepaar. Ich frage mich, ob das bedeutet, dass wir auch ein Ehepaar schicken sollten, damit alles schön ausgeglichen ist. Aber ich kann mir nicht vorstellen, wer das sein sollte, können Sie es? Nicht die Bolicks, er hat doch diesen Tumor. Und die Harpers auch nicht, sie haben gerade erst Urlaub gemacht …«

Er betrachtete den oberen Rand des Computerbildschirms und grübelte über die Geheimnisse nach, die sich hinter Datei, Bearbeiten, Ansicht, Einfügen, Format und Extras verbergen mochten …

»Außerdem, wer würde Harold das Frühstück machen?«

»Percy Mosley?«, fragte er in dem Bemühen, hilfsbereit zu sein.

»Ende Februar, hat der Doktor gesagt. Aber ich hoffe, es wird März! Wenn es bis zum 3. März warten kann, wird es am Geburtstag meiner Mama zur Welt kommen.«

Er saß am Küchentisch und zählte sein Wechselgeld. »Wissen Sie schon, ob es ein Junge oder ein Mädchen wird?« Ein Dollar vierzig, ein Dollar fünfzig ...

»Nein, Sir, ich weiß es nicht, und ich will es auch nicht wissen. Was haben die Leute getan, bevor man jemandem mit einer Kamera in den Bauch gucken konnte? Sie haben gewartet, bis das Kind geboren wurde!«

»Werden Sie, ähm, das Baby zur Arbeit mitbringen?«

»Ich werde es bestimmt nicht weggeben! Wie sollte es außerdem seinen Opa kennenlernen, wenn ich es nicht zur Arbeit mitbrächte?«

Er fand, dass Puny buchstäblich strahlte.

»Ein Dollar fünfundsiebzig, sechsundsiebzig, siebenundsiebzig. Da haben Sie nicht unrecht«, sagte er.

Lieber Reverend,

ich habe den kleinen Timothy gesehen, und er ist zum Fressen süß. Er sieht genauso aus wie Junior, obwohl er die Augen seiner Mutter hat. Wir hoffen, dass Sie und Cynthia uns bald besuchen und Ihren Namensvetter selbst kennenlernen werden.

Ich komme mir vor wie eine regelrechte Klatschkolumne, aber ich muss Ihnen berichten, dass Ernie und Mona auf eine Kreuzfahrt gehen werden, um in Honolulu ihr Ehegelübde zu erneuern! Die Mauer, die sie auf der gelben Linie gebaut haben, wird jetzt als schwarzes Brett der Gemeinde benutzt, obwohl man sich bücken muss, um die Zettel zu lesen. Auf diese Weise bin ich zu einem wunderbaren alten Staubsauger gekommen, der so gut wie neu ist. Mir haben die Stabstaubsauger schon immer besonders gut gefallen.

Vergessen Sie uns nicht!

Liebe Grüße von Marion und Sam

Timothy! Herzliche Grüße aus Tennessee!

Warten Sie nur, bis unser Päckchen bei Ihnen ankommt, als Dankeschön für das außerordentliche Geschenk, das Sie dem Hinterhof gemacht haben. Abner hat mehrere Monate lang an dieser zauberhaften Kreation gearbeitet, und da er kein Talent zum Zeichnen oder Malen hat, hat er beschlossen, Ihnen stattdessen dieses Präsent zu basteln. Ich brenne darauf, Ihnen zu erzählen, was es ist, aber ich darf nur so viel sagen: Sie können sich glücklich schätzen! Gott sei mit Ihnen, lassen Sie bald wieder von sich hören. Schicken Sie Mammon, wie immer. In Seinem Dienst,

Pfarrer Roland

Teds! Wir sind's, walt&kat@icm.com!

Es hat uns förmlich umgehauen (um einmal eine umgangssprachliche Redewendung zu benutzen), deine E-Mail zu bekommen. Wir sind uns nicht sicher, ob dein Eintritt in den Cyberspace der Beginn oder das Ende einer Ära ist!

Das Jahr auf Meadowgate klingt nach einer Menge Spaß, und ja, wir würden mit Freuden für eine Woche kommen, werden wahrscheinlich mit dem Wagen runterfahren und irgendwo unterwegs Pause machen. Lass uns bald mal wieder telefonieren.

C.s Reise scheint nach deiner Beschreibung anstrengend gewesen zu sein, aber auch viel Spaß gemacht zu haben; ich lese ihre Violet-Bücher meinen Lieblingen im Altenheim vor, da ich ja schon immer leidenschaftlich die These vertreten habe, dass wirklich große Kinderliteratur sich für alle Altersstufen eignet.

Ich bin so froh, dass es dir gesundheitlich besser geht. Viele liebe Grüße und Küsse für dich und deine talentierte C. und Umarmungen für Dooley

»Ich bin's … Betty.«

»Betty!«

»Ich mache es.«

»Großartig! Wunderbar!«

»Aber keine Putzarbeiten!« Er hörte das Beben in ihrer

Stimme. Es fiel Betty Craig nicht leicht, jemandem Vorschriften zu machen.

»Ganz bestimmt nicht!«

»Und nur zwei Mahlzeiten am Tag.«

»Kein Happen mehr.

»Wann fange ich an?«

»Er wird morgen nach Hause kommen. Ihr Timing ist perfekt.«

»Also fange ich morgen Abend an?«

»Ja, Ma'am. Gegen halb fünf, wenn das möglich wäre.«

»Werden Sie dort sein, um mir ein wenig Starthilfe zu geben?«

»Werde ich.«

»Und, Reverend?«

»Ja?«

»Immer wenn Miss Rose gemein zu mir ist, werde ich zehn Cent in eine kleine Spardose stecken, die ich mir aus einer Sprite-Dose gemacht habe.«

Er lachte. »Auf diese Weise könnten Sie schnell sehr reich werden.«

»Ja, Sir, und wenn dieser Job erledigt ist, werde ich das Geld für einen Urlaub benutzen – denn den werde ich ganz sicher brauchen.«

Am Abend rief Pfarrer Talbot an. Ob die Kavanaghs Lust hätten, am Freitag zu einer spontanen Schlemmerparty für das ganze Dorf zu kommen? Bill Sprouse würde dort sein und Millie Tipton ebenfalls; es würde ein besonderes Musikprogramm geben, und sie wollten noch ein ökumenisches Gebet um Regen drauflegen.

Cynthia war dafür.

»Ray Cunninghams Kohlsalat, Margaret Larkins Brathuhn und Hessie Mayhews Gerstenbrötchen. Fantastisch!«, sagte seine Frau.

»Woher weißt du, dass sie überhaupt dort sein werden?«

»Allein auf die Möglichkeit hin lohnt es sich, die Einladung anzunehmen«, meinte sie. Er hatte den Eindruck, dass Cynthia ausgehungert wie eine Kirchenmaus von ihrer Reise zurückgekehrt war.

Father Tim rief George und Harley an, um zu fragen, ob sie das Barbecue auf den Sonntag vor Georges Abreise verschieben könnten. Kein Problem. George sagte jedoch, dass er nicht zur Lord's Chapel käme, sondern sich mit Scott Murphy treffen wolle.

Harley war ganz versessen auf das Gemeindeessen.

»Wie zieht man sich an?«, wollte er wissen.

»Ich würde sagen, Khakihosen und ein Sporthemd.«

»Meinen Sie, ich sollte ein Blech Brownies mitbringen?«

»Unbedingt!«

»Mit Nüssen oder einfach?«

»Mit Nüssen«, antwortete Father Tim. »Und halten Sie sich zurück, wenn Sie die Folie abnehmen.«

Harley kicherte. Einer der stolzesten Augenblicke seines Lebens war der gewesen, als zwei Damen von der Kirche ihn um sein Rezept gebeten hatten. Er hatte es auf die Rückseite eines Kirchenblättchens geschrieben, und wann immer die beiden Damen jetzt an der Tankstelle vorbeikamen, sprachen sie von den Brownies, deren Ruf sogar Minnesota erreicht hatte – oder war es Montana gewesen?

Musste er sich nicht früher oder später seine Sporen verdienen?

Nun, warum dann nicht gleich früher?

Er würde sich fünf Minuten Zeit nehmen, während Cynthia sich für die Schlemmerparty ankleidete, und den Nike-Slogan befolgen: »Just do it!« Ja, er würde es einfach tun!

Nachdem er sich auf seinen Schreibtischstuhl hatte fallen lassen, klappte er den Laptop auf und rief sein E-Mail-Programm auf. Nichts Neues. Ein seltsamer Stich der Enttäuschung durchzuckte ihn.

Also. Er wusste, wie er seine E-Mails empfangen konnte, aber konnte er auch eine verschicken, ohne dass Emma hinter ihm stand? Schließlich brauchte er lediglich die handgeschriebenen Anweisungen zu befolgen, die sie auf einen gelben Block gekritzelt hatte. Was konnte schon geschehen, wenn er es ohne Überwachung versuchte? Konnte er das Ding, das ein Vermögen gekostet und ihn ins 21. Jahrhundert katapultiert hatte, dabei irgendwie beschädigen?

Wenn ja, dann sollte es eben so sein …

Liebe Emma,

hier nur ein paar Zeilen, um Ihnen mitzuteilen, wie dankbar ich Ihnen für Ihr nervtötendes Beharren bin, ganz zu schweigen von Ihren geduldigen Lehrstunden. Diese Sache gefällt mir, und ja, sIE hABEN eS mIR gESAGT. Damit Sie der Anblick meines unverhohlenen Geständnisses schwarz auf weiß nicht allzu übermütig macht, zerreißen Sie dieses Blatt bitte, oder stecken Sie es in einen Reißwolf. Die Maus treibt mich in den Wahnsinn!

Dreimal dürfen Sie raten, wer ich bin

Er klickte auf *Senden* und hielt den Atem an.

Weg.

Emma Newland würde dies als ihren größten Triumph werten.

Um die Wahrheit zu sagen, das Ganze gefiel ihm selbst ungemein.

Um halb sieben füllte Hope Winchester ihren Teekessel mit Wasser aus einer Flasche und stellte ihn auf den Gasbrenner. Sie fragte sich, ob sie außer George jemals jemanden gekannt hatte, der bereit war, Gott persönliche Opfer zu bringen.

Sie dachte an ihre Mutter, die verzweifelte Opfer für ihre beiden Töchter gebracht hatte, aber nicht für Gott. Ihre Mutter schien nicht an Gott zu glauben, obwohl Hope sich an die

Zeit erinnern konnte, als ihre Schwester Louise gefährlich hohes Fieber gehabt und ihre Mutter am Fußende des Bettes gesessen, geweint und sich hin und her gewiegt hatte. »Oh Gott, oh Gott, oh Gott«, hatte sie wieder und wieder geflüstert. Es hatte Hope bis ins Herz erschüttert, ihre Trauer mitanzusehen. Als sie älter war, hatte Hope sich häufig gefragt, ob es Gott gewesen war, der Louise wieder gesund gemacht hatte.

Es war ihr ein Rätsel, dass George freiwillig ins Gefängnis zurückkehren wollte, zurück in eine Welt der Verzweiflung und Hoffnungslosigkeit und sogar möglicher Gefahr, während er sich ohne Weiteres für ein leichtes Leben in Mitford hätte entscheiden können. Und doch spürte sie, dass er nicht der Typ Mensch war, der sich für ein leichtes Leben entschied.

Sie trat an das vordere Fenster ihrer beiden Zimmer über dem Chelsea-Teashop und blickte auf die Main Street hinaus. Die Tage waren kürzer geworden, und die Straßenlaternen leuchteten bereits gegen die einbrechende Dunkelheit an. Drei Leute gingen auf der Straße unter ihr vorbei; zwei von ihnen trugen etwas, das mit einem Geschirrtuch bedeckt war.

Ein Mitglied des Chors hatte sie zu der Schlemmerparty der Lord's Chapel eingeladen, und sie hatte den ganzen Tag mit dieser Einladung gerungen. Noch nie im Leben hatte sie etwas für eine Schlemmerparty gekocht oder gebacken, und der Gedanke, genau das zu tun und zu versagen, war demütigend.

Schlimmer noch, was war, wenn sie etwas mitbrachte und niemand es aß, und sie den Topf unberührt wieder mitnehmen musste, während alle anderen nur leere Platten nach Hause zu tragen hätten?

Am Nachmittag war ihr der Gedanke gekommen, dass sie vielleicht ein Dutzend Maismuffins kaufen konnte, bevor der Teeladen schloss, und diese Idee hatte ihr einen dankbaren Augenblick der Erleichterung verschafft. Gekaufte Muffins würden ihr andererseits vielleicht Minuspunkte in einer Art eintragen, die sie nur erahnen, aber nicht zur Gänze ermessen konnte.

Sie wünschte inbrünstig, sie sei nie gefragt worden, und stellte fest, dass sie einmal mehr die Hände rang. Der Optimismus, den sie in letzter Zeit empfunden hatte, war verschwunden, und sie war wieder genauso wie vor dem Sturz, voller Sorgen und Zweifel.

Sie ging zu ihrem kochenden Teekessel und blickte auf die Uhr über dem Herd.

Viertel vor sieben.

Da das Essen um sieben Uhr stattfinden sollte, war es zu spät, um sich darüber noch länger den Kopf zu zerbrechen. Die ganze Angelegenheit konnte endlich vergessen werden.

Sofort verspürte sie gleichzeitig eine ungeheuere Erleichterung und eine unerklärliche Traurigkeit, ein wenig so wie das Gefühl, das sie erfahren hatte, als ihr bewusst geworden war, dass sie doch nicht in George Gaynor verliebt war, sondern lediglich einen Freund in ihm sah.

»Der Herr der Heere wird auf diesem Berg für alle Völker ein Festmahl geben mit den feinsten Speisen, ein Gelage mit erlesenen Weinen …«

Bei dem Segen, den er über das Mahl sprach, zitierte Pfarrer Talbot den Propheten Jesaja, dann lud er alle Anwesenden ein, miteinander das Brot zu brechen.

»Haben Sie Ihre Brownies mitgebracht?«, fragte Amy Larkin Harley, der in der Schlange vor dem Büffet vor ihr stand.

»Ja, Ma'am«, beschied er die Elfjährige. »Sie stehen da drüben.«

»Ich habe Sandwiches mit Pimientokäse mitgebracht.« Ihre Augen leuchteten. »Ohne Krusten.«

»Und wo stehen die?«

»Direkt neben dem Kartoffelsalat auf der roten Platte«, antwortete sie. »Auf der linken Seite.«

Er nickte respektvoll. »Davon werde ich bestimmt eins nehmen.«

Amy Larkin erinnerte ihn an Lace, als sie noch ein kleines Ding gewesen war und mit einem Buch unter dem Arm zu seinem Wohnwagen gelaufen kam. Es war ihm schrecklich, dass sie inzwischen fast erwachsen war und den Ort verlassen hatte, um zur Schule zu gehen, aber er wusste, dass es für sie das Beste war.

Er heftete den Blick auf Cynthias Zitronentörtchen auf dem Desserttisch. Er freute sich schon besonders auf ein Zitronentörtchen und hoffte, dass er die vertraute, blauweiße Platte erreichen würde, bevor es zu spät war.

»Oh Gott, himmlischer Vater, der Du durch deinen Sohn Jesus Christus allen Menschen, die Dein Reich und seine Gerechtigkeit suchen, versprochen hast, ihnen alles Notwendige zu schenken, das sie zum Leben brauchen: Sende uns, so flehen wir zu Dir, in dieser Zeit der Not mäßige Regengüsse, auf dass wir der Früchte der Erde teilhaftig werden, zu unserem Wohlergehen und zu Deiner Ehre; durch Jesus Christus, unseren Herrn.«

»Amen!«

»Bleib du bei mir:
Schnell kommt die Abendzeit;
die Dunkelheit nimmt zu;
Herr, bleib bei mir:
Wenn andere Helfer scheitern,
und aller Trost uns flieht.
Beistand der Verlassenen,
oh bleib bei mir …«

Die Worte des Hymnendichters aus dem 18. Jahrhundert wehten durch die offenen Fenster des Gemeindehauses hinaus und erhoben sich in die milde Septemberluft.

Einen Häuserblock entfernt glaubte Hope Winchester, Gesang hören zu können, aber sie war sich nicht sicher. Vielleicht hatte sie etwas gehört, das wie *Bleib bei mir* klang … Und etwas über Abendzeit, aber sie war sich dessen nicht sicher.

Sie stand an ihrem offenen Fenster und lauschte, und später kam es ihr so vor, als hätte sie sehr lange dort gestanden.

Hélène Pringle hörte das schwache Geräusch der Kellertür, die geschlossen wurde, und wusste, dass jemand ins Haus gekommen war.

Als sie Harley an diesem Nachmittag an der Tankstelle gesehen hatte, hatte er erzählt, dass er in der Lord's Chapel zu Abend essen würde. »Gehen Sie auch hin?«, hatte er gefragt.

»Oh, nein«, hatte sie geantwortet. »Ich bin nicht eingeladen worden.«

»Alle sind eingeladen«, hatte er ihr erklärt. »Es ist eine Art Dorffest, Sie sollten auch kommen!«

Aber natürlich war sie nicht hingegangen; sie hatte sich furchtbar verletzlich gefühlt, als der Pfarrer am vergangenen Sonntag über Dankbarkeit gepredigt hatte, und sie hatte das eigenartige Gefühl, dass seine Predigt direkt an sie gerichtet gewesen war. Sie versuchte, sich daran zu erinnern, ob sie Gott für irgendetwas gedankt oder Ihn nur um etwas gebeten hatte, so wie ein Kind vielleicht seine Bitten an den heiligen Nikolaus richtete.

Die Minuten, in denen sie durch den Vorhang sprach, zu dem einen, den sie für Gott hielt, waren ihr sehr lieb geworden. Sie hatte noch immer keine Gewissheit, dass es Ihn interessierte oder Er auch nur zuhörte, aber sie hoffte, dass Er es tat. In Wahrheit wurde es immer wichtiger für sie, dass Er zuhörte und Anteil nahm und dass ihre gemeinsame Zeit mehr war als die Ausgeburt der überreizten Fantasie einer alten Jungfer.

Sie schaltete die Küchenlampe aus und ging gerade den

Flur hinunter, als das Telefon klingelte. Es war sicher ein Schüler, der absagte oder einen neuen Termin ausmachen wollte.

»Allo!«, sagte sie nach französischer Manier.

»Miss Pringle, hier spricht Hope Winchester. Wie geht es Ihnen heute Abend?«

»Sehr gut, Hope, und Ihnen?«

»Gut, vielen Dank. Ist ... George Gaynor zu Hause? Ich hoffe, ich mache Ihnen keine Mühe mit meinem Anruf.«

»Das ist keine Mühe! Einen Augenblick, bitte, ich werde ihn heraufrufen.«

Sie legte das Telefon auf den Tisch im Flur, ging zur Kellertür und öffnete sie. »Mr Gaynor! Sind Sie da?« Obwohl sie Harley mit Vornamen ansprach, hatte es ihr nie recht behagt, es bei Mr Gaynor genauso zu handhaben.

»Ja, Miss Pringle?« George Gaynor erschien in einem See aus Licht am Fuß der Kellertreppe.

»Ein Anruf für Sie. Kommen Sie nach oben?«

»Ja. Vielen Dank.«

»Der Hörer liegt auf dem Flurtisch, Sie brauchen nur die Lampe einzuschalten.«

Mr Gaynor war eine beeindruckende Erscheinung, dachte sie, als er die Treppe hinaufkam – recht gut aussehend und würdevoll, ganz und gar nicht wie jemand, der im Gefängnis gesessen hatte. »Sie brauchen sich nicht zu beeilen«, sagte sie. »Ich werde oben sein.«

»Nochmals vielen Dank.«

Es war *étrange*, überlegte sie, während sie die Treppe hinaufging, dass ihr Nachbar es irgendwie fertiggebracht hatte, sie drei unter einem Dach einzuquartieren – was für eine eigenartige Sammlung! Der Gedanke entlockte ihr ein Lächeln.

Ça alors! Was für ein Tag das gewesen war – Barbizon war übelster Laune gewesen, und ihre Schüler hatten im Unterricht ausgesprochen miserabel gespielt. Sie würde ein heißes

Bad nehmen, *sa chemise de nuit préférée* anziehen und mit der anderen Seite des Vorhangs reden.

Sie blieb auf der obersten Treppenstufe stehen, neugierig geworden von dem Gelächter im Flur. Es war ein so ungewöhnliches Geräusch, ein Mann, der in ihrem Haus lachte …

»Ich habe gesagt, dass Sie jederzeit anrufen können. Ja, es ist in Ordnung, das versichere ich Ihnen.«

Es folgte ein langes Schweigen. Hélène dachte, dass sie wohl in ihr Zimmer gehen sollte, aber sie blieb neben dem Geländer stehen.

»Natürlich. Ich erinnere mich an den Tag, an dem die Lehrer kamen, ich wollte Ihnen von dem Gebet erzählen, aber …«

Die hohe Standuhr ihrer Großmutter tickte auf dem Treppenabsatz.

»Es ist ein sehr einfaches Gebet. Manchmal denken die Menschen, sie brauchten etwas Raffinierteres oder Komplizierteres. Aber wenn Sie ein williges Herz haben, ist dieses Gebet alles, was Sie brauchen, mehr nicht … Was geschehen wird? Das ist eine gute Frage.«

Hélène hörte ihn kichern; es schien ein glückliches Geräusch zu sein.

»Es würde Jahre dauern, um Ihnen all das aufzuzählen, was geschehen wird, wenn Sie Ihr Leben Gott überantworten. Vielleicht Vergebung – ich denke, Seine Vergebung ist vielleicht das Wichtigste, das geschieht … Ja. Selbst die schlimmsten Dinge …«

Hélène blickte auf die Uhr. In weniger als einer Minute würde sie zur vollen Stunde läuten. Das Herz schlug ihr in den Schläfen.

»Wenn Sie Ihm Ihre Seele überantworten, verändert sich alles. Das klingt erschreckend, und mir hat es nachgerade eine Todesangst eingejagt, als ich noch glaubte, die Kontrolle über die Dinge zu haben …Ich verstehe. Auch ich hatte allen Grund dazu. Mein Onkel war Priester, und er hat sechshunderttausend Dollar aus dem Kirchensäckel gestohlen – mit der Hilfe meines Vaters. Ich habe festgestellt, dass wir, wenn wir unseren Blick auf Christen richten, große Enttäuschungen erleben können. Das Wichtige ist, seinen Blick auf Christus zu richten …

Ich kann nicht guten Gewissens behaupten, dass ich wüsste, was das Wort *glücklich* bedeutet. Sagen wir einfach, dass ich mir sicher bin … Was die Frage betrifft, wer Er ist, welchen Sinn das Leben hat, wo ich hingehe, was es bedeutet, eine zweite Chance geschenkt zu bekommen … Ja, Sie können das Gebet mit mir sprechen … Was immer Ihnen richtig zu sein scheint.«

Hélène hörte, wie das Schlagwerk der französischen Uhr sich schnarrend in Bewegung setzte.

»Danke, Gott, dass Du mich liebst … und dass Du Deinen Sohn auf die Erde geschickt hast, damit er für meine Sünden stirbt …«

Der erste Stundenschlag …

»Ich bereue aufrichtig all meine Sünden … und nehme Jesus Christus als meinen persönlichen Erlöser an.«

Der zweite Stundenschlag …

»Jetzt überantworte ich Dir als Dein Kind mein Leben. Amen.«

Die Uhr auf dem Treppenabsatz des alten Pfarrhauses schlug wieder, sieben Mal.

Hélène stand am Geländer, atemlos und ohne sich zu bewegen, um George Gaynor nicht zu verraten, dass sie überhaupt dort stand.

Als sie schließlich die Treppe hinunterging, um das Licht auszuschalten, waren der Flur verlassen und die Kellertür geschlossen.

Nachdem der Chef der freiwilligen Feuerwehr, Hamp Floyd, den Anruf seines Nachbarn bekommen hatte, rannte er zu seiner Hintertür und riss sie auf. Nackt wie ein frisch geschlüpfter Vogel, das schnurlose Telefon noch in der Hand, blickte er nach Osten.

Wie angewurzelt stand er da und wählte die Nummer des Feuerwehrchefs von Wesley.

»Hamp hier«, sagte er mit zitternder Stimme. »Kommen Sie mit beiden schweren Wagen, ich lasse Ecke Lilac Road und Main Street einen PKW auf Sie warten, der Sie lotsen wird.«

Er zog sich in zwei Minuten und achtzehn Sekunden an und stürzte, ohne seine Frau zu küssen, aus dem Haus, um das Unmögliche zu schaffen.

Um zwei Uhr morgens hörte Father Tim, wie der Löschwagen aus der Feuerwache kam.

Er stand hastig auf und trat an das Fenster mit Blick auf die Wisteria Lane, konnte aber nichts Ungewöhnliches erkennen.

»Was ist los, Timothy?«

»Keine Ahnung. Ich werde mir nur schnell etwas überziehen und auf die Veranda hinausgehen. Es klingt so, als führen sie nach Norden.«

»Ich werde beten«, sagte sie.

Er schlüpfte in seine Hose, schob die Füße in seine Pantoffeln und knöpfte sein Hemd zu, während er die Treppe hinunterging.

»Bleib«, sagte er zu seinem Hund, der ihm dicht auf den Fersen zur Haustür folgte.

Von der Veranda aus sah er einen Nachbarn in Richtung Hauptstraße laufen.

»Was ist passiert?«, rief er.

»Feuer auf dem Hügel!« Er lief auf den Gehweg, bog nach links ab und rannte in Richtung Main Street.

Mehrere Nachbarn standen bereits auf der Straße; auf Edie Adams Rasen hatte sich ein kleines Grüppchen zusammengefunden.

Bill Atkins, der mit Pyjama und Windjacke bekleidet war, nickte Father Tim zu, als dieser den Gehweg vor Edies Haus erreichte. »Das ist ein schlimmes Feuer«, meinte Bill.

Father Tim drehte sich um und blickte nach Nordosten, den langgestreckten Hügel hinauf, auf dem das Feuer den dunklen Himmel orangefarben überhauchte. Die Wolken schienen von einem unheimlichen, inneren Leuchten erhellt zu werden.

»Clear Day«, flüsterte er.

»Ja, Sir. Sieht so aus, als wär der Löschwagen mächtig spät dran.«

»Ich sollte hinaufgehen.« Er fror plötzlich und stellte fest, dass er zitterte.

»Nein, Sir, ich würd das nicht tun, wenn ich Sie wäre.«

»Das ist ein gewaltiges Feuer.«

»Ja, Sir, unser Löschwagen kann auf keinen Fall damit fertig werden, sie werden Hilfe aus Wesley brauchen. Gott weiß, ich hoffe nur, dass der Wald nicht Feuer gefangen hat, so trocken wie alles ist.«

Sechsunddreißig Hektar ausgedörrter Wald grenzten an siebenhundertfünfzig Quadratmeter verbautes Holz.

»Dieser gelbe Löschwagen wird die Arbeit von drei oder vier roten schaffen müssen«, bemerkte ein Zuschauer.

»Was ist, wenn sie da oben ist?«, fragte Bill Atkins.

»Ich schätze, sie ist in Florida.«

Aber ein zweiter Zuschauer erklärte ihm, dass dies ein Irrtum sei.

Erschüttert sprach er laut das Gebet, das nie versagt: »Lieber Gott, Dein Wille geschehe!«

»Amen«, erwiderte eine Stimme in der Menge.

Immer mehr Nachbarn in Pantoffeln, einige von ihnen mit Lockenwicklern im Haar, fanden sich auf der Westseite der Hauptstraße zusammen, als versammelten sie sich zu einer Parade. Eins ums andere Mal traten lange Phasen erstaunten

Schweigens ein, während die Menschen nach Osten schauten, zu dem Glutofen auf dem Hügel. Dann durchlief ungläubiges Gemurmel die Menge, das schließlich zu aufgeregten Gesprächen und Gelächter anschwoll.

Father Tim schien es eine Ewigkeit zu dauern, bis sie endlich die Zwillingssirenen der Feuerwehrwagen aus Wesley hörten, die nach Süden fuhren, in Richtung des Denkmals von Mitford. Als die Löschwagen in Sicht kamen und nach links auf die Lilac Road einbogen, erhob sich lauter Applaus.

Unablässig betend ging er nach Hause zurück.

»Diese Frau erntet jetzt, was sie gesät hat.«

»Ein kleiner Vorgeschmack auf das, was ihr noch blüht, ihr wisst, was ich meine?« Gelächter.

Er ging weiter.

»Hi, Reverend.«

»Hi, Sam. Werden Sie beten?«

»Ja, Sir.«

Cynthia würde all das verschlafen; sie hätte selbst einen Luftangriff verschlafen können. Er wollte sie nicht stören. Aber er brauchte sie; er brauchte sie, damit sie ihm sagte, was er tun sollte.

»Es ist schlimm, nicht wahr?«

Sie saß aufrecht im Bett, erwartete ihn mit weit aufgerissenen Augen.

»Es ist Clear Day.«

»Lieber Gott …«

»Ich denke, was ich in dieser Situation auch zu tun versuchen könnte, es wäre sinnlos. Drei Löschwagen, und vielleicht sind noch weitere unterwegs, ich weiß es nicht.«

»Wenn du hinaufgehen würdest, könntest du nur beten, und das können wir auch hier tun. Komm, mein Liebster.«

Sie hielt ihm die Hände hin.

Er ging zu ihr und setzte sich neben sie und konnte nicht aufhören zu zittern.

Er erwachte beim ersten Morgenlicht, blieb still und beklommen liegen und lauschte auf das Schnarchen seines Hundes im Flur.

Er dachte eine Weile nach und versuchte, seinem verwirrten Geist irgendetwas Nützliches abzuringen, dann stand er auf, tappte zu dem Ohrensessel hinüber, schaltete die Stehlampe ein, griff nach seiner Bibel und wandte sich an Jesaja.

Gegen Ende des fünfundzwanzigsten Kapitels fand sich die Warnung des Propheten an jene, die nicht vertrauen wollten, die Kehrseite des frohen Verses, den Pfarrer Talbot in seinem Gebet benutzt hatte – erst am vergangenen Abend, obwohl dieser Abend jetzt mehrere Tage zurückzuliegen schien.

»Ja, die Hand des Herrn ruht auf diesem Berg«, las er, »Deine festen, schützenden Mauern werden niedergerissen; der Herr stürzt sie zu Boden; sie liegen im Staub.«

Ohne Cynthia zu wecken, zog er sich an und ging die Treppe hinunter, um von der Küche aus zu telefonieren.

23

Frühregen

»Es ist gar kein Feueralarm gegeben worden, sagen jedenfalls die Leute.«

Coot Hendrick saß auf dem ersten Hocker vor Percys Theke und wirkte, genau wie der Rest der morgendlichen Kundschaft, reichlich mitgenommen.

Father Tim nahm von Percy einen Becher Kaffee entgegen und setzte sich auf den Hocker neben Coot. »Ich habe heute Morgen im Krankenhaus von Wesley angerufen, in der Hoffnung, dass man dort etwas wissen würde. Wie sich herausgestellt hat, hat Ed Coffey sie dort rübergefahren, und sie ist in eine Unfallchirurgie verlegt worden. Man hat sie nach Charlotte geflogen.«

»Hat sie schlimme Brandwunden davongetragen?«, fragte Percy.

»Überhaupt keine Brandwunden. In ihrem Schlafzimmer sind ein Deckenbalken und ein Teil des Stuckwerks heruntergekommen – es ist ernst, denke ich.«

Die Geistlichkeit teilte einige Privilegien mit der Presse; man gab ihnen manchmal Informationen, zu denen andere keinen Zugang hatten.

Percy rieb sich die Augen. Von seinem Haus aus hatte man einen der besten Ausblicke auf den Besitz von Clear Day, und er hatte kaum ein Auge zugetan. »Tim Jenkins war heute Morgen der Erste, er hat Kaffee zum Hügel gebracht und mir erzählt, das Haus sei schon bis auf die Grundmauern abgebrannt gewesen, als sie dort ankamen.«

»Sie werden noch für eine Weile auf dem Hügel zu tun haben«, bemerkte Coot. »Es qualmt immer noch, und zwar ziemlich heftig.«

»Sie haben eine gute halbe Stunde gebraucht, um von der Straße aus bis zum Haus durchzukommen; Tim hat erzählt, dass sie das Elektrotor, das sie da oben hat, zerstören mussten. Sie haben das verflixte Ding fast in seine Einzelheiten zerlegt, um reinzukommen, und was glauben Sie, was dann passiert ist?«

»Was?«, hakte Coot nach.

»Es hat sich rausgestellt, dass zu beiden Seiten der Straße eine Hecke mit Rhododendronbüschen verläuft, die vom Tor bis zu ihrem Haus führt ...«

J.C. kam mit seiner Aktentasche hereingerauscht, rußgeschwärzt von Kopf bis Fuß und nach Rauch stinkend. Er nahm einen Becher Kaffee von Percy entgegen.

»Wir haben gerade über die Rhododendronhecke gesprochen«, sagte Percy.

»Mann, was für eine Schweinerei. Die Jungs in den Löschwagen wussten nicht, dass es noch eine Zufahrt gibt, also haben sie versucht, die Löschfahrzeuge vorn durchzubekommen. Die Rhododendren sind von beiden Seiten oben zusammengewachsen, sodass sie eine Art Röhre bildeten – fast wie ein Mauerwerk.

Aber der alte Hamp hat seinen neuen Löschwagen gequält und ist als Erster rein. Das Problem war nur, dass sie nicht weit gekommen sind. Da standen sie nun, drei Löschfahrzeuge, die in diesem Tunnel aus Rhododendren feststeckten, und das Haus brennt wie Zunder.

Ich glaube, Hamps neuer Wagen war ganz schön ramponiert, bis sie das Haus endlich erreichten.« Er gab Percy den Becher zurück. »Tun Sie mir ein wenig Sahne da rein und ungefähr einen Eimer Zucker. Meiner Einschätzung nach waren die Ursache für den Brand all die schweren Geräte, die Mrs Mallory während der letzten Monate auf ihrem Grundstück hatte. Vielleicht sind sie über ein Kabel gefahren, haben irgendwelche Drähte durchtrennt und auf diese Weise das Sicherheitssystem ausgeschaltet – und das war der Grund, warum Hamp keinen Alarm gekriegt hat.« J.C. riss einige Papierservietten aus dem Aluminiumhalter und wischte sich das Gesicht ab. »Mann, das war das Schlimmste, was ich je gesehen habe, so was möchte ich in diesem Leben nicht noch mal sehen.«

»Der Pfarrer sagt, Ed Coffey hätte sie nach Wesley rübergefahren, und dort wär sie dann von der Unfallchirurgie abgeholt worden.«

»Ich muss Ed finden«, erklärte J.C. »Er ist der entscheidende Mann, das fehlende Glied in der Kette. Diese Story soll am Montag erscheinen, und bis dahin muss ich noch eine Menge Fakten zusammenbekommen. Was für eine Unfallchirurgie war es denn?«

»Keine Ahnung«, erwiderte Father Tim. »Man hat mir gesagt, in ihrem Schlafzimmer sei ein Teil der Decke eingestürzt und sie sei gegen halb drei heute Morgen von Wesley aus nach Charlotte geflogen worden.«

J.C. nahm einen großen Schluck von seinem Kaffee. »Ich wünschte, wir könnten in Farbe drucken wie Garry Barnes' Zeitung auf der anderen Seite des Bergs. Wenn es um Brände geht, bringen es Schwarzweißfotos einfach nicht.«

»Wie kommt es eigentlich, dass Ed nicht verletzt wurde?«, fragte Percy.

»Er wohnt im Kutscherhaus weiter hinten auf dem Grundstück«, erklärte J.C. »Und genau das hat ihm wahrscheinlich den Hals gerettet.«

»Es sah so aus, als sei das Feuer schlimm genug gewesen, um die ganzen sechsunddreißig Hektar zu verwüsten«, meinte Father Tim.

»Tja, hm, als die Jungs von der Feuerwehr sahen, dass das Haus hinüber war, haben sie sich darauf konzentriert, das Feuer vom Wald fernzuhalten; Hamp zufolge hieß es entweder oder.«

»Also, was darf's denn heute sein?«, fragte Percy J. C. Diese CNN-Nachrichtenstunde konnte sich noch bis in alle Ewigkeit hinziehen. Ein Mann musste schließlich seinen Lebensunterhalt verdienen.

»Können Sie auch Mittagessen machen?«

»Kommt drauf an, was.« Es war erst halb sieben, zum Kuckuck noch mal.

»Geben Sie mir ein Rib-Eye-Steak, gut durch und auf getoastetem Brötchen, mit Mayo, Steaksauce, Zwiebeln und einer Portion Bratkartoffeln – nein, machen Sie 'ne doppelte Portion draus. Seit Hamp mich um zwei Uhr morgens aus meinem Haus gezerrt hat, stehe ich unter Schock.«

Percy verschränkte die Arme vor der Brust. »Kann ich Ihnen machen, aber das wird eine einmalige Geschichte.«

»Und während wir schon mal dabei sind – braten Sie meine Zwiebeln zusammen mit dem Steak.«

Percy hatte nicht die leiseste Absicht, morgens um halb sieben Zwiebeln zu braten. Sollte Herr Oberschlau sich seine blöden Zwiebeln doch selbst braten.

Am Montagmorgen schwelte die Asche von Clear Day auf dem Hügel noch immer. Der Geruch hing wie beißender Weihrauch über dem Dorf.

Obwohl eine ganze Anzahl von Leuten der Versuchung nicht widerstehen konnte, sich insgeheim darüber zu freuen, dass die Besitzerin von Clear Day ihre wohlverdiente Strafe erhalten hatte, hielten doch die meisten von ihnen den Mund. So trocken, wie es gewesen war, hätte das Feuer leicht außer Kontrolle geraten und sich den Hügel hinunterwälzen können, um die Stadt zu verschlingen, wie es 1978 bei dem Brand in Gordonsville geschehen war. Nein, Sir, in Zeiten wie diesen gehörte es sich nicht, über jemanden herzuziehen, vor allem dann nicht, wenn der eigene Hals gerettet worden war – sie würden über ihre Hochwohlgeborene herziehen, nachdem der Rauch sich verzogen, der Staub sich gelegt hatte.

HAUS AUF DEM BERGKAMM BIS AUF GRUNDMAUERN NIEDERGEBRANNT

Clear Day, das Haus Edith Mallorys, langjährige Bürgerin Mitfords, brannte gegen halb drei am Samstag letzter Woche bis auf die Grundfesten nieder.

Feuerwehrhauptmann Hamp Floyd und seine Freiwilligentruppe erhielt Verstärkung durch zwei Löschfahrzeuge unserer Schwesterfeuerwehr aus Wesley. Gemeinsam kämpften die Wehren bis sieben Uhr am Samstagmorgen gegen das flammende Inferno und richteten dabei ihr besonderes Augenmerk darauf, den Brand nicht auf die umliegenden Wälder überspringen zu lassen.

Feuerwehrchef Floyd sagte, es habe sich als sehr vorteilhaft erwiesen, dass die Bäume nicht dicht am Haus standen. Jemand berichtete, dass Ms Mallory auf der Lichtung im Westen ihres sechsunddreißig Hektar umfassenden Besitzes einen Hubschrauberlandeplatz habe bauen lassen, an der Stelle, an der früher die Holzhütte des Begründers von Mitford, Hezekiah Hendrick, gestanden habe.

»Es war ein großer Brand«, erklärte Feuerwehrhauptmann Floyd. »Anscheinend hat das Mallorysche Alarmsystem nicht richtig funktioniert, und wir sind von ihrem Sicherheitsdienst nicht über den Brand informiert worden. Ich bin von Buster Boyd angerufen worden, der seinen Hund rauslassen musste und dabei sah, was auf dem Hügel los war. Ich würde Buster gern persönlich für seinen Beitrag zur Rettung Mitfords danken.

Wir haben erfahren, dass Ms Mallory schwere Verletzungen erlitten hat, wenn auch nicht durch das Feuer. Ed Coffey, ein Angestellter von Ms Mallory, der an den Schauplatz zurückgekehrt war, um seine persönliche Habe aus seinen Wohnräumen zu holen, sagte, über die genaue Art der Verletzungen könne er keine Auskunft geben. Allerdings erwähnte er, dass Ms Mallory sich derzeit im Krankenhaus von

Charlotte erhole und in einigen Wochen in ihr Haus in Florida zurückkehren werde. Er fügte hinzu, dass im Dachgeschoss des Hauses gerade neue Elektroleitungen verlegt worden seien, und dass diese Arbeiten möglicherweise die Ursache des Brandes waren.

Wir möchten an dieser Stelle all jenen danken, die tapfer gegen das Feuer gekämpft haben. Wenn es nicht sachgerecht eingedämmt worden wäre, wäre es möglicherweise mit tragischen Folgen auf andere Häuser übergesprungen.

Außer dem Artikel fand sich auf der ersten Seite ein großes Schwarzweißfoto, das eine aufgehende Mondsichel über dem gewaltigen Brand zeigte. Eine Gartenstatue im Vordergrund schien ein Bildnis der Diana zu sein, der Göttin der Jagd. In dem allgemeinen Durcheinander von Männern und Ausrüstung war der Statue ein Arm abgebrochen worden, der nun im Gras lag.

»Sehen Sie mal!«, sagte Emma. Sie zog etwas aus einer Einkaufstüte, faltete es auseinander und präsentierte ihm ein marineblaues Kleid mit einem weißen Kragen.

»England! Was halten Sie davon?«

»Gefällt mir.«

»Ich habe beschlossen, dass ich doch nicht versuchen werde, abzunehmen, ich werde mir einfach etwas Dunkles, Lockerfallendes kaufen, in dem ich schlank wirke.«

»Genial.«

»Ausverkauf. Halber Preis.«

»Doppelt genial.«

Er hätte Emma Newland nicht direkt schön genannt, nein, wirklich nicht. Aber seit Andrew darauf beharrt hatte, dass sie nach England fahren sollte, hatte sie etwas Strahlendes an sich, sie war eine neue Frau geworden.

»Ich lerne englische Ausdrücke«, eröffnete sie ihm.

»Das wurde aber auch Zeit.«

»Timothy, Stuart hier. Ich habe gute und schlechte Neuigkeiten.«

»Die Schlechten zuerst.«

»Du weißt über Edith Mallory Bescheid?«

»Ja. Aber ich kenne nicht viele Einzelheiten. Es war ein schreckliches Feuer, ein Anblick, den ich nie vergessen werde.«

»Du erinnerst dich, dass ich gefragt habe, ob du wüsstest, wie man sie erreichen könne, weil ich dachte, wir könnten ihr vielleicht eine Spende für die Kathedrale abschwatzen? Sie steht nicht länger auf der Mitgliederliste der Lord's Chapel, daher mussten wir sie erst ausfindig machen. Beth O'Connor – kennst du Beth?«

»Ja, sie hat Edith einige Male besucht und war auch in der Kirche.«

»Wir wussten, dass sie eine Freundin von Edith ist, deshalb haben wir sie angerufen. Und hör dir das an ...«

Es war eindeutig schon eine ganze Weile her, seit er Glück in Stuarts Stimme gehört hatte.

»Sie gibt uns eine halbe Million Dollar für die Chorschule!«

»Herzlichen Glückwunsch! Mazel tov!«

»Sie tut es zum Gedenken an ihren Sohn, der vor einigen Monaten an Krebs gestorben ist. Sie sagte, sie habe gewartet, bis Gott zu ihrem Herzen sprechen und ihr sagen würde, für welchen Zweck sie das Geld verwenden solle. Sie findet die Idee der Chorschule großartig; ihr Sohn hat seit seinem elften Lebensjahr im Chor gesungen. Möglicherweise wird sie sogar noch einmal etwas für uns tun.«

»Mein Freund, du klingst selbst wie ein Elfjähriger. Aber ich dachte, du wolltest mit den schlechten Neuigkeiten anfangen.«

»Wollte ich auch, aber dann hab ich's vergessen und dir stattdessen von den guten erzählt. Wie dem auch sei, das ist die erste feste Zusage, die wir für die Chorschule haben, und ich bin vollkommen außer mir. Ach, übrigens, tausend Dank für die Spende der Kavanaghs, das bedeutet sehr viel für uns.«

»Es hat auch sehr viel bedeutet, das Geld zu schicken.«

»Die schlechte Neuigkeit ist natürlich die, dass Edith Mallorys Zustand sehr ernst ist. Beth sagt, Edith möchte nicht, dass darüber geredet wird, aber ich dachte, du solltest es wissen – sowohl ihr motorisches als auch ihr Sprachzentrum haben Schaden genommen. Sie hat große Mühe zu sprechen und ist rechtsseitig gelähmt, etwa in die Art, wie es nach einem Schlaganfall vorkommt. Sie wird im Rollstuhl sitzen müssen, und die Ärzte wissen nicht, wohin die Gehirnverletzung führen wird. Im Augenblick, sagt Beth, gibt sie nur unverständliches Gebrabbel von sich. Die Ärzte nennen es Wortsalat.«

»Das tut mir leid«, sagte er, und es war ihm vollkommen ernst damit.

»Ja. Mir auch. Sie wird für einige Monate in ein Rehabilitationszentrum gehen und von dort aus runter nach Florida.«

»Weißt du, wo genau sie in Charlotte ist?«

»In Putney.«

»Das ist gut. Danke, dass du mich auf den neuesten Stand gebracht hast. Das musste ich wissen.«

»Für mich sieht es so aus, als hätte Edith, wenn auch unwissentlich, zur Errichtung der Chorschule beigetragen. Wie dem auch sei – lass uns zu erfreulicheren Dingen übergehen –, ich fühle mich sehr ermutigt, Timothy. Ich hoffe, du tust es auch.«

»Ja. Sehr sogar.«

»Gott ist treu, Timothy, hör dir das an – meine Sekretärin hat es heute Morgen auf meinen Notizblock geschrieben. ›Ziehen sie durch das trostlose Tal, wird es für sie zum Quellgrund, und Frühregen hüllt es in Segen.‹ Psalm vierundachtzig.« – »Amen und Amen.«

»Grüß Cynthia ganz herzlich von mir.« – »Und du Martha.« Er saß lange Zeit da und sah aus dem Fenster auf den Baxter Park.

Dann zog er die Schreibtischschublade auf und nahm seinen Mont-Blanc-Füller und einen Bogen elfenbeinfarbenes Schreibpapier heraus.

Liebe Edith,

Er würde mit ihr nicht von Gott sprechen. Das sollte Gott selbst erledigen.

Sie sind getreulich in unseren Gebeten.
Cynthia und Timothy Kavanagh.

»Uh!«, rief seine Frau, während sie versuchte, das Paket von der Verandabank zu wuchten.

»Komm«, sagte er. »Lass mich das machen.«

»Es ist aus Tennessee!«, sagte sie.

Sie brannte offensichtlich genauso sehr wie er darauf festzustellen, was es enthielt.

»Ich muss Pfarrer Roland ins Gewissen reden, dass er die Pakete mit UPS schickt, obwohl die Post billiger ist.«

»Spar dir das für das nächste Mal auf, wenn er um Geld bettelt.«

Sie saßen auf dem Boden im Arbeitszimmer und schlitzten mit einem alten Küchenmesser das kunstvoll um das Paket geschlungene Klebeband auf.

Sie öffnete den Deckel und spähte hinein.

»Auf dem oberen Päckchen steht: ›Zuerst auspacken.‹«

»Fass mal mit an.«

Sie zog die Kordel ab und rollte das Papier auf. Noahs Arche rollte heraus und blieb auf dem Teppich aufrecht stehen.

Tränen schossen ihr in die Augen.

»Timothy!«

Er war sofort fasziniert von der Anmut und Geschicklichkeit der Schnitzerei, die Abner für sie gefertigt hatte. Das lange, kastenförmige Schiff war offensichtlich nach den architektonischen Anweisungen geschaffen worden, die sich im Buch Genesis fanden.

»Erstaunlich!«, sagte er.

»Und sieh dir das an!« Aus dem schweren Packpapier fielen ihr zwei freundlich dreinblickende Kamele auf den Schoß.

»Sie sind wunderschön«, sagte sie. »Wunderschön!«

Außerstande, der Versuchung zu widerstehen, öffnete er eins der Päckchen selbst. »Gänse.«

Eine Stunde lang waren sie wie Kinder und packten nach und nach ein Rebhuhnpärchen aus, zwei Schweine, zwei Bären und zwei Maultiere. Sie begutachteten jedes Geschöpf und bestaunten die Kunstfertigkeit, mit der das Messer das Holz geformt hatte, betrachteten die schläfrigen Augen der Schweine, die aufgestellten Ohren der Pferde, die Holzmaserung.

»Wenn das ein Maßstab ist«, meinte sie, »dann hilft OOB, in Tennessee etwas Wunderbares zu tun.«

»Absolut!«

»Ich habe eine großartige Idee.«

»Und die wäre?«

»Es ist natürlich keine neue Idee; Pfarrer Roland denkt schon seit Ewigkeiten darüber nach.«

»Sprich.«

»Lass uns ihm etwas Geld schicken«, sagte sie. »Eine wirklich großzügige Summe.«

»Was, ich soll ihm die Freude verwehren, uns deswegen in den Ohren zu liegen?«

»Ich gehe gleich nach oben und hole das Scheckheft«, verkündete sie entschlossen.

»Und ich werde den Umschlag sofort zur Post bringen«, erklärte er.

Nur eine Sekunde zuvor hatte Hélène Pringle – während sie quer durch ihre Küche ging – zu ihrer Verblüffung begriffen, dass Gott sich ihr tatsächlich offenbart hatte.

Er hatte sich ihr offenbart, indem er ihr gestattet hatte, Sammy Barlowe zu finden, und indem er dafür gesorgt hatte, dass sie auf dem Treppenabsatz stand, während George Gaynor am Telefon das Gebet wiederholte.

Es war eine sehr private Offenbarung, die ihr ein tiefes Glück schenkte, und sie dachte noch einmal an jenen anderen Abend, an jene Nacht, in der das schreckliche Feuer ausgebrochen war. In jenen Stunden war ihr Leben für alle Zeit verändert worden.

Sie wusste, dass es unhöflich war zu lauschen, aber anscheinend war Gott bereit gewesen, diese kleine Taktlosigkeit zu übersehen, um etwas weitaus Wichtigeres zu erreichen.

Tatsächlich hatte ihr das Herz bis zum Hals geschlagen, als sie später die Zeilen jenes einfachen Gebets wiederholte. Sie war wie elektrisiert gewesen.

Anschließend hatte sie den dringenden Wunsch verspürt, in ihr Schlafzimmer zu gehen, sich vor ihr Bett zu knien und mit der anderen Seite des Vorhangs zu sprechen. Stattdessen war sie hinuntergegangen, um das Licht auszuschalten, denn sie konnte sich die Extravaganz einer unnötig brennenden Lampe nicht leisten.

In diesem Moment hatte sie keine Ahnung gehabt, was das Gebet, das sie lautlos gesprochen hatte, bewirken würde – vielleicht gar nichts. Und doch hatte sie gewusst, dass sie jene Zeilen, die sie von George Gaynor gehört hatte, wiederholen musste; es wäre undenkbar gewesen, es nicht zu tun.

Als sie später die Treppe hinauf und ins Schlafzimmer gegangen war, war ihr klargeworden, dass der Vorhang in ihrem Geist verschwunden war. Und obwohl sie Ihn nicht wirklich auf der anderen Seite ihres imaginären Vorhangs hatte sitzen sehen, hatte es sie nicht im Mindesten überrascht, zu begreifen, dass Er dort war.

Einmal mehr beobachtete Hope Winchester, wie George Gaynor Mitford verließ.

Diesmal verließ er die Stadt nicht in einem Wagen mit verdunkelten Fenstern, der von einem FBI-Agenten gefahren wurde; er saß zusammen mit Father Tim und dessen Hund Barnabas in einem roten Mustang Cabriolet mit offenem Verdeck.

Sie stand neben Scott Murphy auf dem Gehweg, an genau der gleichen Stelle, an der sie vor mehr als acht Jahren gestanden hatte, und winkte, während der Wagen sich ihnen von der Wisteria Lane aus näherte.

Als sie am Morgen in die Buchhandlung gekommen war, um das Geschäft zu öffnen, hatte George sie bereits mit zwei Tassen Kaffee aus der Grillstube erwartet. Sie hatten sich in sein Büro gesetzt, Kaffee getrunken, geplaudert und Lebewohl gesagt. Es sei eine Ehre für ihn, so hatte er erklärt, dass sie geglaubt habe, in ihn verliebt zu sein, und sei es auch für noch so kurze Zeit. Darauf hatten sie ein wenig gelacht, und er hatte sich noch einmal bei ihr bedankt und gesagt, er würde schreiben, und sie hatte gesagt, dass sie dasselbe tun werde.

Dann hatte Scott sich zu ihnen ins Büro gesellt, George die Hand auf die Schulter gelegt, ihr die andere, und gebetet – für die Kraft, den Trost und die Leitung des Heiligen Geistes in Georges Zukunft und im Leben Hope Winchesters.

Schließlich hatten die beiden Männer sich ohne Scham und seltsam glücklich umarmt, und die Begegnung hatte auch ihr Herz angerührt. Kurze Zeit später war George zu dem gelben Haus hinuntergegangen, wo Father Tim auf ihn wartete, um ihn zum Flughafen von Asheville zu bringen.

Als der Mustang jetzt vorbeifuhr, drückte Father Tim zweimal auf die Hupe, und George riss die Hand hoch und blickte strahlend zu den Menschen auf dem Gehsteig hinüber. Barnabas saß hochaufgerichtet auf der Rückbank, den Blick geradeaus gerichtet.

Sie sahen dem roten Cabrio nach, bis es das Denkmal umrundet hatte und außer Sicht war.

Scott räusperte sich, dann drehte er sich zu ihr um. »Ich brauche ein Buch.«

Sie lächelte. »Dann sind Sie genau am richtigen Platz.«

Er bezahlte gerade das Buch, als er plötzlich eine Eingebung hatte.

»Hope …«

»Ja!« Sie liebte den Klang ihres Namens.

»Sie würden wohl nicht …« – Er hielt inne, auf der Suche nach dem richtigen Wort – »in Erwägung ziehen, ob Sie Lust hätten, einmal mit mir zum Essen und ins Kino nach Wesley zu fahren? Irgendwann mal?«

Er zog die Brauen zusammen, als erwarte er, das Schlimmste zu hören.

»Aber ja, das … würde ich sehr gern in Erwägung ziehen.«

Sie konnte an einer Hand abzählen, wie oft sie auswärts gegessen hatte oder im Kino gewesen war – zweimal mit ihrer Mutter und ihrer Schwester und einmal bei einem Blind Date.

»Schön!«, sagte er. »Wunderbar!«

Er hatte noch nie jemanden gefragt, ob er mit ihm zum Essen und ins Kino gehen wolle. Er war gerade neun Jahre alt gewesen, als drei seiner Großeltern auf dem Weg von einem Dinner mit anschließendem Kinobesuch bei einem Autounfall ums Leben gekommen waren.

Wie durch ein Wunder hatte die Mutter seiner Mutter überlebt und lebte noch immer, sie war so aktiv wie nur je und brannte stets darauf zu hören, was im Leben ihres Enkelsohns geschah.

Er wusste, dass er seine Großmutter an diesem Abend anrufen würde.

Obwohl er die Nachrichten gehört hatte, brannte er darauf, sie schwarz auf weiß gedruckt zu sehen.

Als am Montagmorgen die Ausgabe der *Muse* vom 7. September auf ihrem Rasen landete, ging Father Tim barfuß hinaus und brachte die Zeitung in die Küche, wo gerade der Kaffee durch die Maschine lief.

Er las die Schlagzeile, die in der größten Schrift gedruckt war, die er in ihrer Heimatzeitung je gesehen hatte, und fühlte sich dazu bewegt, sich zu bekreuzigen.

TEIL DES MALLORY-LANDES SOLL GEMEINDE ÜBEREIGNET WERDEN

Nach Angabe von Ed Coffey, einem Angestellten und offiziellen Sprecher der langjährigen Bewohnerin Mitfords, Ms Edith Mallory, will Ms Mallory einen Hektar des Grundstücks auf dem Bergkamm über Mitford, auf dem ihr vom Feuer verwüstetes Haus steht, der Gemeinde Mitford übereignen.

Mr Coffey erklärte, dass Ms Mallory juristische Vorkehrungen getroffen habe, um dieses Land der Gemeinde zu übergeben, und zwar schon einige Tage, bevor das Feuer in den frühen Morgenstunden am Samstag der vorletzten Woche ihr Siebenhundertfünfzig-Quadratmeter-Haus zerstörte.

»Ms Mallory hat das Grundstück von einer Gruppe von Archäologen untersuchen lassen, die klare Beweise für die Existenz von fünf Gräbern gefunden haben«, so die Aussage von Mr Coffey.

Mr Coffey legte der Gemeinde eine schriftliche Erklärung vor, deren Inhalt der Mitford Muse von Bürgermeister Gregory übermittelt wurde. Daraus geht hervor, dass am nordöstlichen Ende des Malloryschen Besitzes »fünf sichtbare Vertiefungen im Boden« festgestellt worden seien. Es heißt weiter, die Archäologen hatten die Gräber selbst nicht angerührt, man habe nur so tief gegraben, wie nötig gewesen sei, um die Oberfläche der Grabsockel zu identifizieren. »Sterbliche Überreste sind nicht ausgegraben worden.«

Ms Mallorys Geschenk ist mit mehreren Auflagen verbunden.

Weder jetzt noch in Zukunft dürfen die sterblichen Überreste dort exhumiert werden. Es wird keine Parkmöglichkeiten für Automobile geben. Die Gemeinde darf die Stätte nach eigenem Ermessen beschildern. Ms Mallory hat ausdrücklich darum gebeten, mit einem gesonderten Schild auf den Gründer von Mitford hinzuweisen sowie weitere sachdienliche Informationen aufzuführen. Es darf ein Gehweg auf dem Gelände angelegt werden, das bewaldet und »reich an Wildblumen« sei. Für den Zugang zu der Stätte dürfe weder jetzt noch in Zukunft ein Entgelt erhoben werden, und unrechtmäßiges Betreten ihres verbleibenden Besitzes werde weiterhin strikt verfolgt.

Bürgermeister Gregory sagte, die Gemeindeverwaltung »jubiliere« angesichts dieses Aktes »unerreichter Großzügigkeit«. Der Rat werde die Kosten für die Instandsetzung und Beschilderung der Gedenkstätte prüfen und sie dann der Öffentlichkeit zugänglich machen, möglicherweise schon im nächsten Frühjahr.

Der Rat werde außerdem die Kosten für die Anschaffung eines Busses zum Transport von Besuchern zu den Gräbern und zurück evaluieren.

Coot Hendrick, ein Gemeindeangestellter, der für die Beschaffung von Informationen über die Stätte und deren Bekanntmachung in der Öffentlichkeit gesorgt hat, sagte, die Tatsache, dass es sich um fünf Gräber und nicht um eines handele, spräche »aus offenkundigen Gründen, wenn man es bedächte«, für den Charakter seines Vorfahren Hezikiah Hendrick, des Gründers von Mitford.

Mr Hendrick kündigte an, er persönlich werde morgen Mittag für alle Beschäftigten der Gemeinde in der Gemeindehalle eine kleine Feier ausrichten. Es werde Plätzchen und Tee geben, und seine Mutter, Mrs Beulah Mae Hendrick, werde singen.

Er konnte nicht glauben, dass es J.C. endlich gelungen war, seine Rechtschreibung zu verbessern. Er las den Artikel noch einmal durch, um sicherzugehen, dass seine Augen ihn nicht getrogen hatten, dann nahm er sich den nächsten Artikel vor.

GEMEINDE KÜNDIGT FÜNFZIG DOLLAR GELDSTRAFE FÜR DIE BEWÄSSERUNG VON GÄRTEN AN

Räumen Sie Ihre Sprinkler weg, und rollen Sie Ihre Schläuche zusammen.

Nach vierzig Tagen ohne Regen in Mitford und Umgebung hat Gemeindedirektor Jim Sherrill eine Geldstrafe von fünfzig Dollar verfügt, mit der jeder belegt werden soll, der städtisches Wasser für die Bewässerung von Rasen und Blumenbeeten oder für ähnliche Zwecke benutzt. Außerdem werden die Bürger dringend ermahnt, zu den Hauptverbrauchszeiten weder Waschmaschinen noch Geschirrspülmaschinen zu benutzen.

»Es gibt keine Ausnahmen«, sagt Gemeindedirektor Jim Sherrill. Sherrill hat die Mitford Muse davon in Kenntnis gesetzt, dass unser Wasserstand fünfundzwanzig Zentimeter unter dem Normalwert liegt.

Bürgermeister Andrew Gregory stimmt der Entscheidung, eine Geldstrafe zu verhängen, rückhaltlos zu. »Angesichts der ernsthaften Wasserknappheit ist die Strafe noch ziemlich mild. Die Maßnahme sollte von allen Bürgern unterstützt werden.«

Während Cynthia am Telefon ein lebhaftes Gespräch führte, sah er sich die Fünf-Uhr-Nachrichten an und schrubbte zwei Kartoffeln, die sie später in den Ofen schieben wollten.

»Wer war das?«, fragte er seine Frau, als sie in die Küche getrottet kam.

»Rate mal!«, sagte sie mit begeisterter Miene.

»Bitte! Ich hasse diese Raterei.«

»Nur ein einziger Versuch«, erwiderte sie. Es fehlte nicht viel, und sie wäre auf und ab gehüpft.

Er griff nach der Fernbedienung und stellte den Fernseher auf stumm.

»Der Bürgermeister hat beschlossen, Coot Hendrick zusammen mit Emma nach England zu schicken, und Emma hat ihre Zusage daraufhin widerrufen.«

»Sammy will zu Thanksgiving herkommen, und Lon Burtie wird ihn herbringen.«

»Halleluja!«

»Sammy möchte hierherkommen, seine Mutter will er nicht sehen.«

»Das wird seine Zeit dauern. Aber das sind wirklich gute Neuigkeiten; wir werden heute Abend Dooley anrufen.«

Sie ließ sich auf einen Hocker fallen. »Ich liebe gute Neuigkeiten«, erklärte sie.

Er stach mit einer Gabel Löcher in die Kartoffeln. »Was liebst du nicht, mein Schatz?«

»Etiketten, die im Nacken kratzen, Jeans in Größe achtunddreißig, die nicht mehr passen, und gebackene Kartoffeln ohne Sauerrahm.«

»Keine Bange. Ich habe gerade im untersten Regal einen Becher saure Sahne gefunden – sie hat noch ein paar Stunden Zeit, bevor das Verfallsdatum überschritten ist.«

»Timothy, was ist das für ein Geräusch?«

Sie hoben den Kopf und lauschten.

»Kann das sein?«, fragte er.

»Regen!« Sie sprang von ihrem Hocker auf und lief zur Hintertür.

Die kühle, süße Luft wehte durch das Fliegengitter; die Tropfen klatschten auf die Treppe.

»Lass uns rausgehen!«, sagte sie.

»Geh du raus.«

»Timothy ...«

»Du meinst: *raus und spazieren gehen?*«

»Natürlich! Gehen, singen, was auch immer. Nur dieses eine Mal, bevor wir alt und grau sind.«

»Kavanagh, ich *bin* alt und grau.«

»Wir gehen in den Baxter Park ... sieh nur, es gießt, das ist einfach wunderbar, ich wollte das schon immer einmal tun! Im Baxter Park wird uns niemand sehen, keine Menschenseele, zieh deine Windjacke an ...«

»Ich werde einen Regenmantel brauchen«, erwiderte er.

»Nein, Liebster, das wäre kein Spaziergang im Regen! Hier, nimm das ... so ist es richtig! Gut, Liebling! Wunderbar! Du bist der Beste ...«

Seit seiner Kindheit in Holly Springs war er nicht mehr im Regen herumgelaufen.

Sie eilten im Laufschritt die Hintertreppe hinunter und spurteten unter ausgelassenen Jubelrufen an ihrer Seite der Hecke entlang Richtung Osten.

Er warf seine durchweichten Kleider im Badezimmer auf den Boden und trocknete sich mit einem Handtuch ab, während seine Frau eine Dusche nahm. Was ihn betraf, hatte er soeben geduscht, genug war genug.

Sie schob den Kopf durch den Vorhang. »Mir ist gerade etwas eingefallen ...«

»Was denn?«

»Heute ist unser Hochzeitstag. Hast du das vergessen?«

»Ja. Tut mir leid.«

»Schon gut. Mir ist es gestern eingefallen, und dann hab ich's wieder vergessen.«

»Dem Himmel sei Dank, dass ich nicht der Einzige bin«, sagte er mit Nachdruck.

»Wollen wir feiern?«

»Das haben wir gerade getan.« Er grinste.

Er zog einen abgetragenen Jogginganzug an und ging pfeifend nach unten zu seinem Hund, um dort weiterzumachen, wo er aufgehört hatte.

Er stellte den Schalter auf zweihundertfünfzig und schob gerade die Kartoffeln in den Ofen, als das Telefon klingelte.

»Hallo!«

»Hi, Dad!«

»Hi, Sohn!«

»Du wirst es nicht glauben.«

»Stell mich auf die Probe.«

»Nein, im Ernst, du wirst es nicht glauben können.«

War das pure, grenzenlose Freude, die er da in der Stimme seines Jungen hörte? Was es auch sein mochte, er hatte es noch nie zuvor in Dooleys Stimme gehört. Es war etwas wie Jubel.

»Du hast im Lotto gewonnen!«

Dooley kicherte. »Yeah, klar.« Eine kurze Pause. »Lace hat mich zurückgerufen.«

»Nein!«

»Ich bin grad den Flur runter, und das Telefon hat geklingelt, und ich bin drangegangen und hab etwas gesagt wie: ›Hallo, Tau Kappa Epsilon‹, und sie darauf: ›Dooley?‹ *Mann.*«

»Mann!«, wiederholte er.

»Sie hat mich zurückgerufen«, sagte Dooley noch einmal, als versuche er, die Wahrheit in ihrem ganzen Ausmaß zu erfassen.

»Man soll nie nie sagen.« Wahrhaftig, er war ein Hort der Weisheit.

»Sie hat nur anderthalb Jahre dazu gebraucht.«

Sein Grinsen zog sich einmal rund um den Kopf. »Oh, hm, die Menschen haben heutzutage viel zu tun.«

Es folgte ein kurzes Schweigen, in dem sie beide danach trachteten, das Wunder zur Gänze zu verdauen.

»Hm, he, hör mal, Dad, ich muss Schluss machen. See you later.«

»Alligator«, flüsterte er und legte auf.

Er stand an der Kücheninsel und blickte in den Regen hinaus, der unverdrossen weiter auf den Boden platschte. Er hatte ganz vergessen, Dooley von Sammy zu erzählen. Später würden er und Cynthia ihn zusammen noch einmal anrufen.

»Timothy …«

Seine Frau trat, angetan mit Morgenmantel und Pantoffeln, in den Raum. »Du hast Tränen in den Augen, was ist denn los, Liebling?«

»Das Leben!«, sagte er. »Und die Liebe.«

Er zog sie an sich und spürte ihr feuchtes Haar auf seiner Schulter. Sie würden beim Essen über den Anruf reden. Es würde ein wunderbarer Leckerbissen sein.

Jetzt hielt er sie nur wortlos an sich gedrückt und wiegte sie sachte in den Armen.

Weltbild Buchverlag
–Originalausgaben–
Deutsche Erstausgabe 2007

This edition published by arrangement with Viking Penguin,
a member of Penguin Group (USA) Inc.

Projektleitung: Gerald Fiebig
Übersetzung: Michaela Link
Redaktion: Jürgen Bolz
Umschlag: Hauptmann & Kompanie Werbeagentur GmbH, München–Zürich
Umschlagabbildung: Miles Ertman/Masterfile
Satz: avak Publikationsdesign, München
Gesetzt aus der Sabon 10,5/12,5 pt
Druck und Bindung: CPI Moravia Books s.r.o., Pohorelice

Gedruckt auf chlorfrei gebleichtem Papier

Printed in the EU

ISBN 978-3-89897-280-2